JEFFERY DEAVER
Letzter Tanz

Buch

Das unschlagbare Team Lincoln Rhyme und Amelia Sachs hat es diesmal mit einem würdigen Gegner zu tun. Der *Totentänzer*, ein erfahrener Auftragskiller, ist an Gerissenheit und Schnelligkeit kaum zu überbieten. Er ändert sein Erscheinungsbild schneller, als er seine Opfer zur Strecke bringt, und nur eines lebte noch lange genug, um der Polizei wenigstens einen Hinweis zu geben. Der Mörder trägt ein Tattoo: der Sensenmann im Tanz mit einer schönen Frau auf dem Sarg. Rhyme ist überzeugt davon, den Killer zu kennen, und die Erinnerung läßt bittere Rachegefühle in ihm aufsteigen. Bei einem Attentat des *Tänzers* kam Rhymes Freundin Claire ums Leben. Als der Mörder erneut zuschlägt und ein Opfer, einer von drei Hauptzeugen in einem Waffenschieberprozeß, wie durch ein Wunder verschont bleibt, wissen Amelia und Lincoln, daß sie handeln müssen. Sie haben genau 48 Stunden Zeit, dem *Tänzer* eine Falle zu stellen...

Autor

Jeffery Deaver arbeitete als Folksänger und Rechtsanwalt, bevor er zu schreiben begann. Er wurde bereits zweimal für den renommierten »Edgar Award« nominiert. Sein Roman »Die Assistentin« wurde mit Denzel Washington in der Hauptrolle verfilmt und kommt im Frühjahr 2000 in die deutschen Kinos.
Jeffery Deaver lebt und arbeitet abwechselnd in Washington D.C., New York und Kalifornien.

Bei Goldmann bereits erschienen

Schule des Schweigens. Roman (43458)
Die Saat des Bösen. Roman (43715)
Die Assistentin. Roman (41644)

Jeffery Deaver
Letzter Tanz

Roman

Aus dem Amerikanischen von
Thomas Müller und Carmen Jakobs

GOLDMANN

Die amerikanische Originalausgabe erschien 1998 unter dem Titel
»The Coffin Dancer« bei Simon & Schuster, New York

Umwelthinweis:
Alle bedruckten Materialien dieses Taschenbuches
sind chlorfrei und umweltschonend.

Deutsche Erstausgabe Januar 2000
Copyright © der Originalausgabe 1998 by Jeffery Deaver
Copyright © der deutschsprachigen Ausgabe 2000
by Wilhelm Goldmann Verlag, München,
in der Verlagsgruppe Bertelsmann GmbH
www.goldmann-verlag.de
Umschlaggestaltung: Design Team München
Umschlagfoto: Mauritius/AGE
Satz: Uhl+Massopust, Aalen
Druck: Graphischer Großbetrieb Pößneck
Verlagsnummer: 41650
FB · Herstellung: Heidrun Nawrot
Made in Germany
ISBN 3-442-41650-7

3 5 7 9 10 8 6 4

*In Erinnerung an meine
Großmutter Ethel May Rider*

ERSTER TEIL

Zu viele Möglichkeiten zu sterben

Kein Falke wird zum Haustier. Da gibt es keine Gefühlsduselei.
In gewisser Weise ist im Umgang mit ihnen die Kunst eines
Psychiaters gefragt.
Man mißt seinen eigenen Verstand an dem eines anderen,
mit tödlicher Logik und Interesse.

The Goshawk, T. H. White

1

Als Edward Carney sich von seiner Frau Percey verabschiedete, dachte er keinen Augenblick daran, daß es das letzte Mal sein könnte.

Er stieg in sein Auto, das auf einem der begehrten Parkplätze an der East Eighty-First Street in Manhattan stand, und fädelte sich in den Verkehr ein. Carney, von Natur aus ein aufmerksamer Beobachter, bemerkte einen schwarzen Lieferwagen, der in der Nähe ihres Stadthauses parkte. Er musterte das heruntergekommene Fahrzeug genauer: Die verspiegelten Scheiben waren schlammverspritzt, das Nummernschild war in West Virginia ausgestellt. Ihm fiel ein, daß er denselben Wagen in den vergangenen Tagen bereits mehrfach in der Straße gesehen hatte. Doch in diesem Augenblick setzte sich die Autoschlange vor ihm in Bewegung. Er schaffte es gerade noch, bei Gelb über die Kreuzung zu kommen, und hatte den Lieferwagen bald völlig vergessen. Kurz darauf erreichte er den FDR Drive und fuhr Richtung Norden.

Zwanzig Minuten später jonglierte er mühsam mit einer Hand sein Autotelefon und wählte die Nummer seiner Frau. Er war beunruhigt, als sie nicht ranging. Eigentlich hätte Percey mit ihm fliegen sollen – noch am Abend zuvor hatten sie eine Münze geworfen, um auszulosen, wer von beiden den linken Sitz, den Pilotensitz, übernehmen sollte. Sie hatte gewonnen und ihn mit ihrem typischen Siegergrinsen bedacht. Aber dann war sie gegen 3.00 Uhr mit einer unerträglichen Migräne aufgewacht, die den ganzen Tag über anhielt.

Schließlich hatten sie nach ein paar Anrufen einen Ersatz-Copiloten aufgetrieben, und Percey hatte eine Tablette Fiorinal genommen und war ins Bett gegangen.

Ein Migräneanfall war so ziemlich das einzige, was sie vom Fliegen abhalten konnte.

Edward Carney war hoch aufgeschossen, fünfundvierzig Jahre alt und trug noch immer den Kurzhaarschnitt aus seiner Militärzeit. Während er dem Klingeln des Telefons lauschte, richtete er sich kerzengerade auf. Ihr Anrufbeantworter schaltete sich ein, und er legte das Telefon leicht beunruhigt in die Schale zurück.

Er hielt den Wagen vorschriftsmäßig bei exakt neunzig Stundenkilometern genau in der Mitte der rechten Spur; wie die meisten Piloten war er ein überaus vorsichtiger Autofahrer. Anderen Piloten vertraute er, die meisten Autofahrer hingegen hielt er für unberechenbar.

Im Büro von Hudson Air Charter auf dem Mamaroneck Regionalflughafen in Westchester wartete bereits ein Kuchen auf ihn. Die affektierte und stets leicht aufgedonnerte Sally Anne, die mal wieder wie die gesamte Parfümabteilung von Macy's roch, hatte ihn selbst gebacken, um den neuen Auftrag der Firma zu feiern. Sie trug die häßliche Brosche mit dem Doppeldecker aus Kristall, die sie von ihren Enkeln letztes Jahr zu Weihnachten geschenkt bekommen hatte. Wachsam huschten ihre Augen durch den Raum, um sicher zu gehen, daß auch jeder der etwa ein Dutzend Mitarbeiter ein ordentliches Stück der Kalorienbombe auf seinem Teller hatte. Ed Carney nahm ein paar Bissen Kuchen zu sich und besprach die Einzelheiten des Flugs mit Ron Talbot, dessen imposanter Bauch eine Vorliebe für Kuchen vermuten ließ, obwohl er sich hauptsächlich von Kaffee und Zigaretten ernährte. Talbot hatte eine Doppelfunktion. Er war Finanzmanager und zugleich für die Einsatzplanung verantwortlich und machte sich gerade eine Menge Sorgen: Ob die Ladung rechtzeitig ankommen würde, ob der Benzinverbrauch für den Flug richtig berechnet war und ob sie den Preis für den Auftrag richtig kalkuliert hatten. Carney reichte ihm den Rest seines Kuchens und empfahl ihm, sich zu beruhigen.

Er dachte wieder an Percey, ging in sein Büro und griff zum Hörer.

Noch immer nahm niemand ab.

Aus seiner leichten Beunruhigung wurde echte Sorge. Leute mit Kindern und Leute mit einer eigenen Firma gehen immer ans Telefon, wenn es klingelt. Er knallte den Hörer auf die Gabel, dachte kurz daran, einen Nachbarn anzurufen und ihn zu bitten, einmal nachzusehen. Aber dann sah er, wie der große, weiße Lastwagen vor dem Hangar vorfuhr. 18.00 Uhr. Es war Zeit aufzubrechen.

Als Talbot Carney gerade ein Dutzend Papiere zur Unterschrift vorlegte, tauchte der junge Tim Randolph auf. Er trug einen dunklen Anzug, ein weißes Hemd und eine schmale, dunkle Krawatte. Tim bezeichnete sich als »Copiloten«, was Carney zu schätzen wußte. »Erste Offiziere« waren Firmenleute, Erfindungen von Fluggesellschaften. Carney respektierte jeden, der den rechten Sitz beherrschte, verachtete aber jegliche Anmaßung.

Lauren, Talbots großgewachsene, brünette Assistentin, trug ihr Glückskleid, dessen blaue Farbe den gleichen Ton hatte wie das Logo der Hudson Airline – die Silhouette eines Falken über einem mit Breiten- und Längengraden markierten Globus. Sie lehnte sich an Carney und flüsterte: »Jetzt ist alles okay, nicht wahr?«

»Es wird schon gutgehen«, versicherte er ihr. Sie umarmten einander kurz. Auch Sally Anne nahm ihn in die Arme und bot ihm noch ein Stück Kuchen für den Flug an. Er lehnte ab. Ed Carney wollte aufbrechen, wollte weg von den Gefühlen, weg von den Feierlichkeiten. Weg vom Boden.

Und kurz darauf war er allem entronnen. Drei Meilen über dem Boden, steuerte er einen Lear 35 A, den besten Privatjet, der je gebaut wurde. Die Maschine war schnittig wie ein Hecht, hatte keinerlei Kennzeichnung oder Insignien – nur ihre *N*-Registriernummer prangte auf dem blankpolierten Silber.

Sie flogen auf einen phänomenalen Sonnenuntergang zu – eine perfekte orangerote Scheibe, die in ein wildes, purpur- und rosafarbenes Wolkenmeer eintauchte und dabei ihre letzten Strahlen gen Himmel schickte.

Nur ein Sonnenaufgang war ähnlich beeindruckend. Und nur ein Sturmgewitter war spektakulärer.

Es waren 1150 Kilometer bis zum O'Hare Flughafen, und sie brauchten für die Strecke weniger als zwei Stunden. Air Traffic Control Center in Chicago bat sie höflich, auf vierzehntausend Fuß runterzugehenund übergab sie dann für das letzte Stück an Chicago Approach Control.

Tim übernahm den Funkkontakt: »Chicago Approach. Lear Vier Neun *Charlie Juliet* im Anflug auf vierzehntausend.«

»Guten Abend, Neun *Charlie Juliet*«, meldete sich ein entspannt wirkender Fluglotse. »Gehen Sie runter, und bleiben Sie dann auf achttausend Fuß. Luftdruck Chicago 30 Punkt eins, eins Inches. Erwarten Sie Radarführung für siebenundzwanzig Links.«

»Roger, Chicago. Neun *Charlie Juliet* von vierzehn auf acht.«

O'Hare ist der geschäftigste Flughafen der Welt, und Air Traffic Control dirigierte sie in eine Warteschleife über einem westlichen Vorort, wo sie bis zur Landeerlaubnis kreisten.

Zehn Minuten später forderte sie die funkverzerrte, aber angenehme Stimme auf: »Neun *Charlie Juliet*, gehen Sie Steuerkurs Null Neun Null im Gegenanflug für Landebahn auf 27 L.«

»Null Neun Null, Neun *Charlie Juliet*«, bestätigte Tim.

Carney blickte nach oben zu den Sternen im glitzernden Nachthimmel und dachte: Sieh mal, Percey, alle Sterne der Nacht...

Und plötzlich überkam ihn ein ganz und gar unprofessioneller Wunsch, vielleicht der erste in seiner gesamten Laufbahn. Seine Sorge um Percey schoß wie eine Fieberkurve in die Höhe. Er mußte unbedingt mit ihr reden.

»Übernimm du die Maschine«, rief er Tim zu.

»Roger«, bestätigte der junge Mann und griff, ohne zu zögern, nach dem Steuerknüppel.

Air Traffic Control meldete sich wieder krächzend: »Neun *Charlie Juliet*, gehen Sie auf viertausend runter. Bleiben Sie auf Kurs!«

»Roger, Chicago«, antwortete Tim. »Neun *Charlie Juliet* von acht auf vier.«

Carney wechselte die Frequenz seines Funkgeräts, um ein Unicom-Gespräch zu führen. Tim blickte fragend zu ihm herüber. »Ich rufe nur kurz in der Firma an«, erklärte Carney. Als er Talbot an die Leitung bekam, bat er ihn, das Gespräch zu Percey durchzustellen.

Während er wartete, ging er mit Tim die Litanei der Landevorbereitungen durch.

»Landeklappen... zwanzig Grad.«

»Zwanzig, zwanzig, grün«, antwortete Carney.

»Geschwindigkeits-Check.«
»Einhundertachtzig Knoten.«
Während Tim ins Mikrofon sprach – »Chicago, Neun *Charlie Juliet*, durch fünf auf vier« –, hörte Carney, wie das Telefon in seinem Haus in Manhattan tausend Kilometer entfernt zu läuten begann.
Mach schon, Percey, nimm ab! Wo bist du?
Bitte...
ATC meldete sich: »Neun *Charlie Juliet*, mit der Geschwindigkeit auf hundert acht null runtergehen. Übergebe jetzt an den Tower. Schönen Abend.«
»Roger, Chicago. Hundert acht null Knoten. Schönen Abend.«
Es klingelte zum dritten Mal.
Wo zum Teufel war sie nur? Was war los?
Der Knoten in seinem Magen wurde härter.
Die Turbotriebwerke gaben ein pfeifendes, bohrendes Geräusch von sich. Die Hydraulik ächzte. In Carneys Kopfhörer fiepte die Statik.
Tim gab durch: »Landeklappen dreißig Grad. Fahrwerk raus.«
»Landeklappen, dreißig, dreißig, grün. Fahrwerk raus. Drei grün.«
Dann, endlich – in seinem Kopfhörer ein hartes Klicken.
Die Stimme seiner Frau: »Hallo?«
Vor Erleichterung lachte er laut auf.
Carney setzte gerade zum Sprechen an, als ein gewaltiger Ruck durch die Maschine ging. Die Wucht der Explosion war so stark, daß sie ihm im Bruchteil einer Sekunde die sperrigen Hörer vom Kopf riß und die beiden Männer nach vorne ins Instrumentenfeld schleuderte. Um sie herum schwirrten Metallsplitter, stoben Funken.
Instinktiv griff Carney mit seiner linken Hand nach dem halb abgerissenen Steuerknüppel – eine rechte Hand besaß er nicht mehr. Er drehte sich zu Tim hinüber, gerade als dessen blutüberströmter, marionettenhaft wirkender Körper durch eines der klaffenden Löcher im Rumpf verschwand.
»O mein Gott. Nein, nein...«
Dann löste sich das gesamte Cockpit von dem zerberstenden Flugzeugrumpf und schoß in einer Spirale der Erde entgegen. In

einen Feuerball aus brennendem Benzin eingehüllt, setzten Rumpf, Flügel und Triebwerke ihren Flug alleine fort.

»Oh, Percey«, stöhnte er. »Percey...« Aber es gab schon längst kein Mikrofon mehr, das seine Worte hätte auffangen können.

2

Groß wie ein Asteroid, gelblich wie Knochen.

Die Sandkörner leuchteten auf dem Computerschirm. Der Mann saß vornübergebeugt, den Nacken verkrampft, die Augen vor Konzentration zusammengekniffen.

In der Ferne war Donner zu hören. Der Morgenhimmel leuchtete gelb und grün, und jede Minute konnte ein Sturm losbrechen. Es war der verregnetste Frühling seit Menschengedenken.

Sandkörner...

»Vergrößern«, befahl er, und sofort wurde das Bild auf dem Computerschirm doppelt so groß.

Seltsam, dachte er.

»Cursor nach unten... Stop!«

Er beugte sich wieder angestrengt nach vorn und studierte aufmerksam den Bildschirm.

Sand ist die Freude eines jeden Kriminalisten, dachte Lincoln Rhyme: ein paar Körnchen nur, manchmal vermengt mit anderem Material; mit einem Durchmesser von 0,05 bis zu 2 Millimetern (alles, was größer ist, ist Kies, alles, was kleiner ist, Treibsand). Sand haftet an den Kleidern eines Täters wie klebrige Farbe und fällt praktischerweise an Tatorten und in Verstecken zu Boden – und stellt so eine Verbindung zwischen Mörder und Mordopfer her. Sand kann auch eine Menge darüber verraten, wo ein Verdächtiger sich aufgehalten hat. Trüber, dunkler Sand bedeutet, er war in der Wüste. Klarer Sand heißt Strand. Hornblende weist auf Kanada hin, Obsidian auf Hawaii. Quarz und Magma bedeuten Neu-England. Glattes, graues Magnetit kommt vor allem an den westlichen Großen Seen vor.

Aber Rhyme hatte nicht die geringste Ahnung, woher dieser besondere Sand stammen könnte. Der meiste Sand im Gebiet von New York besteht aus Quarz und Feldspat; er ist felsig am Long Island Sund, staubig am Atlantik, schlammig am Hudson. Dieser hier aber war glitzernd weiß und gezackt, vermengt mit kleinen, rötlichen Kügelchen. Und was waren das für Ringe? Weiße, steinerne Ringe, die aussahen wie mikroskopisch kleine Calamari. So etwas hatte er noch nie gesehen.

Dieses Rätsel hatte Rhyme bis vier Uhr morgens wach gehalten. Soeben hatte er eine Probe des Sandes an einen Kollegen im Washingtoner FBI-Labor geschickt, und er hatte es mit größtem Widerwillen getan. Lincoln Rhyme haßte es, wenn jemand anderes seine Fragen beantwortete.

Vor dem Fenster neben seinem Bett bewegte sich etwas. Er sah hinüber. Seine Nachbarn – zwei gedrungene Wanderfalken – waren wach und bereit, auf die Jagd zu gehen. Tauben, aufgepaßt, dachte Rhyme. Plötzlich neigte er den Kopf und murmelte leise: »Verdammt.« Der Fluch galt nicht seiner Frustration darüber, daß er das unkooperative Beweismittel nicht identifizieren konnte, sondern der bevorstehenden Unterbrechung.

Eilige Schritte waren auf der Treppe zu hören. Thom hatte Besucher hineingelassen, und Rhyme wollte jetzt niemand sehen. Er blickte voll Ärger zum Flur. »O Gott, nicht jetzt.«

Aber das hörten sie natürlich nicht, und selbst wenn, so hätten sie keine Sekunde gezögert.

Sie waren zu zweit.

Einer war schwer, der andere nicht.

Ein flüchtiges Klopfen an der offenen Tür, und schon waren sie eingetreten.

»Lincoln.«

Rhyme brummte nur.

Lon Sellitto war Detective im New York Police Department NYPD und für die schweren Schritte verantwortlich. An seiner Seite trottete sein schlanker, jüngerer Partner herein. Jerry Banks hatte sich mit einem grauen Anzug aus feinstem schottischem Tuch herausgeputzt. Seine wilde Tolle war dick mit Festiger eingesprayt

– Rhyme konnte Propan, Isobutan und Vinylacetat riechen –, trotzdem stand der liebenswürdige Wirbel wie bei der Comicfigur Dagwood hartnäckig hervor.

Der rundliche Mann schaute sich in dem sechs mal sechs Meter großen Schlafzimmer um. An den Wänden hingen keinerlei Bilder. »Was hat sich verändert, Linc? Ich meine, hier in deinem Zimmer?«

»Nichts.«

»Oh, hey, ich hab's – es ist aufgeräumt und sauber«, platzte Banks heraus, unterbrach sich dann abrupt, als er seinen Fauxpas bemerkte.

»Klar ist es sauber«, stimmte Thom zu, der in seiner akkurat gebügelten braunen Hose, dem weißen Hemd und der geblümten Krawatte mal wieder wie aus dem Ei gepellt aussah. Obwohl Rhyme sie selbst über einen Katalogversand für Thom gekauft hatte, fand er sie übertrieben bunt. Thom war bereits seit Jahren Rhymes Adlatus – und obwohl er in dieser Zeit zweimal von Rhyme gefeuert worden und einmal selbst gegangen war, hatte der Ermittler den unerschütterlichen Krankenpfleger und Assistenten jedesmal wieder eingestellt. Thom wußte über Querschnittslähmungen soviel wie ein Arzt, und er hatte von Rhyme genügend über Gerichtsmedizin gelernt, um selbst als Kriminalist arbeiten zu können. Aber er war zufrieden, das zu sein, was die Versicherung schlicht als ›Pfleger‹ bezeichnete. Allerdings lehnten sowohl Rhyme als auch Thom diese Bezeichnung ab. Rhyme nannte ihn abwechselnd »meine Glucke« oder »meine Nemesis«, zu Thoms grenzenloser Belustigung. Jetzt schob er sich an den Besuchern vorbei. »Er war dagegen, aber ich habe die Mädels von Molly Maids engagiert und sie das ganze Haus mal richtig von oben bis unten schrubben lassen. Im Grunde genommen hätte alles ausgeräuchert werden müssen. Danach hat er einen ganzen Tag nicht mit mir gesprochen.«

»Es brauchte nicht geputzt zu werden. Jetzt kann ich einfach nichts mehr finden.«

»Andererseits braucht er auch gar nichts zu finden, nicht wahr?« erwiderte Thom. »Dafür bin ich ja schließlich da.«

Rhyme war nicht in der Stimmung für weitere Scherze. »Nun, was gibt es?« fragte er und wandte sein gutaussehendes Gesicht Sellitto zu.

»Hab einen Fall. Dachte mir, daß du vielleicht helfen willst.«

»Ich bin beschäftigt.«

»Was ist das hier?« fragte Banks und deutete auf einen neuen Computer, der neben Rhymes Bett stand.

»Oh, das«, verkündete Thom mit geradezu empörender Fröhlichkeit. »Er ist jetzt auf dem neuesten Stand. Zeig es ihnen, Lincoln. Führ es vor.«

»Ich will nichts vorführen.«

Noch mehr Donner, aber kein Tropfen Regen. Wie so oft foppte die Natur heute nur.

Thom blieb hartnäckig. »Nun zeig ihnen schon, wie es funktioniert.«

»Ich will nicht!«

»Es ist ihm peinlich.«

»Thom«, murrte Rhyme.

Aber der junge Gehilfe war gegen Drohungen immun. Er zupfte an seiner scheußlichen – oder modernen – Seidenkrawatte. »Ich weiß wirklich nicht, warum er sich jetzt so anstellt. Gestern schien er noch richtig stolz auf das Ganze zu sein.«

»War ich nicht.«

Thom ließ sich nicht beirren. »Diese Box dort« – er zeigte auf einen beigen Apparat –, »die führt in den Computer.«

»Wow, ist das etwa das allerneuste Modell?« rief Banks und betrachtete den Computer voller Ehrfurcht. Um Rhymes finsterem Blick zu entkommen, stürzte sich Thom auf die Frage wie ein Storch auf einen Frosch.

»Yup, nicht schlecht, was?« strahlte er.

Aber Lincoln Rhyme war jetzt nicht an Computern interessiert. Im Augenblick interessierten ihn einzig und allein die mikroskopisch kleinen Calamari-Gebilde und der Sand, in dem sie eingelagert waren.

Thom ließ sich nicht aufhalten: »Das Mikrofon ist mit dem Computer verbunden. Was auch immer er sagt, der Computer erkennt es. Das Ding hat ziemlich lang gebraucht, bis es seine Stimme gelernt hat. Er nuschelt nämlich.«

In Wahrheit war Rhyme ziemlich zufrieden mit dem System – ein blitzschneller Computer mit Stimmerkennungssoftware, dazu eine speziell angefertigte Box, mit der er seine Umgebung steuern konnte. Allein durch seine Stimme konnte er damit die Heizung höher oder niedriger stellen, die Lichter ein- oder ausschalten, die Stereoanlage und den Fernseher bedienen, Telefonnummern wählen und Faxe verschicken. Am Computer dirigierte er den Cursor einfach nur, indem er sprach, so wie andere es mit Maus und Tastatur taten. Er konnte selbst Briefe und Berichte diktieren.

»Er kann sogar komponieren«, erklärte Thom den Besuchern voller Stolz. »Er sagt dem Computer einfach, welche Noten er in das Programm schreiben soll.«

»Nun, das ist wirklich sinnvoll«, bemerkte Rhyme säuerlich. »Musik.«

Rhyme war vom vierten Halswirbel abwärts gelähmt. Er konnte also ohne Probleme nicken. Er konnte auch mit den Schultern zucken, allerdings nicht so schroff, wie er es manchmal gerne gewollt hätte. Ein weiterer Zirkustrick von ihm war es, den linken Ringfinger ein paar Millimeter hin und her zu bewegen. Das war seit ein paar Jahren sein gesamtes Repertoire an körperlichen Möglichkeiten. Eine Sonate für Violine zu komponieren stand erst einmal nicht auf seiner Liste.

»Er kann auch Spiele spielen«, setzte Thom seinen Lobgesang auf das neue Gerät fort.

»Ich hasse Spiele. Das interessiert mich nicht.«

Sellitto, der Rhyme an ein großes ungemachtes Bett erinnerte, stierte auf den Computer, schien aber nicht sonderlich beeindruckt zu sein. »Lincoln«, begann er ernst. »Da ist so'n Fall für die Sondereinheit. Das heißt wir und die Jungs vom FBI. Sind da letzte Nacht auf ein Problem gestoßen.«

»Ein echtes Problem«, erlaubte sich Banks hinzuzufügen.

»Wir dachten... nun, ich dachte, du könntest uns vielleicht dabei helfen.«

Denen helfen?

»Ich arbeite gerade an etwas«, sagte Rhyme abwehrend. »Für Perkins, um es genau zu sagen.« Thomas Perkins war der Einsatzleiter des FBI-Büros in Manhattan. »Einer von Fred Dellrays Agenten wird vermißt.«

Sonderagent Fred Dellray war ein langjähriger Mitarbeiter des FBI und steuerte die meisten Undercover-Agenten im Bereich Manhattan. Dellray selbst war zu seiner Zeit einer der besten Undercover-Agenten des FBI gewesen. Er hatte für seine Erfolge bei der Infiltrierung – vom Hauptquartier der Drogenbosse in Harlem bis zu militanten Schwarzen-Organisationen – vom Direktor persönlich zahlreiche Belobigungen erhalten. Einer von Dellrays Agenten war nun seit ein paar Tagen verschwunden.

»Perkins hat uns davon erzählt«, sagte Banks. »Ziemlich abgedrehte Geschichte.«

Rhyme verdrehte die Augen, weil er Banks' Ausdrucksweise unpassend fand. Allerdings mußte er zugeben, daß die Geschichte wirklich seltsam war. Der Agent war gegen 21.00 Uhr aus seinem Wagen verschwunden, den er gegenüber vom FBI-Büro im Herzen Manhattans geparkt hatte. Die Straßen waren zu diesem Zeitpunkt nicht gerade übervölkert, aber auch nicht völlig verlassen. Der Wagen, ein Crown Victoria des Büros, blieb mit laufendem Motor und offenen Türen zurück. Es gab kein Blut, keine Pulverreste einer Waffe, keine Kratzer, die auf einen Kampf hingedeutet hätten. Keine Zeugen – zumindest keine Zeugen, die bereit gewesen wären auszusagen.

Wirklich ziemlich abgedreht.

Perkins hatte eine ausgezeichnete Spurensicherungseinheit zu seiner Verfügung, einschließlich des FBI-eigenen Physical Evidence Response Teams PERT.

Aber es war Rhyme, der PERT aufgebaut hatte, und es war Rhyme, den Dellray angefordert hatte, um die Untersuchung des Tatorts auszuwerten. Die Beamtin der Spurensicherung, die mit Rhyme zusammenarbeitete, hatte Stunden mit Panellias Wagen verbracht und nicht einen einzigen verwertbaren Fingerabdruck entdeckt. Alles, was sie zurückbrachte, waren zehn Beutel mit wertlosen Spurenrückständen und – der einzige vielleicht nützliche Hinweis – einige Dutzend Körnchen von diesem seltsamen Sand.

Jene Körnchen, die jetzt so riesig und rund wie Himmelskörper auf seinem Computerschirm leuchteten.

Sellitto unterbrach seinen Gedankengang: »Lincoln, wenn du uns hilfst, wird Perkins jemand anderes auf den Panelli-Fall ansetzen. Und ich bin mir ziemlich sicher, daß dich diese Geschichte interessieren wird.«

Wieder diese besondere Betonung. Was hatte das alles zu bedeuten?

Rhyme und Sellitto hatten vor einigen Jahren bei mehreren großen Mordfällen zusammengearbeitet. Schwierige Fälle – Fälle von hohem öffentlichem Interesse. Er kannte Sellitto besser als die meisten anderen Polizisten. Rhyme wußte aber von sich, daß er Menschen nur schwer durchschauen konnte. Seine Ex-Frau Blaine hatte ihm in ihren hitzigen Debatten immer wieder vorgeworfen, daß Rhyme eine Patronenhülse in einem Kilometer Entfernung entdecken konnte, aber einen Menschen übersah, der direkt vor seiner Nase stand. Jetzt aber merkte er deutlich, daß Sellitto mit etwas hinter dem Berg hielt.

»Okay, Lon. Was ist los? Sag es mir.«

Sellitto gab Banks ein Zeichen.

»Phillip Hansen«, sagte der junge Polizist mit bedeutungsschwerer Stimme und hob dabei seine kümmerliche Augenbraue.

Rhyme kannte den Namen aus der Zeitung. Hansen war ein erfolgreicher Geschäftsmann aus Tampa in Florida. Ihm gehörte in Armonk im Bundesstaat New York eine Großhandelsfirma. Die Firma war außergewöhnlich erfolgreich, und so war er zum Multimillionär geworden. Hansen hatte als Unternehmer ein sehr gutes Leben. Er brauchte nie nach Kunden Ausschau zu halten, brauchte für seine Firma nicht zu werben und hatte keine Probleme mit ausstehenden Rechnungen. Der einzige Haken an der Sache war, daß die Bundesregierung und der Staat New York viel Mühe darauf verwandten, PH Distributors Inc. dichtzumachen und den Firmenchef ins Gefängnis zu werfen. Das hing damit zusammen, daß Hansens Unternehmen nicht, wie er behauptete, gebrauchte Armeeausrüstung verkaufte, sondern Waffen – die meisten davon aus Armeebeständen gestohlen oder aus dem Ausland eingeschmuggelt. Anfang des Jahres waren zwei Soldaten getötet worden, als ihr Lastwagen, der mit einer Ladung Kleinfeuerwaffen nach New Jersey unterwegs war, in der Nähe der George Washington Brücke überfallen und entführt worden war. Dahinter steckte Hansen – eine Tatsache, die der New Yorker Oberstaatsanwalt und die US-Staatsanwaltschaft nur zu gut kannten, aber nicht beweisen konnten.

»Perkins und wir zimmern gerade einen Fall zusammen«, berichtete Sellitto. »Arbeiten mit der Kriminalabteilung der Army zusammen. Aber es ist eine Scheißarbeit.«

»Und es gibt niemanden, der ihn verpfeift«, ärgerte sich Banks. »Weit und breit niemanden.«

Rhyme vermutete, daß es wirklich niemand wagen würde, jemanden wie Hansen zu verraten. Der junge Detective fuhr fort: »Aber letzte Woche hatten wir endlich einen Durchbruch. Sie müssen wissen, Hansen hat einen Flugschein. Seine Firma besitzt Lagerhallen auf dem Mamaroneck Airport – das ist in der Nähe von White Plains. Ein Richter hat uns die Papiere ausgestellt, um sie mal unter die Lupe zu nehmen. Natürlich haben wir nichts gefunden. Aber dann, letzte Woche an einem Abend so gegen Mitternacht: Der Flughafen ist geschlossen, aber ein paar Leute arbeiten noch. Sie sehen einen Mann, auf den Hansens Beschreibung paßt, wie er zu seinem Flugzeug fährt, ein paar große Sporttaschen reinwirft und losfliegt. Ohne Starterlaubnis, ohne Flugplan. Fliegt einfach los. Vierzig Minuten später kommt er zurück, landet, steigt in seinen Wagen und rast davon – ohne Sporttaschen. Die Zeugen geben die Registrierungsnummer an das Bundesluftfahrtamt FAA weiter. Und siehe da, es stellt sich heraus, daß es Hansens privater Jet ist, nicht der seiner Firma.«

Rhyme schlußfolgerte: »Also wußte er, daß ihr ihm auf die Pelle rückt, und deshalb wollte er etwas loswerden, das ihn mit den Morden in Verbindung bringt.« Er verstand allmählich, warum sie ihn dabeihaben wollten. Ein leichtes Interesse flackerte auf. »Konnte die Air Traffic Control seine Flugroute verfolgen?«

»La Guardia hatte ihn eine Zeitlang. Er flog geradewegs über den Long Island Sund. Dann ging er für zehn Minuten unter den Radarbereich runter.«

»Und ihr habt berechnet, wie weit über den Sund er kommen konnte. Sind Taucher draußen?«

»Klar. Und noch etwas. Wir wußten, daß Hansen ausflippen würde, sobald er erfährt, daß wir drei Zeugen haben. Deshalb haben wir dafür gesorgt, daß er bis Montag in ein Bundesgefängnis gesperrt wird.«

Rhyme lachte amüsiert. »Und ihr habt tatsächlich einen Richter soweit bekommen, einen hinreichenden Verdacht zu sehen?«

»Hm, mit dem Hinweis auf Fluchtgefahr«, grinste Sellitto. »Außerdem haben wir noch ein paar weitere Vergehen dazugeworfen, wie Verletzung der Luftfahrtregeln und fahrlässige Gefährdung. Kein Flugplan und Flug unterhalb der FAA-Mindesthöhe.«

»Was sagt denn unser Mister Hansen dazu?«

»Er beherrscht die Spielregeln perfekt. Kein Wort bei der Festnahme, kein Wort zum Staatsanwalt. Sein Anwalt bestreitet alles und bereitet eine Klage wegen widerrechtlicher Festnahme vor, bla, bla, bla... Wenn wir also die verdammten Taschen finden, dann gehen wir am Montag vor die Grand Jury und schwupp, weg ist er.«

»Vorausgesetzt«, warf Rhyme ein, »daß in den Taschen tatsächlich Belastungsmaterial ist.«

»Oh, da wird schon etwas drin sein.«

»Wie kannst du da so sicher sein?«

»Weil Hansen Schiß hat. Er hat jemanden angeheuert, um die Zeugen umzulegen. Einen hat er bereits erwischt. Hat letzte Nacht außerhalb von Chicago sein Flugzeug in die Luft gesprengt.«

Und nun wollen sie mich, um die Sporttaschen zu finden, dachte Rhyme. Faszinierende Gedanken schossen ihm durch den Kopf. War es möglich, die Position des Flugzeugs über dem Wasser aufgrund einer bestimmten Art von Niederschlag oder einer Salzablagerung zu bestimmen? Oder durch ein zerquetschtes Insekt an der Flügelkante? Konnte man den Todeszeitpunkt des Insekts feststellen? Und wie sähe es mit der Salzkonzentration und Verschmutzung des Wassers aus? Wenn eine Maschine so niedrig über dem

Wasser fliegt, müßten die Düsentriebwerke und die Flügel doch eigentlich Algen aufwirbeln und sie gegen den Rumpf oder das Heck drücken?

»Ich brauche ein paar Karten des Sunds«, begann Rhyme. »Baupläne des Flugzeugs...«

»Ähm, Lincoln. Deshalb sind wir nicht hier«, unterbrach Sellitto.

»Nicht wegen der Taschen«, fügte Banks hinzu.

»Nicht? Weswegen denn dann?« Rhyme schüttelte eine besonders irritierende Strähne dunklen Haares aus seinem Gesicht und starrte den jungen Mann stirnrunzelnd an.

Sellittos Augen wanderten erneut zu der beigen Steuerungsbox, aus der sich rote, gelbe und schwarze Kabel über den Fußboden ringelten wie Schlangen, die ein Sonnenbad nahmen.

»Wir möchten, daß du uns hilfst, den Killer zu finden. Den Typen, den Hansen angeheuert hat. Wir müssen ihn stoppen, bevor er die beiden anderen Zeugen kriegt.«

»Und?« fragte Rhyme, der merkte, daß Sellitto immer noch mit etwas hinter dem Berg hielt.

Der Detective richtete seine Augen auf das Fenster und sagte schließlich: »Es sieht ganz danach aus, Lincoln, als ob es der Tänzer wäre.«

»Der Totentänzer?«

Sellitto sah Rhyme ins Gesicht und nickte.

»Bist du sicher?«

»Wir haben gehört, daß er vor ein paar Wochen einen Job in Washington erledigt hat. Hat einen Kongreßmitarbeiter umgelegt, der in Waffengeschäfte verwickelt war. Wir konnten ein paar Telefonate zurückverfolgen, die von einer Telefonzelle vor Hansens Haus mit dem Hotel geführt wurden, in dem der Tänzer wohnte. Er muß es sein, Lincoln.«

Die Sandkörner auf dem Bildschirm, die so groß wie Asteroiden und so sanft gerundet wie die Schultern einer Frau waren, verloren jeden Reiz für Rhyme.

»Nun«, sagte er leise, »da haben wir wirklich ein Problem, nicht wahr?«

3

Sie erinnerte sich.

Letzte Nacht. Das Läuten des Telefons, das das leise Trommeln des Regens gegen ihr Schlafzimmerfenster übertönt hatte.

Sie hatte es voller Abscheu angeschaut, als sei die Telefongesellschaft für ihre Übelkeit und den bohrenden Schmerz in ihrem Kopf verantwortlich, für das Blitzlichtgewitter hinter ihren Augenlidern.

Schließlich sprang sie auf und griff beim vierten Klingeln nach dem Hörer.

»Hallo?«

Es war nur ein Echo wie aus einer leeren Röhre zu hören – das typische Geräusch bei einem Funkgespräch, das zu einem Telefon durchgeschaltet wird.

Dann eine Stimme. Vielleicht.

Ein Lachen. Vielleicht.

Eine gewaltige Detonation. Ein Klicken. Stille.

Kein Freizeichen. Nur Stille, übertönt von den krachenden Wellen in ihren Ohren.

Hallo? Hallo?...

Sie legte den Hörer auf und ließ sich wieder auf ihre Couch fallen und beobachtete den abendlichen Regen und die Bäume, die im Frühlingssturm hin- und herwogten. Sie war wieder eingeschlafen. Bis das Telefon eine halbe Stunde später erneut klingelte und ihr die Nachricht übermittelte, daß Lear Neun *Charlie Juliet* beim Landeanflug abgestürzt war und ihren Mann und den jungen Tim Randolph in den Tod gerissen hatte.

Nun, an diesem grauen Morgen, wußte Percey Rachael Clay, daß der mysteriöse Anruf am Vorabend von ihrem Mann gekommen war. Ron Talbot – der den Mut aufgebracht hatte, sie anzurufen und ihr die Nachricht des Absturzes mitzuteilen – hatte ihr erklärt, daß er Eds Anruf genau im selben Augenblick durchgestellt hatte, als der Lear explodierte.

Eds Lachen...

Hallo? Hallo?...

Percey schraubte ihren Flachmann auf und nahm einen Schluck. Sie dachte an die stürmischen Tage vor vielen Jahren, als sie und Ed eine zum Wasserflugzeug umgebaute Cessna 180 nach Red Lake in Ontario geflogen hatten. Als sie aufsetzten, hatten sie noch genau 0,2 Liter Benzin im Tank. Sie hatten ihre glückliche Landung mit einer Flasche billigem Whisky gefeiert, der ihnen den schlimmsten Kater ihres Lebens beschert hatte. Die Erinnerung daran trieb ihr Tränen in die Augen – so wie damals der Kopfschmerz.

»Hör auf, Perce. Du hast genug davon, okay?« sagte der Mann, der auf der Wohnzimmercouch saß. »Bitte.« Er deutete auf den Flachmann.

»O ja«, antwortete sie mit zurückhaltendem Sarkasmus in der schweren Stimme. »Klar.« Und nahm einen weiteren Schluck. Hatte das Verlangen nach einer Zigarette, widerstand aber. »Warum, zum Teufel, hat er mich in letzter Sekunde angerufen?« fragte sie.

»Vielleicht hat er sich Sorgen um dich gemacht«, spekulierte Brit Hale. »Wegen deiner Migräne.«

Hale hatte in der vergangenen Nacht ebensowenig geschlafen wie Percey. Auch ihn hatte Talbot mit der Nachricht des Absturzes angerufen, und er war von seinem Appartement in Bronxville hergekommen, um bei Percey zu sein. Er war die ganze Nacht bei ihr geblieben und hatte ihr dabei geholfen, die vielen notwendigen Anrufe zu erledigen. Es war Hale, nicht Percey, der ihren Eltern in Richmond die Nachricht überbrachte.

»Er hatte keinen Grund dafür, Brit. Für einen Anruf in letzter Sekunde.«

»Das hatte nichts mit dem zu tun, was geschehen ist«, sagte Hale sanft.

»Ich weiß«, erwiderte sie.

Sie kannten sich seit Jahren. Hale war einer der ersten Piloten bei Hudson Air gewesen. Er hatte damals vier Monate lang unentgeltlich gearbeitet, dann waren seine Ersparnisse aufgebraucht, und er hatte Percey widerstrebend gebeten, ihm ein Gehalt zu zahlen. Er hatte nie erfahren, daß sie ihn aus ihrer eigenen Tasche bezahlte, da die Firma im ersten Jahr nach ihrer Gründung keinerlei Gewinn abwarf. Hale sah aus wie ein hagerer, strenger Schullehrer. In Wirklichkeit war er locker – der perfekte Gegenpol zu Percey – und ein Spaßvogel, der es schon mal fertigbrachte, besonders unangenehme und aufsässige Passagiere dadurch zu bändigen, daß er die Maschine drehte und kopfüber flog, bis sie sich beruhigt hatten. Hale übernahm oft den rechten Sitz, wenn Percey flog, und war ihr liebster Copilot. »Eine Ehre, mit Ihnen zu fliegen, Ma'am«, sagte er dann in seiner perfekten Elvis-Presley-Imitation. »Vielen Dank auch.«

Der bohrende Schmerz hinter ihren Augen war inzwischen fast verschwunden. Percey hatte bereits einige Freunde verloren – die meisten durch Abstürze –, und sie wußte, daß der seelische Schock physischen Schmerz wie eine Droge betäubte.

Dasselbe galt auch für Whisky.

Ein weiterer Schluck aus dem Flachmann. »Zum Teufel, Brit.« Sie warf sich neben ihn auf die Couch. »Oh, zum Teufel.«

Hale legte seinen starken Arm um sie. Sie lehnte ihren dunkel gelockten Kopf an seine Schulter. »Es wird alles gut werden, Baby«, murmelte er. »Versprochen. Kann ich was tun?«

Sie schüttelte den Kopf. Es war eine Frage, die keiner Antwort bedurfte.

Noch ein kleiner Schluck Bourbon, dann blickte sie auf die Uhr. Neun Uhr. Eds Mutter würde jeden Augenblick eintreffen. Freunde, Verwandte... Die Trauerfeier mußte geplant werden...

So viel zu tun...

»Ich muß Ron anrufen«, beschloß sie. »Wir müssen etwas unternehmen. Die Firma...«

Im Fluggeschäft hatte der Begriff »Firma« eine andere Bedeutung als in anderen Branchen. Die »Firma« war ein Wesen, ein lebendes Etwas. Das Wort wurde mit Ehrfurcht oder Frustration oder Stolz ausgesprochen. Manchmal auch mit Kummer. Eds Tod hatte im Leben von vielen eine Wunde hinterlassen, auch in dem der Firma. Und diese Wunde könnte durchaus tödlich sein.

So viel zu tun...

Aber Percey Clay, die Frau, die niemals in Panik geriet, die auch bei den gefährlichsten Loopings eiskalt blieb und Situationen überstanden hatte, in denen andere Piloten ins Trudeln geraten wären, saß nun wie gelähmt auf der Couch. Seltsam, dachte sie. *Es fühlt sich an, als befände ich mich in einer anderen Dimension. Ich kann mich nicht bewegen.*

Sie betrachtete ihre Hände und Füße, um festzustellen, ob sie womöglich schon knochenweiß und blutleer waren.

Oh, Ed ...

Und natürlich dachte sie auch an Tim Randolph. Ein wirklich guter Copilot, und die waren dünn gesät. Sie rief sich sein junges, rundes Gesicht in Erinnerung – er war wie eine jüngere Ausgabe von Ed. Mit diesem grundlosen Grinsen. Aufgeweckt und gehorsam, aber entschlossen – gab klare und eindeutige Befehle, selbst an Percey, wenn er das Kommando im Flugzeug hatte.

»Du brauchst einen Kaffee«, unterbrach Hale ihre Gedanken und ging in die Küche. »Ich bringe dir einen doppelten Cappuccino mit Sahnehäubchen und extra Schokostreuseln.«

Das war einer ihrer Scherze – sich über dekadente Kaffeetrinker lustig zu machen. Echte Piloten tranken ihrer Meinung nach nur Klassiker wie Maxwell House oder Folgers-Kaffee.

Heute allerdings machte Hale – Gott segne ihn – keine Witze über kaffeetrinkende Softies – heute meinte er: Laß die Finger vom Suff. Percey verstand den Hinweis. Sie schraubte den Flachmann zu und ließ ihn mit einem lauten Klirren auf den Tisch fallen.

»Okay, okay.« Sie stand auf und lief durchs Wohnzimmer. Ihr Blick fiel in den Spiegel, auf ihr Mopsgesicht. Schwarzes Haar in dichten, drahtigen Locken. (In ihrer qualvollen Jugend hatte sie sich einmal in einem Moment der Verzweiflung einen Bürstenschnitt verpassen lassen. Sie würde es ihnen schon zeigen. Doch diese Trotzreaktion, so verständlich sie auch war, brachte ihr nur noch mehr Spott ein. Sie lieferte den ach so charmanten jungen Damen an der Lee-Schule in Richmond neue Munition gegen sie.)

Percey war zierlich und hatte tiefschwarze, kugelrunde Augen – ihr größter Pluspunkt, wie ihre Mutter immer wieder betonte. Womit sie meinte, ihr einziger Pluspunkt. Und ein Pluspunkt, um den sich Männer einen Dreck scherten.

Heute lagen dunkle Ringe unter diesen Augen, und ihre Haut

war fahl – Raucherhaut, erinnerte sie sich aus jener Zeit, als sie noch zwei Päckchen Marlboros am Tag geraucht hatte. Die Löcher in ihren Ohrläppchen waren schon lange zugewachsen.

Ein Blick aus dem Fenster, über die Bäume. Sie beobachtete den Verkehr vor ihrem Stadthaus, und etwas meldete sich aus ihrem Unterbewußtsein. Etwas Beunruhigendes.

Was? Was war es?

Das Gefühl verschwand, wurde verdrängt vom Klingeln an der Tür.

Percey machte auf und sah sich zwei stämmigen Polizisten gegenüber.

»Mrs. Clay?«

»Ja.«

»New York Police Department.« Dabei zeigten sie ihre Polizeimarken. »Wir sind hier, um auf Sie aufzupassen, bis wir wissen, was mit Ihrem Mann passiert ist.«

»Kommen Sie rein«, sagte sie. »Brit Hale ist auch hier.«

»Mr. Hale?« fragte einer der Polizisten und nickte dabei erfreut.

»Er ist hier? Gut. Wir hatten schon ein paar Polizisten aus Westchester County zu seinem Haus geschickt.«

Ihr Blick wanderte an einem der Polizisten vorbei auf die Straße, und im selben Augenblick meldete sich wieder dieser beunruhigende Gedanke.

Sie trat an den Polizisten vorbei auf den Treppenabsatz vor der Haustür.

»Es wäre uns lieber, wenn Sie im Haus blieben, Mrs. Clay...«

Sie starrte auf die Straße. Was war es nur?

Dann fiel es ihr ein.

»Da ist vielleicht noch etwas«, sagte sie zu den Beamten. »Ein schwarzer Lieferwagen.«

»Ein...«

»Ein schwarzer Wagen. Da war dieser schwarze Lieferwagen.«

Einer der Polizisten zückte seinen Notizblock. »Erzählen Sie.«

»Moment mal«, sagte Rhyme.

Lon Sellitto unterbrach seine Ausführungen.

Rhyme hörte, daß sich wieder Schritte näherten. Sie waren weder schwer noch leicht. Er wußte, von wem sie stammten. Dazu waren keinerlei Anstrengungen nötig. Er hatte diese Schritte einfach schon oft gehört.

Das schöne Gesicht von Amelia Sachs, eingerahmt von ihrem langen, roten Haar, erschien auf der Treppe. Rhyme sah, wie sie kurz innehielt, dann ihren Weg fortsetzte. Sie trug die marineblaue Uniform der New Yorker Polizei, komplett bis auf Krawatte und Mütze. In einer Hand schwenkte sie eine Einkaufstasche vom Jefferson Market.

Jerry Banks lächelte sie verzückt an. Seine Verliebtheit war anrührend, sehr offensichtlich, aber auch ziemlich verständlich – welche Streifenpolizisten hatten schon eine Karriere als Model in der Madison Avenue hinter sich – wohl nur die hochgewachsene Amelia Sachs. Aber sein Anhimmeln wurde nicht erwidert, und der junge Mann, der trotz seiner schlechten Rasur und seiner wilden Tolle gut aussah, war sich offenbar klar darüber, daß er so schnell nicht zum Zuge kommen würde.

»Hi, Jerry«, nickte sie. Sellitto begrüßte sie mit einem respektvollen »Sir«. (Er war Detective Lieutenant und so etwas wie eine Legende in der Mordkommission. Sachs, die Polizistengene in ihrem Blut hatte, war von klein auf zu Hause und später auf der Polizeiakademie eingebleut worden, erfahreneren Kollegen Respekt entgegenzubringen.)

»Sie sehen müde aus«, stellte Sellitto fest.

»Hab nicht geschlafen. Hab nach Sand gesucht«, erwiderte sie und zog ein Dutzend Plastikbeutel aus der Einkaufstasche. »Ich habe Vergleichsproben gesammelt.«

»Gut«, sagte Rhyme. »Aber das ist nun Schnee von gestern. Wir sind auf einen neuen Fall angesetzt worden.«

»Auf einen neuen Fall?«

»Jemand ganz Bestimmtes ist in die Stadt gekommen. Und wir müssen ihn fangen.«

»Wer?«

»Ein Killer«, antwortete Sellitto.

»Ein Profi?« hakte Sachs nach. »Mafia?«

»Ein Profi, ja, das kann man wohl sagen«, antwortete Rhyme. »Aber soweit wir wissen, hat er keine Verbindung zur organisierten Kriminalität.« Die meisten angeheuerten Killer im Lande arbeiteten im Auftrag der Mafia.

»Er ist so eine Art selbständiger Unternehmer«, fuhr Rhyme fort. »Wir nennen ihn den Totentänzer.«

Sie hob eine Augenbraue, unter der rötliche Kratzspuren zu sehen waren. »Warum?«

»Nur eines seiner Opfer lebte lange genug, um uns eine Beschreibung liefern zu können. Demnach hat er – oder zumindest hatte er – eine Tätowierung auf seinem Oberarm: der Sensenmann, der vor einem Sarg mit einer Frau tanzt.«

»Nun, das ist ja zumindest mal etwas für die Rubrik ›Besondere Kennzeichen‹«, kommentierte sie trocken. »Was wissen Sie noch über ihn?«

»Ein Weißer, vermutlich Mitte Dreißig. Das ist alles.«

»Sie sind der Tätowierung nachgegangen?« fragte Sachs.

»Natürlich«, erwiderte Rhyme schmallippig. »Bis ans Ende der Welt.« Er meinte das wortwörtlich. Jede Polizeistation in jeder größeren Stadt auf der Erde hatte nachgeforscht, ohne daß auch nur der geringste Hinweis auf eine solche Tätowierung gefunden wurde.

»Entschuldigen Sie, meine Damen und Herren«, unterbrach Thom. »Zeit für ein paar Erledigungen.« Das Gespräch verstummte, während Thom seinen Chef mit geübten Bewegungen hin- und herdrehte. Dies diente dazu, seine Lungen frei zu bekommen. Querschnittsgelähmte entwickeln persönliche Beziehungen zu bestimmten Teilen ihres Körpers. Nachdem er sich seine Wirbelsäule vor einigen Jahren während der Untersuchung eines Tatorts verletzt hatte, waren seine Arme und Beine für Rhyme zu grausamen Feinden geworden. Er hatte ungeheure Energie darauf verwandt, sie dazu zu zwingen, ihm wieder zu Willen zu sein. Doch sie hatten den Kampf mühelos gewonnen und waren bewegungslos wie ein Stück Holz geblieben. Als nächstes hatte er gegen die spastischen Anfälle angekämpft, die seinen Körper erbarmungslos schüttelten. Er versuchte, ihnen mit schierer Willenskraft Einhalt zu gebieten. Nach und nach hatten sie dann aufgehört, offenbar ganz von selbst. Rhyme konnte den Sieg nicht für sich beanspruchen, aber er verbuchte ihre Niederlage. Dann wandte er sich kleineren Herausforderungen zu und nahm den Kampf gegen seine Lungen auf. Nach einem Jahr in der Rehaklinik hatte er es geschafft, sich von der künstlichen Beatmung zu befreien. Der Beatmungstubus wurde wieder aus seiner Luftröhre entfernt, und er konnte wieder selbst atmen. Das war sein einziger Erfolg im Kampf gegen seinen Körper, und er hegte den dunklen Verdacht, daß seine Lungen nur auf einen geeigneten Zeitpunkt warteten, es ihm heimzuzahlen. Er rechnete damit, daß er in einem oder zwei Jahren an einer Lungenentzündung oder einem Emphysem sterben würde.

Lincoln Rhyme hatte nicht unbedingt etwas dagegen einzuwenden zu sterben. Aber es gab so viele Todesarten. Er war fest entschlossen, daß sein Tod nicht unangenehm sein würde.

Sachs fragte: »Gibt es irgendwelche Hinweise? Letzte bekannte Adresse?«

»Hat sich zuletzt in der Gegend von Washington D.C. aufgehalten«, sagte Sellitto in seinem gedehnten Brooklyner Akzent. »Das ist alles. Sonst nichts. Oh, wir werden sicher bald von ihm hören. Dellray mit seinen ganzen Spitzeln und Informanten vermutlich als erster. Der Tänzer ist wie zehn verschiedene Menschen in einer Person. Operationen an den Ohren, Silikonimplantate im Gesicht. Mal fügt er sich Narben zu, mal läßt er sie entfernen. Mal nimmt er zu, mal nimmt er ab. Einmal hat er einen Leichnam abgehäutet – nahm die Haut der Hände und trug sie wie Handschuhe, um die Spurensicherung reinzulegen.«

»Mich konnte er allerdings nicht täuschen«, unterbrach Rhyme. »Ich hab mich nicht ins Boxhorn jagen lassen.«

Allerdings habe auch ich ihn nicht erwischt, dachte er voller Bitterkeit.

»Er plant alles bis ins kleinste Detail«, fuhr der Detective fort. »Inszeniert ein Ablenkungsmanöver und schlägt dann zu. Anschließend macht er den Tatort verdammt effizient sauber.« Sellitto unterbrach sich. Für einen Mann, der sein Leben der Jagd nach Mördern gewidmet hat, wirkte er plötzlich erstaunlich beunruhigt.

Rhyme ging nicht auf das plötzliche Verstummen seines ehemaligen Partners ein. Die Augen auf das Fenster gerichtet, setzte er den Bericht fort. »Die Sache mit den gehäuteten Händen, das war der letzte Job des Tänzers hier in New York. Ist fünf, sechs Jahre her. Er war von einem Investment-Banker an der Wall Street angeheuert worden, dessen Partner umzulegen. Erledigte den Job gut und sauber. Mein Spurensicherungsteam traf am Tatort ein und suchte ihn ab. Einer von ihnen zog ein zusammengeknülltes Blatt Papier aus dem Mülleimer. Das setzte eine Ladung PETN frei. Etwa 225 Gramm. Beide Mitarbeiter waren tot und praktisch jede eventuelle Spur vernichtet.«

»Tut mir leid, das zu hören«, murmelte Sachs. Es entstand ein unbehagliches Schweigen. Sie war seit über einem Jahr seine Schülerin und Mitarbeiterin – und in dieser Zeit waren sie auch Freunde geworden. Sie hatte sogar manchmal hier übernachtet. Hatte auf der Couch geschlafen oder keusch wie eine Schwester neben Rhyme in seinem fünfhundert Kilogramm schweren Clinitron-Bett gelegen. Aber ihre Gespräche drehten sich vor allem um kriminalistische Themen. Rhyme erzählte ihr vor dem Einschlafen Geschichten, wie er Serienmörder oder geniale Fassadenkletterer geschnappt hatte. Über persönliche Dinge zu sprechen vermieden sie meist peinlich. Auch jetzt sagte sie lediglich: »Das muß sehr schwer für Sie gewesen sein.«

Rhyme schob ihre versteckte Beileidsbekundung mit einer Kopfbewegung beiseite. Er starrte auf die leere Wand. Vor einiger Zeit hatten an den Wänden Kunstposter gehangen. Sie waren schon lange verschwunden, aber sein Geist verband die verbliebenen Klebstoffreste mit imaginären Strichen zu einem schiefen Stern. Rhyme mußte sich wieder an die schreckliche Szene der Explosion in der Wall Street erinnern, er sah die verkohlten, zerfetzten Leichen seiner Mitarbeiter vor sich. Eine große Leere und Verzweiflung breitete sich in ihm aus.

Sachs unterbrach seine düsteren Gedanken. »Der Typ, der den Tänzer damals angeheuert hatte, war der bereit auszusagen?«

»Klar war er bereit. Aber da gab es nicht viel, was er erzählen konnte. Er hinterlegte das Geld und die schriftlichen Instruktionen in einem toten Briefkasten. Kein elektronischer Transfer, keine Kontonummer. Sie haben sich nie persönlich getroffen.« Rhyme holte tief Luft. »Das Schlimmste war, daß der Auftraggeber zwischenzeitlich seine Meinung geändert hatte. Er verlor die Nerven. Aber er hatte keine Möglichkeit, mit dem Tänzer Kontakt aufzunehmen. Er hätte ohnehin nichts mehr ausrichten können. Der Tänzer hatte ihm von vornherein gesagt: ›Mich kann man nicht zurückpfeifen.‹«

Sellitto informierte Sachs über den Hansen-Fall, über die Zeugen, die den mitternächtlichen Ausflug mit seiner Maschine gesehen hatten, und über die Bombe in der vergangenen Nacht.

»Wer sind die anderen Zeugen?« fragte sie.

»Percey Clay, die Frau dieses Carneys, der in dem Flugzeug getötet wurde. Sie ist Chefin der Firma Hudson Air Charters. Ihr Mann war der Vize. Der andere Zeuge ist Britton Hale. Er arbeitet als Pilot bei ihr. Ich habe Babysitter losgeschickt, die auf beide achten.«

Banks verkündete: »Ich habe Mel Cooper hinzugezogen. Er wird unten im Labor arbeiten. Für den Hansen-Fall ist ein Sonderdezernat gebildet worden. Deshalb haben wir Fred Dellray als Vertreter des FBI dazu bekommen. Er stellt uns bei Bedarf Agenten zur Verfügung und besorgt uns für die Clay und Hale eines der sicheren Häuser vom Zeugenschutzprogramm der US-Marshals.«

Lincoln Rhymes so ausgezeichnetes Erinnerungsvermögen funkte dazwischen und drängte mit Macht alle anderen Gedanken zur Seite. Er hörte nicht mehr, was der Detective sagte. In seinem Kopf liefen wieder die Bilder aus dem Büro ab, in dem der Tänzer die Bombe versteckt hatte.

Auch nach fünf Jahren war alles noch haarscharf da: Der zerfetzte Mülleimer, der wie eine schwarze Rose klaffte. Der Geruch des Sprengstoffs – ein erstickender chemischer Gestank, so ganz anders als der Rauchgeruch von Holzfeuer. Das seidige Glänzen des versengten Holzes, wie Krokodilhaut. Die verbrannten Körper seiner Techniker. Durch die Hitze der Flammen waren sie in eine Art Embryonalstellung zusammengezogen worden.

Das Summen des Fax-Apparats erlöste ihn von seinem Horrortrip in die Vergangenheit. Jerry Banks schnappte sich das erste Blatt. »Der Untersuchungsbericht vom Absturzort«, verkündete er.

Rhyme wandte seinen Kopf voller Eifer dem Faxgerät zu. »An die Arbeit, meine Damen und Herren!«

Wasch sie. Wasch sie richtig gründlich.
 Soldat, sind diese Hände sauber?
 Sir, gleich sind sie richtig sauber, Sir.
 Der kräftig gebaute, etwa fünfunddreißigjährige Mann stand in der Toilette eines Cafés in der Lexington Avenue und war ganz in seine Aufgabe versunken.
 Schrubb, schrubb, schrubb...
 Er hielt kurz inne und warf einen Blick aus der Tür der Männertoilette. Niemand schien sich dafür zu interessieren, daß er seit fast zehn Minuten hier drin war.
 Zurück zum Schrubben.
 Stephen Kall untersuchte seine Nagelhäutchen und seine kräftigen, schon geröteten Fingerknöchel.
 Sehen sauber aus, sehen ganz sauber aus. Keine Würmer. Nicht ein einziger.
 Er hatte sich gut gefühlt, als er den schwarzen Lieferwagen ganz nach hinten in eine Tiefgarage fuhr. Stephen hatte die Ausrüstung, die er benötigte, aus dem Wagen genommen, war die Rampe hinaufgelaufen und hatte sich auf der geschäftigen Straße unter die Menge gemischt. Er hatte bereits mehrfach in New York gearbeitet, konnte sich aber einfach nicht an die vielen Menschen gewöhnen. Allein in diesem Block waren es mindestens tausend Menschen.
 Machen mich ganz kribbelig.
 Wurmig, fühle mich, als wäre ich voller Würmer.
 Und deshalb war er hier in der Toilette gekommen, um sich ein wenig abzuschrubben.
 Soldat, bist du damit immer noch nicht fertig? Du hast noch zwei Zielpersonen zu eliminieren.
 Sir, bin fast fertig, Sir. Muß dafür sorgen, daß nicht die kleinste Spur hinterlassen werden kann, bevor ich mit der Operation fortfahre, Sir.

Oh, um Gottes willen...

Das heiße Wasser lief über seine Haut. Er schrubbte sich die Hände mit einer Bürste, die er in einem verschließbaren Plastikbeutel bei sich trug. Drückte erneut auf den Seifenspender und ließ das rosafarbene Gel in seine Handflächen träufeln.

Und schrubbte weiter.

Schließlich prüfte er noch einmal seine geröteten Hände und trocknete sie unter dem Heißluftstrom. Keine Handtücher, keine verräterischen Faserrückstände.

Auch keine Würmer.

Stephen trug an diesem Tag Tarnkleidung, allerdings keine olivfarbene Armeeuniform und auch nicht das Beige der Operation Wüstensturm. Seine Tarnung bestand aus Jeans, Reebok-Turnschuhen, einem Arbeitshemd und einer grauen Windjacke mit ein paar Farbspritzern darauf. An seinem Gürtel baumelten ein Mobil-Telefon und ein großes Metermaß. Er sah aus wie ein typischer Handwerker. Er trug diese Verkleidung deshalb, weil sich niemand in Manhattan darüber wundern würde, daß ein Arbeiter an einem so schönen Frühlingstag Baumwollhandschuhe trug.

Wieder draußen.

Immer noch viele Menschen. Aber seine Hände waren jetzt sauber, und er fühlte sich nicht mehr so kribbelig.

Er blieb an der Ecke stehen und blickte die Straße hinunter zu dem Gebäude, das einst das Haus des *Ehemannes* und seiner *Ehefrau* gewesen war. Jetzt war es nur noch das Haus der *Ehefrau*, denn ihr *Ehemann* war über der Heimat Lincolns in Millionen kleiner Teile zerfetzt worden.

Zwei Zeugen waren also noch am Leben, und sie sollten beide am Montag, wenn die Grand Jury zusammentrat, tot sein. Er blickte auf seine klobige Armbanduhr. Es war 9.30 Uhr am Samstag morgen.

Soldat, ist da genug Zeit, um sie beide zu erwischen?

Sir, ich kriege sie jetzt vielleicht nicht beide, aber ich habe noch fast achtundvierzig Stunden, Sir. Das ist mehr als genügend Zeit, um beide Ziele zu lokalisieren und zu neutralisieren, Sir.

Soldat, du hast doch nicht etwa Angst vor Herausforderungen?

Sir, ich liebe Herausforderungen, Sir.

Vor dem Haus war ein einzelner Polizeiwagen geparkt. Das hatte er erwartet.

Also gut, wir haben eine bereits ausgekundschaftete Todeszone vor dem Haus und eine noch unbekannte innen...

Seine geschrubbten Hände brannten. Er blickte die Straße in beide Richtungen entlang und ging dann los. Der Rucksack wog fast dreißig Kilogramm, aber er spürte die Last kaum. Stephen war ein wandelndes Muskelpaket mit militärischem Haarschnitt.

Während er sich dem Haus näherte, stellte er sich vor, er würde hier wohnen. Anonym. Er dachte an sich nicht als Stephen oder Mr. Kall oder Todd Johnson oder Stan Bledsoe oder die Dutzende anderer Namen, die er in den vergangenen zehn Jahren benutzt hatte. Sein wirklicher Name war wie ein rostiges Fahrrad, das im Hinterhof steht – etwas, dessen man sich zwar bewußt ist, das man aber kaum noch wahrnimmt.

Mit einer raschen Bewegung verschwand er plötzlich im Eingang des Hauses, das genau gegenüber dem Haus der *Ehefrau* stand. Stephen drückte die Eingangstür auf und sah zu den großen Glasfenstern auf der anderen Straßenseite hinüber, die teilweise durch einen blühenden Baum verdeckt wurden. Er setzte eine teure, gelblich getönte Schießbrille auf, und die Reflexionen im Fenster verschwanden. Jetzt konnte er im Haus schemenhafte Figuren erkennen. Ein Bulle... nein, zwei Bullen. Ein Mann, der mit dem Rücken zum Fenster stand. Vielleicht war das der *Freund*, der andere Zeuge, den er umbringen sollte. Und... ja, da war die *Ehefrau*. Klein. Hausbacken. Jungenhaft. Sie trug eine weiße Bluse, die ein gutes Ziel abgab.

Sie machte ein paar Schritte und verschwand aus seinem Blickfeld.

Stephen bückte sich und öffnete seinen Rucksack.

4

Thom setzte ihn in den Storm Arrow Rollstuhl.

Dann übernahm Rhyme das Kommando. Er nahm den strohhalmdicken Schlauch in den Mund und dirigierte so den Rollstuhl pustend und saugend zu dem kleinen Fahrstuhl in der ehemaligen Toilette, der ihn direkt und ohne Umstände ins Erdgeschoß brachte.

Als das Haus vor hundert Jahren gebaut worden war, war der Raum, in den Lincoln Rhyme nun hinein rollte, der Salon gewesen. Kostbarer Stuck, Rosetten an der Decke, in die Wand eingelassene Nischen für Ikonen und auf dem Fußboden feinste Eichendielen, so sorgfältig dicht an dicht verlegt und versiegelt, daß die Fugen nicht zu sehen waren. Angesichts von Rhymes baulichen Veränderungen hätte aber vermutlich jeder Architekt einen Anfall bekommen. Er hatte die Wand zwischen Salon und Speisezimmer einreißen und in die verbliebenen Wände große Löcher bohren lassen, die für die zusätzlichen Stromkabel notwendig geworden waren. Die so verbundenen Zimmer waren nun nicht mehr mit erlesenen Tiffany-Lampen oder stimmungsvollen Landschaftsbildern von George Inness geschmückt, sondern boten ganz andere Kunstwerke dar: Röhren mit Dichtegradienten, Computer, hochauflösende Mikroskope, Gaschromatographen, Massenspektrometer, eine PoliLight-Lampe und Ninhydrin-Tauchbecken zum Aufspüren von Fingerabdrücken. In einer Ecke thronte ein extrem teures Rasterelektronenmikroskop, das mit einem energiedispersiven Röntgenanalysegerät verbunden war. Dort lagen und standen auch einige andere alltägliche Ausrüstungsgegenstände des modernen Kriminalisten: Brillen, schnittresistente Latexhandschuhe, Bechergläser, Schraubenzieher und Zangen, Postmortem-Fingerlöffel, Skalpelle, Mundspatel, Tupfer, Becher, Plastikbeutel, Untersuchungstabletts, Untersuchungsproben. Ein Dutzend Eßstäbchen (Rhyme hatte seinen Assistenten eingebleut, Beweismaterial genauso aufzusammeln, wie sie ihr Chop Suey bei Ming Wang an der Ecke aßen.).

Rhyme steuerte den schnittigen, apfelroten Storm Arrow zum Arbeitstisch. Thom streifte ihm das Mikrofon über den Kopf und schaltete den Computer ein.

Kurz darauf erschienen Sellitto und Banks. Sie wurden von einem weiteren Mann begleitet, der gerade eingetroffen war. Er war großgewachsen, schlaksig und schwarz wie Ebenholz. Bekleidet war er mit einem grünen Anzug und einem Hemd von geradezu außerirdischem Gelb.

»Hallo, Fred.«

»Lincoln.«

»Hey.« Sachs nickte ihm kurz zu, als sie den Raum betrat. Sie hatte ihm verziehen, daß er sie vor nicht allzu langer Zeit verhaftet hatte – eine Kompetenz-Kabbelei zwischen den verschiedenen Abteilungen. Inzwischen hatten die hochgewachsene, schöne Polizistin und der gerissene Polizist eine eigenartige Zuneigung füreinander entwickelt. Nach Rhymes Einschätzung gehörten sie beide zu jenem Polizistentyp, der auf Menschen fixiert ist (wohingegen er sich selbst als Beweismittel-Typ einstufte). Dellray vertraute gerichtsmedizinischen Untersuchungen ebensowenig, wie Rhyme Zeugenaussagen Glauben schenkte. Was die ehemalige Streifenpolizistin Sachs anging, nun, sie hatte ihre natürlichen Neigungen, gegen die er nichts tun konnte, aber Rhyme war entschlossen, aus ihr die beste Kriminalistin New Yorks zu machen, wenn nicht sogar des ganzen Staates. Ein Ziel, das durchaus in ihrer Reichweite lag, auch wenn sie es vielleicht selbst nicht wußte.

Dellray schritt durch den Raum, stellte sich neben das Fenster und verschränkte seine mageren Arme. Niemand – auch Rhyme nicht – konnte den Beamten ganz genau einschätzen. Er lebte allein in einem kleinen Appartement in Brooklyn, liebte Literatur und Philosophie und liebte es noch mehr, in schummrigen Bars Billard zu spielen. Einst war er die Spitze unter den Undercover-Agenten des FBI gewesen, und noch heute tauchte in Gesprächen gelegentlich sein Spitzname aus jener Zeit auf: »Das Chamäleon« – eine ehrfürchtige Anspielung auf seine unglaubliche Fähigkeit, sich in jede Undercover-Rolle einzuleben. Auf sein Konto gingen mindestens tausend Festnahmen. Aber er hatte zu lange in diesem Bereich verbracht und war daher »überfällig« geworden – wie das FBI es nannte. Es war nur noch eine Frage der Zeit, bis ihn ein Bandenboß oder Dealer erkennen und umbringen würde. Deshalb hatte er schließlich widerstrebend einen Verwaltungsjob angenommen, der darin bestand, daß er andere Undercover-Agenten und Informanten führte.

»Also, meine Jungs sagen mir, wir haben es mit dem Tänzer persönlich zu tun«, nuschelte der Agent. Seine Sprechweise war nicht so sehr typisch schwarz als vielmehr, nun… typisch Dellray. Wie sein Leben so waren auch seine Grammatik und sein Vokabular zum großen Teil improvisiert.

»Gibt's irgendwas Neues von Tony?« fragte Rhyme.

»Von meinem verschwundenen Jungen?« Dellrays Gesicht verzerrte sich vor Wut. »Nee, nichts.«

Tony Panelli, der Beamte, der vor einigen Tagen vor dem FBI-Büro verschwunden war, hatte eine Frau und ein Haus hinterlassen. Abgesehen davon blieben von ihm nur ein grauer Ford mit laufendem Motor und ein paar Körner eines aufreizend geheimnisvollen Sandes – jene sanft gerundeten Asteroiden, die Antworten versprochen, aber bisher nicht gegeben hatten.

»Sobald wir den Tänzer geschnappt haben, machen Amelia und ich damit weiter. Rund um die Uhr«, versprach Rhyme.

Dellray klopfte zornig gegen das Ende einer Zigarette, die er hinter sein linkes Ohr geklemmt hatte. »Der Tänzer… Mist. Diesmal müßt ihr das Arschloch wirklich kriegen.«

»Was ist mit dem Mord letzte Nacht?« fragte Sachs. »Habt ihr irgendwelche Hinweise?«

Sellitto wühlte in einem Stapel aus Faxen und seinen handschriftlichen Notizen. Er sah auf. »Ed Carney startete gestern abend um 18.18 Uhr vom Mamaroneck-Flughafen. Die Firma – Hudson Air – ist eine private Chartergesellschaft. Sie fliegen Fracht, Firmenkunden, alles eben. Leasen Flugzeuge. Sie haben gerade einen neuen großen Auftrag bekommen. Sie fliegen – das ist echt heiß – Körperteile durch die Gegend, die für Transplantationen bestimmt sind. Hudson Air bringt diese Organe in Krankenhäuser im ganzen Mittleren Westen und an der Ostküste. Hab gehört, daß so was heutzutage ein knallharter Wettbewerb ist.«

»Also ein richtiger Halsabschneider-Job«, scherzte Banks, war aber der einzige, der darüber lächeln konnte.

Sellitto setzte seine Ausführungen fort. »Der Kunde ist U.S. Medical and Healthcare mit Sitz in Somers. Eine dieser kommerziellen Krankenhausketten. Carney hatte einen ganz schön engen Zeitplan. Sollte nach Chicago fliegen, dann Saint Louis, Memphis, Lexington, Cleveland, zuletzt ein Stopp in Erie in Pennsylvania. Heute früh sollte er zurückkommen.«

»Irgendwelche Passagiere?« fragte Rhyme.

»Jedenfalls keine vollständigen«, murmelte Sellitto. »Nur die Fracht. Nichts Ungewöhnliches an dem Flug. Dann, nur noch zehn Minuten von O'Hare entfernt, geht die Bombe hoch. Zerfetzt das Flugzeug in tausend Stücke. Tötet beide, Carney und seinen Copiloten. Vier weitere Personen wurden am Boden verletzt. Übrigens sollte seine Frau mit ihm fliegen, aber sie wurde krank und mußte im letzten Moment absagen.«

»Gibt's einen Bericht der Flugsicherheitsbehörde?« erkundigte sich Rhyme. »Nein, natürlich nicht. Der kann noch nicht da sein.«

»Der Bericht wird erst in zwei, drei Tagen fertig.«

»Nun gut, wir können aber keine zwei, drei Tage warten«, schimpfte Rhyme lautstark. »Ich brauche ihn jetzt!«

Auf seinem Hals war noch immer die rosafarbene Narbe von dem Beatmungstubus zu erkennen. Aber Rhyme hatte sich von der künstlichen Lunge freigekämpft und konnte nun wie ein Weltmeister atmen. Lincoln Rhyme war zwar vom vierten Halswirbel abwärts querschnittsgelähmt, er konnte aber seufzen, husten und fluchen wie ein Seemann. »Ich muß alles über diese Bombe wissen.«

»Ich rufe 'nen Kumpel in Chicago an. Der schuldet mir noch 'nen dicken Gefallen«, versprach Dellray. »Wenn ich ihm sage, worum es geht, wird er mir alles schicken, was sie haben, und zwar presto presto.«

Rhyme nickte zustimmend und dachte dann noch einmal über das nach, was Sellitto geschildert hatte. »Okay, wir haben also zwei Tatorte. Die Absturzstelle in Chicago. Das ist nichts für Sie, Sachs.

Vollkommen verunreinigt. Wir können nur hoffen, daß die Jungs in Chicago einen halbwegs ordentlichen Job machen. Der andere Tatort ist der Flughafen in Mamoroneck, wo der Tänzer die Bombe installiert hat.«

»Woher wissen wir, daß er das am Flughafen gemacht hat?« fragte Sachs und drehte ihr leuchtendrotes Haar zu einem festen Knoten zusammen. So eine prächtige Mähne war an einem Tatort ein Risiko; damit konnten die Beweisstücke verunreinigt werden. Sachs war bei ihrem Job immer mit einer Neunmillimeter Glock und einem Dutzend Haarnadeln bewaffnet.

»Gute Frage, Sachs«, lobte Rhyme. Er schätzte es, wenn sie ihn herausforderte. »Wir wissen es nicht, und wir werden es auch erst wissen, wenn wir herausgefunden haben, wo die Bombe versteckt war. Sie kann überall gewesen sein: im Frachtraum, in einem Koffer oder in einer Thermoskanne.«

Oder in einem Mülleimer, dachte er bitter und war wieder bei der Bombe in der Wall Street.

»Ich will jedes noch so kleine Teil der Bombe so schnell wie möglich hier haben. Wir müssen alles untersuchen«, verlangte Rhyme.

»Nun, Linc«, wandte Sellitto betont langsam ein. »Das Flugzeug flog eine Meile über der Erde, als es explodierte. Die Wrackteile sind über einen verdammt großen Bereich verstreut.«

»Das ist mir egal«, antwortete Rhyme, dessen Halsmuskeln schmerzten. »Läuft die Suche noch?«

Normalerweise untersuchen örtliche Bergungsmannschaften Absturzstellen, aber dies war eine Ermittlung der Bundesbehörden. Deshalb griff Dellray zum Telefon und ließ sich zu dem FBI-Agenten vor Ort durchstellen.

»Sag ihnen, daß wir jedes Stück des Wracks brauchen, an dem sich auch nur die geringste Spur Sprengstoff nachweisen läßt. Ich spreche hier von Nanogramm. Ich will diese Bombe.«

Dellray übermittelte Rhymes Wunsch. Dann blickte er auf, schüttelte den Kopf. »Der Tatort ist freigegeben.«

»Was?« brüllte Rhyme. »Nach zwölf Stunden? Das ist lächerlich. Unentschuldbar!«

»Sie mußten die Straßen wieder freimachen. Er sagt –«

»Die Feuerwehrwagen!« rief Rhyme.

»Was?«

»Jeder Feuerwehrwagen, jeder Krankenwagen, jeder Polizeiwagen... jeder Unfallwagen, der am Absturzort war. Ich will, daß alle Reifen ausgekratzt werden.«

Dellrays langes, rabenschwarzes Gesicht erstarrte. »Würdest du das bitte wiederholen? Für meinen ehemaligen guten Freund hier?« Der Beamte hielt ihm das Telefon hin.

Rhyme ignorierte den Hörer und beschwor Dellray: »Die Reifen von Unfallwagen sind die besten Quellen für Beweismittel von einem kontaminierten Tatort. Sie sind zuerst zur Stelle, sie haben normalerweise neue Reifen mit tiefem Profil, und sie sind wahrscheinlich auf direktem Weg zum Tatort und wieder zurückgefahren. Ich will, daß alle Reifen ausgekratzt und alles, was in den Rillen war, hierher geschickt wird.«

Dellray schaffte es, dem Kollegen in Chicago das Versprechen abzuringen, daß die Reifen von möglichst vielen Wagen ausgekratzt werden würden.

»Nicht ›von möglichst vielen‹«, verlangte Rhyme. »Alle!«

Dellray verdrehte die Augen, gab dann aber auch diese Forderung weiter und legte auf.

Plötzlich rief Rhyme laut: »Thom! Thom, wo bist du?«

Sein Adlatus erschien nur einen Augenblick später an der Tür. »Ich war in der Waschküche.«

»Vergiß die Wäsche. Wir brauchen eine Zeittabelle. Schreib, schreib...«

»Schreiben? Was soll ich denn wohin schreiben, Lincoln?«

»Auf die Tafel dort drüben. Auf die große.« Rhyme sah Sellitto fragend an.

»Wann tritt die Grand Jury zusammen?«

»Am Montag morgen um neun Uhr.«

»Der Staatsanwalt will sie bestimmt ein paar Stunden früher dort haben – der Wagen wird sie gegen sechs, sieben Uhr abholen.« Er blickte auf die Uhr. Jetzt war es zehn Uhr am Samstag morgen.

»Wir haben genau fünfundvierzig Stunden. Thom, schreib auf: ›1. Stunde von 45‹.«

Der Gehilfe zögerte.

»Mach schon!«

Rhyme schaute die anderen im Raum der Reihe nach an. Er bemerkte ihre unsicheren Blicke, sah auf Sachs' Stirn ein skeptisches Runzeln. Ihre Hand glitt nach oben, und sie kratzte sich abwesend den Kopf.

»Glaubt ihr, daß ich melodramatisch bin und übertreibe?« fragte er schließlich. »Denkt ihr, wir brauchen keinen Zeitfahrplan?«

Für einen Moment blieben alle still. Schließlich ergriff Sellitto das Wort. »Also, Linc, ich denke nicht, daß bis dahin was passieren wird.«

»O doch, es wird etwas passieren«, murmelte Rhyme und richtete dabei seine Augen fest auf den muskulösen Körper des männlichen Falken, der gerade abgehoben hatte und nun scheinbar mühelos über dem Central Park schwebte. »Am Montag morgen um sieben Uhr haben wir entweder den Tänzer geschnappt, oder unsere beiden Zeugen sind tot. Es gibt keine andere Möglichkeit.«

Thom zögerte, griff dann entschlossen nach der Kreide und schrieb.

Die angespannte Stille wurde durch das Klingeln von Banks' Mobiltelefon unterbrochen. Er hörte eine Minute zu und sah dann auf. »Na bitte, da hätten wir doch etwas«, sagte er.

»Was?« fragte Rhyme.

»Es kommt von den Kollegen, die auf Mrs. Clay und den anderen Zeugen aufpassen, Britton Hale.«

»Was ist mit ihnen?«

»Sie sind im Haus der Frau. Einer von ihnen war gerade am Telefon. Offenbar hat Mrs. Clay in den vergangenen Tagen einen schwarzen Lieferwagen, der ihr zuvor noch nie aufgefallen war, vor ihrem Haus stehen sehen. Das Kennzeichen war aus einem anderen Bundesstaat.«

»Hat sie sich die Nummer gemerkt? Oder den Bundesstaat?«

»Nein«, antwortete Banks. »Aber sie erinnert sich daran, daß der Wagen eine Zeitlang verschwunden blieb, nachdem ihr Mann gestern zum Flughafen gefahren war.«

Sellitto starrte ihn an.

Rhymes Kopf schoß nach vorne. »Und?«
»Sie sagt, heute früh war er für eine Weile wieder da. Jetzt ist er weg. Sie war ...«
»Oh, mein Gott«, flüsterte Rhyme.
»Was ist?« fragte Banks.
»Zentrale!« schrie Rhyme. »Ruf die Zentrale an!«

Vor dem Haus der *Ehefrau* fuhr ein Taxi vor.
Eine ältere Frau stieg aus und ging mit unsicheren Schritten zur Tür.
Stephen beobachtete sie aufmerksam.
Soldat, ist das ein einfacher Schuß?
Sir, ein Schütze denkt nie, daß ein Schuß einfach ist. Jeder Schuß verlangt äußerste Konzentration und Anstrengung. Aber, jawohl, Sir, ich kann diesen Schuß setzen und die Zielobjekte tödlich verletzen, Sir. Ich kann meine Ziele in Pudding verwandeln, Sir.
Die Frau stieg die Stufen hoch und verschwand im Eingang. Dann sah Stephen, wie sie das Wohnzimmer der *Ehefrau* betrat. Ein weißer Stoff leuchtete kurz auf – wieder die Bluse der *Ehefrau*. Die beiden umarmten sich. Eine weitere Person betrat den Raum. Ein Mann. Ein Bulle? Er drehte sich um. Nein, es war der *Freund*.
Beide Zielobjekte, dachte Stephen erregt. Nur dreißig Meter entfernt.
Die ältere Frau – Mutter oder Schwiegermutter – blieb vor der *Ehefrau* stehen. Mit gesenkten Köpfen sprachen sie miteinander.
Stephens geliebtes Model 40 war im Lieferwagen. Aber er würde das Scharfschützen-Gewehr für diesen Schuß nicht brauchen, nur die langläufige Beretta. Sie war eine wundervolle Waffe. Alt, verbeult, funktionell. Im Gegensatz zu vielen Söldnern und Profis machte Stephen seine Waffen nicht zu Kultobjekten. Wenn ein Stein der beste Gegenstand war, um ein Opfer zu töten, dann benutzte er eben einen Stein.
Er schätzte sein Ziel genau ab. Berechnete die Einfallwinkel, die Reflexionen und die mögliche Ablenkung durch das Fenster. Die alte Frau entfernte sich ein paar Schritte von der *Ehefrau* und stand nun direkt vor dem Fenster.

Soldat, wie sieht deine Strategie aus?

Er würde durch das Fenster schießen und die alte Frau in der Brust treffen. Sie würde zu Boden fallen. Die *Ehefrau* würde instinktiv nach vorne springen und sich zu ihr hinunterbeugen – und damit ein gutes Ziel abgeben. Der *Freund* würde in den Raum rennen, so daß auch er wunderbar zu treffen sein würde.

Und was ist mit den Bullen?

Ein gewisses Risiko. Aber als uniformierte Polizisten waren sie bestenfalls mittelprächtige Schützen, und sie hatten vermutlich noch nie ein Feuergefecht erlebt. Sie würden sicher in Panik geraten.

Der Eingangsbereich war noch immer menschenleer.

Stephen entsicherte die Waffe und stellte sich so, daß er im Dauerfeuermodus den Abzug besser kontrollieren konnte. Er drückte die Tür ein Stück weit auf, stellte den Fuß in den Spalt und suchte die Straße in beiden Richtungen ab.

Niemand.

Atmen, Soldat. Atmen, atmen, atmen ...

Er packte die Beretta; der Schaft drückte fest gegen die Innenfläche des Handschuhs.

Er begann, den Druck auf den Abzug unmerklich zu erhöhen.

Atmen, atmen.

Er starrte die alte Frau an und vergaß alles im Universum, vergaß den Abzug, vergaß das Zielen, vergaß seine Prämie. Er hielt einfach nur die Waffe kerzengerade in seinen geschmeidigen, lockeren Händen und wartete darauf, daß sie losging.

5

1. Stunde von 45

Die ältere Frau wischte sich Tränen ab, die *Ehefrau* stand mit verschränkten Armen hinter ihr.

Sie waren tot, sie waren –

Soldat!
Stephen erstarrte. Sein Finger am Abzug erschlaffte.
Licht!
Licht, das lautlos durch die Straße huschte. Das Blaulicht auf dem Dach eines Streifenwagens. Dann zwei weitere Polizeiautos, dann ein ganzes Dutzend, und ein Notarztwagen. Sie kamen aus beiden Richtungen und trafen vor dem Haus der *Ehefrau* zusammen.

Sichere deine Waffe, Soldat. Stephen ließ die Beretta sinken und zog sich in die düstere Eingangshalle zurück. Polizisten strömten wie überlaufendes Wasser aus den Wagen. Sie schwärmten auf den Gehweg aus, blickten suchend in alle Richtungen und spähten nach oben auf die Dächer. Glas zersplitterte, als sie die Tür zum Haus der *Ehefrau* gewaltsam aufbrachen und hineinstürmten.

Fünf Officers des Spezialeinsatzkommandos der New Yorker Polizei in voller taktischer Ausrüstung postierten sich am Bordstein und sicherten genau die entscheidenden Stellen, die Augen wachsam, die Finger locker um die Abzugshähne ihrer Gewehre gekrümmt. Mochte schon sein, daß Streifenbeamte nichts weiter als glorifizierte Verkehrspolizisten waren, aber es gab keine besseren Soldaten als die Männer des New Yorker Einsatzkommandos. Die *Ehefrau* und der *Freund* waren verschwunden, vermutlich zu Boden geworfen worden. Ebenso die alte Dame.

Noch mehr Autos füllten die Straße und parkten auf den Gehwegen.

Stephen Kall überkam das Gefühl, daß er zusammenschrumpfte. Wie ein Wurm. Schweiß breitete sich auf seinen Handflächen aus, und er ballte sie zu Fäusten, damit die Handschuhe die Feuchtigkeit aufsaugten.

Rückzug, Soldat.

Mit einem Schraubenzieher brach er das Schloß zur Haupttür auf und huschte hinein. Schnellen Schrittes, aber ohne zu laufen, steuerte er mit gesenktem Kopf auf den Lieferanteneingang zu, der auf die Seitenstraße führte. Niemand sah ihn, als er hinausschlüpfte. Rasch erreichte er die Lexington Avenue und lief inmitten der Menschenmenge nach Süden in Richtung Tiefgarage, wo er den Lieferwagen geparkt hatte.

Blickte nach vorn.
Sir, Probleme, Sir.
Noch mehr Polizisten.

Sie hatten die Lexington Avenue etwa drei Blocks südlich von ihm abgeriegelt und waren dabei, rund um das Stadthaus einen Kontrollring zu ziehen. Sie hielten Autos an, überprüften Fußgänger, kontrollierten die Häuser von Tür zu Tür und leuchteten mit ihren langen Taschenlampen in die parkenden Wagen. Stephen beobachtete, wie zwei Bullen mit den Händen am Griff ihrer Glock-Pistolen einen Mann aufforderten, aus seinem Auto auszusteigen, damit sie unter einem Stapel Decken auf dem Rücksitz nachsehen konnten. Was Stephen dabei beunruhigte, war die Tatsache, daß der Mann weiß war und etwa so alt wie er selbst.

Das Parkhaus, in dem er den Lieferwagen abgestellt hatte, lag mitten in dem Kontrollring. Er konnte nicht herausfahren, ohne angehalten zu werden. Die Bullen zogen ihren Ring immer enger. Rasch ging er zu der Garage und schloß den Lieferwagen auf. In aller Eile zog er sich um – tauschte die Handwerkermontur gegen Jeans und Arbeitsschuhe (ohne verräterisches Profil), ein schwarzes T-Shirt, eine dunkelgrüne Windjacke (keine irgendwie geartete Aufschrift) und eine Baseballmütze (ohne Mannschaftsemblem). In seinem Rucksack befanden sich ein Laptop, mehrere Handys, Handfeuerwaffen und Munition. Er griff sich noch mehr Munition, sein Fernglas, das Nachtsichtgerät, Werkzeug, mehrere Packungen Sprengstoff und ein paar Zünder. Stephen verstaute die ganze Ausrüstung in dem großen Rucksack.

Das Model 40 war in einem Fender-Baßgitarrenkasten verstaut. Er hob ihn vom Rücksitz und stellte ihn neben den Rucksack auf den Boden. Er überlegte, was er mit dem Lieferwagen tun sollte. Stephen hatte keine Stelle des Fahrzeugs ohne Handschuhe berührt, und es befand sich nichts darin, was seine Identität verraten könnte. Der Dodge selbst war gestohlen, und er hatte sowohl die Registriernummer als auch die Rahmennummer entfernt. Die Nummernschilder hatte er selbst angefertigt. Er hatte ohnehin die Absicht gehabt, den Wagen früher oder später stehenzulassen, und konnte den Auftrag auch ohne Fahrzeug erledigen. Er beschloß, den Wagen jetzt aufzugeben. Er deckte den klobigen Dodge mit einer blauen Plane ab, stach mit seinem Messer in die Reifen und ließ die Luft heraus, damit es so aussah, als habe der Wagen seit Monaten dort gestanden. Er verließ die Garage mit dem Fahrstuhl.

Draußen mischte er sich wieder unter die Menge. Aber überall wimmelte es von Polizisten. Seine Haut begann zu kribbeln, wurde feucht. Er fühlte sich wie ein Wurm. Er trat in eine Telefonzelle und tat so, als würde er telefonieren. Er beugte sich hinunter und lehnte den Kopf gegen das kühle Metall des Telefonapparats, spürte, wie der Schweiß auf seiner Stirn prickelte, unter seinen Armen. Dachte: Sie sind überall. Suchten nach ihm, starrten ihn an. Aus Autos. Von der Straße.

Aus Fenstern...

Da war wieder diese Erinnerung...

Das Gesicht am Fenster.

Er holte tief Luft.

Das Gesicht am Fenster...

Es war kürzlich gewesen. Stephen war für einen Job in Washington D.C. angeheuert worden. Sein Auftrag war es, einen Kongreßmitarbeiter zu töten, der geheime militärische Informationen verkaufte – wie Stephen vermutete an einen Konkurrenten des Mannes, der ihm den Auftrag gab. Der Kongreßmitarbeiter war aus verständlichen Gründen paranoid und hatte eine Geheimadresse in Alexandria, Virginia. Stephen hatte sein Haus aufgespürt, und es war ihm schließlich gelungen, bis auf Schußweite heranzukommen – auch wenn es ein schwieriger Schuß mit der Pistole werden würde.

Eine Chance, ein Schuß...

Stephen hatte vier Stunden gewartet, und als sein Opfer eintraf und auf sein Haus zustrebte, war es Stephen gelungen, einen Schuß abzufeuern. Getroffen, glaubte er, aber der Mann war außerhalb seines Blickfelds in einen Innenhof gefallen.

Hör mir zu, Junge. Hörst du zu?

Sir, yessir.

Du spürst jedes verwundete Opfer auf und erledigst den Job. Und wenn du der Blutspur zur Hölle und zurück folgen mußt.

Nun...

Da gibt es kein Wenn und Aber. Du gehst bei jedem Mord auf Nummer Sicher. Hast du mich verstanden? Du hast keine andere Wahl.

Yessir.

Stephen war über die Ziegelmauer in den Innenhof geklettert. Er fand die Leiche des Mannes ausgestreckt auf den Pflastersteinen, neben einem gemeißelten Ziegenkopf, aus dem eine Wasserfontäne sprudelte. Der Schuß war also wirklich tödlich gewesen.

Aber etwas Seltsames war passiert.

Etwas, das ihm einen Schauder über den Rücken jagte, und das hatten bisher nur sehr wenige Dinge in seinem Leben getan. Vielleicht war alles nur ein Zufall, vielleicht lag es an der Art, wie der Kongreßmitarbeiter hingefallen war oder wie die Kugel ihn getroffen hatte. Aber es sah so aus, als habe jemand das blutige Hemd des Opfers aus der Hose gezogen und hochgeschoben, um die kleine Eintrittswunde über dem Brustbein des Mannes zu inspizieren.

Stephen war herumgefahren, hatte sich nach demjenigen umgesehen, der das getan hatte. Aber nein, niemand war in der Nähe.

Jedenfalls hatte er das zunächst gedacht.

Dann fiel Stephens Blick auf die gegenüberliegende Seite des Innenhofs. Dort befand sich ein altes Kutscherhaus mit schmutzverzierten Fenstern, die durch den schwachen Schein des Sonnenuntergangs angeleuchtet wurden. In einem dieser Fenster sah er – oder bildete es sich ein – ein Gesicht, das zu ihm herüber schaute. Er konnte den Mann – oder die Frau – nicht deutlich erkennen. Aber wer auch immer es war, schien nicht sonderlich verängstigt zu sein. Die Person hatte sich weder geduckt noch versucht wegzulaufen.

Ein Zeuge, da ist noch ein Zeuge, Soldat!

Sir, ich werde die Möglichkeit, identifiziert zu werden, sofort eliminieren, Sir.

Aber nachdem er die Tür zu dem Kutscherhaus eingetreten hatte, fand er darin niemanden.

Rückzug, Soldat...

Das Gesicht am Fenster...

Stephen hatte in dem leeren Gebäude gestanden, von dem aus man den sonnenbeschienenen Innenhof des Hauses seines Opfers überblicken konnte, und er hatte sich um die eigene Achse gedreht, immer wieder und wieder, in langsamen, manischen Kreisen.

Wer war das? Was hatte er getan? Oder war alles nur Stephens Einbildung gewesen? So wie sein Stiefvater immer Heckenschützen in den Habichtsnestern der Eichen West Virginias gesehen hatte.

Das Gesicht im Fenster hatte ihn auf dieselbe Weise angestarrt, wie es sein Stiefvater manchmal getan hatte; wie er Stephen studiert und inspiziert hatte. Stephen erinnerte sich nur zu gut daran, was er als Junge damals oft gedacht hatte: Habe ich es versaut? War ich gut? Was *denkt* er über mich?

Schließlich hatte er nicht länger warten können und war nach Washington in sein Hotel zurückgekehrt.

Stephen war schon verprügelt worden, auf ihn war geschossen und mit Messern eingestochen worden. Aber nichts hatte ihn je so sehr erschüttert wie dieser Vorfall in Arlington. Nie hatten ihn die Gesichter seiner Opfer gequält, ob tot oder lebendig. Aber das Gesicht am Fenster war wie ein Wurm, der sein Bein heraufkroch.

Schleimig. Kribbelig.

Dasselbe Gefühl überkam ihn nun, als er sah, wie die Reihen der Officers aus beiden Richtungen der Lexington Avenue auf ihn zurückten. Ungeduldige Autofahrer drückten auf die Hupe. Aber die Polizei achtete nicht darauf, sie setzte ihre Suche unbeirrt fort. Es war nur eine Frage von Minuten, bis sie ihn entdecken würden – einen athletischen weißen Mann ohne Begleitung, mit einem Gitarrenkasten, in den problemlos das beste Scharfschützengewehr paßte, das es auf Gottes weiter Erde gab.

Seine Augen wanderten zu den schwarzen, verschmierten Fenstern über der Straße.

Er betete, daß er kein Gesicht entdecken würde, das herausschaute.

Soldat, was zum Teufel redest du?

Sir, ich –

Auskundschaften, Soldat.

Sir, yessir.

Ein würziger, bitterer Duft stieg ihm in die Nase.

Er drehte sich um und stellte fest, daß er vor einem Starbucks-Café stand. Rasch trat er hinein und tat so, als studiere er die Karte, während er in Wirklichkeit die Kunden musterte.

Eine dickliche Frau saß auf einem der wackligen, unbequemen Stühle allein an einem Tisch, las eine Zeitschrift und nippte an einem Becher Tee. Sie war Anfang Dreißig, plump, hatte ein breites Gesicht und eine dicke Nase. Die Starbucks-Kette assoziierte er mit Seattle und mit Lesben. War sie etwa eine?

Nein, er glaubte nicht. Sie schaute mit Neid, nicht mit Wollust in die Vogue.

Stephen bestellte am Tresen einen Kamillentee. Er nahm die Tasse und steuerte auf einen Platz am Fenster zu. Gerade als er an dem Tisch der Frau vorbeikam, rutschte ihm die Tasse aus der Hand und fiel auf den freien Stuhl ihr gegenüber. Heißer Tee spritzte in alle Richtungen. Überrascht schreckte sie hoch, dann sah sie den entsetzten Ausdruck auf Stephens Gesicht.

»O mein Gott«, flüsterte er, »es tut mir sooo leid.« Er stürzte nach vorn und griff eine Handvoll Servietten. »Bitte sagen Sie mir, daß Sie nichts abgekriegt haben. *Bitte!*«

Percey Clay riß sich von dem jungen Detective los, der sie zu Boden drückte.

Eds Mutter, Joan Carney, lag ein Stück weiter weg, das Gesicht vor Angst und Verwirrung verzerrt.

Brit Hale wurde von zwei starken Polizisten aufrecht an die Wand gepreßt. Es sah aus, als verhafteten sie ihn.

»Es tut mir leid, Ma'am, Mrs. Clay«, sagte einer der Polizisten. »Wir...«

»Was ist hier los?« Hale schien völlig durcheinander zu sein. Anders als Ed, Ron Talbot und Percey selbst war Hale nie in der Armee gewesen, hatte nie Kampfsituationen erlebt. Er war furchtlos – stets trug er lange Ärmel anstelle der traditionellen kurzärmeligen weißen Pilotenhemden, um die ledrigen Brandnarben zu verbergen, die er sich geholt hatte, als er vor ein paar Jahren in eine brennende Cessna 150 geklettert war, um einen Piloten und einen Passagier zu retten. Doch der Gedanke an ein Verbrechen – absichtlich zugefügter Schaden – war ihm völlig fremd.

»Wir bekamen einen Anruf von der Einsatzzentrale«, erklärte der Detective. »Sie glauben, daß der Mann, der Mr. Carney getötet hat, zurückgekommen ist. Vermutlich, um Sie beide umzubringen. Mr. Rhyme denkt, daß der Mörder der Fahrer des schwarzen Lieferwagens war, den Sie heute gesehen haben.«

»Nun, wir haben schon *diese* Männer, die uns beschützen«, schnauzte Percey ihn an und deutete mit einer Kopfbewegung auf die beiden Polizisten, die zuerst eingetroffen waren.

»Jesus«, murmelte Hale und sah nach draußen. »Das müssen mindestens zwanzig Bullen da draußen sein.«

»Weg vom Fenster bitte, Sir«, sagte der Officer bestimmt. »Er könnte sich auf einem Dach versteckt haben. Das Gelände ist noch nicht gesichert.«

Percey hörte jemanden die Treppe hinauflaufen. »Auf dem Dach?« fragte sie säuerlich. »Vielleicht gräbt er auch einen Tunnel in den Keller.« Sie legte einen Arm um Mrs. Carney. »Alles in Ordnung, Mutter?«

»Was ist los, was hat das alles zu bedeuten?«

»Man glaubt, Sie könnten in Gefahr sein«, erklärte der Officer. »Nicht Sie«, wandte er sich an Eds Mutter. »Nur Mrs. Clay und Mr. Hale. Weil sie wichtige Zeugen sind. Wir wurden beauftragt, das Gelände abzusichern und die beiden zum Kommandoposten zu bringen.«

»Hat man schon mit ihm gesprochen?« fragte Hale.

»Ich weiß nicht, wen Sie meinen, Sir.«

Der hagere Mann gab zurück: »Den Typen, *gegen den* wir aussagen sollen. Hansen.« Hales Welt war eine Welt der Logik. Mit vernünftigen Menschen. Mit Maschinen und Zahlen und Hydraulik. Seine drei Ehen waren gescheitert, weil es nur eines gab, was sein Herz zu öffnen vermochte: die Lehre vom Fliegen und das einzigartige Gefühl im Cockpit. Nun strich er sich die Haare aus der Stirn und sagte: »Fragen Sie ihn doch einfach. Er wird Ihnen sagen, wo der Mörder ist. *Er* hat ihn schließlich angeheuert.«

»Nun, ich glaube nicht, daß es ganz so einfach ist.«

Ein weiterer Beamter erschien im Eingang. »Die Straße ist sicher, Sir.«

»Wenn Sie bitte mit uns kommen würden. Sie beide.«

»Was ist mit Eds Mutter?«

»Wohnen Sie hier in der Gegend?« fragte der Officer.

»Nein, ich lebe bei meiner Schwester«, antwortete Mrs. Carney. »In Saddle River.«

»Wir bringen Sie zurück und postieren jemanden von der Polizei New Jerseys vor Ihrem Haus. Sie haben nichts mit der Sache zu tun, und ich bin sicher, Sie brauchen sich keine Sorgen zu machen.«

»Oh, Percey.«

Die beiden Frauen umarmten einander. »Es wird alles gut werden, Mutter.« Percey kämpfte gegen die Tränen an.

»Nein, das wird es nicht«, widersprach die gebrechliche Frau. »Es wird nie wieder gut sein...«

Ein Polizist führte sie hinaus zu einem Einsatzwagen.

Percey sah dem Wagen nach, dann fragte sie den Polizisten an ihrer Seite: »Wohin fahren wir?«

»Zu Lincoln Rhyme.«

Ein anderer Officer sagte: »Wir werden zusammen hinausgehen, jeweils zwei Polizisten werden Sie flankieren. Halten Sie den Kopf gesenkt, und schauen Sie unter keinen Umständen hoch. Wir werden zu diesem zweiten Transporter dort drüben laufen. Sehen Sie ihn? Sie springen hinein. Schauen Sie nicht zum Fenster hinaus, und legen Sie den Gurt an. Wir werden sehr schnell fahren. Irgendwelche Fragen?«

Percey schraubte den Flachmann auf und nahm einen Schluck Bourbon. »Yeah, wer, zum Teufel, ist Lincoln Rhyme?«

»Das haben Sie wirklich selbst genäht?«

»Habe ich«, bestätigte die Frau und zupfte an der bestickten Jeansweste, die ebenso wie ihr karierter Faltenrock eine Idee zu weit war, um ihre stämmige Figur zu verbergen. Die Stickerei erinnerte ihn an die Ringe am Körper eines Wurmes. Ihn schauderte, und er spürte Übelkeit in sich aufsteigen.

Trotzdem lächelte er und sagte: »Das ist unglaublich.« Er hatte den Tee aufgewischt und sich entschuldigt wie der Gentleman, den sein Stiefvater manchmal gespielt hatte.

Er fragte, ob sie etwas dagegen habe, wenn er sich an ihren Tisch setzte.

»Hhm... nein«, erwiderte sie und verbarg die *Vogue* so verstohlen in ihrer Leinentasche, als sei sie ein Pornoheft.

»Ach übrigens«, sagte Stephen, »mein Name ist Sam Levine.« Ihre Augen flackerten bei der Erwähnung seines Nachnamens auf und musterten seine Gesichtszüge. »Eigentlich bin ich meistens Sammy«, fügte er hinzu. »Für Mama bin ich Samuel, aber nur, wenn ich ungezogen war.« Ein Glucksen.

»Ich werde Sie ›Freund‹ nennen«, verkündete sie. »Ich bin Sheila Horowitz.«

Er sah zum Fenster hinaus, um nicht ihre feuchte Hand mit den fünf wabbeligen Wurmfortsätzen schütteln zu müssen.

»Erfreut, Sie kennenzulernen«, erwiderte er, drehte sich zu ihr zurück und nippte an seiner neuen Tasse Tee, den er widerlich fand. Sheila bemerkte, daß zwei ihrer kurzen Fingernägel schmutzig waren. Verstohlen versuchte sie, den Dreck darunter herauszupulen.

»Es entspannt«, erklärte sie. »Das Nähen. Ich habe eine alte Singer-Maschine. Eine von diesen schwarzen. Noch von meiner Oma.« Sie versuchte, ihr fettig glänzendes, kurzes Haar glatt zu streichen und wünschte sich dabei zweifellos, es gerade heute gewaschen zu haben.

»Ich kenne sonst keine Mädchen, die noch nähen«, sagte Stephen. »Nur ein Mädchen, mit dem ich im College ging. Sie machte fast alle ihre Kleider selbst. Ich war vielleicht beeindruckt.«

»Hhm, in New York näht so ungefähr keiner, wirklich keiner.« Sie schnaubte verächtlich.

»Meine Mutter war immer am Nähen, ohne Ende«, erzählte Stephen. »Jeder Stich hatte perfekt zu sein. Ich meine wirklich perfekt. Immer genau drei Stiche auf einen Zentimeter.« Das stimmte. »Ich habe immer noch einige Sachen, die sie mir genäht hat. Klingt vielleicht blöd, aber ich hab' sie behalten, nur weil sie sie genäht hat.« Das stimmte nicht.

Stephen hatte noch das Rattern des Singer-Motors im Ohr, das aus dem winzigen, stickigen Raum seiner Mutter drang. Tag und Nacht. Muß diese Stiche richtig hinkriegen. Auf jeden Zentimeter exakt drei. Warum? Weil es *wichtig* ist!

»Die meisten Männer« – die Betonung, die sie auf dieses Wort legte, verriet ziemlich viel über Sheila Horowitz' Leben – »geben keinen Pfifferling aufs Nähen. Sie wollen Frauen, die Sport treiben und ins Kino gehen.« Hastig fügte sie hinzu: »Und das tue ich auch. Ich meine, ich laufe Ski. Ich bin längst nicht so gut wie Sie, da wette ich drauf. Und ich schaue mir Filme an. Manche Filme.«

Stephen sagte: »Ach, ich laufe nicht Ski. Ich mag Sport nicht sonderlich.« Er schaute nach draußen und sah überall Polizisten. Sie spähten in jedes Auto. Ein Schwarm blauer Würmer…

Sir, ich verstehe nicht, warum Sie diese Offensive abhalten, Sir.

Soldat, es ist nicht dein Job zu verstehen. Du sollst infiltrieren, evaluieren, delegieren, isolieren und eliminieren. Sonst nichts.

»Wie bitte?« fragte er, weil er verpaßt hatte, was sie gerade gesagt hatte.

»Ich sagte, kommen Sie mir nicht so. Ich meine, ich müßte monatelang trainieren, um so gut in Form zu sein wie Sie. Ich trete dem Health & Raquet Club bei. Das hatte ich schon lange vor. Ich habe nur Probleme mit dem Rücken. Aber ich werde wirklich bald Mitglied.«

Stephen lachte. »Ach, diese ganzen Mädchen hängen mir zum Hals raus mit ihrem krankhaften Aussehen. Verstehen Sie, was ich meine? Dünn und blaß. Nehmen Sie eines dieser Mädchen, wie man sie dauernd im Fernsehen sieht, und versetzen Sie es zurück in die Zeit von King Arthur, und, schwups!, würde man den Hofarzt rufen und sagen: ›Sie muß im Sterben liegen, Mylord.‹«

Sheila zwinkerte, brüllte dann vor Lachen, wobei sie unansehnliche Zähne entblößte. Der Scherz gab ihr einen Vorwand, ihre Hand auf seinen Arm zu legen. Er spürte, wie die fünf Würmer seine Haut kneteten, und mußte wieder gegen die Übelkeit ankämpfen. »Mein Papa«, sagte sie, »war ein Berufsoffizier, kam viel herum. Er erzählte mir immer, daß man in anderen Ländern die amerikanischen Mädchen viel zu dünn findet.«

»Er war Soldat?« fragte Sam Sammie Samuel Levine mit einem Lächeln.

»Oberst im Ruhestand.«

»Nun...« Ging das zu weit? fragte er sich. Nein. Er sagte: »Ich bin beim Militär. Sergeant der Armee.«

»Nein! Wo sind Sie stationiert?«

»Sondereinsätze. In New Jersey.« Sie wußte genug, um ihn über seine Sondereinsätze nicht weiter zu befragen. »Ich bin froh, daß Sie einen Soldaten in der Familie haben. Manchmal erzähle ich gar nicht, was ich mache. Es ist nicht cool genug. Vor allem nicht hier. In New York, meine ich.«

»Machen Sie sich keine Gedanken darüber. Ich finde, es ist sehr cool, Freund.« Sie nickte zu dem Gitarrenkasten herüber. »Und Musiker sind Sie auch?«

»Nicht wirklich. Freitags helfe ich ehrenamtlich in einem Kindergarten aus. Gebe Musikunterricht. Das ist ein Programm meines Stützpunkts.«

Er schaute wieder hinaus. Blinkende Blaulichter. Ein Streifenwagen raste vorbei.

Sie zog ihren Stuhl näher an seinen, und er wurde von ihrem widerlichen Geruch eingehüllt. Es machte ihn wieder ganz kribbelig, und er mußte an Würmer denken, die in ihrem fettigen Haar wimmelten. Fast mußte er kotzen. Er entschuldigte sich für einen Moment und verbrachte drei Minuten damit, seine Hände zu schrubben. Als er zurückkam, fielen ihm zwei Dinge auf: Daß sie den obersten Knopf ihrer Bluse geöffnet hatte und daß auf dem Rücken ihres Pullovers mindestens tausend Katzenhaare klebten. Katzen waren für Stephen Würmer auf vier Beinen.

Er sah, daß draußen die Reihe der Polizisten näher rückte. Stephen schaute auf die Uhr: »Hören Sie, ich muß meinen Kater abholen. Er ist bei –«

»Oh, Sie haben einen Kater? Wie heißt er denn?« Sie lehnte sich vor.

»Buddy.«

Ihre Augen leuchteten. »Oh, so ein Süßer, Süßer. Haben Sie ein Foto?«

Von einer verdammten Katze?
»Nicht bei mir.« Stephen schnalzte bedauernd mit der Zunge.
»Ist der arme Buddy dolle, dolle krank?«
»Nur ein Checkup.«
»Oh, wie gut für Sie. Geben Sie acht auf diese Würmer.«
»Wie meinen Sie das?« fragte er alarmiert.
»Sie wissen schon, Darmwürmer und so.«
»Ach ja, richtig.«
»Hhm, wenn Sie nett sind, Freund« – Sheila sprach wieder in ihrem Singsang –, »dann werde ich Ihnen vielleicht Garfield, Andrea und Essie vorstellen. *Eigentlich* Esmeralda, aber das würde sie natürlich nie akzeptieren.«
»Es sind bestimmt wunderbare Katzen«, säuselte er und starrte auf die Fotos, die Sheila aus ihrer Brieftasche gezogen hatte. »Ich würde sie zu gern kennenlernen.«
»Wissen Sie was«, platzte sie heraus, »ich wohne nur drei Blocks von hier. In der 81. Straße.«
»Hey, ich habe eine Idee.« Er sah sie strahlend an. »Vielleicht könnte ich diesen Kram hier bei Ihnen abstellen und Ihre Babys angucken. Dann könnten Sie mit mir Buddy abholen kommen.«
»Okidoki«, rief Sheila begeistert.
»Dann lassen Sie uns aufbrechen.«
Draußen sagte sie: »Ooooh, sehen Sie nur all die Polizisten. Was ist da bloß los?«
»Wow. Keine Ahnung.« Stephen schwang den Rucksack über seine Schulter. Metall schepperte. Vielleicht eine Granate, die gegen seine Beretta gerollt war.
»Was ist da drin?«
»Musikinstrumente. Für die Kinder.«
»Oh, Triangel und so?«
»Yeah, Triangel und so.«
»Soll ich Ihre Gitarre tragen?«
»Wenn es Ihnen nichts ausmacht.«
»Hm, ich fände es cool.«
Sie nahm den Fender-Kasten, hakte sich bei ihm unter, und sie schlenderten an einer Gruppe Polizisten vorbei, die keinen Blick

für das verliebte Paar hatten. Sie gingen einfach immer weiter die Straße hinunter, dabei lachten sie und unterhielten sich über diese verrückten Katzen.

6

1. Stunde von 45

Thom erschien an Lincoln Rhymes Tür und winkte jemanden herein.

Es war ein sportlich wirkender Mann von Mitte Fünfzig mit einem Bürstenschnitt. Captain Bo Haumann, Chef der ESU, des Spezialeinsatzkommandos des New York Police Departments. Haumann sah mit seinen grauen Haaren und seinem drahtigen Körper wie der typische Ausbildungsoffizier aus, und genau das war er während seines Militärdienstes auch gewesen. Er sprach langsam und bedächtig und schaute seinem Gegenüber dabei unverwandt in die Augen, wobei ein leichtes Lächeln seine Lippen umspielte. Bei taktischen Operationen trug er meistens eine kugelsichere Weste und eine Kapuze aus feuersicherem Nomex. Kam es bei einem Einsatz zu einem gewaltsamen Eindringen, war er normalerweise einer der ersten, der durch die Tür stürmte.

»Ist es wirklich der Tänzer?« fragte der Captain.

»Nach allem, was wir gehört haben, ja«, antwortete Sellitto.

Ein kurzes Schweigen, das bei dem grauhaarigen Polizisten wirkte wie bei anderen ein lauter Seufzer. Schließlich sagte er: »Ich habe zwei 32-E-Teams bereitgestellt.«

Die 32-E-Officers, deren Spitzname von der Bezeichnung ihres Kommandoraums im Polizeihauptquartier herrührte, waren eine nicht ganz so geheime Geheimtruppe. Offiziell gehörten sie zum ESU-Spezialeinsatzkommando und nannten sich Special Procedures Officers. Die meisten der Männer und Frauen waren ehemalige Soldaten. Sie waren in allen Fahndungs- und Überwachungsmethoden sowie Angriff, Scharfschießen und Geiselbefreiung gründlich ausgebildet worden. Sie waren nicht sehr viele. Dem schlechten Ruf der Stadt zum Trotz fielen in New York nicht oft taktische Operationen an, und die Verhandlungsführer für Geiselnahmen – die als die besten des Landes galten – lösten die meisten Fälle, bevor ein Sturmangriff nötig wurde. Wenn Haumann zwei Teams für die Jagd auf den Tänzer abstellte, was zehn Beamten entsprach, dann setzte er damit auch schon die meisten der 32-E's ein.

Einen Augenblick später betrat ein kleiner, beinahe kahlköpfiger Mann mit einer altmodischen Brille den Raum. Mel Cooper war der beste Laborant des Kriminaldezernats »Investigation and Resource Division« – IRD –, das Rhyme früher geleitet hatte. Er hatte noch nie einen Tatort abgesucht, hatte nie einen Täter verhaftet und hatte vermutlich völlig vergessen, wie man mit der kleinen Pistole schoß, die er nur widerwillig hinten an seinem alten Ledergürtel mit sich herumtrug. Cooper hatte nicht das geringste Bedürfnis, irgendwo anders auf der Welt zu sein als auf seinem Laborhocker vor einem Mikroskop und Fingerabdrücke zu untersuchen – die einzige Ausnahme war vielleicht der Tanzsaal, wo er als prämierter Tangotänzer begeisterte.

»Detective.« Cooper sprach Rhyme mit dem Titel an, den dieser innehatte, als er Cooper vor Jahren vom Polizeidepartment Albany abgeworben hatte. »Ich dachte, ich sollte einen Blick auf ein paar Körnchen Sand werfen. Aber jetzt habe ich gehört, daß es um den Tänzer geht.« Es gab nur einen Ort auf der Welt, wo sich Neuigkeiten schneller verbreiteten als auf der Straße – und das war das Polizeipräsidium, dachte Rhyme. »Diesmal kriegen wir ihn, Lincoln. Wir kriegen ihn.«

Während Banks die Neuankömmlinge über die letzten Entwicklungen informierte, entdeckte Rhyme eine Frau, die an der Tür zum Labor stand. Ihre dunklen Augen, denen nichts entging, inspizierten den Raum. An ihr war keine Vorsicht, keine Unruhe.

»Mrs. Clay?« fragte er.

Sie nickte. Ein schlanker Mann trat neben sie in den Türrahmen. Britton Hale, vermutete Rhyme.

»Bitte kommen Sie herein«, forderte er sie auf.

Sie trat in den Raum, warf einen Blick auf Rhyme und dann auf das Wandregal neben Cooper, in dem sich forensische Instrumente türmten.

»Percey«, sagte sie. »Nennen Sie mich Percey. Sind Sie Lincoln Rhyme?«

»Ja, richtig. Das mit Ihrem Mann tut mir leid.«

Sie nickte kurz. Offenbar war ihr die Beileidsbekundung unangenehm.

Genau wie mir, dachte Rhyme.

Er fragte den Mann an Perceys Seite: »Und Sie sind Mr. Hale?«

Der schlaksige Pilot nickte und trat einen Schritt vor, um Rhyme die Hand zu schütteln. Dann merkte er, daß dessen Arme an den Rollstuhl gebunden waren. »Oh«, murmelte er und wurde rot. Er trat zurück.

Rhyme stellte ihnen die übrigen Mitglieder des Teams vor – mit Ausnahme von Sachs, die auf Rhymes Drängen hin gerade ihre Uniform gegen Jeans und Sweatshirt austauschte, die noch zufällig oben in Rhymes Schrank hingen. Er hatte ihr erklärt, daß der Tänzer als Ablenkungsmanöver oft Polizisten tötete oder verwundete; deshalb wollte er, daß sie wie eine Zivilistin aussah.

Percey zog aus der Seitentasche ihrer Hose einen silbernen Flachmann und nahm einen kleinen Schluck. Sie trank den Alkohol – Rhyme roch teuren Whisky –, als wäre er Medizin.

Rhyme, dessen körperliche Situation so offensichtlich war, achtete normalerweise nicht auf die körperlichen Merkmale anderer Menschen, es sei denn, es handelte sich um Täter oder Opfer. Aber Percey Clay war schwer zu ignorieren. Sie war kaum größer als einen Meter fünfzig, strahlte jedoch eine ungeheure Intensität aus. Ihre mitternachtsschwarzen Augen zogen ihr Gegenüber in den Bann. Erst wenn man sich von ihnen gelöst hatte, bemerkte man ihr Gesicht, das nicht hübsch, sondern mopsig und uneben war. Ihre Frisur bestand aus einem Wust schwarzer, lockiger Haare, die sie kurzgeschnitten trug. Rhyme vermutete, daß langes Haar ihr besser stehen würde, weil es die eckige Form ihres Gesichtes abmildern würde. Sie verzichtete auf die üblichen schützenden Gesten anderer kleiner Menschen – Hände auf den Hüften, verschränkte Arme, Hände vor dem Mund. Rhyme stellte fest, daß sie ebenso wenige überflüssige Bewegungen machte wie er selbst.

Plötzlich kam ihm ein Gedanke: Sie ist wie eine Zigeunerin.

Er bemerkte, daß auch sie ihn studierte. Und sie zeigte dabei eine ungewöhnliche Reaktion. Die meisten Menschen, die ihn zum ersten Mal sahen, fingen plötzlich an, dumm zu grinsen, wurden rot wie eine Tomate und fixierten dann fast zwanghaft seine Stirn, damit ihre Augen nur ja nicht zu seinem beschädigten Körper herabgleiten konnten. Percey hingegen musterte nur einmal kurz sein Gesicht – ein gutaussehendes Gesicht mit feinen Lippen und einer Tom-Cruise-Nase, das ihn deutlich jünger als Mitte Vierzig wirken ließ – und ließ ihre Augen rasch über seine bewegungslosen Arme und Beine und seinen Torso wandern. Dann aber konzentrierte sich ihre Aufmerksamkeit ganz auf seine Behinderten-Ausrüstung – den glänzenden Storm Arrow Rollstuhl, den Mundkontrollschlauch, das Kopfhörermikrofon und den Computer.

Thom kam herein und trat neben Rhyme, um seinen Blutdruck zu messen.

»Jetzt nicht!« befahl sein Boß.

»Doch, jetzt.«

»Nein.«

»Keine Widerrede.« Thom maß ungerührt den Blutdruck. Dann legte er das Stethoskop zur Seite und sagte: »Gar nicht schlecht, aber du bist müde und hast in letzter Zeit zuviel gearbeitet. Du brauchst jetzt etwas Ruhe.«

»Verschwinde«, grummelte Rhyme. Er wandte sich wieder Percey zu. Weil er ein Krüppel war, ein Querschnittsgelähmter, ein unvollständiger Mensch, schienen Besucher oft zu denken, er könne sie nicht verstehen. Deshalb versuchten sie, besonders langsam zu reden oder ihn über Thom anzusprechen. Percey aber wandte sich nun in ganz normalem Gesprächston an Rhyme und machte damit viele Pluspunkte bei ihm.

»Sie glauben, daß Brit und ich in Gefahr sind?«

»O ja. Das sind Sie. In großer Gefahr.«

Sachs kam herein und warf Percey und Rhyme einen kurzen Blick zu.

Er stellte sie vor.

»Amelia?« fragte Percey. »Sie heißen wirklich Amelia?«

Sachs nickte.

Ein schwaches Lächeln erschien auf Perceys Gesicht, und sie wandte sich halb zu Rhyme um.

»Ich wurde nicht nach ihr benannt – ich meine, nach der Fliegerin«, sagte Sachs, die sich wohl erinnert hatte, daß Percey Pilotin war. »Ich bekam den Namen einer Schwester meines Großvaters. War Amelia Earhart Ihre Heldin?«

»Nein, nicht wirklich«, antwortete Percey. »Es ist nur ein witziger Zufall.«

Hale fragte: »Sie werden sie doch bewachen lassen? Rund um die Uhr?«

Er deutete auf Percey.

»Natürlich, da können Sie drauf wetten«, versicherte Dellray.

»Okay«, sagte Hale. »Sehr gut... Eins ist mir noch eingefallen. Ich finde, Sie sollten auf jeden Fall mit diesem Kerl reden, diesem Phillip Hansen.«

»Mit ihm reden?« wiederholte Rhyme.

»Mit Hansen?« fragte auch Sellitto. »Klar, aber er bestreitet alles und ist nicht bereit, auch nur ein Wort mehr zu sagen.« Er sah Rhyme an. »Ich hatte die Zwillinge eine Zeitlang auf ihn angesetzt.« Hale erklärte er: »Das sind unsere beiden besten Vernehmungsbeamten. Aber er hat die Schotten komplett dichtgemacht. Bisher also kein Glück.«

»Können Sie ihm nicht irgendwie drohen?«

»Hhm, nein«, sagte der Kriminalbeamte. »Ich wüßte nicht, womit.«

»Das hat auch keinerlei Bedeutung«, unterbrach Rhyme. »Es gibt ohnehin nichts, was Hansen uns sagen könnte. Der Tänzer trifft seine Kunden niemals von Angesicht zu Angesicht, und er verrät ihnen auch nie, wie er den Job erledigen wird.«

»Der Tänzer?« fragte Percey.

»So nennen wir den Killer. Den Totentänzer.«

»Totentänzer?« Percey lachte leise auf, als habe der Name eine Bedeutung für sie. Aber sie ließ sich nicht weiter aus.

»Na, das klingt ja ziemlich gruselig.« Hale wirkte skeptisch, als sollten Polizisten seiner Meinung nach keine schaurigen Namen für ihre bösen Jungs erfinden. Rhyme mußte ihm innerlich recht geben.

Percey sah Rhyme in die Augen, die fast ebenso schwarz waren wie die ihren. »Also, was ist mit Ihnen passiert? Wurden Sie angeschossen?«

Sachs – und auch Hale – zuckten bei diesen schonungslos direkten Worten zusammen, aber Rhyme störte sich nicht daran. Er schätzte Menschen, die ebensowenig Sinn für übertriebenes Taktgefühl hatten wie er selbst.

Gelassen antwortete er: »Ich war dabei, einen Tatort zu untersuchen, auf einer Baustelle. Ein Balken krachte herunter. Hat mir das Genick gebrochen.«

»Wie der Schauspieler. Dieser Christopher Reeve.«

»Genau.«

Hale sagte: »Das war hart, Mann. Aber er ist tapfer. Ich hab ihn im Fernsehen gesehen. Wenn mir so was passieren würde, dann würde ich mich wahrscheinlich umbringen.«

Rhyme sah zu Sachs hinüber, die seinen Blick erwiderte. Er wandte sich wieder an Percey: »Wir brauchen Ihre Hilfe. Wir müssen herausfinden, wie er die Bombe an Bord geschmuggelt hat. Haben Sie irgendeine Idee?«

»Nein.« Fragend blickte Percey zu Hale, der ebenfalls den Kopf schüttelte.

»Haben Sie vor dem Flug irgend jemanden, den Sie nicht kannten, in der Nähe der Maschine gesehen?«

»Ich war letzte Nacht krank«, antwortete Percey. »Ich bin überhaupt nicht am Flughafen gewesen.«

Hale erklärte: »Ich war im Norden beim Fischen. Hatte den Tag frei und bin erst spät nach Hause gekommen.«

»Wo genau stand das Flugzeug vor dem Start?«

»Es war in unserem Hangar. Wir haben es für unseren neuen Charterauftrag umgebaut. Wir mußten Sitze rausnehmen und Spezialgestelle inklusive Stromversorgung einbauen. Für die Kühleinheiten. Sie wissen, woraus die Ladung bestand, nicht wahr?«

»Organe«, antwortete Rhyme. »Menschliche Organe. Teilen Sie sich den Hangar mit anderen Firmen?«

»Nein, es ist unserer. Das heißt, wir haben ihn geleast.«

»Wie leicht ist es, dort hineinzukommen?« wollte Sellitto wissen.

»Normalerweise ist er abgeschlossen, wenn niemand da ist. Aber in den letzten Tagen hatten wir rund um die Uhr Leute da, um den Lear auszurüsten.«

»Kennen Sie diese Leute?« fragte Sellitto.

»Sie gehören praktisch zur Familie«, antwortete Hale abwehrend.

Sellitto sah Banks an und verdrehte die Augen. Rhyme erriet seine Gedanken: Familienmitglieder waren in einem Mordfall immer die Hauptverdächtigen.

»Wenn es Ihnen nichts ausmacht, nehmen wir die Namen trotzdem auf und überprüfen sie.«

»Unsere Büroleiterin Sally Anne wird Ihnen eine Liste geben.«

»Sie müssen den Hangar absperren«, verlangte Rhyme. »Keiner darf da rein.«

Percey schüttelte den Kopf. »Das können wir nicht...«

»Sperren Sie ihn ab!« wiederholte er. »Niemand darf rein... Niemand!«

»Aber...«

Rhyme bekräftigte: »Es ist unabdingbar.«

»Oho«, rief Precey. »Stop, stop.« Sie blickte Hale an. »Wie steht's mit der *Foxtrot Bravo*?«

Er zuckte die Achseln. »Ron meint, es dauert noch mindestens einen Tag.«

Percey seufzte. »Der Learjet, den Ed flog, war der einzige, der für den Charterauftrag umgebaut war. Für morgen ist ein weiterer Flug geplant. Wir müssen rund um die Uhr arbeiten, um das andere Flugzeug dafür umzurüsten. Wir können den Hangar nicht einfach schließen.«

»Tut mir leid. Es gibt keine andere Möglichkeit«, beharrte Rhyme.

Percey blinzelte. »Ich weiß nicht, wer Sie sind, daß Sie denken, Sie könnten mir Anweisungen...«

»Ich bin jemand, der versucht, Ihr Leben zu retten«, raunzte Rhyme.

»Ich kann es mir nicht erlauben, diesen Auftrag zu verlieren.«

»Warten Sie mal, Miss«, unterbrach Dellray. »Sie verstehen diesen Mistkerl nicht...«

»Er hat meinen Mann umgebracht«, antwortete sie mit klirrender Stimme. »Ich verstehe ihn vollkommen. Aber ich werde nicht zulassen, daß ich diesen Job verliere.«

Sachs stemmte die Hände in die Hüften. »Hey, einen Moment mal. Wenn es irgend jemanden gibt, der Ihre Haut retten kann, dann ist es Lincoln Rhyme. Ich glaube nicht, daß wir hier einen Streit vom Zaun brechen müssen.«

Rhyme unterbrach den Wortwechsel. »Können Sie uns eine Stunde Zeit für eine Untersuchung geben?« fragte er ruhig.

»Eine Stunde?« Percey dachte darüber nach.

Sachs lachte auf und blickte ihren Boß überrascht an. Sie fragte: »Einen Hangar in einer Stunde durchsuchen? Mal im Ernst, Rhyme?« Ihr Gesicht verriet, was sie dachte: Ich mache mich für dich stark, und dann baust du solchen Mist? Auf welcher Seite stehst du eigentlich?

Viele Kriminalisten schicken ganze Suchmannschaften an einen Tatort. Rhyme dagegen bestand immer darauf, daß Amelia Sachs alleine ging, so wie er das früher auch getan hatte. Ein einzelner Ermittler hatte die Möglichkeit, sich auf jede einzelne Spur zu konzentrieren. Dies war nicht möglich, wenn mehrere Ermittler am Tatort waren. Eine Stunde war extrem wenig Zeit, um ohne Hilfe alle Spuren zu sichern. Rhyme wußte dies, aber er reagierte nicht auf Sachs' Einwand. Er blickte Percey unverwandt an. Schließlich gab sie nach: »Eine Stunde? Okay, damit kann ich leben.«

»Rhyme«, protestierte Sachs, »ich brauche mehr Zeit.«

»Aber, aber. Sie sind doch die beste, Amelia«, grinste er. Was bedeutete, daß die Entscheidung unwiderruflich war.

»Wer kann uns dort helfen?« fragte Rhyme.

»Ron Talbot. Er ist Teilhaber und unser Finanzchef.«

Sachs schrieb den Namen schnell in ihr Notizbuch. »Soll ich jetzt gleich aufbrechen?«

»Nein«, sagte Rhyme. »Ich möchte, daß Sie warten, bis wir die Reste der Bombe von dem Chicago-Flug haben. Sie müssen mir helfen, sie zu analysieren.«

»Vergessen Sie nicht, daß ich nur eine Stunde habe«, gab sie gereizt zurück.

»Sie müssen eben warten«, erwiderte er im selben Ton und wandte sich dann an Fred Dellray: »Was ist mit dem sicheren Haus?«

»Oh, wir haben einen Ort, den Sie mögen werden«, sagte der Beamte zu Percey. »In Manhattan. Da wurden Ihre Steuergelder mal richtig gut angelegt. Jawohl. Die US-Marshals nutzen es in ihrem Zeugenschutzprogramm für die Crème de la Crème. Wir brauchen nur noch jemanden vom NYPD als Babysitter. Jemanden, der den Tänzer kennt und schätzt.«

In diesem Augenblick blickte Jerry Banks auf und wunderte sich, warum alle ihn anstarrten. »Was ist? Was?« fragte er und versuchte vergeblich, seine widerspenstige Haartolle glatt zu ziehen.

Stephen Kall, der Mann, der wie ein Soldat sprach und mit Armeegewehren schoß, war in Wirklichkeit nie Soldat gewesen.

Aber nun protzte er gegenüber Sheila Horowitz: »Ich bin stolz auf meine militärische Vergangenheit. Und das ist die Wahrheit.«

»Einige Menschen tun...«

»Nein«, unterbrach er. »Einige Menschen respektieren uns nicht. Aber das ist deren Problem.«

»Das ist deren Problem«, wiederholte Sheila.

»Sie haben eine schöne Wohnung«, schmeichelte Stephen. Er blickte sich in dem Dreckloch um, das mit Sonderangeboten von Conran vollgestellt war.

»Danke, mein Freund. Hhm, wollen... ähm, möchten Sie etwas zu trinken? Oops, da habe ich schon wieder die unhöfliche Frageform benutzt. Mama hat immer streng darauf geachtet. Kommt von zuviel Fernsehen! Schäm dich. Schäm dich! Au, au, au.«

Was, zum Teufel, redete sie da?

»Leben Sie hier allein?« fragte er mit einem freundlich interessierten Lächeln.

»Yup. Nur ich und das dynamische Trio. Hab keine Ahnung, warum sie sich verstecken. Diese kleinen, dummen Halunken.« Sheila spielte nervös mit dem Saum ihrer Weste. Und weil er nicht geantwortet hatte, fragte sie noch einmal: »Also, wie steht's mit etwas zu trinken?«

»Gerne.«

Er entdeckte auf dem Kühlschrank eine einzelne, völlig verstaubte Weinflasche. Vermutlich für eine besondere Gelegenheit aufgehoben. War es heute soweit?

Offensichtlich nicht. Sie brachte eine Limonadenflasche Dr. Pepper Light.

Er schlenderte zum Fenster und blickte hinaus. Keine Polizei auf der Straße zu sehen. Und nur ein halber Block bis zur nächsten U-Bahn-Station. Das Appartement war im ersten Stock. Sie hatte zwar Gitter an den hinteren Fenstern, aber sie waren nicht abgeschlossen. Er könnte also im Notfall die Feuertreppe hinuntersteigen und über die belebte Lexington Avenue verschwinden...

Sie hatte auch Telefon und einen Computer. Gut.

Er sah sich ihren Wandkalender an – Bilder von Engeln. Es gab ein paar Einträge, aber nichts für dieses Wochenende.

»Hey, Sheila, hätten Sie...« Er unterbrach sich, schüttelte den Kopf und verstummte.

»Ähm, was?«

»Nun, ich weiß, daß es dumm ist zu fragen. Ich meine, es kommt einfach ein wenig zu überraschend und so. Ich hab mich nur gefragt, ob Sie die nächsten Tage schon etwas vorhaben.«

Sie wurde plötzlich vorsichtig: »Hhm, ich, ähm. Ich wollte mich mit meiner Mutter treffen.«

Stephen verzog enttäuscht sein Gesicht. »Schade. Wissen Sie, ich hab diese Wohnung in Cape May...«

»An der Küste von New Jersey?«

»Genau. Ich fahre dort raus...«

»Wenn Sie Buddy abgeholt haben?«

Wer, zum Teufel, war Buddy? Oh, die Katze. »Stimmt. Wenn Sie nichts vorgehabt hätten, dann hätten Sie ja vielleicht Lust gehabt, mit an die Küste zu kommen.«

»Haben Sie ...?«

»Meine Mutter kommt auch, mit ein paar ihrer Freundinnen.«

»Wow, wirklich. Ich weiß nicht.«

»Warum rufen Sie nicht Ihre Mutter an und sagen ihr, daß sie dieses Wochenende auf Sie verzichten muß?«

»Nun... ich brauche sie eigentlich gar nicht anzurufen. Wenn ich nicht auftauche, ist das keine große Sache. Die Vereinbarung war, daß ich vielleicht komme, vielleicht aber auch nicht.«

Also hatte sie gelogen. Ein Wochenende ohne jegliche Verabredungen. Niemand würde sie in den nächsten Tagen vermissen.

Eine Katze sprang plötzlich neben ihn auf die Lehne und drückte ihr Gesicht an seines. Er stellte sich vor, wie sich Tausende Würmer über seinen Körper ergossen. Stellte sich vor, wie sich die Würmer durch Sheilas Haar schlängelten. Ihre wurmigen Finger. Stephen begann, die Frau zu hassen. Er hätte am liebsten geschrien.

»Oh, süße Andrea, sag ›Hallo‹ zu unserem neuen Freund. Andrea mag Sie, Sam.«

Er stand auf und sah sich im Appartement um. Dachte dabei: Vergiß nicht, Junge: Alles kann töten.

Einige Dinge töten schnell, andere langsam. Aber alles kann töten.

»Ähm, haben Sie zufällig Paket-Klebeband?« fragte er.

»Uhm, für...?« Ihre Gedanken rasten. »Für...?«

»Die Instrumente, die ich in meiner Tasche habe. Ich muß eine der Trommeln wieder zusammenkleben.«

»Oh, klar. Ich hab welches hier drin.« Sie ging in den Flur. »Ich schicke meinen Tanten Weihnachten immer Päckchen. Jedes Jahr kaufe ich eine neue Rolle, weil ich mich nie erinnern kann, ob ich schon eine habe. Deshalb ende ich mit Tonnen von Klebeband. Bin ich nicht ein Dummerchen?«

Er antwortete nicht, weil er gerade die Küche inspizierte. Er kam zu dem Schluß, daß sie die beste Todeszone in der Wohnung wäre.

»Hier haben Sie das Band.« Sie warf ihm die Rolle spielerisch zu. Instinktiv fing er sie auf. Er war wütend, weil er keine Gelegenheit gehabt hatte, seine Handschuhe anzuziehen. Nun waren

Fingerabdrücke auf der Rolle. Er zitterte vor Wut, und als Sheila grinste und sagte: »Hey, gut gefangen, Freund«, sah er plötzlich nur noch einen riesigen Wurm, der immer näher kroch. Er legte das Klebeband weg und zog seine Handschuhe an.

»Handschuhe? Ist Ihnen kalt? Sagen Sie, Freund, was machen...«

Er ignorierte sie, öffnete den Kühlschrank und begann, ihn auszuräumen.

Sie folgte ihm in die Küche. Ihr flatterhaftes Lächeln erlosch. »Ähm, sind Sie hungrig?«

Er zog die Gitter aus dem Kühlschrank.

Ihre Blicke trafen sich kurz, und plötzlich drang tief aus ihrer Kehle ein ersticktes »*Ahrrri*«.

Stephen erwischte den fetten Wurm, bevor er es auch nur halb bis zur Wohnungstür geschafft hatte.

Schnell oder langsam?

Er schleppte sie zurück in die Küche. Zum Kühlschrank.

7

2. Stunde von 45

Immer drei hintereinander.

Percey Clay, die ihren Ingenieursabschluß mit Auszeichnung gemacht hatte, die ausgebildete Luftfahrt- und Kraftwerksmechanikerin war und jede nur erdenkliche Lizenz der Bundesluftfahrtbehörde FAA besaß, hatte keine Zeit für Aberglauben.

Doch als sie jetzt in einem kugelsicheren Minibus durch den Central Park zu dem sicheren Haus gefahren wurde, dachte sie an das alte Sprichwort, das abergläubische Reisende wie ein grausiges Mantra wiederholten: Es ereignen sich immer drei Abstürze hintereinander.

Und Tragödien.

Zuerst Ed. Dann die zweite schlechte Nachricht, die ihr Ron Talbot gerade über das Mobiltelefon beibrachte.

Sie saß eingequetscht mit gesenktem Kopf zwischen Brit Hale und diesem jungen Polizeibeamten, Jerry Banks. Hale sah sie an, während Banks aufmerksam aus dem Fenster spähte und den Verkehr, die Fußgänger und die Bäume beobachtete.

»U. S. Med hat sich damit einverstanden erklärt, uns noch eine letzte Chance zu geben.« Talbot atmete mit einem alarmierenden Pfeifen aus und ein. Er war einer der besten Piloten, die sie kannte, aber er war seit Jahren nicht mehr geflogen – aufgrund seiner angeschlagenen Gesundheit war er auf den Boden verbannt. Percey hielt dies für eine furchtbar unfaire Bestrafung seiner Sünden wie Alkohol, Zigaretten und Essen (vor allem, weil sie diese Sünden mit ihm teilte). »Ich meine, sie könnten den Vertrag auch kündigen. Bomben sind schließlich keine höhere Gewalt. Eine Explosion entbindet uns nicht davon, unseren Auftrag zu erfüllen.«

»Aber sie lassen uns den Flug morgen machen?«

Eine Pause.

»Yeah, das tun sie.«

»Komm schon, Ron, was ist los?« raunzte sie. »Du mußt bei mir nicht um den heißen Brei herum reden.« Sie hörte, wie er sich noch eine Zigarette anzündete. Talbot – der Mann, von dem sie immer Camels schnorrte, wenn sie gerade mal wieder mit dem Rauchen aufhörte – war groß und roch stets nach Rauch. Er vergaß regelmäßig, seine Kleidung zu wechseln und sich zu rasieren. Und er war denkbar ungeübt darin, schlechte Nachrichten zu überbringen.

»Es ist die *Foxtrot Bravo*«, sagte er zögernd.

»Was ist mit ihr?«

N695FB war Percey Clays Learjet 35A. Nicht daß dies aus den Papieren hervorginge. Offiziell war der zweistrahlige Jet von Morgan Air Leasing Inc. an Clay-Carney Holding Corporation Two Inc. verleast, eine hundertprozentige Tochter von Hudson Air Charters Ltd. Morgan wiederum hatte den Jet von La Jolla Holding Twos hundertprozentiger Tochter geleast, der in Delaware registrierten Firma Transport Solutions Incorporated. Eine solche Konstruktion von geradezu byzantinischen Ausmaßen war legal und wurde häufig angewandt, da sowohl Flugzeuge als auch Flugzeugabstürze extrem kostspielig sind.

Bei Hudson Air Charter wußte jedoch jeder, daß November Sechs Neun Fünf *Foxtrot Bravo* Perceys Jet war. Sie war schon Tausende Stunden mit dem Flugzeug geflogen. Es war ihr Schoßhündchen, ihr Baby. Und in den allzu vielen Nächten, in denen Ed nicht bei ihr war, genügte allein der Gedanke an das Flugzeug, um den Schmerz der Einsamkeit zu vertreiben. Der Jet war eine elegante Maschine, die in einer Höhe von fünfundvierzigtausend Fuß mit 460 Knoten – über 850 Stundenkilometer – fliegen konnte. Aus persönlicher Erfahrung wußte Percey, daß der Lear sogar noch höher und noch schneller fliegen konnte, allerdings hielt sie das vor Morgan Air Leasing, La Jolla Holding Two, Transport Solutions und der FAA geheim.

Talbot beendete schließlich sein Schweigen: »Den Lear umzurüsten – das wird schwieriger, als ich gedacht hatte.«

»Raus damit.«

»Okay«, sagte er endlich. »Stu ist gegangen.« Stu Marquard war der Chefmechaniker der Firma.

»Was?«

»Der verdammte Hurensohn hat gekündigt. Also, eigentlich noch nicht. Er rief an und hat sich krank gemeldet. Aber er klang seltsam, also hab ich mich ein bißchen umgehört. Er geht rüber zu Sikorsky. Hat schon unterschrieben.«

Percey war erschüttert.

Das war ein echtes Problem. Lear 35A waren als Achtsitzer-Passagiermaschinen ausgestattet.

Um das Flugzeug für den U.S. Medical Auftrag umzurüsten, mußten fast alle Sitze raus. Statt dessen wurden schockresistente Kühlzellen eingebaut, und von den Generatoren der Maschine mußten zusätzliche Stromkabel verlegt werden. Das bedeutete viel Arbeit im Rumpf und an der Bordelektronik.

Es gab keinen besseren Mechaniker als Stu Marquard, und er hatte bereits Eds Lear in Rekordzeit umgerüstet. Percey hatte keine Ahnung, wie sie es ohne ihn bis zum morgigen Flugtermin schaffen sollte.

»Was ist los, Perce?« fragte Hale, als er ihr entsetztes Gesicht sah.

»Stu ist gegangen«, flüsterte sie.

Er schüttelte verständnislos den Kopf. »Wohin gegangen?«

»Er hat gekündigt«, murmelte sie. »Hat seinen Job einfach hingeschmissen. Schraubt jetzt bei Sikorsky verdammte Hubschrauber zusammen.«

Hale starrte sie schockiert an. »Heute?«

Sie nickte.

Talbot fuhr fort: »Er hat Schiß, Perce. Sie wissen, daß es eine Bombe war. Die Bullen sagen nichts, aber jeder hier weiß, was los ist. Sie sind nervös. Ich hab mit John Ringle gesprochen...«

»Johnny?« Ein junger Pilot, den sie im vergangenen Jahr angeheuert hatten. »Er geht doch nicht etwa auch?«

»Er fragte nur, ob wir den Laden für eine Weile dichtmachen, bis sich alles wieder beruhigt hat.«

»Nein, wir machen nicht dicht«, sagte sie entschlossen. »Wir streichen keinen einzigen verdammten Auftrag. Das Geschäft läuft ganz normal weiter. Und wenn sich jemand krank meldet, wirf ihn raus.«

»Percey...«

Talbot wirkte immer mürrisch, aber jeder wußte, daß er das weichste Herz in der Firma hatte.

»Okay, okay«, raunzte sie. »Ich übernehme das Rauswerfen.«

»Also, noch mal zur *Foxtrot Bravo*. Ich kann die meiste Arbeit selbst erledigen«, sagte Talbot, der gelernter Flugzeugmechaniker war.

»Tu, was du kannst. Aber sieh zu, daß du einen neuen Mechaniker findest«, entgegnete sie. »Wir sprechen uns später.«

Sie legte auf.

»Ich kann es nicht glauben«, sagte Hale. »Er hat einfach gekündigt.« Der Pilot war völlig durcheinander.

Percey war wütend. Die Leute seilten sich ab – die schlimmste Sünde, die es gab. Die Firma lag im Sterben, und sie hatte nicht die geringste Idee, wie sie sie retten konnte.

Percey Clay besaß einfach keine »Affenkünste«, wenn es darum ging, eine Firma zu leiten.

Affenkünste...

Ein Ausdruck, den sie gehört hatte, als sie bei der Luftwaffe war. Ein Navy-Flieger, ein Admiral, hatte den Ausdruck geprägt. Er meinte damit das intuitive, nicht erlernbare Talent eines geborenen Piloten.

Klar, Percey besaß Affenkünste, wenn es ums Fliegen ging. Jedes x-beliebige Flugzeug, ob sie es vorher schon mal geflogen hatte oder nicht, bei jedem Wetter; Sicht- oder Instrumentenflug, Tag oder Nacht: Sie konnte alle Maschinen fehlerlos steuern und sie genau auf jenem magischen Punkt heruntersetzen, den alle Piloten bei der Landung anpeilen – den Tausendfuß-Punkt – auf der Landebahn tausend Fuß hinter der weißen Kennzeichnung. Segelflugzeuge, Doppeldecker, Hercs, 737, MiGs – sie fühlte sich in jedem Cockpit zu Hause.

Weiter aber reichten die Affenkünste von Percey Rachael Clay nicht. Was beispielsweise den Umgang mit Familienmitgliedern anging, so hatte sie gar keine, soviel war sicher. Ihr Vater, ein hohes Tier im Tabakgeschäft, hatte sich jahrelang geweigert, mit ihr zu sprechen. Er hatte sie sogar enterbt – nachdem sie die Uni, an der auch er studiert hatte, die UVA, hingeschmissen hatte, um an der Virginia Tech Luftfahrt zu studieren. (Sie hatte versucht, ihm zu erklären, daß ihr Weggang aus Charlottesville unausweichlich geworden war, weil sie sechs Wochen nach Beginn des ersten Semesters den Vorsitzenden einer Studentenverbindung k.o. geschlagen hatte. Der schlaksige Blonde hatte lautstark gescherzt, daß sich das irre Mädchen besser bei einer Baumschule als bei einer traditionsreichen Studentenverbindung bewerben sollte.)

Auch in der Navy hatte sie nicht gerade Affenkünste bewiesen. Ihre bewundernswerte Flugleistung in den großen Tomcats machte es nicht wett, daß sie die unglückselige Eigenschaft hatte, immer laut ihre Meinung zu äußern, wenn alle anderen geflissentlich den Mund hielten.

Und sie besaß auch keine Affenkünste, wenn es darum ging, ihre Firma zu leiten. Es war ihr ein ewiges Rätsel, daß die Firma so viele Aufträge hatte und trotzdem ständig dicht vor dem Bankrott stand. Wie Ed, Brit Hale und die anderen Hudson-Piloten war Percey fast täglich in der Luft (ein Grund dafür, daß Percey Linienfluggesellschaften ablehnte, war die Regel der Luftfahrtbehörde, daß deren Piloten nicht mehr als achtzig Stunden im Monat fliegen dürfen). Warum also waren sie ständig pleite? Ohne Ed, der es mit seinem Charme immer wieder schaffte, neue Kunden anzuwerben, und ohne den mürrischen Ron Talbot, der immer neue Wege fand, Kosten zu sparen und Gläubiger auf Abstand zu halten, hätte die Firma die letzten zwei Jahre wohl nie überlebt.

Im vergangenen Monat wäre Hudson Air beinahe wirklich untergegangen, doch dann war es Ed gelungen, den Auftrag von U. S. Medical zu ergattern. Die Krankenhauskette machte erstaunlich gute Geschäfte mit Transplantationen, was – wie sie feststellte – weit mehr bedeutete als nur die Verpflanzung von Herzen oder Nieren. Das Hauptproblem bestand darin, das geeignete Spenderorgan binnen weniger Stunden zum Empfänger zu bringen. Oft wurden die Organe in Kühlboxen im Cockpit von Linienmaschinen verschickt, aber der Haken daran war, daß der Transport dann von den Routen und Zeiten der Fluggesellschaften abhing. Hudson Air hatte diese Probleme nicht. Die Firma versprach, eine Maschine ganz für U. S. Medical zur Verfügung zu stellen. Die Maschine würde entgegen dem Uhrzeigersinn einer Route entlang der Ostküste und durch den Mittleren Westen folgen, dabei sechs oder acht Stationen von Medical anfliegen und die Organe direkt dorthin bringen, wo sie gebraucht wurden. Die Lieferung wurde garantiert. Egal ob es regnete, schneite oder stürmte – solange der Flughafen geöffnet und das Fliegen erlaubt war, würde Hudson Air die Fracht rechtzeitig liefern.

Der erste Monat war als Probezeit vereinbart. Bei Erfolg sollte Hudson Air einen Vertrag über achtzehn Monate erhalten, der das Überleben der Firma garantieren würde.

Offensichtlich hatte Ron den Kunden überredet, ihnen noch eine Chance zu geben, aber falls *Foxtrot Bravo* bis morgen nicht fertig sein sollte... Percey wollte nicht einmal darüber nachdenken.

Während sie in dem Polizeiwagen durch den Central Park fuhr, betrachtete Percey das Frühlingsgrün. Ed hatte den Park geliebt und war hier oft joggen. Er hatte immer zwei Runden um das Reservoir gedreht und war dann verdreckt und durchgeschwitzt nach Hause gekommen. Sein graues Haar hing ihm in Strähnen ins Gesicht. Und ich? Percey lachte traurig über sich selbst. Er fand sie immer zu Hause sitzend vor, über einen Flugplan oder eine Reparaturanleitung für eine Turbodüse gebeugt, vielleicht eine Zigarette oder ein Glas Wild Turkey Whisky in der Hand. Ed hatte sie dann ab und zu spielerisch in die Rippen gekniffen und gefragt, ob sie es nicht schaffen könnte, noch mehr ungesunde Dinge gleichzeitig zu tun. Und während sie lachten, nahm er heimlich ein paar Schlucke von ihrem Bourbon.

Dann dachte sie daran, wie er sich oft zu ihr herabgebeugt und ihre Schulter geküßt hatte. Wenn sie sich liebten, hatte er sein Gesicht genau an die Stelle geschmiegt, wo ihr Hals in die zierliche Schulter überging, und Percey Clay hatte das Gefühl, daß sie zumindest an dieser einen Stelle eine schöne Frau war.

Ed...

Alle Sterne der Nacht...

Ihre Augen füllten sich mit Tränen, und sie starrte in den grauen, unheilverkündenden Himmel. Sie schätzte die Wolkenuntergrenze auf eintausendfünfhundert Fuß, Wind 090 bei fünfzehn Knoten. Scherwinde. Sie richtete sich in ihrem Sitz auf. Brit Hales starke Hand hielt ihren Unterarm umklammert. Jerry Banks erzählte irgend etwas. Sie hörte nicht hin.

Percey Clay traf eine Entscheidung. Sie griff zum Mobiltelefon.

8

3. Stunde von 45

Die Sirene heulte.

Lincoln Rhyme erwartete, den Doppler-Effekt der sich entfernenden Sirenen zu hören, sobald der Polizeiwagen vorbeigerast wäre. Aber genau vor seinem Haus heulte die Sirene noch einmal auf und verstummte dann. Einen Augenblick später führte Thom einen jungen Mann in das Labor im Erdgeschoß. Er hatte kurzgeschnittenes Haar und trug eine blaue Uniform. Als der Staatspolizist aus Illinois die Uniform gestern angezogen hatte, war sie vermutlich gebügelt und blitzblank gewesen, doch jetzt war sie verknittert und voller Dreck und Ruß. Er war wohl mit einem elektrischen Rasierer über seine Wangen gefahren, aber der hatte nur wenig Spuren in seinen dunklen Barthaaren hinterlassen, die einen eigenartigen Kontrast zu seinem dünnen, gelblichen Haar bildeten. Er trug zwei große Segeltuchtaschen und eine braune Aktenmappe, und Rhyme hatte sich die ganze Woche über nicht so sehr gefreut wie jetzt, jemanden zu sehen.

»Die Bombe!« rief er. »Hier ist die Bombe!«

Der Beamte wunderte sich bestimmt über die seltsame Ansammlung von Gesetzeshütern und das, was nun mit ihm veranstaltet wurde. Kaum war er im Raum, entriß ihm Cooper die Taschen, Sellitto schmierte in aller Eile seine Unterschrift auf die Empfangsbescheinigung und die Begleitpapiere und drückte sie ihm wieder in die Hand. Mit einem genuschelten »Danke, auf Wiedersehen, bis bald« wurde er Richtung Tür geschoben, und schon hatte sich der Kriminalbeamte wieder dem Tisch mit den Beweismitteln zugewandt.

Thom lächelte dem Polizisten höflich zu und führte ihn hinaus.

Rhyme rief: »Auf geht's, Sachs. Warum stehen Sie da noch rum? Was haben wir?«

Sie warf ihm ein kühles Lächeln zu und trat an Coopers Tisch, wo der Techniker den Inhalt der Taschen sorgfältig auszubreiten begann.

Was war heute ihr Problem? Eine Stunde war genügend Zeit, um einen Tatort zu durchsuchen – falls es das war, was sie ärgerte. Nun, er mochte es, wenn sie gereizt war. Er selbst war dann immer am besten in Form. »Okay, Thom. Du mußt uns helfen. Geh an die Tafel. Wir müssen die Beweismittel auflisten. Mach uns ein paar Tabellen. ›To eins‹ ist die erste Überschrift.«

»T, ähm O?«

»Tatort«, schnappte der Kriminalist. »Was sollte es denn sonst sein? ›To eins, Chicago‹.«

Bei einem seiner letzten Fälle hatte Rhyme noch die Rückseite verblichener Poster des Metropolitan Museum für seine Tabellen verwendet. Nun war er bestens ausgerüstet – mehrere große Tafeln hingen an der Wand und verströmten einen Geruch, der ihn an Frühlingstage in seiner muffigen Schule im Mittleren Westen erinnerte, an seine große Vorliebe für den Wissenschaftsunterricht und seinen Haß auf Buchstabierwettbewerbe.

Der Adlatus warf seinem Boß einen entnervten Blick zu, griff nach der Kreide, wischte ein paar Staubkörner von seiner perfekt gebundenen Krawatte und seiner Hose mit der messerscharfen Bügelfalte und begann zu schreiben.

»Was haben wir, Mel? Sachs, helfen Sie ihm!«

Sie begannen, die Plastikbeutel und Plastikbecher zu entleeren. Den Inhalt, Asche, Metallreste, Fasern und jede Menge Plastik, verteilten sie in Keramikschalen. Die Spurensicherungsbeamten an der Absturzstelle mußten Magnetroller, große Staubsauger und viele feinporige Gittersiebe benutzt haben, um die Überreste aufzusammeln – sofern sie den Männern und Frauen ebenbürtig waren, die Rhyme ausgebildet hatte.

Rhyme war auf den meisten Gebieten der Forensik ein Experte, aber was Bomben betraf, war er eine unangefochtene Autorität. Er hatte kein besonderes Interesse an diesem Thema gehabt, bis der Tänzer in einem Papierkorb des Wall Street Büros jenes kleine Paket zurückgelassen hatte, das Rhymes Mitarbeiter zerfetzte. Danach hatte Rhyme sich geschworen, daß er alles über Sprengstoffe lernen würde, was es zu lernen gab. Er ging bei der Sprengstoff-Einheit des FBI in Lehre, einer der kleinsten – aber elitärsten – Einheiten im Bundeslabor. Sie bestand aus nur vierzehn Untersuchungsbeamten und Technikern. Sie suchten nicht nach Bomben, und sie entschärften sie auch nicht. Ihre einzige Aufgabe war es, Bomben und Tatorte zu analysieren und die Erbauer der Bomben und deren Schüler zu kategorisieren (die Herstellung von Bomben galt in bestimmten Kreisen als Kunst, und Schüler gaben sich größte Mühe, die Technik von berühmten Bombenbauern zu erlernen).

Sachs beugte sich über die Taschen. »Zerstört sich eine Bombe nicht selbst?«

»Nichts wird jemals vollständig zerstört, Sachs. Behalten Sie das immer im Kopf.« Als er allerdings näher rollte und sich den Inhalt der Taschen ansah, mußte er zugeben: »Das war eine ganz üble. Sehen Sie diese Fragmente? Den Haufen Aluminium auf der linken Seite? Das Metall ist zersprungen, nicht nur verbogen. Das bedeutet, daß die Bombe eine große Sprengkraft hatte.«

»Aha.«

»Ja, eine mächtige Sprengkraft. Aber dennoch, sechzig bis neunzig Prozent der Bestandteile einer Bombe überstehen normalerweise die Explosion. Vom Sprengstoff selbst bleibt natürlich kaum etwas übrig. Aber ein paar Fragmente findet man immer, und damit kann man ihn genau bestimmen. O ja, wir haben hier genügend zu tun.«

»Genügend?« Dellray lachte ungläubig auf. »Das hier ist so, als würdet ihr versuchen, einen Porzellanladen aufzuräumen, nachdem ein Elefant durchgestürmt ist.«

»Aber Fred, das ist doch überhaupt nicht unser Job«, antwortete Rhyme lebhaft. »Wir müssen nur alles tun, um den Elefanten zu schnappen.« Er rollte weiter am Tisch entlang. »Wie sieht's aus, Mel? Ich kann Batterien, Kabel und einen Zeitzünder erkennen. Was noch? Vielleicht auch Teile des Behälters oder der Ummantelung?«

Koffer haben schon weit mehr Attentäter überführt als Zeitzünder oder Zündkapseln. Die Fluggesellschaften erwähnen es nicht gern in der Öffentlichkeit, aber nicht abgeholte Gepäckstücke werden oft dem FBI gespendet. Dort werden sie dann in die Luft gesprengt, um Vergleichswerte für die Ermittler zu erhalten. Bei dem Bombenanschlag auf den Pan Am Flug 103 über Lockerbie kam das FBI den Bombenbauern nicht durch den Sprengstoff selbst auf die Spur, sondern durch das Toshiba-Radio, in das der Sprengsatz eingebaut war, durch den Samsonite-Koffer, in dem es sich befand, und die Kleidungsstücke darin. Die Kleider konnten bis zu einem Laden in Sliema auf Malta zurückverfolgt werden, und der Ladenbesitzer identifizierte den Käufer als einen libyschen Geheimdienstagenten.

Aber Cooper schüttelte den Kopf. »Außer Bombenkomponenten ist an der Stelle, wo die Bombe saß, nichts zu finden.«

»Also war sie nicht in einem Koffer oder einer Tasche«, grübelte Rhyme. »Interessant. Wie, zum Teufel, hat er sie dann an Bord bekommen? Wo hat er sie angebracht? Lon, lies mir noch einmal den Bericht aus Chicago vor.«

»...wegen des starken Feuers und der großen Zerstörung schwierig, die genaue Explosionsstelle zu lokalisieren«, las Sellitto vor. »Bombe offenbar unterhalb und etwas hinter dem Cockpit installiert.«

»Unterhalb und etwas hinter dem Cockpit? Ob da wohl ein Laderaum ist? Hhm, vielleicht...?« Rhyme verfiel in Schweigen. Er starrte auf die Beweisstücke und wiegte dabei den Kopf hin und her. »Wartet, wartet!« rief er. »Mel, laß mich diese Metallsplitter dort sehen. Die dritte Tüte von links. Das Aluminium. Schieb es unter das Mikroskop.«

Cooper verband den Videoausgang seines Lichtmikroskops mit Rhymes Computer. So konnte Rhyme alles sehen, was Cooper unter der Linse hatte. Der Techniker legte Proben der winzigen Trümmerteile auf Objektträger und justierte sie unter dem Mikroskop.

Einen Augenblick später befahl Rhyme: »Cursor nach unten, Doppel-Klick.«

Das Bild auf seinem Computerschirm vergrößerte sich.

»Da, seht! Die Flugzeughülle wurde bei der Explosion nach innen gedrückt.«

»Nach innen?« fragte Sachs. »Sie meinen, die Bombe war außen?«

»Ja, das glaube ich. Was hältst du davon, Mel?«

»Du hast recht. Diese polierten Nietenköpfe sind alle nach innen gedrückt. Sie war definitiv außen.«

»Vielleicht war es auch eine Rakete?« mutmaßte Dellray. »Eine SAM?«

Sellitto warf einen Blick in den Bericht und sagte: »Keine Radaranzeigen, die auf eine Rakete hinweisen würden.«

Rhyme schüttelte den Kopf. »Nein, alles deutet auf eine Bombe hin.«

»Aber außen?« zweifelte Sellitto. »So was habe ich noch nie gehört.«

»Das hier erklärt es«, rief Cooper. Der Techniker, der eine Vergrößerungsbrille trug und mit einer Keramiksonde bewaffnet war, untersuchte die winzigen Metallteile so schnell wie ein Cowboy, der seine Herde zählt. »Fragmente von eisenhaltigem Metall. Magnete. An der Aluminiumhaut würden sie nicht halten, aber an manchen Stellen war Stahl darunter. Und ich habe Reste von Epoxy-Harz. Er hat die Bombe außen mit Magneten befestigt, die so lange halten sollten, bis der Kleber hart wurde.«

»Und sieh dir die Schockwellen in dem Epoxy an«, sagte Rhyme. »Der Kleber war noch nicht vollständig gehärtet. Also hat er sie erst unmittelbar vor dem Start angebracht.«

»Können wir die Marke des Epoxy-Klebers feststellen?«

»Nein, ganz normale Zusammensetzung. Wird überall verkauft.«

»Irgendeine Hoffnung auf Fingerabdrücke? Ganz ehrlich, Mel?«

Coopers Antwort bestand aus einem dünnen, skeptischen Lachen. Aber er machte sich trotzdem daran, die Fragmente mit dem PoliLight abzusuchen. Nichts. Nur Schmauchspuren der Explosion waren zu erkennen. »Keine Chance«, sagte er schließlich.

»Ich will daran riechen«, verlangte Rhyme plötzlich.

»Daran riechen?« fragte Sachs.

»Bei dieser Sprengkraft muß es ein hochexplosiver Stoff gewesen sein. Ich will den genauen Typ herausfinden.«

Viele Bombenbauer benutzten schwachexplosive Stoffe. Substanzen, die schnell brennen, aber nur explodieren, wenn sie in einem abgegrenzten Raum wie einem Rohr oder einer Kiste untergebracht werden. Schwarzpulver war am gebräuchlichsten. Hochexplosive Stoffe wie Plastiksprengstoff oder TNT detonieren in ihrem natürlichen Zustand, müssen also nicht in ein enges Gefäß gepreßt werden. Sie waren allerdings teuer und schwer zu beschaffen. Die Art und die Herkunft eines Sprengstoffs konnten eine Menge über den Bombenbauer verraten.

Sachs brachte Rhyme eine Tüte und öffnete sie. Er sog die Luft tief ein.

Er erkannte es sofort. »RDX«, konstatierte er.

»Das würde mit der Sprengkraft übereinstimmen«, sagte Cooper. »Was meinst du? C-3 oder C-4?« Bei diesen beiden Plastiksprengstoffen war RDX der Hauptbestandteil. Es waren militärische Sprengstoffe, deren Besitz für Zivilisten verboten war.

»Kein C-4«, antwortete Rhyme, während er an dem Sprengstoff schnüffelte, als handele es sich um alten Bordeaux. »Kein süßlicher Geruch... Hhm, bin mir nicht sicher. Das ist seltsam... Ich rieche noch etwas... Probier es mit dem Gas-Chromatographen, Mel!«

Der Techniker ließ eine winzige Menge der Rückstände durch den Gas-Chromatographen mit kombiniertem Massen-Spektrometer laufen. Das Gerät isolierte aus einem Gemisch die einzelnen Elemente und identifizierte sie. Es konnte Proben analysieren, die nur aus einem Millionstel Gramm bestanden. Waren die einzelnen Substanzen erst einmal isoliert, wurden sie mit einer Datenbank abgeglichen, und oft genug erbrachte diese Suche sogar die Markennamen der einzelnen Produkte.

Cooper ging das Ergebnis durch. »Du hast recht, Lincoln. Es ist RDX. Auch Öl. Und etwas Merkwürdiges – Stärke...«

»Stärke!« rief Rhyme aus. »Das ist es, was ich gerochen habe. Es ist Guarkernmehl...«

Cooper lachte anerkennend, als genau dieses Wort auf dem Computerschirm erschien.

»Woher wußtest du das?«

»Weil es Dynamit der Armee ist.«

»Aber da ist kein Nitroglyzerin drin«, protestierte Cooper. Die aktive Substanz in Dynamit.

»Nein, nein. Es ist kein richtiges Dynamit«, sagte Rhyme. »Es ist eine Mischung aus RDX, TNT, Motoröl und Guarkernmehl. So was sieht man nicht oft.«

»Aus Armeebeständen, was?« brummte Sellitto. »Weist auf Hansen hin.«

»Allerdings.«

Der Techniker legte neue Objektträger auf den Schlitten seines Mikroskops.

Das Bild erschien gleichzeitig auf Rhymes Computerschirm. Teile von Fasern, Kabeln, Splittern und Staub.

Es erinnerte ihn an ein ähnliches Bild, das er Jahre zuvor, allerdings unter ganz anderen Umständen, gesehen hatte. Damals hatte er durch ein schweres Messing-Kaleidoskop geschaut, das er als Geburtstagsgeschenk für eine Freundin gekauft hatte. Rhyme hatte das Kaleidoskop in einem Laden in SoHo entdeckt und es der schönen und eleganten Claire Trilling geschenkt. Sie hatten einen ganzen Abend damit verbracht, bei einer Flasche Merlot Mutmaßungen darüber anzustellen, welche exotischen Kristalle oder Edelsteine wohl die erstaunlichen Bilder in dem Kaleidoskop erzeugen mochten. Schließlich hatte Claire, die von einer fast ebenso starken wissenschaftlichen Neugierde wie Rhyme getrieben wurde, den Boden des Rohrs abgeschraubt und den Inhalt auf den Tisch gekippt. Beide hatten sich vor Lachen ausgeschüttet. Auf dem Tisch lag nichts weiter als ein Haufen Metallsplitter, Holzspäne, Papierfetzen aus den Gelben Seiten, Reißnägel und eine zerbrochene Büroklammer.

Rhyme schob die Erinnerung beiseite und konzentrierte sich auf die Objekte auf seinem Computerschirm: Ein Stückchen gewachstes Manilapapier – darin war das Dynamit eingewickelt gewesen. Fasern – Kunstseide und Baumwolle. Sie stammten von der Zündschnur, die der Tänzer um das Dynamit gewickelt hatte. Der Sprengstoff war sehr bröselig; deshalb hatte er die Schnur nicht hineinkneten können. Ein Aluminiumfragment und ein winziges Stück von einem farbigen Kabel – von der elektrischen Zündkapsel. Noch mehr Kabel und ein radiergummigroßes Stück einer Batterieelektrode.

»Ich will den Zeitzünder sehen!« rief Rhyme.

Cooper nahm einen kleinen Plastikbeutel vom Tisch.

Darin lag das ruhige, kalte Herz der Bombe.

Zu Rhymes Überraschung war es fast vollständig erhalten. Ah, dein erster kleiner Fehler, dachte er in einem schweigenden Zwiegespräch mit dem Tänzer. Die meisten Bombenbauer packen Sprengstoff um den Zünder, um alle Spuren zu vernichten. Der Tänzer aber hatte den Timer in dem Bombengehäuse versehentlich hinter einem dicken Metallbügel plaziert. Dieser Wulst hatte den Zeitzünder vor der Wucht der Explosion geschützt.

Rhymes Nacken schmerzte, als er sich weit vorbeugte, um das verbogene Zifferblatt der Uhr genau zu betrachten.

Cooper besah sich das Gerät aufmerksam. »Ich habe die Modellnummer und den Hersteller.«

»Laß alles durch den ERC laufen.«

Die FBI-Datenbank für Explosionsstoffe war die größte derartige Datensammlung der Welt. Sie enthielt Informationen über alle Bomben, die in den USA jemals gemeldet worden waren, und von vielen davon sogar einzelne Bestandteile. Einige Exemplare in der Sammlung waren echte Antiquitäten, die bis in die zwanziger Jahre zurückgingen. Cooper tippte etwas in seinen Computer ein. Kurz darauf fiepte und schnarrte sein Modem.

Wenige Augenblicke später kam bereits die Antwort auf seine Anfrage.

»Sieht nicht gut aus«, sagte der Techniker und verzog dabei das Gesicht – es war die deutlichste Gefühlsäußerung, zu der er fähig war. »Keine Übereinstimmung mit einer anderen Bombe.«

Fast alle Bombenbauer haben ein bestimmtes Muster – sie lernen eine bestimmte Technik und bleiben dabei. Angesichts der besonderen Beschaffenheit ihres Produktes empfiehlt es sich auch nicht, allzuviel zu experimentieren. Wenn die Bombe des Tänzers eine Übereinstimmung mit anderen Sprengsätzen etwa in Florida oder Kalifornien gezeigt hätte, dann hätten die Ermittler daraus vielleicht weitere Hinweise auf den Verbleib des Täters erhalten können. Eine Faustregel besagte: Wenn zwei Bomben mindestens vier gemeinsame Konstruktionsmerkmale aufweisen – etwa eine gelötete statt einer verklebten Bleiummantelung oder ein analoger statt eines digitalen Zeitzünders –, dann waren sie vermutlich vom selben Täter oder zumindest unter seiner Anleitung gebaut worden. Die Bombe, die der Tänzer vor einigen Jahren in der Wall Street gezündet hatte, war anders als diese hier gewesen. Aber Rhyme wußte, daß beide Bomben unterschiedliche Zwecke zu erfüllen hatten. Jene Bombe damals war dazu gedacht, die Untersuchung eines Tatorts zu behindern; diese hier sollte ein großes Flugzeug vom Himmel holen. Und wenn Rhyme etwas über den Tänzer wußte, dann war es die Tatsache, daß er seine Mittel dem jeweiligen Job anpaßte.

»Wird's etwa noch schlimmer?« fragte Rhyme, der das Gesicht

des Technikers beim Ablesen des Computerschirms genau beobachtete.

»Der Timer.«

Rhyme seufzte. Er verstand. »Wie viele Milliarden und Abermilliarden wurden davon hergestellt?«

»Die Daiwana Corporation in Seoul hat letztes Jahr 142 000 davon verkauft – an Großhandelsgeschäfte und Lizenznehmer. Sie haben keinen Strichcode, aus dem man schließen könnte, wohin sie geliefert wurden.«

»Toll, ganz toll.«

Cooper las weiter auf seinem Schirm. »Hhm, die Jungs von der FBI-Datenbank sind sehr an unserem Zünder interessiert und hoffen, daß wir ihn für ihre Sammlung zur Verfügung stellen.«

»O ja, das ist im Augenblick unser größtes Interesse«, grummelte Rhyme.

Plötzlich hatte er einen Krampf in der Schulter und mußte sich ans Kopfteil des Rollstuhls zurücklehnen. Er atmete mehrere Minuten tief durch, bis die schier unerträglichen Schmerzen abklangen und schließlich ganz verschwanden. Sachs, die es als einzige bemerkte, machte ein paar Schritte auf ihn zu, aber Rhyme wehrte sie mit einem kurzen Kopfschütteln ab. Er fragte: »Wie viele Kabel kannst du ausmachen, Mel?«

»Es scheinen nur zwei zu sein.«

»Mehradrig? Fiberglas?«

»Weder noch. Ganz normaler Klingeldraht.«

»Keine Parallelschaltung?«

»Nein.«

Ein weiteres Kabel als Parallelschaltung diente dazu, die Verbindung zu halten, wenn Batterie- oder Timerkabel durchschnitten werden, um die Bombe zu entschärfen. Alle hochentwickelten Bomben haben eine solche Schaltung.

»Nun«, sagte Sellitto. »Das ist doch eine gute Nachricht. Es bedeutet, daß er sorglos wird.«

Aber Rhyme vermutete genau das Gegenteil. »Glaube ich nicht, Lon. Der einzige Sinn einer Parallelschaltung liegt darin, eine Entschärfung der Bombe zu erschweren. Keine Parallelschaltung bedeutet, er war davon überzeugt, daß die Bombe nicht gefunden werden würde und genau dort explodieren würde, wo er es geplant hatte – in der Luft.«

»Dieses Ding da?« fragte Dellray und betrachtete die Bombenteile mit sichtlichem Widerwillen.»Mit welchen Leuten mußte unser Junge da wohl gut Freund sein, um so etwas zu basteln? Ich hab ein paar gute Spitzel, die etwas über die Lieferanten von Bombenteilen wissen könnten.«

Fred Dellray hatte ebenso wie Rhyme mehr über Bomben erfahren, als er je vorgehabt hatte. Sein Freund und langjähriger Partner Toby Doolittle war im Erdgeschoß des Bundeshochhauses in Oklahoma City gewesen, als die Bombe damals hochging. Er war sofort tot gewesen.

Rhyme schüttelte den Kopf. »Es ist alles ganz normales Standardzeug, Fred. Mit Ausnahme des Sprengstoffs und der Zündschnur. Und beides hat vermutlich Hansen geliefert. Zum Teufel, der Tänzer hätte wahrscheinlich alles, was er brauchte, in einem ganz normalen Elektronikladen wie Radio Shack bekommen können.«

»Wie bitte?« fragte Sachs überrascht.

»Aber ja doch«, bekräftigte Cooper. »Nicht umsonst nennen wir Radio Shack das Bomber-Paradies.«

Rhyme rollte um den Tisch herum und starrte lange auf ein Stück der Stahlummantelung, das wie zusammengeknülltes Papier aussah.

Dann ließ er sich zurückrollen und starrte an die Decke. »Aber warum hat er sie außen angebracht?« grübelte er. »Percey sagte, daß immer jede Menge Leute da waren. Und läuft der Pilot vor einem Start nicht immer um das Flugzeug herum und checkt die Räder und so?«

»Glaub schon«, sagte Sellitto.

»Warum also haben Ed Carney oder sein Copilot nichts gesehen?«

»Weil«, unterbrach Sachs plötzlich, »weil der Tänzer die Bombe erst anbringen konnte, nachdem er ganz sicher war, wer in dem Flugzeug sein würde.«

Rhyme drehte sich zu ihr um. »Das ist es, Sachs! Er war dort und hat alles beobachtet. Als er sah, daß Carney an Bord ging, wußte er, daß er zumindest eines seiner Opfer erwischen würde. Er brachte sie irgendwie an, nachdem Carney an Bord gegangen war und bevor die Maschine abhob. Sachs, Sie müssen herausfinden, wo er sich versteckt hatte, und alles absuchen. Brechen Sie sofort auf.«

»Hab ja eine ganze Stunde – nun, inzwischen eigentlich weniger«, bemerkte Sachs lakonisch, als sie das Zimmer verließ.

»Noch eines«, rief Rhyme.

Sie hielt inne.

»Der Tänzer ist ein wenig anders als alle anderen, mit denen Sie je zu tun hatten.« Wie sollte er es ihr erklären? »Bei ihm entspricht das, was Sie sehen, nicht unbedingt der Wirklichkeit.«

Sie zog eine Augenbraue hoch und meinte damit: Komm zur Sache.

»Er ist wahrscheinlich nicht dort am Flughafen. Aber falls Sie jemanden sehen sollten, der es auf Sie abgesehen zu haben scheint, nun... zögern Sie nicht, schießen Sie sofort.«

»Was?« Sie lachte.

»Kümmern Sie sich zuerst um sich selbst, dann um den Tatort.«

»Ich bin doch nur jemand, der den Tatort untersucht«, antwortete sie, während sie zur Tür hinausging. »Er wird sich nicht um mich kümmern.«

»Amelia, hören Sie...«

Aber er vernahm nur noch ihre davoneilenden Schritte. Das vertraute Thema: zuerst das dunkle Klacken auf dem Eichenparkett, dann die gedämpften Schritte über den Orientteppich, gefolgt vom hellen Klicken auf dem Marmorboden im Eingangsflur. Und schließlich die Coda – das Einschnappen der zufallenden Haustür.

9

3. Stunde von 45

Die besten Soldaten sind geduldige Soldaten.
Sir, das vergesse ich nicht, Sir.
Stephen Kall saß an Sheilas Küchentisch und hörte sich auf seinem Bandgerät eine lange Unterhaltung an. Dabei grübelte er darüber nach, wie sehr er Essie, oder wie auch immer diese räudige Katze hieß, verabscheute. Zuerst hatte er vorgehabt, die Katzen zu fangen und umzubringen, aber dann fiel ihm auf, daß die Biester von Zeit zu Zeit laut jaulten. Falls die Nachbarn an das Jaulen gewöhnt waren, könnten sie mißtrauisch werden, wenn es in Sheila Horowitz' Appartement allzu ruhig bliebe.
Geduld... Die Kassette dabei beobachten, wie sie sich drehte. Zuhören.
Zwanzig Minuten später hörte er das, worauf er gehofft hatte. Er lächelte. Okay, gut. Er legte sein Modell 40 vorsichtig in den Fender Gitarrenkoffer und ging zum Kühlschrank. Er neigte den Kopf. Die Geräusche waren verstummt. Der Kühlschrank schaukelte auch nicht mehr hin und her. Stephen verspürte Erleichterung. Das Ekelgefühl und das Kribbeln hatten nachgelassen, da der Wurm da drin inzwischen kalt und still war. Jetzt konnte er beruhigt das Haus verlassen. Er griff sich seinen Rucksack und verließ die düstere Wohnung mit ihrem Katzengestank, dem verstaubten Wein und einer Million Schleimspuren von gräßlichen Würmern.

Aufs Land hinaus.
Amelia Sachs brauste durch einen Tunnel aus grünen Frühlingsbäumen, Felsen auf der einen Seite, eine Klippe auf der anderen Seite. Ein grüner Schleier und überall dazwischen das leuchtende Gelb der Forsythien.
Sachs war eine Großstadtpflanze. Sie war im Brooklyn General Hospital geboren worden und lebte seitdem in diesem Bezirk. Na-

tur bestand für sie aus dem Prospect Parc an Sonntagen oder auch mal abends während der Woche und aus dem Naturschutzgebiet auf Long Island, wo sie ihren schwarzen, haifischförmigen Dodge Charger vor der Verkehrspolizei versteckte, die nach ihr und ihren Rennfreunden suchte.

Nun saß sie am Steuer eines Wagens der schnellen Eingreiftruppe des IRD und drückte aufs Gas. Sie raste mit dem speziell für die Spurensicherung umgebauten Kombi über den Seitenstreifen und überholte einen Lieferwagen, an dessen Heckfenster ein Garfield mit dem Kopf nach unten klebte. Sie nahm die Abzweigung, die sie tief in das Westchester County führte.

Unwillkürlich nahm sie eine Hand vom Lenkrad und kratzte sich hingebungsvoll am Kopf. Dann umfaßte sie das Plastiklenkrad wieder fest mit beiden Händen und drückte das Gaspedal durch, bis sie die Vorstadtzivilisation mit ihren Einkaufsmärkten, unansehnlichen Bürogebäuden und Fast-Food-Ketten erreichte.

Sie grübelte über Bomben nach, über Percey Clay.

Und über Lincoln Rhyme.

Irgend etwas war heute anders an ihm gewesen. Etwas Wesentliches. Sie arbeiteten jetzt schon seit einem Jahr zusammen, seit er sie kurz vor ihrer geplanten Versetzung in die Presseabteilung rekrutiert hatte, damit sie ihm bei der Suche nach einem Serienmörder half. Zu diesem Zeitpunkt befand sich Sachs gerade in einem Lebenstief – eine Beziehung, die schiefgelaufen war, ein Korruptionsskandal in ihrer Abteilung, der sie so sehr desillusionierte, daß sie den aktiven Polizeidienst aufgeben wollte. Aber Rhyme wollte sie nicht gehen lassen. Ganz einfach. Obwohl er nur ein ziviler Berater war, arrangierte er ihre Versetzung in die Spurensicherung. Sie hatte zwar ein wenig protestiert, gab aber ihren Pro-forma-Widerstand bald auf. In Wahrheit liebte sie diese Arbeit. Und sie liebte die Zusammenarbeit mit Rhyme, dessen Brillanz ebenso atemberaubend wie einschüchternd war und – das gab sie natürlich niemals öffentlich zu – auch verdammt sexy auf sie wirkte.

Was nicht hieß, daß sie ihn besonders gut verstand. Lincoln Rhyme war äußerst verschlossen und verriet ihr längst nicht alles.

Schießen Sie sofort...

Was hatte das zu bedeuten? Wenn man es irgend vermeiden konnte, feuerte man niemals an einem Tatort eine Waffe ab. Ein einziger Schuß konnte die Szenerie mit Kohlenstoff, Schwefel, Quecksilber, Antimon, Blei, Kupfer und Arsen verunreinigen. Zudem konnten der Auswurf und der Rückstoß wichtige Spuren vernichten. Rhyme selbst hatte ihr erzählt, wie er einmal einen Verbrecher erschießen mußte, der sich an einem Tatort versteckt hatte, und wie seine größte Sorge dabei war, daß er Beweise zerstörte. (Sachs hatte geglaubt, sie sei ihm endlich einmal überlegen, und hatte eingewandt: »Aber das war doch ohne Bedeutung, Rhyme. Sie hatten doch den Täter, nicht wahr?« Darauf hatte er nur knapp geantwortet: »Und was wäre gewesen, wenn er Partner gehabt hätte, hm? Was dann?«)

Was war so besonderes an diesem Totentänzer, abgesehen von dem idiotischen Namen und davon, daß er vielleicht ein wenig cleverer war als der typische Mafioso oder Durchschnittskiller?

Und dann die Sache mit dem Tatort, für den sie nur eine Stunde Zeit erhalten hatte. Sachs hegte den Verdacht, daß er einzig und allein Percey zuliebe eingewilligt hatte. Und das war vollkommen untypisch für ihn. Wenn Rhyme es für nötig hielt, riegelte er einen Tatort ohne Probleme für mehrere Tage ab. All diese Fragen nagten an ihr, und Amelia Sachs mochte keine offenen Fragen.

Jetzt allerdings hatte sie keine Zeit mehr für Spekulationen. Sie steuerte den Wagen auf die breite Zufahrtsstraße zum Regionalflughafen Mamaroneck. Es war ein geschäftiger Ort, eingebettet in die Wälder von Westchester County im Norden von New York. Die großen Fluggesellschaften unterhielten hier Partnerfirmen – United Express, American Eagle –, aber die meisten Flugzeuge, die jetzt auf dem Flughafen standen, waren Firmenjets. Alle ohne Kennzeichnung, aus Sicherheitsgründen, wie sie vermutete.

An der Einfahrt kontrollierten mehrere Staatspolizisten die Ausweise. Sie stutzten und starrten Amelia an, als sie vorfuhr. So etwas hatten sie noch nicht gesehen: eine attraktive Rothaarige in einem Wagen der NYPD-Spurensicherung, mit Blue Jeans, Windjacke und einer Baseball-Kappe der Mets bekleidet. Schließlich winkten sie Sachs durch. Sie folgte den Wegweisern zu Hudson Air Charter und fand das kleine Backsteingebäude am Ende einer Reihe von Terminals der kleineren Fluggesellschaften.

Sachs parkte vor dem Gebäude und stieg schwungvoll aus. Sie stellte sich den beiden Beamten vor, die den Hangar und das elegante, silberne Flugzeug darin bewachten. Sachs stellte befriedigt fest, daß die örtliche Polizei den Hangar und den Vorplatz mit Polizeiband abgesperrt hatte, um den Tatort zu sichern. Zugleich aber war sie entsetzt über die Größe des Geländes.

Eine Stunde für die Spurensuche? Sie könnte problemlos einen ganzen Tag hier verbringen.

Vielen Dank auch, Rhyme.

Sie eilte in das Büro.

Etwa ein Dutzend Männer und Frauen, einige in Geschäftsanzügen, andere in Overalls, standen in Grüppchen herum. Die meisten waren zwischen Mitte Zwanzig und Mitte Dreißig. Sachs vermutete, daß sie bis zur letzten Nacht eine junge und enthustiastische Truppe gewesen waren. Nun zeigten ihre Gesichter eine kollektive Trauer, die sie schnell hatte altern lassen.

»Ist ein gewisser Ron Talbot hier?« fragte sie und wedelte dabei mit ihrer silbernen Plakette.

Die älteste Person im Raum – eine Frau in den Fünfzigern mit toupiertem, dick eingespraytem Haar und einem altmodischen Hosenanzug – kam auf Sachs zu. »Ich bin Sally Anne McCay«, sagte sie. »Ich bin die Büroleiterin. Wie geht es der armen Percey?«

»Ihr geht es ganz gut«, antwortete Sachs vorsichtig. »Wo ist Mr. Talbot?«

Eine brünette, etwa dreißigjährige Frau in einem verknitterten blauen Kleid kam aus einem der Büros und legte ihren Arm um Sally Annes Schulter. Die ältere Frau drückte die Hand der jüngeren. »Lauren, alles okay?«

Lauren war der Schock noch deutlich anzusehen. Sie fragte Sachs: »Weiß man schon, was passiert ist?«

»Wir haben gerade erst mit der Untersuchung begonnen... Also, wo finde ich Mr. Talbot?«

Sally Anne wischte ihre Tränen ab und deutete auf ein Büro in der Ecke. Sachs ging hinüber. Im Büro saß ein Bär von einem Mann mit einem Stoppelbart und einer grauschwarzen, ungekämmten Haarmähne. Er wühlte in einem Haufen Computerausdrucken und atmete dabei schwer. Mit bedrücktem Gesichtsausdruck sah er auf. Offenbar hatte auch er geweint.

»Ich bin Officer Sachs«, sagte sie. »Ich bin Beamtin der NYPD.«

Er nickte. »Haben Sie ihn schon?« Er blickte bei der Frage aus dem Fenster, als erwarte er, daß Ed Carneys Geist jeden Augenblick vorbeifliegen würde. »Den Killer?«

»Wir verfolgen mehrere Spuren.« Amelia Sachs beherrschte als Polizistin der zweiten Generation die Kunst der ausweichenden Antwort im Schlaf.

Lauren erschien an der Tür zu Talbots Büro. »Ich kann nicht glauben, daß er nicht mehr da ist.« In ihrer Stimme schwang Hysterie mit. »Wer kann so etwas nur tun? Wer?«

Als Streifenpolizistin hatte Sachs häufig genug Freunden und Verwandten schlechte Nachrichten überbringen müssen. An die Verzweiflung der Hinterbliebenen hatte sie sich dabei nie gewöhnen können.

»Lauren.« Sally Anne nahm ihre Kollegin am Arm. »Lauren, geh nach Hause.«

»Nein! Ich will nicht nach Hause. Ich will wissen, wer der verdammte Kerl war, der das getan hat. Oh, Ed...«

Sachs trat näher an Talbots Schreibtisch heran. »Ich brauche Ihre Hilfe. Es sieht so aus, als habe der Killer die Bombe außen am Flugzeug montiert – unterhalb des Cockpits. Wir müssen herausfinden, wo er das tat.«

»Außen?« Talbot runzelte die Stirn. »Wie denn das?«

»Mit Magneten und Kleber. Der Kleber war zum Zeitpunkt der Explosion noch nicht ganz getrocknet. Also kann er nicht allzu lange vor dem Start angebracht worden sein.«

Talbot nickte. »Ich tue natürlich alles, was ich kann. Klar.«

Sie tippte gegen das Funkgerät an ihrem Gürtel. »Ich nehme jetzt Verbindung zu meinem Boß in Manhattan auf. Wir werden Ihnen einige Fragen stellen.« Sie schaltete das Motorola an und stöpselte das Kopfhörer-Mikrofon ein.

»Okay, Rhyme. Ich bin hier. Können Sie mich hören?«

Obwohl sie auf einer gebietsweiten Frequenz der Abteilung für Spezielle Operationen sprachen und sich nach den Regeln des Kommunikationsdepartments eigentlich im üblichen Funker-Kauderwelsch hätten verständigen müssen, kümmerten sich Sachs und Rhyme selten darum. Auch jetzt verzichteten sie darauf. Seine Stimme, die von zig Satelliten hin- und hergeworfen wurde, dröhnte im Kopfhörer. »Hab verstanden. Sie haben ja auch lange genug gebraucht.«

»Übertreiben Sie es nicht, Rhyme.«

Sie fragte Talbot: »Wo befand sich das Flugzeug, bevor es startete? So eine Stunde oder eineinviertel Stunden vorher?«

»Im Hangar«, antwortete Talbot.

»Glauben Sie, jemand hätte dort zum Flugzeug vordringen können? Nach dem – wie nennen Sie das noch mal? Wenn der Pilot das Flugzeug inspiziert?«

»Der Rundgang. Möglich ist es.«

»Aber es waren doch ständig Leute hier«, warf Lauren ein. Der Weinkrampf war vorüber, und sie hatte ihr Gesicht abgewischt. Sie war nun ruhiger, und in ihren Augen stand Entschlossenheit anstelle der Verzweiflung von vorhin.

»Wer sind Sie, bitte?«

»Lauren Simmons.«

»Lauren ist unsere stellvertretende Einsatzleiterin«, erklärte Talbot. »Sie arbeitet für mich.«

Lauren sprach weiter. »Wir hatten mit Stu – unserem Chefmechaniker, unserem *ehemaligen* Chefmechaniker – rund um die Uhr gearbeitet, um die Maschine umzurüsten. Wenn jemand sich dem Flugzeug genähert hätte, dann wäre uns das aufgefallen.«

»Also«, sagte Sachs. »Dann hat er die Bombe angebracht, nachdem die Maschine den Hangar verlassen hat.«

»Chronologie!« Rhymes Stimme krächzte im Kopfhörer. »Wo war die Maschine von dem Augenblick an, als sie den Hangar verließ, bis zum Abheben?«

Als sie die Frage übermittelt hatte, führten Talbot und Lauren sie in einen Konferenzraum. Er war vollgestopft mit Karten, Flugplänen, Hunderten von Büchern, Notizheften und Haufen von anderen Unterlagen. Lauren entrollte eine große Karte des Flughafens. Auf ihm waren Hunderte Zeichen und Symbole zu sehen, die Sachs nicht das Geringste sagten. Allerdings waren die Straßen und Gebäude gut zu erkennen.

Talbot erklärte in seinem rauhen Bariton: »Kein Flugzeug bewegt sich auch nur einen Millimeter, ohne daß die Bodenkontrolle ihr ›Okay‹ gibt. *Charlie Juliet* war...«

»Charlie wie?«

»Die Bezeichnung des Flugzeugs. Wir benennen die Flugzeuge nach den letzten beiden Buchstaben der Registrierungsnummer. Sehen Sie da auf dem Rumpf? CJ. Also nannten wir die Maschine *Charlie Juliet*. Sie stand hier im Hangar...« Er tippte mit dem Finger auf die Karte. »Wir waren mit dem Beladen fertig...«

»Wann?« Rhyme schrie so laut, daß es sie nicht gewundert hätte, wenn Talbot ihn gehört hätte. »Wir brauchen den Zeitpunkt, den genauen Zeitpunkt!«

Das Logbuch von *Charlie Juliet* war zu Asche verbrannt und das mit der Zeitmarkierung versehene FAA-Band noch nicht transkribiert. Aber Lauren sah in den firmeneigenen Unterlagen nach. »Der Tower gab um neunzehn Uhr sechzehn die Freigabe zum Zurückstoßen. Und um neunzehn Uhr dreißig meldeten sie Fahrwerk eingezogen.«

Rhyme hatte mitgehört. »Vierzehn Minuten. Fragen Sie die beiden, ob das Flugzeug in dieser Zeit mal stehengeblieben ist, während es außer Sichtweite war.«

Sachs fragte, und Lauren zeigte es ihr auf der Karte. »Vermutlich hier.«

Ein schmaler, etwa sechzig Meter langer Teil der Rollbahn. Die Reihe der Hangars verbarg die Stelle vom Rest des Flughafens. Die Rollbahn endete in einer T-Kreuzung.

»Oh, und es ist ein ATC No Vis Areal«, warf Lauren ein.

»Das stimmt«, bekräftigte Talbot bedeutungsschwer.

»Übersetzung!« forderte Rhyme.

»Was heißt das?« fragte Sachs.

»Außerhalb der Sichtweite des Towers«, erklärte Lauren. »Ein blinder Fleck.«

»Jawohl!« dröhnte die Stimme durch den Kopfhörer. »Okay, Sachs. Sperren Sie dort alles ab, und suchen Sie die Gegend ab. Den Hangar geben Sie frei.«

Zu Talbot sagte sie: »Wir brauchen den Hangar nicht mehr. Ich gebe ihn wieder frei. Aber ich muß die Rollbahn absperren. Können Sie den Tower anrufen, damit sie den Verkehr umleiten?«

»Kann ich tun«, erwiderte er zögernd. »Aber sie werden es nicht mögen.«

»Wenn es ein Problem gibt, dann sollen sie Thomas Perkins anrufen«, sagte sie. »Er ist der FBI-Chef von Manhattan, und er wird dann alles mit dem FAA-Hauptquartier abklären.«

»FAA? Die Jungs in Washington?« fragte Lauren.

»Ja, genau die.«

Talbot lächelte schwach. »Na gut.«

Sachs lief auf den Hauseingang zu, hielt aber kurz inne, als sie auf den geschäftigen Flughafen hinausblickte. »Oh, ich habe ein Auto«, rief sie zu Talbot rüber. »Muß man etwas Besonderes beachten, wenn man auf einem Flughafen herumfährt?«

»Yeah«, antwortete er. »Fahren Sie nach Möglichkeit nicht gegen ein Flugzeug.«

ZWEITER TEIL

Die Todeszone

Der Vogel eines Falkners, sei er auch noch so zahm und zugeneigt, ist in seinen Lebensgewohnheiten und seinem Verhalten einem wilden Tier so nah, wie es ein Tier, das mit Menschen zusammenlebt, nur sein kann. Vor allem bleibt er ein Jäger.

A Rage for Falcons, Stephen Bodio

10

3. Stunde von 45

»Ich bin jetzt da, Rhyme«, verkündete sie.

Sachs stieg aus dem Wagen, zog sich Latex-Handschuhe über und wickelte Gummibänder um ihre Schuhe, wie Rhyme es ihr beigebracht hatte, um sicherzugehen, daß ihre Abdrücke nicht mit denen des Täters verwechselt werden konnten.

»Und wo bitte, ist da, Sachs?« fragte er.

»An der Kreuzung zweier Rollbahnen. Zwischen einer Reihe von Hangars. Dort, wo Carney sein Flugzeug vermutlich angehalten hat.«

Sachs blinzelte unbehaglich zu einer Baumreihe in der Ferne herüber. Es war ein wolkenverhangener, feuchter Morgen. Ein weiterer Sturm braute sich zusammen. Sie fühlte sich wie auf einem Präsentierteller. Der Tänzer könnte auch irgendwo hier in der Nähe sein – vielleicht war er zurückgekommen, um Beweismaterial zu zerstören oder um einen Polizisten zu töten und so die Untersuchung aufzuhalten. Wie mit der Bombe vor einigen Jahren in der Wall Street, die Bombe, die Rhymes Techniker getötet hatte.

Schießen Sie sofort!

Verdammt, Rhyme. Sie machen mich nervös! Warum tun Sie so, als ob dieser Typ durch Wände laufen und Gift verspritzen könnte?

Sachs holte aus dem Kombi den Kasten mit dem PoliLight und einen großen Koffer, den sie aufklappte. Darin befanden sich Dutzende der in der Branche gebräuchlichen Werkzeuge: Schraubenzieher, Schraubenschlüssel, Hammer, Drahtschneider, Messer, Ausrüstung zum Aufspüren von Fingerabdrücken, Ninhydrin, Pinzetten, Pinsel, Zangen, Scheren, flexible Greifhaken, ein Sammelkasten für Pulverreste, Bleistifte, Plastik- und Papiertüten, Beschriftungsband...

Erstens, grenze das Gelände ein.

Sie steckte das gesamte Gebiet mit gelbem Polizeiband ab.

Zweitens, denk an Reporter und die Reichweite von Kameras und Mikrofonen.

Keine Medien in Sicht. Noch nicht. Gott sei Dank.

»Was haben Sie gesagt, Sachs?«

»Ich habe dem Herrn dafür gedankt, daß keine Reporter hier sind.«

»Ein schönes Stoßgebet. Aber berichten Sie mir lieber, was Sie gerade tun.«

»Ich sichere noch immer den Tatort.«

»Suchen Sie nach...«

»Zugangs- und Fluchtweg«, vervollständigte sie.

Drittens, feststellen, welchen Weg der Täter herein und heraus genommen hat – das sind die sekundären Fundorte.

Aber noch hatte sie keinerlei Hinweis darauf, wo dies gewesen sein könnte. Er hätte von überall her kommen können. Hätte sich um die Ecken schleichen oder in einem Gepäckauto oder Tankwagen hereingelangen können...

Sachs setzte die Spezialbrille auf und begann, die Rollbahn mit dem PoliLight abzuleuchten. Im Freien funktionierte es nicht so gut wie in einem dunklen Raum, aber dank der grauen Wolken konnte sie in dem gespenstisch grünen Licht einige Flecken und Streifen erkennen. Es waren allerdings keine Fußabdrücke zu sehen.

»Wurde gestern abend alles abgespritzt«, ertönte plötzlich eine Stimme hinter ihr.

Sachs wirbelte herum, hatte die Glock bereits halb gezogen.

Sonst bin ich *nie* so schreckhaft, Rhyme. Das ist alles Ihre Schuld.

Mehrere Männer in Arbeitsoveralls standen vor dem gelben Band. Vorsichtig ging sie zu ihnen herüber und kontrollierte ihre Ausweise. Die Fotos stimmten mit den Gesichtern der Männer überein. Ihre Hand löste sich von der Glock.

»Sie sprühen jeden Abend alles ab. Wollte Ihnen das nur sagen, falls Sie nach etwas suchen.«

»Mit einem Hochdruckstrahler«, fügte der zweite Mann hinzu.

Großartig. Jede noch so kleine Spur, jeder Fußabdruck, jede Faser, die sich von der Kleidung des Tänzers gelöst hatte, war damit verloren.

»Ist Ihnen gestern abend hier jemand aufgefallen?«

»Hat das was mit der Bombe zu tun?«

»So gegen 19.15 Uhr?« präzisierte sie.

»Nein. Hier kommt nie einer her. Die Hangars stehen alle leer. Werden wahrscheinlich bald abgerissen.«

»Was machen Sie jetzt hier?«

»Haben einen Bullen gesehen. Sie sind doch der Bulle, stimmt's? Und da haben wir gedacht, wir schauen mal nach, was so los ist. Es *geht* doch um die Bombe, nicht wahr? Wer war es? Araber? Oder diese verfluchten Milizen?«

Sie schickte sie weg und erklärte über das Mikrofon: »Sie haben die Rollbahn letzte Nacht gereinigt, Rhyme. Offenbar mit Hochdruck-Dampfstrahlern.«

»O nein!«

»Sie haben...«

»Hallo, Sie da?«

Sie seufzte und drehte sich zu der Stimme um in der Erwartung, daß die Arbeiter zurückgekehrt waren. Aber der neue Besucher war ein großspuriger Polizist mit einem breitkrempigen Smokey the Bear Hut und einer Bundfaltenhose mit messerscharfer Bügelfalte. Er schlüpfte unter dem gelben Band hindurch.

»Entschuldigen Sie, das hier ist abgesperrtes Gelände«, rief sie.

Er hielt kurz inne, ging dann aber weiter. Sie prüfte seinen Ausweis. Er war in Ordnung. Auf dem Foto sah er ein wenig zur Seite, wie auf dem Titelfoto eines Glamour-Magazins.

»Sie sind der Officer aus New York, stimmt's?« Er lachte selbstzufrieden. »Nette Uniformen habt ihr da unten.« Starrte dabei auf ihre engen Jeans.

»Dieses Gelände ist abgesperrt.«

»Ich kann Ihnen helfen. Ich habe einen Kurs in forensischer Ermittlung absolviert. Ich bin zwar meistens auf dem Highway im Einsatz, hab aber auch ein wenig Erfahrung mit schwereren Verbrechen. Sie haben tolles Haar. Aber das haben Sie bestimmt schon oft gehört.«

»Ich muß Sie wirklich bitten ...«

»Jim Everts.«

Fang nie mit Vornamen an. Das bleibt für immer an einem kleben. »Ich bin Officer Sachs.«

»Ziemliches Chaos hier. Eine Bombe. Was für 'ne Sauerei.«

»Schauen Sie mal, Jim. Dieses Band ist dazu da, um Leute vom Tatort fernzuhalten. Wären Sie also so freundlich und würden hinter die Absperrung treten?«

»Wie, Sie meinen, das gilt auch für Polizisten?«

»Ja, genau das meine ich.«

»Sie meinen, auch für mich?«

»Ganz genau.«

Es gibt fünf klassische Faktoren, die Spuren an Tatorten beschädigen: Das Wetter, Angehörige des Opfers, Verdächtige, Souvenirjäger und – die schlimmsten von allen – Polizistenkollegen.

»Ich werde nichts anrühren, Süße. Versprochen. Will nur das Vergnügen haben, Ihnen bei der Arbeit zuzusehen.«

»Sachs«, flüsterte Rhyme. »Sagen Sie dem Kerl, daß er, verdammt noch mal, vom Tatort verschwinden soll.«

»Verdammt noch mal, Jim. Verschwinden Sie vom Tatort.«

»Oder Sie werden ihn melden.«

»Oder ich melde Sie.«

»Oh-oooh, das würden Sie tun?« Er hielt die Hände hoch. Das flirtende Lächeln wich langsam aus seinem Gesicht.

»Fangen Sie an, Sachs.«

Der Polizist schlenderte davon, langsam genug, um sich einen Rest Würde zu bewahren. Er sah sich noch einmal um, aber offenbar fiel ihm keine letzte witzige Bemerkung mehr ein.

Amelia Sachs begann das Gelände gitterförmig abzulaufen.

Es gibt verschiedene Methoden, einen Tatort zu untersuchen. Im Freien wird meistens die Streifensuche angewandt, bei der man das Gelände in Schlangenlinien abschreitet. Der Vorteil besteht darin, daß man auf diese Weise den Großteil des Geländes schnell abdecken kann. Aber Rhyme hielt von dieser Methode gar nichts. Er bevorzugte das Gittermuster. Dabei sucht man den gesamten Tatort im Gänseschritt in einer Richtung ab, anschließend macht man eine Vierteldrehung und schreitet das Gelände dann in die andere Richtung ab. Als Rhyme noch das IRD geleitet hatte, war der Ausdruck »das Gitter ablaufen« ein Synonym für das Absuchen eines Tatorts gewesen, und gnade Gott jedem Beamten, der von Rhyme erwischt wurde, wie er eine Abkürzung nahm oder vor sich hinträumte.

Sachs verbrachte eine Stunde damit, auf- und abzulaufen. Selbst wenn die Wasserkanonen alle Fußabdrücke und Kleinstspuren auf der Rollbahn zerstört haben sollten, so könnten doch noch größere Gegenstände vorhanden sein, die der Tänzer möglicherweise verloren hatte. Auch etwaige Fußspuren und andere Körperabdrücke in dem Schlamm neben der Rollbahn wären sicher erhalten geblieben.

Aber sie fand nichts.

»Verdammt, Rhyme, nicht die kleinste Spur.«

»Ach, Sachs. Ich wette, da ist irgend etwas. Ich wette, da ist ganz viel. Es bedarf nur einer etwas größeren Anstrengung als bei einem normalen Tatort. Denken Sie daran, der Tänzer ist anders als andere Täter.«

Oh, *das* nun schon wieder.

»Sachs.« Seine Stimme klang jetzt tief und verführerisch. Sie spürte einen Schauder. »Versetzen Sie sich in ihn hinein«, flüsterte Rhyme. »Sie wissen, was ich meine.«

Sie wußte genau, was er meinte. Verabscheute den Gedanken. Aber, o ja, Sachs wußte es. Die besten Kriminalisten waren diejenigen, die in ihrem Gehirn eine Stelle fanden, wo die Trennlinie zwischen Jäger und Gejagtem praktisch nicht mehr existierte. Wenn so jemand einen Tatort untersuchte, dann war er kein Polizist mehr, der nach Hinweisen Ausschau hielt, sondern er war der Täter, fühlte sein Verlangen, seine Lust und seine Angst. Rhyme besaß diese Gabe. Und auch wenn sie es selbst nicht gerne zugab: Sachs hatte sie ebenfalls. (Vor einem Monat hatte sie einen Tatort untersucht – ein Mann hatte seine Frau und sein Kind ermordet –, und nachdem alle anderen vergeblich gesucht hatten, war sie es, die schließlich die Mordwaffe fand. Anschließend konnte sie eine Woche lang nicht arbeiten, weil sie von Erinnerungsfetzen geplagt wurde. Sie sah sich als Täter, sah, wie sie auf die Opfer einstach. Sah ihre Gesichter, hörte ihre Schreie.)

Eine weitere Pause. »Reden Sie mit mir«, verlangte er. Und endlich war die Gereiztheit aus seiner Stimme verschwunden.

»Sie sind er. Sie gehen dort, wo er gegangen ist. Sie denken, was er gedacht hat ... «

Er hatte ihr diese Beschwörungsformel natürlich schon häufiger eingeflüstert. Aber diesmal – wie mit allem, was mit dem Tänzer zu tun hatte – kam es ihr so vor, als hätte er anderes im Sinn, als nur verborgene Beweisstücke zu finden. Sie spürte, daß er verzweifelt versuchte, mehr über den Mörder zu erfahren. Wer er war, was ihn zum Mörder machte.

Wieder erschauderte sie. In ihren Gedanken tauchte ein Bild auf: Letzte Nacht auf dem Flugplatz. Die Lichter der Rollbahn, der Lärm der Flugzeugmotoren, der Gestank der Abgase.

»Los, Amelia ... Sie sind er. Sie sind der Totentänzer. Sie wissen, daß Ed Carney im Flugzeug ist. Sie wissen, wie man die Bombe anbringt. Denken Sie nur eine oder zwei Minuten nach.«

Und das tat sie. Beschwor von irgendwo tief drinnen den Drang zum Töten herauf.

Er sprach weiter in dieser unheimlichen, melodischen Stimme. »Sie sind genial«, sagte er. »Sie haben keinerlei Moral. Sie würden jeden ermorden, Sie tun alles, um Ihr Ziel zu erreichen. Sie lenken die Leute ab, Sie benutzen die Leute ... Ihre tödlichste Waffe ist die Irreführung.«

Ich liege in Lauerstellung.

Meine tödlichste Waffe ...

Sie schloß ihre Augen.

... ist die Irreführung.

Sachs verspürte eine dunkle Hoffnung, eine Wachsamkeit, eine Jagdlust.

»Ich ...«

Er fuhr mit leiser Stimme fort. »Gibt es irgendein Ablenkungsmanöver, das Sie versuchen könnten?«

Ihre Augen waren nun geöffnet. »Die ganze Gegend ist verlassen. Nichts, was die Piloten ablenken könnte.«

»Wo verstecken Sie sich?«

»Die Hangars sind alle mit Brettern vernagelt. Das Gras ist zu niedrig, um sich darin zu verstecken. Es gibt keine Lastwagen oder Ölfässer. Keine Seitengassen, keine Schlupfwinkel.«

In ihrem Magen: Verzweiflung. Was soll ich machen? Ich muß die Bombe anbringen. Ich habe keine Zeit mehr. Lichter... überall sind hier Lichter. Was? Was soll ich nur tun?

Sie sprach wieder ins Mikrofon: »Ich kann mich nicht auf der anderen Seite der Hangars verstecken. Dort sind zu viele Arbeiter. Es ist alles zu offen. Sie könnten mich sehen.«

Für einen kurzen Augenblick konzentrierte Sachs sich wieder auf ihre eigenen Gedanken und fragte sich wie so oft, woher Rhyme die Macht hatte, sie in jemand anderen hineinzuversetzen. Manchmal machte es sie wütend, manchmal erregte es sie.

Sie kniete sich hin und ignorierte dabei die Schmerzen in ihren Gelenken. Arthritis hatte sie die letzten zehn ihrer dreiunddreißig Lebensjahre gepeinigt.

»Es ist offenes Gelände hier. Ich fühle mich wie auf einem Präsentierteller.«

»Was denken Sie?«

Da sind Leute, die nach mir suchen. Ich kann nicht zulassen, daß sie mich finden. Auf gar keinen Fall!

Das ist riskant. Ich muß versteckt bleiben. Unten bleiben.

Nirgends ein geeignetes Versteck. Wenn ich gesehen werde, ist alles verloren. Sie werden die Bombe finden, sie wissen dann, daß ich hinter allen drei Zeugen her bin. Sie werden sie in Schutzhaft stecken. Dann hab ich keine Chance mehr, an sie ranzukommen.

Von dieser Panik erfüllt, drehte sie sich um und starrte zu dem einzigen möglichen Versteck. Der Hangar neben der Rollbahn. In der Mauer war ein einzelnes zerbrochenes Fenster, etwa 1,20 Meter hoch und 90 Zentimeter breit. Sie ignorierte es, weil es von innen mit einer verrotteten Sperrholzplatte vernagelt war.

Langsam schlich sie zu dem Gebäude. Der Boden vor dem Hangar war mit Kies bedeckt; keine Chance also, Fußspuren zu finden.

»Da ist ein mit Sperrholz vernageltes Fenster. Die Scheibe ist zerbrochen.«

»Sind die Glasreste im Fenster verdreckt?«

»Ja.«

»Und die Kanten auch?«

»Nein, die sind sauber.« Ihr wurde klar, warum er das gefragt hatte. »Die Scheibe ist also erst kürzlich zerbrochen worden.«

»Genau. Drücken Sie gegen das Brett. Kräftig.«

Ohne größeren Widerstand fiel es nach innen und schlug mit einem lauten Knall auf dem Boden auf.

»Was war das?« rief Rhyme. »Sachs, ist alles in Ordnung?«

»War nur das Sperrholz«, antwortete sie, beunruhigt über seine Nervosität.

Sie leuchtete mit ihrer Halogenlampe in den Hangar. Er war vollkommen verlassen.

»Was sehen Sie, Sachs?«

»Er ist leer. Ein paar verstaubte Kisten. Da ist Kies auf dem Boden...«

»Das war er!« rief Rhyme. »Er hat das Fenster aufgebrochen und Kies reingeworfen, damit er darauf stehen kann, ohne Fußabdrücke zu hinterlassen. Ein ganz alter Trick. Sind irgendwelche Fußabdrücke vor dem Fenster? Ich wette, daß dort auch Kies liegt«, fügte er bitter hinzu.

»Stimmt.«

»Okay, untersuchen Sie das Fenster. Und dann klettern Sie hinein. Aber prüfen Sie erst, ob irgendwelche Bombenfallen angebracht sind. Denken Sie an den Papierkorb damals in der Wall Street.«

Hör auf, Rhyme! Hör endlich auf damit!

Sachs leuchtete wieder mit der Lampe umher. »Ist sauber, Rhyme. Keine Fallen. Ich untersuche jetzt den Fensterrahmen.«

Das PoliLight zeigte nur den schwachen Abdruck eines Fingers in einem Baumwollhandschuh. »Keine Fasern. Nur das Baumwollmuster.«

»Ist irgend etwas im Hangar? Etwas, das sich zu stehlen lohnt?«

»Nein. Er ist ganz leer.«

»Gut«, sagte Rhyme.

»Warum gut«, fragte sie. »Ich habe doch gesagt, daß es keine Abdrücke gibt.«

»Ja, aber das bedeutet, daß er es war, Sachs. Denn wenn es nichts zu stehlen gibt, dann gibt es auch keinen Grund für jemanden, sich Baumwollhandschuhe überzuziehen und dort einzubrechen.«

Sie suchte alles gründlich ab. Keine Fußspuren, keine Fingerabdrücke, keinerlei sichtbare Spuren. Sie saugte die Umgebung des Fensters mit dem Staubsauger ab und packte den Staubbeutel anschließend ein.

»Was ist mit dem Glas und dem Kies?« erkundigte sie sich. »Sollen die in einen Papierbeutel?«

»Ja.«

Feuchtigkeit konnte Beweismittel zerstören, und deshalb war es besser, bestimmte Dinge statt in einem Plastikbeutel in einer braunen Papiertüte zu transportieren – auch wenn es recht unprofessionell aussah.

»Okay, Rhyme. In vierzig Minuten hab ich's bei Ihnen.«

Sie unterbrach die Verbindung.

Während sie ihre Ausrüstung in den Kombi packte, fühlte sie sich angespannt und gereizt, wie so oft, wenn sie an einem Tatort keine greifbaren Indizien gefunden hatte – etwa einen Revolver, ein Messer oder die Brieftasche des Täters. Die Spuren, die sie gesammelt hatte, würden unter Umständen einen Hinweis darauf geben, wer der Tänzer war oder wo er sich versteckt hielt. Aber die ganze Mühe konnte genausogut umsonst gewesen sein. Sie sollte deshalb so schnell wie möglich zurück in Rhymes Labor, um zu erfahren, was er aus den Spuren herauslesen würde.

Sachs stieg in den Wagen und raste zurück zum Büro von Hudson Air. Sie eilte in Ron Talbots Zimmer. Er sprach gerade mit einem Mann, der mit dem Rücken zur Tür stand. Sachs unterbrach: »Mr. Talbot, ich habe die Stelle gefunden, wo er sich versteckt hatte. Der Tatort ist wieder freigegeben. Sie können dem Kontrollturm sagen, daß...«

Der Mann drehte sich um. Es war Brit Hale. Er runzelte die Stirn, versuchte, sich an ihren Namen zu erinnern. Dann fiel er ihm ein. »Oh, Officer Sachs. Hallo. Wie geht's Ihnen?«

Sie wollte schon automatisch nicken, doch dann stutzte sie. Was tat er hier? Er sollte längst in dem sicheren Haus sein. Sie vernahm ein unterdrücktes Schluchzen und blickte in den Konferenzraum. Dort saß Percey Clay neben Lauren, der hübschen Brünetten, die, wie Sachs sich erinnerte, Talbots Assistentin war. Lauren weinte, und Percey Clay, trotz ihrer eigenen Trauer gefaßt, versuchte, sie zu trösten. Sie sah auf, bemerkte Sachs und nickte ihr zu.

Nein, nein, nein...

Dann der dritte Schock.

»Hi, Amelia«, begrüßte Jerry Banks sie fröhlich. Er stand am Fenster, schlürfte Kaffee und bewunderte den Learjet im Hangar. »Nicht schlecht der Schlitten, finden Sie nicht auch?«

»Was, zum Teufel, tun die hier«, schnaubte sie und deutete auf Hale und Percey. Für einen Augenblick vergaß sie völlig, daß Banks einen höheren Rang hatte als sie.

»Es gab wohl Probleme mit einem Mechaniker«, antwortete Banks. »Percey wollte kurz hier vorbeikommen, um zu versuchen...«

»Rhyme!« brüllte sie ins Mikrofon. »Sie sind hier.«

»Wer?« fragte er säuerlich. »Und wo ist hier?«

»Percey. Und auch Hale. Am Flughafen.«

»Nein! Sie sollten doch in dem sicheren Haus sein.«

»Nun, das sind sie aber nicht. Sie befinden sich hier genau vor mir.«

»Nein, nein, nein«, schimpfte Rhyme. Ein paar Sekunden verstrichen. Dann sagte er: »Fragen Sie, ob sie auf dem Weg zum Flughafen Ausweichmanöver gefahren sind.«

Banks verneinte mit sichtlichem Unbehagen. »Sie war sehr hartnäckig und bestand darauf, hier einen Stopp einzulegen. Ich habe versucht, es ihr auszureden...«

»Mein Gott, Sachs. Er ist dort irgendwo. Der Tänzer. Ich weiß, daß er dort ist.«

»Wie sollte er?« Ihre Augen wanderten automatisch zum Fenster.

»Halten Sie sie unten«, befahl Rhyme. »Ich lasse Dellray einen gepanzerten Wagen vom FBI-Büro in White Plains zu Ihnen schaffen.«

Percey bekam die Aufregung mit. »Ich bin in etwa einer Stunde bereit, in das sichere Haus zu gehen. Ich muß nur noch einen Mechaniker finden...«

Sachs signalisierte ihr zu schweigen und sagte dann knapp: »Jerry, achte hier auf sie.« Sie rannte zur Tür und blickte über die graue Weite des Flughafens. Eine laute Propellermaschine raste gerade über die Startbahn. Sachs zog das Mikrofon näher an ihren Mund heran. »Rhyme, wie wird er angreifen?«

»Ich habe nicht die geringste Ahnung. Er könnte alles mögliche machen.«

Sachs versuchte, sich noch einmal in den Tänzer hineinzuversetzen, scheiterte aber diesmal. Sie konnte nur an eines denken: *Irreführung...*

»Wie gut ist das Gelände abgeschirmt?« fragte Rhyme.

»Ziemlich gut. Metallzaun. Posten an der Einfahrt, die Ausweise und Tickets kontrollieren.«

Rhyme fragte: »Aber sie überprüfen nicht die Ausweise von Polizisten, oder?«

Sie schaute zu den uniformierten Beamten und erinnerte sich daran, wie lässig die Posten sie durchgewinkt hatten. »Oh, zum Teufel, Rhyme. Hier stehen ein Dutzend normale Polizeiwagen herum, dazu noch ein paar ungekennzeichnete, und ich kenne von diesen ganzen Polizisten und Kriminalbeamten kaum jemanden... Es könnte jeder von ihnen sein.«

»Okay, Sachs. Finden Sie raus, ob irgendeiner der örtlichen Polizisten fehlt. Ob einer seit zwei, drei Stunden vermißt wird. Vielleicht hat der Tänzer einen von ihnen getötet und läuft nun in seiner Uniform und mit seinem Ausweis herum.«

Sachs rief einen Staatspolizisten zu sich, überprüfte seinen Ausweis genauestens, verglich das Foto mit seinem Gesicht und entschied dann, daß er echt war. »Wir befürchten, daß ein Killer hier in der Nähe ist und sich vielleicht als Polizist verkleidet hat. Ich möchte, daß Sie jeden Beamten hier vor Ort überprüfen. Wenn Sie jemanden nicht erkennen, dann geben Sie mir sofort Bescheid. Fragen Sie außerdem bei Ihrer Funkleitstelle nach, ob irgendein örtlicher Polizist in den letzten Stunden als vermißt gemeldet wurde.«

»Schon dabei, Officer.«

Sie ging wieder in das Büro zurück. An den Fenstern gab es keine Rollos. Banks hatte Percey und Hale deshalb inzwischen in die hinteren Räume gebracht.

»Was ist denn los?« wollte Percey wissen.

»In fünf Minuten sind Sie hier draußen«, antwortete Sachs und warf dabei einen Blick aus dem Fenster. Sie versuchte zu erraten, wie der Tänzer vorgehen würde, hatte aber keine Ahnung.

»Warum?« fragte die Pilotin stirnrunzelnd.

»Wir vermuten, daß der Killer, der Ihren Mann getötet hat, jetzt hier ist. Oder zumindest auf dem Weg hierher.«

»Das ist doch Unsinn. Hier wimmelt es nur so von Polizisten. Es ist absolut sicher. Ich brauche...«

Sachs unterbrach sie harsch: »Keine Diskussion!«

Aber Percey wollte diskutieren: »Wir können jetzt nicht einfach gehen. Mein Chefmechaniker hat gerade gekündigt. Ich muß...«

»Perce«, unterbrach Hale sie mit sichtlichem Unbehagen. »Vielleicht sollten wir auf sie hören.«

»Wir müssen das Flugzeug...«

»Gehen Sie sofort wieder nach drinnen. Und seien Sie still!«

Perceys Mund stand vor Empörung weit offen. »So können Sie nicht mit mir reden, ich bin schließlich keine Gefangene.«

»Officer Sachs, hallo?« Der Polizeibeamte, mit dem sie draußen vor der Tür gesprochen hatte, erschien im Eingang.

»Ich habe mir jeden uniformierten Polizisten und auch alle Zivilbeamten hier angeschaut. Kein Unbekannter dabei. Und es wird auch kein Polizist aus der Gegend vermißt. Aber unsere Funkleitzentrale hat mir etwas berichtet, was Sie vielleicht wissen sollten. Vielleicht hat es ja nichts zu bedeuten...«

»Raus damit.«

Percey Clay unterbrach: »Officer, ich muß mit Ihnen reden...«

Sachs ignorierte sie und nickte dem Polizisten zu. »Fahren Sie fort.«

»Die Verkehrskontrolle in White Plains, das ist etwa zwei Meilen von hier entfernt, hat in einem Müllcontainer eine Leiche gefunden.«

»Rhyme, haben Sie das gehört?«

»Ja.«

Sachs wandte sich wieder dem Polizisten zu. »Warum denken Sie, daß das wichtig sein könnte?«

»Wegen der Art, wie er getötet wurde. Ziemlich blutige Angelegenheit.«

»Fragen Sie ihn, ob die Hände fehlen und das Gesicht verstümmelt ist.«

»Was?«

»Fragen Sie.«

Sie befolgte die Anordnung, und plötzlich starrte sie jeder im Raum an. Der Polizist sagte erstaunt: »Ja, Officer. Zumindest die Hände. Die Funkleitzentrale hat nichts vom Gesicht erwähnt. Woher wußten Sie...?«

Rhyme platzte dazwischen: »Wo ist er jetzt? Der Leichnam?«

Sie gab die Frage weiter.

»Im Wagen des Gerichtsmediziners. Sie bringen ihn in die örtliche Leichenhalle.«

»Nein«, herrschte Rhyme sie an. »Sie sollen die Leiche zu Ihnen bringen, Sachs. Ich will, daß Sie die Leiche untersuchen.«

»Die...«

»Leiche«, vervollständigte er ihre Frage. »Das ist die Antwort auf unsere Frage, wie er sich Ihnen nähern wird. Percey und Hale sollen auf keinen Fall an einen anderen Ort gebracht werden, bevor wir wissen, worauf wir uns einstellen müssen.«

Sie gab dem Polizisten die entsprechende Anordnung.

»Okay«, sagte er. »Ich erledige das. Das heißt... Sie meinen, Sie wollen die Leiche wirklich hierhergebracht haben?«

»Ja, und zwar sofort.«

»Sachs, sagen Sie ihnen, sie sollen sich beeilen«, verlangte Rhyme. Er seufzte. »Verdammt, das ist schlimm, richtig schlimm.«

Sachs hatte das unangenehme Gefühl, daß sich Rhymes Äußerung nicht auf den unbekannten Mann bezog, der auf so grausame

Weise ermordet worden war, sondern auf diejenigen, die vielleicht als nächste dran waren.

Es ist eine weitverbreitete Ansicht, daß für einen Heckenschützen das Gewehr am wichtigsten ist. Das stimmt nicht. Es ist das Zielfernrohr.
    Wie sagen wir dazu, Soldat? Sagen wir *Teleskop*? Sagen wir *Tele*?
    Nein. Sir. Es ist ein *Zielfernrohr*. Das hier ist ein Redfield, mit einem variablen 3 x 9 Objektiv und einem extrascharfen Fadenkreuz. Es gibt kein besseres, Sir.

Das Teleskop, das Stephen auf sein Modell 40 montierte, war gut dreißig Zentimeter lang, wog aber keine dreihundertfünfzig Gramm. Eine Anfertigung speziell für dieses Gewehr mit derselben Seriennummer. Besondere Sorgfalt war auf die Fokussierung verwendet worden. Der Parallachsenausgleich war von den Optikern so eingestellt worden, daß die Markierungen im Fadenkreuz, das auf das Herz eines Mannes in fünfhundert Metern Entfernung gerichtet war, praktisch dieselbe Position beibehielten, auch wenn der Schütze seinen Kopf leicht von rechts nach links bewegte. Beim Rückstoß war die Augenführung so exakt, daß er an den Brauen nicht den kleinsten Hauch spürte. Die Linse verharrte genau einen Millimeter vor seinen Brauen.

Das Redfield-Zielfernrohr war schwarz und elegant, und Stephen schlug es stets in ein Samttuch ein, bevor er es in seine Styroporform im Gitarrenkoffer legte.

In seinem Versteck in einem kleinen Wiesenstück, etwa dreihundert Meter vom Gebäude der Hudson Air entfernt, setzte Stephen das schwarze Rohr des Teleskops nun auf die Halterung. (Sie bildete mit dem Gewehrlauf einen rechten Winkel und erinnerte Stephen immer an das Kruzifix seines Stiefvaters.) Dann brachte er das Rohr in Position und ließ es mit einem befriedigenden Klicken einrasten. Er zog die Muttern fest.

Soldat, bist du ein guter Scharfschütze?
Sir, ich bin der beste, Sir.
Welche Qualifikationen hast du?

Sir, ich bin in bester körperlicher Verfassung, ich bin sorgfältig, ich bin Rechtshänder, ich habe ausgezeichnete Augen. Ich trinke nicht, rauche nicht und nehme keinerlei Drogen. Ich kann stundenlang völlig bewegungslos in Warteposition liegen und habe nur den einen Wunsch, dem Gegner ein paar Kugeln in den Arsch zu jagen.

Er duckte sich tiefer in das Gras.

Hier könnten Würmer sein, dachte er plötzlich. Aber diesmal überkam ihn nicht das übliche Kribbeln. Er hatte einen Auftrag, auf den sich seine Gedanken jetzt voll und ganz konzentrierten. Stephen schmiegte das Gewehr an sich, roch das Maschinenöl des Bolzens und das Rindsleder des Riemens, der sich vom häufigen Tragen weich wie Angora anfühlte. Das Modell 40 war ein 7.62-Millimeter Nato-Gewehr und wog 3,9 Kilogramm. Der Abzugsdruck reichte normalerweise von drei bis fünf Pfund, aber Stephen setzte ihn immer etwas höher, weil er starke Finger hatte. Die Waffe hatte eine garantierte Reichweite von neunhundert Metern, allerdings hatte er auch schon über zwölfhundert Meter tödliche Treffer gelandet.

Stephen kannte sein Gewehr in- und auswendig. Sein Stiefvater hatte ihm zwar immer wieder eingebleut, daß Schützen in Schützenteams nicht berechtigt waren, ihr Gewehr eigenhändig auseinanderzunehmen, und ihm deshalb nie erlaubt, sein Gewehr selbst zu zerlegen. Aber das war eine der wenigen Regeln des alten Mannes, die Stephen nicht richtig erschienen, und in einem uncharakteristischen Anflug von Widerstand hatte er sich alles Notwendige heimlich selbst angeeignet. Er konnte innerhalb kurzer Zeit sein Gewehr auseinandernehmen, es reinigen und reparieren, sogar einzelne Teile selbst herstellen, wenn sie defekt waren.

Durch sein Zielfernrohr beobachtete er Hudson Air. Er konnte die *Ehefrau* nicht sehen, wußte aber, daß sie da war oder zumindest bald kommen würde. Das hatte er beim Abhören der Telefongespräche aus den Büros von Hudson Air erfahren. Sie hatte einem gewissen Ron erklärt, daß sie ihre Pläne geändert hatten. Statt ins sichere Haus zu fahren, würden sie zum Flughafen kommen, um einen Mechaniker zu finden, der den Learjet umbauen sollte.

Stephen robbte vorsichtig im Gras vorwärts, bis er zum Kamm eines kleinen Hügels kam, wo er immer noch im Schutz von Büschen und hohem Gras lag, aber einen besseren Blick hatte. Er konnte nun den Hangar, die Büros und den Parkplatz davor klar erkennen. Zwischen ihm und den Gebäuden lagen nur eine flache Wiese und zwei Rollbahnen.

Es war der perfekte Ort zum Töten. Offen einsehbar. Kaum Deckung. Alle Eingänge und Ausgänge waren von seinem Versteck aus leicht zu treffen.

Vor dem Eingang standen zwei Personen, ein örtlicher Polizist und eine rothaarige Frau mit einer Baseballkappe. Sah toll aus. Sie schien Zivilpolizistin zu sein. Er konnte die Konturen einer Glock oder Sig-Sauer an ihrer Hüfte erkennen. Er nahm den Entfernungsmesser und richtete das geteilte Bild auf das rote Haar der Frau. Er drehte an einem Rädchen, bis die beiden Bilder nahtlos miteinander verschmolzen.

288 Meter.

Er legte den Entfernungsmesser zur Seite, hob das Gewehr an, richtete es auf die Frau und fokussierte erneut ihr rotes Haar. Er starrte ihr schönes Gesicht an. Ihre Attraktivität beunruhigte ihn. Er mochte das nicht. Er mochte *sie* nicht, wußte aber nicht, weshalb.

Das Gras um ihn herum raschelte. Sofort formte sich ein Gedanke: Würmer.

Er begann sich zu ekeln.

Das Gesicht am Fenster...

Er richtete das Fadenkreuz auf ihre Brust.

Das Ekelgefühl verschwand.

Soldat, wie lautet das Motto eines Scharfschützen?

Sir, es lautet: Eine Chance, ein Schuß, ein Tod.

Die Bedingungen waren ausgezeichnet. Es wehte ein leichter Wind von rechts nach links. Er schätzte ihn auf etwa sechs Stundenkilometer. Die Luft war feucht, was der Kugel einen leichten Auftrieb geben würde. Er würde über gleichmäßiges Gelände ohne größere Thermik feuern.

Stephen glitt den Hügel hinab und reinigte den Gewehrlauf. Er benutzte dafür einen biegsamen Stab, dessen Spitze mit einem dünnen Baumwolltuch umwickelt war. Das war eine der Regeln. Vor dem Schießen mußte das Gewehr noch einmal gereinigt werden. Die kleinsten Tropfen Feuchtigkeit oder Öl konnten die Kugel um zwei bis drei Zentimeter ablenken. Dann legte er sich den Riemen des Modells 40 um und verbarg sich wieder in seinem Versteck.

Stephen lud fünf Kugeln in die Kammer. Es waren M-118 Qualitätspatronen, produziert in der bekannten Lake City Munitionsfabrik. Die Kugel selbst war eine 173 boattail, die ihr Ziel mit einer Geschwindigkeit von achthundert Metern in der Sekunde traf. Allerdings hatte Stephen die Kugeln leicht verändert. Er hatte sie aufgebohrt und mit einer kleinen Sprengladung versehen. Außerdem hatte er die Standard-Ummantelung vorn durch eine Keramikspitze ersetzt, die jede kugelsichere Weste durchdringen konnte.

Er entfaltete ein dünnes Geschirrtuch und legte es auf die Erde, um darin die ausgeworfenen Hülsen zu sammeln. Dann wickelte er den Riemen zweimal um seinen linken Oberarm und stemmte den Ellbogen fest auf die Erde. Sein Unterarm ragte absolut senkrecht in die Höhe – eine Knochenstütze. Seine Wange und sein rechter Daumen bildeten mit dem Schaft oberhalb des Abzugs praktisch eine Schweißnaht.

Dann begann er, die Todeszone langsam mit dem Fernrohr abzusuchen.

Es war nicht einfach, in die Büros hineinzusehen, aber Stephen glaubte, einen Blick auf die *Ehefrau* erhascht zu haben.

Ja! Sie war es.

Sie stand hinter einem großen Mann mit lockigem Haar und einem weißen Hemd. Er rauchte eine Zigarette. Ein blonder junger Mann im Anzug und mit Polizeimarke am Gürtel drängte sie aus dem Raum und damit wieder aus seinem Blickfeld heraus.

Geduld... Sie werden sich schon wieder zeigen. Sie haben nicht die geringste Ahnung, daß du hier bist. Du kannst den ganzen Tag hier warten. Solange die Würmer nicht...

Wieder Blinklichter...

Ein Krankenwagen raste auf den Parkplatz. Die Augen der rothaarigen Polizistin weiteten sich, als sie ihn kommen sah. Sie rannte auf den Wagen zu.

Stephen atmete tief durch.

Eine Chance...

Ziele mit deiner Waffe, Soldat.

Sir, normaler Winkel auf 288 Meter ist drei Grad, Sir.

Er winkelte das Zielfernrohr etwas an, so daß der Lauf leicht nach oben zeigte, um die Schwerkraft zu berücksichtigen.

Ein Schuß...

Berechne deine Seitenwinde, Soldat.

Sir, die Formel lautet: Abstand in hundert Metern mal Geschwindigkeit durch fünfzehn. Stephens Gehirn raste: Windabweichung etwas weniger als ein Grad. Er stellte das Zielfernrohr entsprechend ein.

Sir, ich bin bereit, Sir.

Ein Tod...

Die Sonne brach durch die Wolken und erhellte die Vorderseite des Büros. Stephen atmete langsam und regelmäßig durch.

Er hatte Glück; die Würmer blieben fern. Und es starrten ihn auch keine Gesichter aus den Fenstern an.

11

4. Stunde von 45

Der Sanitäter stieg aus dem Krankenwagen.

Sie nickte ihm zu. »Ich bin Officer Sachs.«

Er wälzte sich mit seinem dicken Bauch auf sie zu und fragte mit ernster Miene: »Haben Sie die Pizza bestellt?« Dann prustete er los.

Sie seufzte: »Was ist geschehen?«

»Was geschehen ist? Mit dem da? Er hat sich aus dem Leben verabschiedet. Das ist geschehen.« Er sah sich Sachs genauer an und schüttelte den Kopf. »Was für ein Bulle sind Sie eigentlich? Ich hab Sie hier noch nie gesehen.«

»Bin aus der Stadt.«

»Oh, die Stadt. Sie ist aus der Stadt. Dann frage ich sicherheitshalber mal nach«, feixte er. »Haben Sie schon mal eine Leiche gesehen?«

Manchmal ist es besser, ein wenig nachzugeben. Es ist zwar schwierig zu lernen, wie weit man nachgeben darf. Aber es ist eine wichtige Lektion, und sie lohnt sich. Amelia Sachs lächelte ihn an. »Wissen Sie, wir sind hier in einer verdammt gefährlichen Lage. Ich wäre Ihnen sehr dankbar, wenn Sie uns helfen könnten. Könnten Sie mir verraten, wo Sie ihn gefunden haben?«

Er blickte eine Weile auf ihre Brüste. »Ich hab deshalb gefragt, ob Sie schon mal 'ne Leiche gesehen haben, weil die hier ganz schön schlimm ist. Ich könnte Ihnen bei den unangenehmen Dingen ein wenig helfen. Sie absuchen und so weiter.«

»Danke, dazu kommen wir noch. Also noch einmal, wo haben Sie die Leiche gefunden?«

»In einem Müllcontainer auf einem Parkplatz, ungefähr drei Klicks...«

»Das sind Meilen«, unterbrach eine andere Stimme.

»Hey, Jim«, grüßte der Sanitäter.

Sachs wandte sich um. Na großartig. Es war der Polizist, der versucht hatte, sie auf der Rollbahn anzumachen. Er kam zum Krankenwagen geschlendert.

»Hi, Süße. Ich bin's wieder. Wie sieht's mit Ihrer Absperrung aus? Hält sie noch? Und was hast du da Schönes, Earl?«

»Eine Leiche ohne Hände.« Earl riß die Tür auf, griff hinein und zog den Reißverschluß des Leichensacks auf. Blut tropfte auf den Boden des Krankenwagens.

»Ups«, grinste Earl. »Sag, wenn wir hier fertig sind, hast du dann Lust auf Spaghetti?«

»Vielleicht lieber Schweinebraten?«

»Auch 'ne gute Idee.«

Rhyme unterbrach. »Sachs, was geht da vor? Haben Sie den Leichnam?«

»Hab ihn. Versuche gerade, die Vorgeschichte herauszubekommen.« Sie wandte sich wieder dem Sanitäter zu. »Wir müssen jetzt endlich weiterkommen. Hat jemand eine Ahnung, wer das hier sein könnte?«

»Gab weit und breit nichts, um ihn zu identifizieren. Niemand als vermißt gemeldet. Keine Zeugen.«

»War er möglicherweise ein Polizist?«

»Nee. Hab ihn noch nie gesehen«, mischte sich Jim ein. »Du, Earl?«

»Nee, warum?«

Sachs ging nicht darauf ein. »Ich muß ihn untersuchen.«

»Okay, Miss«, sagte Earl. »Soll ich Ihnen zur Hand gehen?«

»Oh, Mann«, grinste Jim. »Sieht mir eher so aus, als bräuchte der 'ne Hand.« Der Sanitäter prustete wieder los.

Sie stieg in den Wagen und öffnete den Leichensack ganz.

Doch die beiden ließen nicht locker. Weil sie nicht bereit war, sich ihre Jeans vom Leib zu reißen und Sex mit ihnen zu haben oder wenigstens mit ihnen zu flirten, piesackten sie Sachs weiter.

»Denken Sie daran, das ist nicht einer von diesen Verkehrstoten, mit denen Sie normalerweise zu tun haben«, frotzelte Earl. »Hey, Jim, ist der so schlimm dran wie der, den du letzte Woche hattest?«

»Der Kopf, den wir gefunden haben?« meinte der Polizist. »Ach weißt du, gegen so 'nen frischen Kopf hab ich ja gar nichts. Das ist zumindest besser als diese Monats-Köpfe. Haben Sie schon mal 'nen Monat alten Kopf gesehen, Süße? Also die sind wirklich unangenehm.«

»Wenn ein Körper erst mal drei, vier Monate im Wasser gelegen hat – kein Problem. Das sind praktisch nur noch Knochen. Aber wenn du einen hast, der nur einen Monat vor sich hingerottet ist...«

»Ganz schön übel«, bestätigte Earl. »Iiiigitt.«

»Also, haben Sie schon mal 'ne Monats-Leiche gesehen, Süße?«

»Ich wäre Ihnen dankbar, wenn Sie das nicht sagen würden, Jim«, bemerkte sie geistesabwesend.

»Monatsleiche?«

»Süße.«

»Klar, sorry.«

»Sachs«, bellte Rhyme. »Was geht da vor?«

»Kein Ausweis, Rhyme. Niemand hat eine Ahnung, wer es sein könnte. Die Hände wurden mit einer feinen Säge abgetrennt.«

»Ist Percey in Sicherheit? Und Hale?«

»Sie sind im Büro. Banks ist bei ihnen. Hält sie von den Fenstern fern. Schon was von dem Transportwagen gehört?«

»Sollte in zehn Minuten bei Ihnen sein. Sie müssen etwas über diesen Leichnam herausfinden.«

»Führen Sie Selbstgespräche, Süß..., Officer?«

Sachs betrachtete den Körper des armen Mannes. Sie vermutete, daß seine Hände unmittelbar nach seinem Tod, vielleicht aber auch, während er noch im Sterben lag, abgetrennt worden waren. Darauf wies die große Menge Blut hin. Sie streifte ihre Latexhandschuhe über.

»Es ist seltsam, Rhyme. Warum hat der Mörder die Identifizierung nur teilweise behindert?«

Wenn Mörder keine Zeit haben, den Körper ganz verschwinden zu lassen, dann erschweren sie die Identifizierung, indem sie die wichtigsten Kennzeichen entfernen: Hände und Zähne.

»Ich weiß es nicht«, antwortete Rhyme. »Selbst wenn er es eilig hat, ist der Tänzer normalerweise nicht schlampig. Wie ist er bekleidet?«

»Er trägt nur eine Unterhose. Am Tatort wurden keine weiteren Kleidungsstücke oder sonstigen Gegenstände gefunden, die bei der Identifizierung helfen könnten.«

»Warum?« grübelte Rhyme. »Warum hat er sich ihn rausgepickt?«

»Falls es überhaupt der Tänzer war.«

»Wie viele Leichen wie diese werden in Westchester denn gefunden?«

»Wenn man die örtlichen Beamten so reden hört, dann könnte man meinen, jeden Tag«, antwortete sie trocken.

»Erzählen Sie mir etwas über die Leiche. Todesursache?«

»Haben Sie die Todesursache festgestellt?« rief sie zum dicken Earl rüber.

»Erwürgt«, antwortete der Sanitäter.

Aber Sachs fiel sofort auf, daß sich an der Unterseite der Augenlider keine Blutgerinnsel gebildet hatten. Auch wies die Zunge keine Verletzungen auf. Die meisten Würgeopfer beißen sich während des Todeskampfs auf die Zunge.

»Das glaube ich nicht.«

Earl zwinkerte Jim zu und schnaubte im Brustton der Überzeugung: »Aber klar wurde er erdrosselt. Schauen Sie sich doch mal die rote Linie an seinem Nacken an. Wir nennen so eine Abklemmung eine Ligatur-Markierung, Süße. Wir können ihn übrigens nicht die ganze Zeit hier stehenlassen. Die reifen an so einem Tag wie heute ziemlich schnell. Und das ist ein Geruch, den können Sie sich überhaupt nicht vorstellen.«

Sachs runzelte die Stirn. »Er wurde nicht erwürgt.«

Jetzt gingen beide auf sie los. »Süß…, Officer. Das ist eine Ligatur«, erklärte Jim. »Davon hab ich schon Hunderte gesehen.«

»Nein, nein. Der Täter hat ihm nur eine Kette abgerissen.«

Rhyme schaltete sich wieder ein. »Das stimmt wahrscheinlich, Sachs. Wer die Identifizierung des Opfers erschweren will, der muß zuerst den Schmuck entfernen. Vielleicht war es auch eine Namensmarke. Was für Gestalten sind denn da bei Ihnen?«

»Ein paar Trottel«, antwortete sie.

»Oh. Nun gut, was ist die Todesursache?«

Nach kurzer Suche entdeckte sie die Wunde. »Eispickel oder schmales Messer im Hinterkopf.«

Die füllige Gestalt des Sanitäters schob sich in den Türrahmen. »Wir hätten das schon noch gefunden«, wiegelte er ab. »Wir hatten nur keine Zeit, weil wir wegen euch Leuten so schnell wie möglich hierherkommen sollten.«

Rhyme wandte sich wieder an Sachs. »Beschreiben Sie ihn.«

»Übergewichtig, dicker Schwabbelbauch.«

»Braun oder Sonnenbrand?«

»Nur Arme und Oberkörper. Beine nicht. Ungepflegte Fußnägel und ein billiger Ohrring. Messing, kein Gold. Seine Unterhosen stammen aus dem Sears-Kaufhaus und sind voller Löcher.«

»Okay, das sieht nach einem kleinen Arbeiter oder Angestellten aus«, sagte Rhyme. »Handwerker, Ausfahrer. Wir kommen der Sache näher. Schauen Sie mal in seinen Hals.«

»Wie bitte?«

»Wegen seiner Brieftasche oder seiner Papiere. Wenn man die Identifizierung einer Leiche für ein paar Stunden verhindern will, dann ist es das einfachste, die Ausweise in den Hals zu stopfen. Dort werden sie erst bei der Autopsie gefunden.«

Lautes Lachen von draußen.

Es verstummte schlagartig, als Sachs die Kiefer des Mannes auseinanderzog und hineingriff.

»Mein Gott«, stöhnte Earl. »Was tun Sie da?«

»Schneiden Sie die Kehle auf, damit Sie tief genug hineingreifen können.«

Sachs hatte bei früheren Gelegenheiten Rhymes makabre Wünsche entschieden zurückgewiesen. Aber nun warf sie einen Blick auf die grinsenden Jungs, dann zog sie ihr gutes altes Schnappmesser aus der Jeans und ließ es aufspringen.

Das Grinsen verschwand schlagartig aus den Gesichtern der Jungs.

»Sagen Sie mal, Süße, was machen Sie da?«

»Nur eine kleine Operation. Muß mal was drinnen nachschauen.« Tat so, als machte sie so etwas jeden Tag.

»Ich meine, ich kann doch im Leichenhaus keine Leiche abliefern, die von irgendeiner Polizistin aus New York City aufgeschnitten wurde.«

»Dann machen Sie es eben.«

Sie hielt ihm das Messer hin.

»Oh, Mann. Sie will uns verarschen, Jim.«

Sie zog eine Augenbraue hoch und schnitt mit dem Messer den Hals des Mannes auf – wie ein Angler, der eine Forelle aufschlitzt.

»O mein Gott, Jim. Schau dir an, was sie da macht. Halt sie doch auf!«

»Ich hau ab, Earl. Ich hab das hier nie gesehen.« Der Polizist trollte sich.

Sie vollendete ihren sauberen Schnitt, blickte hinein und seufzte. »Nichts.«

»Was, zum Teufel, hat er vor?« fragte Rhyme. »Lassen Sie uns nachdenken. Was ist, wenn es ihm gar nicht darum ging, die Identifizierung des Opfers zu verzögern? Wenn er das gewollt hätte, dann hätte er auch die Zähne entfernen müssen. Vielleicht will er etwas anderes vor uns verbergen.«

»Etwas an den Händen des Opfers«, schlug Sachs vor.

»Vielleicht«, antwortete Rhyme. »Etwas, das er nicht so einfach von der Leiche abwaschen konnte. Und das uns verraten würde, was er vorhat.«

»Öl? Fett?«

»Vielleicht fuhr er Treibstoff für die Jets aus«, grübelte Rhyme. »Oder er gehörte zum Catering-Service, und seine Hände rochen nach Knoblauch.«

Sachs blickte sich auf dem Flughafen um. Da liefen Dutzende Leute herum: Tankwagenfahrer, Bodenpersonal, Baustellenarbeiter, die an einem der Terminals einen neuen Flügel anbauten.

»Sie sagten, er sei dick?«

»Ziemlich.«

»Dann hat er heute bestimmt geschwitzt. Vielleicht hat er seine Stirn abgewischt. Oder sich am Kopf gekratzt.«

Das habe ich selbst auch den ganzen Tag gemacht, dachte Sachs und verspürte das starke Verlangen, sich in die Haare zu greifen und ihre Kopfhaut aufzukratzen, wie sie es immer tat, wenn sie frustriert war.

»Schauen Sie auf seinem Kopf nach, direkt hinter dem Haaransatz.«

Das tat sie.

Und wurde fündig.

»Hier ist Farbe. Blau. Außerdem ein wenig weiß. Im Haar und auf der Haut. Zum Teufel, Rhyme, es ist Anstreichfarbe. Er ist einer der Maler. Und hier laufen mindestens zwanzig Bauarbeiter herum.«

»Die Markierung am Hals«, fuhr Rhyme fort. »Der Tänzer hat ihm seine Umhängemarke abgerissen.«

»Aber das Foto sieht doch anders aus.«

»Ach was, der Ausweis war sicher farbverschmiert, oder er hat ihn irgendwie verändert. Er ist irgendwo da draußen auf dem Rollfeld, Sachs. Percey und Hale sollen sich auf den Boden legen. Lassen Sie die beiden bewachen, und holen Sie alle anderen raus. Das Einsatzkommando ist unterwegs.«

Probleme.
Er beobachtete die rothaarige Polizistin in dem Krankenwagen. Durch sein Redfield-Teleskop konnte er nicht klar erkennen, was sie tat. Aber er fühlte sich plötzlich unwohl.
Er hatte das Gefühl, daß sie ihm etwas antat. Etwas, um ihn zu entlarven und zu fassen.
Die Würmer krochen näher. Das Gesicht am Fenster, das wurmige Gesicht, hielt nach ihm Ausschau.
Stephen erschauderte.
Sie sprang aus dem Krankenwagen und schaute angestrengt über das Rollfeld.
Etwas ist passiert, Soldat.
Sir, ich bin mir dessen bewußt, Sir.
Die Rothaarige rief den anderen Bullen Kommandos zu. Die meisten starrten sie grimmig an und blickten sich dann suchend um. Einer rannte zu seinem Wagen, dann der nächste.
Er sah, wie die hübsche Rothaarige mit ihren Wurmaugen das Rollfeld absuchte. Er ließ das Fadenkreuz auf ihrem perfekt geformten Kinn verweilen. Was hatte sie entdeckt? Wonach hielt sie Ausschau?
Sie hielt inne, und er sah, daß sie mit sich selbst sprach.
Nein, nicht mit sich selbst. Sie sprach in ein Kopfhörermikrofon. Die Art, wie sie zuhörte und dann nickte, wies darauf hin, daß sie von jemandem Befehle bekam.
Er fragte sich, von wem.
Irgend jemand, der herausbekommen hat, daß ich hier bin.
Jemand, der mich sucht.
Jemand, der mich durch Fenster beobachten und dann spurlos verschwinden kann. Der durch Wände, Löcher und kleine Risse kriechen und sich an mich heranschleichen kann.
Stephen lief es eiskalt den Rücken herunter – er zitterte wirk-

lich –, für einen kurzen Augenblick ruckte das Fadenkreuz von der rothaarigen Polizistin, dann verlor er sein Ziel ganz aus den Augen.

Was, zum Teufel, soll das, Soldat?

Sir, ich weiß es nicht, Sir.

Als er die Rothaarige wieder im Visier hatte, wurde ihm klar, wie schlimm die Dinge standen. Sie zeigte genau auf den Kleinbus des Malers, den er gerade gestohlen hatte. Er stand etwa siebzig Meter von ihm entfernt auf einem kleinen Parkplatz, der für die Bauarbeiter eingerichtet worden war. Mit wem die Rothaarige auch sprach, diese Person hatte die Leiche gefunden und herausbekommen, wie er auf das Flughafengelände gelangt war.

Der Wurm kroch näher. Er spürte bereits seinen Schatten, seinen kalten Schleim.

Dieses kribbelige Gefühl. Würmer, die an seinen Beinen heraufkrochen... Würmer, die seinen Nacken herunterkrochen...

Was soll ich tun? fragte er sich.

Eine Chance... ein Schuß...

Sie waren so nahe, die *Ehefrau* und der *Freund*. Er hatte die Gelegenheit, jetzt beide zu erledigen. Fünf Sekunden, mehr brauchte er nicht. Dort im Fenster, vielleicht waren das ihre Umrisse. Diese verschwommene Form. Oder da... Aber Stephen wußte, daß er keine Zeit hatte, zuerst das Fenster zu zerschießen. Alle würden sich sofort auf die Erde werfen. Er mußte die *Ehefrau* mit dem ersten Schuß erledigen. Das war seine einzige Chance.

Ich brauche sie draußen. Ich muß sie aus der Deckung locken. Dann kann ich sie nicht verfehlen.

Er hatte keine Zeit. Keine Zeit! Denk nach!

Wenn du die Hirschkuh erledigen willst, bedrohe ihr Kitz.

Stephen begann wieder, tief und langsam zu atmen. Ein und aus, und ein und aus. Er nahm sein Ziel ins Visier. Erhöhte unmerklich den Druck auf den Abzug. Das Modell 40 feuerte.

Der laute Knall brauste über das Rollfeld, und alle Bullen ließen sich zu Boden fallen und zückten ihre Waffen.

Ein weiterer Schuß, und eine zweite Rauchwolke bildete sich im Hangar über dem Hecktriebwerk des silbernen Jets.

Die rothaarige Polizistin lag mit gezückter Waffe geduckt auf der

Erde und suchte das Gelände ab. Sie blickte kurz zu den beiden rauchenden Löchern in der Außenhaut des Flugzeugs und spähte dann wieder über das Rollfeld. Ihre kurze, dicke Glock hielt sie ausgestreckt vor sich.

Soll ich sie töten? Ja? Nein?

Negativ, Soldat. Konzentriere dich auf dein Ziel.

Er feuerte erneut. Die Explosion riß ein weiteres Stück Metall aus der Seitenwand des Flugzeugs.

Ruhig. Noch ein Schuß. Der Rückstoß an der Schulter. Der süße Geruch nach verbranntem Pulver. Eines der Fenster im Cockpit ging zu Bruch.

Das war der Schuß, der die gewünschte Wirkung zeigte.

Plötzlich war sie da – die *Ehefrau*. Sie drängte durch die Bürotür, kämpfte mit dem jungen blonden Polizisten, der sie zurückhalten wollte.

Noch kein Ziel. Laß sie näher kommen.

Abdrücken. Eine weitere Kugel schlug im Triebwerk ein.

Die *Ehefrau* starrte mit entsetztem Gesicht auf ihr Flugzeug und kämpfte sich frei. Sie rannte die Treppe zum Hangar hinunter, um die Tore zu schließen und damit ihr Baby zu schützen.

Nachladen.

Noch bevor sie unten angekommen war und zu rennen begann, hatte er ihre Brust klar im Fadenkreuz.

Zehn Zentimeter vor das Ziel schießen, kalkulierte Stephen automatisch. Er lenkte den Lauf ein Stück vor sein Ziel und drückte ab. Der Schuß ging genau im selben Augenblick los, in dem der blonde Polizist sie erreichte und zu Boden riß. Ein Fehlschuß. Und sie hatten genügend Deckung. Er konnte sie nicht einfach unter Dauerfeuer nehmen und ihre Rücken mit Kugeln durchsieben.

Sie rücken vor, Soldat. Umzingeln dich.

Ja, Sir. Verstanden.

Stephen sah sich auf dem Rollfeld um. Inzwischen waren noch mehr Polizisten aufgetaucht. Sie krochen über den Boden zu ihren Wagen. Ein Auto raste direkt auf ihn zu. Es war nur noch fünfzig Meter entfernt. Stephen gab einen Schuß ab und legte damit den

Motor lahm. Unter der Motorhaube quollen Qualm und Rauch hervor, der Wagen rollte langsam aus.

Ruhe bewahren, sagte er sich.

Wir bereiten die Evakuierung vor. Wir brauchen nur einen einzigen sauberen Schuß.

Er hörte mehrere schnelle Pistolenschüsse und blickte zu der Rothaarigen hinüber. Sie stand in Angriffsposition auf dem Rollfeld und zielte mit der kurzen Pistole in seine Richtung, wartete offenbar auf das Aufblitzen seines Gewehrlaufs. Der Knall des Schusses allein würde ihr nichts nützen. Deshalb machte er sich auch nie die Mühe, Schalldämpfer zu benutzen. Laute Geräusche sind ebenso schwer zu lokalisieren wie leise.

Die rothaarige Polizistin stand aufrecht da, starrte blinzelnd in seine Richtung.

Stephen hob das Modell 40.

Ein schwaches Aufblitzen verriet Amelia Sachs, wo der Tänzer war.

Er hatte sich dreihundert Meter entfernt hinter ein paar Büschen verschanzt. In seinem Zielfernrohr hatte sich kurz der Widerschein des grauen Himmels gespiegelt.

»Dort drüben«, schrie sie und signalisierte zwei Polizisten, die in ihrem Wagen Deckung gesucht hatten, die Richtung.

Die beiden richteten sich auf und rasten mit quietschenden Reifen los, fuhren hinter einen Hangar, um dem Tänzer so die Flanke abzuschneiden.

»Sachs«, brüllte Rhyme in ihrem Kopfhörer. »Was...«

»Verdammt, Rhyme. Er ist hinter dem Rollfeld und schießt auf das Flugzeug.«

»Was?«

»Percey versucht, zum Hangar zu kommen. Er hat mit Sprengpatronen geschossen, um sie herauszulocken.«

»Bleiben Sie unbedingt in Deckung, Sachs. Wenn Percey sich umbringen will, lassen Sie sie. Aber Sie bleiben in Deckung!«

Sie schwitzte wie verrückt, ihre Hände zitterten, ihr Herz raste. Sachs spürte, wie Panik in ihr aufstieg.

»Percey«, schrie sie.

Die Frau hatte Banks abgeschüttelt und war wieder auf den Beinen. Sie rannte auf das Tor des Hangars zu.

»Nein!«

Zum Teufel.

Sachs starrte zu der Stelle herüber, wo sie das Glitzern im Teleskop des Tänzers gesehen hatte.

Zu weit. Er ist zu weit weg, dachte sie. Auf diese Entfernung kann ich nicht treffen.

Wenn du ruhig bleibst, dann kannst du es. Du hast noch elf Kugeln übrig. Es ist windstill. Das einzige Problem ist die Flugbahn der Kugeln. Du mußt einfach höher zielen.

Sie sah ein paar Blätter aufwirbeln, als der Tänzer erneut schoß.

Im nächsten Augenblick flog eine Kugel nur Zentimeter an ihrem Gesicht vorbei. Sie spürte die Schockwelle und hörte ein Zischen, als die Kugel mit doppelter Schallgeschwindigkeit an ihr vorbeijagte und die Luft um sie herum versengte.

Sie stöhnte leise und warf sich schutzsuchend bäuchlings auf die Erde.

Nein! Du hattest eine Chance zu schießen. Als er nachlud. Aber jetzt ist es zu spät. Jetzt hat er nachgeladen und wieder entsichert.

Sie blickte kurz auf, hob ihre Pistole und verlor dann den Mut. Mit gesenktem Kopf richtete sie die Glock in die ungefähre Richtung der Bäume und feuerte rasch hintereinander fünf Schüsse ab.

Sie hätte genausogut mit Platzpatronen schießen können.

Mach schon, Mädchen. Steh auf. Ziel und schieß. Du hast noch sechs Patronen übrig und noch zwei Magazine am Gürtel.

Aber der Beinahetreffer saß ihr in den Knochen und hielt sie wie im Würgegriff zu Boden gepreßt.

Mach es! befahl sie sich selbst.

Aber sie konnte es nicht.

Ihr Mut reichte nur soweit, den Kopf ein paar Zentimeter zu heben – gerade genug, um zu sehen, wie Percey Clay auf das Tor zurannte. In diesem Augenblick hatte Jerry Banks Percey eingeholt und warf sie zu Boden, wo sie hinter einem Dieselgenerator liegenblieb. Sachs hörte den dröhnenden Knall aus dem Lauf des Gewehres, nur Millisekunden nachdem die Kugel mit einem gräßlichen Zischen Banks traf. Der junge Detective trudelte wie ein Betrunkener im Kreis und versprühte eine Blutwolke um sich.

Auf seinem Gesicht stand zuerst Erstaunen, dann Verwirrung und schließlich nur noch Leere, als er auf den feuchten Betonboden sank.

12

5. Stunde von 45

»Und?« fragte Rhyme.

Lon Sellitto klappte sein Telefon wieder zu. »Sie können immer noch nichts sagen.« Er blickte aus dem Fenster von Rhymes Haus und trommelte mit den Fingern gegen die Scheibe. Die Falken waren auf das Sims zurückgekehrt, richteten ihr Augenmerk aber auf den Central Park und ignorierten ausnahmsweise den Lärm.

Rhyme hatte den Detective noch nie so aufgewühlt erlebt. Auf seiner Stirn standen Schweißtropfen. Sein teigiges Gesicht war bleich. Sellitto war im Morddezernat eine Legende und normalerweise unerschütterlich. Er konzentrierte sich stets ganz und gar auf die vor ihm liegende Aufgabe, ob er nun Angehörige von Opfern tröstete oder unerbittlich das Alibi eines Verdächtigen durchlöcherte. Aber in diesem Augenblick waren seine Gedanken meilenweit entfernt – bei Jerry Banks, der gerade in einem Krankenhaus in Westchester operiert wurde und vielleicht nicht mehr zu retten war. Es war 15.00 Uhr, und Banks lag seit einer Stunde auf dem Operationstisch.

Sellitto, Sachs, Rhyme und Cooper hatten sich in Rhymes Labor im Erdgeschoß seines Hauses zusammengefunden. Dellray war unterwegs, um das Sicherheitsversteck zu prüfen und nach dem neuen Babysitter zu sehen, den das New York Police Department als Ersatz für Banks abgestellt hatte.

Sie hatten Banks am Flughafen in den Krankenwagen getragen,

in dem schon die Leiche des seiner Hände beraubten Bauarbeiters lag. Earl, der Sanitäter, hatte wenigstens für ein paar Minuten vergessen, daß er eigentlich ein Arschloch war, und hatte Banks' massive Blutungen gestoppt. Dann war er mit dem bleichen, bewußtlosen Detective in das mehrere Kilometer entfernte Krankenhaus gerast.

FBI-Agenten aus White Plains hatten Percey und Hale in einen gepanzerten Wagen verfrachtet und waren in Richtung Manhattan losgebraust, immer darauf bedacht, Ausweichmanöver zu fahren. Sachs hatte die neuen Tatorte untersucht: das Versteck des Heckenschützen, den Bus des Malers und den Fluchtwagen des Tänzers – der Lieferwagen einer Cateringfirma. Er wurde ganz in der Nähe der Stelle gefunden, an der er den Anstreicher getötet hatte. Sie vermuteten, daß er dort auch den Wagen versteckt gehalten hatte, mit dem er nach Westchester gekommen war.

Nachdem das erledigt war, raste sie mit den Beweismitteln nach Manhattan zurück.

»Was haben wir?« Rhyme richtete seine Augen auf Sachs und Cooper. »Irgendwelche Kugeln?«

Sachs, die sich vor Nervosität wieder einmal einen Nagel blutig gebissen hatte, antwortete: »Nicht eine. Er hat Sprengpatronen verwendet.« Sie wirkte völlig durcheinander, ihre Augen wanderten durch den Raum, als verfolgten sie einen Schwarm Vögel.

»So ist der Tänzer – ein eiskalter Killer, der auch noch dafür sorgt, daß sich seine Spuren selbst zerstören.«

Sachs hielt eine Plastiktüte hoch. »Das ist von einer übriggeblieben. Ich hab's von einer Wand abgekratzt.«

Cooper kippte den Inhalt in eine Porzellanschale. Er schüttelte die Schale ein wenig hin und her. »Auch noch Keramikspitzen. Schutzwesten sind da zwecklos.«

»Was für ein Super-Arschloch«, fluchte Sellitto.

»O ja, der Tänzer versteht sein Handwerk«, stimmte Rhyme zu.

An der Haustür war Lärm zu hören, und kurz darauf führte Thom zwei FBI-Agenten in Zivil herein. Hinter ihnen erschienen Percey Clay und Brit Hale.

Percey wandte sich an Sellitto: »Wie geht es ihm?« Ihre dunklen

Augen wanderten durch den Raum und registrierten die Kälte, mit der sie empfangen wurde. Sie ließ sich nicht beirren. »Jerry, meine ich.«

Sellitto schwieg.

Rhyme war es, der schließlich antwortete: »Er ist immer noch im OP.«

Ihr Gesicht zeigte Spuren der Erschöpfung, ihre Haare waren durcheinander. »Ich hoffe, er kommt durch und wird wieder.«

Amelia Sachs wandte sich mit eisiger Stimme an Percey: »Was hoffen Sie?«

»Ich sagte, ich hoffe, daß er durchkommt.«

»Sie hoffen es?« Die Polizeibeamtin trat dicht an sie heran und blickte von oben auf sie herab. Die kleinere Frau wich keinen Zentimeter von der Stelle und blieb offenbar unbeeindruckt, als Sachs ihrer Wut freien Lauf ließ: »Jetzt ist es ein wenig spät dafür, oder was meinen Sie?«

»Was soll das heißen?«

»Das sollte ich Sie fragen. Sie sind schließlich dafür verantwortlich, daß er niedergeknallt wurde.«

»Hey Officer...«, bremste Sellitto.

Percey blieb ruhig: »Ich habe ihn nicht darum gebeten, hinter mir herzurennen.«

»Ohne ihn wären Sie tot.«

»Vielleicht. Wer weiß. Es tut mir leid, daß er verletzt wurde. Ich...«

»Und wie leid tut es Ihnen?«

»Amelia!« unterbrach Rhyme.

»Lassen Sie mich. Ich will wissen, *wie* leid es ihr tut. Tut es Ihnen leid genug, um Blut für ihn zu spenden? Leid genug, ihn im Rollstuhl umherzufahren, falls er nicht mehr laufen kann? Leid genug, am Grab die Rede zu halten, falls er stirbt?«

Rhyme schnauzte sie an. »Genug, Sachs. Es war nicht ihr Fehler.«

Sachs schlug ihre Hände mit den abgebissenen Fingernägeln zusammen und stemmte sie dann in die Hüften. »War es nicht?«

»Der Tänzer hat uns ausgetrickst.«

Sachs starrte weiter in Perceys dunkle Augen. »Jerry war Ihr Babysitter. Als Sie in die Schußlinie liefen, was dachten Sie da, würde er tun?«

»Ich habe nicht nachgedacht. Ich habe nur reagiert.«

»Mein Gott.«

»Hey Officer«, schaltete sich Hale ein. »Vielleicht sind Sie ja unter Druck viel cooler als wir. Aber wir sind es nun mal nicht gewohnt, daß auf uns geschossen wird.«

»Dann hätte sie einfach im Büro auf dem Boden liegenbleiben sollen. Wie ich es ihr gesagt hatte.«

Perceys Stimme klang schleppend, als sie antwortete: »Ich sah, daß mein Flugzeug beschossen wurde. Ich habe einfach reagiert. Für mich war das so wie für Sie, wenn Sie sehen würden, wie Ihr Partner verwundet wird.«

Hale warf ein: »Sie hat nur getan, was jeder Pilot tun würde.«

»Richtig«, stimmte Rhyme zu. »Das ist genau das, was ich meine, Sachs. Das ist die Methode des Tänzers.«

Aber Amelia Sachs ließ nicht locker. »Sie hätten ohnehin nicht dort sein sollen. Eigentlich hätten Sie in dem sicheren Haus und nicht am Flughafen sein sollen.«

»Das war Jerrys Fehler«, schnaubte Rhyme, nun sichtlich verärgert. »Er hatte kein Recht, die Route zu ändern.«

Sachs blickte zu Sellitto herüber, der zwei Jahre lang Banks' Partner gewesen war. Aber offensichtlich war er nicht gewillt, für den jungen Mann in die Bresche zu springen.

»Es war mir ein Vergnügen, wirklich«, sagte Percey trocken. »Aber jetzt muß ich zum Flughafen zurück.«

»Was?« Sachs verschluckte sich beinahe. »Sind Sie jetzt vollkommen verrückt geworden?«

»Das ist unmöglich«, erklärte Sellitto, der mit einem Mal aus seiner düsteren Stimmung erwachte.

»Es war schon vorher schwierig genug, als wir nur versuchten, meine Maschine für den morgigen Flug auszurüsten. Nun müssen wir auch noch den Schaden reparieren. Und da es so aussieht, als sei jeder gelernte Mechaniker in Westchester County ein verdammter Feigling, muß ich die Arbeit wohl selbst erledigen.«

»Mrs. Clay«, begann Sellitto. »Das ist keine gute Idee. In unserem sicheren Haus kann Ihnen nichts passieren, aber wir können an keinem anderen Ort für Ihre Sicherheit garantieren. Sie bleiben bis Montag dort, und Ihnen wird nichts...«

»Montag«, platzte sie heraus. »O nein. Sie verstehen überhaupt nichts. Ich werde die Maschine morgen abend fliegen – mit der Ladung für U.S. Medical.«

»Das geht ni...«

»Eine Frage«, unterbrach Amelia Sachs mit schneidender Stimme. »Könnten Sie mir bitte sagen, wen Sie noch zu töten beabsichtigen?«

Percey machte einen entschlossenen Schritt auf Sachs zu und fuhr sie an: »Verdammt noch mal. Ich habe letzte Nacht meinen Mann und einen meiner besten Mitarbeiter verloren. Ich werde nicht auch noch meine Firma verlieren. Sie haben mir nicht zu sagen, wo ich hingehe und wo nicht. Oder stehe ich etwa unter Arrest?«

»Gute Idee«, erwiderte Sachs. Und mit einer schnellen Bewegung hatte sie Handschellen um die schmalen Handgelenke der Frau gelegt. »Sie sind verhaftet.«

»Sachs«, rief Rhyme wütend. »Was machen Sie da? Schließen Sie die Handschellen wieder auf. Sofort!«

Sachs wirbelte herum und schnauzte ihn an: »Sie sind ein Zivilist. Sie können mir gar nichts befehlen.«

»Aber ich«, sagte Sellitto.

»Nein«, sagte sie unnachgiebig. »Ich bin die festnehmende Beamtin. Sie können mich nicht daran hindern, jemanden einzukassieren. Das kann nur der zuständige Staatsanwalt.«

»Was soll dieser Mist?« Percey kochte vor Wut. Ihr schleppender Südstaaten-Tonfall kam plötzlich zum Vorschein. »Weswegen nehmen Sie mich fest? Weil ich eine Zeugin bin?«

»Ich verhafte Sie wegen fahrlässiger Gefährdung, und wenn Jerry stirbt, dann ist das fahrlässige Tötung oder vielleicht sogar Totschlag.«

Hale brachte jetzt genügend Mut auf, um sich noch einmal einzumischen. »Jetzt hören Sie mal zu. Ich mag es nicht, wie Sie schon den ganzen Tag mit Percey umgehen. Wenn Sie Percey verhaften, dann müssen Sie mich auch verhaften, sonst...«

»Kein Problem«, unterbrach Sachs und wandte sich an Sellitto. »Lieutenant, ich brauche Ihre Handschellen.«

»Genug mit diesem Blödsinn, Officer«, schimpfte Sellitto.

»Sachs«, rief Rhyme. »Wir haben für so etwas keine Zeit! Der Tänzer läuft da draußen frei herum und plant bereits seinen nächsten Zug.«

»Wenn Sie mich verhaften, bin ich in zwei Stunden wieder draußen«, sagte Percey.

»Dann sind Sie in zwei Stunden und zehn Minuten tot. Was ganz allein Ihre Sache wäre...«

»Officer«, warnte Sellitto. »Sie bewegen sich auf verdammt dünnem Eis.«

»... wenn Sie nicht diese Angewohnheit hätten, andere Leute mit reinzureißen.«

»Amelia«, warnte Rhyme mit kalter Stimme.

Sie drehte sich ruckartig zu ihm um. Normalerweise nannte er sie Sachs. Daß er jetzt ihren Vornamen benutzte, war wie eine Ohrfeige.

Die Handschellen an Perceys dünnen Handgelenken klirrten. Im Fenster schlug ein Falke mit den Flügeln. Niemand sagte ein Wort.

Schließlich bat Rhyme mit ruhiger Stimme: »Bitte nehmen Sie ihr die Handschellen wieder ab, und lassen Sie mich dann ein paar Minuten allein mit Percey sprechen.«

Sachs zögerte. Ihr Gesicht ließ keine Regung erkennen.

»Bitte, Amelia.« Rhyme bemühte sich, ruhig zu bleiben.

Ohne ein Wort zu sagen, schloß sie die Handschellen auf.

Alle verließen nacheinander den Raum.

Percey massierte ihre Handgelenke, zog dann den Flachmann aus der Tasche und nahm einen Schluck.

»Würden Sie bitte die Tür schließen?« bat Rhyme Sachs.

Aber sie blickte ihn lediglich kurz an und verschwand dann im Flur. Es war Hale, der die schwere Eichentür zuzog.

Draußen im Flur rief Sellitto erneut im Krankenhaus an und erkundigte sich nach Banks. Er wurde noch immer operiert, und die Stationsschwester wollte keine weiteren Angaben machen.

Sachs vernahm seinen Bericht mit einem schwachen Nicken. Sie schlenderte ans Fenster, das auf die Seitenstraße hinter Rhymes Haus hinausging. Schräge Lichtstrahlen fielen auf ihre Hände, und sie betrachtete ihre abgebissenen Nägel. Um die beiden am schlimmsten zugerichteten Finger hatte sie Pflaster gewickelt. Schlechte Angewohnheit, dachte sie. Warum kann ich nur nicht damit aufhören?

Der Detective stellte sich neben sie und schaute in den grauen Himmel. Im Wetterbericht waren weitere Frühlingsstürme angekündigt worden.

»Officer«, sagte er leise, damit die anderen ihn nicht hören konnten. »Sie hat Scheiße gebaut, diese Lady. Okay. Aber Sie müssen verstehen, daß sie kein Profi ist. Es war unser Fehler zuzulassen, daß sie überhaupt Scheiße bauen konnte. Und ja, Jerry hätte es besser wissen müssen. Es schmerzt mich unendlich, das zu sagen. Aber es stimmt. Er hat es versiebt.«

»Nein«, sagte sie mit zusammengebissenen Zähnen. »Sie verstehen nicht.«

»Was meinen Sie?«

Konnte sie es aussprechen? Die Worte fielen ihr so schwer.

»Ich habe es versiebt. Es war nicht Jerrys Fehler.« Sie nickte Richtung Rhymes Zimmer. »Auch nicht ihrer. Es war allein mein Fehler.«

»Ihrer? Zum Teufel. Sie und Rhyme waren es doch, die herausbekommen haben, daß er am Flughafen war. Ohne Sie hätte er womöglich alle abgeknallt.«

Sie schüttelte den Kopf. »Ich hatte... ich hatte die Position des Tänzers ausgemacht, bevor er Jerry ausgeschaltet hat.«

«Und?«

»Ich wußte genau, wo er steckte. Ich habe gezielt. Ich...«

»Was wollen Sie sagen, Officer?«

»Er feuerte auf mich... Oh, verdammt. Ich hab mich verkrümelt. Hab mich auf den Boden geworfen.«

Ihre Finger gruben sich in ihre Haare, und sie kratzte sich die Kopfhaut blutig. Hör auf damit. Scheiße.

»Na und?« Sellitto verstand nicht, worauf sie hinauswollte.

»Alle sind in Deckung gegangen, stimmt's? Wer würde das nicht tun? Das ist doch normal.«

Sie starrte mit blutrotem Gesicht zum Fenster hinaus. »Nachdem er geschossen und sein Ziel verfehlt hatte, blieben mir mindestens drei Sekunden zum Schießen – ich wußte, daß sein Magazin leer war. Ich hätte mein ganzes Magazin auf ihn abfeuern können. Aber ich lag wie gelähmt auf dem Boden. Und später habe ich mich nicht mehr hochgetraut, weil ich wußte, daß er nachgeladen hatte.«

Sellitto schnaubte. »Was? Sie machen sich Gedanken darüber, daß Sie sich nicht aus der Deckung rausgetraut und einem Heckenschützen eine schöne, dicke Zielscheibe geboten haben? Also wirklich, Officer... Und... Moment mal. Sie hatten doch Ihre Dienstwaffe dabei?«

»Yeah, ich...«

»Dreihundert Meter mit einer Neun-Millimeter Glock? Nie im Leben.«

»Vielleicht hätte ich ihn nicht getroffen, aber ich hätte ihn mit den Schüssen dazu bringen können, in Deckung zu bleiben. Und dann hätte er diesen letzten Schuß auf Jerry nicht abgeben können. Oh, verflucht.« Sie preßte ihre Hände gegeneinander und starrte dann auf den Nagel ihres Zeigefingers. Er war voller Blut. Sie kratzte daran.

Das leuchtende Rot erinnerte sie an die rote Blutwolke, die Jerry versprüht hatte, und sie kratzte wie besessen.

»Officer, darüber würde ich mir nicht zu viele Gedanken machen.«

Wie sollte sie es erklären? Was an ihr nagte, war komplizierter als das, was sie Sellitto erzählt hatte. Rhyme war der beste Kriminalist in New York, vielleicht sogar im ganzen Land. Sachs bemühte sich mit aller Kraft, wußte aber, daß er auf diesem Feld für sie unerreichbar war. Aber Schießen – ebenso wie schnelles Fahren – war eine *ihrer* Begabungen. Sie schoß besser als die meisten Männer und Frauen im Polizeicorps – egal ob mit links oder rechts. Sie begeisterte ihr Patenkind und ihre Freunde immer wieder, indem sie Münzen in fünfzig Meter Entfernung aufstellte, auf das Glitzern zielte und ihnen dann die verbeulten Münzen schenkte. Sie hätte Jerry retten können. Verdammt, sie hätte dieses Arschloch sogar treffen können.

Sie war wütend auf sich selbst. Wütend auf Percey, weil die sie in diese Lage gebracht hatte.

Und wütend auf Rhyme.

Die Tür flog auf, und Percey trat heraus. Sie warf Sachs einen kühlen Blick zu und forderte dann Hale auf hereinzukommen. Er verschwand im Raum. Ein paar Minuten später erschien Hale in der Tür und sagte: »Er will, daß jetzt alle wieder reinkommen.«

Als Sachs eintrat, saß Percey in einem alten Lehnstuhl neben Rhyme. Die beiden erinnerten sie an ein altes Ehepaar. »Wir haben uns auf einen Kompromiß geeinigt«, verkündete Rhyme. »Brit und Percey gehen in Dellrays sicheres Haus. Die Reparaturen am Flugzeug übernimmt jemand anderes. Ich habe aber zugestimmt, daß sie die Maschine morgen abend fliegen darf – egal ob wir den Tänzer bis dahin geschnappt haben oder nicht.«

«Und wenn ich sie einfach verhafte?« fragte Sachs kämpferisch. »Wenn ich sie jetzt mitnehme?«

Sie hatte erwartet, daß Rhyme explodieren würde. Doch er antwortete ganz bedächtig: »Darüber habe ich auch nachgedacht, Sachs. Ich glaube aber, daß es keine gute Idee ist. Sie wäre damit viel angreifbarer – im Gericht, auf der Polizeiwache und beim Transport. Wir würden dem Tänzer nur mehr Gelegenheiten bieten, sie zu erwischen.«

Amelia Sachs zögerte kurz und gab dann nach. Sie nickte. Er hatte recht; wie so oft. Aber ganz gleich, ob er recht hatte oder nicht: Er setzte sich immer durch. Sie war seine Assistentin, nichts weiter. Eine Angestellte. Das war alles, was sie für ihn darstellte.

Rhyme unterbrach ihren Gedankengang. »Also, ich habe einen Plan. Wir werden ihm eine Falle stellen. Dafür brauche ich deine Hilfe, Lon.«

»Was brauchst du?«

»Percey und Hale werden ins Sicherheitsversteck gebracht. Aber ich möchte, daß es so aussieht, als würden wir sie woanders unterbringen. Wir machen eine ganz große Sache daraus. Sehr offensichtlich. Ich werde eine der Polizeistationen aussuchen und so tun, als ob sie aus Sicherheitsgründen dort im Zellentrakt untergebracht werden. Über den verschlüsselten Polizeifunk melden wir dann, daß wir die Straße vor der Polizeistation aus Sicherheitsgründen absperren und daß wir alle Häftlinge von dort abtransportieren, um den Laden für uns zu haben. Wenn wir Glück haben, hört der Tänzer den Polizeifunk über Scanner ab. Wenn nicht, dann bekommen es die Medien vielleicht spitz, und er erfährt es auf diese Weise.«

»Was hältst du vom Zwanzigsten?« schlug Sellitto vor.

Die Polizeistation im zwanzigsten Distrikt an der Upper West Side lag nur ein paar Blocks von Rhymes Haus entfernt. Er kannte die meisten Beamten dort.

»Okay, gute Idee.«

Sachs entdeckte in Sellittos Augen einen leichten Zweifel. Er beugte sich über Rhymes Stuhl, wobei ihm der Schweiß von der breiten, faltigen Stirn troff. Mit leiser Stimme, so daß nur Rhyme und Sachs es hören konnten, fragte er: »Bist du dir wirklich ganz sicher, Lincoln? Glaubst du, daß es der richtige Weg ist?«

Rhymes Augen suchten Perceys. Sie schauten sich kurz an. Sachs wußte nicht, was das zu bedeuten hatte. Sie wußte lediglich, daß es ihr nicht gefiel.

»Ja«, sagte Rhyme. »Ich bin mir sicher.«

Auf Sachs wirkte er allerdings überhaupt nicht sicher.

13

6. Stunde von 45

»Viel Material, das ist gut.«

Rhyme blickte zufrieden auf die Plastikbeutel, die Sachs von den Tatorten am Flughafen zurückgebracht hatte.

Kleinstspuren waren Rhymes liebstes Kind – jene manchmal mikroskopisch kleinen Teilchen, die von einem Verbrecher an einem Tatort zurückgelassen wurden oder dort an ihm haftengeblieben waren. Auch die cleversten Täter dachten nicht daran, diese Spurenteilchen zu manipulieren oder sie bewußt an einem Tatort zu verteilen. Außerdem gelang es auch dem saubersten und aufmerksamsten Täter niemals, alle Spurenteilchen loszuwerden.

»Woher stammt der erste Beutel, Sachs?«

Sie suchte wütend in ihren Notizen.

Was hat sie nur? dachte er. Es war ganz offensichtlich, daß irgend etwas nicht stimmte. Vielleicht hatte es mit ihrer Wut auf Percey zu tun, vielleicht mit der Sorge um Jerry Banks. Vielleicht aber auch nicht. Ihre kühlen Blicke verrieten ihm jedenfalls, daß sie nicht darüber sprechen wollte. Was ihm jetzt nur recht war. Sie mußten den Tänzer schnappen. Das hatte im Augenblick absoluten Vorrang.

»Die sind aus dem Hangar, in dem der Tänzer auf das Flugzeug gewartet hat.« Sie hielt zwei Beutel hoch. Dann deutete sie mit einer Kopfbewegung auf drei weitere Beutel. »Der ist aus dem Versteck, von wo aus er geschossen hat. Der stammt aus dem Wagen des Malers und der aus dem Catering-Lieferwagen.«

»Thom... Thom!« brüllte Rhyme so laut, daß jeder im Raum zusammenschrak.

Sein Adlatus erschien in der Tür. »Was ist denn, Lincoln? Ich versuche gerade, ein paar Häppchen zuzubereiten.«

»Essen?« fragte Rhyme aufgebracht. »Wir brauchen nichts zu essen. Wir brauchen mehr Tafeln. Schreib auf: ›Tatort zwei, Hangar‹. Ja, das ist gut. ›To zwei, Hangar‹. Dann den nächsten. ›To drei‹. Von dort aus hat er geschossen. Sein Grashügel.«

»Soll ich Grashügel aufschreiben?«

»Nein. Schreib: ›To drei, Heckenschützenversteck‹. Okay, laßt uns nun mit dem Hangar anfangen. Was haben wir?«

»Winzige Glassplitter«, sagte Cooper und schüttete den glitzernden Beutelinhalt wie ein Diamantenhändler in eine Porzellanschale. Sachs erklärte: »Außerdem haben wir noch die Staubspuren, die ich aufgesaugt habe. Ein paar Fasern vom Fensterbrett. Keine Abdrücke.«

»Er ist einfach zu vorsichtig mit seinen Fingerabdrücken«, stellte Sellitto düster fest.

»Das ist doch ermutigend«, entgegnete Rhyme, leicht irritiert, wie so oft, wenn die anderen seinen Gedanken nicht schnell genug folgten.

»Warum?« fragte der Detective.

»Er ist deshalb so vorsichtig, weil seine Abdrücke irgendwo registriert sind! Wenn wir also Abdrücke finden, dann haben wir eine gute Chance, ihn zu identifizieren. Okay, okay. Abdrücke von Baumwollhandschuhen helfen uns nicht weiter… Stiefelabdrücke gibt es auch keine, weil er auf den Hangarboden Kies gestreut hat. Er ist clever. Aber wenn er dumm wäre, dann brauchte uns schließlich niemand, stimmt's? Also, was verrät uns das Glas?«

»Was sollte es uns schon sagen?« fragte Sachs kurz angebunden. »Außer, daß er das Fenster eingeschlagen hat, um in den Hangar zu kommen?«

»Mal sehen«, erwiderte Rhyme.

Mel Cooper legte mehrere Splitter auf einen Objektträger und schob ihn unter die Linse des Mikroskops. Er drehte das Objektiv auf kleine Vergrößerung und schaltete die Videokamera dazu, um das Bild auf Rhymes Computer zu übertragen.

Rhyme fuhr mit dem Rollstuhl zu seinem Computer. Er rief: »Befehlsmodus.« Als der Computer seine Stimme vernahm, ließ er pflichtbewußt ein Menü auf dem Bildschirm erscheinen. Rhyme konnte das Mikroskop zwar nicht selbst steuern, aber er konnte über den Computer mit den Bildern arbeiten – sie beispielsweise vergrößern oder verkleinern.

»Cursor links. Doppel-Klick!«

Rhyme beugte sich vor und verlor sich in den Regenbogenfarben der Lichtbrechung. »Sieht aus wie ganz normales Einfachglas.«

»Stimmt«, bestätigte Cooper und fügte hinzu: »Keine Scharten. Wurde mit einem stumpfen Gegenstand eingeschlagen. Vielleicht mit dem Ellbogen.«

»Hm, hm. Sieh dir mal die Bruchlinien an, Mel.«

Wenn jemand ein Fenster einschlägt, dann zerspringt das Glas in einer Reihe von gekrümmten Bruchlinien. Aus der Richtung, in die sie sich krümmen, kann man ablesen, von welcher Seite die Scheibe eingeschlagen wurde.

»Ich sehe Standard-Bruchlinien«, sagte der Techniker. »Schau dir doch mal den Schmutz genau an«, forderte Rhyme ihn auf. »An dem Glas.«

»Okay, ich sehe Regenspuren, Schlammspritzer, Benzinreste.«

»Und auf welcher Seite ist der Schmutz?« fragte Rhyme ungeduldig. Als er noch die IRD-Abteilung geleitet hatte, war eine der häufigsten Beschwerden seiner Mitarbeiter, daß er sich wie ein Oberlehrer aufführte. Rhyme hatte dies stets als Kompliment aufgefaßt.

»Es ist... oh.« Cooper begriff. »Wie ist das möglich?«

»Was?« fragte Sachs.

Rhyme erklärte, um was es ging. Die Bruchlinien begannen auf der sauberen Seite der Scheibe und endeten auf der schmutzigen. »Er war drinnen, als er die Scheibe eingeschlagen hat.«

»Aber das kann nicht sein«, protestierte Sachs. »Die Scherben lagen im Hangar. Er...« Sie unterbrach sich und nickte. »Sie meinen, er schlug die Scheibe nach draußen, schaufelte die Scherben dann mit dem Kies auf und warf alles zusammen nach drinnen? Aber warum?«

»Der Kies sollte gar nicht Fußabdrücke verhindern. Er diente lediglich dazu, uns zu täuschen. Wir sollten denken, er sei eingebrochen. Aber er war bereits drinnen und ist ausgebrochen. Interessant.« Rhyme grübelte kurz über diese neue Situation nach und verlangte dann: »Prüft diese Staubspuren. Ist da Messing dabei? Vielleicht Messing mit Graphit?«

»Ein Schlüssel!« Sachs hatte verstanden. »Sie vermuten, daß ihm jemand einen Schlüssel für den Hangar gegeben hat?«

»Genau das denke ich. Laßt uns herausfinden, wem der Hangar gehört oder wer ihn gemietet hat.«

»Das erledige ich.« Sellitto klappte sein Mobiltelefon auf.

Cooper schaute durch die Linse eines anderen Mikroskops. Es war auf eine hohe Vergrößerungsstufe eingestellt. »Na also«, grinste er zufrieden. »Jede Menge Graphit und Messing. Auch ein Spezialöl. Es war also ein altes Schloß. Er mußte es ein paarmal versuchen, bevor es sich öffnen ließ.«

»Oder?« forderte Rhyme ihn auf. »Los, denkt nach!«

»Oder es war ein ganz neuer Schlüssel!« rief Sachs aufgeregt.

»Genau! Ein neuer, noch fettiger Schlüssel. Prima. Thom, die Tafeln. Bitte schreib: ›Zutritt mit einem Schlüssel‹.«

In seiner präzisen Schrift schrieb der Gehilfe die Worte nieder.

»Nun, was haben wir noch?« Rhyme pustete in die Mundkontrolle seines Rollstuhls und fuhr so näher an den Computer heran. Er verkalkulierte sich und rammte den Tisch; dabei stieß er fast den Bildschirm um.

»Verflucht«, schimpfte er.

»Alles in Ordnung?« fragte Sellitto.

»Es geht mir prima«, raunzte Rhyme. »Also, was haben wir noch? Ich hatte gefragt, ob es noch irgend etwas gibt.«

Cooper und Sachs bürsteten die übrigen Staubspuren auf ein sauberes Blatt Papier. Sie setzten Vergrößerungsbrillen auf und beugten sich über das Blatt. Cooper nahm mehrere Staubkörnchen mit einem Spatel auf und legte sie auf einen Objektträger.

»Okay«, stellte Cooper fest. »Wir haben Fasern.«

Wenige Sekunden später betrachtete Rhyme die kleinen Stränge auf seinem Bildschirm.

»Was denkst du, Mel? Papier, stimmt's?«

»Ja.«

Rhyme befahl dem Computer, die Bilder vom Mikroskop langsam auf und ab zu fahren. »Sieht nach zwei verschiedenen Arten aus. Die einen sind weiß oder cremefarben. Die anderen haben einen leichten Grünstich.«

»Grün? Vielleicht Gelb?« schlug Sellitto vor.
»Vielleicht.«
»Hast du genug davon, um ein paar mit Gas zu checken?« fragte Rhyme. Der Gaschromatograph würde die Fasern zerstören.

Cooper erklärte, daß die Proben ausreichten, und machte sich gleich an die Arbeit.

Er las vom Computerschirm ab. »Keine Baumwolle. Auch kein Sodium und keine Schwefelverbindungen wie Sulfat oder Sulfit.«

Das waren Chemikalien, die normalerweise dem Papierbrei zugesetzt wurden, um hochwertiges Papier herzustellen.

»Es ist billiges Papier. Und die Farbe ist wasserlöslich. Es ist keine auf Öl basierende Tinte dabei.«

»Also«, verkündete Rhyme, »ist es kein Geld.«

»Vermutlich Recyclingpapier«, schloß Cooper.

Rhyme vergrößerte das Bild stärker. Die Matrix war riesig, aber die Details nicht mehr zu erkennen. Er war für einen Moment frustriert und wünschte, er könnte direkt durch das Mikroskop sehen. Es ging doch nichts über die Klarheit einer feinen optischen Linse.

Dann fiel ihm etwas auf.

»Was sind das für gelbe Flecken da, Mel? Klebstoff?«

Der Techniker sah kurz durch das Mikroskop und bestätigte: »Stimmt. Sieht aus wie Kleber von Briefumschlägen.«

Also hatte der Tänzer den Schlüssel möglicherweise in einem Umschlag erhalten. Aber was bedeutete das grüne Papier? Rhyme hatte nicht die geringste Ahnung.

Sellitto klappte sein Mobiltelefon zusammen. »Ich hab bei Hudson Air angerufen und mit Ron Talbot gesprochen. Er hat ein paar Anrufe getätigt. Ratet mal, wer den Hangar gemietet hat, in dem der Tänzer gewartet hat.«

»Phillip Hansen«, schlug Rhyme vor.

»Jawohl.«

»Langsam kriegen wir die Beweise zusammen«, jubelte Sachs.

Stimmt, dachte Rhyme. Allerdings war es nicht sein Ziel, der Staatsanwaltschaft den Tänzer mit wasserdichten Beweisen auszuhändigen. Er wollte den Kopf des Tänzers auf einem Silbertablett.

»Noch irgend etwas?«

»Nichts.«

»Okay, dann laßt uns zum nächsten Tatort übergehen. Das Versteck des Heckenschützen. Er stand dort ziemlich unter Druck. Vielleicht wurde er unaufmerksam.«

Aber natürlich war er nicht achtlos gewesen.

Sie fanden keine Patronenhülsen.

»Das erklärt es«, fluchte Cooper, der die Spuren unter dem Mikroskop untersuchte. »Baumwollfasern. Er hat ein Tuch benutzt, um die Hülsen aufzufangen.«

Rhyme nickte. »Fußspuren?«

»Nichts.« Sie erklärte, daß der sorgsame Tänzer um die schlammigen Stellen herumgelaufen und immer auf dem Gras geblieben war, selbst als er zum Schluß zu dem Catering-Lieferwagen flüchtete.

»Wie viele Fingerabdrücke haben Sie gefunden?«

»Keine im Versteck des Heckenschützen«, erklärte Sachs. »Fast zweihundert in den beiden Lieferwagen.«

Mit AFIS – dem Automatisierten Fingerabdruck Identifizierungssystem, das die Datenbanken von Militär, Polizei und Behörden im ganzen Land miteinander verband – hätten sie selbst so viele Abdrücke überprüfen lassen können. Allerdings hätte es eine ganze Weile gedauert. Aber Rhyme war zu besessen von seinem Wunsch, den Tänzer zu schnappen, um jetzt einen AFIS-Antrag zu stellen. Sachs berichtete, daß sie in den Lieferwagen auch seine Handschuh-Abdrücke gefunden hatte. Die Fingerabdrücke in den Wagen stammten also mit Sicherheit nicht vom Tänzer.

Cooper leerte den Inhalt des Plastikbeutels auf ein Untersuchungstablett. Zusammen mit Sachs sah er es sich an. »Dreck, Gras, Steine... hier ist etwas. Kannst du es sehen, Lincoln?« Cooper präparierte einen neuen Objektträger und beugte sich über sein Mikroskop.

»Haare«, verkündete er. »Drei, vier, sechs, neun... Dutzende. Sieht wie eine durchgängige Medulla aus.«

Die Medulla ist ein Kanal in der Mitte bestimmter Haare. Bei Menschen ist sie entweder nicht vorhanden oder fragmentiert.

Eine durchgängige Medulla bedeutete, daß es sich um Tierhaare handelte. »Was denkst du, Mel?«

»Ich werde sie mir mal im Rasterelektronenmikroskop ansehen.« Cooper stellte die Vergrößerung auf 1500fach und drehte an den Knöpfen, bis eines der Haare genau in der Mitte des Bildschirms lag. Es war ein weißlicher Kiel mit scharfeckigen Schuppen und erinnerte ein wenig an die Schale einer Ananas.

»Katze«, stellte Rhyme mit einem Blick fest.

»Katzen – im Plural«, korrigierte Cooper und schaute dabei wieder durch das normale Mikroskop. »Sieht so aus, als hätten wir eine schwarze und eine gescheckte. Beide kurzhaarig. Dann eine gelbbraune, mit langem, feinem Haar. Vermutlich so etwas wie eine Perserkatze.«

Rhyme schnaubte: »Ein Tierliebhaber? Das paßt nun wirklich nicht zum Profil des Tänzers. Entweder will er den Anschein erwecken, als hätte er Katzen, oder er wohnt bei jemandem mit Katzen.«

»Noch mehr Haare«, verkündete Cooper und legte sie unter das Mikroskop. »Menschlich. Es sind ... warte, zwei Stränge von etwa achtzehn Zentimetern Länge.«

»Er haart sich wohl, was?« fragte Sellitto.

»Wer weiß?« sagte Rhyme. Ohne die Haarwurzel ist es unmöglich, das Geschlecht der Person zu bestimmen, die ein Haar verloren hat. Auch das Alter ist nur bei Kindern festzustellen. »Vielleicht stammen sie von dem Anstreicher«, schlug Rhyme vor. »Hatte er lange Haare, Sachs?«

»Nein, Bürstenschnitt. Und außerdem war er blond.«

»Was denkst du, Mel?«

Der Techniker betrachtete ein Haar von oben bis unten. »Sie sind gefärbt.«

»Der Tänzer ist bekannt dafür, daß er sein Aussehen häufig wechselt«, erinnerte Rhyme ihn.

»Ich weiß nicht, Lincoln«, entgegnete Cooper. »Diese Farbe hier entspricht fast der natürlichen Färbung. Man sollte doch denken, daß er sich etwas ganz anderes aussuchen würde, wenn es ihm darum ginge, sein Aussehen zu verändern. Warte. Ich sehe zwei verschiedene Farben. Die natürliche Farbe ist schwarz. Sie wurde dann kastanienbraun überfärbt, und erst kürzlich kam eine dunkelviolette Tönung dazu. Dazwischen lagen etwa zwei, drei Monate.«

»Ich sehe hier auch eine Menge Ablagerungen, Lincoln. Ich werde mal eines der Haare durch den Chromatographen jagen.«

»Mach das.«

Lincolns Computer war mit dem Gaschromatographen verbunden, und bereits wenige Minuten später hatte er die Tabelle mit den Werten vor sich auf dem Bildschirm. »Okay, wir haben irgendwelche Kosmetika.«

Für die Polizeiarbeit waren Kosmetika sehr hilfreich. Die Hersteller waren dafür bekannt, daß sie die Zusammensetzungen ihrer Produkte oft veränderten, um sie den aktuellen Trends anzupassen. Die verschiedenen Zusammensetzungen ließen daher Rückschlüsse auf den Zeitpunkt der Herstellung und den Produktionsort zu.

»Was haben wir?«

»Einen Moment noch.« Cooper schickte die Formel zu einer Datenbank mit Produktnamen. Kurz darauf hatte er die Antwort. »Slim-U-Lite. Schweizer Produkt. Wird von Jencon in der Nähe von Boston importiert. Es ist eine normale Flüssigseife, der Öle und Aminosäuren hinzugefügt werden. War neulich in den Nachrichten – die Aufsichtsbehörde ist hinter ihnen her, weil sie behaupten, es wäscht Fett und Zellulitis mit weg.«

»Laßt uns ein Profil erstellen«, rief Rhyme. »Sachs, was denken Sie?«

»Über ihn?«

»Über sie. Die Frau, die ihm hilft. Oder die er getötet hat, um sich in ihrer Wohnung zu verstecken oder um ihren Wagen zu klauen.«

»Bist du sicher, daß es eine Frau ist?« fragte Sellitto.

»Nein, aber wir haben keine Zeit, um alle Möglichkeiten durchzuspielen. In der Regel machen sich Frauen mehr Gedanken über Zellulitis als Männer. Und mehr Frauen als Männer färben sich die Haare. Los, stellt ein paar gewagte Vermutungen an.«

»Also gut, übergewichtig und unsicher«, schlug Sachs vor.

»Vielleicht so'n Punk, New Wave oder wie auch immer sich diese seltsamen Gestalten heutzutage nennen«, meinte Lon Sellitto. »Meine Tochter hat ihre Haare purpurrot gefärbt. Hat sich auch piercen lassen an Stellen, die ich jetzt lieber nicht nennen möchte. Also, was haltet ihr vom East Village?«

»Ich glaube nicht, daß sie der Typ junge Rebellin ist«, widersprach Sachs. »Nicht mit diesen Farben. Sie sind ihrer eigenen Haarfarbe zu ähnlich. Sie versucht, stilvoll zu sein, aber es funktioniert nicht. Ich tippe, sie ist fett, Mitte Dreißig und berufstätig. Geht abends allein nach Hause und füttert ihre Katzen.«

Rhyme nickte und starrte dabei auf die Tafeln. »Einsam. Genau die Richtige, um sich von einem Kerl, der ihr was Nettes sagt, einlullen zu lassen. Wir müssen bei Tierärzten herumfragen. Wir wissen, daß sie drei Katzen mit unterschiedlichen Farben hat.«

»Aber wo?« fragte Sellitto. »Westchester? Manhattan?«

»Laßt uns zuerst überlegen, warum er sich überhaupt mit so jemandem einlassen sollte«, entgegnete Rhyme.

Sachs schnalzte mit den Fingern. »Weil er mußte! Weil wir ihn fast in der Falle hatten.« Ihr Gesicht leuchtete auf. Die alte Amelia kam wieder durch.

»Jawohl«, stimmte Rhyme zu. »Heute früh, in der Nähe von Perceys Haus. Als die Einsatztruppe eintraf.«

Sachs fuhr fort: »Er ließ seinen Wagen stehen und schlüpfte in ihrem Appartement unter, bis die Luft wieder rein war.«

Rhyme wandte sich an Sellitto. »Ein paar von deinen Leuten sollen die Tierärzte abklappern. Im Umkreis von zehn Blocks um Perceys Haus. Nein, nimm die ganze Upper East Side. Los, Lon. Ruf an!«

Während der Detective die Nummer in sein Telefon tippte, fragte Sachs besorgt: »Meinen Sie, daß dieser Frau etwas passiert ist?«

Rhymes Antwort kam aus tiefstem Herzen, allerdings glaubte er selbst nicht daran. »Wir wollen es nicht hoffen, Sachs.«

14

7. Stunde von 45

Auf Percey Clay machte das sichere Haus keinen besonders sicheren Eindruck.

Es war aus braunem Sandstein, hatte drei Stockwerke und sah nicht anders aus als die meisten anderen Gebäude hier in der Nähe der Morgan-Bücherei.

»Da wären wir«, sagte einer der FBI-Agenten und deutete mit einer Kopfbewegung aus dem Autofenster. Sie parkten in einer kleinen Gasse, und sie und Hale wurden hastig durch einen Kellereingang hineingeschleust. Die Stahltür fiel mit einem satten Plop hinter ihnen zu. Plötzlich standen sie einem freundlich aussehenden, schlanken Mann mit dünnem braunem Haar gegenüber. Sie schätzte ihn auf Mitte Dreißig. Er grinste.

»Howdy«, begrüßte er sie und hielt ihnen dabei seine Marke vom New York Police Department unter die Nase.

»Roland Bell ist mein Name. Wenn Sie von nun an irgend jemanden treffen, lassen Sie sich immer seine Polizeimarke zeigen und prüfen Sie das Foto – selbst wenn es jemand so Charmantes sein sollte wie ich.«

Percey lauschte seinem gedehnten Akzent und fragte: »Sagen Sie nicht, daß Sie ... aus Tarheel kommen?«

»Ganz genau daher.« Er lachte. »Hab in Hoggston gelebt – das ist kein Witz –, bis ich vor vier Jahren nach Chapel Hill entkommen bin. Hab gehört, Sie sind ein Mädel aus Richmond?«

»Das ist schon lange her.«

»Und Sie, Mr. Hale?« fragte Bell. »Sind Sie auch aus dem Süden?«

»Michigan«, verneinte Hale und schüttelte energisch die Hand des Detectives. »Via Ohio.«

»Keine Sorge, ich verzeihe Ihnen diesen kleinen Fehler, den ihr damals vor 130 Jahren gemacht habt.«

»Ich selbst hätte mich ja ergeben«, scherzte Hale. »Aber mich hat keiner gefragt.«

»Hah, hah. Okay, nun zu mir. Ich bin eigentlich in der Mordkommission, aber ich bekomme immer den Zeugenschutz zugeteilt, weil ich dieses komische Verlangen habe, Leute am Leben zu halten. Mein lieber alter Freund Lon Sellitto hat mich gefragt, ob ich ihm wieder einmal aushelfen kann. Ich werde also für eine Weile Ihr Babysitter sein.«

Percey fragte: »Wie geht's dem anderen Detective?«

»Jerry? Soweit ich weiß, ist er noch immer im OP.«

Er sprach zwar langsam, aber seine Augen waren flink. Sie wanderten jetzt über ihre Körper. Wonach suchte er? fragte sich Percey. Wollte er feststellen, ob sie bewaffnet waren? Oder mit Mikrofonen verwanzt? Dann überprüften seine Augen den Flur, danach die Fenster.

»Nun«, sagte Bell schließlich. »Ich bin eigentlich ein netter Kerl, aber ich kann ziemlich halsstarrig sein, wenn es darum geht, meine Schützlinge zu bewachen.« Er lächelte Percey zu. »Sie sehen ganz danach aus, als ob Sie auch ganz schön dickköpfig sein könnten, denken Sie aber bitte immer daran, daß alles, was ich Ihnen sage, nur zu Ihrem Besten ist. Okay? Okay. Also, dann werde ich Ihnen mal Ihre Luxus-Unterkünfte zeigen.«

Während sie die Treppen hochstiegen, redete er in seinem Südstaaten-Singsang weiter. »Sie sterben wahrscheinlich schon, nur um zu wissen, wie sicher das Haus ist.«

Hale, der mit dem Dialekt Probleme hatte, fragte: »Sterben... was?«

»Hm, ich red wohl immer noch wie ein Südstaatler. Die Jungs im Großen Haus – das ist das Hauptquartier – erlauben sich mit mir von Zeit zu Zeit gerne mal 'nen Spaß. Sie rufen an und sagen, sie hätten so einen Südstaaten-Redneck geschnappt und bräuchten mich zum Übersetzen. Also jedenfalls ist dieser Ort hier vollkommen sicher. Unsere Freunde im Justizministerium wissen, was sie tun. Ist größer, als es von draußen aussieht, stimmt's?«

»Größer als ein Cockpit und kleiner als ein Highway«, kommentierte Hale.

Bell kicherte. »Die Vorderfenster sahen von draußen nicht besonders sicher aus, nicht wahr?«

»Das war eine...«, stimmte Percey zu.

»Nun, dieses Zimmer geht nach vorne raus. Werfen Sie mal einen Blick rein.« Er drückte die Tür auf.

Der Raum hatte keine Fenster. Sie waren von oben bis unten mit Stahlplatten zugeschraubt worden. »Dahinter sind Vorhänge aufgehängt worden«, erklärte Bell. »Von der Straße aus sieht es wie ein ganz normales, dunkles Zimmer aus. Alle anderen Fensterscheiben sind aus schußsicherem Glas. Aber halten Sie sich trotzdem von den Fenstern fern. Und lassen Sie die Rollos unten. Die Feuertreppe und das Dach sind mit Sensoren gespickt, und dann sind überall noch massenweise Videokameras auf dem Gelände versteckt. Wenn sich jemand nähert, haben wir ihn auf Herz und Nieren geprüft, noch bevor er die Haustür erreicht hat. Nur ein Gespenst mit Magersucht käme hier rein.« Er ging jetzt mit ihnen einen breiten Flur hinunter. »Folgen Sie mir hier diesen Gang entlang bitte... Okay, das ist Ihr Zimmer, Mrs. Clay.«

»Wenn wir schon zusammen wohnen, dann sagen Sie doch bitte Percey zu mir.«

»Alles klar. Und Sie wohnen hier...«

»Brit.«

Die Zimmer waren klein, dunkel und sehr ruhig – ganz anders als Perceys Büro in der Ecke des Hangars von Hudson Air. Sie mußte unwillkürlich an Ed denken, der sein Büro lieber im Hauptgebäude gehabt hatte. Sein Schreibtisch war immer aufgeräumt. An den Wänden überall Fotos von B17- und P-51-Maschinen, auf jedem Papierhaufen ein Briefbeschwerer. Percey dagegen mochte den Geruch des Kerosins und als Geräuschkulisse das laute Knarren der hydraulischen Schraubenschlüssel. Sie dachte daran, wie Ed sich manchmal über ihren Schreibtisch gebeugt und aus ihrer Kaffeetasse getrunken hatte. Bevor sich in ihren Augen wieder Tränen sammeln konnten, verdrängte sie diese Erinnerung rasch.

Bell sprach jetzt in sein Walkie-Talkie. »Hauptdarsteller sind in Position.« Kurz darauf erschienen zwei uniformierte Beamte im Flur. Sie nickten ihnen zu, und einer der beiden informierte sie: »Wir werden die ganze Zeit hier draußen sein.« Seltsamerweise hörte sich sein New Yorker Akzent kaum anders an als Bells langgezogener Südstaatendialekt.

»Das war gut«, lobte Bell Percey.

Sie runzelte die Stirn.

»Sie haben seinen Plastikausweis an der Jacke geprüft. An Sie kommt jedenfalls keiner so leicht ran.«

Sie lächelte schwach.

Bell wurde wieder ernst. »Wir haben zwei Mann bei Ihrer Schwiegermutter in New Jersey. Gibt es noch weitere Familienangehörige, die wir bewachen sollten?«

Percey versicherte, es gebe sonst niemanden, zumindest nicht hier in der Gegend.

Bell stellte Hale die gleiche Frage. Er antwortete mit einem kläglichen Grinsen. »Nein, es sei denn, Sie betrachten meine Ex-Frau – oder besser gesagt meine Ex-Frauen – als Familienangehörige.«

»Okay, irgendwelche Katzen oder Hunde, die gegossen werden müssen?«

»Keine«, antwortete Percey. Hale schüttelte ebenfalls den Kopf.

»Na, dann können wir uns jetzt ja entspannen. Falls Sie ein Handy haben, lassen Sie die Finger davon. Keine Anrufe damit. Benutzen Sie nur das Telefon hier im Haus. Denken Sie an die Fenster und die Rollos. Das da drüben ist ein Panikknopf. Wenn es hart auf hart kommen sollte, was nicht passieren wird, aber falls doch… dann drücken Sie drauf und werfen sich auf den Boden. So, und wenn Sie sonst noch etwas brauchen, rufen Sie einfach nach mir.«

»Ich bräuchte tatsächlich etwas«, meldete sich Percey. Sie hielt ihren silbernen Flachmann hoch.

»Nun, wenn Sie jemanden brauchen, der Ihnen dabei hilft, ihn auszutrinken, da muß ich passen«, entgegnete Bell. »Ich bin noch im Dienst. Trotzdem danke für das Angebot. Falls Sie ihn aber nur auffüllen wollen, da helfe ich Ihnen gerne.«

Ihr Manöver schaffte es nicht in die 17.00-Uhr-Nachrichten.

Aber drei Funkrufe gingen auf der normalen Polizeifrequenz unverschlüsselt durch die ganze Stadt. Darin wurden die verschiedenen Reviere darüber informiert, daß im zwanzigsten Revier eine

10-66 Sicherheitsoperation im Gang war. Außerdem ging ein 10-67 Verkehrsfunkruf raus, daß in der Upper Westside bestimmte Straßen gesperrt werden sollten. Alle Häftlinge des zwanzigsten Reviers sollten zur Zentrale oder ins Männer- beziehungsweise Frauengefängnis in der Innenstadt verlegt werden. Niemand dürfe das zwanzigste Revier ohne Sondererlaubnis des FBI betreten oder verlassen; oder des Bundesluftfahrtamtes FAA – das war Dellrays Idee gewesen.

Während diese Funkrufe durch die Stadt schwirrten, brachte Bo Haumann seine 32-E-Teams im Umkreis des Polizeireviers in Stellung.

Haumann war für diesen Teil der Operation verantwortlich. Fred Dellray stellte unterdessen ein FBI-Geiselbefreiungsteam zusammen für den Fall, daß sie Identität und Adresse der Katzenlady herausfinden sollten. Rhyme untersuchte mit Sachs und Cooper das übrige Material von den Tatorten.

Es gab keine neuen Spuren, aber Rhyme wollte, daß Sachs und Cooper alles noch einmal durchgingen. Das war richtige Kriminalarbeit – man untersucht alles gründlich, dann noch einmal, und wenn man nichts findet, geht man das gesamte Material noch ein weiteres Mal durch. Wenn man schließlich gegen die unvermeidliche Wand läuft, beginnt alles wieder von vorne.

Rhyme war mit dem Rollstuhl direkt vor seinen Computer gerollt und gab den Befehl, die Bilder von dem Zeitzünder aus Ed Carneys Flugzeug zu vergrößern. Der Zünder nützte ihnen nichts, da er ein Massenprodukt war, aber Rhyme hatte die Hoffnung, daß er vielleicht den winzigen Teil eines Abdrucks finden könnte. Bombenbauer denken oft, daß ihre Fingerabdrücke bei der Explosion zerstört werden, und verzichten deshalb bei der kniffligen Arbeit mit den winzigsten Teilen auf die lästigen Handschuhe. Aber die Explosion zerstört nicht automatisch jeden Abdruck. Rhyme befahl Cooper nun, den Zünder mit SuperGlue zu begasen, und wenn dies nichts bringen sollte, ihn mit Magnetpulver zu bestäuben. Das war eine Technik, um Fingerabdrücke mit Hilfe eines feinen magnetischen Puders sichtbar zu machen. Doch auch diese Versuche blieben erfolglos.

Schließlich gab er die Anweisung, den Zünder mit dem Garnet-Laser zu bombardieren. Das war die neueste Methode, mit der selbst winzigste Reste von Fingerabdrücken aufgespürt werden konnten. Cooper sah sich das Bild unter dem Mikroskop an, während Rhyme es auf dem Computer betrachtete.

Rhyme lachte auf, blinzelte ungläubig und starrte dann wieder auf den Bildschirm. Er fragte sich, ob er seinen Augen trauen konnte.

»Ist das... Sieh doch mal. Dort unten!«

Aber Cooper und Sachs konnten nichts erkennen.

Die Bildqualität auf seinem Computer war in diesem Fall wohl besser, so daß er etwas entdeckt hatte, was Cooper durch seine Linsen nicht gesehen hatte. An dem Metallbügel, der verhindert hatte, daß der Zünder in tausend Teile gesprengt wurde, war ein schwacher Halbmond aus parallelen Streifen, Gabelungen und Vertiefungen zu sehen.

Er war höchstens anderthalb Millimeter breit und einen Zentimeter lang.

»Es ist ein Abdruck«, rief Rhyme.

»Reicht aber nicht für einen Vergleich«, stellte Cooper fest, der nun ebenfalls auf Rhymes Schirm starrte.

In jedem Fingerabdruck gibt es etwa 150 ganz charakteristische Linienverläufe, und davon reichen einem Experten schon zwischen acht und sechzehn, um den Abdruck mit anderen vergleichen zu können. Unglücklicherweise wies dieser Abdruck hier nicht einmal halb so viele Linien auf.

Trotzdem, Rhyme war begeistert. Der Krüppel, der nicht einmal in der Lage war, ein Mikroskop scharf zu stellen, hatte etwas entdeckt, das den anderen entgangen war. Etwas, das er wahrscheinlich ebenfalls übersehen hätte, wenn er »normal« wäre.

Er befahl dem Computer, ein Bildbearbeitungsprogramm zu laden, und speicherte den Abdruck im .bmp Format ab. Er wollte es nicht auf ein .jpg Format komprimieren, um eine schlechtere Bildqualität zu vermeiden. Er druckte es auf dem Laserdrucker aus und ließ es Thom an die Tafel mit den Beweismitteln von der Absturzstelle heften.

Das Telefon klingelte, und Rhyme nahm den Anruf mit seinem neuen System entgegen und schaltete die Außenlautsprecher hinzu.

Es waren die Zwillinge.

Die beiden Partner, die auch unter dem Spitznamen »Hardy Boys« bekannt waren, arbeiteten in der Mordkommission des Polizeipräsidiums. Sie wurden vor allem als Verhörbeamte und als Abklapperer eingesetzt – das waren die Polizisten, die nach einem Verbrechen Anwohner, Zeugen und Passanten befragten. Und hierbei galten die Hardy Boys als die besten in der ganzen Stadt. Selbst Lincoln Rhyme, der der menschlichen Beobachtungsgabe und dem Erinnerungsvermögen von Zeugen prinzipiell mißtraute, respektierte die Arbeit der beiden.

Trotz der Art, wie sie auftraten.

»Hey, Detective. Hey, Lincoln«, grüßte einer der beiden. Sie hießen Bedding und Saul. Schon wenn sie vor einem standen, war es kaum möglich, sie auseinanderzuhalten. Jetzt am Telefon versuchte Rhyme es gar nicht erst.

»Was gibt's?« fragte er. »Habt ihr die Katzenlady gefunden?«

»Das war diesmal echt einfach. Sieben Tierärzte, zwei Tierpflegeheime...«

»Machte Sinn, die auch zu überprüfen. Und...«

»Außerdem haben wir noch drei Firmen befragt, die man beauftragen kann, seine Haustiere auszuführen. Aber...«

»Die auch Katzen ausführen, verstehen Sie? Sie füttern die Biester auch und machen das Katzenklo sauber, wenn man mal verreist ist. Haben gedacht, das kann nicht schaden.«

»Drei der Tierärzte wollten es nicht ausschließen, waren sich aber nicht sicher. Hatten alle ziemlich große Läden.«

»Gibt jede Menge Tiere in der Upper East Side. Würde man nicht für möglich halten. Na, vielleicht ja doch.«

»Wir mußten viele Angestellte zu Hause anrufen. Ärzte, Schwestern, Leute, die Katzen baden, und so weiter.«

»Was für ein Job. Haustiere baden. Egal. Die Empfangsschwester einer Praxis in der 82. Straße meinte jedenfalls, es könnte vielleicht eine Kundin mit Namen Sheila Horowitz sein. Sie ist Mitte

Dreißig, hat kurzes dunkles Haar und ist übergewichtig. Hat drei Katzen. Eine davon schwarz, die andere hell. Die Farbe der dritten wußte sie nicht. Die Frau wohnt in der Lexington Avenue zwischen der 78. und der 79. Straße.«

Fünf Blocks von Perceys Haus entfernt.

Rhyme dankte ihnen und forderte sie auf, sich weiter bereit zu halten. Dann brüllte er seine Befehle. »Dellray soll sein Team sofort dorthin bringen! Sie gehen auch, Sachs! Egal ob er dort ist oder nicht. Wir haben einen Tatort, den wir untersuchen müssen. Ich glaube, wir kommen der Sache näher. Spürt ihr es auch? Wir kommen der Sache näher.«

Percey Clay erzählte Roland Bell gerade von ihrem ersten Alleinflug.

Der nicht ganz so verlaufen war, wie sie es geplant hatte.

Sie war von einem kleinen Wiesenplatz vier Meilen von Richmond entfernt gestartet und hatte das vertraute Ratterrum, Ratterrum des Fahrwerks gehört, während die Cessna über das holprige Feld raste und die Geschwindigkeit zum Abheben erreichte. Zog den Knüppel an, und die flotte, kleine 150 hob ab. Ein verregneter Nachmittag im Frühling, genau wie heute.

»Muß aufregend gewesen sein«, kommentierte Bell mit einem leichten Zweifel in den Augen.

»Wurde es dann später«, meinte Percey lakonisch und nahm einen Schluck aus ihrem Flachmann.

Nach zwanzig Minuten gab der Motor über der Wildnis im Osten Virginias seinen Geist auf. Unter ihr befand sich ein Wirrwarr aus Brombeerhecken und Kiefern. Sie brachte die Maschine auf einer Lehmstraße runter, reinigte eigenhändig die Benzinleitung, startete wieder und kehrte dann ohne Probleme zurück.

Die kleine Cessna war unbeschädigt geblieben, deshalb hatte der Besitzer nie von ihrem kleinen Ausflug erfahren. Tatsächlich war eine Tracht Prügel von ihrer Mutter der einzige Schaden, den Percey an diesem Tag davontrug. Der Direktor der Lee School hatte ihre Mutter angerufen und berichtet, daß Percey sich mal wieder geprügelt hatte, dabei Susan Beth Halworth die Nase blutig geschlagen hatte und dann nach der fünften Stunde abgehauen war.

»Ich mußte einfach weg«, erklärte Percey jetzt Bell. »Sie neckten mich ständig. Ich glaube, sie nannten mich damals schon einen Troll. Ich wurde oft so beschimpft.«

»Kinder können grausam sein«, sagte Bell. »Ich würde meinen Kindern den Hintern versohlen, wenn sie so etwas je täten – sagen Sie mal, wie alt waren Sie damals eigentlich?«

»Dreizehn.«

»Wie konnten Sie dann so etwas machen? Darf man nicht erst ab achtzehn fliegen?«

»Sechzehn.«

»Oh... Wie haben Sie es dann geschafft zu fliegen?«

»Ich habe mich nie erwischen lassen«, antwortete Percey. »So einfach war das.«

»Oh.«

Sie saß mit Roland Bell in ihrem Zimmer im sicheren Haus. Er hatte ihren Flachmann mit Wild Turkey aufgefüllt – die Hinterlassenschaft eines Mafia-Informanten, der hier fünf Wochen lang gelebt hatte. Beide saßen auf einer grünen Couch, und Bell hatte sein Walkie-Talkie leise gedreht, so daß das Geplärre kaum zu hören war. Percey hatte sich zurückgelehnt, Bell saß vornübergebeugt – nicht weil die Couch so unbequem war, sondern um alles im Blick zu behalten. Er würde selbst eine Fliege vor der Tür bemerken. Ein Atemzug hinter dem Vorhang, und seine Hand würde augenblicklich zu einer seiner beiden großen Pistolen gleiten, die er immer bei sich trug.

Auf seine Bitte hin setzte sie die Erzählung über ihre Fliegerkarriere fort. Mit sechzehn machte sie ihren Schüler-Pilotenschein, ein Jahr später folgte der Hobbyschein, und mit achtzehn hatte sie bereits ihren kommerziellen Pilotenschein.

Zum Entsetzen ihrer Eltern machte sie sich nichts aus dem Tabakgeschäft, sondern floh aus dem ganzen Umfeld (ihr Vater arbeitete für einen »Pflanzer« – so nannte er es zumindest. Für alle anderen war es ein Sechs-Milliarden-Dollar Konzern) und begann ihr Ingenieursstudium. (»Die University of Virginia zu verlassen, war das erste Vernünftige, was sie getan hat«, erklärte die Mutter Perceys Vater und stellte sich damit zum ersten Mal in ihrem Leben auf die Seite ihrer Tochter. Sie fügte hinzu: »Es ist bestimmt einfacher, an der Virginia Tech einen Mann zu finden.« Damit meinte sie wohl, daß die Jungs an der Fachhochschule keine so hohen Ansprüche stellten.)

Aber Percey hatte weder an Partys noch an Jungs noch an Studentenverbindungen Interesse. Sie war nur an einem interessiert: Flugzeugen. Wann immer es ihr zeitlich, körperlich und finanziell möglich war, flog sie. Sie machte ihren Schein als Fluglehrerin und begann zu unterrichten. Percey mochte den Job nicht besonders, machte aber trotzdem aus einem ganz einfachen Grund weiter: Die Stunden als Fluglehrerin konnte sie in ihrem Logbuch als volle Cockpit-Stunden verbuchen. Und diese vielen Stunden würden sich später in ihren Bewerbungen bei den Fluggesellschaften gut machen. Nach ihrem Abschluß begann sie das Leben einer freien Pilotin. Sie unterrichtete weiter, flog bei Flugschauen und erledigte von Zeit zu Zeit Aufträge für kleinere Charter- oder Transportfirmen. Hinzu kamen Jobs in Flugtaxen, Wasserflugzeugen, Einsätze in Düngeflugzeugen und manchmal an Sonntagnachmittagen bei kleineren Jahrmärkten sogar Stuntflüge in alten Stearmans und Curtis Jenny Doppeldeckern.

»Es war hart, knallhart«, erklärte sie Roland Bell. »Vielleicht ist es so ähnlich, wenn man bei der Polizei anfängt.«

»Wahrscheinlich ist da wirklich kein so großer Unterschied«, stimmte Bell zu. »Ich mußte mich als Sheriff von Hoggston um Radarfallen und Verkehrsprobleme an Kreuzungen kümmern. Wir hatten drei Jahre hintereinander keinen einzigen Mord, nicht einmal einen Totschlag. Dann kletterte ich langsam ein paar Stufen höher. Wurde Hilfssheriff für den ganzen Landkreis und arbeitete für die Highway-Polizei. Aber das bedeutete hauptsächlich, nachts Leute aus Unfallautos zu ziehen. Also bin ich wieder zurück an die Uni gegangen und habe einen Abschluß in Kriminologie und Soziologie gemacht. Dann bin ich nach Winston-Salem gezogen und habe mir eine Goldplakette angeheftet.«

»Eine was?«

»Das bedeutet Detective. Natürlich wurde ich zweimal zusammengeschlagen und dreimal angeschossen, bevor ich meine erste Belobigung bekam... Hey, man muß aufpassen, was man sich wünscht. Am Ende bekommt man es noch.«

»Aber Sie haben das gemacht, was Sie wollten.«

»Das hab ich. Wissen Sie, meine Tante, die mich aufgezogen hat, sagte immer, ›Du gehst in die Richtung, die Gott dir weist‹. Ich denke, damit hatte sie irgendwie recht. Aber jetzt möchte ich wissen, wie Sie zu Ihrer eigenen Firma kamen.«

»Ed – mein Mann –, Ron Talbot und ich haben sie gemeinsam gegründet. So vor sieben, acht Jahren. Aber ich hatte vorher noch einen Zwischenstopp eingelegt.«

»Wo das?«

»Ich hab mich beim Militär verpflichtet.«

»Im Ernst?«

»Hhm. Ich wollte unbedingt fliegen, und niemand stellte mich ein. Wissen Sie, um einen Job bei einer großen Charterfirma oder Fluggesellschaft zu bekommen, muß man für die Maschinen zugelassen sein, die die haben. Und um zugelassen zu werden, muß man für das Training und die Zeit im Simulator zahlen – aus eigener Tasche. Kann einen gut und gerne zehntausend Dollar kosten, die Zulassung für einen großen Jet zu bekommen. Ich durfte nur kleine Propellermaschinen fliegen, weil ich kein Geld für die Ausbildung hatte. Und dann kam mir die Idee, ich könnte mich verpflichten und würde dann sogar noch dafür bezahlt werden, diese supersexy Maschinen zu fliegen. Also habe ich mich verpflichtet. Bei der Navy.«

»Warum die Navy?«

»Wegen der Flugzeugträger. Ich hab mir gedacht, es würde Spaß machen, auf einer Landebahn runterzukommen, die sich bewegt.«

Bell zuckte sichtlich zusammen. Sie hob die Augenbrauen, und er erklärte: »Falls Sie es noch nicht erraten haben: Ich bin kein großer Fan Ihrer Branche.«

»Sie mögen keine Piloten?«

»O nein. So meine ich das nicht. Es ist das Fliegen. Das bereitet mir Sorgen.«

»Sie lassen lieber jemanden auf sich schießen, als sich in ein Flugzeug zu setzen?«

Ohne zu zögern, nickte er entschieden. Dann fragte er: »Waren Sie je bei einem Kampfeinsatz?«

»Klar, in Las Vegas.«

Er runzelte die Stirn.

»1991. Das Hilton Hotel. Dritter Stock.«

»Kampfeinsatz? Das verstehe ich nicht.«

Percey fragte: »Haben Sie je von Tailhook gehört?«

»Oh, war das nicht so ein Navy Kongreß? Bei dem sich eine Horde Piloten vollaufen ließ und auf ein paar Frauen losging? Sie waren dabei?«

»Wurde zusammen mit den Besten angemacht und begrapscht. Hab einen Leutnant niedergeschlagen und einem anderen den Finger gebrochen. Leider war der so besoffen, daß er den Schmerz erst am nächsten Tag gespürt hat.« Sie nahm einen weiteren Schluck Bourbon.

»War es so schlimm, wie es damals hieß?«

Nach einem kurzen Nachdenken sagte sie: »Du mußt natürlich immer damit rechnen, daß irgend so ein Nordkoreaner oder Iraner plötzlich in einer Mig neben dir am Himmel auftaucht und dich ins Visier nimmt. Aber wenn die Leute, die eigentlich auf deiner Seite stehen sollten, so was machen, das wirft dich schon ziemlich aus der Bahn. Du fühlst dich schmutzig, verraten.«

»Was ist dann geschehen?«

»Ach, es wurde ziemlich mies. Ich wollte nicht nachgeben, nannte ein paar Namen und sorgte so dafür, daß ein paar Typen ihren Job verloren. Einige Piloten, aber auch ein paar höhere Ränge. Wie Sie sich vorstellen können, macht sich so was bei der täglichen Einsatzbesprechung nicht so besonders. Du kannst noch so ein großes Flugtalent sein, man fliegt einfach nicht gerne mit jemandem, dem man nicht ganz über den Weg traut. Also bin ich gegangen. Das war in Ordnung. Ich hatte meinen Spaß gehabt mit den Tomcats, hatte meinen Spaß mit den Einsätzen. Aber es war Zeit zu gehen. Ich hatte damals meinen Mann Ed kennengelernt, und wir beschlossen, diese Charterfirma zu gründen. Ich hab mich wieder mit meinem Daddy versöhnt – zumindest halbwegs –, und er lieh mir einen Großteil des Startkapitals für die Firma.« Sie zuckte die Achseln. »Das Geld habe ich mit vollem Zinssatz plus drei Prozent zurückgezahlt, und immer auf den Tag pünktlich. Dieser verdammte Hur...«

Die Erzählung rief wieder die Erinnerung an Ed wach. Wie er ihr geholfen hatte, den Kredit auszuhandeln. Wie sie sich bei den skeptischen Leasingfirmen gemeinsam nach einem Flugzeug umgeschaut hatten. Wie sie einen Hangar gemietet hatten. Wie sie um drei Uhr nachts über die richtige Methode gestritten hatten, ein kaputtes Navigationsgerät zu reparieren, um die Maschine für den Flug um sechs Uhr fertig zu haben. Die Erinnerung schmerzte sie genauso stark wie sonst ihre unerbittliche Migräne. Um sich abzulenken, fragte sie: »Und was hat Sie hier in den Norden verschlagen?«

»Die Familie meiner Frau lebt hier. Auf Long Island.«

»Sie haben North Carolina wegen Ihrer Schwiegereltern verlassen?« Percey wollte gerade eine spöttische Bemerkung darüber machen, daß er sich von seiner Frau dazu hatte breitschlagen lassen, war dann aber froh, sie sich gerade noch rechtzeitig verkniffen zu haben. Bells haselnußbraune Augen hielten ihrem Blick stand, als er ihr erklärte: »Beth war ziemlich krank. Vor neunzehn Monaten ist sie gestorben.«

»Oh, das tut mir leid.«

»Danke. Hier oben gibt es eine Sloan-Kettering-Privatklinik für Krebskranke, und außerdem leben ihre Eltern und ihre Schwester hier. Tatsache war, daß ich ein wenig Hilfe mit den Kindern brauchte. Ich bin ganz gut darin, einen Football zu flicken oder Chili zu kochen, aber sie brauchen auch einige andere Dinge. Zum Beispiel sind fast alle Pullover eingegangen, als ich sie zum ersten Mal in den Trockner geworfen habe. Solche Sachen eben. Ich hatte damals sowieso nicht unbedingt was dagegen, in eine andere Gegend zu ziehen. Wollte den Kindern zeigen, daß das Leben nicht nur aus Silos und Ernteeinsätzen besteht.«

»Haben Sie ein paar Fotos dabei?« fragte Percey und nahm noch einen Schluck. Der scharfe Alkohol brannte für einen kurzen

Augenblick angenehm in ihrer Kehle. Sie beschloß, mit dem Trinken aufzuhören. Beschloß dann, es doch nicht zu tun.

»Hab ich tatsächlich.« Er fischte eine Brieftasche aus seiner weiten Hose und zeigte ihr die Fotos der Kinder. Zwei blonde Jungs im Alter von ungefähr fünf und sieben Jahren. »Benjamin und Kevin«, verkündete Bell stolz.

Percey erhaschte auch einen Blick auf ein anderes Foto – eine hübsche blonde Frau mit kurzen Haaren und Pony.

»Sie sind entzückend.«

»Haben Sie Kinder?«

»Nein«, antwortete sie und dachte daran, daß sie immer irgendwelche Gründe gehabt hatten, die dagegen sprachen. Es gab immer ein »nächstes Jahr« und dann wieder ein »nächstes Jahr«. Erst hieß es, die Firma muß besser laufen, dann hieß es, erst müssen wir die 737 leasen, dann hieß es, erst muß ich meine Zulassung für die DC-9 bekommen... Sie lächelte ihn stoisch an. »Was wollen Ihre denn mal werden? Auch Polizisten?«

»Sie wollen unbedingt Fußballspieler werden. Allerdings gibt es für diesen europäischen Sport in New York keinen großen Bedarf. Es sei denn, die Mets spielen weiter so, wie sie es in den letzten Wochen getan haben.«

Bevor das Schweigen zu unangenehm wurde, fragte Percey: »Ist es in Ordnung, wenn ich mal kurz in der Firma anrufe? Ich muß wissen, wie weit sie mit meinem Flugzeug sind.«

»Kein Problem. Ich lasse Sie allein. Achten Sie nur darauf, daß Sie niemandem unsere Adresse oder die Telefonnummer von hier geben. Das ist eins der Dinge, bei denen ich richtig halsstarrig sein kann.«

15

8. Stunde von 45

»Ron. Ich bin's, Percey. Wie geht es euch da draußen?«

»Wir sind alle ziemlich mitgenommen«, antwortete er. »Ich habe Sally nach Hause geschickt. Sie konnte nicht...«

»Wie geht es ihr?«

»Sie wurde einfach nicht damit fertig. Carol auch nicht. Und Lauren ist völlig ausgerastet. Ich habe noch nie jemanden so außer sich gesehen. Wie geht es dir und Brit?«

»Brit ist stinksauer. Ich bin stinksauer. Was ist das alles nur für ein Chaos. Ach, Ron...«

»Und dieser Detective, der Polizist, der angeschossen wurde?«

»Ich glaube, sie wissen noch nichts Genaueres. Wie geht es *Foxtrot Bravo*?«

»Nicht so schlecht, wie zu erwarten wäre. Ich habe das Cockpit-Fenster schon ersetzt. Im Rumpf keine Löcher. Turbine zwei... ist ein Problem. Wir müssen ein ganzes Stück von der Außenhülle ersetzen. Wir versuchen auch, einen neuen Feuerlöscher zu bekommen. Ich glaube allerdings nicht, daß das ein Problem wird...«

»Aber?«

»Aber die Ringbrennkammer muß ausgetauscht werden.«

»Ausgetauscht? Jesus.«

»Ich habe schon den Garret Vertrieb in Connecticut angerufen. Sie haben zugesagt, morgen eine zu liefern, obwohl Sonntag ist. Ich kann sie in zwei, drei Stunden einbauen.«

»Zum Teufel«, murrte sie, »ich sollte dabeisein... Ich habe versprochen, mich nicht von der Stelle zu rühren, aber verdammt noch mal, ich sollte dabeisein.«

»Wo bist du, Percey?«

Und Stephen Kall, der dieser Unterhaltung in Sheila Horowitz' düsterer Wohnung lauschte, machte sich bereit mitzuschreiben. Er preßte den Hörer fester an sein Ohr.

Aber die *Ehefrau* sagte nur: »In Manhattan. Mit so ungefähr tausend Bullen um uns rum. Ich komme mir vor wie der Papst oder der Präsident.«

Stephen hatte beim Abhören des Polizeifunks Meldungen über seltsame Aktivitäten im zwanzigsten Bezirk an der Upper West Side gehört.

Die Polizeiwache wurde geschlossen, Häftlinge verlegt. Er fragte sich, ob die *Ehefrau* sich jetzt dort befand – im Bezirksrevier.

Ron fragte: »Werden sie diesen Kerl kriegen? Haben sie irgendwelche Spuren?«

Ja, hatten sie die? fragte sich Stephen.

»Ich weiß es nicht«, gab sie zurück.

»Diese Schüsse«, sagte Ron, »Jesus, haben die mir Angst eingejagt. Hat mich an den Militärdienst erinnert.«

Stephen rätselte erneut über diesen Ron. Könnte er nützlich sein? Infiltriere, evaluiere... *verhöre.*

Stephen erwog, ihm aufzulauern und ihn zu foltern, damit er Percey zurückrief und herausfand, wo genau das sichere Haus war...

Doch das wäre ein Risiko, obwohl er vermutlich noch einmal durch die Sicherheitskontrollen des Flughafens würde schlüpfen können. Und es würde zuviel Zeit in Anspruch nehmen.

Während er ihrer Unterhaltung lauschte, starrte Stephen vor sich auf den Laptop. Die Worte *Bitte warten* blinkten immer wieder auf. Die Abhörwanze war mit einem Relaiskasten der Telefongesellschaft NYNEX in der Nähe des Flughafens verbunden und hatte ihre Gespräche seit einer Woche auf Stephens Bandgerät übertragen. Er wunderte sich, daß die Polizei sie noch nicht gefunden hatte.

Eine Katze – Esmeralda, *Essie,* der Wurmsack – kletterte auf den Tisch und wölbte den Rücken. Stephen konnte ihr nervtötendes Schnurren hören.

Das kribbelige Gefühl meldete sich wieder. Mit dem Ellbogen stieß er die Katze grob herunter und weidete sich an ihrem schmerzvollen Aufschrei.

»Ich habe mich weiter nach Piloten umgehört«, sagte Ron unbehaglich. »Ich habe...«

»Wir brauchen nur einen. Einen Copiloten.«
Eine Pause. »Wie bitte?« fragte Ron.
»Ich übernehme den Flug morgen. Ich brauche nur einen Ersten Offizier.«
»Du? Das halte ich für keine gute Idee, Perce.«
»Hast du sonst jemanden?« fragte sie kurz angebunden.
»Na ja, die Sache ist die...«
»Hast du jemanden?«
»Brad Torgeson ist auf der Bereitschaftsliste. Er sagt, er könne uns aushelfen. Er weiß über die Situation Bescheid.«
»Gut. Ein Pilot mit Mumm. Wie steht es mit seinen Lear-Flugstunden?«
»Bestens... Percey, ich dachte, du tauchst unter bis zur Verhandlung vor der Grand Jury.«
»Lincoln hat mir erlaubt, den Flug zu übernehmen, wenn ich bis dahin hierbleibe.«
»Wer ist Lincoln?«
Ja, dachte Stephen. Wer ist Lincoln?
»Nun, er ist ein seltsamer Mann...« Die *Ehefrau* zögerte, als würde sie gern über ihn sprechen, wisse aber nicht, was sie sagen solle. Stephen war enttäuscht, als sie nur hinzufügte: »Er arbeitet für die Polizei, versucht, den Killer zu finden. Ich habe mit ihm ausgehandelt, daß ich bis morgen hierbleibe, dafür aber definitiv den Flug übernehmen werde. Er hat zugestimmt.«
»Percey, wir können das aufschieben. Ich werde mit U.S. Medical sprechen. Die wissen, daß wir durch ziemlich...«
»Nein«, sagte sie bestimmt. »Sie wollen keine Entschuldigungen. Sie wollen, daß wir nach Plan abheben. Und wenn wir das nicht schaffen, werden sie jemand anderen finden. Wann liefern sie die Fracht an?«
»Um sechs oder sieben.«
»Ich werde am späten Nachmittag draußen sein. Ich helfe dir mit dem Einbau der Ringbrennkammer.«
»Percey«, schnaufte er, »alles wird gutgehen.«
»Wenn wir diese Turbine rechtzeitig wieder flottmachen, wird alles wunderbar laufen.«

»Du mußt die Hölle durchmachen«, sagte Ron.
»Nicht wirklich«, gab sie zurück.
Noch nicht, korrigierte Stephen sie stillschweigend.

Sachs schlingerte mit dem Kombi mit sechzig Stundenkilometern um die Ecke. Sofort entdeckte sie ein Dutzend Agenten, die die Straße absuchten.

Fred Dellrays Teams waren dabei, das Gebäude zu umstellen, in dem Sheila Horowitz wohnte. Ein typischer Sandsteinbau der Upper East Side, nebenan ein koreanischer Lebensmittelladen, vor dem ein Angestellter auf einer Milchkiste hockte, Karotten für die Salatbar schälte und ohne besondere Neugierde die mit Maschinenpistolen bewaffneten Männer und Frauen betrachtete, die das Gebäude umstellten.

Sachs fand Dellray mit entsicherter Waffe im Eingang, wo er die Namensschilder der Bewohner studierte.

S. Horowitz. 204.

Er klopfte gegen sein Funkgerät. »Wir sind auf vier acht drei Punkt vier.«

Die gesicherte Frequenz für taktische Operationen. Sachs stellte ihr Funkgerät darauf ein, während Dellray mit einer kleinen schwarzen Taschenlampe in den Briefkasten der Horowitz leuchtete. »Heute nicht geleert. Ich hab so ein Gefühl, das Mädchen ist weg.« Dann sagte er: »Wir haben unsere Leute mit Infrarotkameras und ein paar Mikrofonen auf der Feuertreppe und in den Stockwerken über und unter ihrer Wohnung postiert. Haben drinnen keinen gesehen. Aber wir fangen Kratzen und Schnurren auf. Allerdings hört sich nichts davon menschlich an. Sie hat Katzen, wie du dich erinnerst. Damit hat er sich wieder mal selbst die Krone aufgesetzt, mit dieser Idee, die Tierärzte abzuklappern. Unser Rhyme, meine ich.«

Ich weiß, wen du meinst, dachte sie.

Draußen heulte der Wind, und eine weitere Reihe schwarzer Wolken schob sich über die Stadt. Große Wolkenfelder, deren Farbe sie an Blutergüsse denken ließ.

Dellray schnarrte in sein Funkgerät. »An alle Teams. Status durchgeben.«

»Rotes Team. Wir sind auf der Feuertreppe.«

»Blaues Team. Erdgeschoß.«

»Roger«, murmelte Dellray. »Überwachungseinheit. Bericht erstatten.«

»Sind noch nicht sicher. Wir kriegen schwache Infrarotsignale. Wer oder was auch immer drinnen ist, bewegt sich nicht. Könnte eine schlafende Katze sein. Oder ein verletztes Opfer. Könnte auch eine Lampe sein, die eine ganze Weile gebrannt hat. Könnte allerdings auch die gesuchte Person sein. Irgendwo tief drin in der Wohnung.«

»Nun, was meinen Sie?« fragte Sachs.

»Wer war das?« fragte der Agent über das Funkgerät.

»New York Police Department, fünf acht acht fünf«, antwortete Sachs mit der Nummer ihrer Dienstmarke. »Ich möchte Ihre Meinung hören. Glauben Sie, der Verdächtige ist da drin?«

»Warum fragst du?« wollte Dellray wissen.

»Ich will den Tatort unbeschädigt. Ich würde gern allein reingehen, wenn sie glauben, daß er nicht drin ist.« Ein dynamisches Eindringen von einem Dutzend taktischer Agenten war der wirksamste Weg, einen Tatort weitgehend unbrauchbar für die Spurensuche zu machen.

Dellray sah sie einen Augenblick an, legte sein dunkles Gesicht in nachdenkliche Falten, dann sprach er in sein Mikrofon: »Wie lautet Ihre Meinung?«

»Wir können es nicht mit Sicherheit sagen, Sir«, antwortete der körperlose Agent.

»Weiß ich, Billy. Ich will nur wissen, was Ihr Bauch Ihnen sagt.«

Eine Pause, dann: »Ich glaube, er ist abgetaucht. Glaube, die Luft ist rein.«

»Okay.« Dellray wandte sich an Sachs: »Aber du nimmst einen Officer mit. Das ist eine Dienstanweisung.«

»Ich gehe aber zuerst hinein. Er kann mir von der Tür aus Deckung geben. Sieh mal, dieser Kerl läßt einfach nirgendwo Spuren zurück. Wir brauchen einen Durchbruch.«

»In Ordnung, Officer.« Dellray nickte zu einigen Agenten des Sturmtrupps SWAT herüber.

»Eindringen genehmigt«, murmelte er und wurde mit einemmal ganz amtlich, als er in die Polizeisprache verfiel. Einer der taktischen Agenten schraubte das Schloß der Eingangstür in dreißig Sekunden auseinander.

»Wartet!« Dellray neigte den Kopf. »Da ist ein Anruf von der Zentrale.« Er sprach in sein Funkgerät. »Gib ihnen die Frequenz durch.« Er schaute Sachs an. »Lincoln für dich.«

Einen Augenblick später mischte sich die Stimme Rhymes ein. »Sachs«, fragte er, »was haben Sie vor?«

»Ich will nur...«

»Hören Sie«, sagte er eindringlich. »Gehen Sie keinesfalls allein rein. Lassen Sie die zuerst den Tatort sichern. Sie kennen die Regeln.«

»Ich habe Deckung...«

»Nein, lassen Sie die SWAT zuerst alles absichern.«

»Sie sind sicher, daß er nicht hier ist«, log sie.

»Das reicht nicht«, schoß er zurück. »Nicht beim Tänzer. Niemand kann bei ihm jemals sicher sein.«

Schon wieder diese Leier. Ich kann das jetzt nicht gebrauchen, Rhyme. Aufgebracht sagte sie: »Das hier ist ein Tatort, von dem er nicht erwartet hat, daß wir ihn finden. Wahrscheinlich hat er nicht alle Spuren beseitigt. Wir könnten einen Fingerabdruck finden oder eine Patronenhülse. Zum Teufel, wir könnten seine Kreditkarte finden.«

Keine Antwort. Es kam nicht oft vor, daß sie Lincoln Rhyme zum Schweigen brachte.

»Hören Sie endlich auf, mir Angst einzujagen, Rhyme, okay?«

Er antwortete nicht, und das merkwürdige Gefühl überkam sie, daß er wollte, daß sie Angst hatte.

»Sachs...?«

»Was?«

»Seien Sie einfach vorsichtig.« Sein Rat klang ein wenig zögerlich.

Da tauchten plötzlich fünf der taktischen Agenten auf, ausgerüstet mit Nomex-Handschuhen und Kapuzen, blauen Militärjacken und schwarzen Heckler-und-Koch-Maschinenpistolen.

»Ich melde mich von drinnen wieder«, verabschiedete sie Rhyme.
Sie eilte hinter ihnen die Treppe hinauf, mit den Gedanken mehr bei dem schweren Spurensicherungskoffer in ihrer linken Hand als bei der schwarzen Pistole in der rechten.

In früheren Zeiten, in den »Davor«-Tagen, war Lincoln Rhyme viel und weit zu Fuß gegangen.
Die Bewegung hatte etwas Beruhigendes für ihn. Ein Spaziergang durch den Central Park oder den Washington Square Park, ein schneller Gang durch den Fashion District. Oh, er blieb oft stehen – sammelte hier und da ein wenig Material für die IRD-Datenbank –, aber sobald die Schmutzpartikel, Pflanzen oder Proben von Baumaterialien sicher verstaut und ihr Herkunftsort in seinem Notizbuch vermerkt war, setzte er seinen Weg fort. Er marschierte Kilometer um Kilometer.
Einer der frustrierendsten Aspekte seines jetzigen Zustands war die Unfähigkeit, Spannung abzubauen. Nun hatte er die Augen geschlossen und die Zähne zusammengebissen und rieb seinen Hinterkopf an der Kopfstütze des Storm Arrow.
Er bat Thom um einen Scotch.
»Mußt du nicht einen klaren Kopf behalten?«
»Nein.«
»Ich glaube doch.«
Fahr zur Hölle, dachte Rhyme und biß die Zähne noch fester zusammen. Thom würde sein blutendes Zahnfleisch säubern und den Zahnarzt bestellen müssen. Und ich werde mich ihm gegenüber ebenfalls wie ein Arschloch verhalten.
In der Ferne grollte Donner, und es wurde dunkler.
Er stellte sich Sachs an der Spitze der taktischen Einheit vor. Sie hatte natürlich recht: Wenn ein Team der Spezialeinheit zuerst die Wohnung sichern würde, wäre sie weitgehend unbrauchbar. Trotzdem war er krank vor Sorge um sie. Sie war zu leichtfertig. Er hatte sie beobachtet, wie sie ihre Haut aufkratzte, an ihren Augenbrauen zupfte, Fingernägel kaute. Obwohl er den obskuren Künsten von Psychologen zutiefst mißtraute, war Rhyme dennoch in der Lage, selbstzerstörerisches Verhalten zu erkennen. Er war auch mit ihr

in ihrem aufgemotzten Sportwagen gefahren. Sie war mit mehr als 240 Stundenkilometern gebrettert und schien dabei noch frustriert darüber, daß die rauhen Straßen auf Long Island es ihr nicht erlaubten, doppelt so schnell zu rasen.

Er schrak zusammen, als er sie flüstern hörte: »Rhyme, sind Sie da?«

»Schießen Sie los, Amelia.«

Pause. »Keine Vornamen, Rhyme. Das bringt Unglück.«

Er versuchte zu lachen. Wünschte, er hätte den Namen nicht benutzt, fragte sich, warum er es getan hatte.

»Legen Sie los.«

»Ich bin an der Eingangstür. Sie werden sie mit einem Rammbock aufbrechen. Das andere Team hat sich noch mal gemeldet. Sie glauben wirklich nicht, daß er da drin ist.«

»Tragen Sie Ihre kugelsichere Weste?«

»Hab einem FBI-Mann seine kugelsichere Jacke geklaut. Sieht aus, als ob ich schwarze Cornflakes-Kartons als BH anhätte.«

»Auf drei«, hörte Rhyme Dellrays Stimme, »alle Teams, Tür und Fenster aufstemmen, Deckung nach allen Richtungen, aber nicht eindringen. Eins...«

Rhyme war hin- und hergerissen. Er wünschte sich so brennend, den Tänzer zu kriegen, daß er es auf der Zunge schmecken konnte. Aber noch mehr bangte er um sie.

»Zwei...«

Sachs, verdammt, dachte er. Ich will mir keine Sorgen um dich machen...

»Drei...«

Er vernahm ein leises Schnappen, wie von einem Teenager, der seine Fingerknöchel knacken läßt, und beugte sich unwillkürlich nach vorn. Sein Nacken erzitterte in einem heftigen Krampf, und er lehnte sich wieder zurück. Thom tauchte auf und begann, ihn zu massieren.

»Alles in Ordnung«, murmelte er. »Danke. Kannst du mir den Schweiß abwischen? Bitte.«

Thom sah ihn mißtrauisch an – wegen des Wörtchens »bitte« –, dann wischte er ihm die Stirn ab.

Was machen Sie, Sachs?

Er hätte sie zu gern gefragt, aber er konnte sie nicht ausgerechnet jetzt stören.

Dann hörte er sie keuchen. Seine Nackenhaare richteten sich auf. »Jesus, Rhyme.«

»Was ist? Sagen Sie es mir.«

»Die Frau... die Horowitz. Die Kühlschranktür steht offen. Sie ist drinnen. Sie ist tot, aber es sieht aus, als ob... O Gott, ihre Augen.«

»Sachs...«

»Es sieht aus, als habe er sie bei lebendigem Leib da reingesperrt. Warum, zum Teufel, sollte er...«

»Denken Sie darüber hinaus, Sachs. Kommen Sie. Sie können das.«

»Jesus.«

Rhyme wußte, daß Sachs klaustrophobisch war. Er stellte sich den Horror vor, den sie angesichts dieser furchtbaren Todesart empfinden mußte.

»Hat er sie mit einem Seil oder Klebeband gefesselt?«

»Klebeband. So ein durchsichtiges Packband ist über ihrem Mund. Ihre Augen, Rhyme. Ihre Augen...«

»Verlieren Sie jetzt nicht die Fassung, Sachs. Das Band ist eine gute Oberfläche für Fingerabdrücke. Wie ist der Fußboden beschaffen?«

»Teppich im Wohnzimmer. Und Linoleum in der Küche. Und...« Ein Schrei. »O Gott!«

»Was?«

»Es war nur eine der Katzen. Sie ist genau vor mich gesprungen. Kleiner Scheißer... Rhyme?«

»Was?«

»Ich rieche etwas. Etwas Merkwürdiges.«

»Gut.« Er hatte ihr eingetrichtert, immer auf den Geruch an Tatorten zu achten. Das war der erste Hinweis, den ein Spurensicherungsspezialist registrieren sollte. »Aber was meinen Sie mit ›merkwürdig‹?«

»Ein saurer Geruch. Chemisch. Kann ihn nicht einordnen.«

Dann wurde ihm klar, daß etwas keinen Sinn machte.

»Sachs«, fragte er unvermittelt. »Haben Sie die Kühlschranktür geöffnet?«

»Nein. Sie war so. Wird von einem Stuhl offengehalten.«

Warum? fragte sich Rhyme. Warum sollte er das tun? Er dachte angestrengt nach.

»Dieser Geruch, er wird stärker. Rauchig.«

Die Frau ist ein Ablenkungsmanöver! wurde Rhyme schlagartig klar. Er hat die Kühlschranktür offengelassen, um sicherzugehen, daß das eindringende Team seine volle Aufmerksamkeit darauf richten würde.

O nein, nicht schon wieder!

»Sachs! Das ist ein Zünder, den Sie riechen. Ein Zeitverzögerungszünder. Da ist eine Bombe! Sofort raus! Er hat die Kühlschranktür offengelassen, um uns hineinzulocken.«

»Was?«

»Es ist ein Zünder! Er hat eine Bombe gelegt. Sie haben nur noch ein paar Sekunden. Raus! Laufen Sie!«

»Ich kann an das Klebeband ran. Über ihrem Mund.«

»Raus, verflucht noch mal!«

»Ich kann es abmachen...«

Rhyme hörte ein Rascheln, ein leises Keuchen und Sekunden später den durchdringenden Knall der Explosion, wie von einem Schmiedehammer, der auf einen Amboß schlägt.

Seine Ohren waren betäubt.

»Nein!« schrie er. »O nein!«

Rhyme und Sellitto starrten einander entsetzt an. »Was ist passiert, was ist passiert?« rief der Detective.

Einen Augenblick später konnte Rhyme durch seinen Kopfhörer eine Männerstimme hören, die panisch rief: »Wir haben ein Feuer hier. Erster Stock. Die Wände sind weg. Sind weggepustet... Wir haben Verletzte... O Gott. Was ist mit ihr passiert? Sehen Sie sich das Blut an. Das ganze Blut! Wir brauchen Hilfe. Erster Stock! Erster Stock...«

Stephen Kall umkreiste den zwanzigsten Bezirk an der Upper West Side.

Die Polizeiwache war nicht weit vom Central Park entfernt, und er erhaschte einen Blick auf Bäume. Die Querstraße, an der das Revier lag, war bewacht, aber nicht allzu streng. Drei Bullen waren vor dem niedrigen Gebäude postiert und sahen sich nervös um. Aber die Ostseite, wo dicke Stahlgitter die Fenster sicherten, war unbewacht. Er vermutete, daß dort die Zellen lagen.

Stephen bog um die Ecke und ging dann nach Süden zur nächsten Querstraße. Keine Polizeisperre riegelte diese Straße ab, aber da standen Wachen – zwei weitere Bullen. Sie beobachteten jedes Auto und jeden Fußgänger, der vorbeikam. Er betrachtete kurz das Gebäude, dann ging er noch einen Block weiter nach Süden und zog einen Bogen um die westliche Seite des Bezirks. Er huschte durch eine verlassene Gasse, nahm sein Fernglas aus dem Rucksack und observierte die Polizeiwache.

Wirst du das hinkriegen, Soldat?

Sir, ja, das werde ich, Sir.

Auf einem Parkplatz neben der Wache gab es eine Zapfsäule. Ein Officer war dabei, seinen Streifenwagen aufzutanken. Es war Stephen nie in den Sinn gekommen, daß Polizeiwagen nicht bei Amoco oder Shell tankten.

Er schaute eine ganze Weile durch sein kleines, schweres Leica-Fernglas zu den Zapfsäulen herüber, dann steckte er das Glas in die Tasche zurück und eilte nach Westen, wie immer in dem Bewußtsein, daß man nach ihm Ausschau hielt.

16

12. Stunde von 45

»Sachs!« brüllte Rhyme erneut.

Verdammt, wie konnte sie so leichtsinnig sein?

»Was ist passiert?« rief Sellitto. »Was ist los?«

Was ist ihr passiert?

»Eine Bombe in der Wohnung der Horowitz«, flüsterte Rhyme verzweifelt. »Sachs war drinnen, als sie losging. Ruf an. Finde raus, was passiert ist.«

Das ganze Blut...

Endlose drei Minuten später wurde Sellitto zu Dellray durchgestellt.

»Fred«, rief Rhyme über die Freisprechanlage, »was ist mit ihr?«

Eine qualvolle Pause, bevor er Antwort erhielt.

»Sieht nicht gut aus, Lincoln. Wir kriegen gerade erst das Feuer unter Kontrolle. Es war irgendeine Art von Anti-Personen-Bombe. Scheiße. Wir hätten zuerst nachsehen sollen.«

Anti-Personen-Bomben bestanden meist aus Plastiksprengstoff oder TNT und enthielten oft Schrapnelle oder Kugellagerkugeln – um größtmöglichen Schaden anzurichten.

Dellray fuhr fort: »Hat ein paar Wände eingerissen und den größten Teil der Wohnung niedergebrannt.« Pause. »Ich muß es dir sagen, Lincoln. Was wir... gefunden haben.« Dellrays sonst so feste Stimme zitterte unbehaglich.

»Was?« verlangte Rhyme.

»Einige Körperteile... eine Hand. Den Teil eines Armes.«

Rhyme schloß die Augen. Er empfand ein Entsetzen, wie er es seit Jahren nicht mehr gekannt hatte. Ein eisiger Stich fuhr durch seinen gefühllosen Körper. Sein Atem ging pfeifend.

»Lincoln...«, setzte Sellitto an.

»Wir suchen weiter«, fuhr Dellray fort. »Vielleicht ist sie nicht tot. Wir werden sie finden und ins Krankenhaus bringen. Wir tun alles, was wir können. Das weißt du.«

Sachs, warum, zum Teufel, hast du das getan? Warum habe ich es zugelassen?

Ich hätte niemals...

Dann ein neues Geräusch an seinem Ohr. Ein Knall wie von einem Silvesterböller. »Könnte mal jemand... ich meine, Jesus, könnte jemand das da von mir runternehmen?«

»Sachs?« rief Rhyme ins Mikrophon. Er war sicher, daß es ihre Stimme war. Dann hörte er sie würgen.

»Bah«, stöhnte sie. »O Mann ... Ist das eklig.«
»Alles in Ordnung mit Ihnen?« Er sprach über die Freisprechanlage. »Fred, wo ist sie?«
»Sind Sie das, Rhyme?« fragte sie. »Ich höre nichts. Jemand soll mit mir sprechen!«
»Lincoln«, rief Dellray. »Wir haben sie! Sie ist vollkommen okay. Alles in Ordnung.«
»Amelia?«
Er hörte Dellray nach Sanitätern rufen. Rhyme, dessen Körper seit Jahren nicht mehr gezittert hatte, bemerkte, daß sein linker Ringfinger heftig bebte.
Dellray war wieder dran. »Sie kann nicht allzugut hören, Lincoln. Sieht so aus, als ob es die Leiche der Frau war, die wir gesehen haben. Die Horowitz. Sachs hat sie unmittelbar vor dem Knall aus dem Kühlschrank gezogen. Die Leiche hat das meiste von der Explosion abgekriegt.«
Sellitto warnte: »Diesen Blick kenne ich, Lincoln. Laß sie in Ruhe.«
Aber das tat er nicht.
Wütend knurrte er: »Was, zum Teufel, haben Sie sich gedacht, Sachs? Ich habe Ihnen doch gesagt, daß da eine Bombe war. Sie hätten merken müssen, daß es eine Bombe war, und sich in Sicherheit bringen müssen.«
»Rhyme, sind Sie das?«
Sie machte ihm etwas vor. Er wußte es.
»Sachs ...«
»Ich mußte an das Klebeband ran, Rhyme. Sind Sie dran? Ich kann Sie nicht hören. Es war Packband aus Plastik. Wir müssen einen Fingerabdruck von ihm bekommen. Das haben Sie selbst gesagt.«
»Ehrlich«, fauchte er, »Sie sind unmöglich.«
»Hallo? Hallo-o? Kann kein Wort von dem verstehen, was Sie sagen.«
»Sachs, hören Sie mit dem Quatsch auf.«
»Ich muß grade mal was nachsehen, Rhyme.«
Einen Augenblick lang herrschte Schweigen.

»Sachs?... Sachs, sind Sie noch dran? Was, zum Teufel...«

»Rhyme, hören Sie zu – ich hab gerade das Klebeband mit dem PoliLight geprüft. Und jetzt raten Sie mal. Es ist ein Teilabdruck drauf! Ich habe einen Abdruck vom Tänzer!«

Das legte ihn für eine Weile lahm, aber gleich darauf setzte er seine Tirade fort. Er war mitten in seiner Strafpredigt, bevor er merkte, daß er einer toten Leitung die Leviten las.

Sie war rußverschmiert und wirkte wie betäubt.

»Ich will das gar nicht runterspielen, Rhyme. Es war dumm, aber ich habe nicht nachgedacht. Ich habe es einfach getan.«

»Was ist passiert?« fragte er. Die Strenge war für einen Augenblick aus seinem Gesicht gewichen, so froh war er, sie wohlauf zu sehen.

»Ich war schon halb drinnen, als ich den Sprengsatz hinter der Tür entdeckte. Ich glaubte nicht, daß ich rechtzeitig rauskommen würde, also hab ich die Leiche der Frau aus dem Kühlschrank gezerrt. Ich wollte sie zum Küchenfenster ziehen. Als ich noch nicht einmal auf halber Strecke war, ging die Bombe los.«

Mel Cooper sah den Behälter mit Spurenmaterial durch, den Sachs ihm ausgehändigt hatte. Er untersuchte den Ruß und die Fragmente der Bombe. »M 45 Ladung. TNT mit einem Wippschalter und einem Zünder mit 45sekündiger Verzögerung. Der Sturmtrupp hat ihn ausgelöst, als er die Tür aufstemmte. Da ist Graphit drin, also handelt es sich um eine neue TNT-Formel. Große Sprengkraft, großer Schaden.«

»So ein Arschloch«, spuckte Sellitto. »Eine Verzögerungsschaltung... Er wollte sichergehen, daß so viele unserer Leute wie möglich im Raum waren, wenn sie hochging.«

Rhyme stellte fest: »Standard-Militär-Kram. Das führt uns nirgendwohin, außer...«

»Zu dem Arschloch, das es ihm gegeben hat«, murmelte Sellitto. »Phillip Hansen.« Sein Telefon klingelte, und der Detective ging ran. Er senkte den Kopf, während er zuhörte, nickte.

»Danke«, sagte er abschließend und schaltete das Telefon aus.

»Was ist los?« fragte Sachs.

Sellitto hatte die Augen geschlossen.
Rhyme ahnte, daß es um Jerry Banks ging.
»Lon?«
»Es war wegen Jerry.« Der Detective sah auf. Seufzte. »Er bleibt am Leben. Aber er hat seinen Arm verloren. Sie konnten ihn nicht retten. Die Verletzung war zu schwer.«
»O nein«, flüsterte Rhyme. »Kann ich mit ihm sprechen?«
»Nein«, gab der Detective zurück. »Er schläft.«
Rhyme dachte an den jungen Mann, der so oft das Falsche zum falschen Zeitpunkt sagte, ständig hingebungsvoll mit seiner widerspenstigen Stirnlocke spielte oder eine Rasiernarbe auf seinem glatten, rosafarbenen Kinn befingerte. »Es tut mir leid, Lon.«
Der Detective schüttelte den Kopf ebenso abwehrend, wie Rhyme es tat, wenn er Sympathiebekundungen zurückwies. »Wir haben jetzt andere Sorgen.«
Ja, die hatten sie.
Rhyme sah das Plastik-Klebeband, das der Tänzer als Knebel benutzt hatte. Ebenso wie Sachs fiel ihm sofort der schwache Lippenstiftabdruck auf der Klebeseite auf.
Sachs starrte auf das Beweisstück, aber es war kein prüfender Blick. Nicht der Blick einer Polizistin. Sie war völlig aufgewühlt.
»Sachs?« fragte er.
»Warum hat er das getan?«
»Die Bombe?«
Sie schüttelte den Kopf. »Warum hat er sie in den Kühlschrank gesperrt?« Ein Finger wanderte unwillkürlich zum Mund, und sie kaute am Nagel. Nur ein einziger ihrer zehn Fingernägel – der am kleinen Finger der linken Hand – war lang und wohlgeformt. Die anderen hatte sie abgekaut. Einige waren braun von getrocknetem Blut.
Rhyme antwortete: »Ich denke, er tat es, um uns abzulenken, so daß wir nicht an eine Bombe denken würden. Die Leiche im Kühlschrank – die bekam unsere volle Aufmerksamkeit.«
»Das meine ich nicht«, entgegnete sie. »Die Todesursache war Ersticken. Er hat sie bei lebendigem Leib da hineingesperrt. Warum? Ist er ein Sadist oder so was?«

Rhyme antwortete: »Nein, der Tänzer ist kein Sadist. Das kann er sich nicht leisten. Sein einziges Ziel ist es, den Job zu beenden, und er hat genug Willenskraft, dabei seine Triebe unter Kontrolle zu behalten. Warum hat er sie also ersticken lassen, wenn er genausogut ein Messer oder ein Stück Schnur hätte nehmen können?... Ich bin mir nicht ganz sicher, aber es könnte sich als günstig für uns erweisen.«

»Wie das?«

»Vielleicht hatte sie etwas an sich, das er so sehr haßte, daß er sie auf die denkbar unangenehmste Art umbringen wollte.«

»Yeah, aber warum ist das gut für uns?« fragte Sellitto.

»Weil« – Sachs gab die Antwort – »es bedeutet, daß er möglicherweise seine Kaltblütigkeit verliert. Er wird nachlässig.«

»Exakt«, rief Rhyme voller Stolz auf Sachs, weil sie diesen Schluß gezogen hatte. Doch sie registrierte weder sein Lächeln noch seine Anerkennung. Ihre Augen schlossen sich für einen Augenblick, und sie schüttelte den Kopf. Vermutlich sah sie noch einmal die entsetzten Augen der toten Frau vor sich. Die meisten Menschen hielten Kriminalbeamte für kalt (wie oft hatte seine Frau ihm diesen Vorwurf gemacht?), aber in Wahrheit entwickelten die besten von ihnen eine herzzerreißende Anteilnahme für die Opfer, wenn sie die Tatorte untersuchten. Sachs war eine von ihnen.

»Sachs«, flüsterte Rhyme sanft, »der Fingerabdruck.«

Sie sah ihn an.

»Sie sagten, Sie hätten einen Abdruck gefunden. Wir müssen uns beeilen.«

Sachs nickte. »Es ist ein Fragment.« Sie hob die Plastiktüte hoch.

»Könnte er von ihr stammen?«

»Nein, ich habe ihre Abdrücke genommen. Hat eine Weile gedauert, bis ich ihre Hände fand. Aber der Abdruck ist definitiv nicht von ihr.«

»Mel«, bat Rhyme.

Der Techniker legte das Stück Klebeband in einen SuperGlue-Rahmen und erhitzte ihn ein wenig. Sogleich wurde ein winziger Ausschnitt des Abdrucks sichtbar.

Cooper schüttelte den Kopf. »Das glaube ich einfach nicht«, murmelte er.

»Was?«

»Der Tänzer hat das Band abgewischt. Er muß gemerkt haben, daß er es ohne Handschuhe berührt hatte. Es ist nur ein Stückchen von einem Teilabdruck drauf geblieben.«

Cooper war ebenso wie Rhyme Mitglied der Internationalen Vereinigung für Identifizierungen. Sie waren Experten darin, Menschen aufgrund von Fingerabdrücken, DNA und Odontologie – Überresten von Gebissen – zu identifizieren. Doch dieser spezielle Abdruck überstieg ebenso wie der auf dem Metallbügel der Bombe ihre Möglichkeiten. Wenn es Experten gab, die einen Abdruck sichern und zuordnen konnten, so waren es diese beiden Männer. Doch nicht diesen hier.

»Mach ein Foto, und wirf es an die Wand«, grummelte Rhyme. Sie würden die übliche Prozedur abwickeln, weil das nun einmal zum Geschäft gehörte. Aber er war enttäuscht. Sachs wäre beinahe gestorben – für nichts und wieder nichts.

Der berühmte französische Kriminalist Edmond Locard hatte eine nach ihm benannte Theorie entwickelt. Sie besagte, daß bei jeder Begegnung zwischen einem Verbrecher und seinem Opfer Beweismaterial ausgetauscht wird. Mochte es auch mikroskopisch klein sein, der Austausch fand statt. Wenn überhaupt jemand Locards Theorie widerlegen könnte, dachte Rhyme grimmig, so wäre es jener Geist, den sie den Totentänzer nannten.

Angesichts der Frustration, die Rhyme so deutlich im Gesicht stand, sagte Sellitto: »Wir haben ja noch die Falle bei der Polizeiwache. Wenn wir Glück haben, kriegen wir ihn damit.«

»Das wollen wir hoffen. Wir könnten verdammt noch mal ein wenig Glück gebrauchen.«

Er schloß die Augen und ließ den Kopf auf das Kissen sinken. Einen Augenblick später hörte er Thom sagen: »Es ist fast elf. Zeit fürs Bett.«

Es gibt Zeiten, da ist es leicht, den Körper zu vernachlässigen, ja, zu vergessen, daß wir Körper *haben* – Zeiten wie diese, wenn Menschenleben auf dem Spiel stehen und wir über unsere physische Existenz hinauswachsen müssen, um zu arbeiten, arbeiten, arbeiten. Wir müssen weit über unsere normalen Belastungsgrenzen hinausgehen. Doch Lincoln Rhyme hatte einen Körper, der Vernachlässigung nicht hinnahm. Wundgelegene Stellen konnten vereitern und zu Blutvergiftung führen. Flüssigkeit in der Lunge verursachte Lungenentzündung. Den Katheter nicht an die Blase gelegt? Die Därme nicht massiert, um Stuhlgang zu ermöglichen? Die Stützschuhe zu eng geschnürt? Die Konsequenz war Dysregulation des autonomen Nervensystems, und das konnte einen Schlag verursachen. Erschöpfung allein reichte aus, um eine Attacke herbeizuführen.

Zu viele Möglichkeiten zu sterben.

»Du wirst jetzt ins Bett gehen«, befahl Thom.

»Ich muß noch...«

»Schlafen. Du mußt nur schlafen.«

Rhyme gab nach. Der Tänzer würde vor morgen früh nicht aktiv werden – vermutlich erst nach neun oder zehn Uhr, wenn es plausibel erschiene, daß ein Tankwagen eine Lieferung machte.

Außerdem, gestand Rhyme sich ein, war er müde, sehr müde.

»In Ordnung, Thom. In Ordnung.« Er rollte auf den Fahrstuhl zu. »Eine Sache noch.« Er wandte sich um. »Könnten Sie in ein paar Minuten raufkommen, Sachs?«

Sie nickte und sah zu, wie sich die Tür des kleinen Fahrstuhls schloß.

Er lag im Clinitron-Bett.

Sachs hatte zehn Minuten gewartet, um ihm vor dem Schlafengehen Zeit für seine Verrichtungen zu lassen. Thom hatte den kurzen Katheter angelegt und seinem Chef die Zähne geputzt. Sie wußte, daß Rhyme sich gern abgebrüht gab – er legte die typische Geringschätzung eines Krüppels für Schamgefühl an den Tag. Und doch wußte sie, daß es bestimmte intime Verrichtungen gab, bei denen er sie nicht dabeihaben wollte.

Sie nutzte die Zeit, um im Bad im Erdgeschoß zu duschen und saubere Kleider anzuziehen – ihre eigenen, die Thom zufällig in der Waschküche im Keller gehabt hatte.

Das Licht war gedämpft. Wie ein Bär, der sich den Rücken an einem Baum kratzt, rieb Rhyme den Kopf an seinem Kissen. Das Clinitron war das komfortabelste Bett der Welt. Es wog eine halbe Tonne, und seine massive Matratze enthielt Glaskügelchen, durch die warme Luft geleitet wurde.

»Sachs, Sie haben heute gut gearbeitet. Sie haben ihn ausmanövriert.«

Außer daß Jerry Banks durch meine Schuld seinen Arm verloren hat.

Und daß ich den Tänzer habe entwischen lassen.

Sie ging zu seiner Bar, goß sich ein Glas Macallan ein, hob fragend eine Augenbraue.

»Aber sicher«, sagte er. »Muttermilch, der Tau der Nepenthe...«

Sie schüttelte ihre Schuhe ab und hob ihre Bluse hoch, um den Bluterguß zu betrachten.

»Aua«, sagte Rhyme mitfühlend.

Der Bluterguß hatte die Umrisse des US-Bundesstaates Missouri und war dunkel wie eine Aubergine.

»Ich mag keine Bomben«, sagte sie. »War noch nie so dicht an einer dran. Ich mag sie einfach nicht.«

Sachs öffnete ihre Handtasche, nahm drei Aspirin heraus und schluckte sie ohne Wasser (ein Trick, den Menschen mit Arthritis früh lernen). Sie ging zum Fenster hinüber. Die Wanderfalken waren da. Schöne Vögel. Sie waren eigentlich nicht groß. Vierzig, fünfzig Zentimeter. Bei einem Hund wäre das winzig. Aber bei einem Vogel... absolut einschüchternd. Diese Schnäbel sahen aus wie die Klauen dieser Wesen aus einem der Alien-Filme.

»Alles in Ordnung mit Ihnen, Sachs? Sagen Sie mir die Wahrheit.«

»Mir geht's gut.«

Sie ging zu ihrem Stuhl zurück und trank einen Schluck von dem rauchigen Whisky.

»Wollen Sie heute nacht hierbleiben?« bot er an. Sie hatte gelegentlich hier geschlafen. Manchmal auf dem Sofa, manchmal bei ihm im Bett. Vielleicht lag es an dem luftdurchströmten Clinitron, vielleicht auch nur an der einfachen Tatsache, neben einem anderen Menschen zu liegen – sie wußte es nicht –, aber nirgends schlief sie so gut wie hier. Seit ihrem letzten Liebhaber Nick hatte sie keine Beziehung zu einem Mann gehabt. Sie und Rhyme lagen oft nebeneinander und redeten. Sie erzählte ihm etwas über Autos, über ihre Schießwettkämpfe, ihre Mutter und ihre Patentochter. Über das erfüllte Leben ihres Vaters und sein trauriges, nicht enden wollendes Sterben. Sie gab viel mehr Persönliches preis als er, aber das war in Ordnung so. Sie liebte es, ihm zuzuhören, egal worüber er sprechen wollte. Sein Kopf war einfach erstaunlich. Er erzählte ihr vom alten New York, von Mafia-Überfällen, über die der Rest der Welt noch nie etwas gehört hatte, von Tatorten, die so sauber waren, daß sie aussichtslos schienen, bis die Experten jenen Staubpartikel, Fingernagel, Speicheltropfen, jenes Haar oder jene Faser gefunden hatten, die aufdeckte, wer der Täter war oder wo er lebte – es natürlich nur für Rhyme aufdeckte, nicht zwangsläufig für jedermann. Nein, sein Kopf stand nie still. Sie wußte, daß er vor seiner Verletzung häufig durch die Straßen New Yorks gewandert war auf der Suche nach Erde, Glas, Pflanzen oder Steinen – nach allem, was ihm dabei helfen könnte, seine Kriminalfälle zu lösen. Es war, als habe sich diese Rastlosigkeit von seinen Beinen in sein Gehirn verlagert, das nun in seiner Phantasie bis tief in die Nacht durch die Stadt streifte.

Aber heute abend war es anders. Rhyme war abgelenkt. Es machte ihr nichts aus, wenn er übellaunig war, und das war gut so, denn er war sehr häufig übellaunig. Doch sie mochte es nicht, wenn er geistesabwesend war. Sie setzte sich auf den Bettrand.

Er kam zur Sache. »Sachs... Leon hat mir erzählt, was auf dem Flugplatz passiert ist.«

Sie zuckte die Achseln.

»Es gibt nichts, was Sie hätten tun können, außer sich erschießen zu lassen. Sie haben das Richtige gemacht, sind in Deckung gegangen. Er hatte einmal gefeuert, um die Entfernung abzuschätzen, und hätte Sie mit dem zweiten Schuß erwischt.«

»Ich hatte zwei, drei Sekunden Zeit. Ich hätte ihn treffen können. Ich weiß es.«

»Seien Sie nicht leichtsinnig, Sachs. Diese Bombe...«

Ein glühender Blick aus ihren Augen brachte ihn zum Schweigen. »Ich will ihn kriegen, koste es, was es wolle. Und ich habe das Gefühl, Sie brennen ebensosehr darauf, ihn zu kriegen, wie ich. Ich glaube, auch Sie würden dafür jedes Risiko eingehen.« Kryptisch fügte sie hinzu: »Vielleicht tun Sie das ja bereits.«

Das rief eine stärkere Reaktion hervor, als sie erwartet hatte. Er kniff die Augen zusammen, wandte den Blick ab. Doch er sagte nichts mehr, nippte nur an seinem Scotch.

Aus einem Impuls heraus fragte sie: »Darf ich Sie etwas fragen? Wenn es unpassend ist, sagen Sie mir einfach, daß ich den Mund halten soll.«

»Kommen Sie, Sachs. Haben wir Geheimnisse voreinander, Sie und ich? Ich denke nicht.«

Die Augen auf den Fußboden geheftet, sagte sie: »Ich erinnere mich, daß ich Ihnen einmal von Nick erzählt habe. Was ich für ihn empfand und so. Wie hart das für mich war, was dann zwischen uns passierte.«

Er nickte.

»Und ich fragte Sie, ob Sie jemals so für jemanden empfunden haben, vielleicht für Ihre Frau. Und Sie sagten ja, aber nicht für Blaine.« Sie schaute ihn an.

Er faßte sich schnell, aber nicht schnell genug. Und ihr wurde klar, daß sie soeben eiskalte Luft auf einen blank liegenden Nerv gelenkt hatte.

»Ich erinnere mich«, sagte er nur.

»Wer war sie? Schauen Sie, wenn Sie nicht darüber reden möchten...«

»Es macht mir nichts aus. Ihr Name war Claire. Claire Trilling. Das ist vielleicht ein Nachname, was?«

»Vermutlich mußte sie in der Schule mit demselben Mist fertig werden wie ich. Amelia Sex... Wie haben Sie sie kennengelernt?«

»Nun...« Er lachte über sein eigenes Zögern fortzufahren. »In der Abteilung.«

»Sie war bei der Polizei?« Sachs war überrascht.

»Ja.«

»Was ist geschehen?«

»Es war eine... schwierige Beziehung.« Rhyme schüttelte wehmütig den Kopf. »Wir waren beide verheiratet, nur leider nicht miteinander.«

»Kinder?«

»Sie hatte eine Tochter.«

»Also haben Sie sich getrennt?«

»Es wäre nicht gutgegangen, Sachs. Oh, Blaine und ich standen kurz davor, uns scheiden zu lassen – oder davor, uns gegenseitig umzubringen. Es war nur eine Frage der Zeit. Doch Claire... sie machte sich Sorgen um ihre Tochter – daß ihr Mann das Mädchen bekommen würde, wenn sie sich scheiden ließe. Sie liebte ihn nicht, aber er war ein guter Mann. Liebte das Mädchen sehr.«

»Haben Sie sie kennengelernt?«

»Die Tochter? Ja.«

»Sehen Sie sie noch manchmal? Claire?«

»Nein. Das ist vorbei. Sie ist nicht mehr bei der Polizei.«

»Haben Sie nach Ihrem Unfall Schluß gemacht?«

»Nein, nein, davor.«

»Sie weiß aber, daß Sie verletzt wurden, oder?«

»Nein«, sagte Rhyme nach einem neuerlichen Zögern.

»Warum haben Sie es ihr nicht erzählt?«

Eine Pause. »Es gab Gründe... Komisch, daß Sie auf Claire zu sprechen kommen. Habe jahrelang nicht an sie gedacht.«

Er zeigte ein beiläufiges Lächeln, und Sachs spürte, wie ein Schmerz sie durchzuckte – echter Schmerz wie bei dem Schlag, der den Bluterguß in der Form eines Bundesstaates hinterlassen hatte. Weil das, was er sagte, eine Lüge war. Oh, er hatte an diese Frau gedacht. Sachs glaubte nicht an weibliche Intuition, aber sie glaubte an die Intuition einer Polizistin. Sie hatte viel zu lange ihre Runden gedreht, um so etwas nicht zu merken. Sie *wußte*, daß Rhyme an Mrs. Trilling gedacht hatte.

Natürlich waren ihre Gefühle lächerlich. Sie hatte kein Verständnis für Eifersucht. War nie auf Nicks Job eifersüchtig gewesen – er war Undercover-Agent gewesen und oft wochenlang verschwunden. War nicht auf die Nutten und blonden Schönheiten eifersüchtig gewesen, mit denen er während seiner Einsätze getrunken hatte.

Und jenseits von Eifersucht, worauf konnte sie denn mit Rhyme schon hoffen? Sie hatte oft mit ihrer Mutter über ihn gesprochen. Und die schlaue alte Frau meinte nur: »Es ist gut, nett zu einem Krüppel zu sein.«

Und das brachte so ziemlich auf den Punkt, was ihre Beziehung sein sollte. Was sie sein *konnte*.

Es war *mehr* als lächerlich.

Und doch war sie eifersüchtig. Aber nicht auf Claire.

Sondern auf Percey Clay.

Sachs konnte nicht vergessen, welchen Eindruck die beiden bei ihr hinterlassen hatten, als sie sie heute nebeneinander in seinem Zimmer gesehen hatte.

Mehr Scotch. Sie dachte an die Nächte, die sie und Rhyme hier verbracht hatten, mit Gesprächen über Fälle, mit diesem überaus guten Whiskey.

Na großartig. Jetzt werde ich auch noch sentimental. Das werde ich aber nicht zulassen. Ich werde dieses Gefühl sofort abtöten. Doch statt dessen bot sie dem Gefühl noch ein bißchen Whiskey an.

Percey war keine attraktive Frau, aber das hatte nichts zu bedeuten. Sachs hatte ein paar Jahre bei der Model-Agentur Chantelle auf der Madison Avenue gearbeitet, und sie hatte nur eine Woche gebraucht, um die Widersprüchlichkeit von Schönheit zu begreifen. Männer liebten es, toll aussehende Frauen anzustarren, aber andererseits gab es auch nichts, was sie mehr einschüchterte.

»Möchten Sie noch einen Schluck?« fragte sie.

»Nein«, gab er zurück.

Ohne nachzudenken, lehnte sie sich zurück und legte den Kopf auf sein Kissen. Es war schon merkwürdig, wie man sich den Gegebenheiten anpaßte, dachte sie. Rhyme konnte sie natürlich nicht an seine Brust ziehen und den Arm um sie legen. Aber die entsprechende Geste von ihm war, daß er seinen Kopf zu ihr herüberdrehte. So waren sie schon viele Male zusammen eingeschlafen.

Doch heute spürte sie bei ihm eine Starrheit, eine Zurückhaltung.

Sie hatte das Gefühl, ihn zu verlieren. In ihr war nur noch ein einziger Wunsch: ihm näherzukommen. So nah wie nur möglich.

Sachs hatte einmal ihrer Freundin Amy, der Mutter ihres Patenkindes, ihre Gefühle für Rhyme anvertraut. Die Freundin hatte sich gefragt, worin die Anziehungskraft bestand, und gemutmaßt: »Vielleicht liegt es daran, daß er sich nicht bewegen kann. Er ist ein Mann, aber er kann keine Kontrolle über dich ausüben. Vielleicht macht dich das an.«

Doch Sachs wußte, daß es sich genau umgekehrt verhielt. Was sie anzog, war die Tatsache, daß er ein Mann war, der absolute Kontrolle ausübte, obwohl er sich nicht bewegen konnte.

Bruchteile von dem, was er über Claire gesagt hatte und über den Tänzer, kamen ihr in den Sinn. Sie neigte den Kopf und betrachtete seine schmalen Lippen.

Ihre Hände begannen zu wandern.

Er konnte natürlich nichts spüren, aber er konnte sehen, wie ihre perfekten Finger mit den verstümmelten Nägeln über seine Brust strichen, über seinen glatten Körper. Thom machte jeden Tag eine Reihe von Gymnastikübungen mit ihm, und Rhymes Körper war der eines jungen Mannes, wenn auch nicht muskulös. Es war, als habe der Alterungsprozeß mit dem Tag seines Unfalls aufgehört.

»Sachs?«

Ihre Hand wanderte tiefer.

Ihr Atem ging nun schneller. Sie zog die Decke herunter. Thom hatte Rhyme ein T-Shirt angezogen. Sie hob es hoch und ließ ihre Hände über seine Brust gleiten. Dann zog sie ihre Bluse aus, öffnete den BH und preßte ihre gerötete Haut an seine blasse. Sie hatte erwartet, daß seine Haut kühl sein würde, doch das war sie nicht. Sie war heißer als ihre. Sie rieb fester.

Sie küßte ihn einmal auf die Wange, dann in den Mundwinkel, dann mitten auf den Mund.

»Sachs, nein... Hören Sie mir zu. Nein.«

Doch sie hörte nicht.

Sie hatte es Rhyme nie erzählt, aber vor ein paar Monaten hatte sie ein Buch mit dem Titel »Der behinderte Liebhaber« gekauft. Überrascht hatte Sachs gelesen, daß selbst Querschnittsgelähmte zum Liebesakt fähig sind und Kinder zeugen können. Das rätselhafte männliche Geschlechtsorgan hatte buchstäblich ein Eigenleben, und die Durchtrennung der Wirbelsäule schloß nur eine bestimmte Form der Erregung aus. Ein behinderter Mann war zu völlig normalen Erektionen fähig. Gut, er fühlte dabei nichts, aber der körperliche Reiz war – zumindest für sie – nur ein Bestandteil des Ganzen, häufig ein wenig bedeutender. Was zählte, war die Nähe; sie war der Höhepunkt, dem eine ganze Million falscher Kino-Orgasmen nie nahekommen würden. Sie vermutete, daß Rhyme darüber ebenso dachte.

Sie küßte ihn erneut. Fester diesmal.

Nach einem kurzen Zögern erwiderte er ihren Kuß. Es überraschte sie nicht, daß er das gut konnte. Nach seinen dunklen Augen waren seine wohlgeformten Lippen das erste gewesen, was ihr an ihm aufgefallen war.

Dann drehte er sein Gesicht weg.

»Nein, Sachs, nicht ...«

»Shh, still ...« Sie schob ihre Hand unter die Decke, begann ihn zu reiben, zu berühren.

»Es ist nur, daß ...«

Was? fragte sie sich. Daß es nicht klappen könnte?

Aber es lief doch wunderbar. Sie spürte, wie er unter ihrer Hand wuchs, wie er stärker reagierte als so mancher Macho-Liebhaber, den sie gehabt hatte.

Sie glitt auf ihn, trat die Bettücher und die Decke weg, neigte sich über ihn und küßte ihn erneut. Ach, wie sehr sie sich gewünscht hatte, genau hier zu sein, ihr Gesicht an seinem – so nah es nur ging. Ihn spüren zu lassen, daß er für sie der perfekte Mann war. Er war vollkommen, so wie er war.

Sie löste ihr Haar, ließ es über ihn fallen. Beugte sich vor, küßte ihn.

Rhyme erwiderte den Kuß. Sie preßten ihre Lippen aufeinander, eine endlose Minute lang.

Dann plötzlich schüttelte er den Kopf so heftig, daß sie fürchtete, er habe einen Dysregulationsanfall.

»Nein!« flüsterte er.

Sie hatte ein Necken erwartet, sie hatte Leidenschaft erwartet, schlimmstenfalls ein kokettes *Oh-oh, keine gute Idee...* Aber er hörte sich schwach an. Der hohle Klang seiner Stimme schnitt ihr ins Herz. Sie rollte von ihm herunter, preßte ein Kissen an ihre Brust.

»Nein, Amelia. Es tut mir leid. Nein.«

Ihr Gesicht brannte vor Scham. Sie dachte an die vielen Male, als sie mit einem Mann ausgegangen war, einem Freund oder flüchtigen Bekannten, und ihr Entsetzen, wenn er begonnen hatte, sie wie ein Teenager zu begrapschen. In ihrer Stimme hatte dann dieselbe Bestürzung gelegen, die Rhyme soeben gezeigt hatte.

Also das war alles, was sie ihm bedeutete, begriff sie endlich.

Eine Partnerin. Eine Kollegin. Eine gute Freundin.

»Es tut mir leid, Sachs... Ich kann nicht... Es gibt da Komplikationen.«

Komplikationen? Keine, die sie erkennen konnte, außer natürlich der Tatsache, daß er sie nicht liebte.

»Nein, mir tut es leid«, sagte sie brüsk. »Dumm von mir. Zuviel von diesem verfluchten Scotch. Ich habe das Zeug nie vertragen. Das wissen Sie.«

»Sachs.«

Ein dünnes, eingefrorenes Lächeln lag auf ihrem Gesicht, während sie sich hastig ankleidete.

»Sachs, lassen Sie mich etwas sagen.«

»Nein.« Sie wollte kein weiteres Wort hören. Sie wollte nur weg von hier.

»Sachs...«

»Ich sollte gehen. Ich werde früh wieder hier sein.«

»Ich möchte etwas sagen.«

Doch Rhyme erhielt keine Gelegenheit mehr, etwas zu sagen, sei es nun eine Erklärung, eine Entschuldigung oder ein Geständnis. Oder eine Strafpredigt.

Sie wurden von einem lauten Hämmern an der Tür unterbrochen. Bevor Rhyme antworten konnte, stürzte Lon Sellitto in den Raum.

Er schaute ohne Befremden zu Sachs, dann zu Rhyme und verkündete: »Habe gerade von Bo's Leuten drüben im Zwanzigsten gehört. Der Tänzer war dort, hat die Gegend ausgekundschaftet. Der Mistkerl hat angebissen! Wir werden ihn kriegen, Lincoln. Diesmal kriegen wir ihn.«

»Es war vor zwei Stunden«, fuhr der Detective mit seiner Geschichte fort. »Ein paar Jungs der Überwachungseinheit haben einen Mann gesehen, der rund ums Bezirksamt des Zwanzigsten streifte. Er verschwand in einer Gasse, und es sah ganz danach aus, als checkte er die Wachposten aus. Und dann nahm er die Zapfsäule neben der Wache ins Visier.«
»Die Zapfsäule? Für die Streifenwagen?«
»Genau.«
»Sind sie ihm gefolgt?«
»Sie haben es versucht. Aber er verschwand, ehe sie dicht genug an ihn herankommen konnten.«

Rhyme bemerkte aus dem Augenwinkel, daß Sachs unauffällig den obersten Knopf ihrer Bluse schloß... Er mußte mit ihr über das Vorgefallene sprechen. Er mußte erreichen, daß sie ihn verstand. Doch angesichts dessen, was Sellitto gerade erzählte, würde es warten müssen.

»Es wird noch besser. Vor einer halben Stunde kam ein Bericht rein über einen gestohlenen Tankwagen. Rollins Distributing. An der Upper West Side in der Nähe des Flusses. Sie beliefern freie Tankstellen mit Benzin. Ein Typ hat den Drahtzaun durchschnitten. Ein Wachmann hörte was und ging nachsehen. Er wurde k.o. geschlagen und schlimm zugerichtet. Und der Kerl haute mit einem der Tankwagen ab.«
»Ist Rollins die Gesellschaft, von der die Wache Benzin bezieht?«
»Nee, aber wer weiß das schon? Der Tänzer fährt im Zwanzigsten mit einem Tankwagen vor, die Wachleute denken sich nichts dabei, sie winken ihn durch, und als nächstes...«

Sachs vollendete den Satz: »Explodiert der Lkw.«

Das ließ Sellitto stutzen. »Ich hatte gedacht, er würde ihn nur benutzen, um reinzukommen. Mein Gott, rechnet ihr etwa mit einer Bombe?«

Rhyme nickte ernst. Er war wütend auf sich selbst. Sachs hatte recht. »Wir haben uns selbst ausgetrickst. Bin nie auf die Idee gekommen, daß er so etwas vorhaben könnte. Jesus, wenn in dieser Gegend ein Tankwagen in die Luft fliegt…«

»Eine Düngemittel-Bombe?«

»Nein«, sagte Rhyme. »Ich glaube nicht, daß er Zeit genug hat, so eine zusammenzubauen. Aber er braucht nur einen Sprengsatz an der Seite des Tankwagens, und schon hat er eine tolle Benzinbombe. Kann den ganzen Bezirk dem Erdboden gleichmachen. Wir müssen evakuieren. Unauffällig.«

»Unauffällig«, murmelte Sellitto. »Das wird einfach.«

»Wie geht es dem Wachmann der Ölfirma? Kann er reden?«

»Kann er schon, aber es hat ihn von hinten erwischt. Er hat nicht das geringste gesehen.«

»Nun, ich will wenigstens seine Kleider. Sachs« – sie erwiderte seinen Blick –, »könnten Sie zum Krankenhaus rüberfahren und sie herbringen? Packen Sie sie gut ein, damit kein Beweismaterial verlorengeht. Und anschließend untersuchen Sie das Gelände, von dem der Tankwagen gestohlen wurde.«

Er fragte sich, wie sie wohl reagieren würde. Es hätte ihn nicht überrascht, wenn sie ihm die kalte Schulter gezeigt hätte und einfach zur Tür hinausgegangen wäre. Aber er las in ihrem ruhigen, schönen Gesicht, daß sie exakt dasselbe fühlte wie er: Ironischerweise war es Erleichterung darüber, daß der Tänzer eingegriffen und den verheerenden Verlauf dieses Abends geändert hatte.

Endlich, endlich etwas von dem Glück, auf das Rhyme gehofft hatte.

Eine Stunde später war Amelia Sachs zurück. Sie hielt eine Plastiktüte hoch, in der sich eine Drahtschere befand.

»Hab ich neben dem Zaun gefunden. Der Wachmann muß den Tänzer überrascht haben, und er hat sie fallen gelassen.«

»Ja!« jubilierte Rhyme. »Ich habe noch nie erlebt, daß er einen solchen Fehler gemacht hat. Vielleicht wird er wirklich nachlässig... Ich frage mich, was ihn aus der Fassung gebracht hat.«

Rhyme warf einen Blick auf die Schere. Bitte, betete er innerlich, laß einen Abdruck drauf sein.

Aber ein zerschlagener Mel Cooper – er hatte in einem der kleineren Gästezimmer oben geschlafen – untersuchte das Werkzeug Zentimeter für Zentimeter. Kein Fingerabdruck war zu finden.

»Sagt es uns denn *irgendwas*?« fragte Rhyme.

»Es ist ein Craftsman-Modell, beste Qualität, wird in jedem Sears-Kaufhaus im ganzen Land verkauft. Man bekommt es auf Flohmärkten für zwei Dollar.«

Rhyme schnaubte angewidert. Er beäugte die Drahtschere einen Augenblick, dann fragte er: »Irgendwelche Werkzeug-Abdrücke?«

Cooper schaute ihn verständnislos an. Werkzeug-Abdrücke sind charakteristische Abdrücke, die Verbrecher mit ihren Werkzeugen an Tatorten zurücklassen – Schraubenzieher, Zangen, Dietriche, Brecheisen und ähnliches. Rhyme hatte einmal einen Einbrecher nur aufgrund einer winzigen, V-förmigen Kerbe auf einem Messingschloß mit einem Tatort in Verbindung gebracht. Die Kerbe fand ihre Entsprechung auf der Schneide eines Meißels, der in der Werkbank des Mannes gefunden wurde. Hier allerdings hatten sie nur das Werkzeug, nicht etwaige Abdrücke, die es hinterlassen haben könnte. Cooper verstand daher nicht, welche Werkzeug-Abdrücke Rhyme meinen könnte.

»Ich spreche von besonderen Merkmalen auf der Schneide«, erklärte er ungeduldig. »Vielleicht hat der Tänzer irgend etwas Besonderes damit durchgeschnitten, etwas, das uns sagen könnte, wo er sich versteckt hat.«

»Ach so.« Cooper inspizierte die Zange genau. »Da sind Einkerbungen, aber sieh selbst... Kannst du etwas Ungewöhnliches daran erkennen?«

Das konnte Rhyme nicht. »Schabe die Schneide und den Griff ab. Vielleicht sind irgendwelche Rückstände darauf.«

Cooper untersuchte die Partikel mit dem Gas-Chromatographen.

»Puh«, murmelte er, als er die Ergebnisse las. »Hör dir das an. Rückstände von RDX, Asphalt und Zellwolle.«

»Zündschnur«, konstatierte Rhyme.

»Er hat sie mit einer Zange durchgeschnitten?« fragte Sachs. »Kann man das denn?«

»Ach, die sind stabil wie Wäscheleinen«, sagte Rhyme abwesend, während er sich vorzustellen versuchte, was mehrere tausend Liter brennendes Benzin in dem Wohnviertel im zwanzigsten Bezirk anrichten würden.

Ich hätte Percey und Brit Hale wegschicken sollen, haderte er mit sich. Sie in Sicherheitshaft nehmen und bis zur Grand Jury nach Montana schicken sollen. Was ich hier versuche, ist verrückt.

»Lincoln?« meinte Sellitto. »Wir müssen diesen Tankwagen finden.«

»Wir haben noch ein wenig Zeit«, gab Rhyme zurück. »Er wird nicht vor morgen früh versuchen hineinzugelangen. Er braucht die Benzinlieferung als Tarnung. Sonst noch etwas, Mel? Findest du noch mehr in dem Material?«

Cooper schaute prüfend in den Vakuumfilter. »Schmutz und Ziegelstaub. Warte... Hier sind noch ein paar Fasern. Soll ich sie durch den Gas-Chromatographen jagen?«

»Ja.«

Der Techniker beugte sich zum Monitor, als die Ergebnisse kamen. »Okay, okay, es sind Pflanzenfasern. Ähnlich wie Papier. Und ich kann eine Verbindung erkennen... NH_4-OH.«

»Ammoniumhydroxid«, sagte Rhyme.

»Ammonium?« fragte Sellitto. »Vielleicht irrst du dich doch, was die Düngemittelbombe angeht.«

»Irgendwelches Öl?« fragte Rhyme.

»Keines.«

»Die Faser mit dem Ammonium – war die am Griff der Schere?«

»Nein. Sie war auf den Kleidern des Wachmanns, den er zusammengeschlagen hat.«

Ammonium, rätselte Rhyme. Er bat Cooper, sich eine der Fasern im Elektronenmikroskop anzusehen. »Hohe Vergrößerungsstärke. Wie ist das Ammonium daran gebunden?«

Der Monitor schaltete sich ein. Die Faser erschien darauf, groß wie ein Baumstamm.

»Durch Hitze verschmolzen, vermute ich.«

Noch ein Rätsel. Papier und Ammonium...

Rhyme sah auf die Uhr. Es war 2.40 Uhr.

Plötzlich merkte er, daß Sellitto ihn etwas gefragt hatte. Er neigte den Kopf

»Ich habe gefragt«, wiederholte der Detective, »ob wir alle Wohnhäuser in dem Bereich evakuieren sollen. Ich meine, besser jetzt sofort, als kurz bevor er zuschlägt.«

Rhyme starrte eine lange Zeit auf den bläulichen Baumstamm der Faser im Monitor des Elektronenmikroskops. Dann sagte er abrupt: »Ja. Wir müssen alle da rausholen. Laß alle Gebäude rund um die Polizeiwache evakuieren. Mal sehen – die vier Wohnhäuser links und rechts der Wache und die auf der gegenüberliegenden Straßenseite.«

»So viele?« fragte Sellitto mit einem schwachen Lachen. »Glaubst du wirklich, daß das nötig ist?«

Rhyme schaute den Detective an und sagte: »Nein, ich habe meine Meinung geändert. Den ganzen Block. Wir müssen den ganzen Block evakuieren. Sofort. Und schick Haumann und Dellray zu mir. Es ist mir egal, wo sie sind. Ich will sie sofort hier haben.«

17

22. Stunde von 45

Einige von ihnen hatten geschlafen.

Sellitto in einem Lehnstuhl, aus dem er zerknitterter denn je erwachte, die Haare verstrubbelt. Cooper unten.

Sachs hatte die Nacht offenbar auf einer Couch im Erdgeschoß oder in dem anderen Schlafzimmer im ersten Stock verbracht, in sicherer Entfernung vom Clinitron.

Thom wirkte ebenfalls verschlafen. Er hielt sich in der Nähe, maß Rhymes Blutdruck. Kaffeeduft zog durch das Haus.

Es war kurz nach Tagesanbruch, und Rhyme starrte die Tafeln mit den bisherigen Erkenntnissen an.

Sie waren bis vier Uhr auf gewesen, hatten ihre Strategie geplant, um den Tänzer zu fassen – und haufenweise Beschwerden über die Evakuierung beantwortet.

Würde es funktionieren? Würde der Tänzer in ihre Falle tappen? Rhyme glaubte daran. Aber da war noch eine andere Frage, eine, an die Rhyme nicht gern dachte, aber die er auch nicht ignorieren konnte. Was erwartete sie, wenn sie die Falle zuschnappen ließen? Der Tänzer war schon auf seinem eigenen Territorium tödlich genug. Wie würde er erst reagieren, wenn sie ihn in die Enge getrieben hätten?

Thom brachte Kaffee, und sie studierten Dellrays taktische Karte. Rhyme, wieder im Storm Arrow, rollte zum Tisch und besah sich den Plan.

»Ist jeder auf seinem Posten?« fragte er Sellitto und Dellray.

Haumanns 32-E-Team und Dellrays SWAT-Bundesbeamte aus den südlichen und östlichen Stadtbezirken waren bereit. Sie waren im Schutz der Nacht vorgerückt, über Dächer, durch Kanäle und Keller, in voller Tarnkleidung für den Stadteinsatz – Rhyme war davon überzeugt, daß der Tänzer sein Angriffsziel überwachte.

»Er wird heute nacht bestimmt nicht schlafen«, hatte Rhyme gesagt.

»Bist du wirklich sicher, daß er auf diesem Weg hereinkommen wird, Linc?« fragte Sellitto zweifelnd.

Sicher? dachte er gereizt. Wer kann sich beim Totentänzer schon irgendeiner Sache sicher sein?

Seine tödlichste Waffe ist die Irreführung...

Rhyme sagte gequält: »Zu 99,7 Prozent sicher.«

Sellitto lachte säuerlich.

In diesem Augenblick klingelte es an der Tür. Wenig später trat ein untersetzter Mann mittleren Alters, den Rhyme nicht kannte, ins Zimmer.

Dellrays Seufzer verhieß Ärger. Sellitto kannte den Mann offenbar ebenfalls und nickte nur knapp zur Begrüßung.

Er stellte sich als Reginald Eliopolos vor, stellvertretender US-Staatsanwalt im südlichen Bezirk. Rhyme erinnerte sich, daß er der zuständige Strafverfolger im Fall Phillip Hansen war.

»Sind Sie Lincoln Rhyme? Man hört viel Gutes über Sie. Mhm. Mhm.« Er machte einen Schritt nach vorn und streckte automatisch seine Hand aus. Dann wurde ihm klar, daß die dargebotene Hand bei Rhyme verfehlt war, und er hielt sie statt dessen Dellray hin, der sie widerstrebend schüttelte. Eliopolos' fröhliches »Fred, gut Sie zu sehen« bedeutete das genaue Gegenteil, und Rhyme fragte sich, woher diese kalte Spannung zwischen den beiden wohl rühren mochte.

Der Staatsanwalt ignorierte Sellitto und Mel Cooper. Thom spürte instinktiv, was Sache war, und bot dem Besucher keinen Kaffee an.

»Mhm, mhm. Höre, Sie haben eine beachtliche Operation laufen. Nicht besonders mit den Herren oben abgesprochen, aber, zum Teufel, ich weiß Bescheid übers Improvisieren. Manchmal kann man einfach keine Zeit damit vergeuden, auf Unterschriften in dreifacher Ausführung zu warten.« Eliopolos schlenderte zu einem Mikroskop herüber und blickte durch das Okular. »Mhm«, sagte er. Es war Rhyme ein Rätsel, was er dabei sehen mochte, denn das Licht im Mikroskop war ausgeschaltet.

»Vielleicht...«, setzte Rhyme an.

»Zur Sache? Ich soll zur Sache kommen?« Eliopolos schwang herum. »Aber sicher. Hier ist sie. Ein gepanzerter Wagen steht vor dem FBI-Hauptquartier in der Stadt bereit. Ich will die Zeugen im Fall Hansen in einer Stunde da drin haben. Percey Clay und Brit Hale. Sie werden auf ein abgeschirmtes Gelände der Regierung in Shoreham auf Long Island gebracht. Dort werden sie bis zu ihrer Aussage vor der Grand Jury am Montag bleiben. Punktum. Ende der Geschichte. Was sagen Sie dazu?«

»Halten Sie das für eine kluge Idee?«

»Mhm, das tun wir. Wir denken, sie ist allemal klüger, als sie als Lockvogel für eine Art persönlichen Rachefeldzug des New York Police Department zu benutzen.«

Sellitto seufzte.

Dellray sagte: »Machen Sie die Augen auf, Reggie. Sie sind doch nicht von gestern. Wie Sie sehen können, ist das hier eine gemeinschaftliche Operation.«

»Und das ist auch gut so«, sagte Eliopolos abwesend. Seine ganze Aufmerksamkeit war jetzt auf Rhyme gerichtet. »Sagen Sie, hatten Sie wirklich geglaubt, daß niemand in der Stadt sich daran erinnern würde, daß dies derselbe Kerl ist, der vor fünf Jahren zwei Ihrer Leute umgebracht hat?«

Nun, Rhyme hatte tatsächlich darauf gehofft. Und jetzt, da es jemandem aufgefallen war, saßen er und sein Team im Schlamassel.

»Aber hey, hey«, verkündete der Staatsanwalt mit aufgesetzter Fröhlichkeit. »Ich will keinen Grabenkrieg. Will ich das? Warum sollte ich das wollen? Was ich will, ist Phillip Hansen. Jeder will Hansen. Erinnern Sie sich? Er ist der große Fisch.«

In der Tat war Phillip Hansen für Rhyme ziemlich aus der Ziellinie geraten, aber nun, da er an ihn erinnert wurde, verstand er nur zu gut, was Eliopolos vorhatte. Und dies beunruhigte ihn.

Rhyme rollte wie ein Kojote an Eliopolos heran. »Sie haben sicher ein paar gute Agenten da draußen, nicht wahr?« fragte er unschuldig. »Die die Zeugen schützen werden?«

»In Shoreham?« fragte der Staatsanwalt zögernd. »Klar, da können Sie drauf wetten. Mhm.«

»Sie haben sie doch über die Sicherheitslage informiert? Darüber, wie gefährlich der Tänzer ist?« Unschuldig wie ein Baby.

Eine Pause. »Sie sind informiert worden.«

»Und wie genau lauten Ihre Anweisungen?«

»Anweisungen?« wiederholte Eliopolos lahm. Er war nicht dumm. Er wußte, daß er kalt erwischt worden war.

Rhyme lachte. Er warf einen Blick zu Sellitto und Dellray herüber. »Ihr seht, unser Freund, der US-Staatsanwalt hier, hat drei Zeugen, von denen er hofft, daß sie Hansen festnageln werden.«

»Drei?«

»Percey, Hale... und den Tänzer selbst«, spottete Rhyme. »Er will ihn fangen, damit er aussagt.« Er sah zu Eliopolos. »Also benutzen *Sie* Percey ebenfalls als Lockvogel.«

»Nur«, gluckste Dellray, »daß er sie in eine Lebendfalle setzt. Das ist es.«

»Sie denken, daß Ihr Fall gegen Hansen nicht ganz wasserdicht ist, was auch immer Percey und Hale gesehen haben«, sagte Rhyme.

Mr. Mhm versuchte es mit Aufrichtigkeit. »Sie haben ihn dabei beobachtet, wie er irgendwelche verdammten Beweise weggeworfen hat. Zum Teufel, sie haben noch nicht einmal tatsächlich gesehen, wie er das tat. Wenn wir diese Säcke finden und die ihn mit der Ermordung der zwei Soldaten im Frühjahr in Verbindung bringen, großartig, dann haben wir einen Fall. Vielleicht. Aber erstens haben wir die Säcke nicht gefunden, und zweitens könnte das Beweismaterial darin beschädigt sein.«

Dann, drittens, rufen Sie *mich* an, dachte Rhyme. Ich kann noch im klarsten Nachtwind Spuren finden. Sellitto sagte: »Aber wenn Sie Hansens Auftragskiller bei lebendigem Leib kriegen, kann er seinen Boß festnageln.«

»Genau.« Eliopolos verschränkte seine Arme auf exakt dieselbe Weise, wie er es vermutlich bei Gericht tat, wenn er sein Schlußplädoyer hielt.

Sachs hatte vom Türrahmen aus zugehört. Jetzt stellte sie die Frage, die Rhyme gerade äußern wollte. »Und welchen Deal würden Sie dem Tänzer für eine Zusammenarbeit anbieten?«

Eliopolos blickte zu ihr hinüber: »Wer sind Sie?«

»Officer Sachs. IRD.«

»Es ist wirklich nicht Sache einer Kriminaltechnikerin, in Frage zu stellen...«

»Dann stelle *ich* die verfluchte Frage«, bellte Sellitto, »und wenn auch ich keine Antwort bekomme, wird sie Ihnen der Bürgermeister höchstpersönlich stellen.«

Eliopolos hatte eine politische Karriere vor sich, vermutete Rhyme. Und aller Wahrscheinlichkeit nach eine erfolgreiche. Jetzt versuchte er es mit Beschwichtigung: »Es ist wichtig, daß wir erfolgreich gegen Hansen ermitteln. Er ist das schlimmere von zwei Übeln. Hat das größere Potential, Schaden anzurichten.«

»Das ist eine hübsche Antwort«, sagte Dellray und verzog das

Gesicht. »Aber sie hat nichts mit der Frage zu tun. Was werden Sie dem Tänzer anbieten, wenn er gegen Hansen aussagt?«

»Ich weiß es nicht«, wich der Staatsanwalt aus. »Darüber ist nicht diskutiert worden.«

»Zehn Jahre bei mittlerer Sicherheitsverwahrung?« murmelte Sachs.

»Es ist nicht darüber *diskutiert* worden.«

Rhyme dachte an die Falle, die sie so sorgfältig bis vier Uhr morgens vorbereitet hatten. Sollten Percey und Hale nun verlegt werden, würde auch der Tänzer davon erfahren. Er würde umdisponieren. Er würde herausfinden, daß sie in Shoreham waren, und weil die Wachen Order hatten, ihn lebend zu fassen, würde es ihm ein Leichtes sein, hineinzugelangen, Percey und Hale umzubringen – dazu ein halbes Dutzend US-Marshals – und zu entkommen.

Der Staatsanwalt setzte an: »Wir haben nicht viel Zeit ...«

Rhyme unterbrach: »Haben Sie die nötigen Papiere dabei?«

»Ich hatte gehofft, Sie seien bereit zu kooperieren.«

»Das sind wir nicht.«

»Sie sind Zivilist.«

»Ich nicht«, kam es von Sellitto.

»Mhm. Verstehe.« Er sah zu Dellray, machte sich aber nicht die Mühe, ihn zu fragen, auf wessen Seite er stand. »Ich kann binnen drei oder vier Stunden eine richterliche Anordnung zur Überstellung in Schutzhaft bekommen«, drohte der Staatsanwalt.

An einem Sonntagmorgen? dachte Rhyme. *Mhm.* »Wir geben sie nicht frei«, sagte er. »Tun Sie, was Sie tun müssen.«

Eliopolos verzog sein Gesicht zu einem Lächeln. »Ich muß Sie davon in Kenntnis setzen, daß ich mir persönlich den Bericht des Untersuchungskomitees vornehmen werde, sollte der Gesuchte bei dem Versuch der Festnahme getötet werden, und es ist gut möglich, daß ich zu dem Schluß gelangen werde, daß der Einsatz von Schußwaffen bei der Festnahme nicht von oben abgesegnet war.« Er fixierte Rhyme. »Es könnte auch eine Untersuchung über die Einmischung von Zivilisten in Aktivitäten der Bundespolizei geben. Das könnte zu einem folgenschweren zivilrechtlichen Prozeß führen. Ich möchte nur, daß Sie vorgewarnt sind.«

»Danke«, sagte Rhyme obenhin, »weiß es zu schätzen.«

Als er gegangen war, bekreuzigte sich Sellitto. »Jesus, Linc, du hast ihn gehört. Er sprach von einem *folgenschweren* Zivilprozeß.«

»Gottogott... Um von mir zu sprechen, ein *kleiner* Prozeß hätte gereicht, um mich armen Jungen das Fürchten zu lehren«, fiel Dellray ein.

Sie lachten.

Dann streckte sich Dellray und sagte: »Ein verdammter Virus geht gerade um. Hast du davon gehört, Lincoln?«

»Was meinst du?«

»Hat in letzter Zeit ganz schön viele von uns erwischt. Meine Jungs und ich sind draußen bei der einen oder anderen Operation, und was passiert? Sie werden alle von diesem gemeinen Jucken in ihrem Abzugsfinger geplagt.«

Sellitto, ein schlechterer Schauspieler als der Agent, sagte gedehnt: »Ihr auch? Ich dachte, das ist nur bei uns so.«

»Aber jetzt hör zu«, sagte Fred Dellray, der Alec Guinness unter den Straßenbullen. »Ich weiß ein Heilmittel. Man muß nur ein richtig gemeines Miststück umlegen, wie diesen Tänzer-Typen, wenn er dich auch nur schief anguckt. Das funktioniert immer.« Er klappte sein Telefon auf. »Ich denke, ich rufe mal rund und gehe sicher, daß meine Jungs und Mädels diese Medizin parat haben. Das mach ich gleich jetzt.«

18

22. Stunde von 45

Als sie im Morgengrauen in dem düsteren, sicheren Haus erwachte, erhob sich Percey Clay von ihrem Bett und ging zum Fenster. Sie zog den Vorhang zur Seite und sah hinaus in den grauen, eintönigen Himmel. Ein leichter Nebel lag in der Luft.

Wind 090 mit fünfzehn Knoten, schätzte sie. Sichtweite eine Viertelmeile. Sie hoffte, daß das Wetter bis zum Flug heute abend aufklaren würde. Oh, sie konnte bei jedem Wetter fliegen – und hatte es getan. Jeder, der einen Instrumentenschein hatte, konnte bei dichtem Nebel starten, fliegen und landen. (In Wahrheit könnten die meisten Maschinen der großen Fluggesellschaften mit all ihren Computern, Transpondern, Radar- und Kollisions-Vermeidungs-Systemen unbemannt fliegen, inklusive perfekter Landung.) Aber Percey flog gern bei klarem Wetter. Sie mochte es, wenn sie unter sich die Erde sah. Die Lichter bei Nacht. Die Wolken. Und über sich die Sterne.

Alle Sterne der Nacht...

Sie dachte wieder an Ed und ihren Anruf bei seiner Mutter in New Jersey gestern abend. Sie hatten seine Beerdigungsfeier für Dienstag geplant. Sie wollte noch ein wenig darüber nachdenken, die Gästeliste überarbeiten, den anschließenden Empfang vorbereiten.

Aber sie konnte nicht. Ihre Gedanken waren bei Lincoln Rhyme.

Das Gespräch war noch so präsent, das sie gestern mit ihm in seinem Schlafzimmer hinter verschlossenen Türen geführt hatte – nach dem Streit mit dieser Amelia Sachs.

Sie hatte neben Rhyme in einem alten Lehnstuhl gesessen. Er hatte sie einen Augenblick gemustert, sie von Kopf bis Fuß betrachtet. Ein merkwürdiges Gefühl überkam sie. Es war kein abschätzender Blick – nicht in der Art, wie Männer manchmal auf der Straße und in Bars Frauen taxieren. Eher so, wie ein erfahrener Pilot sie vor ihrem ersten gemeinsamen Flug in Augenschein nehmen würde. Ihre Autorität, ihr Verhalten, ihr Denkvermögen. Ihren Mut.

Sie hatte den Flachmann aus der Tasche gezogen, doch Rhyme hatte den Kopf geschüttelt und achtzehn Jahre alten Scotch vorgeschlagen. »Thom denkt, ich trinke zuviel«, hatte er gesagt. »Was auch stimmt. Aber was wäre das Leben ohne Laster, stimmt's?«

Sie lachte schwach. »Mein Vater ist Großhändler.«

»Für Schnaps? Oder für alle möglichen Laster?«

»Zigaretten. Leitende Stellung bei U.S. Tobacco in Richmond. Entschuldigung. So heißt das nicht mehr. Es ist jetzt U.S. Consumer Products oder so ähnlich.«

Vor dem Fenster war das Flattern von Flügeln zu hören.
»Oh«, hatte sie erstaunt ausgerufen. »Ein Jungfalke.«
Rhyme war ihrem Blick zum Fenster gefolgt. »Was?«
»Ein männlicher Falke. Warum hat er seinen Horst hier unten? In der Stadt nisten sie sonst höher.«
»Ich weiß es nicht. Eines Morgens wachte ich auf, und sie waren da. Kennen Sie sich mit Falken aus?«
»Klar.«
»Jagen Sie mit ihnen?« wollte er wissen.
»Früher mal. Ich hatte einen jungen Falken, den ich zur Rebhuhn-Jagd benutzte. Ich bekam ihn, als er noch nicht flügge war.«
»Wie das?«
»So ein junger Vogel frisch aus dem Nest ist leichter abzurichten.« Sie hatte das Nest aufmerksam betrachtet, dabei lag ein schwaches Lächeln auf ihrem Gesicht. »Aber mein bester Jagdvogel war ein ausgewachsener Hühnerhabicht. Weiblich. Sie sind größer als die Männchen, töten besser. Ist schwer, mit ihnen fertig zu werden. Aber sie jagte einfach alles – Kaninchen, Hase, Fasan.«
»Haben Sie den Habicht noch?«
»O nein. Eines Tages lauerte sie auf Beute. Dann änderte sie ihre Meinung. Ließ einen großen, fetten Fasan entwischen. Flog in einen Aufwind, der sie Hunderte Meter nach oben trug. Verschwand in der Sonne. Ich legte einen Monat lang Köder aus, aber sie kam nie mehr zurück.«
»Sie verschwand einfach?«
»Das kommt bei Raubvögeln vor«, meinte sie und zuckte ohne jede Sentimentalität die Achseln. »Hey, das sind wilde Tiere. Aber wir hatten sechs gute Monate miteinander.« Sie nickte zum Fenster herüber. »Sie bringen Glück. Haben Sie ihnen Namen gegeben?«
Rhyme hatte spöttisch gelacht. »Das ist nicht meine Art. Thom hat es versucht. Ich habe ihn ausgelacht und aus dem Zimmer gescheucht.«
»Wird Officer Sachs mich tatsächlich verhaften?«
»Oh, ich glaube, ich kann sie davon überzeugen, es nicht zu tun. Hören Sie, ich muß Ihnen etwas sagen.«
»Schießen Sie los.«

»Sie müssen eine Entscheidung treffen, Sie und Hale. Das ist es, worüber ich mit Ihnen sprechen wollte.«

»Entscheidung?«

»Wir könnten Sie aus der Stadt schaffen lassen. In eine Einrichtung zum Schutz von Zeugen. Ich bin ziemlich sicher, daß wir mit den richtigen Tarnmanövern den Tänzer abhängen und Sie bis zur Grand Jury schützen können.«

»Aber?« fragte sie.

»Aber er wird weiter hinter Ihnen her sein. Selbst nach der Grand Jury werden Sie für Phillip Hansen eine Gefahr darstellen, weil Sie im Prozeß gegen ihn aussagen müssen. Das könnte noch Monate dauern.«

»Die Grand Jury könnte entscheiden, ihn nicht anzuklagen, ganz gleich, was wir aussagen«, führte Percey an. »Dann gibt es für ihn keinen Grund mehr, uns zu töten.«

»Das spielt keine Rolle. Wenn der Tänzer einmal angeheuert wurde, jemanden umzubringen, läßt er nicht locker, bis die Person tot ist. Außerdem wird die Staatsanwaltschaft gegen Hansen auch wegen der Ermordung Ihres Mannes ermitteln, und in diesem Fall sind Sie ebenfalls Zeugen. Hansen muß Sie einfach beseitigen.«

»Ich verstehe, worauf Sie hinauswollen.«

Er hatte eine Augenbraue nach oben gezogen.

»Wir sollen den Wurm am Haken spielen«, hatte sie festgestellt.

Um seine Augen hatten sich Fältchen gebildet, und er hatte gelacht. »Nun, ich werde Sie nicht in aller Öffentlichkeit zur Schau stellen, sondern Sie lediglich in einem sicheren Haus hier in der Stadt unterbringen. Voll bewacht. Höchster Sicherheitsstandard. Wir werden uns dort verschanzen und Sie dort behalten. Der Tänzer wird auftauchen, und wir werden ihm das Handwerk legen, ein für allemal. Es ist eine verrückte Idee, aber ich glaube nicht, daß wir eine andere Wahl haben.«

Noch ein Schluck von dem Scotch. Er war nicht schlecht. Für ein Produkt, das nicht in Kentucky abgefüllt worden war.

»Verrückt?« wiederholte sie. »Ich will Ihnen eine Frage stellen. Haben Sie Vorbilder, Detective? Jemanden, den Sie bewundern?«

»Sicher. Kriminalisten. August Vollmer, Edmond Locard.«

»Kennen Sie Beryl Markham?«

»Nein.«

»Sie war Pilotin in den dreißiger und vierziger Jahren. Sie – nicht Amelia Earheart – ist mein Idol. Sie pflegte einen recht aufwendigen Lebensstil. Britische Oberschicht. Die *Jenseits von Afrika*-Gesellschaft. Sie war der erste Mensch – nicht die erste *Frau* –, der allein den Atlantik überquerte, die schwierige Strecke, von Ost nach West. Lindbergh hatte Rückenwind.« Sie lachte. »Alle dachten, *sie* sei verrückt. Die Zeitungen brachten Leitartikel, flehten sie an, nicht zu fliegen. Sie hat es natürlich trotzdem getan.«

»Und hat sie es geschafft?«

»Bruchlandung kurz vor dem Flughafen, aber sie hat es geschafft. Nun, ich weiß nicht, ob das tapfer oder verrückt war. Manchmal denke ich, dazwischen besteht gar kein Unterschied.«

Rhyme fuhr fort: »Sie werden zwar in ziemlicher Sicherheit sein, aber nicht völlig.«

»Ich will Ihnen mal etwas sagen. Wegen dieses gruseligen Namens, den Sie dem Mörder gegeben haben...«

»Der Tänzer.«

»Der *Toten*tänzer. Nun, es gibt da so einen Ausspruch, den wir verwenden, wenn wir Jets fliegen. Die kritische Ecke, manche sagen auch: Tote Ecke.«

»Was ist das?«

»Es ist die Differenz zwischen der Strömungsabrißgeschwindigkeit eines Flugzeuges und der Geschwindigkeit, bei der es durch die Turbulenzen beim Annähern der Schallmauer beginnt auseinanderzubrechen. Auf Meereshöhe hat man einen Spielraum von ein paar hundert Meilen die Stunde, aber in fünfzig-, sechzigtausend Fuß Höhe kann Ihre Strömungsabrißgeschwindigkeit bei fünfhundert Knoten die Stunde liegen und die Mach-Turbulenzen bei fünfhundertvierzig. Wenn man nicht innerhalb dieses Vierzig-Knoten-Bereichs bleibt, ist man in der Toten Ecke und erledigt. Alle Maschinen, die in so großer Höhe fliegen, müssen Autopiloten haben, damit sie innerhalb dieses Bereichs bleiben. Nun, ich will nur soviel sagen: Ich fliege immer so hoch, und ich benutze fast nie den Autopiloten. Vollkommen sicher ist also kein Zustand, an den ich gewöhnt wäre.«

»Also werden Sie mitmachen?«

Doch Percey antwortete nicht sofort. Sie sah ihn einen Augenblick prüfend an. »An der Sache ist doch mehr dran, oder etwa nicht?«

»Mehr?« hatte Rhyme gefragt, aber die Unschuld war nur ein dünner Film auf seiner Stimme.

»Ich lese den Stadtteil der *Times*. Ihr Bullen hängt euch normalerweise bei Mord nicht so rein. Was hat Hansen getan? Er hat zwei Soldaten getötet und meinen Mann, aber ihr seid hinter ihm her, als sei er Al Capone.«

»Hansen ist mir scheißegal«, hatte Lincoln Rhyme von seinem motorisierten Thron herunter ganz ruhig gesagt. Sein Körper mochte bewegungslos sein, doch seine Augen loderten wie dunkle Flammen, genau wie die Augen ihres Falken. Sie hatte Rhyme nicht erzählt, daß sie genau wie er einem Jagdvogel niemals einen Namen geben würde, daß sie ihren Falken einfach nur »den Falken« genannt hatte.

Rhyme hatte weiter gesprochen: »Ich will den Tänzer kriegen. Er hat Polizisten getötet, darunter zwei, die für mich gearbeitet haben. Und ich *werde* ihn kriegen.«

Trotzdem hatte sie gespürt, daß es um mehr ging. Aber sie hatte ihn nicht gedrängt. »Sie werden Brit ebenfalls fragen müssen.«

»Natürlich.«

Schließlich hatte sie gesagt: »In Ordnung, ich werde es tun.«

»Danke. Ich...«

»Aber«, unterbrach sie ihn.

»Was?«

»Es gibt eine Bedingung.«

»Und die lautet?« Rhyme hob eine Augenbraue, und Percey hatte es plötzlich wie ein Schlag durchzuckt: Wenn man über seinen behinderten Körper hinwegsah, war er ein überaus gutaussehender Mann. Und, ja, sobald ihr dies klar wurde, war da wieder ihr alter Feind – dieses allzu vertraute Gefühl, in der Gegenwart eines gutaussehenden Mannes zusammenzuschrumpfen. Hey, Trollgesicht, Mopsschnauze, Troll, Trollie, Froschmädchen, haste ein Date für Samstag abend? Wetten, daß nich...

Percey sagte: »Daß ich den Charter für U.S. Medical morgen abend fliege.«

»Also, ich glaube nicht, daß das eine gute Idee wäre.«

»Damit steht und fällt unser Deal«, erklärte sie und benutzte damit einen Satz, den sie bei Ron und Ed gelegentlich gehört hatte.

»Warum müssen *Sie* es sein, die fliegt?«

»Hudson Air braucht diesen Vertrag. Dringend. Es ist ein knapp berechneter Flug, und wir brauchen dafür den besten Piloten der Firma. Das bin ich.«

»Was meinen Sie mit knapp berechnet?«

»Alles ist bis auf den letzten Kilometer geplant. Wir nehmen nur das Minimum an Treibstoff mit. Wegen dieses engen Rahmens kann ich keinen Piloten gebrauchen, der Zeit vergeudet, indem er Runden dreht, weil er den Anflug vermasselt hat oder Ausweichpositionen aushandelt.« Sie hatte eine Pause gemacht und dann hinzugefügt: »Ich werde meine Firma nicht den Bach runter gehen lassen.«

Percey hatte mit derselben Eindringlichkeit gesprochen wie er, trotzdem war sie überrascht gewesen, als er nickte. »In Ordnung«, sagte Rhyme, »ich bin einverstanden.«

»Dann haben wir einen Deal.« Instinktiv beugte sie sich vor, um seine Hand zu schütteln, hielt sich aber gerade noch zurück.

Er hatte gelacht. »Heutzutage halte ich mich einzig und allein an mündliche Abmachungen.« Sie hatten den Scotch getrunken, um ihre Vereinbarung zu besiegeln.

Jetzt, um halb sieben Uhr morgens, lehnte sie den Kopf gegen das Fenster des sicheren Hauses. Es gab so viel zu tun. *Foxtrot Bravo* wieder flottmachen. Das Navigationsbuch und den Flugplan vorbereiten – was allein Stunden dauern konnte. Trotz allem aber, trotz ihrer inneren Unruhe, trotz ihrer Trauer um Ed, empfand sie jene unbeschreibliche Vorfreude: Heute abend würde sie fliegen.

»Hey«, erklang eine freundliche Stimme in gedehntem Tonfall.

Sie drehte sich um und sah Roland Bell im Türrahmen.

»Morgen«, sagte sie.

Er hastete zu ihr. »Wenn Sie die Vorhänge öffnen, machen Sie sich besser klein wie ein Baby.« Er zog die Vorhänge zu.

»Ach, ich dachte, Detective Rhyme wird eine Falle zuschnappen lassen. Die ihn garantiert fangen wird.«

»Nun, es heißt, daß Lincoln Rhyme immer recht hat. Aber ich würde diesem speziellen Mörder nicht bis zur nächsten Ecke trauen. Haben Sie gut geschlafen?«

»Nein«, sagte sie. »Sie?«

»Ich habe zwei Stunden im Sitzen gedöst«, gab Bell zur Antwort, während er mit scharfem Blick zwischen den Vorhängen nach draußen spähte. »Aber ich brauche auch nicht viel Schlaf. Werde an den meisten Tagen voller Elan wach. So ist das, wenn man kleine Kinder hat. Also, lassen Sie den Vorhang einfach geschlossen. Denken Sie dran, das hier ist New York, und was würde wohl aus meiner Karriere werden, wenn irgend so ein Gangster hier rumballern und Sie ins Jenseits befördern würde? Ich wäre eine Woche lang das Gespött des ganzen Reviers. Wie wäre es jetzt mit einer Tasse Kaffee?«

Da war ein Dutzend bauchiger Wolken, die sich an diesem Sonntagmorgen in den Fenstern des alten Hauses spiegelten.

Da war ein Hauch Regen.

Da war die *Ehefrau* im Bademantel am Fenster, ihr bleiches Gesicht eingerahmt von dunklem, lockigem Haar, das vom Schlaf zerzaust war.

Und da war Stephen Kall, nur einen Block entfernt vom sicheren Haus des Justizdepartments an der 35. Straße. Er verschmolz mit dem Schatten eines Wasserturms auf dem Dach eines alten Apartmenthauses und beobachtete durch sein Leica-Fernglas, wie die Wolkenschatten über ihren kleinen Körper glitten.

Er wußte, daß die Fensterscheibe aus kugelsicherem Glas war und mit Sicherheit seinen ersten Schuß abhalten würde. Er könnte innerhalb von vier Sekunden eine zweite Runde abfeuern, aber das zerberstende Glas würde ihr einen solchen Schreck einjagen, daß sie unwillkürlich vom Fenster zurückweichen würde, selbst wenn ihr nicht bewußt wäre, daß auf sie geschossen wurde. Aller Wahrscheinlichkeit nach würde es ihm nicht gelingen, ihr eine tödliche Wunde zuzufügen.

Sir, ich werde bei meinem ursprünglichen Plan bleiben, Sir.

Ein Mann trat neben sie, und der Vorhang fiel wieder zu. Dann spähte der Mann durch den Spalt, die Dächer absuchend, wo ein Schütze sich logischerweise positionieren würde. Er sah effizient und gefährlich aus. Stephen prägte sich sein Gesicht ein.

Dann duckte er sich hinter den Wasserturm, bevor er entdeckt werden konnte.

Der Trick der Polizei – er vermutete, daß es die Idee von Lincoln, dem Wurm, war –, so zu tun, als seien die *Ehefrau* und der *Freund* in das Polizeigebäude an der West Side verlegt worden, hatte ihn nicht länger als zehn Minuten getäuscht. Nachdem er die *Ehefrau* und Ron über die angezapfte Leitung belauscht hatte, hatte er einfach ein Hacker-Telefonprogramm gestartet, das er von der warez newsgroup im Internet heruntergeladen hatte. Es hatte die Nummer aufgespürt, von der aus die *Ehefrau* telefoniert hatte. Sie begann mit der Vorwahl 212. Das bedeutete Manhattan.

Was er als nächstes getan hatte, schien ziemlich abseitig.

Aber wie werden Siege errungen, Soldat?

Indem man jede Möglichkeit in Betracht zog, so unwahrscheinlich sie auch erscheinen mag, Sir.

Er loggte sich im Internet in ein Telefonverzeichnis ein, das anhand einer Nummer Adresse und Namen des Inhabers ermittelte. Das funktionierte nicht bei Geheimnummern, und Stephen war sich sicher, daß niemand in der Regierung so dumm sein konnte, für ein sicheres Haus eine normale Telefonnummer zu benutzen.

Er hatte sich geirrt.

Der Name *James L. Johnson, 35. Straße Ost, Nummer 258* erschien auf dem Schirm.

Unmöglich...

Dann rief er in der FBI-Zentrale von Manhattan an und bat darum, mit Mr. Johnson verbunden zu werden. »Das wäre James Johnson.«

»Bleiben Sie bitte dran, ich stelle durch.«

»Ach, Verzeihung«, hatte Stephen unterbrochen, »in welcher Abteilung arbeitet er noch gleich?«

»In der Justizabteilung. Büro für die Verwaltung von Bundeseinrichtungen.«

Stephen legte auf, während der Anruf weitergeleitet wurde.

Sobald er wußte, daß die *Ehefrau* und der *Freund* in einem sicheren Haus in der 35. Straße waren, hatte er einige Behördenpläne des Wohnblocks gestohlen, um seinen Angriff zu planen. Dann hatte er einen Spaziergang rund um die Wache des zwanzigsten Bezirks gemacht und sich dabei beobachten lassen, wie er die Zapfsäule ins Visier nahm. Anschließend hatte er einen Tankwagen gestohlen und genügend Beweismaterial an Ort und Stelle zurückgelassen, um sie davon zu überzeugen, daß er den Tankwagen als gigantische Benzinbombe einsetzen wollte, um die Zeugen auszuschalten.

Und jetzt war Stephen Kall hier, in Schußweite der *Ehefrau* und des *Freundes*.

Dachte über seinen Auftrag nach und versuchte dabei, nicht an die offensichtliche Parallele zu denken: das Gesicht am Fenster, das nach ihm Ausschau hielt.

Er fühlte sich ein wenig kribbelig, nicht allzu schlimm. Ein bißchen wurmig.

Der Vorhang schloß sich. Stephen beobachtete nun wieder das sichere Haus.

Es war ein dreistöckiges, freistehendes Gebäude, das von der Straße wie von einem dunklen Graben umschlossen wurde. Die Wände waren aus braunem Sandstein – neben Granit und Marmor die am schwierigsten aufzubrechende oder zu sprengende Bausubstanz –, und die Fenster waren mit Gitterstäben versperrt, die wie altes Eisen aussahen, aber, wie Stephen wußte, tatsächlich aus gehärtetem Stahl bestanden und mit Bewegungs- oder Geräuschsensoren oder beidem versehen waren.

Die Feuerleiter sah echt aus, aber wenn man genau hinsah, bemerkte man, daß es hinter den Vorhängen der Fenster dunkel war. Vermutlich Stahlplatten, die von innen an den Fensterrahmen festgeschraubt waren.

Er hatte die echte Feuertür entdeckt – hinter einem großen Theaterplakat, das die Wand verdeckte. (Warum sollte irgend jemand in einer Seitengasse Werbung aufhängen, wenn nicht, um dahinter eine Tür zu verbergen?) Die Gasse wirkte nicht anders als die meisten anderen im Stadtzentrum, Pflastersteine und Asphalt, aber er konnte die Glasaugen von Überwachungskameras sehen, die in die Wände eingelassen waren. Trotzdem gab es in der Gasse Müllsäcke und mehrere Müllcontainer, die eine ziemlich gute Deckung abgeben würden. Er könnte aus einem Fenster des benachbarten Bürogebäudes in die Gasse steigen und die Mülleimer als Deckung benutzen, um zur Feuertür zu gelangen.

Im Erdgeschoß des Bürogebäudes stand sogar ein Fenster offen, in dem ein Vorhang flatterte. Wer auch immer die Aufnahmen der Überwachungskameras beobachtete, hatte sich vermutlich schon an die dauernde Bewegung gewöhnt. Stephen könnte aus dem Fenster die zwei Meter hinunterspringen, dann hinter dem Müllcontainer verschwinden und zur Feuertür kriechen.

Er wußte auch, daß sie ihn hier nicht erwarteten – er hatte die Berichte über die Evakuierung aller Wohnhäuser im zwanzigsten Bezirk gehört, also rechneten sie wirklich damit, daß er versuchen würde, mit einer Tankwagen-Bombe in die Nähe der Polizeiwache zu gelangen.

Abwägen, Soldat.

Sir, meine Einschätzung ist die, daß der Gegner sich sowohl auf die bauliche Struktur als auch auf die Anonymität der Anlage als Abwehr verläßt. Mir fällt auf, daß es kein großes Aufgebot an taktischem Personal gibt, und ich schließe daraus, daß ein Ein-Mann-Angriff auf die Anlage gute Erfolgsaussichten hat, eine oder zwei der Zielpersonen zu eliminieren, Sir.

Trotz dieser Zuversicht fühlte er sich für einen Augenblick kribbelig.

Stellte sich Lincoln vor, der nach ihm suchte. Lincoln, den Wurm. Ein großes, plumpes Ding, eine Larve, feucht von Wurmnässe, die überallhin schaute, durch Wände blickte, durch Risse eindrang.

Aus Fenstern schaute...
Sein Bein heraufkroch.
Sein Fleisch abnagte.
Wasch sie ab. Wasch sie ab!

Was abwaschen, Soldat? Du führst dich auf, als seist du ein kleines, zimperliches Schulmädchen.

Sir, nein Sir. Ich bin eine Messerschneide, Sir. Ich bin der reine Tod. Ich bin geil aufs Töten, Sir!

Atmete tief durch. Beruhigte sich langsam.

Er versteckte den Gitarrenkasten mit dem Modell 40 auf dem Dach unter dem hölzernen Wasserturm. Den Rest seiner Ausrüstung packte er in eine große Büchertasche, dann zog er eine Windjacke mit dem Emblem der Columbia Universität und seine Baseball-Mütze an.

Er kletterte die Feuerleiter herunter und verschwand in der Gasse, dabei verspürte er Scham und sogar Angst – nicht vor den Kugeln seines Gegners, sondern vor dem durchbohrenden, heißen Blick von Lincoln, dem Wurm, der näher kam, sich langsam, aber unaufhaltsam durch die Stadt schlängelte und nach ihm suchte.

Stephen hatte geplant, gewaltsam einzudringen, doch er brauchte niemanden zu töten. Das Bürogebäude neben dem sicheren Haus war leer.

Die Lobby war verwaist, und es befand sich keine Überwachungskamera darin. Die Eingangstür wurde mit einem Türstopper aus Gummi ein Stück weit offengehalten, und er sah daneben Möbelkarren und Abdeckhauben für Sitzgarnituren gestapelt. Es war verlockend, aber er wollte nicht irgendwelchen Möbelpackern oder Mietern in die Arme laufen, deshalb schlüpfte er wieder hinaus und bog um die Ecke, so daß er sich auf der vom sicheren Haus abgewandten Seite befand. Er glitt hinter eine Pinie, um vom Gehweg aus nicht gesehen zu werden. Mit dem Ellbogen stieß er die Scheibe eines schmalen Fensters ein, das in ein verdunkeltes Büro führte – von einem Psychiater, wie sich herausstellte –, und kletterte hinein. Er stand fünf Minuten lang vollkommen unbeweglich, die Pistole in der Hand. Nichts. Erst dann glitt er lautlos hinaus in den Flur des Erdgeschosses.

Er blieb vor dem Büro stehen, von dem er glaubte, daß von dort das Fenster auf die Gasse hinaus führte – das mit dem flatternden Vorhang. Stephen griff nach dem Türknopf.

Doch ein Instinkt veranlaßte ihn, seine Pläne zu ändern. Er beschloß, es durch den Keller zu probieren. Er fand die Treppe und stieg in das modrige Labyrinth der Kellerräume hinunter.

Lautlos bahnte sich Stephen einen Weg zu der Seite des Gebäudes, die dem sicheren Haus am nächsten lag, und stieß eine Stahltür auf. Er trat in einen schwach erleuchteten Raum von etwa sechs mal sechs Metern, der voller Kisten und alter Geräte stand. Er entdeckte ein Fenster in Kopfhöhe, das auf die Gasse hinausging.

Es würde knapp werden. Scheibe und Rahmen waren zu entfernen. Doch wenn er erst einmal draußen wäre, könnte er gleich hinter einen Haufen Müllsäcke schlüpfen und von dort in Heckenschützen-Manier zur Feuertür des sicheren Hauses robben. Das war viel sicherer als das Fenster im Erdgeschoß.

Stephen dachte: Ich habe es geschafft.

Er hatte sie alle überlistet.

Hatte Lincoln, den Wurm, überlistet. Das bereitete ihm ebensoviel Befriedigung, wie ihm die Ermordung der beiden Opfer verschaffen würde.

Er nahm einen Schraubenzieher aus seiner Büchertasche und begann, den Glaskitt aus dem Fenster zu puhlen. Die grauen Fetzen ließen sich schwer lösen, und er war so in seine Aufgabe vertieft, daß er den Schraubenzieher erst fallen ließ und seine Hand zum Griff der Beretta führte, als der Mann ihm schon eine Pistole in den Nacken drückte und ihm zuraunte: »Wenn du dich auch nur einen Zentimeter von der Stelle rührst, bist du tot.«

DRITTER TEIL

Kunstfertigkeit

Der Falke hob zu fliegen an. Zu fliegen: die furchtbare Luftkröte, die lautlos-gefiederte Eule, der bucklige fliegende Richard III., kam dicht über dem Erdboden auf mich zu. Seine Flügel schlugen in gemessener Absicht, die beiden Augen in seinem vorgeneigten Kopf fixierten mich mit makaberer Konzentration.

Der Falke, T. H. White

19

23. Stunde von 45

Kurzer Lauf, vermutlich ein Colt oder Smittie oder ein billiger Nachbau, längere Zeit nicht abgefeuert. Und auch nicht geölt.
  Ich rieche Rost.
  Und was sagt uns eine rostige Pistole, Soldat?
  Viel, Sir.
  Stephen Kall erhob seine Hände.
  Die hohe, zittrige Stimme befahl: »Wirf deine Waffe hier rüber. Und das Walkie-Talkie.«
  Walkie-Talkie?
  »Mach schon, los. Sonst puste ich dir das Hirn weg.« Die Stimme kippte vor Verzweiflung. Der Mann schniefte.
  Soldat, drohen Profis?
  Sir, das tun sie nicht. Dieser Mann ist ein Amateur. Sollen wir ihn ausschalten?
  Noch nicht. Noch ist er eine Bedrohung.
  Sir, jawohl Sir.
  Stephen ließ seine Waffe auf einen Karton fallen.
  »Wo…? Sag schon, wo ist dein Funkgerät?«
  »Ich habe kein Funkgerät«, gab Stephen zurück.
  »Dreh dich um. Und mach keine Mätzchen.«
  Stephen gehorchte und sah sich einem mageren Mann mit unruhig hin- und herhuschenden Augen gegenüber. Er war verdreckt und wirkte krank. Seine Nase lief, und seine Augen waren beunruhigend gerötet. Das dichte braune Haar klebte ihm am Kopf. Und er stank. Wahrscheinlich ein Obdachloser. Ein Suffkopf, hätte sein Stiefvater gesagt. Oder ein Penner.
  Der kurze Lauf des alten, abgewetzten Colts drückte gegen Ste-

phens Bauch, der Abzugshahn war gespannt. Es hätte nicht viel bedurft, damit ein Schuß losginge, vor allem nicht, wenn die Waffe alt war. Stephen lächelte gewinnend. Er rührte keinen Muskel.

»Sieh mal«, sagte er, »ich will keinen Ärger.«

»Wo ist dein Funkgerät?« stieß der Mann hervor.

»Ich habe kein Funkgerät.«

Der Mann tastete nervös die Brust seines Gefangenen ab. Stephen hätte ihn leicht töten können – die Aufmerksamkeit seines Gegners war abgelenkt. Er spürte, wie unruhige Finger über seinen Körper wanderten und ihn absuchten. Schließlich trat der Mann zurück. »Wo ist dein Partner?«

»Wer?«

»Red keinen Scheiß. Du weißt doch Bescheid.«

Das kribbelige Gefühl war plötzlich wieder da. Die Würmer... Etwas stimmte hier nicht. »Ich weiß wirklich nicht, wen du meinst.«

»Den Bullen, der gerade hier war.«

»Ein Bulle?« flüsterte Stephen. »In diesem Gebäude?«

Die Augen des Mannes flackerten unsicher. »Yeah. Bist du denn nicht sein Partner?«

Stephen ging zum Fenster und sah hinaus.

»Bleib stehen. Oder ich schieße.«

»Ziel mit dem Ding woandershin«, befahl Stephen und warf einen Blick über seine Schulter. Seine Sorge galt jetzt nicht mehr diesem Mann und seiner Waffe. Er begann, das ganze Ausmaß seines Fehlers zu begreifen. Ihm wurde übel.

Die Stimme des Mannes überschlug sich, als er drohte: »Stop. Bleib stehen. Ich meine es verdammt ernst.«

»Sind sie auch draußen in der Gasse?« fragte Stephen unbeeindruckt.

Einen Augenblick lang verwirrtes Schweigen. »Du bist wirklich kein Bulle?«

»Sind sie auch in der Gasse?« wiederholte Stephen fordernd.

Der Mann sah sich unruhig im Raum um. »Ein paar von ihnen waren vor einer Weile dort. Sie haben die Müllsäcke verteilt. Ich weiß nicht, wie es jetzt aussieht.«

Stephen starrte hinaus. Die Müllsäcke... Sie sind dort deponiert worden, um mich anzulocken. Falsche Deckung.

»Wenn du um Hilfe rufst, ich schwöre dir...«

»Ach, halt den Mund.« Stephen inspizierte die Gasse langsam, geduldig wie eine Boa, bis er schließlich einen schwachen Schatten auf den Pflastersteinen wahrnahm – hinter einem Müllcontainer. Der Schatten bewegte sich ein, zwei Zentimeter zur Seite.

Und auf dem Dach des Gebäudes hinter dem sicheren Haus – neben dem Fahrstuhlturm – entdeckte er ebenfalls das leichte Kräuseln eines Schattens. Sie waren zu gut, um die Mündungen ihrer Gewehre sehen zu lassen, aber nicht gut genug, um daran zu denken, das Licht, das von den Pfützen auf den Dächern reflektiert wurde, abzublocken.

Jesus, Gott... Irgendwie hatte Lincoln, der verfluchte Wurm, gewußt, daß Stephen nicht auf die Falle im zwanzigsten Bezirk hereinfallen würde. Sie hatten ihn die ganze Zeit hier erwartet. Lincoln hatte sogar seine Strategie erraten – daß Stephen versuchen würde, genau aus diesem Gebäude in die Gasse zu gelangen.

Das Gesicht am Fenster...

Stephen kam der absurde Gedanke, daß es Lincoln, der Wurm, gewesen war, der in Alexandra, Virginia, in rosafarbenes Licht getaucht am Fenster gestanden und ihn beobachtet hatte. Natürlich konnte er es nicht gewesen sein. Dennoch, auch wenn es nicht möglich war, spürte Stephen, wie sich die kribbelige, würgende Übelkeit in seinem Bauch ausbreitete.

Die angelehnte Tür, das offene Fenster, der flatternde Vorhang... ein verdammter roter Teppich. Und die Gasse: die perfekte Todeszone.

Einzig und allein sein Instinkt hatte ihn gerettet.

Lincoln, der Wurm, hatte ihm eine Falle gestellt.

Wer, zum Teufel, war er?

Stephen kochte vor Wut. Es lief ihm heiß und kalt den Rücken herunter. Wenn sie ihn erwartet hatten, dann lief sicher alles nach der üblichen Such- und Überwachungsprozedur ab. Und das bedeutete, daß der Bulle, den dieser kleine Scheißer gesehen hatte, schon bald zurückkommen würde, um diesen Raum zu überprüfen. Stephen fuhr zu dem mageren Mann herum. »Wie lange ist es her, seit der Bulle zuletzt hier drin nachgesehen hat?«

Die besorgten Augen des Mannes flackerten, dann erschien offene Furcht darin.

»Los, antworte mir«, knurrte Stephen drohend, trotz des schwarzen Pistolenlaufs, der weiterhin auf ihn gerichtet war.

»Vor zehn Minuten.«

»Welche Waffe hat er?«

»Ich weiß es nicht. Ich glaube, eine von diesen coolen. So eine Maschinenpistole.«

»Wer bist du überhaupt?« fragte Stephen.

»Ich brauche deine verdammten Fragen nicht zu beantworten«, gab der Mann trotzig zurück. Er wischte sich seine tropfende Nase am Ärmel ab. Und machte den Fehler, dies mit der Hand zu tun, in der er die Waffe hielt. Blitzschnell entriß ihm Stephen die Pistole und warf den kleinen Mann zu Boden.

»Nein! Tu mir nicht weh.«

»Halt's Maul«, bellte Stephen. Instinktiv öffnete er den Colt und sah nach, wie viele Kugeln sich im Magazin befanden. Es waren keine drin. »Er ist nicht geladen?« fragte er ungläubig.

Der Mann zuckte die Achseln. »Ich...«

»Du hast mich mit einer ungeladenen Waffe bedroht?«

»Na ja, weißt du... Wenn sie dich erwischen, und sie war nicht geladen, sperren sie dich nicht so lange ein.«

Das ging Stephen einfach nicht in den Kopf. Er dachte kurz daran, den Mann einfach nur für seine Dummheit umzulegen. »Was machst du hier?«

»Verschwinde und laß mich allein«, wimmerte der Mann und kam mühsam auf die Beine.

Stephen ließ den Colt in seine Tasche gleiten, packte dann seine Beretta und richtete sie auf den Kopf des Mannes. »Was machst du hier?«

Der andere wischte sich wieder über sein Gesicht. »Oben sind ein paar Arztpraxen. Und sonntags ist kein Mensch hier, deshalb breche ich ein, weißt du, wegen der Proben.«

»Proben?«

»Ärzte kriegen diese ganzen kostenlosen Proben von Medikamenten und all dem Zeug, und sie sind nicht registriert, also kann man soviel davon klauen, wie man will, und keiner erfährt was davon. Percodan, Fiorinol, Diätpillen und solchen Kram.«

Doch Stephen hörte nicht mehr zu. Ihn schauderte wieder wegen des Wurmes. Lincoln war sehr nah.

»Hey, alles in Ordnung mit dir?« Der Mann schaute Stephen prüfend ins Gesicht.

Seltsamerweise verschwanden die Würmer.

»Wie heißt du?« fragte Stephen.

»Jodie. Eigentlich Joe D'Oforio. Aber jeder nennt mich Jodie. Und du?«

Stephen antwortete nicht. Starrte aus dem Fenster. Ein weiterer Schatten regte sich auf dem Dach des Gebäudes hinter dem sicheren Haus.

»Okay, Jodie. Hör zu. Willst du ein bißchen Geld verdienen?«

»Also?« fragte Rhyme ungeduldig. »Was geht da vor?«

»Er ist immer noch in dem Gebäude neben dem sicheren Haus. Noch ist er nicht in der Gasse aufgetaucht.« Sellitto erstattete Bericht.

»Warum nicht? Er muß. Es gibt für ihn keinen Grund, nicht zu kommen. Wo liegt das Problem?«

»Sie checken jedes Stockwerk. Er ist nicht in dem Büro, in dem wir mit ihm gerechnet hatten.«

Das mit dem offenen Fenster. Verdammt! Rhyme hatte lange überlegt, ob man wirklich das Fenster mit flatterndem Vorhang offenlassen sollte, um ihn in Versuchung zu führen. Es war also doch zu offensichtlich gewesen. Der Tänzer war mißtrauisch geworden.

»Sind alle einsatzbereit?« fragte Rhyme.

»Natürlich. Entspann dich.«

Doch das konnte er nicht. Rhyme hatte nicht genau gewußt, wie der Tänzer bei seinem Angriff auf das sichere Haus vorgehen würde. Er war sich aber sicher gewesen, daß er es über die Gasse versuchen würde. Er hatte darauf gesetzt, daß der Tänzer die Müllsäcke und Müllcontainer für eine ausreichende Deckung halten würde, um von dort anzugreifen. Dellrays Agenten und Haumanns 32-E-Teams waren rund um die Gasse postiert, außerdem in dem Bürogebäude und in den umliegenden Häusern. Sachs wartete mit Haumann, Sellitto und Dellray in einem Lieferwagen mit gefälschtem UPS-Emblem, der ein Stück oberhalb des sicheren Hauses parkte.

Rhyme hatte sich vorübergehend von der Finte mit der Tankwagen-Bombe täuschen lassen. Daß der Tänzer an einem Tatort ein Werkzeug fallen ließ, war unwahrscheinlich, aber glaubhaft. Doch dann war Rhyme mißtrauisch geworden. Es waren einfach zu viele Zündschnurreste an der Schere. Sie ließen vermuten, daß der Tänzer die Schneide eigens eingerieben hatte, um der Polizei vorzugaukeln, daß er einen Anschlag auf die Bezirkswache plante. Nein, beschloß er, der Tänzer begann keineswegs, Fehler zu machen, wie er und Sachs ursprünglich geglaubt hatten. Er hatte sich absichtlich dabei beobachten lassen, wie er seine mutmaßliche Angriffsroute auskundschaftete. Und dann hatte er auch noch den Wachmann ganz bewußt am Leben gelassen, damit der Mann die Polizei rufen und ihr vom Diebstahl des Tankwagens berichten konnte.

Was aber schließlich den Ausschlag gab, war physisches Beweismaterial. Eine Verbindung aus Ammonium und Papier. Es gab nur zwei Quellen für diese Kombination – alte Pläne von Architekten und Flurkarten, die auf großen Bögen mit Ammoniumdruckern vervielfältigt wurden. Rhyme hatte Sellitto im Polizei-Hauptquartier anrufen und nach Einbrüchen in Architekturbüros oder Katasterämtern fragen lassen. Kurz darauf kam die Antwort, daß ins Registraturbüro eingebrochen worden war. Rhyme bat sie, nach den Unterlagen für die 35. Straße zu sehen, und verblüffte damit die Beamten, die berichteten, ja, genau diese Karten fehlten.

Allerdings blieb es ein Rätsel, wie der Tänzer herausgefunden hatte, daß Percey und Brit in dem sicheren Haus waren und wie die Adresse lautete.

Vor fünf Minuten hatten zwei Einsatzbeamte ein eingeschlagenes Fenster im Erdgeschoß des Bürogebäudes entdeckt. Der Tänzer hatte zwar die offenstehende Eingangstür ignoriert, war aber trotzdem eingedrungen, um das sichere Haus durch die Gasse anzugreifen, genau wie Rhyme es vorhergesagt hatte. Doch irgend etwas hatte ihn mißtrauisch gemacht. Jetzt befand er sich in dem Gebäude, und sie hatten keine Ahnung, wo. Eine Schlange in einem dunklen Raum. Wo war er, und was hatte er vor?

Zu viele Möglichkeiten zu sterben...

»Er würde nicht einfach nur so warten«, murmelte Rhyme. »Das ist zu gefährlich.« Er wurde rasend vor Ungeduld.

Ein Agent meldete sich: »Nichts im ersten Stock. Wir drehen immer noch unsere Runden.«

Fünf Minuten vergingen. Wachen meldeten sich mit negativen Berichten, doch alles, was Rhyme wirklich hörte, war das statische Rauschen in seinem Kopfhörer.

Vorsichtig antwortete Jodie: »Wer will kein Geld verdienen? Aber was soll ich dafür tun?«

»Mir hier raushelfen.«

»Ich meine, was machst du hier? Suchen die etwa nach *dir*?«

Stephen musterte den kläglichen kleinen Mann von Kopf bis Fuß. Ein Versager, aber nicht verrückt oder dumm. Stephen beschloß, daß es taktisch am klügsten war, ehrlich zu sein. Außerdem würde der Mann in ein paar Stunden sowieso tot sein.

»Ich bin hier, um jemanden umzubringen.«

»Wow. Bist du von der Mafia oder so was? Wen willst du denn umbringen?«

»Jodie, sei still. Wir sind hier in einer schwierigen Lage.«

»Wir? Ich habe nichts getan.«

»Außer daß du zur falschen Zeit am falschen Ort bist«, stellte Stephen fest. »Und das ist zu dumm, denn damit sitzt du mit mir in einem Boot, weil sie mich suchen und nicht glauben werden, daß du nicht zu mir gehörst. Also, wirst du mir nun helfen oder nicht? Ich habe nur Zeit für ein Ja oder ein Nein.«

Jodie versuchte, nicht ängstlich dreinzublicken, aber seine Augen verrieten ihn.

»Ja oder nein?«

»Ich will nicht verletzt werden.«

»Wenn du auf meiner Seite bist, wirst du nie verletzt. Das ist eine

Sache, die ich wirklich gut drauf habe, sicherzugehen, wer verletzt wird und wer nicht.«

»Und du wirst mich wirklich bezahlen? Bar? Kein Scheck.«

Stephen mußte lachen. »Kein Scheck. Nein. Bar.«

Die Knopfaugen rechneten. »Wieviel?«

Der kleine Mistkerl versuchte zu handeln.

»Fünftausend.«

Die Furcht blieb in den Augen, wurde aber kurz vom Schock verdrängt. »Echt? Du haust mich nicht übers Ohr?«

»Nein.«

»Und was ist, wenn ich dich hier rauskriege und du legst mich dann um, damit du nicht bezahlen mußt?«

Stephen lachte erneut. »Ich kassiere viel mehr als das. Fünf sind eine Kleinigkeit für mich. Außerdem, wenn wir hier rauskommen, könnte ich deine Hilfe noch mal gebrauchen.«

»Ich...«

Ein Geräusch im Flur. Schritte näherten sich.

Der Bulle, der nach ihm suchte.

Es war nur einer, das konnte Stephen an den Schritten hören. Machte Sinn. Sie rechneten damit, daß er durch das offene Fenster in das Büro im Erdgeschoß einsteigen würde; dort hatte Lincoln, der Wurm, die meisten Männer postiert.

Stephen steckte die Pistole in seine Büchertasche zurück und zog sein Messer. »Also, was ist? Hilfst du mir?«

Keine harte Nuß, natürlich. Wenn Jodie ihm nicht half, wäre er in sechzig Sekunden tot. Und er wußte es.

»Okay.« Jodie streckte ihm die Hand entgegen.

Stephen ignorierte sie und fragte: »Wie kommen wir hier raus?«

»Siehst du diese Steinblöcke da drüben? Man kann sie herausziehen. Sie führen in einen alten Tunnel. Unter der Stadt verlaufen diese alten Liefertunnels. Niemand weiß mehr von ihnen.«

»Tatsächlich?« Stephen wünschte, er hätte früher davon erfahren.

»Ich kann uns zur U-Bahn bringen. Da wohne ich. In einer stillgelegten U-Bahnstation.«

Es war zwei Jahre her, seit Stephen zuletzt mit einem Partner zusammengearbeitet hatte. Manchmal wünschte er, er hätte den Mann doch nicht umgebracht.

Jodie starrte auf die Steinblöcke.

»Nein«, flüsterte Stephen. »Ich will, daß du folgendes tust. Du stellst dich an diese Wand. Da drüben.« Er wies auf die Wand gegenüber der Tür.

»Aber da wird er mich sehen. Er leuchtet mit einer Taschenlampe hier rein, und dabei wird er zuallererst mich entdecken!«

»Stell dich einfach dort hin, und heb die Hände hoch.«

»Er wird mich erschießen«, wimmerte Jodie.

»Nein, wird er nicht. Du mußt mir vertrauen.«

»Aber...« Seine Augen schossen zur Tür. Er wischte sich über das Gesicht.

Wird dieser Mann zusammenbrechen, Soldat?

Das ist ein Risiko, Sir, aber ich habe die Chancen berechnet, und ich glaube es nicht. Dieser Mann will unbedingt das Geld.

»Du mußt mir vertrauen.«

Jodie seufzte. »Okay, okay...«

»Halt die Hände aber ganz bestimmt hoch, sonst schießt er wirklich.«

»Ist's so richtig?« Er hob die Arme.

»Tritt noch etwas zurück, so daß dein Gesicht im Schatten liegt. Yeah, genau. Ich will nicht, daß er dein Gesicht sieht... Gut. Perfekt.«

Die Schritte kamen näher und näher. Leise. Zögernd.

Stephen legte einen Finger auf den Mund und preßte sich bäuchlings auf die Erde, verschmolz mit dem Fußboden.

Vor der Tür hielten die Schritte inne. Dann erschien eine Gestalt im Türrahmen. Der Polizist trug kugelsichere Kleidung und eine FBI-Windjacke.

Er trat in den Raum und leuchtete ihn mit der Taschenlampe ab, die am Lauf seiner Heckler&Koch-Maschinenpistole befestigt war. Als der Lichtstrahl auf Jodies Bauch traf, tat der Polizist etwas, das Stephen überraschte: Er begann, den Abzug durchzudrücken.

Die Bewegung war kaum wahrnehmbar. Aber Stephen hatte selbst schon so viele Menschen und Tiere erschossen, daß er das

Spiel der Muskeln und die angespannte Haltung kurz vor dem Abfeuern der Waffe genau kannte.

Stephen reagierte schnell. Er schnellte hoch, fegte die Maschinenpistole des Polizisten zur Seite und zerbrach das Mikrofon seines Funkgeräts. Dann jagte er sein Messer unter den Trizeps des Agenten und lähmte damit seinen rechten Arm. Der Mann schrie vor Schmerz laut auf.

Sie haben grünes Licht, mich zu töten! dachte Stephen. Ohne Vorwarnung. Sobald sie mich sehen, schießen sie, ob ich bewaffnet bin oder nicht.

Jodie kreischte: »O mein Gott!« Er stolperte unsicher nach vorn, die Hände noch immer in der Luft – es sah fast komisch aus.

Stephen stieß den Agenten auf die Knie, zog ihm seinen Kevlar-Helm über die Augen und knebelte ihn mit einem Lumpen.

»O Gott, du hast ihn erstochen«, jammerte Jodie, ließ die Arme sinken und ging auf ihn zu.

»Halt's Maul«, befahl Stephen. »Wo ist der Ausgang, von dem du gesprochen hast?«

»Aber...«

»Jetzt.«

Jodie starrte ihn an.

»Jetzt!« tobte Stephen.

Jodie lief zu der Öffnung in der Mauer, während Stephen den Agenten hochzog und ihn in den Flur führte.

Grünes Licht, ihn abzuknallen...

Lincoln, der Wurm, hatte beschlossen, daß er sterben mußte. Stephen war wütend.

»Warte hier«, wies er Jodie an.

Stephen stöpselte den Kopfhörer wieder in das Funkgerät des Agenten ein und lauschte. Es war auf den Kanal für Sondereinsätze eingestellt, und etwa ein Dutzend Bullen erstatteten Meldung, während sie verschiedene Bereiche des Gebäudes durchsuchten.

Er hatte nicht viel Zeit, aber er mußte sie aufhalten.

Stephen zerrte den benommenen Agenten hinaus in den gelb gestrichenen Korridor.

Er zog wieder sein Messer heraus.

20

23. Stunde von 45

»Verdammt. *Verdammt*!« bellte Rhyme und besabberte dabei sein Kinn mit Speichel. Thom trat an seinen Stuhl, um ihn abzuwischen, doch Rhyme wehrte ihn wütend ab.

»Bo?« rief er in sein Mikrophon.

»Schieß los«, antwortete Haumann aus dem Kommandowagen.

»Ich glaube, er ist uns irgendwie auf die Schliche gekommen und wird sich nach draußen durchkämpfen. Sag deinen Leuten, sie sollen Abwehrteams bilden. Ich will nicht, daß irgend jemand allein ist. Verleg alle in das Gebäude. Ich denke...«

»Moment mal... Bleib dran. O nein...«

»Bo? Sachs?... Irgend jemand?«

Doch niemand antwortete.

Rhyme hörte aufgeregte Rufe über das Funkgerät. Die Übertragung brach ab. Dann Bruchstücke: »...Hilfe. Wir haben eine Blutspur... Im Bürogebäude. Genau, genau... nein... unten... Keller. Innelman meldet sich nicht. Er war... Keller. Alle Einheiten marsch, marsch. Los, macht schon, marsch!...«

Rhyme rief: »Bell, hören Sie mich? Doppelte Wachsamkeit bei Ihren Schützlingen. Lassen Sie sie nicht, wiederhole, lassen Sie sie nicht unbewacht. Der Tänzer läuft in der Gegend herum, und wir wissen nicht, wo er ist.«

Roland Bells ruhige Stimme kam über die Leitung: »Habe sie unter meinen Fittichen. Hier kommt niemand rein.«

Das Warten machte ihn rasend. Es war unerträglich. Rhyme hätte am liebsten vor Frustration laut geschrien.

Wo steckte er?

Eine Schlange in einem dunklen Raum...

Dann meldeten sich nach und nach die Polizisten und Agenten und berichteten Haumann, daß sie ein Stockwerk nach dem anderen gesichert hatten.

Schließlich hörte Rhyme: »Der Keller ist gesichert. Aber Jesus, guter Gott, hier unten ist alles voller Blut. Und Innelman ist verschwunden. Wir können ihn nicht finden! Jesus, dieses viele Blut!«

»Rhyme, können Sie mich hören?«
»Legen Sie los.«
»Ich bin im Keller des Bürohauses«, flüsterte Amelia Sachs in ihr Kopfhörermikrofon und sah sich dabei um.
Die Wände waren aus schmutzig-gelbem Beton, und der Fußboden war in einem Kriegsschiff-Grau gestrichen. Doch die Ausstattung der feuchten Räume fiel kaum auf angesichts der zahllosen Blutspritzer, die wie auf einem Horrorgemälde von Jackson Pollock den Fußboden bedeckten.
Der arme Agent, dachte sie. Innelman. Sie mußte ihn schnell finden. Jemand, der so stark blutete, konnte nicht länger als fünfzehn Minuten überleben.
»Haben Sie die Ausrüstung dabei?« wollte Rhyme wissen.
»Dafür haben wir jetzt keine Zeit! Das viele Blut – wir müssen ihn unbedingt finden!«
»Ruhig, Sachs. Die Ausrüstung. Öffnen Sie den Koffer.«
Sie seufzte. »In Ordnung! Ich habe ihn.«
Die Ausrüstung zur Untersuchung von Blut an Tatorten enthielt ein Lineal, einen Winkelmesser mit einer Schnur, ein Maßband, die Kastle-Meyer-Reagenz-Testvorrichtung. Auch Luminol – mit dem Eisenoxyd-Rückstände von Blut nachgewiesen werden können, selbst wenn ein Täter alle sichtbaren Spuren abgewaschen hat.
»Es ist ein einziges Chaos, Rhyme«, sagte sie. »Es wird mir nicht gelingen, daraus irgend etwas abzulesen.«
»Ach, der Tatort wird uns mehr sagen, als Sie glauben, Sachs. Er wird uns sehr viel sagen.«
Nun, wenn irgend jemand aus dieser makaberen Szene einen Sinn abzuleiten vermochte, so war es Rhyme; sie wußte, daß er und Mel Cooper langjährige Mitglieder der Internationalen Vereinigung von Blutspur-Experten waren. (Sie war sich nicht sicher, was sie beunruhigender fand – die grausigen Blutspritzer an Tatorten oder die Tatsache, daß eine Gruppe von Menschen existierte, die

sich auf dieses Gebiet spezialisiert hatte.) Doch dies hier erschien ihr aussichtslos.

»Wir müssen ihn *finden*...«

»Sachs, beruhigen Sie sich... Hören Sie mir zu?«

Nach einem Augenblick sagte sie: »Okay.«

»Das einzige, was Sie jetzt erst einmal brauchen, ist das Lineal«, sagte er. »Beschreiben Sie mir zuerst, was Sie sehen.«

»Hier sind überall Blutspritzer.«

»Blutspritzer sind sehr aussagekräftig. Aber sie sind nutzlos, wenn sie sich nicht auf einer gleichmäßigen Oberfläche befinden. Wie ist der Fußboden beschaffen?«

»Glatter Beton.«

»Gut. Wie groß sind die Tropfen? Messen Sie sie aus.«

»Er *stirbt*, Rhyme.«

»Wie *groß*?« beharrte er.

»Ganz unterschiedlich. Hunderte von ihnen sind knapp einen Zentimeter groß. Einige sind größer. Zirka drei Zentimeter. Tausende ganz kleine. Wie gesprüht.«

»Vergessen Sie die kleinen. Das sind Sekundärtropfen, von den großen abgesprengt. Beschreiben Sie die größten. Form?«

»Meist rund.«

»An den Rändern ausgefranst?«

»Ja«, murmelte sie. »Aber es sind auch welche dabei, die glatte Ränder haben. Ein paar von ihnen sind hier direkt vor mir. Sie sind allerdings ein wenig kleiner.«

Wo war Innelman? fragte sie sich. Ein Mann, den sie nie getroffen hatte. Verschwunden und versprühte Blut wie aus einer Fontäne.

»Sachs?«

»Was?« schnappte sie.

»Was ist mit den kleineren Tropfen? Erzählen Sie mir von denen.«

»Wir haben keine Zeit, das jetzt zu tun!«

»Wir haben keine Zeit, es *nicht* zu tun«, erwiderte er ruhig.

Zum Teufel mit Ihnen, Ryhme, dachte sie und sagte dann mit zusammengebissenen Zähnen: »Also gut.« Sie maß nach. »Sie sind etwa eineinhalb Zentimeter groß. Vollkommen rund. Keine ausgefransten Ränder.«

»Wo befinden die sich?« fragte er drängend. »Am Anfang oder am Ende des Flurs?«

»Die meisten sind in der Mitte. An einem Ende des Flurs ist ein Lagerraum. Da drin und davor sind sie größer und haben ausgefranste oder gezackte Ränder. Am anderen Ende des Flures sind sie kleiner.«

»Okay, okay«, sagte Rhyme abwesend, dann verkündete er: »Die Sache verhält sich so... Wie heißt der Agent?«

»Innelman. John Innelman. Er ist ein Freund von Dellray.«

»Der Tänzer hat Innelman in dem Lagerraum erwischt und ihm einen Messerstich beigebracht, irgendwo in der oberen Körperhälfte. Hat ihn lahmgelegt, vermutlich am Arm oder Hals. Das sind die großen, ungleichmäßigen Tropfen. Dann hat er ihn den Flur heruntergeführt und wieder zugestochen, diesmal tiefer. Das sind die kleineren, runden. Die Ränder sind um so gleichmäßiger, je kürzer die Strecke ist, die ein Blutstropfen fällt.«

»Warum sollte er das getan haben?« keuchte sie.

»Um uns aufzuhalten. Er weiß, daß wir zuerst nach einem verletzten Polizisten suchen werden, bevor wir ihn verfolgen.«

Er hat recht, dachte sie, aber wir suchen nicht schnell genug!

»Wie lang ist der Flur?«

Sie seufzte, schätzte ihn ab. »Etwa siebzehn Meter, und die Blutspur verläuft über die ganze Länge.«

»Irgendwelche Fußspuren in dem Blut?«

»Dutzende. Sie führen in alle Richtungen. Warten Sie: Da ist ein Lastenaufzug. Den habe ich zuerst gar nicht gesehen. Dorthin führt die Spur! Er muß da drin sein. Wir müssen...«

»Nein, Sachs, warten Sie. Das ist zu offensichtlich.«

»Wir müssen die Tür des Aufzugs aufbrechen. Ich rufe die Feuerwehr an, damit jemand die Tür aufstemmt oder einen Schlüssel für den Aufzug besorgt. Sie können...«

Mit ruhiger Stimme unterbrach Rhyme sie: »Hören Sie mir zu. Sind die Tropfen, die zum Aufzug führen, tränenförmig? Und weisen ihre Enden in unterschiedliche Richtungen?«

»Er muß in dem Aufzug sein! Die Tür ist blutverschmiert. Er stirbt, Rhyme! Hören Sie mir doch zu!«

»Tränenförmig, Sachs?« wiederholte er in beruhigendem Ton. »Sehen sie aus wie Kaulquappen?«

Sie sah zu Boden. Das taten sie. Perfekt geformte Kaulquappen, deren Schwänze in ein Dutzend verschiedene Richtungen wiesen.

»Yeah, Rhyme. Das stimmt.«

»Verfolgen Sie sie zurück bis zu der Stelle, wo sie aufhören.«

Das war verrückt. Innelman verblutete im Fahrstuhlschacht. Sie sah einen Augenblick lang zu der Metalltür hinüber, war versucht, Rhyme einfach zu ignorieren, eilte dann aber doch den Flur hinunter.

Bis zu der Stelle, wo sie aufhörten.

»Hier, Rhyme. Hier sind die letzten.«

»Ist das vor einem Schrank oder einer Tür?«

»Ja, woher wußten Sie das?«

»Und ist die Tür von außen verriegelt?«

»Das stimmt.«

Wie, zum Teufel, *machte* er das bloß?

»Also hat der Suchtrupp den Riegel gesehen und ist vorbeigegangen – schließlich konnte der Tänzer sich nicht gut selbst von außen einriegeln. Nun, Innelman ist da drin. Öffnen Sie die Tür, Sachs. Greifen Sie den Riegel mit der Zange, fassen Sie ihn nicht direkt an. Es besteht die Chance, daß wir einen Fingerabdruck finden. Und, Sachs?«

»Ja?«

»Ich glaube nicht, daß er eine Bombe angebracht hat. Dafür wird er kaum Zeit gehabt haben. Doch egal in welcher Verfassung der Agent ist, und sie wird nicht gerade gut sein, ignorieren Sie ihn für eine Minute, und halten Sie zuerst Ausschau nach irgendwelchen Fallen.«

»Okay.«

»Versprochen?«

»Ja.«

Zange raus... den Riegel aufziehen... die Klinke herunterdrücken.

Die Glock zücken. Druck auf den Abzug. Jetzt!
Die Tür flog nach außen auf.
Doch da war keine Bombe oder andere Falle. Nur der bleiche, blutüberströmte Körper von John Innelman, der bewußtlos vor ihre Füße sank.
Ein leiser Schrei entwich ihr. »Er ist hier. Braucht einen Arzt! Ist übel zugerichtet.«
Sachs beugte sich über ihn. Zwei Sanitäter und mehrere Agenten kamen angerannt, unter ihnen mit grimmigem Gesicht auch Dellray.
»Was hat er mit dir gemacht, John? O Mann.« Der schlaksige Agent trat zurück, während sich die Sanitäter um den Verletzten kümmerten. Sie schnitten seine Kleidung auf und untersuchten die Stichwunden. Innelmans Augen waren halb geschlossen, glasig.
»Ist er…?« fragte Dellray.
»Er lebt, aber nur gerade noch so.«
Die Sanitäter preßten Bandagen auf die klaffenden Wunden, brachten an seinem Bein und am Arm Druckverbände an und legten ihm eine Blutplasmainfusion an. »Bringt ihn in den Bus. Wir müssen uns beeilen. Und ich meine wirklich Beeilung!«
Sie betteten den Agenten auf eine Bahre und liefen mit ihm den Flur hinunter, gefolgt von Dellray. Er hielt den Kopf gesenkt und murmelte wütend vor sich hin.
»Konnte er sprechen?« fragte Rhyme. »Irgendeine Ahnung, wohin der Tänzer verschwunden ist?«
»Nein. Er war bewußtlos. Ich weiß nicht, ob sie ihn retten können. Jesus.«
»Geraten Sie jetzt nicht aus der Fassung, Sachs. Wir haben einen Tatort zu untersuchen. Wir müssen herausfinden, wo der Tänzer steckt, ob er noch in der Nähe ist. Gehen Sie zurück in den Lagerraum. Sehen Sie nach, ob von dort Türen oder Fenster nach draußen führen.«
Während sie dorthin ging, fragte sie: »Woher wußten Sie von dem Schrank?«
»Durch die Richtung der Tropfen. Er hat Innelman hineingeschoben und ein Tuch mit dem Blut des Polizisten getränkt. Dann

ist er zu dem Aufzug gegangen und hat dabei das Tuch geschwenkt. Die Tropfen drehten sich in verschiedene Richtungen, als sie zu Boden fielen. Deshalb hatten sie die Form von Tränen oder Kaulquappen. Und weil er versucht hat, uns zu dem Aufzug zu locken, sollten wir genau in der entgegengesetzten Richtung nach seinem Fluchtweg suchen. Im Lagerraum. Sind Sie angekommen?«

»Ja.«

»Beschreiben Sie ihn mir.«

»Es gibt ein Fenster, das auf die Gasse hinausführt. Sieht so aus, als habe er damit begonnen, es aufzubrechen. Aber es ist fest zugespachtelt. Keine Türen.« Sie sah zum Fenster hinaus. »Ich kann allerdings von hier aus keine der Positionen unserer Männer sehen. Ich weiß nicht, was ihn mißtrauisch gemacht haben könnte.«

»Sie können keinen der Männer sehen«, sagte Rhyme zynisch. »Er konnte. Laufen Sie den Raum jetzt gitterförmig ab. Mal sehen, was wir finden.«

Sie untersuchte den Raum gründlich, ging das Gittermuster ab, saugte überall und verpackte die Staubbeutel sorgfältig.

»Was sehen Sie? Irgend etwas?«

Sie leuchtete mit ihrer Taschenlampe die Wände ab und entdeckte zwei lose Steinblöcke. Wenn man sie herausziehen würde, wäre es ziemlich eng, aber ein schlanker Mann könnte sich da durchgequetscht haben.

»Hab seinen Fluchtweg, Rhyme. Er ist durch ein Loch in der Wand verschwunden.«

»Gehen Sie da nicht ran. Rufen Sie das Einsatzkommando.«

Sachs rief über Funk mehrere Agenten in den Keller. Sie wuchteten die Blöcke heraus, stießen ihre Heckler&Koch-Maschinenpistolen in die Öffnung und leuchteten mit den Taschenlampen die dahinter liegende Kammer aus. »Gesichert«, verkündete wenig später ein Agent. Sachs zog ihre Waffe und schlüpfte in den kühlen, feuchten Raum.

Es war eine enge, abschüssige Rampe voller Schutt, die zu einer Öffnung in den Grundmauern führte. Wasser tröpfelte von der Decke. Sie achtete darauf, nur auf große Betonbrocken zu treten und die feuchte Erde unberührt zu lassen.

»Was sehen Sie, Sachs? Berichten Sie mir!«

Sie schwenkte den Stab ihrer PoliLight über die Stellen, die der Tänzer logischerweise mit seinen Händen berührt haben mußte und auf die er getreten war. »Wow, Rhyme.«

»Was?«

»Fingerabdrücke. Frische Abdrücke... Warten Sie. Hier sind aber auch Handschuh-Abdrücke. Mit Blut. Vom Schwenken des Lumpens. Ich verstehe das nicht. Es ist wie in einer Höhle... Vielleicht hat er die Handschuhe aus irgendeinem Grund ausgezogen. Vielleicht hat er geglaubt, im Tunnel sei er sicher.«

Dann sah sie auf die Erde und leuchtete mit dem unheimlichen gelb-grünen Licht vor ihre Füße. »Oh.«

»Was?«

»Das sind nicht seine Abdrücke. Er ist mit jemandem zusammen.«

»Jemand ist bei ihm? Woher wissen Sie das?«

»Hier ist ein zweites Paar Fußspuren. Beide sind frisch. Eines ist größer als das andere. Sie verschwinden in derselben Richtung. Jesus, Rhyme.«

»Was ist los?«

»Ich denke, er hat einen Partner.«

»Kopf hoch, Sachs. Das Glas ist halbvoll.« Fröhlich fügte Rhyme hinzu: »Es bedeutet, daß wir doppelt soviel Beweismaterial haben, um ihn aufzuspüren.«

»Ich dachte gerade«, entgegnete sie düster, »es bedeutet, daß er doppelt so gefährlich ist.«

»Was haben wir?« fragte Lincoln Rhyme.

Sachs war in sein Haus zurückgefahren und ging nun mit Mel Cooper das neue Beweismaterial durch. Sachs und die Einsatzagenten waren den Fußabdrücken bis in einen Zugangstunnel der New Yorker Elektrizitätswerke gefolgt, dann hatten sie die Spuren des Tänzers und seines Begleiters verloren. Es sah aus, als seien die Männer durch einen Schacht auf die Straße geklettert und entkommen.

Sie reichte Cooper den Abdruck, den sie am Eingang des Tunnels gefunden hatte. Er scannte ihn in seinen Computer und schickte ihn an das Automatisierte Fingerabdruck Identifizierungssystem AFIS des FBI.

Dann hielt sie zwei elektrostatische Abzüge hoch, damit Rhyme sie inspizieren konnte. »Das sind die Fußabdrücke aus dem Tunnel. Dieser hier stammt vom Tänzer.« Sie wedelte mit einem der Abzüge, die durchsichtig wie Röntgenbilder waren. »Er ist identisch mit einem Abdruck aus dem Büro des Psychiaters im Erdgeschoß, in das er eingebrochen ist.«

»Er trägt ganz normale, durchschnittliche Arbeitsschuhe«, stellte Rhyme fest.

»Man sollte meinen, daß er Soldatenstiefel anhätte«, murmelte Sellitto.

»Nein, das wäre zu auffällig. Arbeitsschuhe haben Gummisohlen, die Halt geben, und Stahlkappen vorn an den Zehen. Sie sind so gut wie Stiefel, wenn man keinen Halt am Knöchel braucht. Halten Sie die anderen beiden dichter zusammen, Sachs.«

Die kleineren Schuhe waren an Absatz und Ballen stark abgetreten. Im rechten Schuh klaffte offenbar ein großes Loch, durch das man ein Netzwerk von Hautfältchen sehen konnte.

»Keine Strümpfe. Könnte sein, daß sein Freund obdachlos ist.«

»Warum hat er jemanden bei sich?« fragte Cooper.

»Weiß nicht«, sagte Sellitto. »Es heißt, daß er immer allein arbeitet. Er benutzt andere, aber er traut ihnen nicht.«

Dasselbe hat man mir auch oft vorgeworfen, dachte Rhyme. Er sagte: »Der Kerl hat seine Fingerabdrücke am Tatort zurückgelassen. Das kann kein Profi sein. Er muß etwas haben, das der Tänzer braucht.«

»Zum Beispiel einen Fluchtweg aus dem Gebäude«, schlug Sachs vor.

»Das könnte es sein.«

»Und vermutlich ist er jetzt tot«, meinte sie.

Vermutlich, stimmte Rhyme schweigend zu.

»Die Abdrücke sind ziemlich klein«, sagte Cooper. »Ich würde schätzen, Größe 41, männlich.«

Die Größe einer Sohle muß nicht zwangsläufig mit der Schuhgröße übereinstimmen und sagt noch weniger aus über die Körpergröße einer Person. Trotzdem war es plausibel, daraus zu schließen, daß der Partner des Tänzers von leichter Statur war.

Cooper widmete sich dem Spurenmaterial. Er legte Proben auf einen Objektträger und schob ihn unter das Mikroskop. Gleichzeitig übertrug er das Bild auf Rhymes Computer.

»Befehlsmodus, Cursor links«, diktierte Rhyme in sein Mikrofon. »Stop. Doppelklick.« Er studierte den Computerschirm. »Noch mehr Mörtel von den Steinblöcken. Schmutz und Staub... Wo haben Sie das her, Sachs?«

»Ich habe es rund um die Blöcke abgekratzt und vom Boden des Tunnels aufgesaugt. Außerdem war hinter einer der Kisten eine Stelle, die so aussah, als habe sich dort jemand versteckt.«

»Gut. Okay, Mel, jag es durch den Gaschromatographen. Da ist eine Menge Zeug dabei, das ich nicht identifizieren kann.«

Der Chromatograph ratterte, trennte die einzelnen Bestandteile voneinander und schickte dann die Dämpfe zur Analyse an das Spektrometer. Cooper starrte auf den Bildschirm.

Überrascht stieß er den Atem aus. »Ich wundere mich, daß sich sein Freund überhaupt auf den Beinen halten kann.«

»Sei ein bißchen spezifischer, Mel.«

»Er ist eine wandelnde Apotheke. Wir haben Secobarbital, Phenobarbital, Dexedrin, Amobarbital, Meprobamat, Chlordiazepoxyd, Diazepam.«

»Mein Gott, Rote, Dexies, blaue Teufel...«, zählte Sellitto auf.

Cooper fuhr fort: »Auch Lactose und Sucrose. Calcium, Vitamine und Enzyme, die man in Milchprodukten findet.«

»Babymilchpulver«, murmelte Rhyme. »Dealer benutzen es, um Drogen zu verschneiden.«

»Also hat sich der Tänzer zur Abwechslung einen Junkie ausgesucht. Was schließen wir daraus?«

Sachs sagte: »In dem Haus sind doch mehrere Arztpraxen... Der Typ muß Pillen geklaut haben.«

»Logg dich bei FINEST ein«, bat Rhyme. »Ruf eine Liste aller Dealer auf, die sie haben.«

Sellitto lachte. »Die wird so dick sein wie die Gelben Seiten.«

»Keiner hat behauptet, daß es einfach ist, Lon.«

Doch bevor er anfragen konnte, blinkte bei Cooper eine E-Mail auf. »Die Mühe können wir uns sparen.«

»Hm?«

»Das ist der AFIS-Bericht über die Fingerabdrücke.« Der Techniker klopfte gegen den Bildschirm. »Wer auch immer der Kerl sein mag, er ist nirgends registriert, weder in New York City noch im Bundesstaat, noch im Zentralverzeichnis.«

»Zum Teufel!« bellte Rhyme. Es war wie verhext. Konnte es nicht ein klein bißchen einfacher sein? Er grummelte: »Sonst noch Spuren?«

»Hier ist etwas«, sagte Cooper. »Ein Stückchen von einer blauen Fliese, hinten mit etwas wie Zement vergossen.«

»Laß sehen.«

Cooper schob die Probe unter das Mikroskop.

Rhyme lehnte sich vor und betrachtete sie prüfend, dabei zitterte sein Nacken so stark, daß er fast einen Krampf bekam. »Okay. Eine alte Mosaikfliese. Porzellan, Eisblumenlackierung, Bleibasis. Sechzig, siebzig Jahre alt, würde ich schätzen.« Doch er konnte aus dem Beweisstück keine klugen Schlußfolgerungen ziehen. »Sonst noch etwas?« fragte er.

»Ein paar Haare.« Cooper legte sie auf den Objektträger, um sie zu betrachten. Er beugte sich über das Mikroskop.

Rhyme studierte die dünnen Haare ebenfalls.

»Tier«, verkündete er.

»Noch mehr Katzen?« fragte Sachs.

»Mal sehen«, murmelte Cooper mit gesenktem Kopf.

Doch diese Haare stammten nicht von einer Katze, sondern von einem Nagetier. »Ratte«, verkündete Rhyme. »*Rattus norvegicus*. Die gemeine Kanalratte.«

»Mach weiter. Was ist in dieser Tüte, Sachs?« fragte Rhyme wie ein hungriger Junge, der in einem Süßwarenladen die Schokolade in der Vitrine beäugte. »Nein, nein. Dort. Ja, diese da.«

In der Tüte war ein Papierhandtuch mit einem blassen, braunen Schmierfleck darauf.

»Das habe ich auf dem Steinblock gefunden, den er weggeschoben hat. Ich denke, es war an seiner Hand. Da waren keine Fingerabdrücke, aber der Abdruck könnte von seiner Handfläche stammen.«

»Warum denken Sie das?«

»Weil ich meine eigene Hand mit Dreck eingerieben und dann gegen einen anderen Steinblock gepreßt habe. Es hat denselben Abdruck ergeben.«

Das ist meine Amelia, dachte er. Für einen Augenblick kehrten seine Gedanken zur vergangenen Nacht zurück – sie beide zusammen im Bett. Schnell verdrängte er den Gedanken wieder.

»Was ist es, Mel?«

»Sieht wie Schmiere aus. Vermischt mit Staub, Schmutz, Holzpartikeln und organischem Material. Tierfleisch, vermute ich. Alles sehr alt. Und schau nur, dort in der oberen Ecke.«

Rhyme betrachtete einige silberne Tupfer auf seinem Computerschirm. »Metall. Gemahlen oder von etwas abgekratzt. Jag es durch den Gaschromatographen. Laß uns sichergehen.«

Das tat Cooper.

»Petrochemisch«, berichtete er. »Grob raffiniert, keine Zusätze ... Da ist Eisen mit Spuren von Mangan, Silikon und Kohlenstoff.«

»Warte«, rief Rhyme. »Irgendwelche anderen Elemente – Chrom, Kobalt, Kupfer, Nickel, Wolfram?«

»Nein.«

Rhyme starrte an die Decke. »Das ist richtig alter Stahl, aus Roheisen in einem Bessemer-Hochofen hergestellt. Wenn er aus unserer Zeit stammen würde, wären noch einige der anderen Materialien mit darin.«

»Hier ist noch etwas anderes. Kohlenteer.«

»Kreosot!« rief Rhyme aus. »Ich hab's. Der erste schwere Fehler des Tänzers. Sein Partner ist eine wandelnde Straßenkarte.«

»Die wohin führt?« fragte Sachs.

»Zur U-Bahn. Die Schmiere ist alt, der Stahl stammt von alten Anlagen und alten Schienennägeln, das Kreosot von den Schwellen. Oh, und die Fliesenfragmente sind aus einem Mosaik. Viele der alten Bahnhöfe waren gefliest – die Mosaike zeigen Szenen aus dem jeweiligen Stadtviertel.«

Sachs nickte: »Stimmt. Im Bahnhof Astor Place sind auf den Mosaiken die Pelztiere abgebildet, mit denen Johann Jacob Astor handelte.«

»Verfugte Porzellanfliesen. Also das ist es, was der Tänzer von ihm wollte. Ein Versteck. Der Freund des Tänzers ist vermutlich ein obdachloser Drogenabhängiger, der irgendwo in einem stillgelegten Tunnel oder Bahnhof haust.«

Rhyme bemerkte plötzlich, daß alle auf eine dunkle Silhouette im Türrahmen blickten. Er hielt inne.

»Dellray?« fragte Sellitto zögernd.

Fred Dellray blickte mit düsterem Gesicht zum Fenster hinaus.

»Was ist los?« fragte Rhyme.

»Innelman. Sie haben versucht, ihn wieder zusammenzuflicken. Dreihundert Stiche haben sie ihm verpaßt. Aber es war zu spät. Hatte zuviel Blut verloren. Er ist eben gestorben.«

»Das tut mir leid«, sagte Sachs.

Der Agent hob die Hände, seine langen, knochigen Finger sahen wie Dornen aus.

Jeder im Raum wußte von Dellrays langjährigem Partner, der beim Bombenanschlag von Oklahoma getötet worden war. Dann Dellrays Agent Tony Panelli, der vor ein paar Tagen in der Stadt entführt worden war. Ein paar Körner seltsamen Sandes stellten den einzigen Hinweis auf seinen Verbleib dar – vermutlich war er inzwischen tot.

Und nun war noch einer von Dellrays Freunden getötet worden.

Der Agent drehte wütende Runden durch das Zimmer.

»Ihr wißt, warum Innelman erstochen wurde, nicht wahr?«

Jeder wußte es; keiner antwortete.

»Als Ablenkungsmanöver. Das ist der einzige Grund in der Welt. Um uns aufzuhalten. Könnt ihr euch das vorstellen? Ein verdammtes Ab-lenkungs-manöver.« Er blieb abrupt stehen und sah Rhyme aus furchterregenden schwarzen Augen an. »Hast du irgendwelche Spuren, Lincoln?«

»Nicht viele.« Er erklärte, was er über den obdachlosen Freund des Tänzers wußte, die Drogen, den Unterschlupf irgendwo in der U-Bahn.

»Das ist alles?«

»Ich fürchte, ja. Aber wir haben noch mehr Beweismaterial, das wir untersuchen müssen.«

»Beweismaterial«, flüsterte Dellray verächtlich. Er stürmte zur Tür, blieb noch einmal kurz stehen. »Ein Ablenkungsmanöver. Das ist, verdammt noch mal, kein Grund, daß ein guter Mann sterben muß. Überhaupt kein Grund.«

»Fred, warte ... wir brauchen dich.«

Doch der Agent hörte ihn nicht, oder wenn er es tat, so ignorierte er Rhyme. Mit schnellen Schritten verließ er den Raum.

Einen Augenblick später fiel unten die Haustür mit einem lauten Klicken ins Schloß.

21

24. Stunde von 45

»Home, sweet home«, verkündete Jodie.

Eine Matratze und zwei Kisten mit alten Kleidern, Konservendosen. Magazine – *Playboy* und *Penthouse* – und ein paar billige Hardcore-Pornos, die Stephen mißbilligend beäugte. Ein, zwei Bücher. Die stinkende U-Bahn-Station irgendwo in Downtown Manhattan, in der Jodie hauste, war vor Jahrzehnten geschlossen und durch eine Station etwas weiter nördlich in derselben Straße ersetzt worden.

Ein idealer Ort für Würmer, dachte Stephen beunruhigt, verbannte dieses Bild aber sofort aus seinem Gehirn.

Sie hatten die kleine Station über den darunter gelegenen Bahnsteig erreicht. Die zwei oder drei Meilen vom sicheren Haus bis hierher hatten sie ganz im Untergrund zurückgelegt, hatten die Keller von Gebäuden, Tunnel, große Kanalisationsrohre und kleinere Röhren durchquert. Hatten eine falsche Spur gelegt – einen offenen Schachtdeckel. Schließlich waren sie in den U-Bahn-Tunnel gelangt und hatten ein gutes Tempo vorgelegt, obwohl Jodie furchtbar schlecht in Form war und ständig nach Luft schnappen mußte, während er versuchte, mit Stephens schnellem Schritt mitzuhalten.

Eine von innen verrammelte Tür führte auf die Straße. Staubige Lichtstrahlen fielen schräg durch die Ritzen zwischen den Brettern. Stephen spähte nach draußen in den kalten, bedeckten Frühlingshimmel. Es war ein ärmlicher Stadtteil. Obdachlose saßen an den Straßenecken, auf den Gehwegen lagen leere Thunderbird- und Colt-44-Flaschen herum, und überall waren leere Crackampullen verstreut. Eine große Ratte nagte auf der Straße an einer grauen Masse.

Stephen hörte hinter sich ein Klappern, drehte sich um und sah, wie Jodie eine Handvoll der gestohlenen Pillen in leere Kaffeebüchsen fallen ließ. Er hatte sich vorgebeugt und sortierte sie sorgfältig. Stephen grub in seiner Büchertasche und fand sein Mobiltelefon. Er rief in Sheilas Wohnung an. Er hatte erwartet, den Anrufbeantworter zu bekommen, statt dessen informierte ihn eine Computerstimme, daß die Nummer zur Zeit nicht erreichbar sei.

Oh, nein...

Er war verblüfft.

Das bedeutete, daß die Bombe in Sheilas Wohnung hochgegangen war. Und *das* bedeutete, daß sie herausgefunden hatten, daß er dort gewesen war. Wie, zum Teufel, hatten sie das gemacht?

»Geht es dir nicht gut?« fragte Jodie.

Wie?

Lincoln, der König der Würmer. Das war die Antwort!

Lincoln, das weiße, wurmige Gesicht, das aus dem Fenster schaute...

Stephens Handflächen wurden feucht.

»Hey?«

Stephen sah auf.

»Du scheinst...«

»Mir geht's gut«, erwiderte Stephen kurz.

Hör auf, dir Sorgen zu machen, sagte er sich. Wenn sie hochgegangen ist, war die Explosion stark genug, um die ganze Wohnung wegzupusten und jede Spur zu vernichten. Es ist alles in Ordnung.

Du bist in Sicherheit. Sie werden dich niemals finden, werden dich niemals fangen. Die Würmer kriegen dich nicht ...

Er schaute in Jodies Gesicht mit seinem entspannten, neugierigen Lächeln. Das Kribbeln verschwand. »Alles in Ordnung«, sagte er. »Nur eine kleine Änderung des Planes.« Er legte auf.

Stephen öffnete seine Büchertasche erneut und zählte fünftausend Dollar ab. »Hier ist dein Geld.«

Jodie starrte wie hypnotisiert darauf. Seine Augen sprangen zwischen den Geldscheinen und Stephens Gesicht hin und her. Seine dünne Hand streckte sich zitternd vor und nahm die fünftausend so vorsichtig, als könnten sie zu Staub zerfallen, wenn er zu hart zupackte.

Als er nach den Scheinen griff, berührte Jodie Stephens Hand. Selbst durch den Handschuh hindurch verspürte der Mörder einen heftigen Schlag – wie damals, als jemand ihm ein Messer in den Bauch gerammt hatte –, überraschend, aber nicht schmerzhaft. Stephen überließ ihm das Geldbündel und sagte mit abgewandtem Blick: »Wenn du mir noch einmal hilfst, gebe ich dir noch mal zehntausend.«

Auf dem roten, aufgedunsenen Gesicht des Mannes breitete sich ein vorsichtiges Lächeln aus. Er holte tief Luft und wühlte in einer der Kaffeebüchsen. »Ich werde ... ich weiß auch nicht ... irgendwie nervös.« Er fand eine Pille und schluckte sie. »Das ist so ein blauer Teufel. Gibt dir ein schönes Gefühl. Macht, daß du dich ganz wohlig fühlst. Willst du eine?«

»Hm ...«

Soldat, trinken Männer gelegentlich?

Sir, ich weiß es nicht, Sir.

Nun, das tun sie. Los, nimm eine.

»Ich glaube nicht, daß ich ...«

Nimm einen Drink, Soldat! Das ist ein Befehl.

Nun, Sir ...

Du bist doch kein kleines Mädchen, Soldat? Oder hast du etwa Titten?

Ich ... Sir, das habe ich nicht, Sir.

Dann trink, Soldat.

Sir, ja Sir.
Jodie wiederholte: »Willst du eine?«
»Nein«, flüsterte Stephen.
Jodie schloß die Augen und lehnte sich zurück.
»Zehn...tausend...« Nach einer Weile fragte er: »Du hast ihn umgebracht, stimmt's?«
»Wen?«
»Den Bullen da unten. Hey, willst du einen Orangensaft?«
»Diesen Agenten im Keller? *Vielleicht* habe ich ihn umgebracht. Ich weiß es nicht. Darum ging es auch gar nicht.«
»War es schwer, das zu tun? Ich will dich nicht kritisieren, ich bin nur neugierig. Willst du Orangensaft? Ich trinke den literweise. Die Pillen machen durstig. Dein Mund wird ganz trocken davon.«
»Nein.« Die Dose sah schmutzig aus. Vielleicht waren Würmer darüber gekrochen. Vielleicht sogar *hinein*. Er würde einen Wurm mit trinken und es nie erfahren... Ihn schauderte. »Hast du hier fließendes Wasser?«
»Nein. Aber ich habe ein paar Flaschen Mineralwasser. Hab eine Kiste Poland Spring beim A&P-Supermarkt geklaut.«
Kribbelig.
»Ich muß mir die Hände waschen.«
»Ach ja?«
»Um das Blut runterzukriegen. Es ist durch die Handschuhe gesickert.«
»Ach so. Es ist gleich hier drüben. Warum trägst du die ganze Zeit Handschuhe? Wegen der Fingerabdrücke?«
»Das ist richtig.«
»Du warst in der Armee, stimmt's? Ich hab es gleich gemerkt.«
Stephen wollte schon lügen, änderte aber plötzlich seine Meinung. Er sagte: »Nein. Ich war nur beinahe in der Armee. Das heißt bei den Marines. Ich wollte mich verpflichten. Mein Stiefvater war ein Marine, und ich wollte wie er dazugehören.«
»*Semper Fi – die Ledernacken.*«
»Genau.«
Schweigen trat ein, und Jodie schaute ihn erwartungsvoll an. »Was ist passiert?«

»Ich habe mich gemeldet, aber sie wollten mich nicht aufnehmen.«

»Schön blöd. Die wollten dich nicht? Du würdest einen großartigen Soldaten abgeben.« Jodie sah Stephen von Kopf bis Fuß an und nickte dabei bekräftigend. »Du bist stark. Tolle Muskeln. Ich –« er lachte – »ich kriege kaum Bewegung, außer wenn ich vor Niggern oder Kids weglaufe, die mich ausrauben wollen. Und sie kriegen mich trotzdem jedesmal. Du siehst auch gut aus. Genau wie ein Soldat aussehen sollte. Wie ein Soldat im Kino.«

Stephen spürte, wie das kribbelige Gefühl verschwand und, mein Gott, wie er rot wurde. Er starrte zu Boden. »Nun, ich weiß nicht.«

»Na komm. Ich wette, deine Freundin findet, daß du toll aussiehst.«

Da war wieder das kribbelige Gefühl. Würmer begannen zu krabbeln.

»Nun, ich...«

»Hast du keine Freundin?«

Stephen fragte: »Wo ist denn nun dieses Wasser?«

Jodie deutete auf die Kiste Poland Spring. Stephen öffnete zwei Flaschen und begann, seine Hände zu waschen. Normalerweise haßte er es, wenn andere Menschen dabei waren. Wenn jemand ihm beim Waschen zusah, blieb das kribbelige Gefühl, und die Würmer verschwanden nie. Doch aus irgendeinem Grund störte es ihn nicht, daß Jodie ihn beobachtete.

»Keine Freundin, hm?«

»Zur Zeit nicht«, sagte Stephen vorsichtig. »Es ist nicht so, als wäre ich ein Homo oder so was, für den Fall, daß du dich wunderst.«

»Hab ich gar nicht.«

»Von so was halte ich nichts. Aber ich denke auch nicht, daß mein Stiefvater recht hatte – daß Aids das Mittel Gottes ist, um die Homosexuellen zu beseitigen. Denn wenn es das wäre, was Gott wollte, würde er es klüger anstellen und sie einfach loswerden, die Schwulen, meine ich. Und nicht ein Risiko schaffen, daß auch normale Leute krank werden können.«

»Das macht Sinn«, stimmte Jodie in seinem vernebelten Zustand zu. »Ich hab auch keine, eine Freundin, meine ich.« Er lachte bitter. »Nun, wie könnte ich auch? Stimmt's? Was hab ich schon zu bieten? Ich sehe nicht gut aus wie du, habe kein Geld... Ich bin nur ein verdammter Junkie, mehr nicht.«

Stephen spürte, wie sein Gesicht brannte, und er wusch fester. Schrubb die Haut, ja, ja, ja...

Würmer, Würmer, verschwindet...

Die Augen auf seine Hände gerichtet, fuhr Stephen fort: »Tatsache ist, daß ich in letzter Zeit nicht so... daß ich nicht wirklich so an Frauen interessiert bin wie die meisten Männer. Aber das ist nur ein vorübergehender Zustand.«

»Vorübergehend«, wiederholte Jodie.

Seine Augen verfolgten das Seifenstück, als sei es ein Gefangener, der auszubrechen versuchte.

»Vorübergehend. Aufgrund der notwendigen Wachsamkeit. Bei meiner Arbeit, meine ich.«

»Klar. Deine Wachsamkeit.«

Schrubb, schrubb, die Seife schäumte wie Gewitterwolken.

»Hast du jemals eine Schwuchtel umgelegt?« fragte Jodie neugierig.

»Ich weiß es nicht. Ich kann dir nur sagen, daß ich niemals jemanden getötet habe, *weil* er homosexuell war. Das würde keinen Sinn machen.« Stephens Hände prickelten und kribbelten. Er schrubbte fester, ohne Jodie anzublicken. Er war mit einemmal erfüllt von einem merkwürdigen Gefühl – daß er mit jemandem sprach, der ihn vielleicht verstehen würde. »Sieh mal, ich töte ja nicht Leute, nur um sie zu töten.«

»Okay«, sagte Jodie. »Aber was wäre, wenn ein Betrunkener auf der Straße auf dich zukäme, dich herumschubsen und beschimpfen würde, ich weiß nicht, dich meinetwegen eine alte Schwuchtel nennen würde? Dann würdest du ihn doch umlegen, stimmt's? Wenn du wüßtest, daß man dich nicht erwischen würde?«

»Na ja, *alt* würde er mich wohl auf keinen Fall nennen, oder?«

Jodie zwinkerte, dann lachte er. »Der war gut.«

Hab ich grade einen Witz gemacht? fragte sich Stephen. Er lächelte, erfreut darüber, daß er Jodie beeindruckt hatte.

Jodie fuhr fort: »Okay, sagen wir, er hat dich nur eine Schwuchtel genannt.«

»Natürlich würde ich ihn nicht umlegen. Und ich sag dir was, wenn wir schon über Schwule reden, laß uns auch über Neger und Juden reden. Ich würde keinen Neger töten, es sei denn, ich wäre angeheuert worden, um jemanden zu töten, der zufällig ein Neger wäre. Es gibt vermutlich gute Gründe, warum es keine Neger geben sollte, wenigstens nicht hier in diesem Land. Mein Stiefvater hatte eine Menge Gründe dafür. Und ich bin da weitgehend einig mit ihm. Er dachte dasselbe über Juden, aber in diesem Punkt bin ich anderer Meinung. Juden geben sehr gute Soldaten ab. Ich respektiere sie.«

Das Reden gefiel ihm: »Sieh mal, Töten ist ein Geschäft, mehr nicht. Denk nur an Kent State. Ich war damals noch ein Kind, aber mein Stiefvater hat mir davon erzählt. Weißt du Bescheid über die Studentenunruhen in Kent State? Als die Nationalgarde auf die Studenten geschossen hat?«

»Klar. Ich weiß Bescheid.«

»Also, komm, niemanden kümmert es wirklich, wenn ein Student stirbt, stimmt's? Aber in meinen Augen war es dumm zu schießen. Denn welchen Zweck hatte das? Gar keinen. Wenn man die Bewegung, oder was auch immer es war, hätte aufhalten wollen, hätte man ihre Führer aufs Korn nehmen und beseitigen sollen. Das wäre einfach gewesen. Infiltrieren, evaluieren, delegieren, isolieren, eliminieren.«

»Machst du das so, wenn du jemanden umbringst?«

»Du infiltrierst seine Umgebung. Evaluierst die Hindernisse für den Mord und die mögliche Abwehr. Du delegierst den Job, jedermanns Aufmerksamkeit vom Opfer abzulenken – läßt es so aussehen, als ob du aus der einen Richtung angreifst, aber dann stellt sich heraus, daß er nur der Botenjunge oder Schuhputzer oder so was ist, und in der Zwischenzeit hast du dich von hinten an das Opfer herangeschlichen. Dann isolierst du es und eliminierst es.«

Jodie nippte an seinem Orangensaft. Dutzende leerer Orangensaftdosen türmten sich in der Ecke. Es schien sein einziges Nahrungsmittel zu sein. »Weißt du«, sagte er und wischte sich den

Mund am Ärmel ab, »man sollte meinen, daß Berufskiller verrückt sind. Aber du scheinst nicht verrückt zu sein.«

»Ich glaube nicht, daß ich verrückt bin«, gab Stephen nüchtern zurück.

»Die Leute, die du umbringst, sind die schlecht? Betrüger und Mafialeute und so?«

»Nun, sie haben den Leuten etwas Schlimmes angetan, die mich dafür bezahlen, daß ich sie umbringe.«

»Das heißt also, sie sind schlecht?«

»Klar.«

Jodie lachte benebelt, die Augen halb geschlossen. »Nun, es gibt Leute, die würden sagen, daß das nicht so ganz die richtige Methode ist, um herauszufinden, was gut und was schlecht ist.«

»Okay, was *ist* gut und was schlecht?« erwiderte Stephen. »Ich mache nichts anderes als Gott. Bei einem Zugunglück sterben gute Menschen und schlechte Menschen, und niemand greift Gott deswegen an. Manche Profikiller nennen ihre Opfer ›Zielscheiben‹ oder ›Subjekte‹. Ich hab von einem Typen gehört, der sie ›Leichen‹ nennt. Schon bevor er sie umbringt. Zum Beispiel: ›Die Leiche steigt aus dem Auto. Ich nehme sie aufs Korn.‹ Für ihn ist es einfacher, auf diese Art an seine Opfer zu denken, vermute ich. Was mich angeht, mir ist es egal. Ich bezeichne sie als das, was sie sind. Zur Zeit bin ich hinter der *Ehefrau* und dem *Freund* her. Den *Ehemann* habe ich schon getötet. So denke ich an sie. Es sind Leute, die ich töte, mehr nicht. Keine große Sache.«

Jodie dachte über das nach, was er gehört hatte, dann sagte er: »Weißt du was? Ich glaube nicht, daß du böse bist. Weißt du, warum?«

»Warum?«

»Weil böse etwas ist, das unschuldig aussieht, aber sich dann als schlecht entpuppt. Bei dir ist die Sache die, daß du nicht vorgibst, etwas anderes zu sein, als du bist. Ich denke, das ist gut.«

Stephen schnippte mit einem klickenden Geräusch seine geschrubbten Fingernägel gegeneinander. Er spürte, daß er wieder rot wurde. War ihm seit Jahren nicht passiert. Schließlich sagte er: »Ich würde dich nicht zum Feind haben wollen. Nein, Sir, das würde ich nicht wollen. Aber ich habe das Gefühl, daß wir Freunde sind. Ich glaube nicht, daß du mir etwas tun würdest.«

»Nein«, bestätigte Stephen. »Wir sind Partner.«

»Du hast über deinen Stiefvater gesprochen. Lebt er noch?«

»Nein, er ist tot.«

»Das tut mir leid. Als du ihn erwähnt hast, mußte ich an meinen eigenen Vater denken. Er ist auch tot. Er sagte immer, was er am meisten in der Welt respektiere, sei Kunstfertigkeit. Er liebte es, einem begabten Mann bei der Arbeit zuzusehen. So wie bei dir.«

»Kunstfertigkeit«, wiederholte Stephen, ganz aufgewühlt von unerklärlichen Gefühlen. Er sah zu, wie Jodie das Geld in einem Schlitz in der schmutzigen Matratze versteckte. »Was wirst du mit dem Geld machen?«

Jodie setzte sich auf und sah Stephen mit starren, aber ernsten Augen an. »Kann ich dir etwas zeigen?« Durch die Drogen klang seine Stimme schleppend.

»Klar.«

Er zog ein Buch aus seiner Tasche. Der Titel lautete: *Nicht länger abhängig.*

»Ich hab es aus diesem Buchladen am Saint-Marks-Platz geklaut. Es ist für Leute, die nicht länger, du weißt schon, Alkoholiker oder Drogenabhängige sein wollen. Es ist ziemlich gut. Da drin sind solche Kliniken erwähnt, in die man gehen kann. Ich habe diesen Ort in New Jersey gefunden. Du bleibst einen Monat – einen ganzen Monat –, und wenn du rauskommst, bist du clean. Sie sagen, daß es wirklich funktioniert.«

»Das ist gut für dich«, sagte Stephen. »Ich finde das gut.«

»Yeah, nun«, Jodie verzog das Gesicht. »Es kostet vierzehntausend.«

»Im Ernst?«

»Für *einen* Monat. Kannst du dir das vorstellen?«

»Da macht jemand gut Geld.« Stephen kassierte normalerweise hundertfünfzigtausend Dollar pro Auftrag, doch das sagte er Jodie nicht, seinem frischgebackenen Freund und Partner.

Jodie seufzte, wischte sich die Augen. Die Drogen hatten ihn offenbar rührselig gemacht. Wie Stephens Stiefvater, wenn er getrunken hatte. »In meinem ganzen Leben ging immer alles schief«, erzählte er. »Ich bin aufs College gegangen. War gar nicht schlecht. Ich habe sogar für eine Weile unterrichtet. Dann für eine Firma gearbeitet. Dann verlor ich meinen Job. Alles ging den Bach runter. Wurde aus meiner Wohnung geworfen... ich hatte schon immer ein Problem mit Medikamenten und Drogen. Fing an zu stehlen... Ach, zur Hölle...«

Stephen setzte sich neben ihn. »Du bekommst dein Geld und gehst in diese Klinik. Kriegst dein Leben in den Griff.«

Jodie lächelte ihn verschwommen an. »Mein Vater hatte immer diesen Spruch, weißt du? Wenn man etwas tun mußte, das wirklich schwierig war. Er sagte: ›Denk an den schwierigen Teil nicht als Problem, sieh ihn nur als Faktor. Als etwas, das du berücksichtigen mußt.‹ Er sah mir dann immer in die Augen: ›Er ist kein Problem, er ist nur ein Faktor.‹ Ich versuche, mich immer daran zu erinnern.«

»Kein Problem, nur ein Faktor«, wiederholte Stephen. »Das gefällt mir.«

Stephen legte seine Hand auf Jodies Bein, um zu bekräftigen, daß ihm das wirklich gefiel.

Soldat, was zum Teufel tust du da?
Sir, bin zur Zeit beschäftigt, Sir. Werde später Bericht erstatten.
Soldat...
Später, *Sir*!

»Auf dich.« Jodie prostete ihm zu.

»Nein, auf dich«, sagte Stephen.

Und sie stießen mit Mineralwasser und Orangensaft auf ihr seltsames Bündnis an.

22

24. Stunde von 45

Ein Labyrinth.

 Das U-Bahn-System von New York City erstreckt sich über 400 Kilometer und besteht aus mehr als einem Dutzend verschiedener Tunnel, die kreuz und quer durch vier der fünf Distrikte verlaufen (ausgenommen ist nur Staten Island, dafür haben die Inselbewohner aber ihre berühmte Fähre).

 Ein Satellit hätte ein vermißtes Segelboot im Nordatlantik schneller ausfindig gemacht als Lincoln Rhymes Team jetzt die beiden Männer in der New Yorker U-Bahn.

 Rhyme, Sellitto, Sachs und Cooper starrten auf eine Karte des verzweigten Tunnelsystems, die behelfsmäßig an eine Wand geheftet war. Rhymes Augen folgten den verschiedenfarbigen Linien der einzelnen Bahnstrecken: Blau für die Eigth Avenue, Grün für die Lex, Rot für Broadway.

 Rhyme hatte ein besonderes Verhältnis zu dem eigenwilligen System. Es war auf einer Baustelle in der U-Bahn gewesen, wo der Eichenbalken eingestürzt und ihm die Wirbelsäule zertrümmert hatte. Gerade hatte er sich mit einem jubilierenden »Aha« herabgebeugt, um eine Faser, die golden wie Engelshaar glitzerte, vom Körper des Mordopfers zu klauben, als der Balken mit voller Wucht niederkrachte.

Doch bereits vor dem Unfall hatte die New Yorker U-Bahn eine wichtige Rolle für die forensische Abteilung des New York Police Department gespielt. Rhyme hatte sich intensiv mit dem System beschäftigt, als er noch das Kriminaldezernat, das IRD, geleitet hatte. Das hatte einen einfachen Grund: Die Tunnels deckten ein riesiges Terrain ab, das über die Jahrzehnte immer weiter ausgedehnt worden war, und dementsprechend stammte das Baumaterial aus den verschiedensten Epochen. Deshalb war es manchmal möglich, einen Täter nur aufgrund einer einzigen guten Partikelprobe einer bestimmten U-Bahn-Linie zuzuordnen – ja sogar manchmal einem bestimmten Viertel oder einer bestimmten U-Bahn-Station. Rhyme hatte über Jahre hinweg immer wieder in den Tunnels Material gesammelt; einige der Proben stammten noch aus dem letzten Jahrhundert. (Es war um 1860 gewesen, als der Herausgeber der *New York Sun* und des *Scientific American*, Alfred Beach, beschloß, daß sich seine Idee, Briefe durch kleine Luftdruckrohre zu befördern, auch auf Menschen übertragen ließe, wenn man nur entsprechend größere Rohre verwendete.)

Rhyme diktierte seinem Computer eine Telefonnummer und war kurz darauf mit dem Polizeichef der New Yorker Verkehrsbetriebe, Sam Hoddleston, verbunden. Die Verkehrsbetriebepolizei war wie das NYPD Teil der New Yorker Polizei, aber ausschließlich für das Transportsystem zuständig. Hoddleston kannte Rhyme noch aus früheren Zeiten, und dieser konnte während des kurzen Schweigens in der Leitung förmlich hören, wie das Gehirn des alten Kollegen arbeitete. Hoddleston hatte wie so viele andere von Rhymes früheren Kollegen noch nicht gehört, daß er von den Scheintoten wieder auferstanden war.

»Sollen wir einige Linien vom Stromnetz nehmen?« schlug Hoddleston vor, nachdem Rhyme ihn über den Tänzer und seinen Partner informiert hatte. »Eine großräumige Suche einleiten?«

Sellitto hatte die Frage über die Freisprechanlage mitgehört und schüttelte energisch den Kopf.

Rhyme dachte ebenso. »Nein, wir wollen nicht, daß sie etwas merken. Außerdem vermute ich sowieso, daß sie in einem verlassenen Tunnel sind.«

»Da unten sind nicht allzu viele stillgelegte U-Bahn-Stationen«, warf Hoddleston ein. »Allerdings gibt es Hunderte verlassene Tunnelausläufer und Baustellenschächte. Sag mal, Lincoln, wie geht's dir überhaupt? Ich hatte ...«

»Gut, Sam. Gut«, antwortete Rhyme und erstickte die Frage damit wie üblich im Keim. Dann griff er wieder den alten Gesprächsfaden auf. »Wir haben gerade darüber gesprochen ... Wir vermuten, daß sie zu Fuß unterwegs sind und die Züge meiden. Deshalb gehen wir davon aus, daß sie noch in Manhattan stecken.

Wir haben hier eine Karte und brauchen jetzt deine Hilfe, um das Gebiet ein wenig einzugrenzen.«

»Ich unterstütze euch natürlich, so gut ich kann«, versprach der Polizeichef. Rhyme konnte sich nicht erinnern, wie er aussah. Seiner Stimme nach zu schließen, war er fit und athletisch, aber Rhyme vermutete, daß viele ihn selbst aufgrund seiner kräftigen Stimme für einen Olympiateilnehmer halten könnten, solange sie seinen zerstörten Körper nicht gesehen hatten.

Rhyme rief sich den Rest der Beweismittel vor Augen, die Sachs in dem Gebäude neben dem sicheren Haus gefunden hatte – die Spuren, die der Partner des Tänzers hinterlassen hatte.

Er schilderte sie Hoddleston: »Der Boden hat einen hohen Feuchtigkeitsgrad und enthält viel Feldspat und Quarzsand.«

»Ich erinnere mich, daß du schon immer eine Vorliebe für Dreck hattest, Lincoln.«

»Bodenproben sind nützlich«, erwiderte Rhyme und berichtete weiter: »Kaum Felsgestein, und nichts davon ist gesprengt oder behauen. Kein Kalkstein oder Manhattan-Glimmerschiefer. Also ist es wahrscheinlich eher Downtown. Und aus der Menge an alten Holzpartikeln zu schließen, vermutlich recht nah an der Canal Street.«

Nördlich der 27. Straße reicht das Felsgestein bis fast an die Oberfläche. Südlich davon besteht der Boden aus Dreck, Sand und Ton und ist sehr feucht. Als die Tunnels damals gegraben wurden, strömte ständig Wasser aus dem suppigen Erdreich rund um die Canal Street in die Schächte. Zweimal am Tag mußten alle Arbeiten eingestellt und der Tunnel abgepumpt werden. Die Wände wurden mit Brettern abgedichtet, die über die Jahre vermoderten.

Hoddleston war nicht sonderlich optimistisch. Auch wenn Rhymes Informationen halfen, das Gebiet einzugrenzen, blieben doch noch immer Dutzende Verbindungstunnel, Transferbahnsteige und ganze Sektionen von U-Bahn-Stationen, die über die Jahre geschlossen worden waren. Einige waren vollkommen in Vergessenheit geraten und von der Außenwelt ebenso hermetisch abgeschlossen wie ägyptische Grabkammern. Viele Jahre nach Alfred Beachs Tod hatten Bauarbeiter eine Wand durchbrochen und seinen längst vergessenen Originaltunnel entdeckt. Er verfügte über einen reichgeschmückten Wartesaal mit Wandmalereien, einem Klavierflügel und einem Goldfischaquarium.

»Schläft er vielleicht einfach nachts in einer noch geöffneten Station oder zwischen zwei Haltestellen in den Aussparungen?« fragte Hoddleston.

Sellitto schüttelte den Kopf. »Paßt nicht zu seinem Profil. Er ist ein Junkie. Da hätte er zuviel Sorge um seinen Stoff.«

Rhyme berichtete Hoddleston nun von dem türkisblauen Mosaik.

»Unmöglich zu sagen, woher das stammen könnte, Lincoln. Wir haben so viele Stellen neu gefliest. Da ist überall Kachelstaub und Mörtel. Keine Ahnung, wo er das aufgesammelt hat.«

»Also, nenn mir eine Zahl, Chef«, forderte Rhyme ihn auf. »Von wie vielen möglichen Stellen reden wir hier?«

»Ich schätze, etwa zwanzig«, dröhnte Hoddlestons kräftige Stimme. »Vielleicht auch ein paar weniger.«

»O verflucht«, stöhnte Rhyme. »Okay, fax uns eine Liste mit den wahrscheinlichsten rüber.«

»Klar. Wann brauchst du sie?« Aber noch bevor Rhyme antworten konnte, hatte Hoddleston begriffen. »Vergiß die Frage, Lincoln. Ich hätte es ja eigentlich von früher noch wissen müssen. Du hättest sie am liebsten gestern.«

»Letzte Woche«, scherzte Rhyme, der nur mühsam seine Ungeduld darüber verbergen konnte, daß der Polizeichef lieber noch plaudern wollte, statt sich an die Arbeit zu machen.

Fünf Minuten später sprang das Faxgerät an. Thom legte das Blatt vor Rhyme auf den Tisch. Es listete fünfzehn mögliche Stellen im U-Bahn-System auf. »Okay, Sachs. Machen Sie sich auf den Weg.«

Sie nickte kurz, während Sellitto Haumann und Dellray anrief, damit sie die Suchteams losschickten.

Rhyme rief Sachs eindringlich nach: »Amelia! Sie halten sich diesmal im Hintergrund, okay? Sie sind für die Spurensicherung zuständig. Nur für die Spurensicherung.«

An einer Straßenecke in Downtown Manhattan kauerte Leon, der Trickser. Neben ihm saß der Bärenmann – er verdankte seinen Namen dem Einkaufswagen mit Stofftieren, den er stets vor sich herschob. Angeblich waren sie zum Verkauf bestimmt, doch selbst die verrücktesten Eltern hätten ihrem Kind keines seiner verdreckten, verlausten Kuscheltiere gekauft. Leon und der Bärenmann lebten zusammen – das bedeutete, daß sie sich eine Gasse in der Nähe von Chinatown teilten – und schlugen sich mit den Einkünften aus aufgesammelten Pfandflaschen, Almosen und kleineren Diebstählen durch.

»Er krepiert, Mann«, murmelte Leon.

»Nee, iss nur ein schlechter Traum. Sonst nichts«, antwortete Bärenmann und schaukelte dabei seinen Einkaufswagen, als wollte er seine Stofftiere in den Schlaf wiegen.

»Sollten zwei Münzen fürs Telefon springen lassen und einen Krankenwagen herbestellen.«

Leon und der Bärenmann starrten über die Straße hinweg in eine Gasse. Dort lag ein weiterer Obdachloser, ein Schwarzer, der ziemlich krank aussah. Sein verschlagenes – im Augenblick allerdings gerade bewußtlos wirkendes – Gesicht zuckte immer wieder krampfartig. Seine Kleidung bestand nur noch aus Lumpen.

»Sollten echt jemand rufen.«

»Laß mal gucken.«

Sie überquerten nervös die Straße.

Der Mann war vollkommen verdreckt und mager – offensichtlich hatte er Aids, woraus sie schlossen, daß er Heroin spritzte. Selbst Leon und Bärenmann nahmen ab und zu ein Bad im Springbrunnen am Washington Square oder – trotz der Schildkröten – im See des Central Park. Er trug zerlumpte Jeans, verkrustete Socken, keinerlei Schuhe und eine zerrissene, vor Schmutz starrende Jacke mit der Aufschrift *Cats... das Musical*.

Sie starrten ihn eine Weile an. Als Leon Cats' Beine berührte, schreckte der zusammen und richtete sich halb auf. Mit einem irren Blick stierte er sie an. »Wer, zum Teufel? Wer, zum Teufel?«

»Hey, Mann. Alles klar mit dir?« Sie wichen sicherheitshalber ein paar Schritte zurück.

Cats zitterte und hielt sich den Bauch. Er hustete lange und schwer. Leon flüsterte: »Der Kerl sieht, verdammt noch mal, zu fies aus, um krank zu sein, weißte, was ich meine?«

»Er macht mir angst. Laß uns abhauen.« Bärenmann wollte schnell wieder zu seinem A&P-Einkaufswagen zurück.

»Ich brauch Hilfe, Mann«, stöhnte Cats. »Bin krank.«

»Da iss 'ne Klinik, da drüben...«

»Kann in keine verdammte *Klinik* gehen«, schnauzte Cats sie an, als ob sie ihn beleidigt hätten.

Also hatte er etwas auf dem Kerbholz, und wenn ein so schwerkranker Penner sich weigerte, in ein Krankenhaus zu gehen, bedeutete dies, daß es schon ein Haftbefehl wegen einer ziemlich ernsten Sache sein mußte. Yeah, dieser Kerl bedeutete wirklich Ärger.

»Ich brauch Medizin. Habt ihr was? Ich zahl auch. Hab Geld.«

Was sie normalerweise nicht geglaubt hätten, allerdings konnten sie sehen, daß Cats ein Dosensammler war. Und offensichtlich ein verdammt guter. Neben ihm lag ein riesiger Sack mit Cola- und Bierdosen, die er aus Mülleimern gefischt hatte und für die er nun das Pfand kassieren konnte. Leon beäugte die Dosen neidisch. Hatte Cats wahrscheinlich zwei Tage gekostet, die alle zu sammeln. Waren mindestens dreißig, vierzig Dollar wert.

»Wir haben nichts. Wir machen das nicht. So 'n Zeug, mein ich.«

»Pillen, meint er.«

»Willst de 'ne Flasche? T-bird? Hab 'n guten T-bird, jawoll. Geb dir 'ne Flasche für diese Dosen.«

Cats stützte sich mühsam auf einen Arm auf. »Ich will keine Scheißflasche. Bin zusammengeschlagen worden. So 'n paar verdammte Jungs haben mich verprügelt. Haben irgendwas da drin kaputtgemacht. Fühl mich nicht gut. Brauch Medizin. Kein Crack oder Heroin oder verdammtes T-bird. Ich brauch was gegen die Schmerzen. Ich brauch Pillen.« Er richtete sich mühsam auf und wankte auf Bärenmann zu.

»Wir haben nix, Mann. Haben echt nix!«

»Ich frag jetzt noch 'n letztes Mal. Gebt ihr mir was oder nich'?« Er stöhnte auf und hielt sich die Seite. Sie wußten, wie stark diese durchgeknallten Crackjunkies sein konnten. Und dieser

Kerl war *riesig*. Er konnte jeden von ihnen problemlos in zwei Hälften brechen.

Leon flüsterte Bärenmann zu: »Erinnerst du dich an diesen Kerl von neulich?«

Bärenmann nickte eifrig, allerdings mehr aus Angst. Er hatte nicht die geringste Ahnung, von wem Leon sprach.

Leon redete weiter. »Da iss so 'n Kerl, okay? Hat gestern versucht, uns so 'n Scheiß anzudrehen. Pillen. Hatte jede Menge.«

»Ja, jede Menge«, bekräftigte Bärenmann in der Hoffnung, die Geschichte könnte Cats beruhigen.

»War ihm egal, ob ihn einer sah. Wollte nur seine Pillen verkaufen. Kein Crack, kein Heroin, kein Gras. Aber alle möglichen Uppers und Downers.«

»Ja, alle möglichen.«

»Ich hab Geld.« Cats wühlte in seinen verdreckten Hosen und förderte zwei oder drei verkrumpelte Zwanziger zutage. »Seht ihr. Also, wo ist dieser Wichser?«

»Drüben bei der City Hall. Alte U-Bahn-Station…«

»Bin krank, Mann. Bin verprügelt worden. Warum ham mich diese Kerls zusammengeschlagen? Was hab ich getan? Hab nur 'n paar Dosen gesammelt. Und guckt euch an, was passiert iss. Scheiße. Wie heißt der Kerl?«

»Weiß nich, Mann«, sagte Leon schnell und runzelte dabei seine Stirn, als würde er angestrengt nachdenken. »Nein, warte. Er hat was gesagt.«

»Kann mich nicht erinnern.«

»Erinnerst du dich… Er hat deine Bären angeguckt.«

»Und hat was gesagt. Yeah, yeah. Sagte, daß er Joe oder so ähnlich heißt. Vielleicht auch Jodie.«

»Yeah, das war's. Bin sicher.«

»Jodie«, wiederholte Cats und wischte sich dabei seine Stirn ab. »Muß ihn suchen. Mann, ich brauch was. Bin krank, Mann. Ihr verdammten Arschlöcher, ich bin krank.«

Nachdem Cats unter lautem Stöhnen und Fluchen mit seinem Sack Dosen im Schlepptau davongewankt war, kehrten Leon und Bärenmann wieder an ihre Ecke zurück und setzten sich hin.

Leon öffnete eine Flasche Voodoo Ale, und sie begannen zu trinken.

»Hätten das diesem Kerl nich antun sollen«, sagte Leon.

»Wem?«

»Joe oder wie er hieß.«

»Willst du diesen Scheißer etwa hier in der Gegend haben?« fragte Bärenmann. »Der ist gefährlich. Hat mir angst gemacht. Willste so einen hier rumhängen haben?«

»Nee, natürlich nich, Mann. Aber du weißt schon.«

»Yeah, aber...«

»Du weißt, Mann.«

»Ja, ich weiß schon. Gib die Flasche rüber.«

23

25. Stunde von 45

Stephen saß neben Jodie auf der Matratze und hörte über seine Funkwanze die Gespräche aus dem Hudson-Air-Büro mit.

Er belauschte gerade Rons Leitung. Talbot hieß er mit Nachnamen, wie Stephen inzwischen erfahren hatte. Er wußte nicht genau, welche Funktion dieser Ron hatte, aber er war offensichtlich so eine Art Manager der Charterfirma, und Stephen vermutete, daß er über seine Leitung die meisten Informationen über die *Ehefrau* und den *Freund* bekommen würde.

Der Mann stritt gerade mit jemandem, der Ersatzteile für Garrett-Turbinen verkaufte. Weil Sonntag war, gab es Schwierigkeiten, die letzten erforderlichen Teile für die Reparatur zu bekommen – einen Feuerlöscher für das Triebwerk und etwas, das sich Ringbrennkammer nannte.

»Sie haben es uns für heute 15:00 Uhr versprochen«, beschwerte sich Ron. »Und ich will es bis 15:00 Uhr haben.«

Nach einigem Hin und Her versprach die Firma, die Teile von Boston aus zu ihrer Vertretung nach Connecticut zu fliegen. Von dort würde ein Lkw sie zu Hudson Air bringen, spätestens bis 15 oder 16 Uhr. Das Gespräch wurde beendet.

Stephen blieb noch ein paar Minuten in der Leitung, aber es gab keine weiteren Telefonate. Er schaltete das Gerät frustriert aus.

Er hatte nicht die geringste Ahnung, wo die *Ehefrau* und der *Freund* steckten. Waren sie noch immer in dem sicheren Haus? Oder hatte man sie woanders hingebracht?

Was plante dieser Wurm von Lincoln als nächstes? Wie clever war er wirklich?

Und *wer* war er? Stephen überlegte, wie er wohl aussah. Versuchte, ihn sich als Ziel in seinem Redfield-Teleskop vorzustellen. Es gelang ihm nicht. Alles, was er sah, war ein großer Haufen Würmer und ein Gesicht, das ihn gelassen durch ein verschmiertes Fenster beobachtete.

Er bemerkte, daß Jodie etwas zu ihm gesagt hatte.

»Was?«

»Wie hieß er? Dein Stiefvater?«

»Lou.«

»Was für 'n Job hatte er?«

»Meistens so Gelegenheitsjobs. Er jagte und fischte viel. Er war ein Held in Vietnam. Ging hinter die Frontlinien und tötete vierundfünfzig von denen. Die Leute finden so was toll, vor allem Politiker.«

»Er hat dir wohl alles beigebracht für deinen... Beruf?« Die Wirkung der Drogen hatte nachgelassen, und Jodies Augen waren nun klarer.

»Die meiste Erfahrung habe ich in Afrika und Südamerika gesammelt, aber er hat mich angelernt. Hab ihn immer WGS genannt – welt-größter Soldat. Fand er lustig.«

Im Alter von acht, neun und zehn Jahren war Stephen oft hinter seinem Stiefvater durch die Hügel Westvirginias getrottet. Heiße Schweißtropfen perlten ihnen die Nase herunter. Die Krümmung ihrer Zeigefinger, die um den Abzug ihrer Winchester oder Ruger lagen, war schweißnaß. Oft lauerten sie stundenlang schweigend im Gras, ohne sich zu rühren. Lous kurzgeschorener Nacken glänzte feucht, seine Augen waren weit geöffnet und fixierten ihr Ziel.

Zwinkere ja nicht mit dem linken Auge, Soldat.
Sir, niemals, Sir.
Eichhörnchen, Truthähne und in der Saison Hirsche – manchmal natürlich auch außerhalb der Saison – und wenn sie welche aufspüren konnten, Bären. An schlechteren Tagen wurden es auch mal Hunde.
»Mach sie tot, Soldat. Schau mir zu!«
Kra-wumm. Der Rückstoß gegen die Schulter. Die erstaunten Augen des sterbenden Tiers.
Oder diese schwülen Sonntage im August, wenn sie die CO_2-Farbpatronen in ihre Gewehre luden, sich bis auf die Unterhosen auszogen und Jagd aufeinander machten. Die murmelgroßen Kugeln, die mit einer Geschwindigkeit von hundert Metern pro Sekunde durch die Luft pfiffen, hinterließen auf ihren Oberkörpern und Schenkeln Platzwunden und Striemen. Der kleine Stephen mußte immer mit aller Kraft dagegen ankämpfen, vor Schmerz laut aufzuheulen. Die Patronen gab es in allen Farben, aber Lou bestand auf Rot. Wie Blut.
Und abends saßen sie draußen hinter dem Haus am Feuer und beobachteten, wie der Rauch in den Himmel stieg und durch das offene Fenster drang, hinter dem sie die Mutter sehen konnten, wie sie die Teller vom Abendessen mit einer Zahnbürste schrubbte. Dann trank der straffe, kleine Mann – im Alter von fünfzehn Jahren war Stephen schon genauso groß wie Lou – aus seiner frisch geöffneten Flasche Jack Daniel's und erzählte und erzählte, ob Stephen nun zuhörte oder nicht. Die Funken des Feuers stoben dabei wie orangefarbene Leuchtkäfer in den Himmel.
»Morgen will ich, daß du einen Hirsch nur mit dem Messer erlegst.«
»Nun...«
»Schaffst du das, Soldat?«
»Yessir, das schaffe ich.«
»Also, sieh her.« Er nahm einen weiteren Schluck. »Was glaubst du, wo die Halsschlagader ist?«
»Ich...«
»Hab keine Angst zuzugeben, daß du es nicht weißt. Ein guter

Soldat gibt zu, wenn er etwas nicht weiß. Aber dann unternimmt er etwas, um es zu ändern.«

»Ich weiß nicht, wo die Halsschlagader ist, Sir.«

»Ich zeig's dir an deinem Hals. Genau da ist sie. Kannst du sie fühlen? Genau da. Fühlst du sie?«

»Yessir, ich fühle sie.«

»Also, du mußt eine Familie finden – eine Hirschkuh und ihre Kitze. Du schleichst dich so nah wie möglich ran. Das ist das Schwierigste, dicht genug ranzukommen. Um die Hirschkuh zu töten, mußt du ihr Kitz gefährden. Du gehst auf ihr Baby los. Du bedrohst das Kitz, dann wird die Mutter nicht weglaufen. Sie wird sich auf dich stürzen. Und dann: Ratsch – schneidest du ihr den Hals durch. Nicht seitlich, sondern in einem Winkel. Okay? Wie ein V. Fühlst du es? Gut, wunderbar. Na Junge, wir haben doch eine tolle Zeit miteinander, stimmt's?«

Dann ging Lou für gewöhnlich ins Haus und inspizierte die Teller und Schüsseln. Sie hatten auf der karierten Tischdecke immer exakt vier Karos vom Rand entfernt zu stehen. Manchmal, wenn es nur dreieinhalb Karos waren oder ein kleiner Fettfleck auf dem Rand eines Melamintellers zurückgeblieben war, konnte Stephen von drinnen die Schläge und das Wimmern hören, während er auf dem Rücken neben dem Feuer lag und den Funken auf ihrem Flug in den Himmel nachsah.

»Irgend etwas im Leben muß man wirklich gut können«, sagte der Mann dann später, wenn sich seine Frau ins Bett geschleppt hatte und er wieder mit seiner Flasche draußen saß. »Sonst macht es keinen Spaß, überhaupt am Leben zu sein.«

Kunstfertigkeit. Er sprach über *Kunstfertigkeit*.

Jodie unterbrach seine Gedanken. »Wie kommt's, daß du nicht bei den Marines bist? Hast du mir noch nicht erzählt.«

»Nun ja, das war dumm«, antwortete Stephen, hielt kurz inne und entschloß sich dann weiterzusprechen: »Ich hab mal was angestellt, als ich noch ein Junge war. Ist dir das nie passiert?«

»Was angestellt? Nee, nie. Ich hatte zuviel Angst. Ich wollte meine Mutter nicht beunruhigen, durch Klauen und so 'n Scheiß. Was hast du getan?«

»Etwas, das nicht besonders clever war. Da war dieser Mann, der weiter oben in unserer Straße gewohnt hat. So ein richtig brutaler Kerl. Ich hab gesehen, wie er der Frau den Arm verdreht hat. Sie war krank, und er hat ihr weh getan. Also bin ich zu ihm gegangen und hab ihm gesagt, wenn er nicht sofort aufhört, bringe ich ihn um.«

»Das hast du gesagt?«

»Genau. Das war auch etwas, das mir mein Stiefvater beigebracht hat. Du drohst niemandem einfach nur so. Entweder bist du auch bereit, ihn zu töten, oder du läßt ihn weitermachen, aber du kannst nicht einfach nur drohen. Nun, der Typ hat die Frau weiter gepiesackt, und deshalb mußte ich ihm eine Lektion erteilen. Ich hab ihm eine reingehauen. Das Ganze geriet dann außer Kontrolle. Ich griff mir einen dicken Stein und schlug damit auf ihn ein. Hab nicht nachgedacht. Ich hab ein paar Jahre wegen Totschlags bekommen. Ich war ja noch ein Junge. Fünfzehn Jahre alt. Aber das gab eine Vorstrafe. Und das reichte den Marines, um mich abzulehnen.«

»Ich dachte, ich hätte irgendwo gelesen, man könnte, selbst wenn man was auf dem Kerbholz hat, zum Militär. Du kommst nur erst in so ein Spezialcamp.«

»Na ja, ging wahrscheinlich nicht, weil es Totschlag war.«

Jodie tätschelte Stephens Schulter. »Das ist nicht fair. Überhaupt nicht fair.«

»Fand ich auch.«

»Es tut mir leid«, sagte Jodie.

Stephen, der dem Blick jedes Mannes standhalten konnte. sah kurz in Jodies Augen und dann sofort nach unten. Und plötzlich tauchte von irgendwo tief unten diese vollkommen verrückte Vorstellung auf. Jodie und Stephen zusammen in einer Berghütte, wie sie jagen und fischen gingen. Abends dann ein Lagerfeuer, auf dem das Essen brutzelte.

»Was ist aus ihm geworden? Aus deinem Stiefvater?«

»Starb bei einem Unfall. Er war jagen und fiel einen Felsen runter.«

»So wollte er doch wahrscheinlich am liebsten sterben, oder?« meinte Jodie.

Nach einer kurzen Pause stimmte Stephen zu. »Ja, vielleicht.«

Er spürte, wie Jodies Bein gegen seines rieb. Wieder ein elektrischer Schlag. Stephen stand schnell auf und blickte aus dem Fenster. Ein Polizeiwagen fuhr vorbei, aber die Bullen darin tranken Cola und unterhielten sich miteinander.

Die Straße war verlassen, nur ein paar Obdachlose, vier oder fünf Weiße und ein Schwarzer waren zu sehen.

Stephen blinzelte. Der Schwarze, der einen Sack voller Bier- und Coladosen schleppte, diskutierte lautstark, sah sich suchend um und gestikulierte dabei wild mit den Armen. Offenbar bot er den Sack einem der weißen Penner an, der aber hartnäckig den Kopf schüttelte.

Der Schwarze hatte einen irren Blick, und die Weißen fürchteten sich vor ihm. Stephen beobachtete sie noch ein paar Minuten und setzte sich dann wieder auf die Matratze neben Jodie.

Er legte seine Hand auf Jodies Schulter.

»Ich möchte mit dir besprechen, was wir als nächstes tun werden.«

»Okay, alles klar. Bin ganz Ohr, Partner.«

»Irgendwo da draußen ist jemand, der nach mir sucht.«

Jodie lachte. »Ich glaub, nach allem, was da in dem Haus passiert ist, gibt es einen ganzen Haufen Leute, die nach dir suchen.«

Stephen lächelte nicht. »Aber ich meine jemand ganz Bestimmten. Sein Name ist Lincoln.«

Jodie nickte. »Ist das sein Vorname?«

Stephen zuckte die Achseln. »Ich weiß nicht... Ich hab noch nie jemanden wie ihn getroffen.«

»Wer ist er?«

Ein Wurm...

»Vielleicht ein Bulle. Oder einer vom FBI? Vielleicht ein Berater oder so was. Ich weiß es nicht genau.«

Stephen erinnerte sich, wie die *Ehefrau* ihn Ron beschrieben hatte – so wie jemand einen Guru oder einen Geist schildern würden. Er fühlte sich wieder kribbelig. Er ließ seine Hand an Jodies Rücken heruntergleiten. Sie blieb in der Beuge am unteren Ende liegen. Das ungute Gefühl verschwand.

»Das ist schon das zweite Mal, daß er mich aufgehalten hat. Und er hätte mich beinahe geschnappt. Ich versuche, mir ein Bild von ihm zu machen. Aber es gelingt mir nicht.«
»Was willst du über ihn herausfinden?«
»Was er als nächstes plant. Damit ich ihm einen Schritt vorausbleiben kann.«

Wieder ein leichter Druck auf den Rücken. Jodie schien nichts dagegen zu haben. Er schaute auch nicht zur Seite. Seine Schüchternheit war verflogen. Und der Blick, den er Stephen zuwarf, war seltsam. War das...? Nun, er wußte es nicht. Vielleicht Bewunderung...

Dann erkannte Stephen, daß es derselbe Blick war, mit den ihn Sheila im Starbucks-Café angesehen hatte, als er all die richtigen Dinge gesagt hatte. Allerdings war er bei ihr nicht Stephen, sondern jemand anderes gewesen. Jemand, der gar nicht wirklich existierte. Jodie schaute ihn nun genauso an, obwohl er wußte, wer Stephen war – ein Killer.

Stephen ließ seine Hand weiter auf dem Rücken des Mannes ruhen und sagte: »Was ich nicht weiß, ist, ob er sie aus dem sicheren Haus herausbringen wird. Das ist das Haus neben dem Gebäude, wo ich dich getroffen habe.«

»Rausbringen? Wen? Die Leute, die du umbringen willst?«
»Yeah. Er versucht, meine Gedanken zu erraten. Er denkt...« Stephens Stimme verklang.

Denkt...

Ja, was dachte Lincoln, der Wurm? Würde er die *Ehefrau* und den *Freund* rausbringen, weil er vermutete, daß Stephen es noch einmal versuchen würde? Oder würde er sie dort lassen, in der Annahme, daß Stephen auf eine neue Gelegenheit an einem anderen Ort wartete? Und wenn er denkt, daß ich es noch einmal im sicheren Haus versuchen werde, läßt er die beiden als Köder zurück, um mich in einen neuen Hinterhalt zu locken? Oder bringt er zwei andere Leute als Lockvögel in ein anderes sicheres Haus? Und versucht, mich dann zu schnappen, wenn ich der falschen Spur folge?

Der kleine Mann flüsterte: »Du... du kommst mir ein wenig durcheinander vor.«

»Ich kann ihn nicht *sehen*... Ich kann nicht sehen, was er vorhat. Alle anderen, die je hinter mir her waren, konnte ich sehen. Ich konnte sie durchschauen. Mit ihm geht das nicht.«

»Was möchtest du, daß ich tue?« fragte Jodie und neigte sich dabei gegen Stephen, so daß sich ihre Schultern berührten.

Stephen Kall, der kunstfertige Profi, der Stiefsohn des Mannes, der nie einen Augenblick gezögert hatte – weder wenn er Wild jagte noch wenn er Teller inspizierte, die mit einer Zahnbürste gereinigt worden waren –, war nun verwirrt. Er starrte zu Boden, dann in Jodies Augen.

Die Hand am Rücken des anderen Mannes. Ihre Schultern berührten sich.

Stephen faßte einen Entschluß.

Er beugte sich vor und wühlte in seinem Rucksack. Er förderte ein schwarzes Mobiltelefon zutage, blickte es eine Weile an und reichte es dann Jodie.

»Was ist denn das?« fragte der Mann.

»Ein Telefon. Für dich.«

»Ein Handy! Cool!« Er starrte es an, als hätte er noch nie zuvor eines gesehen, klappte es auf und studierte die Tasten.

Stephen fragte ihn: »Weißt du, was ein Aufklärer ist?«

»Nein.«

»Die besten Schützen arbeiten nicht allein. Sie haben immer einen Aufklärer dabei. Er lokalisiert das Ziel, findet heraus, wie weit es weg ist, stellt fest, ob es eine Bewachung gibt und so weiter.«

»Du willst, daß ich das für dich mache?«

»Yeah. Weißt du, ich denke, daß Lincoln sie rausbringen wird.«

»Wie kommst du darauf?« fragte Jodie.

»Ich kann es nicht erklären. Ich hab nur so ein Gefühl.« Er schaute auf seine Uhr. »Okay. Ich habe einen Plan. Ich möchte, daß du um 13.30 Uhr die Straße hinuntergehst wie ein... Obdachloser.«

»Du kannst ruhig ›Penner‹ sagen, wenn du willst.«

»Du beobachtest das sichere Haus. Vielleicht stöberst du in Müllcontainern rum oder so was.«

»Nach Pfandflaschen suchen. Das mache ich sonst auch immer die ganze Zeit.«

»Finde heraus, in welchen Wagen sie steigen, und dann rufst du mich an. Ich bin in der Nähe, warte um die Ecke in einem Auto. Aber du mußt darauf achten, daß du nicht auf ein Ablenkungsmanöver reinfällst.«

Die rothaarige Polizistin fiel ihm ein. Sie wäre als Ersatz für die *Ehefrau* sicher nicht geeignet. Zu groß, zu hübsch. Er fragte sich, warum er eine so starke Abneigung gegen sie empfand... Er bedauerte, daß er sich bei dem Schuß auf sie so verkalkuliert hatte.

»Okay, wird gemacht. Wirst du sie auf der Straße erschießen?«

»Es kommt darauf an. Vielleicht folge ich ihnen auch zu dem neuen sicheren Haus und erledige sie dort. Ich muß einfach improvisieren.«

Jodie bestaunte das Mobiltelefon wie ein Kind sein Weihnachtsgeschenk. »Ich weiß nicht, wie man so was bedient.«

Stephen zeigte es ihm. »Ruf mich an, sobald du auf dem Posten bist.«

»Auf dem Posten. Das klingt richtig professionell.« Jodie schaute vom Telefon auf. »Weißt du, wenn das hier alles vorbei ist, gehe ich in so ein Reha-Zentrum, und danach könnten wir uns ja vielleicht mal treffen. Wir könnten einen Saft oder einen Kaffee trinken gehen. Na, was meinst du?«

»Klar«, antwortete Stephen. »Wir könnten...«

Plötzlich erschütterte ein lautes Donnern die Tür. Stephen wirbelte wie ein Derwisch herum, riß die Pistole aus dem Halfter und warf sich in Zweihand-Schießposition auf den Boden.

»Mach die verfluchte Tür auf«, rief eine laute Stimme von draußen. »Sofort!«

»Ruhig«, flüsterte Stephen Jodie zu. Sein Herz raste.

»Bist du da drin, du Schleimscheißer«, ertönte die Stimme wieder. »Jo-die? Wo, zum Teufel, steckst du?«

Stephen schlich zu dem verrammelten Fenster und spähte nach draußen. Es war der schwarze Penner von der anderen Straßenseite. Er trug eine abgewetzte Jacke mit der Aufschrift: *Cats... das Musical.* Der Schwarze konnte ihn nicht sehen.

»Wo iss der kleine Mann?« rief der Schwarze. »Ich brauch 'nen kleinen Mann. Brauch 'n paar Pillen! Jodie? Joe? Wo steckst de?«

Stephen fragte leise: »Kennst du den?«

Jodie schaute ebenfalls hinaus, zuckte dann die Achseln und meinte: »Weiß nicht. Vielleicht. Sieht aus wie die meisten Typen hier auf der Straße.«

Stephen studierte den Mann aufmerksam, dabei hielt er den Plastikgriff der Pistole fest umklammert.

Der Obdachlose rief wieder: »Ich weiß, daß du da drinnen bist, Mann.« Seine Stimme erstickte in einem ekelerregenden Hustenkrampf. »Jo-die, Jo-die! Hat mich was gekostet. Und was es mich gekostet hat. Hat mich 'ne verdammte Woche Dosensammeln gekostet. Aber sie ham's mir gesagt, daß du da drinnen bist. Alle ham's mir gesagt. Jodie, Jodie!«

»Er wird schon wieder gehen«, sagte Jodie.

Stephen hatte eine andere Idee. »Warte, vielleicht können wir ihn gebrauchen.«

»Wie?«

»Erinnerst du dich, was ich dir gesagt habe? *Delegieren.* Das ist gut...« Stephen nickte. »Er sieht gefährlich aus. Sie werden sich auf ihn konzentrieren, nicht auf dich.«

»Du meinst, ich soll ihn mitnehmen? Zu diesem sicheren Haus?«

»Ja.«

»Ich brauch so 'n Zeug, Mann«, jammerte der Schwarze. »Los, mach schon. Ich bin echt am Ende. Bitte. Ich bin ganz zittrig. Du Arschloch!« Er trat mit aller Gewalt gegen die Tür. »Bitte, Mann. Biste da, Jodie? Du Wichser, du Schleimscheißer! Hilf mir.«

Es hörte sich an, als weinte er.

»Los, geh raus zu ihm«, befahl Stephen. »Sag ihm, daß du ihm was gibst, wenn er mit dir kommt. Laß ihn einfach gegenüber dem sicheren Haus den Müll durchwühlen oder so was. Du kannst dann ungestört den Verkehr beobachten. Das ist perfekt.«

Jodie schaute ihn an. »Du meinst jetzt? Ich soll einfach rausgehen und mit ihm sprechen?«

»Yeah. Jetzt.«

»Soll er reinkommen?«

»Nein, ich will nicht, daß er mich sieht. Geh einfach zu ihm, und rede mit ihm.«

»Okay... gut.« Jodie blickte zur Tür. »Was ist, wenn er mit einem Messer auf mich losgeht?«

»Schau ihn dir doch an. Der ist schon halbtot. Du könntest ihn mit links windelweich prügeln.«

»Sieht aus, als hätte er Aids.«

»Los, mach schon.«

»Was ist, wenn er mich anfaßt?«

»Geh!«

Jodie atmete tief durch und trat nach draußen. »Hey, mach nich so 'n Aufstand«, raunzte er den Mann an. »Was willst du?«

Stephen beobachtete den Schwarzen, wie er Jodie mit seinen irren Augen musterte. »Hab gehört, daß de so 'n Dreck verkaufst, Mann. Ich hab Geld. Hab sechzig Dollar. Ich brauch Pillen. Bin krank.«

»Was willste?«

»Was haste denn?«

»Rote, Bennies, Dexies, Gelbjacken, Demmies.«

»Yeah, Demmies sind geiles Zeug. Mann, ich zahl dich. Scheiße, Mann. Ich hab Geld, Mann. Mir tut innen drin alles weh. Hab'n mich zusammengeschlagen. Wo iss mein Geld?« Er wühlte verzweifelt in seinen Taschen, bis er bemerkte, daß er die kostbaren Zwanziger zusammengeknüllt in seiner linken Hand festhielt.

»Aber zuerst mußt du was für mich tun«, sagte Jodie.

»Yeah, was soll ich 'n machen? Dir einen blasen?«

»Nein!« Jodie war entsetzt. »Ich will, daß du mit mir ein paar Mülleimer durchsuchst.«

»Warum soll ich denn so 'n Scheiß machen?«

»Will Dosen sammeln.«

»Dosen?« grölte der Mann und kratzte sich eingehend an der Nase. »Warum, zum Teufel, willste denn für 'n paar Pennies Pfand Dosen sammeln? Hab grad hundert Dosen weggegeben, um deinen Platz zu finden. Scheiß auf die Dosen. Ich geb dir Geld, Mann.«

»Du kriegst die Demmies umsonst, wenn du mir beim Dosensammeln hilfst.«

»Umsonst?« Der Mann schien das nicht zu verstehen. »Du meinst, ich muß nicht zahlen, Mann?«

»Yeah.«

Der Schwarze blickte sich um, als suche er jemanden, der ihm das erklären könnte.

»Warte hier«, befahl Jodie.

»Wo, zum Teufel, soll ich denn nach Dosen gucken?«

»Warte einfach.«

»Wo?« verlangte er erneut.

Jodie ging wieder hinein und erklärte Stephen: »Er macht es.«

»Prima Job«, lobte Stephen lächelnd.

Jodie grinste zurück. Er ging wieder auf die Tür zu, als Stephen ihm nachrief: »Hey!«

Der kleine Mann hielt inne.

Stephen sprudelte plötzlich heraus: »Bin froh, daß ich dich getroffen habe.«

»Bin auch froh, daß wir uns getroffen haben«, antwortete Jodie, überlegte dann kurz und streckte Stephen die Hand hin. »Partner.«

»Partner«, antwortete Stephen. Er hatte das starke Bedürfnis, seinen Handschuh auszuziehen, um Jodies Haut auf seiner zu spüren. Aber er tat es nicht.

Kunstfertigkeit war wichtiger.

24

25. Stunde von 45

Die Debatte war hitzig.

»Ich glaube, du hast unrecht, Lincoln«, argumentierte Lon Sellitto. »Wir sollten sie da rausholen. Wenn wir sie im sicheren Haus lassen, schlägt er da noch mal zu.«

Sie waren nicht die einzigen, die sich mit diesem Dilemma herumschlugen. Staatsanwalt Reg Eliopolos war zwar noch nicht eingetroffen, aber Thomas Perkins, der verantwortliche FBI-Sonderagent für das Büro in Manhattan, war bei ihnen und vertrat die Position der Bundesbehörden. Rhyme wünschte sich, daß Dellray dabei wäre – und auch Sachs. Sie suchte gerade zusammen mit der Einsatzgruppe aus NYPD und Bundespolizei alle verlassenen U-Bahn-Stationen ab. Bisher hatten sie weder vom Tänzer noch von seinem Begleiter die kleinste Spur gefunden.

»Ich habe in Anbetracht der hier vorliegenden Situation eine ganz eindeutige Haltung«, stellte Perkins gewichtig fest. »Wir haben andere Unterbringungsmöglichkeiten.« Er war entsetzt darüber, daß der Tänzer nur acht Stunden gebraucht hatte, um das Versteck der Zeugen zu finden und bis auf fünf Meter an den verborgenen Notausgang des sicheren Hauses heranzukommen. »*Bessere* Unterbringungsmöglichkeiten«, fügte er schnell hinzu. »Ich denke, wir sollten einen sofortigen Transfer der Objekte durchführen. Ich habe grünes Licht von den oberen Stellen bekommen. Sogar aus Washington. Sie wollen, daß die Zeugen absolut unangreifbar sind.«

Und das bedeutete, die Zeugen zu verlegen, und zwar sofort, vermutete Rhyme.

»Nein«, protestierte er heftig. »Wir müssen sie dort lassen, wo sie sind.«

»Wenn man die Variablen nach ihren Prioritäten ordnet«, schwadronierte Perkins, »ist die Antwort doch sehr klar: Raus mit ihnen.«

Aber Rhyme wandte ein: »Egal, ob sie in dem bisherigen sicheren Haus sind oder in einem neuen, er wird wieder zuschlagen. Hier kennen wir immerhin das Gelände und seine Möglichkeiten heranzukommen. Wir können uns gut gegen einen Hinterhalt absichern.«

»Das ist ein wichtiger Punkt«, stimmte Sellitto zu.

»Es würde ihn auch ein wenig verwirren.«

»Wie meinen Sie das?« fragte Perkins.

»Wissen Sie, er überlegt im Augenblick ebenfalls hin und her.«

»Tut er das?«

»Da können Sie drauf wetten«, erwiderte Rhyme. »Er versucht herauszufinden, was wir vorhaben. Wenn wir uns entschließen, sie dort zu lassen, dann wird er entsprechend reagieren. Bringen wir sie woanders hin – und ich vermute, daß er damit rechnet –, wird er versuchen, während des Transports zuzuschlagen. Und wie gut unsere Sicherheitsvorkehrungen für unterwegs auch sein mögen, ein Transport ist immer gefährlicher als ein fester Ort. Nein, wir sollten sie dort lassen und uns auf den nächsten Angriff vorbereiten. Ihn voraussahnen und bereit sein. Das letzte Mal...«

»Das letzte Mal wurde ein Agent getötet.«

Rhyme schnauzte den Sonderagenten an: »Wenn Innelman einen zweiten Mann bei sich gehabt hätte, dann wäre alles anders verlaufen.«

Perkins in seinem makellosen Anzug war ein Bürokrat, der sich nach allen Richtungen absicherte, doch er war gelegentlich auch zur Einsicht fähig. Aber *habe* ich wirklich recht? fragte sich Rhyme.

Was *denkt* der Tänzer? Kann ich das wirklich wissen?

Oh, ich kann in ein verlassenes Schlafzimmer oder in eine verdreckte Gasse blicken und problemlos das darin versteckte Geschehen ablesen. Ich kann aus einem Blutfleck im Teppichboden, der wie ein Rorschachtest aussieht, erkennen, wie hoch die Chancen des Opfers waren, dem Täter noch zu entkommen, und wie sein Tod aussah. Ich kann den Staub analysieren, den der Täter zurückgelassen hat, und daraus schließen, woher er kommt.

Ich kann das Wer und Warum beantworten.

Was aber wird der Tänzer tun?

Das kann ich nur erraten. Mit Gewißheit kann ich es nicht sagen.

Im Türrahmen erschien einer der Beamten, die den Hauseingang bewachten. Er überreichte Thom einen Umschlag und ging zurück auf seinen Posten.

»Was ist das?« Rhyme betrachtete den Umschlag mit Unbehagen. Er erwartete keine Laborergebnisse und war sich der Vorliebe des Tänzers für Bomben nur zu bewußt. Das Päckchen enthielt jedoch nur ein Blatt Papier und kam vom FBI.

Thom öffnete es und las vor.

»Es kommt vom FBI. Sie haben einen Sandexperten ausfindig gemacht.«

Rhyme erklärte Perkins: »Das hat nichts mit diesem Fall zu tun. Es geht um einen Agenten, der neulich nachts verschwunden ist.«

»Tony?« fragte Perkins. »Bisher haben wir noch nicht die kleinste Spur.«

Rhyme blickte kurz auf den Bericht.

»Die zur Analyse vorliegende Substanz ist nicht Sand im technischen Sinne. Es ist Korallengestein von Riffen und enthält Skelettnadeln, Querschnitte aus dem Röhrensystem von Seewürmern, Schneckengehäuse und Foraminifere. Wahrscheinlichster Herkunftsort ist die nördliche Karibik: Kuba, die Bahamas.«

Die Karibik... Interessant. Nun, das mußte warten. Wenn sie den Tänzer erst einmal gefaßt und hinter Schloß und Riegel gebracht hatten, würden Sachs und er sich wieder darum kümmern.

Sein Kopfhörer knisterte.

»Rhyme, sind Sie da?« rief Sachs.

»Ja, wo stecken Sie, Sachs? Was haben Sie?«

»Wir sind außerhalb einer alten U-Bahn-Station in der Nähe der City Hall. Alles ist verrammelt. Das Suchteam sagt, daß da jemand drin ist. Mindestens einer, vielleicht auch zwei.«

»Okay, Sachs«, sagte er. Sein Herz raste bei dem Gedanken, dem Tänzer vielleicht ganz dicht auf der Spur zu sein. »Berichten Sie, sobald es etwas Neues gibt.« Dann blickte er zu Sellitto und Perkins. »Sieht so aus, als brauchten wir gar nicht zu entscheiden, ob wir sie verlegen oder nicht.«

»Haben sie ihn gefunden?« fragte der Detective.

Aber Rhyme wollte keine voreiligen Hoffnungen wecken; das gehörte sich nicht für einen nüchternen Wissenschaftler. Er befürchtete, daß es der Operation – oder besser gesagt Sachs – Unglück bringen könnte. Deshalb brummelte er nur: »Laßt uns die Daumen drücken.«

In aller Stille umzingelten die Einsatzeinheiten die U-Bahn-Station.

Sachs war sich sicher, daß dies der Ort war, an dem der neue Partner des Tänzers hauste. Die Such- und Überwachungseinheit

S&S hatte mehrere Anwohner ausfindig gemacht, die von einem Drogensüchtigen berichteten, der hier Pillen verkaufte. Es war ein kleinwüchsiger Mann – was mit der Schuhgröße 41 übereinstimmen würde.

Die Station war ein ziemlich schäbiges Loch. Vor einigen Jahren war sie durch die schmuckere Haltestelle bei der City Hall ein paar Blocks entfernt ersetzt worden.

Die 32-E-Teams bezogen ihre Positionen, während die S&S-Agenten begannen, ihre Mikrofone und Infrarotkameras aufzustellen. Unterdessen sperrten andere Polizisten die Straße ab und vertrieben die Obdachlosen, die an den Ecken und in Hauseingängen herumlungerten.

Der Einsatzleiter gab Sachs die Anweisung, sich vom Haupteingang fernzuhalten, damit sie nicht in die Schußlinie geraten konnte. Sie teilten ihr die erniedrigende Aufgabe zu, einen Nebeneingang zu bewachen, der offensichtlich seit Jahren versperrt und verbarrikadiert war. Sie fragte sich ernsthaft, ob Rhyme mit Haumann einen Handel geschlossen hatte, um sie aus jeder Gefahr herauszuhalten. Ihre Wut vom Vorabend, die sie während der Jagd auf den Tänzer fast vergessen hatte, kochte jetzt wieder hoch.

Sachs deutete auf das verrostete Schloß. »Hm, hier wird er wohl kaum rauskommen«, bemerkte sie in ätzendem Ton.

»Alle Ausgänge sind zu sichern«, antwortete der maskierte Einsatzbeamte, der ihren Sarkasmus entweder nicht mitbekommen hatte oder einfach ignorierte. Er kehrte zu seinen Kameraden zurück.

Es begann zu regnen, ein kalter Regen, der aus einem schmutziggrauen Himmel auf sie niederprasselte. Die Tropfen trommelten laut auf den Unrat, der sich vor den eisernen Gittern angesammelt hatte.

War der Tänzer da drin? Wenn er drin war, dann würde es eine Schießerei geben. Daran bestand kein Zweifel. Sie konnte sich nicht vorstellen, daß der Tänzer kampflos aufgeben würde.

Und es machte sie wütend, daß sie nicht dabeisein durfte.

Du bist ein cooles Arschloch, wenn du ein Gewehr und einen Schutzabstand von 300 Metern hast, verfluchte sie den Killer. Aber sag mir, du Drecksack, wie gut bist du denn mit einer Pistole auf kurzer Distanz? Wie würde es dir gefallen, mir Auge in Auge gegenüberzustehen? Auf dem Kaminsims in ihrem Wohnzimmer waren ein Dutzend Trophäen mit goldfarbenen Pistolenschützen aufgereiht. (Die Figuren stellten alle Männer dar, was sie aus irgendeinem Grund amüsierte.)

Sie stieg ein paar Stufen zu dem Eisengitter hinunter und lehnte sich dann gegen die Wand.

Sachs, die Kriminalistin, untersuchte sofort gründlich ihre Umgebung. Sie roch Müll, Moder, Urin, den salzigen Geruch der U-Bahn. Sie begutachtete das Eisengitter, die Kette und das Schloß. Dann spähte sie in den halbdunklen Tunnel hinein, konnte aber weder etwas sehen noch hören.

Wo war er?

Und was machten die Polizisten und Sonderagenten? Warum die Verzögerung?

Eine Sekunde später hörte sie die Antwort in ihrem Kopfhörer: Sie warteten auf Verstärkung. Haumann hatte beschlossen, zwanzig weitere Agenten des Spezialeinsatzkommandos und das zweite 32-E-Team anzufordern.

Nein, nein, nein, dachte sie. Das ist ein Riesenfehler! Der Tänzer braucht nur einmal nach draußen zu schauen und zu sehen, daß kein einziges Auto, kein Taxi und kein Fußgänger mehr auf der Straße ist. Dann weiß er sofort, daß eine taktische Operation im Gange ist. Es wird ein Blutbad geben... Verstehen die das denn nicht?

Sachs ließ den Untersuchungskoffer am Fuß der Treppe zurück und stieg wieder zur Straße hoch. Einige Schritte entfernt war ein großer Haushaltswaren- und Drogeriemarkt. Sie ging hinein und kaufte zwei Dosen Butan, außerdem überredete sie den Besitzer, ihr den Drehstab für seine Markise auszuleihen – ein anderthalb Meter langes Metallrohr.

Wieder am U-Bahn-Ausgang zurück, steckte Sachs den Metallstab durch ein rostiges Kettenglied am Schloß und drückte dagegen, bis die Kette ganz gespannt war. Sie zog einen Nomex-Handschuh über und sprühte den Inhalt einer Butandose über das

Metall, das durch die Verdunstungsenergie mit einer Eisschicht überzogen wurde. (Amelia Sachs war nicht umsonst Straßenpolizistin im härtesten Abschnitt des Times Square gewesen; sie wußte genug über Einbrüche, um damit notfalls eine zweite Karriere beginnen zu können.)

Nachdem sie auch die zweite Dose entleert hatte, packte sie den Stab mit beiden Händen und begann zu drücken. Das eisige Gas hatte das Metall der Kette extrem brüchig gemacht. Mit einem sanften Klicken brach das Kettenglied entzwei. Sie fing die Kette auf, bevor sie auf den Boden fallen konnte, und legte sie geräuschlos auf einen Haufen Blätter.

Die Scharniere waren vom Regen feucht, aber sie spuckte sicherheitshalber noch darauf, damit sie nicht quietschten, und drückte das Tor dann vorsichtig auf. Sie zog ihre Glock aus dem Halfter und dachte: Ich habe dich über 300 Meter verfehlt. Über 30 Meter wird mir das nicht passieren.

Rhyme würde sicher nicht billigen, was sie tat, aber Rhyme wußte nichts davon. Sie mußte kurz an ihn denken, an die vergangene Nacht, als sie bei ihm im Bett gelegen hatte. Doch sein Gesicht verschwand rasch wieder aus ihrem Bewußtsein. Ihre jetzige Mission ließ ihr ebensowenig wie ein Autorennen mit 240 Stundenkilometern Zeit, die Desaster in ihrem Privatleben zu beweinen. Sie verschwand in dem düsteren Tunnel, sprang über das altertümliche hölzerne Drehkreuz und lief auf dem alten Bahnsteig in Richtung Haltestelle.

Sie war keine zehn Meter weit gekommen, da hörte sie die Stimmen.

»Ich muß jetzt gehen... verstehst du... Ich hab gesagt... Verschwinde.«

Ein männlicher Weißer.

War es der Tänzer?

Ihr Herz hämmerte wild in ihrer Brust.

Atme ganz langsam, sagte sie sich. Schießen heißt Atmen. (Aber draußen am Flughafen hatte sie nicht langsam geatmet. Sie hatte vor Angst gekeucht.)

»Yo, was meinste, Mann?« Eine andere Stimme. Ein männlicher

Schwarzer. Etwas in der Stimme jagte ihr Angst ein. Da war etwas sehr Gefährliches. »Ich kann Kohle beschaffen. Yeah, kann ich. 'nen Scheißhaufen Geld. Ich hab zwanzig, hab ich dir das gesagt? Aber hey, Mann, ich krich auch mehr zusammen. So viel wie de willst. Ich hatt' 'n guten Job. So 'n Arsch hat 'n mir weggenommen. Hab zuviel gewußt.«

Die Waffe ist nur ein Fortsatz deines Arms. Ziele mit dem ganzen Körper, nicht mit der Waffe.

(Aber auf dem Flughafen hatte sie überhaupt nicht gezielt. Sie hatte wie ein verschrecktes Kaninchen flach auf dem Bauch gelegen und blind gefeuert – die sinnloseste und gefährlichste Art zu schießen.)

»Verstehst du, Mann. Ich habe meine Meinung geändert, okay? Laß mich... verschwinde einfach. Ich gebe dir... Demmies.«

»Du hast mir auch nicht gesagt, wohin wir gehn. Wo is das, wohin wir stöbern soll'n? Sag's mir erst. Wo? Sag's mir.«

»Du gehst nirgends hin. Ich will, daß du abhaust.«

Sachs schlich leise die Stufen hoch.

Rief sich die Regeln in Erinnerung. Richte die Waffe auf dein Ziel, achte auf deine Umgebung, drück dreimal ab. Geh wieder in Deckung. Ziele, drücke wieder dreimal ab, wenn nötig. Geh in Deckung. Nicht aus der Fassung geraten.

(Aber auf dem Flughafen hatte sie die Fassung verloren. Diese fürchterliche Kugel direkt neben ihrem Gesicht...)

Vergiß es. Konzentriere dich.

Wieder ein paar Stufen höher.

»Un nu sagste, ich krich die Demmies nicht für umme? Nu sagste, ich muß blechen, stimmt's? Du Arsch!«

Stufen waren immer am schlimmsten. Ihre Knie waren ihr Schwachpunkt. Verdammte Arthritis...

»Hier, hier sind ein Dutzend Demmies. Nimm sie und hau ab!«

»'nen Dutzend. Un ich muß nicht dafür blechen?« Er lachte laut auf. »'nen Dutzend?«

Sie war fast oben angelangt.

Beinahe konnte sie schon den eigentlichen Bahnhof einsehen. Sie war bereit zu schießen. Mädel, wenn er sich auch nur ein paar

Zentimeter in irgendeine Richtung bewegt, knallst du ihn ab. Vergiß die Regeln. Drei Schüsse in den Kopf. Peng, peng, peng. Vergiß die Brust, vergiß...

Plötzlich trat sie ins Nichts.

»Ahrg!« Ein Stöhnen drang tief aus ihrer Kehle, während sie fiel. Die Stufe, auf die sie zuletzt getreten war, war eine Falle gewesen. Der Unterbau war entfernt worden, und die Stufe hatte lediglich auf zwei Schuhkartons geruht. Sie waren unter ihrem Gewicht zusammengedrückt worden, die Betonplatte war heruntergefallen, und jetzt stürzte sie hinterrücks die Treppe hinunter. Die Glock flog ihr aus der Hand, und als sie den Notruf »Zehn – Dreizehn!« rufen wollte, bemerkte sie, daß das Kabel zwischen dem Kopfhörermikrofon und dem Motorola-Funkgerät abgerissen war.

Sachs landete mit einem Krachen auf dem Betonboden. Ihr Kopf schlug gegen einen Geländerstab aus Metall. Benommen rollte sie sich auf den Bauch.

»Na großartig«, rief der weiße Mann von oben.

»Wer, zum Teufel, is'n das?« fragte der Schwarze.

Sie hob den Kopf leicht an und erhaschte einen Blick auf zwei Männer, die vom oberen Ende der Treppe auf sie herunterblickten.

»Scheiße, Dreckscheiße, was geht'n da vor«, stammelte der Schwarze.

Der weiße Mann schnappte sich einen Baseballschläger und kam die Treppen herab.

Ich sterbe, dachte sie. Ich sterbe.

Sie hatte noch das Schnappmesser in ihrer Tasche. Es kostete sie ihre ganze Energie, den rechten Arm unter ihrem Körper hervorzuzerren. Sie rollte sich auf den Rücken, suchte das Messer in der Tasche. Aber es war zu spät. Er trat auf ihren Arm, drückte ihn auf den Boden und starrte sie an.

Oh, Mann. Rhyme, ich hab's ganz schön versiebt. Ich wünschte, wir hätten eine schönere letzte Nacht gehabt. Es tut mir leid... Es tut mir leid.

Sie hob die Hände, um den Schlag, der auf ihren Kopf niedergehen würde, abzuwehren. Sie blickte noch kurz zur Glock hinüber, aber sie lag zu weit entfernt.

Mit einer sehnigen Hand, wie die Klaue eines Vogels, zog der kleine Mann ihr Messer aus der Tasche. Er warf es weg. Dann stand er über ihr und packte den Schläger wieder mit beiden Händen.

Oh, Daddy, sprach sie zu ihrem toten Vater. Wie hab ich das nur so vermasseln können? Wieviel Regeln habe ich gebrochen? Sie erinnerte sich daran, wie er ihr erklärt hatte, daß es auf der Straße draußen nur einer Sekunde Unaufmerksamkeit bedurfte, um getötet zu werden.

»Nun erzähl mir mal, was du hier machst«, forderte der Mann sie auf und schwang dabei geistesabwesend den Schläger, als könnte er sich nicht entscheiden, welchen Körperteil er ihr zuerst brechen sollte. »Wer, zum Teufel, bist du?«

»Ihr Name ist Miss Amelia Sachs«, sagte der andere Obdachlose, der plötzlich gar nicht mehr wie ein Obdachloser klang. Er kam die Stufen herunter und stand mit einem Mal vor dem weißen Kerl und entriß ihm den Schläger. »Und wenn ich mich nicht sehr irre, mein Freund, dann ist sie hier, um deinen kleinen Arsch dingfest zu machen. Genau wie ich.« Sachs blinzelte und sah, wie sich der Penner aufrichtete und in Fred Dellray verwandelte. Er hielt dem erstaunten Mann eine mächtige Sig-Sauer Automatik unter die Nase.

»Du bist ein Bulle?« stammelte er.

»FBI.«

»Scheiße«, fluchte er und schloß voller Abscheu die Augen. »Das ist mal wieder mein gottverdammtes Glück.«

»Nee«, meinte Dellray lakonisch. »Glück hatte damit überhaupt nichts zu tun. Ich werde dir jetzt Handschellen anlegen, und du wirst dabei ganz ruhig bleiben. Falls nicht, wirst du wochen- oder sogar monatelang fürchterliche Schmerzen haben. Hast du das verstanden?«

»Wie hast du das gemacht, Fred?«

»Och, das war einfach«, antwortete der schlaksige FBI-Agent, als sie wieder draußen vor der verlassenen U-Bahn-Station standen. Er trug immer noch die zerrissene Kleidung eines Obdachlosen und hatte Gesicht und Hände noch nicht von dem Dreck befreit, mit dem er sich beschmiert hatte, um so auszusehen, als hätte er schon immer auf der Straße gelebt. »Als Rhyme mir sagte, daß der Freund vom Tänzer so 'n Junkie ist und Downtown in der U-Bahn haust, wußte ich schon so ungefähr, wo ich hingehen mußte. Hab 'nen Sack leere Dosen gekauft und mit allen möglichen Leuten geredet, von denen ich dachte, daß sich's lohnt. Die haben mich praktisch direkt bis in sein Wohnzimmer geführt.« Er nickte zur U-Bahn-Station herüber. Sie blickten zu dem Polizeiwagen, in dem Jodie mit Handschellen gefesselt saß und trübselig vor sich hinstarrte.

»Warum hast du uns nicht gesagt, was du vorhattest?«

Dellrays Antwort war ein Lachen, und Sachs war sofort klar, wie unsinnig die Frage gewesen war. Undercover-Polizisten verrieten praktisch nie jemandem, was sie taten – und das galt für Kollegen genauso wie für Vorgesetzte. Nick, ihr Exfreund, hatte auch undercover gearbeitet, und da gab es viel, was er ihr nicht erzählt hatte.

Sie massierte sich die Seite, auf die sie gefallen war. Es schmerzte höllisch. Der Notarzt hatte ihr geraten, sich röntgen zu lassen. Sachs griff nach oben und drückte Dellrays starken Oberarm. Es war ihr unangenehm, wenn *ihr* jemand dankbar war – in dieser Hinsicht war sie wahrscheinlich eine echte Schülerin Rhymes –, aber sie hatte keine Probleme damit, ihren Dank zu äußern. »Du hast mir das Leben gerettet. Ohne dich wäre ich jetzt im Jenseits. Was kann ich sagen?«

Dellray zuckte abwehrend die Achseln und schnorrte sich bei einem der uniformierten Bullen, die die Station bewachten, eine Zigarette. Er schnupperte an der Marlboro und steckte sie sich hinters Ohr. Er blickte zu einem der geschwärzten Fenster vor der Station. »Ach, was soll's«, sagte er, ohne sie anzuschauen. »War einfach Zeit, daß wir mal Glück hatten.«

Nachdem sie Joe D'Oforio geschnappt und auf den Rücksitz des Streifenwagens verfrachtet hatten, verriet er ihnen, daß der Tänzer keine zehn Minuten zuvor gegangen war. Er war die Treppen hinuntergestiegen und entlang der Gleise verschwunden. Jodie – wie sich der kleine Ganove nannte – wußte nicht, wohin der Tänzer wollte. Er wußte nur, daß er sich plötzlich Waffe und Rucksack gegriffen hatte und aufgebrochen war. Haumann und Dellray schickten ihre Leute aus, um die Station, die Gleise und die nahe gelegene City Hall zu durchsuchen. Sie warteten nun auf das Ergebnis der Suche.

»Los, macht schon...«

Zehn Minuten später erschien ein Einsatzbeamter auf der Treppe der U-Bahn. Sachs und Dellray sahen ihn hoffnungsvoll an, aber er schüttelte nur den Kopf. »Haben seine Spur ein paar hundert Meter von hier auf den Gleisen verloren. Keine Ahnung, wohin er verschwunden ist.«

Sachs seufzte und übermittelte die Nachricht widerstrebend an Rhyme. Sie fragte ihn, ob sie die Gleise und die nahe gelegene Station untersuchen sollte.

Er nahm die Nachricht mit der Verbitterung auf, die sie erwartet hatte. »Verdammt«, fluchte er. »Nein, nur die U-Bahn-Station selbst. Hat keinen Sinn, den Rest abzusuchen. Mist, wie *macht* er das nur? Es ist fast so, als wäre er ein verdammter Hellseher.«

»Na ja«, sagte sie. »Zumindest haben wir einen Zeugen.«

Und bedauerte es, kaum daß es über ihre Lippen war.

»Einen Zeugen?« raunzte Rhyme. »Einen Zeugen? Ich *brauche* keine verdammten Zeugen. Ich brauche Beweise! Okay, bringen Sie ihn trotzdem her. Mal hören, was er zu sagen hat. Aber Sachs, ich will, daß Sie diese Station so gründlich absuchen wie noch keinen Tatort zuvor. Hören Sie mich? Sind Sie noch da, Sachs? Hören Sie mich?«

25

25. Stunde von 45

»Was haben wir denn da?« fragte Rhyme und pustete dabei leicht in seinen Mundkontrollschlauch, um mit dem Storm Arrow ein Stück vorzufahren.

»Ein kleines Stück Dreck«, meinte Dellray, der nun wieder gesäubert und in Uniform war – sofern man seinen grünen irischen Anzug als Uniform bezeichnen konnte. »Oh-oh. Sag kein Wort. Du redest nur, wenn du gefragt wirst.« Er starrte Jodie drohend an.

»Ihr habt mich reingelegt!«

»Sei still, du kleines Aas.«

Rhyme war nicht glücklich darüber, daß Dellray auf eigene Faust gehandelt hatte, aber das lag nun einmal in der Natur der Undercover-Arbeit. Und obwohl er selbst diese Form der Ermittlungen nicht so ganz nachvollziehen konnte, ließ sich nicht abstreiten, daß sie Ergebnisse brachte – das hatte Dellray ja gerade wieder einmal bewiesen.

Außerdem hatte er Amelia Sachs gerettet.

Sie würde bald hier sein. Die Sanitäter hatten sie in die Notaufnahme gebracht, um ihre Rippen zu röntgen. Sie hatte bei dem Treppensturz viele Abschürfungen davongetragen, aber offenbar war nichts gebrochen. Er war bestürzt darüber, daß seine Ansprache vor ein paar Stunden keinerlei Wirkung gezeigt hatte; sie war auf der Suche nach dem Tänzer ganz allein in die U-Bahn eingedrungen.

Verdammt, dachte er. Sie ist genauso dickköpfig wie ich.

»Ich wollte niemanden verletzen«, protestierte Jodie.

»Hörste schlecht? Ich hab gesagt, kein Wort!«

»Ich wußte nicht, wer sie war.«

»Nö«, spottete Dellray. »Diese hübsche Silberplakette an ihrer Jacke, die hat dir natürlich nichts gesagt.« Dann fiel ihm wieder ein, daß er von dem Mann eigentlich nichts hören wollte.

Sellitto trat zu ihnen und beugte sich über Jodie. »Verrat uns noch ein bißchen mehr über deinen Freund.«

»Ich bin nicht sein Freund. Er hat mich gekidnappt. Ich war in diesem Haus in der 35. Straße, weil ich ...«

»Weil du mit Pillen gedealt hast. Das wissen wir.«

Jodie blinzelte. »Woher wißt ihr ...?«

»Aber das interessiert uns nicht. Zumindest jetzt erst mal nicht. Erzähl weiter.«

»Ich dachte, er wäre ein Bulle, aber dann sagte er, daß er ein paar Leute umbringen wollte. Ich dachte, er bringt mich auch um. Er mußte abhauen und befahl mir, mich nicht zu rühren. Dann kam dieser Bulle oder so jemand rein, und er hat auf ihn eingestochen...«

»Und ihn getötet«, platzte Dellray los.

Jodie seufzte und zog ein elendes Gesicht. »Ich wußte nicht, daß er ihn töten würde. Ich dachte, er wollte ihn nur k.o. schlagen oder so.«

»Er hat ihn aber *getötet*, du blöder Kerl. Hat ihn einfach kaltgemacht.«

Sellitto betrachtete den Sack mit den Beweismitteln aus der U-Bahn-Station. Darin waren schmierige Pornohefte, Hunderte Pillen, Kleidungsstücke. Ein brandneues Mobiltelefon. Ein Bündel Geldnoten. Er wandte sich wieder Jodie zu. »Red weiter.«

»Er hat gesagt, daß er mich bezahlt, wenn ich ihn da rausbringe, und da hab ich ihn durch den Tunnel in die U-Bahn geführt. Wie hast du mich *gefunden*, Mann?« fragte er Dellray.

»Weil du überall auf der Straße rumgelungert hast und deine verdammten Pillen jedem andrehen wolltest, der dir über den Weg lief. Ich hab sogar deinen Namen erfahren. Mann, bist du ein Trottel. Ich sollte dir die Kehle zudrücken, bis du blau anläufst.«

»Sie dürfen mir nicht weh tun«, versuchte es Jodie tapfer. »Ich habe meine Rechte.«

»Wer hat ihn angeheuert?« fragte Sellitto. »Hat er den Namen Hansen erwähnt?«

»Hat er nicht gesagt«, antwortete Jodie mit zitternder Stimme. »Hört mal, ich hab mich nur bereit erklärt, ihm zu helfen, weil ich wußte, daß er mich sonst umlegen würde. Aber ich hätte es nicht gemacht.« Er drehte sich zu Dellray um. »Er wollte, daß ich Sie dazu bringe, ihm zu helfen. Aber kaum war er weg, hab ich Ihnen gesagt, daß Sie verschwinden sollen. Ich wollte zur Polizei gehen und alles erzählen. Das *wollte* ich wirklich. Er ist ein furchtbar unheimlicher Kerl. Ich hab Angst vor ihm!«

»Stimmt das, Fred?« fragte Rhyme.

»Yeah, yeah«, stimmte der Beamte zu. »Er hat seine Meinung zwischendrin geändert. Wollte, daß ich abhaue. Sagte aber nichts davon, daß er zur Polizei wollte.«

»Wo ist er hin? Was solltest du machen?«

»Ich sollte vor diesem Stadthaus die Mülltonnen durchstöbern und dabei Autos beobachten. Er hat mir gesagt, ich sollte darauf achten, ob ein Mann und eine Frau in ein Auto gebracht und weggefahren werden. Sollte ihn mit diesem Telefon da anrufen und ihm durchgeben, was für ein Auto es war. Er wollte dem Wagen dann folgen.«

»Du hattest recht, Lincoln«, sagte Sellitto. »Damit, daß sie in dem sicheren Haus bleiben sollten. Er will während des Transports zuschlagen.«

Jodie unterbrach ihn. »Ich wollte zur Polizei gehen...«

»Mann, du bist vielleicht ein schlechter Lügner. Hast du überhaupt keine Würde?«

»Wirklich, ich wollte wirklich.« Er wirkte jetzt etwas entspannter und grinste. »Dachte, daß es bestimmt eine Belohnung gibt.«

Rhyme sah die Gier in seinen Augen und war bereit, ihm zu glauben. Er blickte zu Sellitto, der zustimmend nickte.

»Wenn du jetzt mit uns zusammenarbeitest, dann gibt's vielleicht noch eine Chance, deinen Arsch zu retten«, raunzte Sellitto. »Ich weiß zwar nichts von einer Belohnung, aber vielleicht?«

»Ich hab niemandem weh getan. Würde ich nie tun. Ich...«

»Ganz ruhig, Mann«, unterbrach Dellray. »Bist du dabei oder nicht?«

Jodie verdrehte die Augen.

»Also?« grollte der Polizist.

»Ja ja.«

Sellitto sagte: »Wir müssen schnell sein. Wann solltest du bei dem Stadthaus sein?«

»Um 13.30 Uhr.«

Also hatten sie noch fünfzig Minuten.

»Welches Auto fährt er?«

»Keine Ahnung.«

»Wie sieht er aus?«

»Ist so Anfang bis Mitte Dreißig, schätze ich. Nicht sonderlich groß. Aber er ist stark. Mann, hatte der Muskeln. Dunkles Haar, Bürstenschnitt. Rundes Gesicht. Hören Sie, ich kann ja so eine von diesen Zeichnungen machen. Diese Polizeizeichnungen...«

»Hat er gesagt, wie er heißt? Irgendwas? Woher er kommt?«

»Ich weiß nicht. Er hat einen Südstaatenakzent. Oh, und noch was. Er sagt, daß er immer Handschuhe trägt, weil seine Fingerabdrücke registriert sind.«

»Wo und für was?« fragte Rhyme.

»Ich weiß nicht, wo. Aber es war wegen Totschlag. Er hat behauptet, daß er in seiner Stadt diesen Kerl umgebracht hat. Als er noch ein Teenager war.«

»Was noch«, schnauzte Dellray.

»Hören Sie«, sagte Jodie, verschränkte seine Arme und blickte zu dem Polizisten auf. »Ich hab manchmal ganz schönen Scheiß gebaut, aber ich habe nie jemandem was getan. Und da kommt dieser vollkommen durchgeknallte Kerl mit all seinen Knarren und kidnappt mich. Klar, daß ich Todesangst hatte. Sie hätten vermutlich dasselbe getan wie ich. Ich mach diesen Mist hier nicht mehr mit. Wenn ihr mich verhaften wollt, dann tut es und sperrt mich ein. Aber ich werde nichts mehr sagen. Haben Sie verstanden?«

Dellrays hageres Gesicht verzog sich zu einem Grinsen. »Na also, der taut ja richtig auf.«

Amelia Sachs erschien in der Tür. Sie trat ein und warf Jodie einen Blick zu.

»Sagen Sie's denen!« forderte Jodie sie auf. »Sagen Sie denen, daß ich Sie nicht angegriffen habe.«

Sie blickte ihn an, als sei er ein klebriger Klumpen alter Kaugummi.

»Er wollte mir mit einem Louisville-Baseballschläger den Schädel einschlagen.«

»Nein, nein! Das stimmt nicht!«

»Alles in Ordnung mit Ihnen, Sachs?«

»Nur eine weitere Schürfung. An meinem Rücken. Ziemlich tief unten.«

Sellitto, Sachs und Dellray beugten sich zu Rhyme herunter, der Sachs flüsternd berichtete, was Jodie erzählt hatte.

Sellitto fragte Rhyme: »Und? Glauben wir ihm seine Geschichte?«

»Er ist 'n kleines Aas«, murmelte Dellray. »Aber ich muß, verdammt noch mal, sagen, daß ich ihm glaube.«

Sachs nickte ebenfalls. »Na, vielleicht. Aber ich finde, wir sollten ihn trotzdem an der kurzen Leine halten.«

Sellitto versicherte: »Keine Sorge, wir werden ihn ganz sicher genau im Auge behalten.«

Rhyme stimmte ebenfalls zu, wenn auch widerwillig. Ohne die Hilfe dieses Mannes schien es unmöglich, den Tänzer einzuholen. Er war unnachgiebig gewesen, als es darum ging, Percey und Hale in dem sicheren Haus zu lassen. Aber er hatte nicht *wirklich* gewußt, daß der Tänzer die beiden während des Transports überfallen wollte. Er hatte nur so ein vages Gefühl gehabt. Er hätte ebensogut entscheiden können, die beiden fortbringen zu lassen, und dann wären sie auf der Fahrt dorthin ermordet worden.

Er preßte vor Anspannung die Kiefer zusammen.

»Was sollen wir machen, Lincoln?« fragte Sellitto.

Hier ging es um Taktik, nicht um Beweise. Rhyme blickte Dellray an, der seine Zigarette hinter dem Ohr hervorzog und kurz daran schnupperte. Schließlich sagte er: »Laß das kleine Aas den Anruf machen und so viel wie möglich aus dem Tänzer herauskitzeln. Wir setzen einen Wagen als Köder ein und lassen den Tänzer hinterherfahren. Und drin sitzen jede Menge unserer Jungs. Die bremsen irgendwo plötzlich, und ein paar unauffällige Wagen nehmen den Tänzer in die Zange und machen ihn fertig. Das war's dann.«

Rhyme nickte widerstrebend. Er wußte, wie gefährlich ein taktischer Angriff auf einer Straße mitten in der Stadt war. »Können wir ihn aus dem Stadtzentrum rauslotsen?«

»Wir könnten ihn rüber zum East River locken«, schlug Sellitto vor. »Da gibt's genügend Stellen, wo wir ihn überwältigen können, zum Beispiel diese alten Parkplätze. Wir könnten so tun, als wollten wir die beiden dort in einen anderen Wagen umsteigen lassen.«

Sie waren sich einig, daß dies die am wenigsten gefährliche Methode war.

Sellitto deutete auf Jodie und flüsterte: »Er liefert uns den Tänzer ans Messer... was sollen wir ihm dafür geben? Müßte schon genug sein, um ihn eine Weile über Wasser zu halten.«

»Wir lassen die Vorwürfe wegen Verschwörung und Beihilfe streichen«, schlug Rhyme vor. »Und er bekommt ein bißchen Geld.«

»Für so ein Arschloch!« schimpfte Dellray, eigentlich bekannt für seine Großzügigkeit gegenüber Informanten. Aber schließlich nickte er. »Okay, okay. Wir teilen uns die Rechnung. Je nachdem, wie gierig das kleine Aas ist.«

Sellitto rief ihn zu sich.

»Okay, wir haben einen Vorschlag. Du hilfst uns, indem du ihn wie vereinbart anrufst, und wir schnappen ihn. Dann lassen wir alle Anklagepunkte gegen dich fallen, und zusätzlich bekommst du noch eine kleine Belohnung.«

»Wieviel?« fragte Jodie.

»Du Miststück, du kannst hier nicht auch noch verhandeln.«

»Ich brauche Geld für eine Reha-Klinik. Mir fehlen noch zehntausend. Gibt's da eine Chance?«

Sellitto blickte Dellray an. »Wie sieht's mit deinem Etat für Singvögel aus?«

»Wir könnten so hoch gehen«, sagte der Agent. »Yeah, wenn wir die Kosten halbieren.«

»Ist das wahr?« Jodie konnte seine Freude kaum verhehlen. »Dann mach ich alles, was ihr wollt.«

Rhyme, Sellitto und Dellray arbeiteten einen Plan aus. Sie würden im obersten Stock des sicheren Hauses einen Kommandoposten einrichten. Dort würde auch Jodie mit seinem Telefon sein. Percey und Brit würden, umringt von Sicherheitskräften, im Erdgeschoß untergebracht werden. Dann sollte Jodie den Tänzer anrufen und behaupten, daß die beiden Zeugen gerade in einen Wagen gebracht und weggefahren würden. Der Wagen würde relativ langsam zu einem verlassenen Parkplatz auf der East Side fahren, gefolgt vom Tänzer. Und auf dem Parkplatz würden sie ihn dann überwältigen.

»Okay, laßt uns anfangen«, sagte Sellitto.

»Wartet«, rief Rhyme. Sie hielten inne und blickten ihn an. »Wir haben das Wichtigste vergessen.«

»Und was sollte das sein?«

»Amelia hat die U-Bahn abgesucht. Ich will mir ansehen, was sie gefunden hat. Es könnte uns Hinweise darauf geben, wie der Tänzer vorgehen wird.«

»Wir wissen, *wie* er vorgehen wird, Linc«, sagte Sellitto und nickte zu Jodie herüber.

»Na kommt schon, seid nett zu einem armen alten Krüppel. Also, Sachs, was haben wir?«

Der Wurm.

Stephen wanderte durch verlassene Gassen, fuhr in Bussen und versuchte, den Bullen aus dem Weg zu gehen, die er sah, und dem Wurm, den er nicht sah.

Der Wurm, der ihn aus jedem Fenster in jeder Straße beobachtete. Der Wurm, der immer näher und näher kam.

Er dachte an die *Ehefrau* und den *Freund*, dachte an seinen Auftrag: Wie viele Kugeln er noch hatte, ob die beiden Opfer Schußwesten tragen würden, aus welcher Entfernung er schießen sollte, ob er diesmal Schalldämpfer verwenden sollte.

Aber diese Gedanken liefen in seinem Gehirn ganz von selbst ab. Er kontrollierte sie genausowenig, wie er seine Atmung, seinen Herzschlag oder seinen Blutdruck kontrollierte.

Seine bewußten Gedanken dagegen kreisten um Jodie.

Was war so faszinierend an ihm?

Stephen konnte es nicht mit Sicherheit sagen. Vielleicht war es die Art, wie er so ganz für sich allein lebte und dabei nicht einsam zu sein schien. Vielleicht auch die Art, wie er dieses kleine Selbsthilfebuch mit sich herumtrug und wirklich versuchte, aus diesem Loch, in dem er lebte, herauszukriechen. Oder, daß er nicht gekniffen hatte, als Stephen ihm befohlen hatte, sich in den Türeingang zu stellen, und damit riskierte, daß auf ihn geschossen wurde.

Stephen hatte ein seltsames Gefühl.

Was fühlst du, Soldat?

Sir, ich …

Seltsam, Soldat? Was, zum Teufel, soll »seltsam« bedeuten? Verweichlichst du etwa?

Nein, Sir. Das tue ich nicht.

Noch war genug Zeit, den Plan zu ändern. Es gab Alternativen. Genügend Alternativen.

Wieder dachte er an Jodie. Wie er zu Stephen gesagt hatte, daß sie vielleicht mal zusammen einen Kaffee trinken könnten, nachdem der Job erledigt wäre.

Sie könnten zu Starbucks gehen. Das wäre dann so wie mit Sheila, nur daß er diesmal der echte Stephen sein würde. Und er müßte nicht dieses Pißwasser von Tee trinken, sondern richtigen Kaffee, extrastark, so wie ihn seine Mutter immer morgens für seinen Stiefvater gebraut hatte – das Wasser exakt sechzig Sekunden gekocht, exakt zwei Dreiviertel gestrichene Eßlöffel pro Tasse, und nicht das kleinste Körnchen *daneben* geschüttet.

Und könnten sie nicht vielleicht doch mal angeln gehen oder jagen?

Oder am Lagerfeuer sitzen...

Er könnte Jodie befehlen, den Auftrag abzubrechen. Er könnte die *Ehefrau* und den *Freund* auch allein erledigen.

Abbrechen, Soldat? Was faselst du da?

Sir, gar nichts, Sir. Ich gehe nur alle Möglichkeiten für den Angriff durch, so wie ich es gelernt habe, Sir.

Stephen stieg aus dem Bus und verschwand in der Gasse hinter der Feuerwehrstation in der Lexington Avenue. Er deponierte die Büchertasche hinter einem Müllcontainer und zog sein Messer aus dem Halfter unter der Jacke.

Jodie. Joe D...

Er dachte an seine dünnen Arme, daran, wie der Mann ihn immer angesehen hatte.

Bin froh, daß ich dich getroffen habe.

Stephen zitterte plötzlich. So wie damals in Bosnien, als er auf der Flucht vor den Milizen in einen Fluß springen mußte. Es war März gewesen, und die Wassertemperatur hatte knapp über dem Gefrierpunkt gelegen. Er schloß die Augen und drückte sich gegen die Ziegelwand, roch den feuchten Stein.

Jodie war...

Verdammt noch mal, Soldat. Was ist los?

Sir, ich...

Was?

Sir, ähm...

Spuck's aus, Soldat. Sofort!

Sir, ich habe soeben festgestellt, daß der Feind es mit psychologischer Kriegsführung versucht hat. Seine Taktik ist jedoch fehlgeschlagen, Sir. Ich bin nun bereit, wie geplant vorzugehen, Sir.

Sehr gut, Soldat. Aber sei vorsichtig.

In dem Augenblick, als Stephen die Hintertür zur Feuerwehrstation geöffnet hatte und eingedrungen war, hatte er beschlossen, daß es bei seinem Plan bleiben mußte. Der Plan war einfach perfekt, und er konnte sich die Chance nicht entgehen lassen, außer der *Ehefrau* und dem *Freund* auch noch Lincoln, den Wurm, und die rothaarige Polizistin zu töten.

Stephen blickte auf die Uhr. In fünfzehn Minuten würde Jodie auf seinem Posten sein. Er würde Stephen anrufen, und Stephen würde die hohe Stimme des Mannes ein letztes Mal hören.

Und dann würde er den Knopf drücken und die dreihundert Gramm RDX in Jodies Mobiltelefon zünden.

Delegiere... Isoliere... Eliminiere.

Er hatte wirklich keine andere Wahl.

Außerdem, dachte er, worüber sollten wir uns denn überhaupt unterhalten? Was sollten wir denn tun, wenn wir den Kaffee ausgetrunken hätten?

VIERTER TEIL

Affenkünste

Der Falken Neigung zu Luftakrobatik und Torheiten wird nur von den Possen der Raben übertroffen, und das schiere Vergnügen scheint sie fliegen zu lassen.

A Rage for Falcons, Stephen Bodio

26

26. Stunde von 45

Warten.

Rhyme war allein in seinem Schlafzimmer und verfolgte die Funksprüche auf der Frequenz für Sondereinsätze. Er fühlte sich todmüde. Es war Sonntag mittag, und er hatte so gut wie gar nicht geschlafen. Er war ausgelaugt von seiner bisher größten Anstrengung überhaupt – vom Versuch, den Tänzer zu überlisten. Jetzt forderte sie von seinem Körper ihren Tribut.

Cooper führte unten im Labor weitere Tests durch, um Rhymes Theorie über die neueste Taktik des Tänzers zu stützen. Alle anderen befanden sich in dem sicheren Haus, auch Amelia Sachs. Nachdem Rhyme, Sellitto und Dellray einen Plan entwickelt hatten, um den nächsten Angriff des Tänzers auf Percey Clay und Brit Hale abzuwehren, hatte Thom Rhymes Blutdruck gemessen und seinen Chef mit väterlicher Autorität ins Bett geschickt; keine noch so vernünftig klingende Widerrede wurde akzeptiert. Sie waren im Aufzug nach oben gefahren, und Rhyme war merkwürdig schweigsam gewesen, beunruhigt, ob er wohl richtig kombiniert hatte.

»Was ist los?« hatte Thom gefragt.

»Nichts. Warum?«

»Du nörgelst gar nicht. Keine Meckereien heißt, daß etwas nicht stimmt.«

»Ha. Sehr komisch«, grummelte Rhyme.

Nachdem Thom ihn vom Rollstuhl ins Bett gehoben und sich um seine Körperfunktionen gekümmert hatte, lehnte sich Rhyme nun in sein luxuriöses Daunenkissen zurück. Thom hatte ihm das Mikrofon für die Stimmerkennungssoftware umgehängt, und trotz seiner Müdigkeit war Rhyme Schritt für Schritt die Prozedur durchgegangen, den Computer auf die Frequenz der Sondereinsätze einzuschalten.

Dieses System war wirklich eine erstaunliche Erfindung. Ja, er hatte es gegenüber Sellitto und Banks heruntergespielt. Ja, er hatte genörgelt. Doch der Computer vermittelte ihm mehr als jedes andere Hilfsmittel ein anderes Gefühl sich selbst gegenüber. Jahrelang hatte er sich mit der Tatsache abgefunden, niemals mehr ein Leben zu führen, das auch nur annähernd als normal zu bezeichnen war. Aber mit dieser Maschine und der Software fühlte er sich normal.

Er ließ seinen Kopf kreisen und lehnte ihn dann zurück ins Kissen.

Warten. Warten. Versuchen, nicht an das Debakel mit Sachs letzte Nacht zu denken.

Eine Bewegung in der Nähe. Der Falke stolzierte in sein Blickfeld. Rhyme sah die weiße Brust aufblitzen, dann wandte ihm der Vogel seinen blaugrauen Rücken zu und sah zum Central Park hinüber. Es war das Männchen, wie Percey Clay mit einem Blick erkannt hatte. Kleiner und nicht so waghalsig wie das Weibchen. Ihm fiel noch etwas über Falken ein. Sie waren von den Toten auferstanden. Vor nicht allzu vielen Jahren war der gesamte Bestand im Osten Nordamerikas durch Pestizide unfruchtbar geworden, und die Vögel wären beinahe ausgestorben. Nur dank Aufzucht in Gefangenschaft und einer Reduzierung der Pestizide waren sie wieder gediehen.

Von den Toten auferstanden...

Im Funkgerät knisterte es. Amelia Sachs meldete sich. Sie klang angespannt, als sie ihm berichtete, daß im sicheren Haus alles bereit war.

»Wir sind alle mit Jodie im obersten Stock«, sagte sie. »Warte... da kommt der Wagen.«

Ein gepanzerter Geländewagen mit verspiegelten Scheiben, in dem vier Officers des taktischen Teams saßen, wurde als Köder eingesetzt. Ihm würde ein nicht gekennzeichneter Lieferwagen folgen, in dem zwei als Installateure verkleidete 32-E-Polizisten saßen. Im Laderaum waren vier weitere Polizisten versteckt.

»Die Lockvögel sind unten. Okay... okay.«

Zwei Officers aus Haumanns Einheit übernahmen die Rollen von Percey Clay und Brit Hale.

Sachs berichtete: »Da sind sie.«

Rhyme war sich ziemlich sicher, daß der Tänzer angesichts der jüngsten Entwicklungen nicht versuchen würde, einen von ihnen auf offener Straße zu erwischen. Trotzdem stellte er fest, daß er den Atem anhielt.

»Sind unterwegs...«

Ein Klicken, und das Funkgerät war tot.

Wieder ein Klicken. Statik. Sellitto gab durch: »Sie haben es geschafft. Sieht gut aus. Fahren jetzt los. Das Verfolgerauto ist bereit.«

»In Ordnung«, sagte Rhyme. »Ist Jodie da?«

»An Ort und Stelle. Im sicheren Haus bei uns.«

»Sag ihm, er soll jetzt anrufen.«

»Okay, Linc, es geht los.«

Das Funkgerät schaltete sich aus.

Warten.

Um herauszufinden, ob er den Tänzer dieses Mal erwischt hatte. Ob Rhyme diesmal die kalte Schärfe seines Denkens übertroffen hatte.

Warten.

Stephens Mobiltelefon piepte. Er klappte es auf.

»Hallo.«

»Hi. Ich bin's. Jo...«

»Ich weiß«, sagte Stephen knapp. »Keine Namen.«

»Klar, sicher.« Jodie klang so nervös wie ein in die Enge getriebener Waschbär. Eine Pause, dann sagte der kleine Mann. »Nun, ich bin hier.«

»Gut. Hast du diesen Neger dazu gebracht, dir zu helfen?«

»Hm, yeah. Er ist auch hier.«

»Und wo bist du? Wo genau?«

»Auf der anderen Straßenseite gegenüber von diesem Haus. Mann, hier sind vielleicht viele Bullen. Aber keiner kümmert sich um mich. Da ist gerade vor einer Minute einer von diesen großen Geländewagen losgefahren. Ein Yukon. Er ist blau und ganz leicht zu erkennen.« In seinem Unbehagen plapperte er drauflos. »Er ist echt, echt klasse. Hat verspiegelte Scheiben.«

»Das bedeutet, daß sie kugelsicher sind.«

»Ach wirklich? Toll, wie du dich auskennst.«

Du wirst sterben, teilte Stephen ihm wortlos mit.

»Dieser Mann und eine Frau sind gerade mit mindestens zehn Bullen die Straße runter. Ich bin sicher, das waren sie.«

»Kein Täuschungsmanöver?«

»Nun, sie sahen zumindest nicht wie Bullen aus, und sie wirkten ziemlich verängstigt. Bist du auf der Lexington?«

»Yeah.«

»In einem Auto?« bohrte Jodie weiter.

»Natürlich in einem Auto«, sagte Stephen. »Ich hab so einen kleinen Scheißjapaner geklaut. Ich werde ihnen nachfahren. Ich warte, bis sie in eine abgelegene Gegend kommen, dann schlage ich zu.«

»Wie?«

»Wie was?«

»Wie wirst du es tun? Mit einer Granate oder einer Maschinenpistole?«

Stephen dachte: Das wüßtest du wohl gern!

Er sagte: »Ich weiß es noch nicht. Kommt drauf an.«

»Siehst du sie schon?« fragte Jodie mit deutlichem Unbehagen.

»Ich sehe sie«, antwortete Stephen. »Jetzt bin ich hinter ihnen. Ich fädele mich in die Spur ein.«

»Ein Japaner, hm?« versuchte es Jodie weiter. »Toyota oder so was?«

So ein kleines Verräterarschloch, dachte Stephen bitter. Tief getroffen, obwohl er geahnt hatte, daß Jodie ihn ans Messer liefern würde. Stephen sah tatsächlich den Yukon und die flankierenden Autos vorbeirasen. Er befand sich jedoch nicht in irgendeinem japanischen Auto, beschissen oder sonstwie. Er war in gar keinem Auto. Er stand in der Uniform eines Feuerwehrmanns, die er vorhin gestohlen hatte, an einer Straßenecke genau dreißig Meter von dem sicheren Haus entfernt und beobachtete die echte Version der Ereignisse, die Jodie soeben verfälscht wiedergegeben hatte. Er wußte, daß in dem Yukon Lockvögel saßen. Er wußte, daß die *Ehefrau* und der *Freund* sich immer noch in dem sicheren Haus befanden.

Stephen packte den grauen Fernzünder. Er sah wie ein Walkietalkie aus, hatte aber weder Lautsprecher noch Mikrofon. Er stellte die Frequenz auf die Bombe in Jodies Telefon ein und machte sie scharf.

»Halt dich bereit«, befahl er Jodie.

»Heh«, lachte Jodie. »Wird gemacht, Sir.«

Lincoln Rhyme, nur ein Zuschauer, ein Voyeur.

Lauschte in seinen Kopfhörer. Betete, daß er richtiggelegen hatte.

»Wo ist der Wagen?« hörte Rhyme Sellitto fragen.

»Zwei Blocks entfernt«, meldete Haumann. »Wir sind dran. Er fährt langsam die Lexington Avenue hinauf. Kommt jetzt in dichteren Verkehr. Er... warte.«

»Was?«

»Wir haben ein paar Autos, einen Nissan, einen Subaru. Auch einen Accord, aber da sitzen drei Leute drin. Der Nissan kommt dichter an unseren Wagen ran. Das könnte er sein. Kann nicht hineinsehen.«

Lincoln Rhyme schloß die Augen. Er spürte, wie sein linker Ringfinger, sein einziger lebendiger Finger, nervös auf der Bettdecke zuckte.

»Hallo?« sprach Stephen in sein Telefon.

»Yeah«, antwortete Jodie. »Ich bin noch dran.«

»Genau gegenüber dem sicheren Haus?«

»So ist es.«

Stephen sah zu dem Gebäude gegenüber dem sicheren Haus herüber. Kein Jodie, kein Neger.

»Ich möchte dir etwas sagen.«

»Was denn?« fragte der kleine Mann.

Stephen erinnerte sich an das elektrische Knistern, als sein Knie das des anderen Mannes berührt hatte.

Ich kann es nicht tun...

Soldat...

Stephen umklammerte den Fernzünder mit seiner linken Hand. Er sagte: »Hör ganz genau zu.«

»Ich höre zu. Ich...«

Stephen drückte den Auslöser.

Die Explosion war erstaunlich laut. Lauter, als Stephen erwartet hatte. Sie ließ Fensterscheiben erzittern und eine Million Tauben aufgeschreckt gen Himmel flattern. Stephen sah, daß aus dem obersten Stockwerk des sicheren Hauses Glas und Holz auf die Seitenstraße neben dem Gebäude regneten.

Das war sogar noch besser, als er gehofft hatte. Er hatte damit gerechnet, daß Jodie in der *Nähe* des sicheren Hauses sein würde. Vielleicht in einem Polizeiauto davor. Vielleicht in der Seitenstraße. Aber er konnte sein Glück kaum fassen, daß sie den kleinen Verräter sogar bei sich in dem Gebäude hatten. Das war perfekt!

Er fragte sich, wer sonst noch durch die Explosion getötet worden war.

Lincoln, der Wurm, betete er.

Die rothaarige Polizistin?

Er sah zu dem sicheren Haus herüber und entdeckte Rauch, der aus dem oberen Fenster quoll.

Jetzt würde es nur noch ein paar Minuten dauern, bis der Rest der Einheit eintreffen würde.

Das Telefon klingelte, und Rhyme gab dem Computer den Befehl, das Funkgerät abzuschalten und den Anruf entgegenzunehmen.

»Ja«, meldete er sich.

»Lincoln.« Es war Lon Sellitto. »Ich melde mich über die normale Leitung«, sagte er und meinte damit das Telefon. »Wollte die Frequenz für die Verfolgungsjagd freihalten.«

»Okay. Was gibt's?«

»Er hat die Bombe gezündet.«

»Ich weiß.« Rhyme hatte die Explosion gehört; das sichere Haus lag ein bis zwei Kilometer von seinem Haus entfernt, und trotzdem hatten bei ihm im Schlafzimmer die Scheiben geklirrt, und die Falken vor seinem Fenster waren aufgescheucht worden; erzürnt über die Störung, zogen sie jetzt draußen langsam ihre Kreise.

»Sind alle okay?«

»Der kleine Trottel Jodie ist kurz vor dem Durchdrehen. Aber abgesehen davon ist alles in Ordnung. Außer daß die FBI-Leute größere Schäden am sicheren Haus feststellen, als ihnen lieb ist. Zicken schon rum deswegen.«

»Sag ihnen, wir zahlen in diesem Jahr unsere Steuern pünktlich.«

Was Rhyme auf die Bombe in dem Handy gebracht hatte, waren winzige Stückchen Polystyrol, die er in den Staubspuren aus der U-Bahn-Station gefunden hatte. Das und Rückstände von Plastiksprengstoff in einer etwas anderen Zusammensetzung als in der Bombe in Sheila Horowitz' Wohnung. Rhyme hatte einfach die Polystyrolfragmente mit dem Telefon verglichen, das der Tänzer Jodie gegeben hatte, und festgestellt, daß jemand das Gehäuse aufgeschraubt hatte.

Warum? hatte sich Rhyme gefragt. Er konnte nur einen einzigen logischen Grund dafür erkennen, und daher hatte er die Sprengstoffexperten gerufen. Zwei Detectives hatten das Telefon entschärft, indem sie den Klumpen Plastiksprengstoff und den Zünder daraus entfernten. Dann hatten sie eine wesentlich kleinere Menge Sprengstoff mit demselben Zünder in einer Blechtonne neben einem der Fenster deponiert, so daß sie wie ein Geschoß auf die Seitenstraße gerichtet war. Sie hatten den Raum mit Bombenmatten ausgepolstert. Jodie erhielt das nun harmlose Telefon zurück. Er nahm es mit zitternden Händen entgegen und forderte einen Beweis dafür, daß wirklich kein Sprengstoff mehr darin war.

Rhyme hatte geschlußfolgert, daß die Taktik des Tänzers darin bestand, durch die Bombe die Aufmerksamkeit der Agenten abzulenken und dadurch eine bessere Gelegenheit zu bekommen, das Transportauto zu überfallen. Der Mörder hatte wahrscheinlich auch damit gerechnet, daß Jodie die Seiten wechseln und folglich in der Nähe der Polizisten sein würde, wenn er anrief. Wenn er die führenden Köpfe der Operation ausschaltete, hätte der Tänzer sogar eine noch größere Erfolgschance.

Irreführung...

Es gab keinen Verbrecher, den Rhyme mehr haßte als den Totentänzer, keinen, den er so brennend gern fassen wollte, um ihm einen Spieß durchs Herz zu jagen. Trotzdem, Rhyme war mehr als alles andere Kriminalist, und insgeheim hegte er Bewunderung für die Brillanz dieses Mannes.

Sellitto setzte seinen telefonischen Lagebericht fort: »Wir haben zwei Verfolgerautos hinter dem Nissan. Wir werden...«

Er machte eine lange Pause.

»Zu dumm«, murmelte Sellitto.

»Was?«

»Ach nichts. Es ist nur so, daß niemand die Zentrale angerufen hat. Jetzt rasen lauter Feuerwehrautos hierher. Niemand hat ihnen Bescheid gegeben, daß sie Anrufe wegen der Explosion einfach ignorieren sollen.«

Daran hatte Rhyme auch nicht gedacht.

Sellitto fuhr fort: »Hab gerade den letzten Stand bekommen: Unser Lockvogelwagen ist nach Osten abgebogen, Linc. Der Nissan verfolgt ihn. Hängt vielleicht vierzig Meter dahinter. Es sind noch etwa vier Blocks bis zum Parkplatz vor dem FDR.«

»Okay, Lon. Ist Amelia da? Ich möchte mit ihr sprechen.«

»Mein Gott«, hörte er jemanden im Hintergrund rufen. Bo Haumann, erkannte Rhyme. »Hier wimmelt es nur so von Feuerwehrautos.«

»Hat denn niemand...«, fragte eine andere Stimme, verstummte dann.

Nein, niemand hatte, dachte Rhyme. Man kann nicht an alles...

»Muß dich zurückrufen, Lincoln«, verabschiedete sich Sellitto hastig. »Wir müssen was unternehmen. Die Feuerwehrwagen parken schon auf den Gehsteigen.«

»Ich rufe Amelia selbst an«, sagte Rhyme.

Sellitto legte auf.

Im Zimmer wurde es immer dunkler; die Vorhänge waren zugezogen.

Percey Clay hatte Angst.

Sie dachte an ihren Jagdvogel, den *Falken*, wie er sich einmal in einer Schlinge verfangen und hilflos mit den muskulösen Flügeln um sich geschlagen hatte. Seine Krallen und sein Schnabel durchschnitten die Luft wie scharf geschliffene Schneiden, er kreischte gellend. Doch am schlimmsten waren für Percey die verängstigten Augen des Vogels gewesen. Ohne die Möglichkeit, zum Himmel emporzusteigen, war der Vogel verloren vor Entsetzen. Verletzlich.

Genauso fühlte sich Percey nun. Sie verabscheute es, hier in dem sicheren Haus zu sein. Eingesperrt. Die dummen und unerträglichen Bilder an den Wänden anzustarren. Kunstmüll von Woolworth oder J. C. Penney. Den modrigen Teppich. Das schäbige Waschbecken mit Krug. Die verschossene pinkfarbene Tagesdecke, aus der in einer Ecke ein Dutzend Fäden in langen Schlingen heraushingen; vielleicht hatte ein Mafiaspitzel nervös an dem knotigen Stoff gezupft.

Noch ein Schluck aus dem Flachmann. Rhyme hatte ihr von der Falle erzählt. Daß der Tänzer das Auto verfolgen würde, von dem er glaubte, daß Percey und Hale darin waren. Sie würden sein Auto stoppen und ihn verhaften oder umbringen. Ihr Opfer würde sich jetzt auszahlen. In zehn Minuten würden sie ihn haben, den Mann, der Ed getötet hatte. Den Mann, der ihr Leben für immer verändert hatte.

Sie vertraute Lincoln Rhyme und glaubte ihm. Doch sie vertraute ihm nur auf dieselbe Weise, wie sie der Flugkontrolle vertraute, wenn die durchgaben: keine Scherwinde, und sie plötzlich feststellte, daß ihr Flugzeug um dreitausend Fuß in der Minute absackte bei einer Flughöhe von nur zweitausend Fuß.

Percey warf ihre Flasche aufs Bett, stand auf und ging im Zimmer auf und ab. Wenn sie nur fliegen könnte, wäre sie in Sicherheit, dann hätte sie die Kontrolle. Roland Bell hatte ihr eingeschärft, das Licht auszuschalten und in ihrem verschlossenen Zimmer zu bleiben. Alle waren im obersten Stockwerk. Sie hatte den Knall der Explosion gehört. Sie war darauf vorbereitet gewesen, hatte aber nicht mit der Furcht gerechnet, die sie bei ihr auslösen würde. Unerträglich. Sie hätte alles dafür gegeben, zum Fenster hinaussehen zu können.

Sie ging zur Tür, schloß sie auf und trat in den Flur.

Er war ebenfalls dunkel. Wie die Nacht... *Alle Sterne der Nacht.*

Sie bemerkte einen durchdringenden chemischen Geruch. Vom Sprengstoff, vermutete sie. Der Flur war verwaist. Ganz hinten nahm sie eine schwache Bewegung wahr. Ein Schatten im Treppenhaus. Sie starrte hinüber. Es war nichts mehr zu sehen.

Brit Hales Zimmer war nur drei Meter entfernt. Sie wünschte sich sehnlichst, mit ihm zu sprechen, aber sie wollte nicht, daß er sie so sah: Bleich, mit zitternden Händen, die Augen voller Furcht... Mein Gott, als sie eine 737, deren Tragflächen vereist waren, aus einem Sturzflug abgefangen hatte, war sie ruhiger gewesen als jetzt – beim Blick in einen dunklen Flur.

Sie ging zurück in ihr Zimmer.

Waren da Schritte?

Sie verschloß die Tür und ließ sich aufs Bett fallen.

Noch mehr Schritte.

»Befehlsmodus«, verlangte Lincoln Rhyme. Wunschgemäß erschien das Menüfenster auf dem Bildschirm.

In der Ferne war schwach eine Feuerwehrsirene zu hören.

Und genau in diesem Augenblick wurde Rhyme schlagartig sein Fehler bewußt.

Feuerwehrautos...

Nein! Daran hatte er nicht gedacht.

Der Tänzer aber sehr wohl. Natürlich! Er hatte die Uniform eines Feuerwehrmannes oder Sanitäters gestohlen und drang in diesem Augenblick in das sichere Haus ein!

»O nein«, murmelte er. »Nein! Er trickst uns aus.«

Der Computer fing das letzte Wort auf und schaltete befehlsgemäß das Kommunikationsprogramm aus.

»Nein!« schrie Rhyme. »Nein!«

Doch das System konnte seine laute, verzweifelte Stimme nicht

entschlüsseln und schickte nur schweigend die Nachricht auf den Schirm: *Wollen Sie Ihren Computer wirklich ausschalten?*
»Nein«, flüsterte er verzweifelt.
Einen Augenblick lang geschah gar nichts, doch das System schaltete sich auch nicht ab. Eine Nachricht blinkte auf: *Was möchten Sie jetzt tun?*
»Thom!« rief er. »Irgend jemand... bitte. Mel!«
Doch die Tür war geschlossen, von unten kam keine Antwort.
Rhymes linker Ringfinger zuckte heftig. Früher hatte er eine mechanische Spezialtastatur gehabt, um mit dem Finger das Telefon zu bedienen. Diese war durch das Computersystem ersetzt worden, und jetzt *mußte* er sein Diktierprogramm benutzen, um im sicheren Haus anzurufen und sie zu warnen, daß der Tänzer als Feuerwehrmann oder Sanitäter verkleidet unterwegs war.
»Befehlsmodus«, sagte er ins Mikrofon. Rang mühsam darum, ruhig zu bleiben.
Ich habe nicht verstanden, was Sie gerade gesagt haben. Bitte versuchen Sie es noch einmal.
Wo war der Tänzer in diesem Augenblick? War er schon drinnen? War er gerade dabei, Percey Clay oder Brit Hale zu erschießen?
»Thom! Mel!«
Ich habe nicht verstanden...
Warum habe ich nicht besser kombiniert?
»Befehlsmodus«, sagte er atemlos und versuchte, die aufsteigende Panik zu unterdrücken.
Das Befehlsmenü erschien auf dem Bildschirm. Der Pfeil des Cursors saß links oben, und eine Ewigkeit entfernt, ganz unten, war das Symbol des Kommunikationsprogramms.
»Cursor nach unten«, keuchte er.
Nichts geschah.
»Cursor nach unten«, rief er lauter.
Wieder erschien die Nachricht: *Ich habe nicht verstanden, was Sie gerade gesagt haben. Bitte versuchen Sie es noch einmal.*
»Oh, verdammt...«
Ich habe nicht verstanden...

Er zwang sich, in normalem Ton zu sprechen: »Cursor nach unten.«

Der blinkende weiße Pfeil begann seine langsame Reise den Bildschirm hinunter.

Noch haben wir Zeit, sagte er sich. Und es ist ja nicht so, als seien die Leute in dem sicheren Haus ungeschützt oder unbewaffnet.

»Cursor nach links«, keuchte er.

Ich habe nicht verstanden…

»Oh, mach schon!«

Ich habe nicht verstanden…

»Cursor rauf… Cursor nach links.«

Wie eine Schnecke wanderte der Cursor über den Schirm, bis er das Symbol erreicht hatte.

Ruhig, ruhig…

»Cursor halt. Doppelklick.«

Pflichtgetreu erschien das Symbol des Walkie-talkie auf dem Schirm.

Er stellte sich vor, wie der gesichtslose Tänzer sich von hinten mit einem Messer oder einem Würgeseil an Percey Clay heranschlich.

Mit soviel Ruhe in der Stimme, wie er aufbringen konnte, befahl er dem Cursor, zu der Leiste zu wandern, auf der er die Frequenzen anwählen konnte.

Er landete perfekt.

»Vier«, sagte Rhyme mit sorgfältiger Betonung.

Eine Vier erschien in der Leiste. »Acht.«

Der Buchstabe A blinkte auf.

Gott im Himmel!

»Löschen links.«

Ich habe nicht verstanden…

Nein, nein!

Er glaubte, Schritte zu hören. »Hallo?« rief er. »Ist da jemand? Thom? Mel?«

Keine Antwort, nur sein Freund, der Computer, zeigte unverdrossen seine Standardantwort an.

»Acht«, sagte er beherrscht.

Die Ziffer erschien auf dem Schirm. Nächster Versuch. »Drei« klappte ohne Probleme.
»Punkt.«
Das Wort *Punkt* leuchtete auf.
Verdammt!
»Links löschen.« Dann: »Satzzeichen Punkt.«
Der Punkt erschien.
»Vier.«
Noch eine Stelle. Schweiß rann ihm über das Gesicht, als er ohne Fehler die Null als letzte Ziffer der Frequenz für Sondereinsätze anwählen ließ.
Das Funkgerät schaltete sich ein.
Ja!
Doch bevor er etwas sagen konnte, knisterte Statik laut im Hörer, und Eiseskälte legte sich um sein Herz, als er einen Mann panisch schreien hörte: »Zehn-dreizehn, brauchen Unterstützung, Bundesschutzeinrichtung sechs.«
Das sichere Haus.
Er erkannte Roland Bells Stimme. »Zwei Tote und... Oh, Jesus, er ist immer noch hier. Er hat uns erwischt, er hat auf uns geschossen! Wir brauchen...«
Zwei Schüsse fielen. Dann noch einer. Ein Dutzend. Ein langes Feuergefecht. Es hörte sich an wie das Feuerwerk zum Nationalfeiertag am 4. Juli.
»Wir brauchen...«
Die Übertragung endete.
»Percey!« schrie Rhyme. »Percey...«
Auf dem Schirm leuchtete die Nachricht auf. *Ich habe nicht verstanden, was Sie gerade gesagt haben. Bitte versuchen Sie es noch einmal.*

Ein Alptraum.
Stephen Kall preßte sich mit seiner Skimaske und dem schweren Feuerwehrmantel auf den Fußboden. Er hatte sich im Flur des sicheren Hauses hinter der Leiche von einem der beiden US-Marshals verschanzt, die er soeben getötet hatte.

Ein weiterer Schuß fiel, näher diesmal, und sprengte gleich neben seinem Kopf ein Stück Estrich aus dem Fußboden. Abgefeuert von dem Detective mit dem spärlichen braunen Haar, den er an diesem Morgen am Fenster des sicheren Hauses gesehen hatte. Er kauerte im Türrahmen, gab eigentlich eine gute Zielscheibe ab, doch Stephen gelang es nicht, ihn zu treffen. Der Detective hielt in jeder Hand eine automatische Pistole und war ein exzellenter Schütze.

Stephen kroch einen Meter näher an eine der offenen Türen heran.

Panisch, kribbelig, von Würmern bedeckt...

Er schoß noch einmal, und der braunhaarige Detective duckte sich ins Zimmer, rief etwas in sein Funkgerät, erschien aber sofort wieder und feuerte unbeirrt weiter.

Mit dem langen, schwarzen Mantel eines Feuerwehrmannes bekleidet – wie ihn in diesem Augenblick dreißig oder vierzig weitere Männer und Frauen in dem sicheren Haus trugen – hatte Stephen die Hintertür aufgesprengt. Er war in der Erwartung hineingestürmt, drinnen ein Trümmerfeld vorzufinden – die *Ehefrau*, den *Freund* und die Hälfte der übrigen Leute im Haus zerfetzt oder zumindest verletzt. Doch Lincoln, der Wurm, hatte ihn wieder reingelegt. Er hatte herausbekommen, daß in dem Telefon eine Bombe versteckt war. Das einzige, womit sie nicht gerechnet hatten, war, daß er das sichere Haus noch einmal angreifen würde. Sie hatten geglaubt, er werde den Transporter überfallen. Trotzdem war er von zwei Marshals mit heftigem Feuer in Empfang genommen worden, als er hineinstürmte. Doch sie waren noch benommen gewesen von der Explosion an der Tür, und es war ihm gelungen, sie zu töten.

Dann hatte der braunhaarige Detective um die Ecke herum angegriffen, hatte beidhändig gefeuert und zweimal Stephens kugelsichere Weste getroffen, während Stephen selbst auf die Weste des Detectives schoß, und beide waren gleichzeitig wieder in Deckung gegangen. Mehr Schüsse, mehr Beinahtreffer. Der Bulle war ein fast ebenso guter Schütze wie er selbst.

Höchstens eine Minute. Mehr Zeit hatte er nicht.

Er fühlte sich so wurmig, daß er am liebsten geheult hätte... Er hatte sich seinen Plan so gut zurechtgelegt. Er konnte es nicht noch schlauer anstellen als jetzt, und *doch* hatte Lincoln, der Wurm, ihn wieder überlistet. War er das? Dieser fast kahle Detective mit den zwei Pistolen?

Eine weitere Salve aus Stephens halbautomatischer Waffe. Und... verdammt... der braunhaarige Detective tauchte geradewegs hinein, kam immer näher. Jeder andere Bulle der Welt wäre in Deckung gegangen. Aber dieser hier nicht. Er kämpfte sich noch einen halben Meter weiter vor, noch einen Schritt. Stephen lud nach, feuerte wieder und kroch etwa dieselbe Strecke näher an die Tür zum Zimmer seines Opfers.

Du verschwindest im Erdboden, Junge. Du kannst dich unsichtbar machen, wenn du es nur willst.

Ich will es, Sir. Ich will unsichtbar sein...

Noch ein Meter, fast hatte er den Türrahmen erreicht.

»Hier ist Roland Bell!« schrie der Bulle in sein Mikrofon. »Wir brauchen unverzüglich Verstärkung!«

Bell. Stephen registrierte den Namen. Also war er nicht Lincoln, der Wurm.

Der Bulle lud nach und feuerte unablässig. Ein Dutzend Schüsse, zwei Dutzend...

Stephen konnte seine Technik nur bewundern. Dieser Bell behielt den Überblick, wie viele Schüsse er aus jeder Waffe abgegeben hatte, und lud sie abwechselnd nach, so daß er nie ohne geladene Waffe dastand.

Der Bulle landete einen Treffer in der Wand knapp drei Zentimeter neben Stephens Gesicht, und Stephen erwiderte den Schuß und verfehlte seinen Gegner ebenso knapp.

Kroch noch einen halben Meter vor.

Bell sah auf und bemerkte, daß Stephen es bis zur Tür des abgedunkelten Zimmers geschafft hatte. Ihre Blicke trafen sich, und obwohl er nur ein Möchtegernsoldat war, hatte Stephen Kall doch genügend Kampfsituationen erlebt, um zu erkennen, daß bei diesem Bullen der Faden der Vernunft gerissen war. Nun war er das gefährlichste Wesen, das existierte: ein ausgezeichneter Soldat, der keinen Gedanken mehr an seine eigene Sicherheit verschwendete.

Bell erhob sich und kam auf ihn zu, dabei feuerte er pausenlos aus beiden Pistolen.

Das war der Grund, warum sie im Pazifikkrieg 45er benutzt hatten, Junge. Dicke Kugeln, um diese verrückten kleinen Japaner zu stoppen. Wenn sie auf dich zustürmten, war es ihnen ganz egal, ob sie getötet wurden; sie hatten nur eines im Sinn: vorwärts.

Stephen senkte den Kopf, schleuderte die Blendgranate mit Einsekundenverzögerung in Bells Richtung und schloß die Augen. Die Granate detonierte in einer erstaunlich lauten Explosion. Er hörte, wie der Bulle aufschrie, und sah ihn auf die Knie sinken und beide Hände vor sein Gesicht schlagen.

Wegen der Wachen und Bells wütendem Versuch, ihn aufzuhalten, vermutete Stephen, daß sich entweder die *Ehefrau* oder der *Freund* in diesem Zimmer befand. Stephen vermutete außerdem, daß die Person, wer auch immer es war, sich im Schrank oder unter dem Bett versteckt haben würde.

Er irrte sich.

Als er durch den Türrahmen spähte, sah er eine Gestalt mit einer Lampe in der erhobenen Hand auf sich zurasen und vernahm ein lautes Geheul – eine Mischung aus Wut und Angst.

Fünf schnelle Schüsse aus Stephens Pistole. Treffer in Kopf und Brust, gut plaziert. Der Körper schleuderte herum und stürzte auf den Fußboden.

Guter Job, Soldat.

Dann viele Schritte, die die Treppe heruntereilten. Eine Frauenstimme. Noch mehr Stimmen. Keine Zeit, Bell zu erledigen, keine Zeit, die zweite Zielperson zu suchen.

Rückzug...

Er rannte zur Hintertür, steckte den Kopf heraus und schrie nach mehr Feuerwehrleuten.

Ein halbes Dutzend von ihnen kam zögernd angelaufen.

Stephen winkte sie herein. »Eine Gasleitung ist gerade explodiert. Wir müssen alle hier rausschaffen. Sofort!«

Und er verschwand in der Gasse, bog in die Straße ein und machte dabei einen Bogen um die Feuerwehrautos, die Krankenwagen und die Einsatzfahrzeuge der Polizei.

Erschüttert, ja.

Aber auch zufrieden. Sein Auftrag war nun zu zwei Dritteln erledigt.

Amelia Sachs war die erste, die auf die Explosion an der Eingangstür und die Schreie reagiert hatte.

Dann drang Roland Bells Stimme aus dem Erdgeschoß: »Verstärkung! Verstärkung! Officers, hier runter!«

Und Schußwechsel. Ein Dutzend Schüsse, dann ein weiteres Dutzend.

Sie wußte nicht, wie der Tänzer es diesmal geschafft hatte, und es war ihr egal. Sie wollte nichts weiter, als einen kurzen Blick auf ihn werfen und dann zwei Sekunden Zeit, um einen halben Patronenstreifen Neun-Millimeter-Hohlspitzgeschosse in seinen Körper zu jagen.

Mit der leichten Glock-Pistole in der Hand stürmte sie in den Flur im ersten Stock. Hinter ihr waren Sellitto und Dellray und ein junger Uniformierter, von dem sie gern gewußt hätte, wie er sich unter Feuer hielt. Jodie kauerte auf der Erde, ihm war nur allzu schmerzlich bewußt, daß er einen äußerst gefährlichen Mann verraten hatte, der sich nun schwer bewaffnet keine zehn Meter von ihm entfernt befand.

Sachs' Knie schrien vor Schmerz, als sie die Treppe hinunterstürmte – wieder ihre Arthritis. Sie stöhnte, als sie die letzten drei Stufen ins Erdgeschoß hinuntersprang.

In ihrem Kopfhörer vernahm sie Bells immer verzweifelteren Ruf nach Verstärkung.

Den dunklen Flur hinunter, die Pistole eng am Körper, damit sie ihr nicht aus der Hand geschlagen werden konnte (nur Fernsehpolizisten und Kinogangster strecken ihre Pistolen phallisch vor sich aus, bevor sie um Ecken biegen, oder halten sie schräg angewinkelt). Rasche Blicke in jedes der Zimmer, an denen sie vorbeikam. Dabei duckte sie sich unter Brusthöhe, wo ein Gewehrlauf normalerweise hinzielte.

»Ich übernehme die Eingangstür«, rief Dellray und eilte mit seiner gezückten Sig-Sauer hinter ihr die Treppe herunter.

»Haltet uns den Rücken frei«, befahl Sachs Sellitto und dem Uniformierten, ohne sich im mindesten um ihren Rang zu scheren.

»Ja, Ma'am«, antwortete der junge Mann. »Ich paß auf. Halte den Rücken frei.«

Das tat auch der keuchende Sellitto; er drehte den Kopf wachsam in alle Richtungen.

Statik knisterte in ihrem Ohr, aber sie hörte keine Stimmen. Sie zog den Kopfhörer ab – jetzt nur keine Ablenkung – und setzte vorsichtig ihren Weg den Flur hinunter fort.

Zu ihren Füßen lagen zwei US-Marshals tot auf der Erde.

Der Geruch nach chemischem Sprengstoff wurde stärker, und sie sah zur Hintertür des sicheren Hauses herüber. Sie war aus Stahl, aber er hatte sie mit einer starken Sprengladung aufgepustet, als sei es Papier.

»O Gott«, stöhnte Sellitto, zu sehr Profi, um sich zu den toten Marshals herunterzubeugen, aber zu menschlich, um nicht mit Entsetzen ihre durchsiebten Körper zu betrachten.

Sachs erreichte ein Zimmer, blieb an der Tür stehen. Zwei von Haumanns Leuten stürmten durch die zerstörte Hintertür.

»Deckung«, rief sie, und bevor jemand sie aufhalten konnte, war sie durch den Türrahmen gehechtet.

Mit erhobener Pistole suchte sie den Raum ab.

Nichts.

Auch kein Korditgestank. Hier drin war nicht geschossen worden.

Zurück in den Flur. Zur nächsten Tür.

Sie deutete auf sich selbst, dann in den Raum. Die 32-E-Officers nickten.

Sachs sprang hinein, die Waffe im Anschlag, die beiden Polizisten unmittelbar hinter ihr. Sie erstarrte beim Anblick der Gewehrmündung, die auf ihre Brust gerichtet war.

»Gott«, seufzte Roland Bell und ließ seine Waffe sinken. Seine Haare waren wirr und sein Gesicht verrußt. Zwei Kugeln hatten sein Hemd zerrissen und waren an seiner kugelsicheren Weste abgeprallt.

Dann erst fiel ihr Blick auf den Fußboden und erfaßte die schreckliche Szene.

»O nein...«

»Das Gebäude ist sauber«, rief ein Polizist aus dem Flur. »Sie haben gesehen, wie er sich davongemacht hat. Er trug eine Feuerwehruniform. Er ist weg. Ist einfach in der Menge draußen untergetaucht.«

Amelia Sachs, nun wieder Kriminalistin und nicht taktische Offizierin, bemerkte die Blutspritzer, den strengen Geruch nach Pulver, den umgekippten Stuhl, der auf einen Kampf hindeutete und somit ein logischer Ort für Spurenmaterial war. Die Patronenhülsen, die sie sofort als 7,62 Millimeter Automatik einordnete.

Sie registrierte auch die Richtung, in die der Tote gefallen war und die ihr sagte, daß das Opfer den Tänzer angegriffen hatte, offensichtlich mit einer Lampe. Der Tatort würde sicher noch mehr Geschichten zu erzählen haben, und aus diesem Grund sollte sie jetzt besser Percey Clay auf die Beine helfen und sie von der Leiche ihres ermordeten Freundes wegführen. Doch Sachs brachte es nicht über sich. Sie konnte der kleinen Frau mit dem flachen, unattraktiven Gesicht nur zusehen, wie sie Brit Hales blutüberströmten Kopf in ihren Armen wiegte und dabei stammelte: »O nein, o nein...«

Ihr Gesicht war eine Maske, unbeweglich, unberührt von Tränen.

Schließlich nickte Sachs Roland Bell zu, der seine Arme um Percey legte und sie in den Flur hinausführte, immer noch wachsam, immer noch seine eigene Waffe umklammernd.

Zweihundertdreißig Meter vom sicheren Haus entfernt.

Rote und blaue Blinklichter von Dutzenden Feuerwehr- und Krankenwagen blitzten und versuchten ihn zu blenden, doch er schaute durch sein Redfield-Teleskop und war blind für alles außerhalb des Fadenkreuzes. Er suchte die Todeszone nach allen Richtungen ab.

Stephen hatte die Feuerwehruniform ausgezogen und war wieder wie ein spätberufener Collegestudent gekleidet. Er hatte das Modell 40 unter dem Wassertank hervorgezogen, wo er es an diesem Morgen versteckt hatte. Die Waffe war geladen und entsichert. Die Schlinge lag um seinen Arm, und er war bereit zu töten.

Aber jetzt war es nicht die *Ehefrau*, hinter der er her war.
Und es war auch nicht Jodie, die kleine Judasschwuchtel.
Er hielt nach Lincoln, dem Wurm, Ausschau. Dem Mann, der ihn einmal mehr ausgetrickst hatte.
Wo war er? Welcher von ihnen?
Kribbelig.
Lincoln... Prinz der Würmer.
Wo bist du? Bist du in diesem Augenblick unmittelbar vor mir? In dieser Menschenmenge, die sich um das rauchende Gebäude versammelt hat?
War er dieser dicke Klumpen von einem Bullen, der wie ein Schwein schwitzte?
Der große, schlaksige Neger im grünen Anzug? Er kam ihm bekannt vor. Wo hatte Stephen ihn zuvor schon einmal gesehen?
Ein ziviles Polizeiauto fuhr vor, und mehrere Männer in Anzügen stiegen aus.
Vielleicht war Lincoln einer von *denen*.
Die rothaarige Polizistin trat aus dem Haus. Sie trug Latexhandschuhe. Spurensicherung, was? Nun, ich kümmere mich gut um meine Patronenhülsen und Kugeln, Liebchen, sagte er wortlos zu ihr, während er im Fadenkreuz seines Teleskops ein hübsches Ziel auf ihrem Hals anvisierte. Und du müßtest schon nach Singapur fliegen, um einen Hinweis auf meine Waffen zu finden.
Ihm war klar, daß er nur Zeit für einen einzigen Schuß haben würde, bevor der darauf folgende Kugelhagel ihn in Deckung treiben würde.
Wer bist du?
Lincoln? Lincoln?
Aber er erhielt keine Antwort.
Dann flog die Eingangstür auf, und Jodie erschien; unsicher trat er hinaus. Er schaute sich um, blinzelte, drückte sich an die Mauer.
Du...
Wieder das elektrische Knistern. Sogar aus dieser Entfernung.
Mit leichter Hand verlagerte Stephen das Fadenkreuz mitten auf Jodies Brust.

Los, Soldat, feuere deine Waffe ab. Er ist ein logisches Ziel; er kann dich identifizieren.

Sir, ich berechne die Flugbahn und den Wind. Stephen erhöhte den Druck auf den Abzug.

Jodie...

Er hat dich verraten, Soldat. Mach... ihn... kalt.

Sir, ja, Sir. Er ist eiskalt. Er ist totes Fleisch, Sir. Geier kreisen schon über ihm.

Soldat, das Marines-Handbuch für den Scharfschützen schreibt vor, daß du den Druck auf den Abzug deines Modell 40 unmerklich erhöhst, so daß du den genauen Augenblick nicht bemerkst, in dem deine Waffe losgeht. Ist das korrekt, Soldat?

Sir, ja, Sir.

Warum, zum Teufel, tust du das dann nicht?

Er drückte fester.

Langsam, langsam...

Doch das Gewehr schoß nicht. Er richtete das Zielrohr auf Jodies Kopf. Und wie es der Zufall wollte, entdeckten ihn in diesem Moment Jodies Augen, die die Dächer abgesucht hatten.

Er hatte zu lange gewartet.

Schieß, Soldat. Schieß!

Der Hauch einer Pause...

Dann zerrte er am Abzug wie ein Junge auf dem Kleinkaliber-Übungsplatz im Ferienlager. Im selben Augenblick hechtete Jodie aus der Schußlinie und riß ein paar Bullen mit zur Seite.

Wie, zum Teufel, konntest du diesen Schuß danebensetzen, Soldat? Noch mal feuern!

Sir, ja, Sir.

Er gab noch zwei Schüsse ab, aber Jodie und alle anderen waren in Deckung gegangen oder robbten schnell über die Straße.

Und dann setzte das gegnerische Feuer ein. Zuerst aus einem Dutzend Waffen, dann aus einem weiteren Dutzend. Zumeist Pistolen, aber auch ein paar Heckler-und-Koch-Maschinenpistolen waren darunter, sie spuckten die Kugeln so rasend schnell und knatternd aus, daß es sich wie der Fehlstart eines Autos ohne Auspuff anhörte.

Kugeln schlugen in den Fahrstuhlturm hinter ihm ein. Winzige Stückchen Ziegel, Beton, Blei und die scharfkantigen, zerbeulten Geschoßhülsen aus Kupfer regneten auf ihn herab und zerschnitten ihm die Unterarme und Handrücken.

Stephen fiel rückwärts, bedeckte sein Gesicht mit den Händen. Er sah die Schnitte und beobachtete, wie winzige Tropfen seines Bluts auf die Dachpappe fielen.

Warum habe ich gewartet? Warum nur? Ich hätte ihn erschießen können und wäre längst von hier verschwunden.

Warum?

Das Geräusch eines Hubschraubers näherte sich dem Gebäude. Noch mehr Sirenen.

Rückzug, Soldat! Rückzug!

Er schaute hinunter und sah, wie Jodie sich hinter einem Auto in Sicherheit brachte. Stephen warf das Modell 40 in den Kasten, schlang sich den Rucksack über die Schulter und glitt die Feuertreppe hinunter in die Gasse.

Die zweite Tragödie.

Percey Clay hatte sich umgezogen. Sie trat in den Flur und sank gegen die starke Gestalt von Roland Bell. Er legte den Arm um sie.

Der zweite von dreien. Diesmal ging es nicht um die Kündigung ihres Mechanikers oder um Probleme mit dem Charter. Diesmal war ein lieber Freund ums Leben gekommen.

Oh, Brit...

Sie stellte sich vor, wie er sich mit weit aufgerissenen Augen, den Mund zu einem tonlosen Schrei geöffnet, auf den furchtbaren Mann mit der schwarzen Maske und der großen schwarzen Pistole gestürzt hatte. Wie er versucht hatte, ihn zu stoppen, entsetzt darüber, daß tatsächlich jemand die Absicht hatte, ihn und Percey umzubringen. Mehr entrüstet als verängstigt. Dein Leben war so präzise, sagte sie in Gedanken zu ihm. Selbst deine Risiken waren wohl kalkuliert. Wenn du in fünfzehn Metern Höhe kopfüber geflogen bist, wenn du Sturzflüge gemacht oder die Maschine hast trudeln lassen. Für Zuschauer sah es jedesmal halsbrecherisch aus. Doch du wußtest genau, was du tatest, und wenn du je an einen frühen Tod gedacht haben solltest, dann hast du sicher geglaubt, daß er durch eine gebrochene Welle, eine verstopfte Benzinleitung oder irgendeinen leichtsinnigen Anfänger, der in deinen Luftraum eindringt, verursacht werden würde.

Der große Fliegereischriftsteller Ernest K. Gann schrieb, das Schicksal sei ein Jäger. Percey hatte immer geglaubt, damit meinte er die Natur oder äußere Umstände – die launischen Elemente, die fehlerhafte Mechanik, die dazu führten, daß Flugzeuge zu Boden stürzten. Doch das Schicksal war komplizierter als all das. Das Schicksal war so kompliziert wie das Wesen des Menschen. So kompliziert wie das Böse.

Es ereignen sich immer drei Tragödien hintereinander ... Und wie würde der letzte Teil aussehen? Ihr eigener Tod? Oder der von jemand anderem? Das Ende ihrer Firma?

An Roland Bell geschmiegt, zitterte sie vor Wut über die Zufälle, die sie hierhergeführt hatten. Dachte an jene Nacht vor ein paar Wochen zurück: Benommen vor Schlafmangel, hatte sie mit Ed und Hale im gleißenden Licht des Hangars vor dem Learjet *Charlie Juliet* gestanden und sich verzweifelt gewünscht, daß sie den Vertrag mit U.S. Medical bekommen würden. In der feuchtkalten Nachtluft hatten sie zitternd darüber diskutiert, wie der Jet am besten für diesen Auftrag ausgerüstet werden sollte.

Es war spät, eine neblige Nacht. Der Flugplatz verwaist und dunkel. Wie in der Schlußszene von *Casablanca*.

Bremsen quietschten, und sie sahen hinaus.

Ein Mann hob schwere Säcke aus seinem Auto, schleppte sie über die Rollbahn, schleuderte sie in ein Flugzeug und startete den Motor der Beachcraft. Das charakteristische Heulen eines Kolbenmotors beim Starten.

Sie erinnerte sich, daß Ed ungläubig gefragt hatte: »Was tut der da? Der Flugplatz ist doch geschlossen.«

Schicksal.

Sie waren eben zufällig dort gewesen in jener Nacht.

Daß Phillip Hansen sich aber auch ausgerechnet diesen Augenblick ausgesucht hatte, um sein belastendes Beweismaterial loszuwerden.

Daß Hansen ein Mann war, der töten würde, um diesen Flug geheimzuhalten.

Schicksal...

Plötzlich schrak sie zusammen – es klopfte an der Eingangstür des sicheren Hauses.

Zwei Männer standen dort. Bell erkannte sie wieder. Sie waren von der Abteilung für Zeugenschutz des New York Police Department. »Wir sind hier, um Sie zur Shoreham-Anlage auf Long Island zu bringen, Mrs. Clay.«

»Nein, nein«, stammelte sie. »Das muß ein Irrtum sein. Ich muß zum Mamaroneck-Flughafen.«

»Percey«, mahnte Roland Bell.

»Ich *muß*.«

»Davon weiß ich nichts, Ma'am«, sagte einer der Officers. »Wir haben Anweisung, Sie nach Shoreham zu bringen und Sie bis zu Ihrer Aussage vor der Grand Jury in Schutzhaft zu nehmen.«

»Nein, nein, nein. Rufen Sie Lincoln Rhyme an. Er weiß Bescheid.«

»Nun...« Der Officer schaute seinen Kollegen an.

»Bitte rufen Sie ihn an«, drängte sie ihn. »Er wird es Ihnen bestätigen.«

»Nun, es ist so, Mrs. Clay, daß es Lincoln Rhyme war, der Ihre Verlegung angeordnet hat. Wenn Sie nun bitte mit uns kommen würden. Machen Sie sich keine Sorgen. Wir werden gut auf Sie aufpassen, Ma'am.«

27

28. Stunde von 45

»Er ist nicht gerade in bester Stimmung«, warnte Thom Amelia Sachs.

Hinter der Schlafzimmertür hörte sie ihn brüllen: »Ich will diese Flasche, und ich will sie auf der Stelle.«

»Was ist denn los?«

Der junge Mann verzog sein gutaussehendes Gesicht zu einer Grimasse. »Er kann manchmal ein solcher Blödmann sein. Er sagt, Scotch sei ihm vom Arzt verordnet worden. Können Sie das glauben? Ach, er ist einfach unerträglich, wenn er trinkt.«

Wutgeheul drang aus seinem Zimmer.

Sachs wußte, daß er nur deshalb nicht mit Gegenständen um sich warf, weil er dazu nicht in der Lage war.

Sie griff nach der Türklinke.

»Vielleicht sollten Sie lieber noch warten«, empfahl Thom.

»Wir können nicht warten.«

»*Gottverdammt!*« knurrte Rhyme. »Ich will diese verfluchte Flasche!«

Sie öffnete die Tür. Thom flüsterte: »Sagen Sie nicht, ich hätte Sie nicht gewarnt.«

Sachs verharrte im Türrahmen. Rhyme bot einen ganz besonderen Anblick. Seine Haare waren wirr, seine Augen gerötet und sein Kinn mit Speicheltropfen übersät.

Die Flasche Macallan lag auf dem Fußboden. Er mußte versucht haben, sie mit den Zähnen zu packen, und sie dabei umgeworfen haben.

Er bemerkte Sachs, sagte aber nur: »Heben Sie sie auf.«

»Wir haben Arbeit zu erledigen, Rhyme.«

»Heben. Sie. Diese Flasche. Auf.«

Das tat sie. Und stellte sie in ein Regal.

Er tobte: »Sie wissen sehr gut, was ich meine. Ich will einen Drink.«

»Hört sich so an, als hätten Sie mehr als genug gehabt.«

»Gießen Sie mir einen Whisky in mein gottverdammtes Glas. Thom! Zum Teufel noch mal, komm her... Feigling!«

»Rhyme«, fuhr sie ihn an, »wir haben Spurenmaterial, das wir uns ansehen müssen.«

»Zur Hölle mit dem Spurenmaterial.«

»Wieviel haben Sie getrunken?«

»Der Tänzer ist reingekommen, stimmt's?« Wie ein Fuchs im Hühnerstall. Fuchs im Hühnerstall.

»Ich habe einen Staubsaugerbeutel voller Material, ich habe eine Kugel, ich habe Blutproben von ihm...«

»Blut? Nun, das ist nur gerecht. Er hat auch genügend Blut von uns bekommen.«

Sie schimpfte: »Bei all dem Material, das ich hier habe, sollten Sie sich wie ein kleiner Junge an seinem Geburtstag fühlen. Also hören Sie endlich auf, sich selbst zu bemitleiden.«

Er antwortete nicht. Seine trüben Augen waren an ihr vorbei auf die Tür gerichtet. Sie wandte sich um. Da stand Percey Clay.

Sogleich senkte Rhyme die Augen. Er schwieg.

Klar, dachte Sachs. Will sich nicht vor seiner neuen Liebe danebenbenehmen.

Percey trat in den Raum und besah sich das Häufchen Elend, das Lincoln Rhyme abgab.

»Lincoln, was ist los?« rief Sellitto. Sachs vermutete, daß er Percey begleitet hatte. Er trat ein.

»Drei Tote, Lon. Er hat noch drei erwischt. Fuchs im Hühnerstall.«

»Lincoln«, platzte Sachs heraus. »Hören Sie auf damit. Sie blamieren sich.«

Sie hatte das Falsche gesagt. Rhyme setzte ein erstauntes Gesicht auf. »Ich fühle mich nicht blamiert. Sehe ich aus, als ob ich mich schäme? Raus damit! Blamiere ich mich? *Bin ich verdammt noch mal blamiert?*«

»Wir müssen...«

»Nein, wir müssen gar nichts! Es ist vorbei. Erledigt. Beendet. Rückzug und Deckung suchen. Wir ziehen uns zurück. Kommen Sie mit uns, Amelia? Schlage vor, das tun Sie.«

Endlich sah er Percey an. »Was tun Sie hier? Sie sollten auf Long Island sein.«

»Ich möchte mit Ihnen sprechen.«

Er sagte zunächst gar nichts, dann: »Geben wenigstens Sie mir einen Drink.«

Percey schaute zu Sachs, dann trat sie an das Regal und goß für sich und für Rhyme einen Whisky ein. Sachs starrte sie an, und sie bemerkte es, reagierte aber nicht.

»Das ist eine Lady mit Klasse«, tönte Rhyme. »Ich bringe ihren Partner um, und sie teilt trotzdem mit mir einen Drink. *Sie* haben das nicht getan, Sachs.«

»Oh, Rhyme, Sie können solch ein Arschloch sein«, spuckte Sachs aus. »Wo ist Mel?«

»Hab ihn nach Hause geschickt. Hier gibt es nichts mehr zu tun... Wir packen sie ein und schicken sie nach Long Island, wo sie in Sicherheit sein wird.«

»Wie bitte?« fragte Sachs.

»Wir tun, was wir von Anfang an hätten tun sollen. Kippen Sie mir noch einen nach.«

Percey hob die Flasche. Sachs stoppte sie: »Er hat genug.«

»Hören Sie nicht auf sie«, platzte Rhyme heraus. »Sie ist sauer auf mich. Ich mache nicht, was sie von mir will, also wird sie sauer.«

Oh, danke schön, Rhyme. Lassen Sie uns unsere schmutzige Wäsche in aller Öffentlichkeit waschen. Warum nicht? Sie richtete ihre schönen, kalten Augen auf ihn. Er bemerkte es noch nicht einmal; er starrte Percey Clay an.

Die sagte: »Sie haben mit mir eine Vereinbarung getroffen. Und als nächstes tauchen zwei Agenten auf, die mich nach Long Island bringen wollen. Ich hatte gedacht, ich könnte Ihnen vertrauen.«

»Aber wenn Sie mir *vertrauen*, werden Sie sterben.«

»Es war ein Risiko«, sagte Percey. »Sie hatten uns vor der Möglichkeit gewarnt, daß er in das sichere Haus gelangen könnte.«

»Klar, aber Sie wissen nicht, daß ich es schon vorher wußte.«

»Sie... was?«

Sachs runzelte die Stirn, hörte zu.

Rhyme fuhr fort: »Ich fand heraus, daß er das sichere Haus angreifen würde. Ich fand heraus, daß er die Uniform eines Feuerwehrmannes tragen würde. Ich fand verdammt noch mal raus, daß er eine Sprengladung an der Hintertür anbringen würde. Ich wette, es war eine Accuracy Stems fünf-einundzwanzig oder fünf- zweiundzwanzig mit einem Instadet-Zünder. Habe ich recht?«

»Ich...«

»*Habe ich recht?*«

»Eine Fünf-Einundzwanzig«, bestätigte Sachs widerstrebend.
»Sehen Sie? Ich habe das alles rausgefunden. Ich wußte es fünf Minuten, bevor er reinkam. Es war nur so, daß ich verdammt noch mal keinen anrufen und es ihm erzählen konnte! Ich konnte... das verdammte Telefon... nicht bedienen und Bescheid geben, was passieren würde. Und deshalb ist Ihr Freund gestorben. Durch meine Schuld.«

Sachs empfand Mitleid mit ihm, doch es hatte einen schalen Beigeschmack. Sie hatte keine Ahnung, was sie sagen könnte, um ihn zu trösten.

Thom näherte sich mit einem Tuch, um die Tropfen von seinem Kinn zu wischen, doch Rhyme verjagte ihn mit einer zornigen Bewegung seines wohlproportionierten Kiefers. Er nickte zum Computer herüber. »Oh, ich wurde anmaßend. Ich fing an zu glauben, daß ich halbwegs normal sei. Wie ein Rennfahrer im Storm Arrow durch die Gegend fahren, Lichter einschalten und CDs wechseln... So ein Schwachsinn!« Er schloß die Augen und preßte seinen Kopf ins Kissen.

Ein scharfes Lachen erfüllte den Raum und überraschte alle.

Percey Clay goß mehr Scotch in ihr Glas. Dann noch ein wenig für Rhyme. »Schwachsinn, klar. Aber eins ist sicher, der einzige Schwachsinn, den ich höre, kommt von Ihnen.«

Rhyme öffnete die Augen und starrte sie an.

Percey lachte erneut.

»Tun Sie das nicht«, warnte Rhyme.

»Also bitte«, murmelte sie wegwerfend, »was soll ich nicht tun?«

Sachs sah, wie Perceys Augen sich zu Schlitzen verengten. »Was versuchen Sie, uns zu sagen?« begann sie. »Daß jemand aufgrund eines... technischen Versagens gestorben ist?«

Rhyme hatte erwartet, daß sie etwas anderes sagen würde, bemerkte Sachs. Nun war er unvorbereitet getroffen. Nach einer Pause sagte er: »Ja. Genau das sage ich. Wenn ich in der Lage gewesen wäre, das Telefon abzunehmen...«

Sie fiel ihm ins Wort. »Na und? Gibt Ihnen das das Recht, einen solchen Wutanfall zu inszenieren? Ihre Versprechen zu brechen?« Aufgebracht kippte sie ihren Whisky hinunter. »Ach, in Gottes

Namen... Haben Sie eine Ahnung, womit ich mir meinen Lebensunterhalt verdiene?«

Zu ihrer Überraschung sah Sachs, daß Rhyme nun ruhig war. Er wollte etwas sagen, aber Percey unterbrach ihn: »Denken Sie mal darüber nach.« Da war wieder ihr gedehnter Akzent. »Ich sitze in einer kleinen Aluminiumröhre zehntausend Meter über dem Erdboden und jage mit siebenhundert Stundenkilometern dahin. Draußen herrschen sechzig Grad unter Null und Windgeschwindigkeiten von hundert Meilen in der Stunde. Blitze, Scherwinde und Eis will ich gar nicht erwähnen. Mein Gott, ich bin nur durch Maschinen am Leben.« Wieder lachte sie. »Wo ist da der Unterschied zu Ihnen?«

»Das verstehen Sie nicht«, sagte er schroff.

»Sie haben meine Frage nicht beantwortet. Wo ist der Unterschied?« verlangte sie unnachgiebig.

»Sie können herumlaufen, Sie können ein Telefon bedienen...«

»Ich kann herumlaufen? Ich bin fünfzigtausend Fuß hoch. Wenn ich die Tür öffne, dauert es nur Sekunden, bis mein Blut kocht.«

Sachs staunte. Zum ersten Mal, seit sie ihn kannte, war Rhyme auf einen ebenbürtigen Gegner getroffen. Er war sprachlos.

Percey sprach weiter: »Es tut mir leid, Detective, aber ich sehe nicht den geringsten Unterschied zwischen uns. Wir sind beide Produkte der Wissenschaft des 20. Jahrhunderts. Gottverdammt, wenn ich Flügel hätte, würde ich aus eigener Kraft fliegen. Aber die habe ich nicht und werde ich nie haben. Um zu tun, was wir tun müssen, sind wir beide *abhängig*.«

»Okay...« Er grinste verschlagen.

Los, Rhyme, dachte Sachs. Zeigen Sie es ihr! Wie sehr sie sich wünschte, daß er gewann, diese Frau nach Long Island verfrachten ließ und sie für immer verschwinden würde.

Rhyme sagte: »Aber wenn *ich* etwas vermassele, sterben Menschen.«

»Ach? Und was passiert, wenn meine Enteisungsanlage ausfällt? Was passiert, wenn mein Schwingungsdämpfer kaputtgeht? Was, wenn bei einem Instrumentenanflug eine Taube in mein Pitotrohr fliegt? Dann... bin... ich... tot. Triebwerksausfall, Versagen der

Hydraulik, Mechaniker, die vergessen, kaputte Sicherungen auszutauschen... Ausfall redundanter Systeme. In *Ihrem* Fall besteht vielleicht noch die Chance, daß sich die Opfer von ihren Schußwunden erholen. Aber wenn mein Flugzeug mit dreihundert Meilen in der Stunde auf dem Erdboden aufschlägt, bleibt von den Insassen nichts mehr übrig.«

Rhyme schien inzwischen wieder völlig nüchtern zu sein. Seine Augen schweiften durch den Raum, als suche er nach dem unschlagbaren Gegenbeweis, um Perceys Argumente zu entkräften.

»Also«, sagte Percey sachlich, »ich habe mitbekommen, daß Amelia Beweismaterial hier hat, das sie im sicheren Haus gesammelt hat. Ich schlage vor, daß Sie jetzt anfangen, das Zeug zu untersuchen, und diesem Arschloch ein für allemal das Handwerk legen. Denn ich mache mich jetzt auf den Weg nach Mamaroneck, um die Reparaturarbeiten an meinem Flugzeug zu beenden, und dann werde ich heute abend diesen Auftrag fliegen. Sagen Sie mir klipp und klar: Werden Sie mich freiwillig zum Flugplatz fahren lassen, wie Sie es versprochen haben? Oder muß ich meinen Anwalt anrufen?«

Er war noch immer sprachlos.

Ein Augenblick verstrich.

Sachs schrak zusammen, als Rhyme in seinem dröhnenden Bariton rief: »Thom! *Thom!* Komm her.«

Sein Adlatus spähte vorsichtig um die Ecke.

»Ich habe hier alles durcheinandergebracht. Sieh nur, ich habe mein Glas umgeworfen. Und meine Haare sind ganz wirr. Würde es dir etwas ausmachen, ein wenig aufzuräumen? Bitte?«

»Treibst du Scherze mit uns, Lincoln?« fragte er mißtrauisch.

»Und Mel Cooper? Könntest du ihn bitte rufen, Lon? Er muß mich ernst genommen haben. Ich hab natürlich nur Spaß gemacht. Er ist so ein gottverdammter Wissenschaftler. Hat keinen Funken Humor. Wir brauchen ihn hier.«

Amelia Sachs wäre am liebsten geflohen. Aus dem Haus gestürzt, in ihr Auto gestiegen und mit 200 Stundenkilometern über die Straßen von New Jersey oder Nassau County gebrettert. Sie konnte es nicht ertragen, auch nur einen Moment länger mit dieser Frau im selben Zimmer zu sein.

»In Ordnung, Percey«, sagte Rhyme. »Nehmen Sie Detective Bell mit, und wir stellen sicher, daß genügend von Bos Männern bei Ihnen sind. Fahren Sie zu Ihrem Flugplatz. Tun Sie, was Sie tun müssen.«

»Danke, Lincoln.« Sie nickte und lächelte leicht.

Gerade genug, daß sich Amelia Sachs fragte, ob Percey Clays Rede nicht auch ihr gegolten hatte, um klarzustellen, wer die unangefochtene Siegerin in diesem Wettkampf war. Nun, bei einigen Sportarten war sie eben zum Verlieren prädestiniert, glaubte Sachs. Mochte sie auch Schützenkönigin, hochdekorierte Polizistin, eine teuflisch gute Fahrerin und eine ziemlich gute Kriminalistin sein, ihr Herz war nicht gestählt. Ihr Vater hatte das bei ihr gespürt; er war selbst auch ein Romantiker. »Sie sollten kugelsichere Westen für die Seele herstellen, Amie. Das sollten sie tun.«

Leben Sie wohl, Rhyme, dachte sie. Leben Sie wohl.

Und seine Antwort auf ihren schweigenden Abschied? Ein kurzer Blick und die ruppigen Worte: »Lassen Sie uns dieses Spurenmaterial ansehen, Sachs. Die Zeit läuft uns davon.«

28

29. Stunde von 45

Das Ziel des Kriminalisten ist die Individualisierung.

Es ist der Prozeß, ein Beweisstück zu einer einzigen Quelle zurückzuverfolgen und alle anderen Quellen auszuschließen.

Lincoln Rhyme starrte nun auf das individuellste Beweismaterial, das es gab: Blut. Blut des Tänzers. Ein Restriktions-Fragmentlängen-Polymorphismus-Test, bei dem die DNA in Stücke zerteilt und analysiert wird, kann mit fast hundertprozentiger Sicherheit ausschließen, daß das Blut von einer anderen Person stammt.

Doch es gab nicht viel, was ein solcher Beweis ihm sagen konnte. CODIS, das computergestützte DNA-Informationssystem, enthielt die Daten von verurteilten Verbrechern, doch es war nur eine kleine Datenbank, die vor allem für Sexualstraftäter und einige wenige andere Gewalttäter eingerichtet worden war. Rhyme war daher nicht überrascht, als die Suche nach dem Blut des Tänzers nichts ergab.

Trotzdem bereitete es ihm eine leise Genugtuung, daß sie nun einen Teil vom Mörder selbst besaßen, aufgetupft und in ein Reagenzglas gefüllt. Für die meisten Kriminalisten waren die Täter »da draußen«; sie trafen sie selten von Angesicht zu Angesicht, sahen sie allenfalls bei der Gerichtsverhandlung. Daher war er nun zutiefst aufgewühlt davon, in gewisser Weise in der körperlichen Gegenwart des Mannes zu sein, der so vielen Menschen so viel Schmerz zugefügt hatte, ihn selbst eingeschlossen.

»Was haben Sie sonst noch gefunden?« fragte er Sachs.

Sie hatte in Brit Hales Zimmer Spurenmaterial aufgesaugt, doch Cooper und sie hatten alles durch das Vergrößerungsglas betrachtet und nichts gefunden außer Pulverrückständen, Kugelsplittern, Gips sowie Ziegelstaub von den Feuergefechten.

Sie hatte auch Patronenhülsen seiner halbautomatischen Pistole gefunden. Es war eine Beretta, Kaliber 7.62 Millimeter. Sie war vermutlich schon älter, denn sie wies eine deutliche Streuung auf. Alle Hülsen, die Sachs aufgelesen hatte, waren vor ihrem Gebrauch in Reiniger getaucht worden, um selbst die Fingerabdrücke der Angestellten der Munitionsfabrik zu entfernen. So konnte niemand den Kauf zu einer bestimmten Schicht in einer der Remington-Fabriken und dann weiter zu einer bestimmten Lieferung zurückverfolgen, die an einen ganz bestimmten Ort gegangen war. Außerdem hatte der Tänzer die Patronen offenbar mit seinen Fingerknöcheln geladen, um Abdrücke zu vermeiden. Ein alter Trick.

»Machen Sie weiter«, forderte Rhyme Sachs auf.

»Pistolenkugeln.«

Cooper betrachtete die Kugeln. Drei waren platt gedrückt, eine ziemlich gut erhalten. Und zwei waren mit Brit Hales schwarzem, versengtem Blut überzogen.

»Untersuchen Sie sie nach Abdrücken«, ordnete Rhyme an.

»Schon geschehen«, erwiderte sie knapp.

»Probieren Sie es mit dem Laser.«
Cooper tat es.
»Nichts, Lincoln.« Der Techniker entdeckte ein Stück Baumwolle in einer Plastiktüte. Er fragte: »Was ist das?«
Sachs sagte: »Oh, ich habe auch eine seiner Gewehrkugeln gefunden.«
»Was?«
»Er hat dreimal auf Jodie gefeuert. Zwei Kugeln haben die Mauer getroffen und sind explodiert. Diese hier fiel auf die Erde – in ein Blumenbeet – und ist nicht losgegangen. Ich entdeckte ein Loch in einer der Geranien und –«
»Moment mal.« Cooper zwinkerte nervös. »Das ist eine seiner Kugeln *mit Sprengkopf*?«
Er legte den Beutel sehr vorsichtig auf den Tisch und trat zurück, dabei zog er Sachs, die einen halben Kopf größer war, mit sich.
»Was ist denn los?«
»Kugeln mit Sprengköpfen sind sehr instabil. Genau in diesem Augenblick könnten Pulverkörner darin schmoren... Sie könnte jede Minute losgehen. Ein einziges Schrapnell reicht, um Sie umzubringen.«
»Du hast doch die Fragmente der anderen Kugeln gesehen, Mel«, sagte Rhyme. »Wie sind sie hergestellt worden?«
»Sie sind ziemlich bösartig, Lincoln«, antwortete der Techniker mit sichtlichem Unbehagen. Die kahle Stelle auf seinem Kopf war mit Schweiß bedeckt. »Eine PETN-Füllung, Hauptbestandteil ist ein rauchfreies Pulver. Das macht sie instabil.«
Sachs fragte: »Warum ist sie nicht explodiert?«
»Der Aufprall in der Blumenerde war weich. Außerdem stellt er die Dinger selbst her. Vielleicht war seine Qualitätskontrolle bei dieser einen nicht ganz so gut.«
»Er stellt sie selbst her?« hakte Rhyme nach. »Wie genau?«
Die Augen fest auf den Plastikbeutel gerichtet, erklärte der Techniker: »Nun, die übliche Methode ist, ein Loch von oben bis fast unten zu bohren. Man füllt es mit Metallkügelchen und ein wenig Schwarzpulver oder rauchlosem Pulver. Rollt ein Stück Plastiksprengstoff und drückt es hinein. Dann verschließt man das

Ganze wieder – in diesem Fall mit einer Spitze aus Keramik. Wenn die Kugel aufschlägt, knallen die Metallkugeln in das Pulver. Das bringt das PETN zur Explosion.«

»Rollt den Plastiksprengstoff?« wiederholte Rhyme nachdenklich. »Zwischen seinen Fingern?«

»Normalerweise ja.«

Rhyme schaute Sachs an, und für einen Augenblick war die Kluft zwischen ihnen verschwunden. Sie lächelten und riefen gleichzeitig: »Fingerabdrücke!«

Mel Cooper erwiderte skeptisch: »Vielleicht. Aber wie wollt ihr das herausfinden? Dazu müßtet ihr das Ding schon auseinandernehmen.«

»Dann werden wir es eben auseinandernehmen«, beschloß Sachs.

»Nein, nein, nein, Sachs«, rief Rhyme scharf. »Sie lassen die Finger davon. Wir warten auf die Sprengstoffexperten.«

»Dafür haben wir keine Zeit.«

Sie beugte sich über den Beutel und begann, ihn zu öffnen.

»Sachs, was zum Teufel wollen Sie eigentlich beweisen?«

»Ich will gar nichts beweisen«, gab sie kühl zurück. »Ich versuche, einen Mörder zu fangen.«

Cooper stand hilflos daneben.

»Versuchen Sie, Jerry Banks zu retten? Nun, dafür ist es zu spät. Vergessen Sie ihn. Machen Sie mit Ihrer Arbeit weiter.«

»Das *ist* meine Arbeit.«

»Sachs, es war nicht Ihr Fehler!« beschwor Rhyme sie. »Vergessen Sie es. Was geschehen ist, ist geschehen. Das habe ich Ihnen schon ein dutzendmal gesagt.«

Ruhig gab sie zurück: »Ich werde meine kugelsichere Weste darüberlegen und darunter arbeiten.« Sie riß die Klettverschlüsse ihrer Schutzweste auf. Dann stülpte sie diese wie ein Zelt über den Plastikbeutel mit der Kugel.

Cooper warnte: »Sie sind zwar hinter der Weste, aber Ihre Hände sind ungeschützt.«

»Die Westen der Sprengstoffexperten haben auch keinen Schutz für die Hände«, führte sie an. Sie zog ihre Ohrstöpsel, die zur

Schießausrüstung gehörten, aus der Tasche und drehte sie sich in die Ohren.

»Sie werden schreien müssen«, sagte sie zu Cooper. »Womit soll ich anfangen?«

Nein, Sachs, nicht, dachte Rhyme.

»Wenn Sie mir nicht sagen, wie ich es machen soll, schneide ich sie einfach auf.« Sie nahm eine Rasiersäge, die sonst für forensische Untersuchungen verwendet wurde. Die Schneide schwebte über dem Beutel. Sie machte eine Pause.

Rhyme seufzte, dann nickte er Cooper zu. »Sag ihr schon, was sie zu tun hat.«

Der Techniker schluckte. »In Ordnung. Packen Sie sie aus. Aber vorsichtig. Hier, legen Sie sie auf dieses Handtuch. Nicht schütteln, das wäre das Schlimmste, was Sie tun könnten.«

Sie legte die Kugel frei, ein überraschend kleines Stück Metall mit einer elfenbeinfarbenen Spitze.

»Diese Spitze da«, fuhr Cooper fort. »Wenn die Kugel explodiert, wird sie durch die kugelsichere Weste und durch mindestens eine oder zwei Wände schlagen. Sie ist mit Teflon überzogen.«

»Okay.« Sie drehte die Spitze in Richtung Wand.

»Sachs«, ermahnte Rhyme sie, »benutzen Sie eine Pinzette, nicht Ihre Finger.«

»Wenn sie losgeht, macht das auch keinen Unterschied, Rhyme. Und ich brauche die Kontrolle.«

»Bitte.«

Sie zögerte, dann nahm sie die Pinzette, die Cooper ihr hinhielt. Sie packte die Kugel damit am hinteren Ende.

»Wie kriege ich sie auf? Soll ich sie aufschneiden?«

»Sie können nicht durch das Blei schneiden«, rief Cooper. »Die Hitze der Reibung würde das Pulver entzünden. Sie müssen die Spitze abmontieren und den Plastiksprengstoff herausziehen.«

Schweiß rann ihr über das Gesicht. »Okay. Mit einer Zange?«

Cooper suchte auf seinem Arbeitstisch eine feine Zange. Er legte sie in ihre rechte Hand, dann trat er schnell wieder einen Schritt zurück.

»Sie müssen sie packen und fest drehen. Er hat sie mit Epoxy

festgeklebt. Der verbindet sich nicht so gut mit Blei, also sollte sie sich leicht lösen lassen. Aber ziehen Sie nicht zu fest. Wenn die Spitze abbricht, werden Sie sie nie herunterbekommen, ohne zu bohren. Und das läßt sie hochgehen.«
»Fest, aber nicht zu fest«, murmelte sie.
»Denken Sie an all die Autos, die Sie repariert haben, Sachs«, empfahl Rhyme.
»Was?«
»Wie Sie diese alten Zündkerzen rausgeschraubt haben. Fest genug, sie zu lösen, aber nicht so fest, daß der Keramikteil zerbricht.«
Sie nickte abwesend, und er wußte nicht, ob sie ihm überhaupt zugehört hatte.
Sachs beugte den Kopf zu dem Schutzwestenzelt hinunter.
Rhyme sah, wie sie die Augen zusammenkniff.
Oh, Sachs...
Er sah keinerlei Bewegung. Er hörte nur ein sehr leises Klicken. Sie erstarrte einen Augenblick, dann schaute sie über die Weste hinweg: »Die Spitze ist ab. Die Kugel ist offen.«
Cooper fragte: »Können Sie den Sprengstoff sehen?«
Sie schaute hinein. »Ja.«
Er reichte ihr eine Dose leichtes Maschinenöl. »Tröpfeln Sie etwas davon hinein, dann kippen Sie sie. Der Plastiksprengstoff müßte herausfallen. Wir können ihn nicht herausziehen, sonst ruinieren wir die Fingerabdrücke.«
Sie gab das Öl hinein, kippte dann die Kugel mit dem offenen Ende nach unten auf das Handtuch.
Nichts passierte.
»Verdammt«, murmelte sie.
»Nicht...«
Sie schüttelte.
»...schütteln!« schrie Cooper.
»Sachs!« keuchte Rhyme.
Sie schüttelte fester. »Verdammt.«
»Nein!«
Ein winziger weißer Wulst fiel heraus, gefolgt von einigen Körnchen schwarzen Pulvers.

»Okay«, seufzte Cooper. »Jetzt kann nichts mehr passieren.«

Er ging hinüber und rollte den Plastiksprengstoff mit Hilfe einer Nadelsonde auf ein Glasplättchen. In der typischen Haltung aller Kriminalisten auf der Welt – Rücken gerade, Hand schützend vorgewölbt – brachte er den Objektträger mit gleichmäßigen Schritten zum Mikroskop. Er schob den Sprengstoff darunter.

»Magnetpulver?« fragte Cooper und meinte das feine, graue Pulver zum Aufspüren von Fingerabdrücken.

»Nein«, antwortete Rhyme. »Nimm lieber Enzianblau. Der Abdruck ist auf Plastik. Wir brauchen einen Kontrast.«

Cooper sprühte es auf, dann schob er den Objektträger unter das Mikroskop.

Zur selben Zeit erschien das Bild auf Rhymes Computerschirm.

»Ja!« rief er. »Da ist er.«

Die Windungen und Gabelungen waren sehr deutlich zu sehen.

»Sie haben es geschafft, Sachs. Gute Arbeit.« Während Cooper das Stückchen Sprengstoff langsam von allen Seiten betrachtete, speicherte Rhyme die einzelnen Ausschnitte als bitmap-Dateien auf der Festplatte ab. Dann setzte er sie zusammen und druckte sie als einzelnes Bild aus.

Doch als der Techniker es untersuchte, seufzte er.

»Was ist?« fragte Rhyme.

»Es reicht immer noch nicht für einen Abgleich. Zu klein. Kein automatisches Fingerabdruck-Identifizierungssystem der Welt kann daraus irgend etwas ablesen.«

»Verflixt«, spuckte Rhyme aus. Die ganze Mühe... vergebens.

Plötzlich ein Lachen.

Von Amelia Sachs. Sie starrte an die Wand auf die Beweistafeln. VS-1, VS-2...

»Setzen wir sie doch einfach zusammen«, schlug sie vor.

»Was?«

»Wir haben drei Teilabdrücke«, erklärte sie. »Sie stammen vermutlich alle von seinem Zeigefinger. Könnten Sie die nicht zusammenfügen?«

Cooper sah Rhyme fragend an. »Von so einer Methode habe ich noch nie gehört.«

Rhyme ebensowenig. Der Großteil der forensischen Arbeit bestand darin, Beweismaterial für die Präsentation vor Gericht zu analysieren – »forensisch« heißt »in bezug auf Strafverfolgung« –, und ein Verteidiger würde bis vor das Oberste Gericht ziehen, sollte die Polizei anfangen, Fingerabdruckfragmente von Verdächtigen zusammenzusetzen.

Doch jetzt ging es zunächst einmal darum, den Tänzer zu finden, und nicht, hieb- und stichfestes Beweismaterial für einen Prozeß zusammenzutragen.

»Aber klar«, sagte Rhyme. »Versucht es!«

Sachs und der Techniker machten sich an die Arbeit.

Cooper nahm die anderen Abbildungen der Abdrücke des Tänzers von der Wand und breitete sie vor sich auf dem Tisch aus.

Er fotokopierte die Teilabdrücke und verkleinerte zwei von ihnen, damit alle dieselbe Größe hatten. Dann begannen Sachs und er, das Puzzle zusammenzusetzen. Wie Kinder probierten sie verschiedene Varianten aus, vertauschten die einzelnen Teile immer wieder, stritten spielerisch. Sachs ging so weit, einen Stift zu nehmen und mehrere Linien miteinander zu verbinden.

»Sie pfuschen«, witzelte Cooper.

»Aber es paßt«, gab sie triumphierend zurück.

Schließlich hatten sie etwa drei Viertel eines Abdrucks zusammengeklebt, der vermutlich vom rechten Zeigefinger stammte.

Cooper hielt ihn hoch. »Ich habe ja so meine Zweifel, Lincoln.«

Doch Rhyme erwiderte: »Das ist Kunst, Mel. Es ist schön!«

»Sag es bloß niemandem bei der Identifizierungsvereinigung, oder sie schmeißen uns raus.«

»Gib eine AFIS-Anfrage raus. Toppriorität für die Suche. Für alle Staaten.«

»Oh-ooh«, sagte Cooper. »Das wird mich ein ganzes Jahresgehalt kosten.«

Er scannte den Abdruck in den Computer ein.

»Es könnte eine halbe Stunde dauern«, warnte Cooper aus Erfahrung.

Doch soviel Zeit verging gar nicht. Fünf Minuten später – gerade mal lange genug, daß Rhyme darüber nachsinnen konnte, wer

wohl eher geneigt wäre, ihm einen Drink zu geben, Sachs oder Cooper – flackerte auf dem Schirm die Nachricht auf:
»Ihre Anfrage hat eine Übereinstimmung ergeben. Abgleichung in 14 Punkten. Statistische Wahrscheinlichkeit der Identität: 97%.«
»O mein Gott«, murmelte Sachs. »Wir haben ihn.«
»Wer ist es, Mel?« fragte Rhyme leise, als habe er Angst, daß seine Worte die empfindlichen Elektronen vom Computerschirm vertreiben könnten.
»Er ist nicht länger der Tänzer«, verkündete Cooper. »Er heißt Stephen Robert Kall. Sechsunddreißig. Derzeitiger Aufenthaltsort unbekannt. Letzte bekannte Adresse war vor fünfzehn Jahren eine Postfachnummer in Cumberland, West Virginia.«
Solch ein prosaischer Name. Rhyme verspürte einen irrationalen Stich der Enttäuschung. Kall.
»Warum war er registriert?«
Cooper las nach. »Genau wie er es Jodie erzählt hat... Er hat zwanzig Monate wegen Totschlags gesessen, als er fünfzehn war.« Ein schwaches Lachen. »Offenbar hat sich der Tänzer nur nicht die Mühe gemacht zu erwähnen, daß das Opfer Lou Kall war, sein Stiefvater.«
»Stiefvater, hm?«
»Brutale Lektüre.« Cooper brütete über dem Schirm. »Mann.«
»Was steht denn sonst noch da?« fragte Sachs.
»Hier sind Auszüge aus den Polizeiberichten. Folgendes ist passiert: Scheint immer wieder häusliche Zwistigkeiten gegeben zu haben. Die Mutter des Jungen hatte Krebs, und ihr Mann, Kalls Stiefvater, schlug sie ständig wegen Kleinigkeiten. Sie fiel hin und brach sich den Arm. Ein paar Monate später starb sie, und Kall wurde es zur fixen Idee, daß Lou an ihrem Tod schuld war.«
Cooper las weiter, und dabei schauerte ihn sichtlich. »Wollt ihr hören, was passiert ist?«
»Leg los.«
»Zwei Monate nach ihrem Tod waren Stephen und sein Stiefvater beim Jagen. Der Junge schlug ihn k.o., zog ihn nackt aus und fesselte ihn an einen Baum im Wald. Ließ ihn einfach für ein paar

Tage dort. Wollte ihm nur einen Schreck einjagen, sagte sein Anwalt. Als die Polizei ihn fand, war die, nun, sagen wir mal, Verseuchung schon ziemlich fortgeschritten. Maden und Würmer vor allem. Lebte danach noch zwei Tage. Im Delirium.«

»Mann«, flüsterte Sachs.

»Als sie ihn fanden, war der Junge dort. Saß einfach neben ihm und sah zu.« Cooper las weiter: »Der Verdächtige ergab sich ohne Widerstand. Schien in verwirrtem Zustand zu sein. Wiederholte immer wieder: ›Alles kann töten, alles kann töten...‹ Wurde in die Nervenheilanstalt von Cumberland zur Untersuchung eingeliefert.«

Die psychologischen Erkenntnisse interessierten Rhyme nicht allzusehr. Er vertraute seinen eigenen Techniken, ein forensisches Profil zu erstellen, weit mehr als den Methoden der Verhaltenspsychologen. Er wußte, daß der Tänzer ein Soziopath war – das waren alle Mörder –, und das Leid und die Traumata, die ihn zu dem gemacht hatten, was er heute war, halfen ihnen im Augenblick nicht weiter. Er fragte: »Ist ein Foto dabei?«

»Bei Jugendgefängnis sind keine Fotos erlaubt.«

»Stimmt. Teufel. Wie sieht's bei der Armee aus?«

»Nichts. Aber es gab noch eine weitere Verurteilung. Er versuchte, sich bei den Marines zu verpflichten, aber sie haben ihn aufgrund seines psychologischen Profils abgelehnt. Er hat die Rekrutierungsoffiziere zwei Monate lang in Washington gejagt und schließlich einen Sergeanten überfallen. Hat auf Bewährung plädiert.«

Sellitto sagte: »Wir werden den Namen durch FINEST, die Alias-Liste und das Zentralregister NCIC jagen.«

»Dellray soll ein paar Leute nach Cumberland schicken und alles über ihn rausfinden«, ordnete Rhyme an.

»Wird gemacht.«

Stephen Kall...

Nach all den Jahren. Es war, als betrete man ein Heiligtum, über das man sein ganzes Leben lang gelesen hatte, das man aber noch nie selbst gesehen hatte.

Ein Klopfen an der Tür ließ alle hochschrecken. Sachs und Sellitto griffen instinktiv nach ihren Waffen.

Doch der Besucher war nur einer der Polizisten von unten. Er trug einen großen Beutel. »Eine Lieferung.«

»Was ist da drin?« fragte Rhyme.

»Ein Streifenpolizist aus Illinois war hier. Sagte, es sei aus der Feuerwache von DuPage County.«

»Was ist es?«

Der Polizist zuckte die Achseln. »Er hat *behauptet*, es sei Dreck aus den Profilen irgendwelcher Lkw-Reifen. Aber das ist verrückt. Muß ein Scherz gewesen sein.«

»Nein«, sagte Rhyme, »genau das ist es.« Er sah zu Cooper herüber. Das Material, das man für sie aus den Reifen der Fahrzeuge am Absturzort herausgekratzt hatte.

Der Polizist zwinkerte. »Das wollten Sie haben? Mit dem Flugzeug aus Chicago?«

»Wir haben fieberhaft darauf gewartet.«

»Das Leben ist manchmal komisch, nicht wahr?«

Und Lincoln Rhyme konnte ihm da nur zustimmen.

Beim professionellen Fliegen geht es nur zum Teil ums Fliegen.

Fliegen bedeutet auch viel Papierkram.

Der Rücksitz des Wagens, der Percey Clay zum Mamaroneck-Flugplatz brachte, war mit Stapeln von Büchern, Karten und Dokumenten übersät: das Pilotenhandbuch, die »Nachrichten für Luftfahrer« sowie Rundbriefe der FAA, Jeppesens Karten, das Flughafen- und Informationsverzeichnis. Tausende Seiten. Berge von Informationen. Wie vielen Piloten war Percey das meiste davon bekannt. Doch sie wäre nie auf die Idee gekommen, ein Flugzeug zu fliegen, ohne vorher die Originalunterlagen gründlich zu studieren.

Mit Hilfe dieser Informationen und ihres Taschenrechners füllte sie nun die beiden wichtigsten Dokumente aus, die vor dem Start anfielen: den Navigationsplan und den Flugplan. In den Navigationsplan trug sie die Flughöhe ein, berechnete Kursabweichungen aufgrund der Windverhältnisse sowie die Mißweisung zwischen dem tatsächlichen Kurs und dem magnetischen Kurs, kalkulierte die voraussichtliche Flugzeit und daraus die sogenannte Godhead-

Zahl: die Treibstoffmenge, die sie für den Flug benötigen würde. Sechs Städte, sechs verschiedene Navigationspläne, dazwischen jeweils Kontrollpunkte...

Dann war da noch der FAA-Flugplan selbst, auf der Rückseite des Navigationsplans. Sobald sie in der Luft wären, würde der Copilot den Plan aktivieren, indem er die Flugservicestation in Mamaroneck anrief, die ihrerseits die voraussichtliche Ankunftszeit von *Foxtrot Bravo* nach Chicago durchgeben würde. Sollte die Maschine nicht spätestens eine halbe Stunde nach dem angekündigten Zeitpunkt an ihrem Zielflughafen eintreffen, würde sie für vermißt erklärt und eine Suche eingeleitet werden.

Diese Dokumente waren kompliziert, und sie mußten bis aufs kleinste genau berechnet werden. Wenn ein Flugzeug unbegrenzte Treibstoffvorräte mitnehmen könnte, könnte sich der Pilot einzig und allein auf die Funknavigation verlassen und beliebig viel Zeit in beliebiger Flughöhe zwischen dem Start- und dem Landeflughafen verbringen. Doch Treibstoff war nicht nur teuer (und die Twin-Garrett-Turbofans verbrannten erstaunliche Mengen), er wog auch schwer, und allein der Transport bedeutete viel Extrabenzin. Bei einem langen Flug, vor allem wenn er eine Reihe energieverschlingender Starts umfaßte, konnte es den Profit der Firma dramatisch reduzieren, wenn zuviel Treibstoff mitgenommen wurde. Die FAA schrieb vor, daß bei jedem Flug genug Benzin an Bord sein muß, um das Ziel zu erreichen, und dazu noch eine Sicherheitsreserve, die bei einem Nachtflug für fünfundvierzig Minuten Flugzeit reichen mußte.

Percey Clays Finger flogen über die Tasten des Taschenrechners, und sie füllte die Formulare mit ihrer ordentlichen Handschrift aus. So sorglos sie auch mit vielen anderen Dingen in ihrem Leben umging, so peinlich genau nahm sie doch alles, was mit dem Fliegen zu tun hatte. Das bloße Eintragen der ATIS-Frequenzen oder der Steuerkurve und Variationen der magnetischen Mißweisungen erfüllte sie mit tiefer Freude. Nie war sie dabei schlampig, nie schluderte sie oder ließ es bei Schätzungen bewenden, wo akkurate Berechnungen erforderlich waren. Heute versenkte sie sich ganz in diese Tätigkeit.

Robert Bell war an ihrer Seite. Er sah abgehärmt und mürrisch aus. Keine Spur mehr von dem netten, gutgelaunten Jungen. Sie trauerte für ihn ebenso wie für sich selbst; offenbar war Brit Hale der erste Zeuge, den er in seiner ganzen Laufbahn verloren hatte. Sie verspürte das irrationale Verlangen, seinen Arm zu berühren und ihn zu beruhigen, wie er es auch für sie getan hatte. Doch er schien einer jener Männer zu sein, die sich ganz in sich zurückziehen, wenn sie einen Verlust erlitten. Jegliche Bekundung von Anteilnahme würde nur noch mehr verletzen. Er war ihr in dieser Hinsicht sehr ähnlich, vermutete sie. Bell starrte zum Fenster des Wagens hinaus, dabei tastete seine Hand immer wieder automatisch nach dem rauhen, schwarzen Griff seiner Pistole im Schulterhalfter.

Als sie die letzte Karte des Flugplanes ausfüllte, bog der Wagen auf das Flughafengelände ein und wurde von bewaffneten Wachen gestoppt, die ihre Ausweise kontrollierten und sie dann durchwinkten.

Percey lotste den Fahrer zu ihrem Hangar. Unterwegs fiel ihr auf, daß im Büro noch Licht brannte. Sie bat den Fahrer anzuhalten, stieg aus und ging hinein, flankiert vom wachsamen und angespannten Bell sowie den anderen Leibwächtern.

Ron Talbot saß ölverschmiert und erschöpft im Büro und wischte sich den Schweiß von der Stirn. Sein Gesicht war alarmierend rot.

»Ron...« Sie stürzte auf ihn zu. »Alles in Ordnung mit dir?«

Sie umarmten sich.

»Brit«, sagte er kopfschüttelnd und rang mühsam nach Luft. »Er hat auch noch Brit erwischt. Percey, du solltest nicht hier sein. Bring dich in Sicherheit. Das ist es doch alles nicht wert.«

Sie trat einen Schritt zurück. »Was ist los mit dir? Bist du krank?«

»Nur müde.«

Sie nahm ihm die Zigarette aus der Hand und drückte sie aus. »Du hast die Arbeit an der *Foxtrot Bravo* selbst übernommen, stimmt's?«

»Ich...«

»Ron?«
»Das meiste. Ich bin fast fertig. Der Typ von Northeast hat den Feuerlöscher und die Ringbrennkammer vor einer Stunde gebracht. Ich hab gleich mit dem Einbau angefangen. Bin nur ein bißchen müde geworden.«
»Schmerzen in der Brust?«
»Nein, eigentlich nicht.«
»Ron, geh nach Hause.«
»Ich kann nicht...«
»Ron«, fuhr sie ihn an. »Ich habe in den vergangenen zwei Tagen zwei liebe Menschen verloren. Ich werde es nicht zulassen, daß mir auch ein dritter genommen wird... Ich kann den Ring selbst einbauen. Das ist ein Klacks.«
Talbot sah aus, als sei er kaum in der Lage, einen Schraubenschlüssel hochzuheben, geschweige denn eine schwere Brennkammer.
Percey fragte: »Wo ist Brad?« Der Copilot für den Flug.
»Schon unterwegs. Müßte in einer Stunde hier sein.«
Sie küßte ihn auf die verschwitzte Stirn. »Du gehst jetzt nach Hause. Und laß um Himmels willen die Finger von den Zigaretten. Du bist doch nicht lebensmüde.«
Er umarmte sie. »Percey, wegen Brit...«
Sie legte einen Finger an ihre Lippen. »Nach Hause. Schlaf ein wenig. Wenn du aufwachst, bin ich schon in Erie, und wir werden uns diesen Vertrag verdient haben. Mit Brief und Siegel.«
Er stemmte sich mühsam hoch, blieb eine Weile stehen und sah hinaus zu *Foxtrot Bravo*. Auf seinem Gesicht zeigte sich tiefe Bitterkeit. Denselben Ausdruck hatte sie in seinen sanften Augen gesehen, als er ihr erzählt hatte, daß er den physischen Belastungstest nicht bestanden hatte und seinen Lebensunterhalt nicht länger mit dem Fliegen verdienen durfte. Talbot steuerte auf die Tür zu.
Es war Zeit, an die Arbeit zu gehen. Sie krempelte die Ärmel hoch und winkte Bell zu sich herüber. Sie fand die Art, wie er den Kopf zu ihr herunterbeugte, sehr charmant. Es erinnerte sie daran, wie Ed ihr stets mit geneigtem Kopf zugehört hatte, wenn sie leise gesprochen hatte. Sie sagte: »Ich muß für ein paar Stunden in den

Hangar. Können Sie mir diesen Hurensohn solange vom Leib halten?«

Keine Südstaatensprüche mehr, keine vollmundigen Versprechungen. Roland Bell, der Mann mit den zwei Pistolen, nickte nur ernst. Dabei flogen seine Augen wachsam von Schatten zu Schatten.

Sie standen vor einem Rätsel. Cooper und Sachs hatten sämtliches Spurenmaterial aus den Reifen der Feuerwehr- und Polizeiwagen untersucht, die nach dem Absturz von Ed Carneys Maschine bei Chicago an der Unglücksstelle gewesen waren. Wie Rhyme erwartet hatte, fanden sie eine Menge Schmutz, Hundekot, Gras, Öl und Abfall. Doch sie machten auch eine Entdeckung, die Rhyme für wichtig hielt.

Er hatte nur keine Ahnung, was sie bedeuten könnte.

Das einzige Material, das Rückstände der Bombe zeigte, waren Fragmente einer dehnbaren, beigen Substanz.

Als sie sie durch den Gaschromatographen und den Massenspektrometer jagten, spuckte der als Ergebnis C_5H_8 aus.

»Isopren«, sagte Cooper nachdenklich.

»Was ist das?« fragte Sachs.

»Gummi«, antwortete Rhyme.

Cooper fügte hinzu: »Ich erkenne auch Fettsäuren. Farbstoffe, Talkum.«

»Sind Härtungsmittel dabei?« versuchte es Rhyme. »Lehm? Magnesiumcarbonat? Zinkoxyd?«

»Nichts.«

»Es ist weicher Gummi. Wie Latex.«

»Und es sind auch winzige Teilchen Gummikleber darunter«, ergänzte Cooper, während er die Probe unter dem Mikroskop studierte. »Bingo«, rief er.

»Keine Scherze jetzt, Mel«, grummelte Rhyme.

»Lötstellen und winzige Plastikpartikel im Gummi. Also Schaltkreise.«

»Gehörten die zum Zeitzünder?« fragte Sachs.

»Nein, der war intakt«, erinnerte Rhyme sie.

Er hatte das Gefühl, daß sie einer wichtigen Sache auf der Spur waren. Sollte dies Teil der Bombe gewesen sein, so könnte es ihnen einen Hinweis auf die Herkunft des Sprengstoffs oder einer anderen Komponente geben.

»Wir müssen klären, ob diese Teilchen von der Bombe oder vom Flugzeug selbst stammen. Sachs, ich möchte, daß Sie zum Flughafen rausfahren.«

»Zum...«

»Mamaroneck. Lassen Sie sich von Percey Materialproben von Schaltkreisen und sämtlichen Teilen mit Latex oder Gummi geben, die sich im Bauch eines Lear befinden. Möglichst dicht an der Stelle, wo die Bombe saß. Und, Mel, schick die Informationen an die Sprengstoffdatendank des FBI, und frag auch bei der Kriminalabteilung der Army nach – vielleicht gibt es irgendeinen wasserdichten Überzug aus Latex, den die Armee für Sprengstoffe benutzt. Vielleicht finden wir auf diese Art eine Spur.«

Cooper tippte seine Anfrage in den Computer, doch Sachs, so bemerkte Rhyme, schien über ihren Auftrag nicht sonderlich erfreut zu sein.

»Sie wollen, daß ich mit ihr rede?« fragte sie. »Mit Percey?«

»Ja. Genau das möchte ich.«

»Okay.« Sie seufzte. »In Ordnung.«

»Und kommen Sie ihr nicht wieder auf dieselbe Tour wie vorhin. Wir brauchen ihre Kooperation.«

Rhyme hatte nicht die leiseste Ahnung, warum sie ihre kugelsichere Weste mit derart zornigen Bewegungen überwarf und dann ohne ein Wort des Abschieds zur Tür hinausstolzierte.

29

31. Stunde von 45

Am Mamaroneck-Flughafen traf Amelia Sachs vor dem Hangar auf Roland Bell. Sechs weitere Polizisten bewachten das riesige Gebäude. Sie vermutete, daß auch Scharfschützen in Stellung lagen.

Ihr Blick fiel auf die Stelle, wo sie während der Schießerei auf dem Boden gekauert hatte. Die Erinnerung daran erzeugte ein unangenehmes Ziehen in ihrem Magen. Wieder hatte sie den Duft der Erde in der Nase, der sich mit dem süßlichen Geruch des Pulvers aus ihrer machtlosen Pistole mischte.

Sie begrüßte Bell: »Detective.«

Er warf ihr einen kurzen Blick zu. »Hey.« Dann richtete er seine Aufmerksamkeit wieder auf das Flughafengelände. Seine lockere Südstaatenart war verflogen. Er hatte sich verändert. Sachs registrierte, daß sie und Bell nun etwas gemeinsam hatten. Sie hatten beide auf den Tänzer geschossen und nicht getroffen.

Sie waren auch beide von ihm angegriffen worden und hatten überlebt. Bell allerdings ehrenvoller als sie. *Seine* Schutzweste trug Spuren des Kampfes. Die Einschüsse der beiden Kugeln, die ihn bei dem Feuergefecht im sicheren Haus getroffen hatten. *Er* hatte seinen Mann gestanden.

»Wo ist Percey?« fragte sie.

»Drinnen. Mit den letzten Reparaturen beschäftigt.«

»Ganz allein?«

»Ich glaube, ja. Sie ist schon etwas Besonderes, stimmt's? Man sollte nicht glauben, daß eine Frau, die nicht so... ähm... die nicht so besonders attraktiv ist, eine derartig starke Persönlichkeit hat. Wissen Sie, was ich meine?«

Brrr, mach mich bloß nicht wütend.

»Ist sonst noch jemand von der Firma hier?« Sie deutete auf die erleuchteten Büros von Hudson Air.

»Percey hat alle nach Hause geschickt. Ihr Copilot muß jede Minute hier sein. Und sonst ist nur noch jemand für die Flugkontrolle da drin. Muß vermutlich dabeisein, wenn ein Flug geplant ist. Hab ihn gründlich überprüft. Er ist okay.«

»Also will sie wirklich fliegen?« fragte Sachs.

»Sieht so aus.«

»Ist das Flugzeug die ganze Zeit über bewacht worden?«

»Yup, seit gestern. Was machen Sie eigentlich hier?«

»Ich brauche ein paar Proben für eine Untersuchung.«

»Dieser Rhyme, der ist auch was Besonderes.«

»Hm.«

»Kennen Sie beide sich schon länger?«

»Wir haben schon bei ein paar Fällen zusammengearbeitet«, antwortete sie beiläufig. »Er hat mich vor der Versetzung in die Pressestelle gerettet.«

»Na, das war ja eine gute Tat. Sagen Sie mal, ich hab gehört, daß Sie wie eine Weltmeisterin schießen. Mit Pistolen, Wettkämpfe und so?«

Und hier stehe ich genau an der Stelle meines letzten Wettkampfs, dachte sie bitter. »Ach, das ist nur so ein Wochenendsport«, murmelte sie.

»Ich mache auch Pistolenschießen. Aber ich kann Ihnen sagen, selbst an einem guten Tag und mit einem schönen, langen Lauf treffe ich höchstens auf fünfzig, sechzig Meter.«

Sie war ihm für seine Worte dankbar, wußte aber, daß sie nur ein Versuch waren, sie über das gestrige Fiasko hinwegzutrösten. Ändern konnten sie nichts.

»Ich muß jetzt mit Percey reden.«

»Da geht's lang, Officer.«

Sachs betrat den riesigen Hangar. Sie trat vorsichtig auf und sah sich nach Stellen um, wo der Tänzer lauern könnte. Hinter einem hohen Stapel Kisten blieb sie stehen, so daß Percey sie nicht sehen konnte.

Die Frau stand auf einem kleinen Gerüst, hatte die Hände in die Hüften gestemmt und betrachtete in der geöffneten Turbine das komplizierte Netzwerk aus Röhren und Schläuchen. Sie hatte die Ärmel hochgekrempelt, und ihre Hände waren ölverschmiert. Sie nickte entschlossen und griff dann in die Öffnung.

Sachs beobachtete fasziniert, wie flink Perceys Hände über die Turbine wanderten. Sie regelte hier etwas, bog dort ein Teil zurecht, drückte Metall gegen Metall und schraubte die Verbindungen mit wohlüberlegten Bewegungen ihrer schlanken Arme fest. In weniger als zehn Sekunden setzte sie einen großen roten Behälter ein, vermutlich einen Feuerlöscher. Aber ein Teil, der wie ein großer Metallschlauch aussah, ließ sich nicht richtig einpassen.

Percey stieg von ihrem Gerüst, wählte einen Schraubenschlüssel aus und kletterte wieder hinauf. Sie lockerte ein paar Schrauben, entfernte ein anderes Teil, um mehr Platz zum Manövrieren zu haben, und versuchte erneut, den großen Ring einzupassen.

Wieder wollte er nicht in die Lücke rutschen.

Sie stemmte sich mit ihrem ganzen Gewicht dagegen. Er bewegte sich nicht einen Millimeter. Sie baute ein weiteres Teil aus, wobei sie jede Schraube sorgfältig auf ein Plastiktablett zu ihren Füßen legte. Perceys Gesicht lief vor Anstrengung rot an, als sie mit aller Kraft versuchte, den Metallring in die Aussparung zu drücken. Ihre Brust bebte vor Anstrengung. Plötzlich sprang der Ring ganz aus seiner Position und warf sie vom Gerüst. Sie landete auf Händen und Knien. Die Werkzeuge und Schrauben, die sie so sorgfältig auf dem Tablett ausgebreitet hatte, verstreuten sich unter dem Heck des Flugzeugs auf dem Boden.

»Nein!« schrie Percey. »Ach nein!«

Sachs sprang vor, um zu sehen, ob sie verletzt war, bemerkte aber im selben Augenblick, daß ihr Aufschrei nichts mit Schmerz zu tun hatte. Percey packte einen großen Schraubenschlüssel und hämmerte damit voller Wut auf den Boden des Hangars. Die Polizistin hielt inne und zog sich in den Schatten hinter eine große Kiste zurück.

»Nein, nein, nein...«, schluchzte Percey und schlug dabei immer weiter auf den glatten Beton ein.

Sachs blieb in ihrem Versteck.

»Oh, Ed...« Sie ließ den Schraubenschlüssel fallen. »Ich schaffe es nicht allein.« Keuchend krümmte sie sich auf dem Boden zu einem Ball zusammen. »Ed... Oh, Ed, ich vermisse dich so sehr!« Sie lag zusammengerollt wie ein dünnes Blatt auf dem glänzenden Boden und weinte.

Dann war der Weinkrampf vorbei. Percey setzte sich auf, atmete tief durch, stand auf und wischte sich die Tränen aus dem Gesicht. Die Fliegerin in ihr übernahm wieder die Kontrolle, und sie sammelte die verstreuten Werkzeuge und Schrauben auf. Dann stieg sie auf das Podest zurück. Für einen kurzen Augenblick starrte sie den widerspenstigen Ring an. Sorgfältig untersuchte sie die

Nahtstellen, konnte aber nicht feststellen, wo die Metallteile klemmten.

Sachs schlich zur Eingangstür zurück, schlug sie fest zu und betrat den Hangar dann wieder, diesmal mit lauten Schritten.

Percey wirbelte herum, erkannte sie und wandte sich wieder dem Triebwerk zu. Sie wischte mit dem Ärmel ein paarmal über ihr Gesicht und arbeitete weiter.

Sachs trat an den Rand des Gerüsts und sah zu, wie Percey mit dem Metallring kämpfte.

Eine ganze Weile sprach keine der beiden Frauen.

Schließlich sagte Sachs: »Versuchen Sie es doch mal mit einem Wagenheber.«

Percey sah sie an, sagte aber nichts.

»Es sieht nämlich so aus, als ob er beinahe reingeht. Alles, was Sie brauchen, ist ein bißchen mehr Kraft. Die gute alte Gewaltmethode. Die bringen sie einem im Mechanikunterricht nicht bei.«

Percey besah sich die Feststellhalter an dem Metallring genauer. »Ich weiß nicht so recht.«

»Aber ich. Sie sprechen mit einer Expertin.«

Percey fragte zweifelnd: »Sie haben schon mal eine Brennkammer in einen Lear eingebaut?«

»Nee, aber Zündkerzen in einen Chevy Monza. Man muß den Motor anhieven, um ranzukommen. Natürlich nur bei einem V8-Motor. Aber wer würde denn schon einen Vierzylinder kaufen? Das wäre ja Unsinn.«

Percey schaute skeptisch in die Turbine.

»Also?« fragte Sachs noch einmal. »Was halten Sie von einem Wagenheber?«

»Er würde die äußere Hülle verbiegen.«

»Nicht, wenn Sie ihn hier ansetzen.« Sachs deutete auf eine Metallstrebe, die die Turbine mit dem Rumpf verband.

Percey schaute sich die Stelle an. »Ich habe keinen Wagenheber. Jedenfalls keinen, der klein genug dafür wäre.«

»Aber ich. Ich hole ihn.«

Sachs ging nach draußen zu ihrem Einsatzwagen und kehrte mit dem ziehharmonikaförmigen Wagenheber zurück. Sie stieg auf das

Gerüst, und sofort machten sich wieder die Schmerzen in ihren Knien bemerkbar.
»Versuchen Sie es genau hier.« Sie strich mit der Hand über eine Verstrebung. »Das ist I-Formstahl.«
Während Percey den Wagenheber ansetzte, bewunderte Sachs die Turbine. »Wieviel PS hat die?«
Percey lachte auf. »Wir rechnen nicht in PS. Die Schubkraft wird in Pound gemessen. Das hier sind Garrett TFE 731. Jede von denen hat eine Schubkraft von 3500 Pound.«
»Unglaublich«, staunte Sachs. »Oh, Mann.« Sie setzte die Kurbel in den Wagenheber ein und spürte den vertrauten Widerstand, als sie zu drehen begann. »Ich war noch nie so dicht an einer Turbine«, sagte sie. »War immer ein Traum von mir, eine Turbine in einen Wagen einzubauen und damit durch die Salzwüste zu düsen.«
»Das ist keine einfache Turbine«, erklärte Percey. »Davon gibt es nicht mehr viele. Nur in der Concorde. Und natürlich in Militärjets. Das hier sind Turbofans. Sehen Sie die Flügel da vorne? Das ist nichts anderes als ein arretierter Propeller. Reine Düsentriebwerke sind in niedrigeren Höhen ineffizient. Diese hier brauchen etwa vierzig Prozent weniger Treibstoff.«
Sachs atmete schwer, während sie mit der Kurbel kämpfte. Percey drückte wieder mit der Schulter gegen den Metallring. Er war nicht sehr groß, schien aber schwer zu sein.
»Sie kennen sich mit Autos aus, was?« Percey schnaufte vor Anstrengung.
»Mein Vater war total vernarrt in Autos. Wir verbrachten ganze Nachmittage damit, sie auseinanderzunehmen und wieder zusammenzubauen. Wenn er nicht gerade auf Streife mußte.«
»Auf Streife?«
»Er war auch Polizist.«
»Und Sie haben von ihm die Vorliebe für Mechanik geerbt?« fragte Percey.
»Nee, ich hab nur Interesse an Geschwindigkeit. Aber wenn man die hat, dann ist es besser, wenn man auch die Federung, das Getriebe und den Motor einbeziehst, sonst kommst du nie auf Touren.«

»Haben Sie jemals ein Flugzeug gesteuert?« fragte Percey.

»›Gesteuert‹?« Sachs lächelte über den Ausdruck. »Nein, aber vielleicht sollte ich mal darüber nachdenken, jetzt da ich weiß, wieviel Power hier unter der Haube steckt.«

Sie kurbelte weiter, obwohl ihre Muskeln bereits schmerzten. Der Ring knarrte leicht und schabte am Rand.

»Ich weiß ja nicht«, meinte Percey zweifelnd.

»Gleich haben wir es!«

Mit einem lauten metallenen Klicken rutschte der Ring genau in die Halterung. Perceys eckiges Gesicht verzog sich zu einem schwachen Lächeln.

»Werden die fest zugeschraubt?« fragte Sachs, während sie die Schraubenbolzen in die Einsparungen am Ring setzte und nach einem Schraubenschlüssel Ausschau hielt.

»Yeah«, antwortete Percey. »Meine Devise lautet: So fest reindrehen, daß keine Macht der Erde sie wieder loskriegt.«

Sachs zog die Schrauben mit einer Ratsche fest. Das Klicken des Werkzeugs ließ Erinnerungen an ihre Schulzeit lebendig werden, an jene kühlen Samstagnachmittage mit ihrem Vater. Der Geruch nach Benzin, Herbstluft und dem Fleischtopf, der in der Küche ihres Reihenhauses in Brooklyn vor sich hinschmorte.

Percey inspizierte Sachs' Arbeit und sagte dann: »Ich mache den Rest.« Sie begann damit, Drähte und elektronische Bauteile wieder zusammenzustecken. Sachs beobachtete sie fasziniert. Percey unterbrach ihre Arbeit kurz und fügte ein leises »Danke« hinzu. Kurz darauf fragte sie: »Was machen Sie eigentlich hier?«

»Wir haben noch ein paar Spuren gefunden, von denen wir vermuten, daß sie von der Bombe stammen, aber Lincoln will sichergehen, daß sie nicht aus dem Flugzeug selbst sind. Stückchen aus beigem Latex, Schaltkreise vielleicht? Sagt Ihnen das etwas?«

Percey zuckte die Achseln. »In einem Lear sind Tausende von Dichtungsmanschetten. Sie könnten aus Latex sein. Ich habe keine Ahnung. Und Schaltkreise? Davon gibt's wahrscheinlich auch Tausende.« Sie deutete in eine Ecke, wo ein Schrank und eine Werkbank standen. »Die Schaltkreise sind Sonderanfertigungen mit verschiedenen Komponenten. Aber zumindest dürfte da drüben eine große Sammlung von Dichtungen liegen. Nehmen Sie sich davon, soviel Sie brauchen.«

Sachs ging zu der Werkbank hinüber und begann, alle beigefarbenen Gummiteile, die sie finden konnte, in ihre Beweismitteltüte zu packen.

Ohne Sachs anzublicken, sagte Percey: »Ich dachte schon, Sie seien gekommen, um mich wieder einzukassieren. Um mich in den Knast zu bringen.«

Das sollte ich eigentlich auch tun, dachte Sachs, sagte aber lediglich: »Ich bin wirklich nur hier, um Proben zu sammeln.« Nach einer kurzen Pause fragte sie: »Welche Arbeiten müssen sonst noch an dem Flugzeug gemacht werden?«

»Nur die Rekalibrierung. Dann ein kurzer Probelauf, um die elektrischen Einstellungen zu testen. Außerdem muß ich noch das Fenster überprüfen, das Ron ersetzt hat. Wenn man mit vierhundert Meilen die Stunde fliegt, will man auf gar keinen Fall ein Fenster verlieren. Können Sie mir mal das Hex-Set reichen? Nein, das metrische.«

»Ich hab mal eins bei hundert Meilen die Stunde verloren«, erzählte Sachs, während sie ihr die Werkzeuge reichte.

»Ein was?«

»Ein Fenster. Ich war hinter einem Gangster her, und der hatte eine Schrotflinte. Ziemlich grober Schrot. Ich konnte mich noch rechtzeitig ducken. Aber die Windschutzscheibe ist glatt rausgeflogen... Ich kann Ihnen sagen, bis ich den Kerl endlich hatte, sahen meine Zähne wie die reinste Fliegenfalle aus.«

»Und ich dachte, ich führe ein abenteuerliches Leben«, grinste Percey.

»Meistens ist es bei uns eher öde. Wir werden für die fünf Prozent unserer Arbeitszeit bezahlt, in denen Adrenalin fließt.«

»Hm, das hört man immer wieder«, sagte Percey. Sie verkabelte einen Laptop-Computer mit den Schaltkreisen in der Turbine. Sie tippte etwas auf der Tastatur und betrachtete dann den Bildschirm. Ohne Sachs anzusehen, fragte sie: »Also, was ist los?«

Die Augen ebenfalls auf die Zahlenreihen am Bildschirm geheftet, fragte Sachs: »Was meinen Sie?«

»Diese, ähm … diese Spannung zwischen uns beiden.«

»Ihretwegen wäre beinahe ein Freund von mir getötet worden.«

Percey schüttelte den Kopf und sagte behutsam: »Das ist es nicht. In Ihrem Job gibt es immer Risiken. Es ist Ihre Entscheidung, ob Sie sich diesen Risiken aussetzen oder nicht. Jerry Banks war kein Anfänger. Es ist etwas anderes. Das habe ich bereits gespürt, bevor Jerry angeschossen wurde. Als ich Sie das erste Mal gesehen habe – in Lincoln Rhymes Wohnzimmer.«

Sachs antwortete nicht. Sie hob den Wagenheber aus dem Turbinengehäuse und stellte ihn auf den Tisch. Geistesabwesend kurbelte sie ihn wieder zurück.

Drei Metallverschlüsse schoben sich um die Turbine, und Percey begann, mit dem Schraubenzieher umherzuwirbeln wie ein Dirigent mit seinem Taktstock. Ihre Hände vollbrachten wahre Wunder. Schließlich sagte sie: »Es geht um ihn, stimmt's?«

»Um wen?«

»Sie wissen, wen ich meine. Lincoln Rhyme.«

»Sie denken doch nicht etwa, ich wäre eifersüchtig?« lachte Sachs.

»Doch, genau das denke ich.«

»Lächerlich.«

»Zwischen Ihnen beiden ist mehr als nur die Arbeit. Ich glaube, Sie sind in ihn verliebt.«

»Nein, bin ich nicht. Das ist doch blanker Unsinn.«

Percey warf ihr einen wissenden Blick zu, drehte dann die heraushängenden Drähte vorsichtig zu einem Bündel zusammen und drückte sie durch eine Aussparung in das Gehäuse. »Was auch immer Sie glauben, wahrgenommen zu haben, es ist lediglich Respekt für seine Arbeit. Das ist alles.« Sie deutete mit ihrer ölverschmierten Hand auf sich. »Schauen Sie mich doch an, Amelia. Ich wäre eine miserable Geliebte. Ich bin klein. Ich sehe nicht gut aus. Ich will ständig bestimmen.«

»Sie sind …«, begann Sachs.

Percey unterbrach sie. »Kennen Sie die Geschichte vom häßlichen Entlein? Sie wissen schon, die mit dem Küken, von dem alle dachten, es sei häßlich, bis sich schließlich herausstellte, daß es ein

Schwan war. Ich hab das unendlich oft gelesen, als ich klein war. Aber ich habe mich nie in einen Schwan verwandelt. Na ja, vielleicht habe ich immerhin gelernt, wie einer zu fliegen.« Sie lächelte kühl. »Aber das war nicht dasselbe. Außerdem bin ich Witwe. Ich habe gerade meinen Mann verloren und im Augenblick nicht das geringste Interesse an einer Beziehung.«

»Es tut mir leid«, begann Sachs, die sich unwillkürlich in dieses Gespräch hineingesogen fühlte. »Aber ich muß sagen, daß, ähm... nun, Sie wirken nicht so, als ob Sie trauerten.«

»Warum? Nur weil ich mit aller Kraft versuche, meine Firma zu retten?«

»Nein, da ist noch etwas anderes, nicht wahr?« hakte Sachs vorsichtig nach.

Percey musterte Amelias Gesicht. »Ed und ich, wir waren uns unglaublich nahe. Wir waren Mann und Frau, aber auch Freunde und Geschäftspartner... Und ja, es stimmt. Er hatte eine Affäre mit jemandem.«

Sachs blickte zu den Büros von Hudson Air hinüber.

»Richtig«, nickte Percey. »Es war Lauren. Sie haben sie gestern getroffen.«

Die Brünette, die so hemmungslos geweint hatte.

»Es hat mich innerlich zerrissen. Zum Teufel, es hat auch Ed zerrissen. Er liebte mich, aber er brauchte seine schönen Geliebten. Die hat er immer gebraucht. Und wissen Sie, ich glaube, für sie war es noch schlimmer als für mich. Weil er immer zu mir nach Hause zurückkam.« Sie hielt kurz inne und kämpfte mit den Tränen. »Ich glaube, das ist es, was Liebe ausmacht. Zu wem man nach Hause kommt.«

»Und Sie?«

»Ob ich treu war?« Percey lachte trocken. Es war das Lachen eines Menschen, der sich selbst genau durchschaut, aber diese Selbsterkenntnis nicht immer schätzt. »Ich hatte nicht so sonderlich viele Gelegenheiten. Ich bin nicht gerade der Typ, der auf der Straße aufgerissen wird.« Ihre Augen wanderten geistesabwesend über einen Schraubenschlüssel. »Aber ja, als ich das mit Ed und seinen Freundinnen vor ein paar Jahren herausgefunden habe, war ich rasend vor Wut. Ich war sehr verletzt. Ich hatte Affären mit ein paar anderen Männern. Ron und ich – Ron Talbot – haben eine Zeitlang etwas miteinander gehabt, ein paar Monate.« Sie lächelte. »Er hat mir sogar einen Heiratsantrag gemacht. Meinte, ich hätte etwas Besseres verdient als Ed. Womit er sicher recht hatte. Aber trotz seiner ganzen Affären – Ed war der Mann, mit dem ich zusammensein wollte. Daran hat sich nie etwas geändert.«

Percey blickte für einen Moment in die Ferne. »Ed und ich, wir haben uns bei der Navy kennengelernt. Wir waren beide Kampfpiloten. Als er mir einen Antrag machte... Also, Sie müssen wissen, wenn in der Navy jemand einen Heiratsantrag macht, dann sagt er normalerweise ›Willst du mein Adjutant werden?‹. Das ist so ein traditioneller Witz. Aber wir waren beide Lieutenants, also sagte Ed: ›Wollen wir unsere Adjutanten werden?‹ Er wollte mir einen Ring kaufen, aber mein Vater hatte mich gerade enterbt...«

»Tatsächlich?«

»Ja. Wie in einer richtigen Seifenoper, aber darüber möchte ich jetzt nicht sprechen. Jedenfalls, als Ed und ich entlassen wurden, waren wir völlig pleite und mußten jeden Penny sparen, um unsere eigene Charterfirma zu gründen. Aber eines Abends sagte er: ›Laß uns fliegen.‹ Also borgten wir uns diese alte Norseman, die auf dem Flugfeld stand. War 'ne robuste Maschine. Großer luftgekühlter Drehkolbenmotor... Mit so einer Maschine kann man wirklich alles machen. Also, ich saß auf dem linken Sitz und hatte uns auf etwa 6000 Fuß hochgebracht, als er mich plötzlich küßte. Er ruckelte am Steuerknüppel und signalisierte mir damit, daß er nun übernehmen wollte. Ich überließ ihm das Steuer. Er sagte: ›Perce, jetzt bekommst du doch noch deinen Diamanten.‹

»Wie das?« fragte Sachs.

Percey lächelte. »Er drückte den Schubhebel bis zum Anschlag und zog den Steuerknüppel ganz zurück. Die Nase des Flugzeugs zeigte steil nach oben.« In Perceys Augen standen nun wieder Tränen. »Für einen Augenblick, bevor er in das Seitenruder trat und wir über die Seite abkippten, blickten wir genau in den Nachthimmel. Er beugte sich zu mir und sagte: ›Such dir einen aus. Alle

Sterne der Nacht – such dir einen aus‹.« Percey senkte ihren Kopf, atmete tief durch. »Alle Sterne der Nacht...«

Nach einem kurzen Augenblick wischte sie sich die Augen am Ärmel ab und wandte sich wieder ihrer Maschine zu. »Glauben Sie mir, Sie brauchen sich nicht die geringsten Sorgen zu machen. Lincoln ist ein faszinierender Mann, aber Ed war der einzige, den ich je gewollt habe.«

»Da ist mehr an der Geschichte dran, als Sie ahnen«, seufzte Sachs. »Sie erinnern ihn an jemanden. An jemanden, den er geliebt hat. Sie tauchen auf, und plötzlich ist es wieder so wie damals mit ihr.«

Percey zuckte die Achseln. »Wir haben ein paar Gemeinsamkeiten. Wir verstehen uns. Na und? Das bedeutet doch nichts. Schauen Sie doch einfach mal hin, Amelia. Rhyme liebt Sie.«

Sachs lachte bitter. »Oh, das glaube ich nicht.«

Percey blickte sie noch einmal vielsagend von der Seite an und begann dann, die Ausrüstungsteile genauso sorgsam in Kisten zu verpacken, wie sie zuvor mit den Werkzeugen und dem Computer umgegangen war.

Roland Bell schlenderte herein und prüfte dabei jedes Fenster und jeden Schatten.

»Alles ruhig hier drin?« fragte er.

»Kein Pieps.«

»Hab 'ne Nachricht, die ich weiterleiten soll. Die Jungs von U.S. Medical sind gerade vom Westchester Hospital aufgebrochen. Die Ladung ist in einer Stunde hier. Ich hab einen Wagen mit meinen Leuten, der sicherheitshalber hinter ihnen herfährt. Aber machen Sie sich keine Sorgen, daß sie etwas davon merken und sich das schlecht aufs Geschäft auswirkt. Meine Jungs sind erste Sahne. Die beiden werden nie erfahren, daß sie verfolgt wurden.«

Percey warf einen Blick auf ihre Uhr. »Okay.« Sie sah Bell an, der mit dem unruhigen Blick einer Schlange, die einen Mungo anstarrt, das offene Turbinengehäuse betrachtete. Sie fragte: »An Bord brauchen wir doch wohl keinen Babysitter?«

Bell seufzte laut auf. »Nach allem, was in dem sicheren Haus passiert ist, lasse ich Sie nicht aus den Augen«, erklärte er mit tiefer, ernster Stimme. Er sah bereits jetzt flugkrank aus. Bell schüttelte den Kopf, ging dann zur Tür und verschwand in der kühlen Nachmittagsluft.

Den Kopf tief im Maschinengehäuse, sagte Percey mit hohler Stimme: »Wenn ich mir Rhyme und Sie so ansehe, würde ich dem Ganzen nicht mehr als eine fünfzigprozentige Chance geben.« Sie zog den Kopf hervor und blickte zu Sachs herab. »Aber andererseits hatte ich vor ewigen Zeiten diesen Fluglehrer.«

»Und?«

»Wenn wir Zweimotorige flogen, dann machte er oft ein Spiel. Er schaltete einen Motor ganz aus, drehte den Propeller flach und gab uns dann den Befehl zum Landen. Viele Fluglehrer schalten beim Höhenflug mal für ein paar Minuten aus, um zu sehen, wie du damit zurechtkommst. Aber sie schalten vor der Landung immer wieder ein. Dieser Fluglehrer aber, oh, oh... Er ließ uns mit nur einem Motor landen. Viele Schüler haben ihn gefragt, ob das nicht riskant sei. Und seine Antwort lautete immer: ›Gott gibt dir keine Garantien. Manchmal muß man auch was riskieren.‹«

Percey zog die Klappe der Haube herunter und zog sie fest. »Okay, alles fertig. Das verdammte Flugzeug ist tatsächlich startklar.« Sie streichelte über die glänzende Außenhaut wie ein Cowgirl, das den Hintern eines Rodeoreiters tätschelt.

30

32. Stunde von 45

Am Sonntag abend um 18.00 Uhr holten sie Jodie aus Rhymes Gästezimmer im Erdgeschoß, wo sie ihn eingesperrt hatten.

Widerstrebend schlurfte er die Treppe hinauf und hielt dabei sein dummes Buch *Nicht länger abhängig* wie eine Bibel umklammert. Rhyme erinnerte sich an den Titel. Er hatte monatelang auf der Bestsellerliste der *Times* gestanden. Er hatte das Buch damals in einer seiner depressiven Phasen entdeckt und den Titel zynisch in *Für immer abhängig* abgewandelt.

Ein FBI-Team war auf dem Flug von Quantico nach Cumberland in West Virginia, um in Stephen Kalls früherem Wohnort nach Hinweisen zu suchen. Sie hofften, dort auf einen Anhaltspunkt über seinen jetzigen Aufenthaltsort zu stoßen. Aber Rhyme wußte, wie sorgfältig der Tänzer seine Tatorte säuberte, und er glaubte deshalb nicht, daß der Mann in der Vergangenheit weniger gründlich gewesen war.

»Du hast uns bereits einiges über ihn erzählt«, eröffnete Rhyme das Gespräch. »Aber ich brauche mehr. Ein paar Fakten, ein paar verwertbare Informationen.«

»Denk scharf nach!«

Jodie runzelte die Stirn. Rhyme vermutete, daß er überlegte, was er ihnen sagen sollte, um sie gewogener zu stimmen. Aber Jodie überraschte ihn. »Nun, zum einen hat er Angst vor Ihnen.«

»Vor uns?« fragte Rhyme.

»Nein, nur vor Ihnen.«

»Vor mir? Er weiß von mir?«

»Er weiß, daß Sie Lincoln heißen. Und daß Sie ihn schnappen wollen.«

»Woher?«

»Ich hab keine Ahnung«, sagte der Mann und fügte dann hinzu: »Wissen Sie, er hat mit diesem Handy ein paarmal telefoniert. Und er hat jedesmal einfach nur lange zugehört. Ich hab mir gedacht...«

»Verdammt«, fluchte Dellray. »Er hört irgendwelche Leitungen ab.«

»Na klar, verflucht«, stöhnte Rhyme. »Wahrscheinlich die Büros von Hudson Air. So hat er auch von dem sicheren Haus erfahren. Warum sind wir da nicht früher drauf gekommen?«

Dellray war wütend. »Wir müssen die Büros filzen. Aber die Wanze kann auch irgendwo in einem Verteilerkasten sein. Wir finden sie. Wir finden sie.« Er wählte auf seinem Mobiltelefon die Nummer des technischen Dienstes beim FBI.

Rhyme wandte sich wieder an Jodie. »Mach weiter. Was weiß er noch über mich?«

»Er weiß, daß Sie ein Detective sind. Ich glaub nicht, daß er weiß, wo Sie wohnen. Ihren Nachnamen kennt er auch nicht. Aber Sie jagen ihm eine Höllenangst ein.«

Wäre Rhymes Magen in der Lage gewesen, das angenehme Gefühl der Erregung und des Stolzes zu verspüren – jetzt hätte es sich eingestellt.

Na, Stephen Kall, dann wollen wir doch mal sehen, ob wir dir noch ein bißchen mehr Angst einjagen können.

»Du hast uns bereits einmal geholfen, Jodie. Jetzt brauche ich noch einmal deine Hilfe.«

»Sind Sie verrückt?«

»Halt gefälligst das Maul«, brüllte Dellray. »Und hör zu, was man dir erzählt. Hast du kapiert?«

»Ich hab getan, was ich versprochen hab. Mehr mache ich nicht.« Seine Jammerstimme war nervtötend. Rhyme sah Sellitto an. Hier war Einfühlungsvermögen gefragt.

»Es ist in deinem Interesse, uns zu helfen.« Sellittos Stimme nahm einen besänftigenden Ton an.

»Ein Schuß in den Rücken soll in meinem Interesse sein? Ein Schuß in den Kopf soll in meinem Interesse sein? Uhh, uhh, das müßt ihr mir mal erklären.«

»Na klar, ich werde dir das mal erklären«, raunzte Sellitto. »Der Tänzer weiß, daß du ihn verpfiffen hast, stimmt's? Er hätte dort in dem sicheren Haus nicht unbedingt auf dich schießen müssen. Hab ich recht?«

Man muß die Kerle immer zum Reden bringen. Mitzumachen. Sellitto hatte Lincoln Rhyme oft genug die Taktik eines Verhörs erläutert.

»Yeah, kann sein.«

Sellitto winkte Jodie näher heran. »Es wäre klüger gewesen, wenn er einfach abgehauen wäre. Aber er hat sich die Mühe gemacht, sich mit seinem Gewehr auf die Lauer zu legen, um dir deinen kleinen Arsch wegzupusten. Nun, was sagt uns das wohl?«

»Ich ...«

»Es sagt uns, daß er nicht ruhen wird, bis er dein Lichtlein ausgeblasen hat.«

Dellray, der froh war, endlich mal die Wahrheit sagen zu dürfen, fügte hinzu: »Und er ist so ein Typ, den man lieber nicht morgens um 3.00 Uhr vor seiner Tür stehen hat – weder nächste Woche noch nächsten Monat, noch nächstes Jahr. Kannst du mir folgen?«

»Also«, faßte Sellitto zusammen. »Stimmst du uns zu, daß es in deinem Interesse ist, uns zu helfen?«

»Aber komme ich dafür in dieses Zeugenschutzprogramm?«

Sellitto zuckte mit den Achseln. »Ja und nein.«

»Häh?«

»Wenn du uns hilfst, dann ja. Sonst nein.«

In Jodies geröteten Augen bildeten sich Tränen. Er schien von Angst zerfressen zu sein. In den Jahren seit seinem Unfall hatte Rhyme oft Angst um andere gehabt – um Amelia, Thom und Lon Sellitto. Aber er selbst hatte nie Angst vor dem Sterben gehabt – vor allem nicht nach seinem Unfall. Er fragte sich, wie es sein mußte, in ständiger Angst zu leben. Das Leben einer Maus.

Zu viele Möglichkeiten zu sterben...

Sellitto schlüpfte wieder in die Rolle des netten Bullen und lächelte Jodie freundlich an. »Du warst doch dabei, als er den Polizisten dort im Keller getötet hat, stimmt's?«

»Yeah, ich war dabei.«

»Dieser Mann könnte jetzt noch leben. Und Brit Hale könnte noch leben. Und eine ganze Reihe anderer Menschen könnte ebenfalls am Leben sein, wenn uns schon vor ein paar Jahren jemand geholfen hätte, dieses Arschloch zu schnappen. Nun, du kannst uns helfen, ihn jetzt zu schnappen. Du kannst Percey das Leben retten und vielleicht noch einem Dutzend weiterer Menschen. Du kannst das tun.«

Sellitto stellte wieder einmal seine Genialität unter Beweis. Rhyme hätte das kleine Aas eingeschüchtert, bedroht oder bestochen. Aber er wäre nie auf die Idee gekommen, an den Rest von Anstandsgefühl zu appellieren, den zumindest der Detective noch in ihm vermutete.

Jodie ließ geistesabwesend seinen schmutzigen Daumen über die Seiten seines Buches gleiten. Schließlich blickte er auf und erklärte mit überraschender Nüchternheit: »Als ich ihn mit zu mir genommen habe, in die U-Bahn, da habe ich ein paarmal dran gedacht, ihn in einen der Abwasserkanäle zu stoßen. Das Wasser rauscht da unten ganz schön schnell. Hätte ihn direkt in den Hudson gespült. Hab auch an diese Haufen mit Spurstangen gedacht. Ich weiß, wo die liegen. Ich hätte eine greifen können und ihm damit von hinten den Schädel einschlagen können. Ich hab wirklich darüber nachgedacht. Wirklich. Aber ich hatte Schiß.« Er hielt das Buch hoch. »›Kapitel drei. Stelle dich deinen Dämonen.‹ Ich bin immer davongelaufen. Ich hab mich nie einem Problem gestellt. Ich dachte, ich könnte mich ihm stellen. Aber ich konnte es nicht.«

»Hey, dann ist jetzt deine Chance«, sagte Sellitto.

Jodie blätterte wieder durch die abgegriffenen Seiten. Seufzte. »Was soll ich denn tun?«

Dellray zeigte mit seinem überraschend langen Daumen nach oben. Sein Zeichen der Zustimmung.

»Dazu kommen wir gleich«, sagte Rhyme und blickte sich dabei im Zimmer um. Plötzlich brüllte er. »Thom! Thom! Komm her. Ich brauche dich.«

Das gutgeschnittene, erschöpft wirkende Gesicht des Adlatus blickte um die Ecke.

»Jaah?«

»Ich bin in eitler Stimmung«, verkündete Rhyme dramatisch.

»Was?«

»Ich fühle mich eitel. Ich brauche einen Spiegel.«

»Du willst einen Spiegel?«

»Einen sehr großen. Und würdest du mir bitte die Haare kämmen. Ich bitte dich immer wieder darum, und du vergißt es ständig.«

Der Lieferwagen von U.S. Medical and Healthcare fuhr auf das Rollfeld. Die beiden weißgekleideten Angestellten, die menschliche Organe im Wert von einer Viertelmillion Dollar durchs Land kutschierten, zeigten keinerlei Gefühlsregung, als sie die vielen Bullen mit ihren Maschinengewehren sahen.

Sie zuckten nur ein einziges Mal zusammen, als King, der riesige Schäferhund der Bombenentschärfungseinheit, ihre Kisten nach Sprengstoff abschnüffelte.

»Ähm, ich würde auf den Hund achtgeben. Ich vermute, daß es für so einen Hund keinen Unterschied macht. Für den ist doch eine Leber wie die andere und ein Herz wie das andere.«

Aber King verhielt sich wie ein Profi und gab die Ladung ohne Probleme frei. Die Männer trugen die Kisten an Bord und packten sie in die Kühltruhen. Percey kletterte ins Cockpit, wo bereits Brad Torgeson saß. Der rotblonde junge Pilot, der gelegentlich bei Hudson Air aushalf, prüfte gerade routinemäßig die Instrumente.

Sie waren bereits beide zusammen die Maschine abgelaufen und hatten sie abgenommen. Dabei waren sie von Bell, drei weiteren Polizisten und King begleitet worden. Es hatte praktisch keine Möglichkeit für den Tänzer gegeben, an das Flugzeug heranzukommen. Aber da er inzwischen den Ruf hatte, plötzlich aus dem Nichts aufzutauchen, hatten sie die wohl gründlichste Kontrolluntersuchung in der Geschichte der Luftfahrt vorgenommen.

Als sie jetzt nach hinten in den Passagierraum blickte, sah Percey die roten Lichter der Kühleinheiten. Sie verspürte diese Zufriedenheit, die sie immer dann überkam, wenn unbeseelte Maschinen, die von Menschen erbaut und gewartet wurden, plötzlich zum Leben erwachten. Für Percey Clay zeigte sich Gott in dem Summen von Hilfsmotoren und im Auftrieb eines schlanken Metallflügels, in dem Augenblick, in dem die Tragfläche negativen Druck erzeugt und man schwerelos wird.

Percey ging gerade die vor dem Start übliche Checkliste weiter durch, als sie plötzlich von lauten Atemgeräuschen neben sich erschreckt wurde.

»Wow«, stöhnte Brad, nachdem King endlich entschieden hatte, daß zwischen seinen Beinen kein Sprengstoff versteckt war, und in den Passagierraum weitertrottete.

Rhyme hatte Percey kurz zuvor informiert, daß er zusammen mit Amelia Sachs die Dichtungen und Schläuche untersucht hatte. Sie stimmten nicht mit dem Latex von der Absturzstelle in Chicago überein. Rhyme kam der Gedanke, daß der Tänzer das Gummi vielleicht verwendet hatte, um den Sprengstoff damit zu versiegeln, damit die Hunde ihn nicht riechen konnten. Deshalb hatte er Percey und Brad gebeten, die Maschine für ein paar Minuten zu verlassen. Mehrere technische Mitarbeiter suchten das gesamte Flugzeug innen und außen ab und lauschten mit hochempfindlichen Mikrofonen nach einem Zeitzünder.

Alles war sauber.

Als das Flugzeug schließlich aus dem Hangar rollte, war die gesamte Rollbahn von uniformierten Beamten abgeriegelt. Fred Dellray hatte mit der FAA vereinbart, daß der Flugplan geheimgehalten wurde, damit der Tänzer keinesfalls in Erfahrung bringen konnte, wohin der Flug ging – falls er überhaupt wissen sollte, daß Percey im Cockpit saß. Dellray hatte auch die FBI-Außenbüros in allen Städten auf der Route alarmiert, damit bei der Ankunft der Maschine stets ein paar Agenten auf dem Rollfeld bereitstehen würden.

Die Turbinen röhrten. Brad saß auf dem Copilotensitz, und Roland Bell rutschte unbehaglich auf einem der beiden verbliebenen Passagiersitze hin und her. Percey Clay sprach mit dem Tower.

»Lear sechs neun fünf *Foxtrot Bravo* von Hudson Air. Bereit fürs Rollfeld.«

»Roger, neun fünf *Foxtrot Bravo*. Erlaubnis für Rollfeld Null neun rechts.«

»Null neun rechts, neun fünf *Foxtrot Bravo*.«

Eine leichte Berührung des glatten Steuerknüppels, und das Flugzeug bog auf das Rollfeld ein und fuhr durch den grauen Frühlingsabend. Percey steuerte. Copiloten haben zwar Flugerlaubnis, aber auf dem Boden darf nur der Pilot das Flugzeug steuern.

»Haben Sie Spaß da hinten, Officer?« rief Percey.

»Ich amüsiere mich köstlich«, antwortete Bell mit säuerlichem Gesichtsausdruck und blickte dabei sehnsüchtig durch das große runde Fenster.

»O Mann, ich kann hier bis ganz nach unten schauen. Ich meine, das Fenster reicht so weit runter. Warum baut man das so?«

Percey lachte. »In Passagiermaschinen versuchen sie alles, damit die Leute vergessen, daß sie fliegen: Filme, Essen, kleine Fenster. Aber wo bleibt da der Spaß? Welchen Vorteil soll das haben?«

»Ich kann durchaus den einen oder anderen Vorteil daran erkennen«, antwortete Bell und kaute dabei energisch auf seinem Wrigley's. Er schloß den Vorhang.

Perceys Augen waren auf das Rollfeld gerichtet, wanderten aufmerksam von links nach rechts. Sie wandte sich an Brad. »Ich übernehme das Briefing, okay?«

»Das wird ein Start mit Klappen auf fünfzehn Grad«, sagte Percey. »Ich schieb die Schubhebel nach vorne. Sie rufen die Geschwindigkeit bei achtzig Knoten aus und bestätigen. V eins, rotieren. V zwei und positive Steigrate. Ich gebe den Befehl für das Fahrwerk, und Sie fahren es ein. Alles klar?«

»Geschwindigkeit bei achtzig Knoten, V eins, rotieren, V zwei positive Rate. Fahrwerk.«

»Gut. Sie beobachten alle Instrumente und die Signaltafel. Wenn vor V eins ein rotes Lämpchen an der Tafel aufleuchtet oder eine Turbine fehlerhaft funktionieren sollte, dann rufen Sie laut und deutlich ›Abbrechen‹, und ich entscheide dann, ob wir abbrechen oder nicht. Bei einer Panne bei oder nach V eins setzen wir den Start fort und behandeln die Situation wie einen Notfall während des Flugs. Wir werden weiterfliegen, und Sie beantragen Freigabe für eine sofortige Rückkehr zum Flughafen. Verstanden?«

»Verstanden.«

»Prima, dann wollen wir mal ein bißchen fliegen... Sind Sie bereit, Roland?«

»Ich bin bereit, Hoffe, Sie sind es auch. Hauptsache, Sie halten immer schön den Kopf hoch.«

Percey lachte laut. Ihre Haushälterin in Richmond hatte das auch immer gesagt. Sie meinte damit: Bau keinen Scheiß.

Sie schob den Gashebel ein wenig nach vorne. Die Turbinen heulten auf, und der Learjet jagte davon. Sie fuhren an der Haltebucht vorbei, wo der Killer die Bombe an Eds Maschine angebracht hatte. Heute standen dort zwei Polizisten Wache.

»Lear neun fünf *Foxtrot Bravo*«, rief die Bodenkontrolle. »Fahren Sie weiter, und halten Sie kurz vor Startbahn fünf links.«

»*Foxtrot Bravo*. Halte kurz vor Null fünf links.«

Sie rollte auf die Startbahn.

Der Lear war niedrig gebaut. Trotzdem fühlte sich Percey jedesmal wie ein Adler, wenn sie auf dem linken Sitz saß – ob in der Luft oder am Boden. An diesem Ort hatte sie Macht. Sie traf alle Ent-

scheidungen, die ohne Kommentar befolgt wurden. Die Verantwortung lag ganz allein auf ihren Schultern. Sie war der Kapitän.
Ihre Augen wanderten über die Instrumente.
»Klappen fünfzehn, fünfzehn, grün«, bestätigte sie die Gradangaben.
Brad wiederholte das Ganze noch einmal: »Klappen fünfzehn, fünfzehn, grün.«
Der Tower meldete sich. »Lear neun fünf *Foxtrot Bravo*, bitte drehen Sie auf Position. Erlaubnis zum Start auf Rollbahn fünf links.«
»Fünf links, *Foxtrot Bravo*. Erlaubnis zum Starten.«
Brad hakte die letzten Positionen auf der Checkliste ab. »Druck normal. Temperaturwahl auf Automatik. Transponder und Außenlicht an. Dauerzündung, Pitotrohrheizung und Blitzlichter auf Ihrer Seite.«
Percey überprüfte diese Kontrollen und gab dann ihr Okay. »Dauerzündung, Pitotrohrheizung und Blitzlichter an.«
Sie fuhr den Lear auf die Startbahn, stellte das Bugrad gerade und brachte es bündig auf die Mittellinie.
Sie warf einen Blick auf den Kompaß. »Alle Kompaßinstrumente zeigen null fünf. Startbahn fünf links. Ich gebe Gas.«
Sie drückte die Schubhebel nach vorne, und das Flugzeug nahm Geschwindigkeit auf. Sie spürte, wie Brads Hand den Steuerknüppel gleich unterhalb ihrer umfaßte.
»Startleistung gesetzt.« Dann rief Brad: »Geschwindigkeitsanzeige reagiert.« Die Anzeigen rasten nach oben, zwanzig Knoten, dreißig Knoten, vierzig Knoten...
Den Schubhebel bis zum Anschlag nach vorne. Das Flugzeug schoß vorwärts. Sie hörte ein leises Stöhnen hinten aus Roland Bells Ecke und unterdrückte ein Lächeln.
Fünfzig Knoten, sechzig Knoten, siebzig...
»Achtzig Knoten«, verkündete Brad. »Bestätigt!«
»Gecheckt«, antwortete sie nach einem kurzen Blick auf die Anzeigen.
»V eins«, rief Brad. »Rotieren.«
Percey nahm die rechte Hand vom Schubhebel und griff den

Steuerknüppel. Der Plastikgriff, der sich bisher schwammig hin- und herbewegt hatte, wurde mit dem Luftwiderstand plötzlich stabil. Sie zog den Steuerknüppel leicht zurück und brachte den Lear ganz nach Standardverfahren auf einem Steigungswinkel von siebeneinhalb Grad nach oben. Die Turbinen brummten gleichmäßig. Sie zog den Steuerknüppel noch ein wenig weiter zurück und erhöhte den Steigungswinkel damit auf zehn Grad.

»Positive Rate«, rief Brad.

»Fahrwerk einziehen, Klappen einfahren.«

Durch die Kopfhörer kam knisternd die Stimme vom Tower. »Lear neun fünf *Foxtrot Bravo*, nach links abdrehen. Steuerkurs zwei acht null. Rufen Sie Abflugkontrolle.«

»Zwei acht null, neun fünf *Foxtrot Bravo*, danke, Sir.«

»Schönen Abend.«

Sie zog den Steuerknüppel weiter an, elf Grad, zwölf, vierzehn... Sie ließ die Schubhebel noch für ein paar Minuten länger auf Startleistung und damit höher als nötig. Lauschte dem süßen Dröhnen der Turbomotoren.

In dieser schlanken, silbrigen Nadel fühlte sich Percey Clay frei. Es war, als würde sie in das Herz des Himmels vorstoßen und alles Schwere, allen Schmerz hinter sich lassen. Für einen Moment vergaß sie Eds Tod und den Tod von Brit, und sie vergaß diesen schrecklichen Teufel, den Totentänzer. All der Schmerz, die Ungewißheit, all das Häßliche waren tief unter ihr auf der Erde gefangen, und sie war frei. Es schien vielleicht unfair, daß sie diesen Belastungen so leicht entkommen konnte, aber so war es nun einmal. Denn die Percey Clay, die nun den Lear N6595FB steuerte, war nicht die kleinwüchsige Percey Clay mit dem eckigen Gesicht oder die Percey Clay, deren einziger Sex-Appeal das Geld aus Daddys Tabakgeschäften war. Es war nicht Peer-ceee, der Mops, oder Percey, der Troll. Nicht die ungelenke Dunkelhaarige, die beim Abschlußball am Arm ihres entsetzten Cousins verzweifelt mit den schlecht sitzenden langen Handschuhen kämpfte und dabei von schlanken, klatschsüchtigen Blondinen mitleidig angestarrt wurde.

Das alles war nicht die echte Percey Clay.

Das hier war die echte Percey.

Wieder ein Seufzer von Roland Bell. Er hatte vermutlich während ihrer dramatischen Kurvenlage einen kurzen Blick durch die Vorhänge aus dem Fenster geworfen.

»Mamaroneck Abflug. Lear neun fünf *Foxtrot Bravo* aus zweitausend.«

»Guten Abend, fünf *Foxtrot Bravo*. Auf sechstausend Fuß steigen und Höhe halten.«

Und dann begannen sie mit der profanen Aufgabe, die Navigationskommunikation auf die VOR-Funkfeuer-Frequenzen einzurichten, die sie so zielsicher wie der Pfeil eines Samuraibogens nach Chicago leiten würden.

Bei sechstausend Fuß brachen sie durch die Wolkendecke in einen Abendhimmel, der atemberaubender war als die meisten Sonnenuntergänge, die Percey je gesehen hatte. Obwohl sie nicht gerade ein Naturmensch war, wurde sie dennoch immer wieder vom Anblick eines schönen Himmels überwältigt. Percey gestattete sich einen kurzen sentimentalen Gedanken – daß es gut wäre, wenn Ed beim Anblick eines so schönen Himmels gestorben wäre.

Bei einundzwanzigtausend Fuß sagte sie: »Ihr Flugzeug.«

Brad bestätigte: »Hab es.«

»Kaffee?«

»Das wäre prima.«

Sie stieg nach hinten und füllte drei Tassen ab, brachte eine Brad und setzte sich dann neben Roland Bell. Er nahm die Tasse mit zitternden Händen entgegen.

»Wie geht's Ihnen?« erkundigte sie sich.

»Ich bin nicht flugkrank. Es ist nur, daß ich« – sein Gesicht verzog sich – »ähm, nervös bin wie ein...« Es gab vermutlich tausend passende Vergleiche aus seiner Heimat, aber diesmal ließ ihn sein Südstaatenrepertoire im Stich. »Einfach nervös«, schloß er.

»Schauen Sie.« Sie deutete auf das Cockpitfenster.

Zögernd beugte er sich in seinem Sitz nach vorne und blickte hinaus. Sie beobachtete, wie sich sein schroffes Gesicht vor Überraschung aufhellte, als er in den Sonnenuntergang blickte.

Bell pfiff anerkennend. »Wow, mein Gott. Das ist ja toll. Sagen Sie mal, das war ja ein ziemlich flotter Start.«

»Ja, das ist schon ein toller Vogel. Haben Sie jemals von Brooke Knapp gehört?«

»Glaub nicht.«

»Sie ist eine Geschäftsfrau aus Kalifornien. Hat einen Geschwindigkeitsrekord für eine Weltumrundung in einem Lear 35 A aufgestellt – das ist so einer wie unserer hier. Sie brauchte dafür knapp über fünfzig Stunden. Diesen Rekord werde ich eines Tages brechen.«

»Daran habe ich keinen Zweifel«, versicherte Bell, der inzwischen ruhiger geworden war. Seine Augen waren auf die Instrumententafel gerichtet. »Sieht fürchterlich kompliziert aus.«

Sie schlürfte den Kaffee. »Es gibt da einen Trick beim Fliegen, den wir nie weitererzählen. Ist so eine Art Branchengeheimnis. Es ist viel einfacher, als Sie denken.«

»Was ist das für ein Trick?« fragte er wißbegierig.

»Schauen Sie nach draußen. Sehen Sie diese bunten Lampen an den Spitzen der Flügel?«

Er wollte nicht hinsehen, tat es dann aber doch. »Okay, ich hab sie gesehen.«

»Am Heck ist auch eine.«

»Hm, ich erinnere mich daran.«

»Also, alles was wir machen, ist, darauf zu achten, daß das Flugzeug immer zwischen diesen Lichtern bleibt, und dann ist alles in Ordnung.«

»Dazwischen...?« Er brauchte eine Zeit, bis er den Witz verstanden hatte. Er starrte sie verständnislos an, dann lächelte er. »Haben Sie schon viele Leute damit reingelegt?«

»Ja, so einige.«

Aber der Witz konnte ihn nicht lange ablenken. Seine Augen waren wieder nach unten auf den Teppich gerichtet. Nach einer langen Pause sagte sie: »Brit Hale hätte auch nein sagen können. Er kannte das Risiko, Roland.«

»Nein, das kannte er nicht«, widersprach Bell. »Er hat einfach das gemacht, was wir ihm gesagt haben, ohne viel zu wissen. Ich hätte mir mehr Gedanken machen müssen. Ich hätte an die Feuerwehrautos denken müssen. Hätte vorhersehen können, daß der

Killer wußte, wo Ihre Zimmer lagen. Ich hätte Sie im Keller oder sonstwo unterbringen müssen. Und ich hätte besser zielen müssen.«

Bell wirkte so niedergeschlagen, daß Percey nicht wußte, was sie sagen sollte. Sie legte ihre zierliche Hand auf seinen Unterarm. Er wirkte dünn, war aber ziemlich muskulös.

Er lachte leise auf. »Wissen Sie was?«

»Was?«

»Das ist das erste Mal, seit ich Sie kenne, daß Sie relativ entspannt und locker wirken.«

»Das ist auch der einzige Ort, an dem ich mich wirklich geborgen fühle«, bestätigte sie.

»Wir jagen in einer Höhe von einer Meile mit einer Geschwindigkeit von zweihundert Meilen die Stunde dahin, und Sie fühlen sich sicher?« Bell seufzte.

»Nein, wir sind vier Meilen hoch und vierhundert Meilen schnell.«

»Uhh, danke, daß Sie mir das gesagt haben.«

»Es gibt ein altes Pilotensprichwort«, lächelte Percey. »Petrus zählt die Stunden in der Luft nicht, dafür aber rechnet er dir die Stunden doppelt an, die du auf dem Boden verbringst.«

»Witzig«, sagte Bell. »Mein Onkel hatte einen ähnlichen Spruch drauf. Allerdings sprach er dabei immer vom Angeln. Nichts gegen Sie. Aber ich finde seine Version besser.«

31

33. Stunde von 45

Würmer...

Stephen Kall stand schwitzend im schmutzigen Waschraum eines kubanisch-chinesischen Lokals.

Schrubbte, wie um seine Seele zu retten.

Würmer nagten, Würmer fraßen, Würmer wimmelten...

Wasch sie ab... Wasch sie ab!!!
Soldat...
Sir, ich bin beschäftigt, Sir.
Sol...
Schrubb, schrubb, schrubb, schrubb.
Lincoln, der Wurm, sucht mich.
Überall, wo Lincoln, der Wurm, hinsieht, tauchen Würmer auf.
Laß mich in Ruhe!!!
Ritsch, ratsch, sauste die Bürste hin und her, bis seine Nagelhaut blutete.
Soldat, dieses Blut ist Beweismaterial. Du kannst nicht –
Laß mich in Ruhe!!!
Er trocknete sich die Hände ab, dann packte er den Fender-Gitarrenkasten und seine Büchertasche und stürmte ins Lokal.
Soldat, deine Handschuhe...
Die beunruhigten Inhaber starrten auf seine blutigen Hände, seinen irren Gesichtsausdruck. »Würmer«, murmelte er zur Erklärung an das ganze Lokal, »verfluchte Würmer.« Dann stürzte er hinaus auf die Straße.
Eilte den Gehweg hinunter, beruhigte sich. Er dachte über das nach, was er zu tun hatte. Er mußte natürlich Jodie töten. Muß ihn töten, muß ihn töten, muß... Nicht, weil er ein Verräter war, sondern weil er dem Mann so viele Informationen...
Und warum zum Teufel hast du das getan, Soldat?
...über sich selbst gegeben hatte. Und er mußte Lincoln, den Wurm, töten, weil... weil die Würmer ihn kriegen würden, wenn er es nicht tat.
Muß ihn töten, muß, muß...
Hörst du mir zu, Soldat? Hörst du?
Das war alles, was es noch zu tun galt.
Dann würde er diese Stadt verlassen. Zurück nach West Virginia fahren. Zurück in die Berge.
Lincoln, tot.
Jodie, tot.
Muß ihn töten, muß muß muß...
Nichts, was ihn sonst noch hier hielt.

Was die *Ehefrau* anging – er sah auf seine Uhr. Kurz nach 19 Uhr. Nun, sie war vermutlich schon tot.

»Die ist kugelsicher.«
»Gegen *diese* Kugeln?« fragte Jodie. »Sie haben doch gesagt, die explodieren!«
Dellray versicherte Jodie, daß ihm in dieser Weste nichts passieren konnte. Die Weste bestand aus einer Stahlplatte mit dickem Kevlar darüber und wog fast 20 Kilogramm. Rhyme kannte keinen Polizisten in der ganzen Stadt, der eine solche Weste trug oder je tragen würde.
»Und was ist, wenn er mir in den Kopf schießt?«
»Hinter mir ist er viel mehr her als hinter dir«, bemerkte Rhyme.
»Und woher soll er wissen, daß ich hier bin?«
»Was glaubst du wohl, Schafskopf?« bellte Dellray. »Vielleicht erzähle ich es ihm ja.«
Der Agent zog den kleinen Mann in seiner Weste hoch und warf ihm eine Windjacke über. Er hatte geduscht – nach heftigem Protest – und saubere Kleidung bekommen. Die große blaue Windjacke, die die kugelsichere Weste bedeckte, hing ein wenig schief, ließ ihn aber fast muskulös aussehen. Er erhaschte einen Blick auf sein Spiegelbild – sein sauber geschrubbtes und neu eingekleidetes Selbst –, und zum ersten Mal, seit er hier war, huschte ein Lächeln über sein Gesicht.
»Okay«, rief Sellitto den beiden Undercover-Agenten zu. »Bringt ihn in die Stadt.«
Die Officers schoben ihn zur Tür.
Als er weg war, sah Dellray fragend zu Rhyme hinüber, der nickte. Der schlaksige Agent seufzte, klappte sein Mobiltelefon auf und rief bei Hudson Air an, wo ein Kollege darauf wartete, daß das Telefon läutete. Die Techniker des FBI hatten in einem Verteilerkasten in der Nähe des Flughafens eine Funkwanze entdeckt, die in die Leitungen von Hudson Air eingeklinkt war. Die Abhörspezialisten hatten sie jedoch nicht entfernt, sondern im Gegenteil auf Rhymes Veranlassung hin sichergestellt, daß sie auch tatsächlich funktionierte, und sogar die schwachen Batterien aus-

gewechselt. Der Kriminalist brauchte die Schaltung für seine neue Falle.

Im Lautsprecher ertönte mehrmals das Freizeichen, dann ein Klicken.

»Agent Mondale«, erklang eine tiefe Stimme. Mondale hieß nicht Mondale, und er sprach nach einem vorher abgefaßten Drehbuch.

»Mondale«, grüßte Dellray und hätte dabei selbst in den Ohren eines Snobs aus Connecticut weiß wie eine Lilie geklungen. »Hier ist Agent Wilson. Wir sind jetzt in Lincolns Haus.« (Nicht »Rhyme«; der Tänzer kannte ihn als Lincoln.)

»Wie sieht's am Flugplatz aus?«

»Alles ruhig.«

»Gut. Hör mal, ich habe eine Frage. Wir haben hier einen Spitzel, der für uns arbeitet. Joe D'Oforio.«

»Das war doch der...«

»Genau.«

»...der diesen Tänzer... Der arbeitet jetzt richtig mit euch zusammen?«

»Yeah«, sagte Wilson, dessen Rolle Fred Dellray spielte. »Er ist ziemlich trottelig, aber er kooperiert. Wir bringen ihn runter in sein kleines Versteck und dann wieder hierher zurück.«

»Wo ist ›hierher‹? Meinst du Lincolns Haus?«

»Genau. Er will seinen Krempel.«

»Warum, zum Teufel, spielt ihr damit?«

»Wir haben einen Deal mit ihm. Er verrät uns alles über diesen Killer, und Lincoln erlaubt ihm, ein paar Sachen aus seinem Unterschlupf zu holen. Diese alte U-Bahn-Station... Wie auch immer, wir organisieren keinen Konvoi. Nur ein Wagen. Weshalb ich anrufe: Wir brauchen einen guten Fahrer. Du hattest doch neulich jemanden, den du richtig gut fandest, stimmt's?«

»Einen Fahrer?«

»Bei dieser Gambino-Sache?«

»Ach ja... Laß mich nachdenken.«

Sie zogen es in die Länge. Rhyme war wie immer beeindruckt von Dellrays Vorstellung. Er konnte einfach jede Rolle spielen.

Der erfundene Agent Mondale – der selbst einen Oscar für die beste Nebenrolle verdient hätte – sagte: »Jetzt fällt's mir wieder ein. Tony Glidden. Nein, Tommy. So ein Blonder, stimmt's?«

»Das muß er sein. Ich möchte ihn einsetzen. Ist er in der Gegend?«

»Nee. Er ist doch in Philadelphia. Wegen dieser Autoknackergeschichte.«

»Philadelphia. Zu dumm. Wir fahren in etwa zwanzig Minuten los. Länger kann ich nicht warten. Dann muß ich es eben selbst machen. Aber dieser Tommy. Also der...«

»Der Knabe kann vielleicht fahren! Kann einen Verfolger nach zwei Blocks abhängen. Der ist einfach unglaublich.«

»Könnte ihn jetzt wirklich gut gebrauchen. Trotzdem, danke, Mondale.«

»Bis bald.«

Rhyme zwinkerte, was bei einem Gelähmten gleichbedeutend mit Applaus war. Dellray legte auf und atmete tief und lange aus.

»Wir werden sehen. Wir werden sehen.«

Sellitto zeigte sich optimistisch: »Das dritte Mal, daß wir ihm einen Köder hinwerfen. Diesmal sollte es klappen.«

Lincoln Rhyme glaubte nicht, daß dies eine goldene Regel bei der Polizeiarbeit war, sagte aber nur: »Wir wollen es hoffen.«

Stephen Kall saß in einem gestohlenen Auto nicht weit von Jodies U-Bahn-Station entfernt und beobachtete, wie eine Limousine vorfuhr.

Jodie und zwei uniformierte Polizisten stiegen aus und sahen forschend zu den umliegenden Dächern hinauf. Jodie rannte hinein und erschien nach fünf Minuten wieder mit zwei Bündeln unter dem Arm.

Stephen konnte keine Verstärkung entdecken, keine Eskorte. Also stimmte das, was er mitgehört hatte. Sie fädelten sich in den Verkehr ein, und er folgte ihnen. Dabei dachte er, daß es in der ganzen Welt keinen geeigneteren Ort als Manhattan gab, um jemanden zu verfolgen, ohne selbst gesehen zu werden. In Iowa oder Virginia könnte er so etwas nicht tun.

Der neutrale Wagen fuhr schnell, doch auch Stephen war ein guter Fahrer, und er blieb auf dem Weg nach Norden dran. Die Limousine verlangsamte ihr Tempo, als sie zum Central Park West kamen, und fuhr an einem Haus vorbei, neben dessen Eingang zwei Männer postiert waren. Sie trugen Straßenkleidung, doch sie waren ganz offensichtlich Polizisten. Die beiden und der Fahrer der Limousine gaben einander ein Zeichen – vermutlich ein »alles klar«.

Also das war es. Das war das Haus von Lincoln, dem Wurm.

Der Wagen fuhr weiter Richtung Norden. Stephen tat es ihm für ein kurzes Stück gleich, dann parkte er plötzlich, stieg aus und verschwand mit seinem Gitarrenkasten zwischen den Bäumen. Er wußte, daß die Umgebung des Apartments vermutlich überwacht wurde, und bewegte sich unauffällig.

Wie ein Reh, Soldat.

Yessir.

Er verschwand in einem Gebüsch und kroch zurück bis auf Höhe des Hauses. Hinter einem Felsvorsprung unter einem knospenden Fliederbaum fand er ein gutes Versteck. Er öffnete seinen Kasten. Das Auto mit Jodie fuhr nun in südlicher Richtung und kam mit kreischenden Bremsen vor dem Stadthaus zum Halten. Ein Routinemanöver, erkannte Stephen – der Fahrer hatte mitten im dichten Verkehr eine Kehrtwende gemacht und war hierher zurückgerast.

Er beobachtete, wie die beiden Bullen aus dem Wagen stiegen, sich umschauten und einen sichtlich verängstigten Jodie über den Gehweg eskortierten.

Stephen nahm den Schutzdeckel vom Teleskop und zielte auf den Rücken des Verräters.

Plötzlich fuhr ein schwarzes Auto vorbei, und Jodie flippte aus. Seine Augen weiteten sich angstvoll, er riß sich von den Bullen los und rannte in die Seitenstraße neben dem Haus.

Seine Begleiter fuhren herum, griffen nach ihren Waffen und starrten dem Auto nach, das ihn in Panik versetzt hatte. Als sie die vier Latinomädchen darin sahen, brachen die Bullen in Lachen aus. Es war falscher Alarm. Einer von ihnen rief nach Jodie.

Doch Stephen war jetzt nicht mehr an dem kleinen Mann interessiert. Er konnte nicht beide erwischen, den Wurm und Jodie, und es war Lincoln, den er nun töten mußte. Er konnte es schmecken. Es war ein Hunger, ein ebenso starkes Bedürfnis wie das, sich die Hände zu schrubben.

Das Gesicht am Fenster zu erschießen, den Wurm zu töten.

Ich muß ich muß ich muß ich muß...

Er spähte durch sein Teleskop, suchte die Fenster des Gebäudes ab. Und da war er. Lincoln, der Wurm.

Ein Schauder durchlief Stephens ganzen Körper.

Wie die Elektrizität, die er verspürt hatte, als er Jodies Bein berührt hatte... nur tausendmal stärker. Er keuchte vor Erregung.

Aus irgendeinem Grund war Stephen nicht im mindesten überrascht darüber, daß der Wurm ein Krüppel war. Ja, es war sogar genau diese Tatsache, die ihn ganz sicher machte, daß der gutaussehende Mann in dem High-Tech-Rollstuhl Lincoln war. Denn Stephen glaubte, daß nur ein außergewöhnlicher Mann in der Lage wäre, ihn zu fassen. Jemand, der nicht durch Alltäglichkeiten abgelenkt wurde. Jemand, dessen Wesen sein Verstand war.

Würmer könnten den ganzen Tag lang über Lincoln wimmeln, und er würde sie noch nicht einmal spüren. Sie könnten unter seine Haut kriechen, ohne daß er es merkte. Er war immun. Und für diese Unverwundbarkeit haßte Stephen ihn noch mehr.

Also war das Gesicht, das er nach dem Mord in Washington gesehen hatte, nicht Lincoln gewesen.

Oder doch?

Hör auf, daran zu denken! Stop! Die Würmer kriegen dich, wenn du nicht aufhörst.

Die Sprengkugeln waren im Patronenhalfter. Er lud eine und suchte noch einmal das Zimmer ab.

Lincoln, der Wurm, sprach mit jemandem, den Stephen nicht sehen konnte. Der Raum im Erdgeschoß schien ein Labor zu sein. Er konnte einen Computerschirm und mehrere Apparaturen erkennen.

Stephen legte sich den Riemen um, schmiegte den Gewehrschaft an seine Wange. Es war ein kühler, feuchter Abend. Die Luft war schwer; sie würde die explosive Kugel leicht tragen. Er brauchte nicht zu korrigieren; sein Ziel war nur achtzig Meter entfernt. Entsichern, atmen, atmen...

Ziel auf den Kopf. Das war leicht von hier.

Atmen...

Ein, aus, ein, aus.

Er schaute durch das Fadenkreuz, richtete es auf das Ohr von Lincoln, der auf den Computerschirm starrte.

Er verstärkte den Druck auf den Abzug.

Atmen. Wie Sex, wie ein Orgasmus, wie die Berührung von straffer Haut...

Fester.

Fester...

Und dann sah Stephen es.

Sehr schwach – nur eine leichte Unebenheit am Ärmel von Lincoln, dem Wurm. Doch keine Falte. Es war eine Verzerrung.

Er entspannte den Finger am Abzug und studierte das Bild einen Augenblick lang durch das Teleskop. Er schaltete das Redfield auf eine höhere Vergrößerung und betrachtete die Schrift auf dem Computerschirm. Die Buchstaben waren spiegelverkehrt.

Ein Spiegel! Er zielte auf einen Spiegel.

Schon wieder eine Falle!

Stephen schloß die Augen. Um ein Haar hätte er seine Position verraten. Sein ganzer Körper kribbelte. Von Würmern begraben, von Würmern erstickt. Er sah um sich. Ihm wurde klar, daß sich im Park sicher ein Dutzend Einsatzbeamte mit Richtmikrofonen versteckten, die nur darauf warteten, einen Schuß von ihm zu orten. Sie würden mit M16-Gewehren mit Starlight-Teleskopen auf ihn zielen und ihn unter Feuer nehmen.

Grünes Licht, ihn zu töten. Ohne Vorwarnung.

Rasch, aber absolut lautlos montierte er das Teleskop mit zitternden Händen ab und packte es mit dem Gewehr in den Gitarrenkasten zurück. Kämpfte die Übelkeit herunter, das Kribbeln.

Soldat...

Sir, gehen Sie weg, Sir.

Soldat, was...

Sir, fuck you, Sir!

Stephen schlüpfte durch die Bäume auf einen Pfad und spazierte am Rasen entlang Richtung Osten.

O ja, er war sich jetzt sogar noch sicherer als vorher, daß er Lincoln töten mußte. Ein neuer Plan. Er brauchte eine Stunde oder zwei, um nachzudenken, um zu überlegen, was er als nächstes tun sollte.

Er bog unvermittelt von dem Pfad ab und wartete eine lange Weile in den Büschen, lauschte, sah sich um. Sie hatten wohl befürchtet, daß der Park menschenleer war, daher hatten sie die Tore nicht geschlossen.

Das war ihr Fehler.

Stephen entdeckte eine Gruppe Männer in seinem Alter – ihrem Aussehen nach zu schließen Yuppies, in Trainingsanzüge und Joggingklamotten gekleidet. Sie trugen Racquetballtaschen und Rucksäcke und gingen laut lachend Richtung Upper East Side. Ihre Haare glänzten noch feucht von der Dusche im Sportclub.

Stephen wartete, bis sie vorbei waren, dann hängte er sich an sie dran, als gehöre er zu der Gruppe. Schenkte einem von ihnen ein breites Lächeln. In flottem Tempo und mit munter schwingendem Gitarrenkasten folgte er ihnen zu dem Tunnel, der auf die East Side führte.

32

34. Stunde von 45

Die Dämmerung hüllte sie ein.

Percey Clay saß jetzt wieder auf dem Pilotensitz des Learjets und sah in der Ferne die Lichter Chicagos.

Chicago Center gab ihnen die Erlaubnis, auf zwölftausend Fuß hinunterzugehen.

»Beginne Landeanflug«, verkündete sie und nahm die Schubhebel etwas zurück. »Auf ATIS stellen.«

Brad stellte das Funkgerät auf das automatisierte Airport-Informationssystem ein und wiederholte laut, was ihm die Stimme vom Band vorsprach.

»Chicago Information, Whiskey. Klare Sicht. Wind zwei fünf null mit drei Knoten. Temperatur 15 Grad. Bezugsdruck dreißig Punkt eins eins.«

Brad setzte den Höhenmesser, während Percey in ihr Mikrofon sprach. »Chicago Approach Control, hier ist Lear neun fünf *Foxtrot Bravo*. Im Anflug bei zwölftausend. Steuerkurs zwei acht null.«

»Guten Abend, *Foxtrot Bravo*. Gehen Sie auf eins null tausend runter und halten Sie. Erwarten Sie Radarführung für Landebahn siebenundzwanzig rechts.«

»Roger. Gehe runter und bleibe bei zehn. Radarführung zwei sieben rechts. Neun fünf *Foxtrot Bravo*.«

Percey vermied es, nach unten zu schauen. Irgendwo ein Stück weiter vorne war ihr Mann mit seinem Flugzeug abgestürzt. Sie wußte nicht, ob auch er die Landeerlaubnis für O'Hares Rollbahn siebenundzwanzig erhalten hatte, aber das war ziemlich wahrscheinlich. Und wenn dies der Fall war, dann hatte ATC ihn wahrscheinlich durch denselben Luftraum geleitet wie jetzt sie.

Vielleicht hatte er sie von genau hier angerufen...

Nein! Denk jetzt nicht daran, befahl sie sich. Flieg dein Flugzeug.

Mit tiefer, ruhiger Stimme sagte sie: »Brad, das wird ein Sichtanflug zur Landebahn siebenundzwanzig rechts. Kontrollieren Sie den Landeanflug, und rufen Sie alle freigegebenen Höhen aus. Wenn wir in den Endanflug drehen, überwachen Sie bitte die Fluggeschwindigkeit, Höhe und Sinkrate. Warnen Sie mich, wenn wir schneller als eintausend Fuß pro Meile runtergehen. Schubleistung fürs Durchstarten ist bei zweiundneunzig Prozent.«

»Roger.«

»Klappen bei zehn Grad.«

»Klappen, zehn, zehn, grün.«

Das Funkgerät knisterte. »Lear neun fünf *Foxtrot Bravo*, drehen Sie nach links auf Kurs zwei vier null. Gehen Sie auf viertausend runter, und bleiben Sie dort.«

»Fünf *Foxtrot Bravo*, von zehn runter auf vier. Steuerkurs zwei vier null.«

Sie nahm den Schub noch ein wenig zurück. Das mahlende Geräusch der Turbinen wurde leiser, und sie konnte das Rauschen des Windes hören – es klang wie das Flüstern des Lufthauchs, der nachts durch das offene Fenster über ihre Bettdecke strich.

Percey rief nach hinten zu Bell. »Gleich erleben Sie Ihre erste Landung in einem Lear. Mal sehen, ob ich die Maschine so runterbringen kann, daß Ihr Kaffee nicht überschwappt.«

»Mir reicht es schon, wenn Sie die Maschine überhaupt in einem Stück runterbringen«, antwortete Bell und zog seinen Sitzgurt so fest wie die Schlaufe einer Bungeesicherheitsleine.

»Nichts, Rhyme.«

Der schloß verärgert die Augen. »Ich glaube es nicht. Ich kann es einfach nicht glauben.«

»Er ist verschwunden. Er war dort. Da sind sie sich ziemlich sicher. Aber die Mikrofone haben nicht das geringste Geräusch aufgefangen.«

Rhyme blickte auf den großen Spiegel, den Thom auf seine Anordnung hin quer im Raum aufgestellt hatte. Sie hatten darauf gewartet, daß die Kugeln ihn zersplittern würden. Im Central Park wimmelte es nur so von Haumanns und Dellrays Einsatzkräften. Sie lauerten auf einen Schuß.

»Wo ist Jodie?« fragte Rhyme.

Dellray grinste. »Versteckt sich in der Gasse. Hat irgendein Auto vorbeifahren sehen und Schiß bekommen.«

»Welches Auto?«

Der Agent lachte. »Wenn das der Tänzer gewesen sein soll, dann hat er sich in vier fette Puertoricanerinnen verwandelt. Das kleine Aas hat gesagt, daß er sich so lange verstecken will, bis jemand das Straßenlicht vor deinem Haus ausschaltet.«

»Laß ihn. Er kommt schon raus, wenn es ihm kalt wird.«

»Oder um sein Geld zu holen«, erinnerte sie Sachs.

Rhyme grollte. Er war zutiefst enttäuscht, daß auch sein jüngster Trick nicht funktioniert hatte.

War es seine Schuld? Oder besaß der Tänzer irgendeinen untrüglichen Instinkt? Eine Art sechsten Sinn? Als Wissenschaftler war Lincoln Rhyme diese Vorstellung zuwider, aber er konnte es nicht gänzlich ausschließen. Schließlich befragte selbst das New York Police Department von Zeit zu Zeit Hellseher.

Sachs näherte sich dem Fenster.

»Nicht«, hielt Rhyme sie zurück. »Wir können immer noch nicht sicher sein, daß er weg ist.« Ohne sich am Fenster zu zeigen, zog Sellitto die Vorhänge zu.

Seltsamerweise machte es sie nervöser, nicht zu wissen, wo der Tänzer genau war, als sich vorzustellen, daß er aus wenigen Metern Entfernung mit einem großen Gewehr auf sie zielte.

Coopers Telefon klingelte. Er nahm ab.

»Lincoln, es sind die FBI-Bombenexperten. Sie haben in ihrer Sprengstoff-Datenbank eine mögliche Übereinstimmung für diese Latexstückchen gefunden.«

»Was sagen sie?«

Cooper lauschte wieder kurz in sein Telefon.

»Keine Hinweise darauf, um welchen Gummityp es sich genau handelt. Aber sie haben festgestellt, daß es Ähnlichkeiten mit einem Material aufweist, das in Höhenzündern verwendet wird. Da gibt es wohl einen luftgefüllten Latexballon. Wenn das Flugzeug aufsteigt, dehnt er sich wegen des geringeren Drucks in größerer Höhe aus. In einer bestimmten Höhe drückt der Ballon gegen einen Schalter an der Seite der Bombe, und die Bombe geht hoch.«

»Aber diese Bombe hatte einen Zeitzünder.«

»Sie haben mich nur wegen der Latexfetzen angerufen.«

Rhyme blickte auf die Plastikbeutel, in denen sich die Überreste der Bombe befanden. Seine Augen fielen auf den Zeitzünder, und er fragte sich: Warum ist er so gut erhalten?

Weil er hinter einem überhängenden Metallbügel angebracht war.

Aber der Tänzer hätte ihn überall anbringen oder ihn sogar in den Plastiksprengstoff drücken können, dann wäre nicht das kleinste Stück davon übriggeblieben. Er hatte angenommen, der Tänzer sei nachlässig gewesen, und deshalb sei der Zünder intakt geblieben. Nun aber begann er daran zu zweifeln.

»Sagen Sie ihnen, daß die Maschine explodiert ist, als sie runterging«, unterbrach Sachs seine Gedanken.

Cooper gab die Information weiter und lauschte dann wieder.

»Er sagt, es könnte einfach eine Variante der normalen Konstruktion sein. Wenn das Flugzeug steigt, drückt der Ballon gegen den Schalter, der die Bombe scharf macht; wenn das Flugzeug runtergeht, schrumpft der Ballon und schließt damit den Schaltkreis. Dann explodiert die Bombe.«

Kaum hörbar flüsterte Rhyme: »Der Zeitzünder war ein Ablenkungsmanöver! Er hat ihn hinter den Metallbügel montiert, damit er nicht zerstört werden würde. Wir sollten denken, daß es ein Zeitzünder und kein Höhenzünder war. Wie hoch war Carneys Flugzeug, als es explodierte?«

Sellitto überflog hastig den Bericht. »Es ging gerade unter fünftausend Fuß.«

»Also wurde sie scharf gemacht, als sie hinter Mamaroneck über fünftausend stiegen, und explodierte, als sie bei Chicago unter fünftausend gingen«, stellte Rhyme fest.

»Warum beim Runtergehen?« fragte Sellitto.

»Vielleicht, weil das Flugzeug auf diese Weise weiter weg war«, schlug Sachs vor.

»Genau«, stimmte Rhyme zu. »Damit hatte der Tänzer mehr Zeit, vom Flughafen zu verschwinden.«

»Aber«, warf Cooper ein. »Warum hat er sich überhaupt die Mühe gemacht, uns vorzugaukeln, daß es sich um eine Bombe mit Zeitzünder handelte?«

Rhyme las in Sachs' Gesicht, daß ihr die Antwort darauf im selben Augenblick klar wurde wie ihm. »O mein Gott, nein!« schrie sie entsetzt.

Sellitto hatte es noch immer nicht verstanden. »Was ist denn los?«

»Das Bombenteam hat bei der Durchsuchung von Perceys Flugzeug vorhin nach einem Zeitzünder gesucht. Sie haben mit ihren Mikrofonen alles nach einem Zeitzünder abgehört.«

»Und das bedeutet, daß Percey und Bell ebenfalls eine Höhenbombe an Bord haben«, fluchte Rhyme.

»Sinkrate zwölfhundert Fuß pro Minute«, gab Brad durch.
Percey zog den Steuerknüppel ein wenig zurück und verringerte die Sinkrate.
Sie gingen unter 5500 Fuß.
Da hörte sie es.
Ein seltsames Zirpen. Ein solches Geräusch hatte sie noch nie gehört, jedenfalls nicht in einem Lear 35A. Es klang wie das Summen eines Warngeräts, war aber weit entfernt. Percey blickte über die Instrumententafel, entdeckte jedoch kein rotes Alarmlicht. Es zirpte wieder.
»Fünftausend und dreihundert Fuß«, verkündete Brad. »Was ist das für ein Geräusch?«
Es brach abrupt ab.
Percey zuckte die Achseln.
Im nächsten Augenblick schrie neben ihr eine Stimme. »Gehen Sie höher! Los, wieder hoch! Sofort!«
Sie spürte Roland Bells heißen Atem an ihrer Wange. Er hockte neben ihr auf dem Boden und fuchtelte mit seinem Mobiltelefon in der Luft.
»Was?«
»Wir haben eine Bombe an Bord. Eine Höhenbombe. Sie explodiert, wenn wir unter fünftausend Fuß gehen.«
»Aber wir sind über...«
»Ich weiß! Gehen Sie hoch! Los!«
Percey brüllte ihre Kommandos. »Schubleistung achtundneunzig Prozent. Höhen durchgeben!«
Ohne auch nur eine Sekunde zu zögern, drückte Brad die Schubhebel vor. Percey zog den Lear auf zehn Grad. Bell fiel nach hinten und landete krachend auf dem Boden.
Brad rief die Höhen durch: »Fünftausendeinhundertfünfzig, fünftausendzwei, fünftausenddreihundert, fünfvier... Fünfacht. Sechstausend Fuß.«
Percey Clay hatte in all ihren Jahren als Pilotin nie einen echten

Notruf funken müssen. Einmal hatte sie eine »pan-pan«-Notlage gemeldet, als ein unglückseliger Schwarm Pelikane beschloß, in ihrer Turbine Nummer zwei Selbstmord zu begehen, und ihr Pitotrohr verstopfte. Nun gab sie zum erstenmal in ihrer Laufbahn den Notruf durch. »Mayday, mayday, Lear sechs neun fünf *Foxtrot Bravo*.«
»Was ist los, *Foxtrot Bravo*?«
»Achtung Chicago Approach. Wir haben Hinweise, daß eine Bombe an Bord ist. Wir brauchen sofortige Erlaubnis für zehntausend Fuß und Kurs über einer unbewohnten Gegend.«
»Roger, neun fünf *Foxtrot Bravo*«, antwortete der ATC-Fluglotse mit ruhiger Stimme. »Ähm, bleiben Sie auf gegenwärtigem Kurs mit Richtung zwei vier null. Erlaubnis für zehntausend Fuß erteilt. Wir leiten alle Flugzeuge um Sie herum... Ändern Sie den Transpondercode auf sieben sieben null null und Alarm.«
Brad sah beunruhigt zu, wie Percey die Transpondereinstellung änderte – auf einen Code, der automatisch an alle Radargeräte in der Umgebung ein Warnsignal sendete, daß *Foxtrot Bravo* in Schwierigkeiten war. Durch die Alarmeinstellung gab der Transponder ein Signal ab, aus dem jeder bei ATC und die Piloten anderer Flugzeuge genau ablesen konnten, welches Blinken auf dem Radarschirm der Lear war.
Sie hörte, wie Roland Bell am Telefon mit jemandem sprach. »Außer mir und Percey ist nur dieser Geschäftsführer Ron Talbot in die Nähe des Flugzeugs gekommen – und, ohne daß ich ihm zu nahe treten wollte, meine Jungs und ich haben ihm die ganze Zeit, während er gearbeitet hat, über die Schulter geschaut und ihn scharf beobachtet. Oh, und dann war da noch dieser Kerl, der ein paar Teile für die Maschine angeliefert hat. Einer von Northeast Aircraft Distributors in Greenwich. Aber ich habe ihn gründlich überprüft. Hab mir sogar seine private Telefonnummer geben lassen und seine Frau angerufen. Hab sie miteinander reden lassen, um sicherzugehen, daß er in Ordnung war.«
Bell hörte eine Zeitlang zu und drückte dann die Austaste. »Sie rufen wieder an.«
Percey blickte von Brad zu Bell und widmete sich dann wieder ihrer Aufgabe als Pilotin.

»Treibstoff?« fragte sie ihren Copiloten. »Wieviel Zeit haben wir?«

»Wir sind unter unseren Berechnungen geblieben. Hatten Glück mit dem Wind.« Brad begann zu rechnen. »Hundertfünf Minuten.« Sie dankte Gott oder dem Schicksal oder ihrer Intuition dafür, daß sie sich entschlossen hatte, nicht in Chicago aufzutanken, sondern genügend Treibstoff zu laden, um bis nach Saint Louis zu kommen. Plus die von der Luftfahrtbehörde FAA vorgeschriebenen zusätzlichen fünfundvierzig Minuten Flugzeit.

Bells Telefon zirpte wieder.

Er hörte zu, seufzte und fragte dann Percey: »Hat diese Northeast-Firma auch einen Feuerlöscher geliefert?«

»Mist. Hat er die Bombe etwa drin versteckt?« fragte sie bitter.

»Sieht so aus. Der Lkw hatte kurz hinter dem Auslieferungslager einen Platten. Der Fahrer war etwa zwanzig Minuten mit dem Reifenwechsel beschäftigt. Ein Polizist aus Connecticut hat gerade direkt neben der Stelle, wo der Lkw liegenblieb, einen großen Berg Kohlendioxidschaum in den Büschen entdeckt.«

»Verdammt!« fluchte Percey und blickte unwillkürlich Richtung Turbine. »Und ich hab dieses Scheißding auch noch selbst eingebaut.«

Bell fragte: »Rhyme will wissen, wie es mit der Hitze aussieht. Ob die Bombe nicht dadurch in die Luft gehen könnte.«

»Einige Teile werden heiß, einige nicht. In der Umgebung des Feuerlöschers heizt es sich nicht so stark auf.«

Bell übermittelte die Information und sagte dann: »Er ruft Sie direkt an.«

Einen kurzen Augenblick später hörte sie im Funkgerät, wie ein Unicom-Gespräch durchgestellt wurde.

Es war Lincoln Rhyme.

»Percey, können Sie mich hören?«

»Laut und deutlich. Dieses Arschloch war ziemlich schnell, hm?«

»Sieht so aus. Wieviel Flugzeit bleibt Ihnen noch?«

»Etwa eine Stunde und vierzig Minuten.«

»Also gut, können Sie von innen an die Turbine rankommen?«

»Nein.«

Wieder eine kurze Pause am anderen Ende. »Könnten Sie irgendwie das ganze Triebwerk abkoppeln? Abschrauben oder so? Es abwerfen?«

»Nein, nicht von innen.«

»Gibt es irgendeine Möglichkeit, daß Sie in der Luft auftanken?«

»Auftanken? Nicht mit diesem Flugzeug.«

Rhyme probierte es weiter. »Könnten Sie so hoch steigen, daß der Bombenmechanismus gefriert?«

Das Tempo, in dem sein Gehirn arbeitete, faszinierte sie. Auf so etwas wäre sie nicht gekommen. »Vielleicht. Aber selbst wenn wir dann mit Volldampf runtergingen – ich rede hier von einem Sturzflug –, so würde das immer noch acht, neun Minuten dauern. Ich glaube nicht, daß die Bombenteile so lange gefroren bleiben würden. Und die Mach-Vibrationen würden die Maschine wahrscheinlich auseinanderreißen.«

Rhyme suchte weiter nach einer Lösung. »Okay, wie wäre es, wenn ein Flugzeug vor Ihnen fliegen und mit einem Seil ein paar Fallschirme herüberbefördern würde?«

Ihr erster Gedanke war, daß sie niemals ihr Flugzeug aufgeben würde. Aber ihre realistische Antwort – die, die sie auch ihm gab – lautete, daß es niemand überleben würde, bei der kritischen Geschwindigkeit eines Learjets und bei der Konstruktionsweise der Türen, Flügel und Turbinen aus der Maschine zu springen. Rhyme schwieg wieder für eine Weile. Brad schluckte und wischte sich die Hände an seiner akkurat gebügelten Hose ab. »Oh, Mann.«

Roland Bell wippte vor und zurück.

Es ist hoffnungslos, dachte sie und starrte in die graublaue Dämmerung hinaus.

»Lincoln?« fragte Percey. »Sind Sie noch da?«

Sie hörte seine Stimme. Er sprach mit jemandem in seinem Labor – oder seinem Schlafzimmer. In gereiztem Ton rief er: »Nicht diese Karte. Du weißt doch, welche ich meine. Was sollte ich denn mit dieser Karte anfangen? Nein, nein...«

Schweigen.

O Ed, dachte sie. Unsere Leben sind immer in parallelen Bahnen verlaufen. Vielleicht wird es uns im Tod ja genauso ergehen. Es tat ihr vor allem um Roland Bell leid. Der Gedanke, daß seine Kinder zu Waisen würden, war unerträglich.

Dann hörte sie Rhyme wieder. »Wie weit können Sie mit dem restlichen Benzin fliegen?«

»Bei den optimalsten und sparsamsten Einstellungen...?« Sie sah zu Brad herüber, der die Zahlen in einen Rechner tippte.

Er antwortete: »Wenn wir die richtige Höhe haben... vielleicht achthundert Meilen.«

»Ich habe eine Idee«, sagte Rhyme. »Können Sie es bis Denver schaffen?«

33

36. *Stunde von 45*

»Der Flughafen liegt 1578 Meter hoch. Das entspricht 5180 Fuß«, las Brad aus dem *Airman's Guide of Denver International* vor. »So hoch waren wir auch, als wir Chicago angeflogen sind, und da ist das verdammte Ding nicht explodiert.«

»Wie weit?« fragte Percey.

»Von unserer jetzigen Position aus sind es neunhundertzwei Meilen.«

Percey dachte sekundenlang nach, dann nickte sie. »Wir versuchen es. Geben Sie mir einen ungefähren Steuerkurs, damit ich schon mal eine Orientierung habe, bis wir das VOR-Funkfeuer empfangen.« Dann sprach sie ins Funkgerät. »Wir versuchen es, Lincoln. Mit dem Treibstoff wird es verdammt eng. Wir haben hier oben jetzt 'ne Menge zu tun. Ich rufe später wieder an.«

»Wir sind hier.«

Brad studierte die Karte und verglich sie mit dem Flugplan. »Drehen Sie nach links, Kurs zwei sechs sechs.«

»Zwei sechs sechs«, wiederholte sie und rief dann ATC. »Chicago Center, neun fünf *Foxtrot Bravo*. Wir fliegen in Richtung Denver International Airport. Offensichtlich ist eine... haben wir eine Bombe mit Höhenzünder an Bord. Wir müssen irgendwo landen, wo der Flugplatz über fünftausend Fuß hoch liegt. Geben Sie uns die Funkfeuer durch, die uns nach Denver leiten.«

»Roger, *Foxtrot Bravo*. Haben VOR in einer Minute.«

Brad sprach ins Mikrofon. »Chicago Center, wir brauchen Informationen über die Wetterbedingungen auf der Strecke.«

»Eine Hochdruckzone bewegt sich gerade über Denver. Gegenwinde variieren zwischen fünfzehn bis vierzig Knoten bei einer Höhe von zehntausend. Nehmen zu auf sechzig bis siebzig Knoten bei fünfundzwanzigtausend.«

»O weh«, stöhnte Brad und machte sich wieder an seine Berechnungen. Nach kurzer Zeit sagte er: »Benzin geht etwa fünfundfünfzig Meilen vor Denver aus.«

Bell fragte: »Könnten wir nicht auf einer Autobahn landen?«

»Ja, aber nur in einem großen Feuerball«, antwortete Percey.

ATC meldete sich wieder. »*Foxtrot Bravo*, bereit, die VOR-Funkfeuer zu notieren?«

Während Brad die Zahlen eintrug, streckte sich Percey in ihrem Sitz und drückte den Kopf gegen die Lehne. Irgendwie kam ihr die Bewegung bekannt vor, und dann fiel ihr ein, daß sie eine Angewohnheit von Lincoln Rhyme war. Sie dachte an die kleine Ansprache, die sie ihm gehalten hatte. Sie hatte es natürlich so gemeint, aber nicht geahnt, wie zutreffend ihre Worte waren. Wie abhängig sie von zerbrechlichen kleinen Metall- und Plastikteilen waren.

Und ihretwegen vielleicht sterben würden.

Das Schicksal ist ein Jäger...

Fünfundfünfzig Meilen fehlten ihnen. Was könnten sie tun?

Warum arbeitete ihr Verstand nicht so gut wie Rhymes? Fiel ihr denn nichts ein, um Energie zu sparen...

Höher zu fliegen sparte Treibstoff.

Mit weniger Gewicht zu fliegen ebenfalls. Konnten sie irgend etwas aus dem Flugzeug abwerfen?

Die Ladung? Die Kisten von U.S. Medical wogen genau 216 Kilogramm. Das würde ihnen ein paar zusätzliche Meilen verschaffen.

Aber noch während sie darüber nachdachte, wußte sie, daß sie es niemals tun würde. Solange auch nur die geringste Chance bestand, den Flug und die Firma zu retten, würde sie sie wahrnehmen.

Los, Lincoln Rhyme, dachte sie. Gib mir eine Idee. Gib mir... Sie stellte sich sein Zimmer vor, erinnerte sich, wie sie neben ihm gesessen hatte, dachte an den Falken, der auf dem Fenstersims gethront hatte.

»Brad?« fragte sie unvermittelt. »Wie ist unser Gleitwinkel?«

»Bei einem Lear 35A? Keine Ahnung.«

Percey war einmal mit einem Schweizer 2-32-Segelflugzeug geflogen. Der Prototyp war 1962 gebaut worden und hielt seitdem den Gleitflugrekord. Seine Sinkrate lag bei unglaublichen 120 Fuß pro Minute. Das Flugzeug wog etwa 590 Kilogramm. Der Lear, in dem sie flogen, wog 6350 Kilogramm. Dennoch, ein Flugzeug gleitet. Jedes Flugzeug. Sie erinnerte sich an einen Vorfall vor einigen Jahren mit einer Boeing 767 der Air Canada – viele Piloten sprachen noch immer davon. Der Jumbo hatte plötzlich keinen Treibstoff mehr gehabt. Schuld war eine Kombination aus menschlichem Versagen und einem Computerfehler. Beide Triebwerke fielen in einer Höhe von 41 000 Fuß aus, und das Flugzeug wurde zu einem 143 Tonnen schweren Gleiter. Bei der Notlandung kam kein einziger Insasse ums Leben.

»Okay, laß uns nachdenken. Wie hoch wäre die Sinkrate im Leerlauf?«

»Ich vermute, wir könnten sie bei 2300 halten.«

Das würde einem Absinken von dreißig Meilen pro Stunde entsprechen.

»Gut, nun berechnen Sie, wann uns der Treibstoff ausgehen würde, wenn wir vorher auf 55 000 Fuß hochgingen.«

»Fünfundfünfzig?« wiederholte Brad ungläubig.

»Roger.«

Er tippte die Nummern ein. »Maximaler Aufstieg liegt bei 4300 Fuß pro Minute; hier unten verbrennen wir jede Menge, aber über 35 000 wird der Verbrauch besser. Wir könnten ein...«

»Auf ein Triebwerk schalten?«

»Klar. Könnten wir machen.«

Er tippte mehr Zahlen ein. »Bei diesem Szenario würde uns der Treibstoff etwa 83 Meilen vor Denver ausgehen. Aber wir hätten natürlich Höhe.«

Percey Clay, die in Mathematik und Physik immer eine Eins gehabt hatte und auch ohne Taschenrechner die Position bestimmen konnte, ließ die Zahlen in ihrem Kopf hin- und herschwirren. Turbinen aus bei fünfundfünfzigtausend, eine Sinkrate von dreiundzwanzig... Sie könnten knapp über achtzig Meilen schaffen, bevor die Maschine unten wäre. Vielleicht sogar mehr, wenn die Gegenwinde mitspielten.

Brad kam mit Hilfe des Taschenrechners und flinker Finger zum gleichen Ergebnis. »Wird trotzdem knapp.«

Gott gibt dir keine Garantien.

Sie sprach ins Funkgerät. »Chicago Center, Lear *Foxtrot Bravo* erbittet sofortige Erlaubnis, auf fünf fünf tausend Fuß zu steigen.«

Manchmal muß man etwas riskieren.

»Ähm, wiederholen Sie bitte, *Foxtrot Bravo*.«

»Wir müssen hochsteigen. Fünf fünf tausend.«

Der ATC-Lotse schaltete sich ein. »*Foxtrot Bravo*, Sie sind ein Lear drei fünf, korrekt?«

»Roger.«

»Maximale Höhenfähigkeit ist fünfundvierzigtausend Fuß.«

»Korrekt. Aber wir müssen höher fliegen.«

»Wurden Ihre Dichtungen kürzlich überprüft?«

Druckdichtungen, Türen und Fenster. Sie waren es, die dafür sorgten, daß ein Flugzeug nicht explodierte.

»Die sind alle in Ordnung«, behauptete sie, ohne dabei zu erwähnen, daß *Foxtrot Bravo* voller Schußlöcher gewesen und gerade erst an diesem Nachmittag wieder zusammengeflickt worden war.

ATC meldete sich wieder. »Roger, Sie haben Erlaubnis für fünf fünf tausend, *Foxtrot Bravo*.«

Und Percey sagte etwas, was nur wenige oder vermutlich überhaupt kein Learpilot je gesagt hatte: »Roger, von zehn auf fünfundfünfzigtausend.«

Percey gab das Kommando. »Schubleistung auf achtundachtzig Prozent. Steigrate und Höhe bei vierzig, fünfzig und fünfundfünfzig durchgeben.«

»Roger«, antwortete Brad ruhig.

Sie zog die Maschine nach oben.

Sie begannen zu steigen.

Alle Sterne der Nacht...

Zehn Minuten später rief Brad: »Fünf fünf tausend.«

Sie fing das Flugzeug ab. Fast kam es Percey vor, als könnte sie das Ächzen der Nähte hören. Sie rief sich ihre Kenntnisse in Höhenphysiologie in Erinnerung. Wenn das Fenster, das Ron ersetzt hatte, herausfliegen oder eine Druckdichtung platzen sollte – würde entweder das Flugzeug zerbersten, oder sie würden binnen fünf Sekunden an Hypoxie sterben. Selbst Sauerstoffmasken würden ihnen nichts nützen – der Druckunterschied würde ihr Blut zum Kochen bringen.

»Sauerstoffmasken aufsetzen! Erhöhen Sie den Kabinendruck auf zehntausend Fuß.«

»Kabinendruck auf zehntausend«, bestätigte er. Das würde zumindest einen Teil des mächtigen Drucks, der auf dem Rumpf lastete, ausgleichen.

»Prima Idee«, lobte Brad. »Wie sind Sie darauf gekommen?«

Affenkünste...

»Keine Ahnung«, antwortete sie. »Wir unterbrechen jetzt die Treibstoffzufuhr zur Nummer zwei. Schubhebel schließen, automatische Schubregelung ausschalten.«

»Geschlossen, ausgeschaltet«, bestätigte Brad.

»Benzinpumpe aus, Zündung aus.«

»Pumpe aus, Zündung aus.«

Sie spürte ein leichtes Schwanken, als der linke Antrieb plötzlich ausfiel. Percey kompensierte das Gieren mit einer leichten Verstellung der Seitenrudertrimmung. Sie mußte nicht viel verstellen. Da die Turbinen nicht an den Flügeln, sondern am Heck montiert waren, hatte der Ausfall eines Triebwerks keine größeren Auswirkungen auf die Stabilität des Flugzeugs.

»Was machen wir jetzt?« fragte Brad.

»Ich werde einen Kaffee trinken«, antwortete Percey und hechtete behende aus ihrem Sitz. »Hey, Roland, wie trinken Sie noch gleich Ihren Kaffee?«

Für vierzig quälend lange Minuten herrschte in Rhymes Zimmer Schweigen. Kein Telefon klingelte. Keine Faxe summten herein. Keine Computerstimme quäkte: »Sie haben Post.«

Schließlich klingelte Dellrays Mobiltelefon. Während er sprach, nickte er immer wieder, aber Rhyme konnte sehen, daß es keine guten Nachrichten waren. Dellray schaltete das Telefon aus.

»Cumberland?«

Dellray nickte. »Aber es war ein Reinfall. Kall war seit Jahren nicht mehr dort. Oh, die Einwohner haben ihn noch gut in Erinnerung. Reden noch immer davon, wie der Junge seinen Stiefvater damals gefesselt und ihn den Würmern überlassen hat. Ist so 'ne Art Legende geworden. Gibt keine Familienangehörigen mehr in der Gegend. Und keiner weiß was oder ist bereit, etwas zu sagen.«

In diesem Augenblick klingelte Sellittos Handy. Der Detective klappte es auf und sagte: »Yeah?«

Eine Spur. Bitte laß es eine Spur sein, flehte Rhyme. Forschend blickte er in das teigige, stoische Gesicht des Polizisten. Er klappte das Telefon wieder zusammen.

»Das war Roland Bell«, sagte Sellitto. »Er wollte uns nur mitteilen, daß ihnen jetzt der Sprit ausgegangen ist.«

34

38. Stunde von 45

Drei verschiedene Warninstrumente summten gleichzeitig los.

Zu wenig Treibstoff, zu niedriger Öldruck und zu niedrige Turbinentemperatur.

Percey versuchte, die Position des Lear leicht zu verändern, um auf diese Weise vielleicht noch ein wenig Treibstoff in die Leitungen zu drücken, aber die Tanks waren knochentrocken.

Mit einem schwachen Knattern gab die Turbine Nummer eins ihren Geist auf und verstummte.

Und im Cockpit wurde es mit einem Schlag vollkommen dunkel. Schwarz wie im Inneren eines Sarges.

O nein...

Sie konnte kein einziges Instrument, keinen Regler und keinen Drehknopf mehr erkennen. Es war fast wie ein Blindflug in einer schwindelerregenden Leere. Die einzige Orientierung war das schwache Leuchten Denvers – in weiter Ferne vor ihnen.

»Was ist passiert?« fragte Brad.

»Ich habe die Generatoren vergessen.«

Die Generatoren werden von den Turbinen angetrieben. Ohne Turbinen – kein Strom.

»Wirf die RAT aus«, ordnete sie an.

Brad tastete im Dunklen nach den Kontrollknöpfen. Er zog an einem Hebel, und die Ram-Air-Turbine klappte unter dem Rumpf aus. Es war ein kleiner Propeller, der einen Generator antrieb. Der Luftstrahl drehte den Propeller, der seinerseits den Generator speiste. Das reichte allerdings auch nur für die Kontrollbeleuchtung und das Bordlicht. Nicht für die Klappen, das Fahrwerk oder die Bremsen.

Kurz darauf gingen einige Lichter wieder an.

Percey starrte auf den Variometer. Er zeigte eine Sinkrate von 3500 Fuß pro Minute an. Schneller als sie berechnet hatten. Sie fielen mit fast fünfzig Meilen pro Stunde.

Warum? fragte sie sich. Warum lagen ihre Berechnungen so weit daneben?

Weil die Luft hier oben dünner war! Bei ihrer Berechnung der Sinkrate hatte sie eine dichtere Atmosphäre zugrunde gelegt. Plötzlich wurde ihr klar, daß die Luft um Denver ebenfalls dünner sein würde. Sie war noch nie mit einem Segelflugzeug höher als eine Meile geflogen.

Sie zog am Steuerknüppel, um den Sturz zu verlangsamen. Er verringerte sich auf 2100 Fuß pro Minute. Aber ihre Fluggeschwindigkeit verringerte sich ebenfalls – und zwar rapide. In dieser dünnen Luft betrug die kritische Geschwindigkeit für den Strömungsabriß etwa dreihundert Knoten. Der Knüppel begann alarmierend zu vibrieren, und die Kontrollen wurden breiig. In einer solchen Maschine gab es keine Rettung, wenn man ohne Schub in einen Strömungsabriß geriet.

Die tote Ecke.

Sie drückte den Knüppel vor. Sie fielen schneller, aber die Fluggeschwindigkeit erhöhte sich wieder. Dieses Spiel spielte sie über eine Strecke von fast fünfzig Meilen. Air Traffic Control gab ihnen durch, wo die Gegenwinde am stärksten waren, und Percey versuchte, die beste Kombination aus der richtigen Höhe und der besten Strecke zu finden. Versuchte, die günstigsten Winde auszumachen, die stark genug waren, dem Lear einen guten Auftrieb zu geben, ihn aber nicht zu sehr abbremsten.

Perceys Muskeln schmerzten von der Anstrengung, die Maschine mit eiserner Kraft zu steuern. Schließlich wischte sie sich den Schweiß von der Stirn und sagte: »Brad, machen Sie den Funkruf.«

»Denver Center, hier ist Lear sechs neun fünf *Foxtrot Bravo* aus eins neun tausend Fuß. Wir sind einundzwanzig Meilen vom Flughafen entfernt. Fluggeschwindigkeit zweihundertundzwanzig Knoten. Wir haben keinen Treibstoff mehr und erbitten, zur längsten verfügbaren Landebahn entsprechend unserem Kurs von zwei fünf null dirigiert zu werden.«

»Roger, *Foxtrot Bravo*. Haben Sie schon erwartet. Bezugsdruck dreißig, Punkt neun fünf. Drehen Sie nach links auf zwei vier null. Wir leiten Sie zur Startbahn zwei acht links. Sie haben elftausend Fuß Spielraum.«

»Roger, Denver Center.«

Etwas nagte an ihr. Wieder dieses Kneifen im Bauch. Wie damals, als sie sich an den schwarzen Lieferwagen erinnert hatte.

Was war es? Einfach nur Aberglauben?

Es ereignen sich immer drei Tragödien hintereinander...

Brad sagte: »Neunzehn Meilen bis zur Landung. Sechzehntausend Fuß.«

»*Foxtrot Bravo*, rufen Sie Denver Approach.« Der Lotse von Denver Center gab ihnen die Funkfrequenz durch und fügte dann hinzu: »Denver Approach ist über Ihre Situation informiert worden. Alles Gute, Ma'am. Wir alle denken an Sie.«

»Gute Nacht, Denver. Danke.«

Brad schaltete das Funkgerät auf die neuen Frequenzen um.

Was stimmte nicht? fragte sie sich wieder. Da war etwas, das sie nicht berücksichtigt hatte.

»Denver Approach, hier ist Lear sechs neun fünf *Foxtrot Bravo*. Bei Ihnen auf dreizehntausend Fuß. Dreizehn Meilen vom Landepunkt entfernt.«

»Wir haben Sie, *Foxtrot Bravo*. Nehmen Sie Kurs auf zwei fünf null. Stimmt es, daß Sie keinen Treibstoff mehr haben?«

»Wir sind der größte verdammte Gleiter, den ihr je gesehen habt, Denver.«

»Wie sieht's mit Klappen und Fahrwerk aus?«

»Keine Klappen. Das Fahrwerk werden wir manuell rausdrücken.«

»Roger, brauchen Sie Wagen?«

Damit waren Kranken- und Feuerwehrwagen gemeint.

»Wir vermuten, daß wir eine Bombe an Bord haben. Wir brauchen alles, was Sie auftreiben können.«

»Roger.«

Dann fiel es ihr mit einem Schlag ein, und sie schauderte vor Entsetzen: der Luftdruck!

»Denver Approach«, fragte sie. »Wie ist der Bezugsdruck?«

»Ähm, wir haben dreißig Punkt sechs, *Foxtrot Bravo*.«

Die Quecksilbersäule war in der letzten Minute ein Dreißigstel Zentimeter nach oben geklettert.

»Steigt er?«

»Bestätigt, *Foxtrot Bravo*. Ein größeres Hochdruckgebiet im Anmarsch.«

Nein! Das würde den Umgebungsdruck um die Bombe erhöhen, und damit würde der Ballon so schrumpfen, als befänden sie sich tiefer, als sie in Wirklichkeit waren.

»Verdammte Scheiße«, fluchte sie.

Brad blickte zu ihr rüber.

Sie fragte ihn: »Wie war der Bezugsdruck in Mamaroneck?«

Er sah in sein Logbuch. »Neunundzwanzig Komma sechs.«

»Berechnen Sie fünftausend Fuß Höhe bei diesem Druck im Vergleich zu einunddreißig null.«

»Einunddreißig? Das ist verdammt hoch.«

»Darauf steuern wir zu.«

Er starrte sie an. »Aber die Bombe...«

Percey nickte: »Rechnen Sie.«

Der junge Mann tippte die Zahlen mit sicherer Hand ein.

Er seufzte – das erste Mal, daß er Gefühle zeigte.

»5000 Fuß in Mamaroneck entspricht 4850 Fuß hier.«

Sie rief Bell nach vorne. »Okay, so sieht es aus: Wir fliegen auf eine Hochdruckzone zu. Bis wir die Landebahn erreichen, kann es uns passieren, daß der Atmosphärendruck so auf die Bombe wirkt, als wären wir unter fünftausend Fuß. Sie könnte schon explodieren, wenn wir noch zwanzig bis dreißig Meter über dem Boden sind.«

»Okay«, er nickte gefaßt. »Okay.«

»Wir haben keine Landeklappen, deshalb werden wir beim Aufsetzen sehr schnell sein. Fast dreihundert Stundenkilometer. Wenn die Bombe explodiert, dann verlieren wir die Kontrolle und stürzen ab. Es dürfte kein großes Feuer geben, da die Tanks vollkommen leer sind. Vielleicht rutschen wir eine Zeitlang und überschlagen uns dann. Das einzige, was Sie tun können, ist, sich fest anzuschnallen und den Kopf zwischen den Knien zu halten.«

»Verstanden«, sagte er und blickte aus dem Fenster.

Sie sah ihn von der Seite an. »Kann ich Sie etwas fragen, Roland?«

»Klar.«

»Das ist doch nicht etwa der erste Flug in Ihrem Leben, oder?«

Er seufzte. »Wissen Sie, wenn Sie die meiste Zeit Ihres Lebens in North Carolina verbringen, haben Sie nicht viel Gelegenheit zum Reisen. Und um mal nach New York zu fahren? Ach wissen Sie, diese Amtrakzüge, die sind nett und mächtig bequem.« Er hielt kurz inne. »Die Wahrheit ist, daß ich bisher nie höher war, als mich ein Fahrstuhl gebracht hat.«

»Es ist nicht jedesmal wie heute«, tröstete sie ihn.
Er drückte ihre Schulter und sagte: »Halten Sie die Ohren steif.« Er kehrte zu seinem Sitz zurück.
»Okay«, sagte Percey und blätterte im *Airmans Guide* die Seiten über Denver International durch. »Brad, das wird ein nächtlicher Sichtflug auf Landebahn zwei acht links. Ich führe das Kommando über die Maschine. Sie lassen das Fahrwerk manuell runter und geben die Sinkrate, Distanz zur Landebahn, Fluggeschwindigkeit und Höhe durch. Ich will dabei die richtige Höhe über dem Boden, nicht die Höhe über Meeresspiegel.« Sie überlegte, ob es noch etwas zu berücksichtigen gab. Keine Energie, keine Klappen, keine Bremsmöglichkeiten. Es gab nichts mehr zu sagen; das war die kürzeste Besprechung vor einer Landung in ihrer gesamten Pilotenlaufbahn. Dann fiel ihr doch noch etwas ein. »Noch eins. Wenn wir zum Halten gekommen sind, bringen Sie sich so schnell wie möglich in Sicherheit.«
»Zehn Meilen bis zur Landebahn«, gab er durch. »Geschwindigkeit zweihundert Knoten. Höhe neuntausend Fuß. Wir müssen unseren Sinkflug verlangsamen.«
Sie zog den Knüppel leicht an, und die Geschwindigkeit verringerte sich dramatisch. Wenn sie jetzt unter die kritische Geschwindigkeit fielen, würden sie alle sterben. Der Knüppel vibrierte weiter. Es ging wieder voran.
Neun Meilen, acht ...
Sie war in Schweiß gebadet. Als sie sich das Gesicht abwischte, bemerkte sie, daß sich auf der zarten Haut zwischen Daumen und Zeigefinger Blasen gebildet hatten.
Sieben ... Sechs ...
»Fünf Meilen bis zum Aufsetzen, viertausendfünfhundert Fuß. Fluggeschwindigkeit zweihundertundzehn Knoten.«
»Fahrwerk raus«, befahl Percey.
Brad drehte an dem Rad, mit dem das Fahrwerk manuell herabgelassen wurde. Die Schwerkraft war hilfreich, aber er mußte trotzdem viel Kraft aufwenden. Daneben schaffte er es noch, die Augen immer auf den Instrumenten zu lassen und unablässig die Zahlen herunterzuleiern – wie ein Buchhalter, der die Bilanzen zi-

tiert. »Vier Meilen bis zum Aufsetzen, dreitausendundneunhundert Fuß...«

Sie kämpfte gegen die Vibrationen in den niedrigeren Höhen und die rauhen Winde an.

»Fahrwerk draußen«, rief Brad außer Atem. »Drei grün.«

Die Fluggeschwindigkeit verringerte sich auf hundertundachtzig Knoten – etwa 320 Stundenkilometer. Das war zu schnell. Viel zu schnell. Ohne ihre Schubumkehr würden sie auch über die längste Landebahn hinausschießen.

»Denver Approach, wie sieht der Bezugsdruck aus?«

»Dreißig neun acht«, antwortete der unerschütterliche Lotse.

Der Druck stieg immer weiter.

Sie atmete tief durch. Für die Bombe lag die Landebahn ganz knapp unter fünftausend Fuß über dem Meeresspiegel. Wie genau hatte der Tänzer den Zünder wohl eingestellt?

»Das Fahrwerk bremst uns ab. Sinkgeschwindigkeit zweitausendsechshundert.«

Was eine Sinkgeschwindigkeit von etwa achtunddreißig Meilen pro Stunde bedeutete. »Wir fallen zu schnell, Percey«, rief Brad. »Wir setzen vor den Begrenzungslichtern auf. Hundert Meter fehlen uns. Vielleicht zweihundert.«

ATC hatte es auch bemerkt. »*Foxtrot Bravo*, Sie müssen wieder etwas steigen. Sie fliegen zu niedrig.«

Wieder am Knüppel. Die Geschwindigkeit verringerte sich. Die Strömungsabrißwarnung blinkte auf. Sie drückte den Knüppel nach vorne.

»Zweieinhalb Meilen bis zum Aufsetzen, Höhe eintausendneunhundert Fuß.«

»Zu tief, *Foxtrot Bravo*«, warnte der Lotse erneut.

Sie sah über die silberne Nase nach draußen auf die vielen Lichter. Da waren die Stroboskoplichter, die sie vorwärts lotsten, die blauen Punkte entlang des Rollwegs und die orangefarbenen Lichter der Landebahn... Und viele Lichter, die Percey noch nie zuvor bei einer Landung gesehen hatte. Dutzende blinkende Lichter. Weiß und rot. Lauter Kranken- und Feuerwehrwagen.

Überall Lichter.

Alle Sterne der Nacht…
»Immer noch zu tief«, rief Brad. »Wir kommen zweihundert Meter zu früh runter.«
Vornübergebeugt saß sie mit schwitzenden Händen in ihrem Pilotensitz und dachte an Lincoln Rhyme, wie er sich in seinem Rollstuhl ebenfalls nach vorn beugte und etwas auf seinem Bildschirm betrachtete.
»Zu tief, *Foxtrot Bravo*«, wiederholte ATC. »Ich schicke die Krankenwagen auf das Feld vor der Landebahn.«
»Negativ«, antwortete Percey unnachgiebig.
Brad gab wieder seine Daten durch: »Höhe tausenddreihundert Fuß. Eineinhalb Meilen bis zum Aufsetzen.«
Wir haben noch dreißig Sekunden. Was soll ich nur tun?
Ed? Verrat es mir. Brit? Irgend jemand.
Los, du Affenkünstlerin… Was, zum Teufel, soll ich tun?
Sie sah zum Cockpitfenster heraus. Im hellen Mondlicht konnte sie die Vorstädte und ein paar Äcker sehen, aber links von der Maschine lagen große Flecken Wüste.
Colorado ist ein Wüstenstaat… Natürlich!
Sie ging plötzlich in eine scharfe Schräglage nach links.
Brad, der keine Ahnung hatte, was sie vorhatte, rief: »Sinkrate dreitausendzweihundert, Höhe eintausend Fuß, neunhundert, achthundertfünfzig…«
Wenn man ein antriebsloses Flugzeug zur Seite steuert, verliert man schnell an Höhe.
Der Lotse meldete sich alarmiert. »*Foxtrot Bravo*, nicht abdrehen. Ich wiederhole. Nicht abdrehen! Sie haben schon so nicht genügend Höhe.«
Sie steuerte die Maschine über ein Stück Wüste.
Brad lachte auf. »Höhe stabilisiert… Wir gewinnen an Höhe. Neunhundert Fuß, eintausend Fuß, zwölfhundert Fuß, dreizehnhundert Fuß… Ich verstehe das nicht.«
»Thermik«, erklärte sie. »Die Wüste speichert die Hitze am Tag und gibt sie in der Nacht ab.«
ATC hatte es auch begriffen. »Ausgezeichnet, *Foxtrot Bravo*, Sie haben sich dreihundert Meter erkauft. Kommen Sie auf zwei neun

null… Gut. Nun links zwei acht null. Sehr gut. Auf Kurs. Achtung, *Foxtrot Bravo*, Sie können ruhig diese Landelichter mitnehmen, wenn Sie wollen.«

»Danke für das Angebot, Denver, aber ich werde sie wohl am Tausendfußpunkt runtersetzen.«

»Das ist auch prima, Ma'am.«

Jetzt hatte sie ein neues Problem. Sie konnte zwar die Landebahn erreichen, aber sie waren viel zu schnell. Die Landeklappen verringerten normalerweise die kritische Geschwindigkeit, so daß die Maschine landen konnte. Die kritische Geschwindigkeit des Lear lag bei etwa 110 Knoten. Ohne Klappen betrug sie eher 180 Knoten. Bei dieser Geschwindigkeit raste man selbst über eine zwei Meilen lange Rollbahn binnen eines Augenblicks dahin.

Also zog Percey die Maschine in einen Sideslip.

Das Ganze ist mit einer kleinen Privatmaschine ein einfaches Manöver. Man steuert nach links und tritt das Pedal des rechten Seitenruders. Das verlangsamt das Flugzeug deutlich. Percey hatte keine Ahnung, ob diese Technik jemals in einem sieben Tonnen schweren Jet angewandt worden war, aber ihr fiel keine andere Methode ein. »Brauche jetzt Ihre Hilfe«, rief sie Brad zu und keuchte dabei vor Anstrengung und wegen des Schmerzes, der durch ihre aufgeschürften Hände jagte. Er ergriff ebenfalls den Knüppel und trat aufs Pedal. Das hatte den Effekt, daß die Maschine langsamer wurde, allerdings neigte sich der linke Flügel bedrohlich.

Sie würde ihn kurz vor dem Aufsetzen wieder ausbalancieren.

Hoffte sie.

»Geschwindigkeit?« fragte sie.

»Einhundertfünfzig Knoten.«

»Sieht gut aus, *Foxtrot Bravo*.«

»Noch zweihundert Meter zur Landebahn, Höhe zweihundertundachtzig Fuß«, gab Brad durch. »Anflugbefeuerung voraus auf zwölf Uhr.«

»Sinkrate?« fragte sie.

»Zweitausendsechshundert.«

Zu schnell. Eine Landung bei dieser Rate konnte das Fahrwerk zerstören. Und die Bombe konnte ausgelöst werden.

Da war die Anflugbefeuerung genau vor ihr – leitete sie voran...

Runter, runter, runter...

Als sie auf die Lichterreihe zurasten, schrie Percey: »Mein Flugzeug!«

Brad ließ den Steuerknüppel los.

Percey balancierte die Maschine wieder aus und brachte die Nase nach oben. Das Flugzeug glitt wunderbar, bekam sogar wieder Auftrieb und fing damit den steilen Fall genau über den aufgemalten Zahlen am Anfang der Landebahn auf.

Bekam so gut Auftrieb unter dem Rumpf, daß es nicht mehr landen wollte.

In der dickeren Luft der relativ niedrigeren Atmosphäre weigerte sich die dahinrasende Maschine – die durch die leeren Tanks leichter war –, auf dem Boden aufzusetzen.

Sie warf einen Blick auf die gelb-grünen Unfallwagen, die überall neben der Landebahn standen.

Tausend Fuß hinter den Zahlen, und noch immer dreißig Meter über dem Beton.

Schon zweitausend Fuß, dann dreitausend.

Verdammt, ramm sie in den Boden.

Percey drückte den Steuerknüppel vor. Das Flugzeug neigte sich dramatisch, und Percey riß den Knüppel mit voller Kraft zurück. Der silberne Vogel erzitterte und setzte dann sanft auf dem Beton auf. Es war die weichste Landung in ihrer ganzen Laufbahn.

»Volle Bremsen!«

Brad und Percey traten mit aller Kraft auf die Pedale. Sie hörten das Kreischen, spürten die starken Erschütterungen. Rauch füllte die Kabine.

Sie hatten bereits die Hälfte der Landebahn hinter sich und rasten immer noch mit hundert Meilen die Stunde dahin.

Gras, dachte sie. Wenn es nicht anders geht, steuere ich ins Gras. Das zerstört das Fahrwerk, aber ich rette zumindest die Ladung...

Siebzig, sechzig...

»Rechtes Rad, Feuerwarnung«, rief Brad. Und dann: »Bugrad, Feuerwarnung.«

Verdammt, dachte sie und drückte die Bremsen mit aller Kraft runter.

Der Lear begann zu schleudern und zu vibrieren. Sie glich es mit dem Bugrad aus. Noch mehr Rauch zog in die Kabine.

Sechzig Meilen, fünfzig, vierzig...

»Die Tür«, rief sie Bell zu.

Mit einem Satz war der Polizist an der Tür und drückte sie auf. Die Tür wurde zu einer Treppe.

Feuerwehrautos rasten auf die Maschine zu.

Mit einem lauten Ächzen und rauchenden Bremsen kam Lear N695FB drei Meter vor dem Ende der Landebahn zum Stehen.

Die erste Stimme, die in der Kabine zu hören war, war Bells.

»Okay, Percey, raus hier! Schnell!«

»Ich muß noch...«

»Jetzt übernehme ich wieder das Kommando!« schrie der Detective. »Wenn ich Sie hier mit Gewalt herauszerren muß, dann tue ich es. Also los, raus!«

Bell schob sie und Brad zur Tür hinaus, sprang dann selbst auf den Beton und zerrte sie von der Maschine weg. Er warnte die Feuerwehrleute, die begonnen hatten, den rauchenden Reifen mit Schaum zu besprühen: »Es ist eine Bombe an Bord. Kann jeden Augenblick hochgehen. In der Turbine. Nicht zu nah rangehen.« Mit der Pistole in der Hand inspizierte er die Menge aus Feuerwehrleuten, Sanitätern und Polizisten, die um das Flugzeug herumschwirrten. Noch vor gar nicht so langer Zeit hätte Percey ihn für paranoid gehalten. Doch jetzt nicht mehr.

Sie blieben etwa dreißig Meter vom Flugzeug entfernt stehen. Sprengstoffexperten der Polizei Denver fuhren vor. Bell winkte sie heran. Ein schlaksiger Cowboy stieg aus dem Truck und kam auf Bell zu. Sie hielten sich gegenseitig ihre Dienstausweise hin, und Bell berichtete von der Bombe und ihrem mutmaßlichen Versteck.

»Also sind Sie nicht sicher, ob eine Bombe an Bord ist?« fragte der Polizist aus Denver.

»Nein, nicht hundertprozentig.«

Doch in diesem Augenblick geschah es. Gerade als Percey zur *Foxtrot Bravo* hinüberschaute – die schöne silberne Haut war mit

Schaum bedeckt und glitzerte im Licht der grellen Scheinwerfer –, war plötzlich ein ohrenbetäubender Knall zu hören. Die hintere Hälfte des Flugzeugs löste sich in einem riesigen orangefarbenen Feuerball auf, und überall flogen Metallteile durch die Luft. Mit Ausnahme von Bell und Percey warfen sich alle Umstehenden auf die Erde.

»Oh, mein Gott«, stöhnte Percey.

Zwar war in den Tanks kein Benzin mehr, aber das Innere des Flugzeugs – die Sitze, die Verkabelung, der Teppich, die Plastikverschalung und die kostbare Ladung – brannte wie Zunder. Die Feuerwehrautos warteten einen Augenblick ab, dann preschten sie vor, um die zerstörte Metallhülle mit noch mehr Schaum zu besprühen.

FÜNFTER TEIL

Makaberer Tanz

Ich schaute in den Himmel und sah einen herabstürzenden Punkt, der zu einem umgekehrten Herzen, dann zu einem Vogel im Sturzflug anwuchs. Der Wind pfiff durch seine Federn und erzeugte einen fast überirdischen Ton, während er 8000 Meter durch die klare Herbstluft fiel. Im allerletzten Augenblick drehte er ab in die Flugbahn des Chukarhuhns und traf es mit voller Wucht von hinten. Ein lautes »Tchak« war zu hören, wie von einer großkalibrigen Kugel, die in Fleisch eindringt.

A Rage for Falcons, Stephen Bodio

35

42. Stunde von 45

Es war kurz nach 15.00 Uhr. Rhyme dachte an Percey Clay. Sie befand sich gut an Bord eines FBI-Jets auf dem Rückflug zur Ostküste. In wenigen Stunden würde sie auf dem Weg zum Gericht sein und sich auf ihre Aussage vor der Grand Jury vorbereiten.

Und Rhyme tappte noch immer im dunklen. Er wußte weder, wo sich der Tänzer jetzt aufhielt, noch, was er als nächstes plante, noch, welche Identität er diesmal annehmen würde.

Sellittos Telefon klingelte. Er hörte aufmerksam zu. Sein Gesicht verzog sich vor Entsetzen. »Der Tänzer hat schon wieder jemanden ermordet. Sie haben eine Leiche gefunden, in einem Tunnel im Central Park. Nähe Fifth Avenue. Er hat wieder alles getan, um eine Identifizierung zu verhindern.«

»Wirklich alles?«

»Klingt so, als hätte er diesmal das volle Programm durchgezogen. Hat alles entfernt: Hände, Kiefer, Zähne und sämtliche Kleidungsstücke. Es ist ein männlicher Weißer. Ziemlich jung. Ende Zwanzig, Anfang Dreißig.« Der Detective lauschte wieder konzentriert. »Kein Penner«, berichtete er. »Er ist sauber und in guter körperlicher Verfassung. Athletisch. Haumann glaubt, daß es so ein Yuppie von der East Side sein könnte.«

»Okay«, sagte Rhyme. »Bringt ihn her. Ich will ihn mir selbst ansehen.«

»Du willst die Leiche?«

»Genau.«

»Okay, wie du meinst.«

»Also hat der Tänzer wieder eine neue Identität«, sinnierte Rhyme wütend. »Aber welche, zum Teufel? Wie wird er uns als nächstes angreifen?« Er seufzte, sah zum Fenster hinaus und fragte Dellray: »In welches sichere Haus werdet ihr sie diesmal bringen?«

»Darüber hab ich lange nachgedacht«, erwiderte der schlaksige Agent. »Mir scheint...«

»In unseres«, unterbrach eine neue Stimme.

Sie fuhren zu dem beleibten Mann im Türrahmen herum.

»Sie kommt in unser sicheres Haus«, bekräftigte Reggie Eliopolos. »Wir übernehmen die Bewachung.«

»Nicht ohne...«, begann Rhyme.

Der Staatsanwalt wedelte so schnell mit einem Formular vor Rhymes Augen herum, daß er es nicht lesen konnte, aber alle wußten auch so, daß die Anordnung auf Schutzhaft rechtsgültig war.

»Das ist keine gute Idee«, protestierte Rhyme.

»Sie ist besser als Ihre Idee, unsere letzte Zeugin auf jede erdenkliche Art und Weise in Lebensgefahr zu bringen.«

Sachs trat zornig einen Schritt nach vorn, doch Rhyme schüttelte den Kopf.

»Glauben Sie mir«, beschwor Rhyme den Staatsanwalt. »Der Tänzer wird herausfinden, daß Sie sie in Schutzhaft nehmen. Vermutlich weiß er es schon. Möglicherweise setzt er sogar darauf«, fügte er düster hinzu.

»Dazu müßte er schon Gedanken lesen können.«

Rhyme tippte sich an den Kopf. »Sie kapieren es allmählich.«

Eliopolos lachte hämisch. Er blickte sich im Zimmer um und entdeckte Jodie. »Sind Sie Jodie D'Oforio?«

Der kleine Mann starrte zurück. »Ich – ja.«

»Sie kommen ebenfalls mit.«

»Hey, Moment mal, man hat mir gesagt, ich bekomme mein Geld und kann...«

»Das hier hat nichts mit Belohnungen zu tun. Wenn man Ihnen eine zugesagt hat, werden Sie die auch kriegen. Wir wollen nur sicherstellen, daß Sie bis zur Grand Jury in Sicherheit sind.«

»Grand Jury! Keiner hat auch nur mit einem Wort erwähnt, daß ich aussagen soll.«

»Nun«, gab Eliopolos zurück, »Sie sind ein wichtiger Zeuge.« Er nickte zu Rhyme hinüber. »Er da hat vielleicht im Sinn gehabt, irgendeinen Auftragskiller umzulegen. Wir dagegen arbeiten an einer Anklage gegen den Mann, der ihn angeheuert hat. So hält es die Justiz übrigens meistens.«

»Ich sage nicht aus.«

»Dann werden Sie eben eine Strafe wegen Behinderung der Justiz absitzen. In einem staatlichen ??? Ich wette, Sie wissen, wie es Ihnen dort ergehen wird.«

Der kleine Mann versuchte, sich wütend aufzuplustern, aber er war zu verängstigt. Sein Gesicht fiel in sich zusammen. »O Mann.«

»Sie können Percey nicht so gut schützen wie wir«, appellierte Rhyme an Eliopolos. »Wir kennen ihn. Lassen Sie uns die Bewachung übernehmen.«

»Ach, und Rhyme?« wandte sich Eliopolos an ihn. »Für den Zwischenfall mit dem Flugzeug werde ich Sie wegen Behinderung der Ermittlungen anklagen.«

»Einen Teufel werden Sie«, fauchte Sellitto.

»Einen Teufel werde ich«, schnappte der rundliche Mann zurück. »Er hätte den ganzen Fall ruinieren können, indem er ihr diesen Flug erlaubte. Am Montag werde ich die Anklageschrift zustellen lassen. Und ich werde persönlich die Ermittlungen überwachen. Er...«

Rhyme sagte leise: »Er ist hier gewesen, wissen Sie.«

Der stellvertretende Staatsanwalt unterbrach seinen Redefluß. Nach kurzem Zögern fragte er: »Wer?«

Doch er wußte ganz genau, wer gemeint war.

»Vor weniger als einer Stunde war er genau vor diesem Fenster und zielte mit einem Scharfschützengewehr, das mit Sprengpatronen geladen war, in dieses Zimmer.« Rhymes Augen wanderten zum Fußboden. »Vermutlich genau auf die Stelle, an der Sie jetzt stehen.«

Eliopolos wäre um nichts in der Welt zurückgewichen. Doch seine Augen huschten zum Fenster, um festzustellen, ob die Rollos heruntergelassen waren.

»Warum...«

Rhyme beendete den Satz für ihn: »Er nicht geschossen hat? Weil er eine bessere Idee hatte.«

»Und welche?«

»Ah«, sagte Rhyme. »Das ist die Preisfrage. Wir wissen nur, daß er wieder jemanden getötet hat – einen jungen Mann im Central Park – und ihm die Kleider weggenommen hat. Er hat die Leiche unkenntlich gemacht und die Identität seines Opfers übernommen. Ohne jeden Zweifel weiß er bereits, daß die Bombe Percey nicht getötet hat, und ist jetzt unterwegs, um den Job zu beenden. Und Sie wird er dazu als Verbündeten benutzen.«

»Er weiß noch nicht einmal, daß ich überhaupt existiere.«

»Da wäre ich mir nicht so sicher.«

»Reggie-Junge«, sagte Dellray. »Kapieren Sie es doch endlich.«

»Nennen Sie mich nicht so.«

Sachs schaltete sich ein: »Verstehen Sie denn nicht? Sie hatten es noch nie mit jemandem wie dem Tänzer zu tun.«

Mit einem Seitenblick auf Sachs wandte sich Eliopolos an Sellitto: »Vermute, Sie handhaben die Dinge hier auf städtischer Ebene anders. Bei uns auf Bundesebene wissen die Leute, wo ihr Platz ist.«

Rhyme fuhr ihn an: »Sie sind verrückt, wenn Sie ihn wie irgendeinen kleinen Gangster oder Ex-Mafioso behandeln. Niemand kann ihm entrinnen. Es gibt nur eine Möglichkeit: Wir müssen ihn stoppen.«

»Yeah, Rhyme, das war die ganze Zeit Ihr Schlachtruf. Nun, wir werden nicht noch mehr Männer opfern, nur weil Sie geil auf einen Kerl sind, der vor fünf Jahren zwei Ihrer Techniker getötet hat. Vorausgesetzt, Sie kriegen überhaupt noch einen hoch...«

Eliopolos war ein großer Mann und daher um so überraschter, sich plötzlich flach auf dem Fußboden wiederzufinden. Nach Luft schnappend, starrte er in Sellittos rot angelaufenes Gesicht und seine geballte Faust.

»Nur zu, Officer«, schnaufte der Staatsanwalt. »Dann werden Sie binnen einer halben Stunde dem Haftrichter vorgeführt.«

»Lon«, mahnte Rhyme, »laß gut sein...«

Der Detective beruhigte sich, starrte dem Mann drohend ins Gesicht und trat dann zurück. Eliopolos rappelte sich wieder hoch.

Die Beleidigung bedeutete Rhyme nichts. Er verschwendete gar keinen Gedanken an Eliopolos. Nicht einmal an den Tänzer. Denn sein Blick war auf Amelia Sachs gefallen, auf die Leere in ihren Augen, die Hoffnungslosigkeit. Er wußte genau, was sie empfand: Verzweiflung, ihre Beute aus den Augen zu verlieren. Eliopolos beraubte sie ihrer Chance, den Tänzer zu kriegen. Ebenso wie für Lincoln Rhyme war der Tänzer auch für sie der dunkle Mittelpunkt ihres Lebens geworden.

Und das alles nur wegen eines geringfügigen Fehlers – dem Vorfall auf dem Flugplatz, als sie in Deckung gegangen war. Eine Kleinigkeit für alle außer für sie selbst. Wie lautete doch das Sprichwort? Ein Dummkopf kann einen Stein in einen Teich werfen, den ein Dutzend weiser Männer nicht wiederfindet. Was war Rhymes Leben heute, wenn nicht die Folge eines Stücks Holz, das ein winziges Stückchen Knochen zerschmettert hatte? Auch Sachs' ganzes Leben war zerbrochen – wegen eines einzigen Augenblicks, in dem sie nach ihrem eigenen harten Urteil feige gewesen war. Doch anders als Rhyme hatte sie eine Chance, wiederhergestellt zu werden, davon war er überzeugt.

Oh, Sachs, wie sehr mich das schmerzt, was ich jetzt von Ihnen verlangen muß, aber ich habe keine andere Wahl. Zu Eliopolos sagte er: »Also gut, in Ordnung. Aber im Gegenzug müssen Sie eines tun.«

»Und wenn nicht?« kicherte Eliopolos.

»Dann werde ich Ihnen nicht sagen, wo Percey ist«, gab Rhyme zurück. »Außer uns weiß das niemand.«

Eliopolos' Gesicht war nicht länger von der Rauferei gerötet. Eisig starrte er Rhyme an: »Was wollen Sie?«

Rhyme holte tief Luft. »Der Tänzer hat gezeigt, daß er es auch auf die Leute abgesehen hat, die hinter ihm her sind. Wenn Sie schon Percey bewachen wollen, dann möchte ich, daß Sie auch den Leiter der Spurenermittlung in diesem Fall bewachen.«

»Etwa Sie?« fragte der Anwalt.

»Nein, Amelia Sachs«, gab Rhyme zurück.

»Rhyme, nein«, protestierte sie mit gerunzelter Stirn.

Tollkühne Amelia Sachs... und ich setze sie mitten in die Todeszone.

Er winkte sie zu sich herüber.

»Ich möchte hierbleiben«, beharrte sie. »Ich will ihn finden.«

Er flüsterte ihr zu: »Machen Sie sich darüber keine Sorgen, Sachs. Er wird *Sie* finden. Mel und ich werden versuchen, seine neue Identität zu entschlüsseln. Aber wenn er da draußen auf Long Island etwas unternimmt, dann möchte ich Sie vor Ort haben. Ich möchte, daß Sie bei Percey sind. Sie sind die einzige, die ihn versteht. Außer mir. Und ich werde in absehbarer Zeit nicht schießen können.«

»Er könnte aber auch hierher zurückkommen...«

»Das glaube ich nicht. Er läuft Gefahr, daß ihm zum erstenmal ein Fisch entkommt, und das gefällt ihm kein bißchen. Er bleibt an Percey dran. Er ist verzweifelt. Ich weiß es.«

Sie rang einen Augenblick mit sich, dann nickte sie.

»Okay«, stimmte Eliopolos zu. »Sie kommen mit uns. Unten wartet ein Minibus.«

Rhyme hielt sie zurück: »Sachs?«

Sie wartete.

Eliopolos seufzte: »Wir sollten wirklich aufbrechen.«

»Ich bin in einer Minute unten.«

»Wir stehen unter Druck, Officer.«

»Eine Minute, habe ich gesagt.« Mühelos bezwang sie seinen Blick. Eliopolos und seine Eskorte führten Jodie die Treppe hinunter. »Warten Sie«, rief der kleine Mann aus dem Flur. Er kam zurück, packte sein Selbsthilfebuch und trottete dann wieder die Stufen hinunter.

»Sachs...«

Er war versucht, über die Nutzlosigkeit von Heldentaten zu sprechen, über Jerry Banks, darüber, zuviel von sich selbst zu verlangen.

Darüber, die Toten ruhen zu lassen.

Doch er wußte, daß er mit jeglicher Ermutigung oder Mahnung zur Vorsicht nicht den richtigen Ton treffen würde.

Daher beließ er es bei einem »Schießen Sie zuerst«.

Sie legte ihre Hand auf seine linke. Er schloß die Augen und versuchte mit aller Kraft, den Druck ihrer Haut zu spüren. Er glaubte, daß er etwas fühlte, wenn auch nur in seinem Ringfinger.

Er sah zu ihr auf. Sie sagte: »Und Sie behalten jemanden in Ihrer Nähe, okay?« Dabei nickte sie zu Sellitto und Dellray herüber.

Die Ankunft eines Sanitäters unterbrach sie. Er sah sich im Zimmer um, betrachtete Rhyme, die ganze Ausrüstung und die schöne Polizistin und versuchte herauszufinden, warum um Himmels willen man ihm diesen Auftrag gegeben hatte. »Jemand hier wollte eine Leiche?« fragte er unsicher.

»Hierher!« rief Rhyme. »Sofort! Wir brauchen sie sofort!«

Der Minibus fuhr durch ein Tor und dann eine einspurige Zufahrt entlang. Sie schien mehrere Meilen lang zu sein.

»Wenn das die Zufahrt ist«, murmelte Roland Bell, »kann ich es kaum erwarten, das Haus zu sehen.«

Er und Amelia Sachs hatten Jodie zwischen sich, der beide mit seiner Zappelei nervte. Er drehte sich immer wieder ängstlich nach Schatten und dunklen Einfahrten um und rammte dabei abwechselnd Roland und Amelia mit seiner sperrigen kugelsicheren Weste. Auf dem Long Island Expressway spähte er in jedes entgegenkommende Auto.

Hinten saßen zwei 32-E-Officers mit entsicherten Maschinenpistolen. Percey Clay war vorn auf dem Beifahrersitz. Als sie Percey und Bell auf dem Weg nach Suffolk County am Marine Air Terminal von LaGuardia abgeholt hatten, hatte der Anblick der Pilotin Sachs einen Schock versetzt.

Es war nicht die Erschöpfung – obwohl sie sichtlich müde war. Nicht Furcht. Nein, es war Perceys völlige Resignation, die Sachs beunruhigte. Als Streifenpolizistin hatte sie weiß Gott viele Tragödien auf der Straße erlebt. Sie hatte ihren Anteil an schlechten Nachrichten überbracht, doch nie hatte sie dabei jemanden gesehen, der so ganz und gar aufgegeben hatte wie jetzt Percey Clay.

Unterwegs telefonierte sie mit Ron Talbot. Aus dem Gespräch entnahm Sachs, daß U.S. Medical den Vertrag schon gekündigt hatte, noch bevor die Trümmer ihres Flugzeugs abgekühlt waren. Als Percey aufgelegt hatte, starrte sie einen Augenblick auf die vorüberfliegende Landschaft. Abwesend sagte sie zu Bell: »Die Versicherungsgesellschaft will noch nicht einmal für die Ladung bezahlen. Sie sagen, daß ich wissentlich ein Risiko eingegangen bin. Das war's also. Das war's.« Brüsk fügte sie hinzu: »Wir sind bankrott.«

Pinien flogen vorüber, verkümmerte Eichen, Sandstreifen. Als Teenager war Sachs, das Stadtmädchen, häufig nach Nassau und Suffolk County gekommen, nicht wegen der Strände und Einkaufszentren, sondern um bei den berüchtigten Dragsterrennen die Kupplung ihres Chargers sausen zu lassen und das braune Auto in 5,9 Sekunden auf hundert Stundenkilometer hochzujagen. Sie wußte Bäume, Gras und Kühe schon zu schätzen, doch am meisten genoß sie die Natur, wenn sie mit 180 Stundenkilometern daran vorbeiraste.

Jodie verschränkte seine Arme und ließ sie dann wieder sinken, verkroch sich in den Sitz, spielte mit dem Sicherheitsgurt und rempelte wieder einmal Sachs an.»'tschuldigung«, murmelte er.

Sie hätte ihm am liebsten eine runtergehauen.

Das Haus konnte mit der Zufahrt nicht mithalten. Es war ein verschachtelter Bau mit Zwischengeschossen. Ein baufälliges Gebilde aus Balken und Brettern, das über die Jahre mit viel Steuergeld und null Inspiration ausgebaut worden war.

Die Nacht war bedeckt, Nebelschwaden zogen durch die Luft, trotzdem konnte Sachs erkennen, daß die Anlage von einem dichten Ring Bäume umgeben war. Direkt um das Haus war im Umkreis von zweihundert Metern alles freigeschlagen worden. Gute Deckung für die Bewohner des Hauses und gut einzusehendes freies Gelände, um jeden zu bemerken, der einen Angriff versuchte. Ein graues Band in der Entfernung zeigte an, wo der Wald sich fortsetzte. Hinter dem Haus lag ein großer, glatter See.

Reggie Eliopolos kletterte aus dem vorderen Wagen und bedeutete allen auszusteigen. Er führte sie zum Haupteingang des Gebäudes. Dort übergab er sie einem rundlichen Mann, der fröhlich wirkte, obwohl er während ihrer Begegnung kein einziges Mal lächelte.

»Willkommen«, begrüßte er sie. »Ich bin U.S. Marshal David Franks. Ich will Ihnen ein wenig über Ihr neues Zuhause erzählen. Es ist die sicherste Zeugenschutzeinrichtung im ganzen Land.

Rund um das Haus haben wir Bewegungs- und Drucksensoren. Da kann keiner durch, ohne daß sofort Alarm ausgelöst wird. Der Computer ist so programmiert, daß er menschliche Bewegungsabläufe in Verbindung mit Gewicht erkennt, so daß der Alarm nicht losgeht, wenn ein Reh oder ein Hund aufs Gelände gelangt. Wenn aber ein Mensch hintritt, wo er nicht sollte, gehen hier so viele Lichter an wie am Times Square an Heiligabend. Und wenn jemand versuchen sollte, auf einem Pferd zum Haus zu reiten? Auch daran haben wir gedacht. Der Computer registriert eine Abweichung zwischen dem Gewicht und dem Abstand der Hufe des Tieres, und schon geht der Alarm los. Überhaupt setzt jede Bewegung – auch von einem Eichhörnchen oder Waschbären – die Infrarotkameras in Gang. Ach, und dann werden wir noch vom Radar des Regionalflughafens Hampton überwacht, so daß jeder Angriff aus der Luft frühzeitig bemerkt wird. Wenn irgend etwas passiert, werden Sie die Sirene hören und vielleicht die Scheinwerfer sehen. Bleiben Sie dann einfach, wo Sie sind. Laufen Sie keinesfalls nach draußen.«

»Wie setzt sich die Wachmannschaft hier zusammen?« fragte Sachs.

»Wir haben vier Marshals drinnen. Zwei draußen im vorderen Wachposten, zwei hinten beim See. Und wenn Sie diesen Panikknopf drücken, dauert es keine zwanzig Minuten, bis ein Huey-Hubschrauber mit den Jungs vom Einsatzkommando hier einfliegt.«

In Jodies Gesicht stand deutlich geschrieben, daß ihm zwanzig Minuten wie eine sehr lange Zeit erschienen. Sachs konnte ihm nur zustimmen.

Eliopolos sah auf seine Uhr. Er sagte: »Um sechs Uhr wird ein gepanzerter Wagen hier sein, um Sie zur Grand Jury zu bringen. Tut mir leid, daß Sie nicht allzuviel Schlaf bekommen werden.« Er warf Percey einen bedeutungsvollen Blick zu. »Aber wenn es nach mir gegangen wäre, hätten Sie die ganze Nacht hier verbracht, sicher und wohlbehalten.«

Niemand sagte ein Wort des Abschieds, als er zur Tür hinausging.

Franks setzte seine Erläuterungen fort: »Noch ein paar Dinge muß ich erwähnen. Bleiben Sie von den Fenstern weg. Gehen Sie nicht ohne Begleitung nach draußen. Dieses Telefon dort« – er zeigte auf einen beigefarbenen Apparat in einer Ecke des Wohnzimmers – »ist abhörsicher. Es ist das einzige, das Sie benutzen dürfen. Schalten Sie Ihre Handys aus, und benutzen Sie sie unter gar keinen Umständen. So. Das war's. Fragen?«

Percey fragte: »Yeah, gibt es hier Schnaps?«

Franks beugte sich zu einem Schrank herunter und holte eine Flasche Wodka und einen Bourbon heraus. »Wir möchten, daß sich unsere Gäste wohl fühlen.«

Er stellte die Flaschen auf den Tisch, dann ging er zur Haustür und zog dabei seine Windjacke an. »Ich fahre nach Hause. Nacht, Tom«, verabschiedete er sich von dem Marshal an der Tür und nickte dem ungleichen Quartett seiner Schützlinge zu, das mitten in dieser Holzhütte um einen Tisch mit zwei Flaschen Schnaps stand und von einem Dutzend Rotwild- und Elchköpfen an den Wänden beäugt wurde.

Das Telefon schrillte und ließ alle zusammenfahren. Einer der Marshals nahm nach dem dritten Klingeln ab. »Hallo?...«

Er sah zu den beiden Frauen herüber. »Amelia Sachs?«

Sie nickte und nahm den Hörer.

Es war Rhyme. »Sachs, wie sicher ist es?«

»Ziemlich gut«, sagte sie. »High-Tech. Hatten Sie Glück mit der Leiche?«

»Bis jetzt nicht. Vier Männer sind in den letzten vier Stunden in Manhattan als vermißt gemeldet worden. Wir überprüfen sie alle. Ist Jodie da?«

»Ja.«

»Fragen Sie ihn, ob der Tänzer je erwähnt hat, daß er eine bestimmte Identität annehmen wollte.«

Sie gab die Frage weiter.

Jodie überlegte. »Nun, ich erinnere mich, daß er etwas erwähnt hat... ich meine, nichts Bestimmtes. Er sagte, wenn man jemanden töten will, muß man infiltrieren, evaluieren, delegieren, dann eliminieren. Oder so ähnlich. Ich kriege es nicht genau zusammen. Er meinte, man müsse eine bestimmte Aufgabe an jemand anderen delegieren und dann zuschlagen, wenn alle abgelenkt sind. Ich glaube, er erwähnte einen Botenjungen oder Schuhputzer.«

Seine tödlichste Waffe ist die Irreführung...

Nachdem sie das an Rhyme weitergegeben hatte, sagte er: »Wir glauben, daß es sich bei dem Toten um einen jungen Geschäftsmann handelt. Könnte ein Anwalt sein. Fragen Sie Jodie, ob er davon gesprochen hat, zur Grand Jury ins Gerichtsgebäude eindringen zu wollen.«

Das glaubte Jodie nicht.

Sachs sagte es Rhyme.

»Okay. Danke.« Sie hörte, wie er Mel Cooper etwas zurief. »Ich melde mich später noch mal, Sachs.«

Nachdem sie aufgelegt hatte, fragte Percey: »Wer möchte einen Schlummertrunk?«

Sachs konnte sich nicht entscheiden. Die Erinnerung an den Scotch vor dem Fiasko in Lincoln Rhymes Bett ließ sie zusammenzucken. Doch aus einem Impuls heraus sagte sie: »Klar.«

Roland Bell beschloß, daß er für eine halbe Stunde außer Dienst sein konnte.

Jodie entschied sich für einen raschen, medizinischen Schluck Whisky und verschwand dann Richtung Bett, sein Selbsthilfebuch unter den Arm geklemmt und den Blick mit der Faszination des Stadtkindes auf einen Elchkopf an der Wand geheftet.

Draußen in der feuchten Frühlingsluft zirpten Grillen, und Ochsenfrösche stießen ihre eigentümlichen, beunruhigenden Rufe aus.

Als er durch das Fenster in die morgendliche Dämmerung schaute, konnte Jodie die Strahlen der Suchscheinwerfer ausmachen, die durch den Nebel streiften. Schatten tanzten hin und her – der Nebel, der durch die Bäume zog.

Er trat vom Fenster zurück und ging zur Tür seines Zimmers, spähte hinaus.

Zwei Marshals bewachten den Flur; sie saßen in einem kleinen Sicherheitsraum etwa sieben Meter entfernt. Sie wirkten gelangweilt und nicht sonderlich wachsam.

Er lauschte, konnte aber nichts hören außer dem Knarren und Knacken des alten Hauses in der Nacht.

Jodie kehrte zu seinem Bett zurück und setzte sich auf die durchgelegene Matratze. Er ergriff seine fleckige Ausgabe von *Nicht länger abhängig*.

An die Arbeit, dachte er.

Er bog das Buch so weit auseinander, daß der Klebstoff knisterte, und löste ein kleines Stück Klebeband vom unteren Ende des Buchrückens. Ein langes Messer glitt aufs Bett. Die Klinge sah aus wie schwarzes Metall, war aber aus keramikverstärktem Polymerkunststoff und mit einem Metalldetektor nicht zu erkennen. Sie war fleckig und angelaufen, scharf wie eine Rasierklinge auf der einen Seite, auf der anderen gezackt wie die Säge eines Chirurgen. Der Griff des Messers war mit Klebeband umwickelt. Er hatte dieses Messer selbst entworfen und konstruiert. Wie die meisten gefährlichen Waffen war es weder glitzernd noch sexy und tat nur eines: Es tötete. Und das sehr, sehr gut.

Er hatte keine Bedenken, die Waffe in die Hand zu nehmen oder Türgriffe und Fenster zu berühren, denn er besaß neue Fingerabdrücke. Die Haut auf den Kuppen seiner zehn Finger war vergangenen Monat von einem Schweizer Chirurgen in Bern chemisch weggebrannt worden, und in das Narbengewebe waren dann mit einem Laser für Mikrooperationen neue Abdrücke eingeätzt worden. Seine eigenen Abdrücke würden wieder durchkommen, aber erst in ein paar Monaten.

Er saß mit geschlossenen Augen auf dem Bettrand und stellte sich das Wohnzimmer vor, drehte im Geiste eine Runde und rief sich in Erinnerung, wo sich alles befand: jede Tür, jedes Fenster, jedes Möbelstück, die geschmacklosen Landschaftsbilder an den Wänden, die Elchgeweihe über dem Kamin, Aschenbecher, Waffen und potentielle Waffen. Jodie hatte ein so gutes Gedächtnis, daß er mit verbundenen Augen durch den Raum hätte gehen können, ohne gegen einen einzigen Stuhl oder Tisch zu stoßen.

Ganz vertieft in diese Meditation, steuerte er sein imaginäres Ich zum Telefon in der Ecke und dachte einen Augenblick über das Kommunikationssystem des sicheren Hauses nach. Er wußte genau, wie es funktionierte (er verbrachte einen Großteil seiner Freizeit damit, Gebrauchsanweisungen von Sicherheits- und Kommunikationssystemen zu studieren), und er wußte, wenn er die Leitung kappte, würde durch den Spannungsabfall ein Signal an die Schalttafel des Marshals hier im Haus und vermutlich auch nach draußen gehen. Also würde er sie intakt lassen müssen.

Kein Problem, nur ein Faktor.

Weiter auf seinem gedanklichen Rundgang. Zu den Videokameras – die der Marshal »vergessen« hatte zu erwähnen. Sie waren Y-förmig angeordnet, wie jeder kostenbewußte Alarmanlageninstallateur sie installierte. Er kannte dieses System und wußte, daß es einen entscheidenden Schwachpunkt aufwies – man brauchte nur fest mitten auf die Linse zu klopfen. Dadurch wurde die gesamte Optik durcheinandergebracht; das Bild im Überwachungsmonitor würde schwarz werden, aber anders als beim Durchtrennen der Kabel würde kein Alarm ausgelöst werden.

Er dachte über die Beleuchtung nach... er konnte sechs – nein, fünf – der acht Lampen lahmlegen, die er in dem sicheren Haus gesehen hatte, aber nicht mehr. Jedenfalls nicht, bevor alle Marshals tot wären. Er rief sich die genaue Position jeder Lampe und der dazugehörigen Schalter in Erinnerung, dann setzte er seinen imaginären Rundgang fort. Das Fernsehzimmer, die Küche, die Schlafzimmer. Bedachte die Entfernungen, die Blickwinkel von draußen.

Kein Problem...

Rekapitulierte den Aufenthaltsort von jedem seiner Opfer. Berücksichtigte die Möglichkeit, daß sie sich in den vergangenen fünfzehn Minuten von der Stelle gerührt haben könnten.

...nur ein Faktor.

Jetzt öffnete er die Augen. Er nickte, schob das Messer in seine Tasche und trat aus der Tür.

Lautlos schlich er in die Küche und nahm vom Regal über der Spüle einen Löffel. Trat an den Kühlschrank und goß sich ein Glas Milch ein. Dann ging er in den Gemeinschaftsraum und schlenderte von Bücherregal zu Bücherregal, als suche er etwas zu lesen. Jedesmal, wenn er an einer Videokamera vorbeikam, hob er den Arm und schlug mit dem Löffel gegen die Linse. Dann stellte er sein Milchglas mit dem Löffel auf einen Tisch und ging zum Sicherheitsraum.

»Hey, da stimmt was nicht mit den Monitoren«, murmelte ein Marshal und drehte an einem Knopf.

»Yeah?« fragte der andere mäßig interessiert.

Jodie ging an dem ersten Marshal vorbei. Der sah auf und hob an »Hey Sir, wie geht's denn so?« zu fragen, doch da hatte Jodie schon die Kehle des Mannes ritsch-ratsch in einem säuberlichen V aufgeschlitzt und ließ sein Blut in hohem Bogen versprühen. Die Augen seines Partners weiteten sich vor Schreck, und er griff nach seiner Pistole, doch Jodie riß sie ihm aus der Hand und stach ihm einmal in die Kehle und einmal in die Brust. Er fiel zu Boden und schlug wild um sich. Es war ein geräuschvoller Tod – wie Jodie es erwartet hatte. Doch er konnte dem Mann nicht noch mehr Stiche zufügen; er brauchte die Uniform und mußte ihn deshalb mit einem Minimum an Blutvergießen töten.

Während der Marshal zitternd auf der Erde lag und starb, starrte er Jodie an, der seine eigenen, blutgetränkten Kleider auszog. Die Augen des Marshals flogen zu Jodies Bizeps. Sie hefteten sich auf seine Tätowierung.

Als Jodie sich herunterbeugte und begann, den Marshal zu entkleiden, bemerkte er den Blick des Mannes und sagte: »Es heißt ›Totentanz‹. Sehen Sie? Der Tod tanzt mit seinem nächsten Opfer. Dahinter ist der Sarg. Gefällt es Ihnen?«

Er fragte mit echter Neugier, erwartete aber keine Antwort. Und erhielt keine.

36

43. Stunde von 45

Mel Cooper hatte Latexhandschuhe übergezogen und beugte sich über die Leiche des jungen Mannes, den sie im Central Park gefunden hatten.

»Ich könnte es mit den Fußsohlen probieren«, schlug er mutlos vor.

Die Abdrücke der Fußsohlen waren ebenso unverwechselbar wie Fingerabdrücke, doch ohne einen direkten Vergleich mit den Füßen eines Verdächtigen hatten sie nur eingeschränkten Wert, denn sie waren nicht in den Datenbanken der AFIS katalogisiert.

»Spar dir die Mühe«, murmelte Rhyme.

Wer, zum Teufel, ist das? fragte sich Rhyme und betrachtete den übel zugerichteten Leichnam. Er ist der Schlüssel zum nächsten Schritt des Tänzers. Oh, das war das schlimmste Gefühl der Welt: eine juckende Stelle, die er nicht erreichen konnte. Ein Beweisstück vor sich zu haben, zu wissen, daß es der Schlüssel zu dem Fall war, aber unfähig zu sein, es zu deuten.

Rhymes Augen wanderten zur Beweisliste an der Wand. Die Leiche war wie die grünen Fasern, die sie im Hangar gefunden hatten, von großer Bedeutung, das spürte Rhyme, doch nicht zu entschlüsseln.

»Sonst noch etwas?« fragte Rhyme den diensttuenden Gerichtsmediziner, der den Leichnam hierherbegleitet hatte. Er war noch jung, aber bereits halb kahl, und auf seiner Glatze standen Schweißtropfen. Der Arzt sagte: »Er ist homosexuell, oder, um genau zu sein, er hat homosexuelle Praktiken ausgeübt, als er jung war. Er hatte wiederholt Analverkehr, allerdings seit ein paar Jahren nicht mehr.«

Rhyme fragte weiter: »Was sagt Ihnen diese Narbe? Eine Operation?«

»Nun, es ist ein sauberer Einschnitt, aber mir ist kein Grund bekannt, an dieser Stelle zu operieren. Vielleicht ein Darmverschluß. Allerdings habe ich noch nie von einer Operation in diesem Bereich des Unterleibs gehört.«

Rhyme bedauerte, daß Sachs nicht dabei war. Er hätte gern mit ihr Ideen entwickelt. Sie wäre bestimmt auf etwas gekommen, das er übersehen hatte.

Wer könnte das nur sein? Rhyme zermarterte sein Gehirn. Identifizierung war eine komplexe Wissenschaft. Einmal hatte er die Identität eines Mannes mit nichts als einem einzigen Zahn festgestellt. Doch diese Prozedur kostete Zeit – normalerweise Wochen oder sogar Monate.

»Macht einen Bluttest und eine DNA-Analyse«, rief Rhyme.

»Schon passiert«, sagte der diensttuende Arzt. »Ich habe die Proben in die Stadt geschickt.«

Falls er HIV-positiv wäre, könnte ihnen das helfen, ihn durch Ärzte oder Kliniken zu identifizieren. Doch ohne weitere Anhaltspunkte waren die Blutwerte nicht besonders hilfreich.

Fingerabdrücke...

Ich würde *alles* für einen Fingerabdruck geben, dachte Rhyme. Vielleicht...

»Wartet mal!« Rhyme lachte laut auf. »Sein Schwanz!«

»Was?« platzte Sellitto heraus.

Dellray hob eine Augenbraue.

»Er hatte keine Hände mehr, doch welchen Teil seiner Anatomie hat er mit Sicherheit angefaßt?«

»Seinen Penis«, rief Cooper aus. »Wenn er in den letzten zwei Stunden gepinkelt hat, kriegen wir vermutlich einen Abdruck.«

»Wer möchte die ehrenvolle Aufgabe übernehmen?«

»Uns ist kein Job zu widerlich«, griente der Techniker und zog ein weiteres Paar Latexhandschuhe über. Er machte sich mit den Kromekote-Fingerabdruckskarten an die Arbeit und bekam zwei ausgezeichnete Abdrücke – einen Daumen von der Spitze des Penis und einen Zeigefinger vom Schaft.

»Perfekt, Mel.«

»Verrat das bloß nicht meiner Freundin«, meinte er schüchtern.

Er fütterte die Abdrücke ins AFIS-Suchsystem ein.

Auf dem Bildschirm blinkte die Nachricht auf: *Bitte warten... bitte warten...*

Sei registriert, dachte Rhyme verzweifelt. Bitte sei registriert.

Er war es.

Doch als das Ergebnis kam, starrten Sellitto und Dellray, die direkt vor Coopers Computer standen, fassungslos auf den Bildschirm.

»Was zum Teufel?« fragte der Detective.

»Was?« schrie Rhyme. »Wer ist es?«

»Es ist Kall.«

»Was?«

»Es ist Stephen Kall«, wiederholte Cooper. »Übereinstimmung in zwanzig Punkten. Es gibt keinen Zweifel.« Cooper suchte den zusammengesetzten Abdruck heraus, den sie zuvor erstellt hatten, um die Identität des Tänzers herauszufinden. Er ließ ihn neben den Kromekotekarten auf den Tisch fallen. »Sie sind identisch.«

Wie war das möglich? fragte sich Rhyme. Wie nur?

»Und was wenn«, setzte Sellitto an. »Also gut, es ist Kalls Abdruck auf dem Schwanz des Kerls. Was, wenn Kall ein Schwanzlutscher ist?«

»Wir haben die genetischen Daten aus Kalls Blut, stimmt's? Von dem Wasserturm?«

»Richtig«, rief Cooper.

»Vergleicht sie«, forderte Rhyme. »Ich will ein Profil der Blutdaten der Leiche. Und zwar sofort.«

Er fand den Namen poetisch. Der »Totentänzer«... das gefällt mir, dachte er. Viel besser als »Jodie« – der Name, den er für diesen Auftrag angenommen hatte, weil er so harmlos klang. Ein dummer Name, ein kleiner Name.

Der Tänzer...

Namen waren wichtig, das wußte er. Er hatte sich mit Philosophie beschäftigt. Der Akt der Benennung – der Bezeichnung – ist allein dem Menschen zu eigen. Der Tänzer sprach nun schweigend zu dem toten, verstümmelten Stephen Kall: Ich war es, von dem du gehört hattest. Ich bin derjenige, der seine Opfer *Leichen* nennt. Du nennst sie *Ehefrauen, Ehemänner, Freunde*, wie auch immer.

Doch sobald ich angeheuert bin, sind es für mich einfach nur noch Leichen. Mehr nicht.

Er verließ den Raum, in dem die beiden toten Officers lagen, und ging den düsteren Flur hinunter. Er trug jetzt die Uniform eines U.S. Marshals. Natürlich hatte er Blutflecken nicht ganz vermeiden können, doch in dem trüben Licht dieses Hauses waren die Schatten auf der blauen Uniform kaum zu sehen. Er war auf dem Weg zur Leiche Nummer drei.

Oder der *Ehefrau*, wenn du so willst, Stephen. Welch eine gestörte, nervöse Kreatur du doch warst. Mit deinen geschrubbten Händen und deinem verwirrten Schwanz. *Der Ehemann, die Ehefrau, der Freund...*

Infiltriere, evaluiere, delegiere, eliminiere...

Ach, Stephen... ich hätte dir beibringen können, daß es in diesem Geschäft nur eine einzige Regel gibt: Du mußt jeder lebendigen Kreatur immer einen Schritt voraus sein.

Er hatte jetzt zwei Pistolen, aber er würde sie noch nicht benutzen. Es käme ihm nicht in den Sinn, übereilt zu handeln. Wenn er jetzt auch nur stolperte, würde er nie eine weitere Chance bekommen, Percey Clay zu töten, bevor die Grand Jury an diesem Vormittag zusammentrat.

Er glitt lautlos in einen Wachraum, in dem zwei weitere U.S. Marshals saßen. Einer las Zeitung, der zweite schaute fern.

Der erste sah zum Tänzer auf, registrierte die Uniform und wandte sich wieder seiner Zeitung zu. Dann blickte er erneut hoch.

»Warte«, sagte der Marshal, dem plötzlich klar wurde, daß er das Gesicht nicht erkannte.

Doch der Tänzer wartete nicht.

Er antwortete mit einem *ritsch-ratsch* und durchtrennte seine Halsschlagader. Der Mann fiel nach vorn und starb so leise über Seite sechs der *Daily News*, daß sein Partner noch nicht einmal den Blick vom Fernsehschirm abwandte, auf dem gerade eine mit dickem Goldschmuck behängte blonde Frau erläuterte, wie sie ihren Freund mit Hilfe eines Hellsehers kennengelernt hatte.

»Warten? Worauf?« fragte der zweite Marshal abwesend, die Augen auf den Fernseher geheftet.

Er starb ein wenig geräuschvoller als sein Partner, doch niemand im Haus schien etwas davon zu bemerken. Der Tänzer zog die Leichen zu Boden und verstaute sie unter einem Tisch.

Bevor er durch die Hintertür nach draußen schlüpfte, stellte er sicher, daß keine Sensoren am Türrahmen angebracht waren. Die beiden Posten vom Haus abgewandt. Einer warf dem Tänzer einen raschen Blick zu, nickte kurz zur Begrüßung und widmete sich dann wieder seiner Überwachung. Am Himmel zeigte sich schon das erste Morgenlicht, doch es war noch so dunkel, daß der Mann ihn nicht erkannte. Beide starben fast lautlos.

Den beiden anderen in dem Wachhäuschen am See näherte sich der Tänzer von hinten. Er kitzelte das Herz des einen Marshals mit einem Stich in den Rücken und schlitzte dann *ritsch-ratsch* die Kehle des zweiten Wachmannes auf. Zu Boden gesunken, gab der erste Marshal noch einen kläglichen Schrei von sich, bevor er starb. Doch wieder schien niemand etwas zu merken. Der Laut, beschloß der Tänzer, ähnelte stark dem Ruf des Seetauchers, der gerade in dieser schönen rosafarbenen und grauen Morgendämmerung erwachte.

Rhyme und Sellitto waren dabei, alle ihre Kontakte spielen zu lassen, als das Fax mit dem DNA-Profil eintraf. Der Test war in der Schnellversion durchgeführt worden – der Polymerasekettenreaktion –, trotzdem war er schlüssig; bei dem Leichnam vor ihnen auf dem Untersuchungstisch handelte es sich mit einer Wahrscheinlichkeit von sechstausend zu eins um Stephen Kall.

»Jemand hat ihn getötet?« murmelte Sellitto. Sein Hemd war so zerknittert, daß es aussah wie eine Gewebeprobe in fünfhundertfacher Vergrößerung. »Warum?«

Doch warum ist keine Frage für einen Kriminalisten.

Beweismaterial... dachte Rhyme. Beweismaterial war sein einziges Interesse.

Er sah zu den Tafeln an der Wand, überflog noch einmal alle Hinweise in diesem Fall. Die Fasern, die Kugeln, die Glasscherben...

Analysiere! Denk nach!

Du kennst die Prozedur. Du hast das schon eine Million mal getan.

Du stellst die Tatsachen fest. Du quantifizierst und kategorisierst sie. Du formulierst Vermutungen. Und ziehst deine Schlußfolgerungen. Dann überprüfst du...

Vermutungen, dachte Rhyme.

Eine herausstechende Vermutung war von Anfang an in diesem Fall präsent gewesen. Sie hatten ihre gesamte Untersuchung auf die Annahme gestützt, daß Stephen Kall der Totentänzer *war*. Aber was, wenn er es nicht wäre? Sondern nur ein kleiner Bauer, den der Tänzer als Waffe benutzt hatte?

Irreführung...

Wenn es so wäre, müßte es Beweismaterial geben, das nicht zusammenpaßte. Etwas, das auf den echten Tänzer hindeutete.

Er brütete über den Tafeln.

Doch da war nichts Ungeklärtes, mit Ausnahme der grünen Faser. Und die sagte ihm nichts.

»Wir haben keine Kleider von Kall, oder?«

»Nein, er war splitterfasernackt, als wir ihn fanden«, antwortete der Gerichtsmediziner.

»Haben wir auch nichts, womit er in Kontakt kam?«

Sellitto zuckte die Achseln. »Na ja, wir hatten Jodie.«

Rhyme kam eine Idee. »Er hat sich hier umgezogen, stimmt's?«

»Stimmt«, bestätigte Sellitto.

»Bring Jodies Kleider her. Ich will sie mir ansehen.«

»Igitt«, Dellray schüttelte sich. »Die sind extrem unappetitlich.«

Cooper machte Jodies verdreckte Kleider ausfindig und brachte sie herein. Er bürstete sie über druckfrischen Zeitungsseiten aus. Dann legte er Proben des Materials auf Objektträger und schob sie unter das Elektronenmikroskop.

»Was haben wir?« Rhyme schaute auf den Bildschirm, wo er dasselbe sah wie Cooper unter seinem Mikroskop.

»Was ist dieses weiße Zeug?« fragte Cooper. »Diese Körner. Davon gibt es eine Menge. Sie waren im Saum seiner Hose.«

Rhyme spürte, wie ihm die Hitze ins Gesicht stieg. Teils rührte sie von seinem Blutdruck, der infolge der Erschöpfung verrückt spielte, teils von den Phantomschmerzen, die ihn noch immer ab und zu plagten. Doch hauptsächlich war es das Jagdfieber.

»O mein Gott«, flüsterte er erregt.

»Was ist los, Lincoln?«

»Es ist Oolith«, verkündete er.

»Was, zum Teufel, ist das?« fragte Sellitto.

»Rogenstein. Ein Sand, der vom Wind getragen wird. Man findet ihn auf den Bahamas.«

»Auf den Bahamas?« Cooper runzelte die Stirn. »Wir haben doch kürzlich erst etwas über die Bahamas gehört.« Er sah sich im Labor um. »Was war das nur? Ich kann mich nicht erinnern.«

Rhyme aber konnte. Seine Augen waren auf die Tafel mit dem FBI-Untersuchungsbericht über den Sand geheftet, den Amelia Sachs letzte Woche in Tony Panellis Auto gefunden hatte, dem verschwundenen Agenten.

Er las: *»Die zur Analyse vorliegende Substanz ist nicht Sand im technischen Sinne. Es ist Korallengestein von Riffen und enthält Skelettnadeln, Querschnitte aus dem Röhrensystem von Seewürmern, Schneckengehäuse und Foraminifere. Wahrscheinlichster Herkunftsort ist die nördliche Karibik: Kuba, die Bahamas.«*

Dellrays Agent, sinnierte Rhyme ... ein Mann, der wußte, wo sich die sicherste Zeugenschutzeinrichtung in Manhattan befand. Der die Adresse unter Folter verraten würde.

So daß der Tänzer dort warten konnte, warten darauf, daß Stephen Kall auftauchte. Dann freundete er sich mit ihm an und richtete es so ein, daß er gefaßt wurde und in die Nähe der Opfer gelangte. »Die Pillen!« rief Rhyme aus.

»Was habe ich mir nur gedacht? Dealer verschneiden keine Arzneimittel! Das lohnt sich nicht. Nur richtige Drogen!«

Cooper nickte. »Jodie hat sie gar nicht mit dem Milchpulver verschnitten. Er hat die Pillen einfach nur unter die Leute gebracht. Er selbst hat Placebos genommen, um uns weiszumachen, er sei ein Junkie.«

»Jodie ist der Tänzer«, rief Rhyme. »Hol das Telefon! Ruf sofort im sicheren Haus an!«

Sellitto riß den Hörer von der Gabel und wählte.

War es zu spät?

Oh, Amelia, was habe ich getan? Habe ich dich getötet?

Der Himmel nahm einen metallisch-rosafarbenen Schimmer an. In der Ferne ertönte eine Sirene.

Der Wanderfalke – das Männchen – war wach und bereitete sich darauf vor, auf die Jagd zu gehen.

Lon Sellitto sah verzweifelt vom Telefon auf: »Es geht niemand ran.«

37

44. Stunde von 45

Sie hatten sich noch eine Weile zu dritt in Perceys Zimmer unterhalten.

Hatten über Flugzeuge, Autos und Polizeiarbeit gesprochen.

Dann war Bell ins Bett gegangen, und Percey und Sachs hatten über Männer geredet.

Schließlich hatte sich Percey auf dem Bett ausgestreckt und die Augen geschlossen. Sachs nahm der schlafenden Frau das Whiskyglas aus der Hand und schaltete das Licht aus. Beschloß, es ebenfalls mit Schlafen zu versuchen.

Als sie im Flur stehenblieb, um in den fahlen Morgenhimmel zu sehen – rosa und orange –, fiel ihr auf, daß das Telefon im Flur schon seit einer ganzen Weile klingelte.

Warum nahm niemand ab?

Sie machte ein paar Schritte Richtung Wohnzimmer. Die beiden Wachen waren nirgends zu sehen. Es schien dunkler zu sein als vorhin. Die meisten Lampen waren ausgeschaltet worden. Ein düsterer Ort, dachte sie. Gruselig. Es roch nach Pinien und Schimmel. Wonach noch? Da war ein anderer Geruch, der ihr sehr vertraut war. Aber was war es? Etwas, das sie an Tatorte erinnerte. In ihrer Erschöpfung konnte sie es nicht einordnen.

Das Telefon klingelte noch immer.

Sie kam an Roland Bells Zimmer vorbei. Die Tür stand ein Stück offen, und sie schaute hinein. Er saß mit dem Rücken zur Tür in einem Lehnstuhl vor dem zugezogenen Fenster. Sein Kopf war auf die Brust gesunken, die Arme hatte er verschränkt.

»Detective?« fragte sie.

Er antwortete nicht.

Schlief tief und fest. Genau das wollte sie jetzt auch tun. Leise schloß sie die Tür und ging den Flur hinunter zu ihrem Zimmer.

Ihre Gedanken wanderten zu Rhyme. Sie hoffte, daß er auch ein wenig Schlaf bekam. Sie hatte einige seiner Anfälle von Dysregulation miterlebt. Sie waren beängstigend gewesen, und sie wollte nicht, daß er wieder einen durchmachen mußte.

Das Telefonläuten brach ab. Sie schaute zur Wohnzimmertür und fragte sich, ob der Anruf für sie gewesen war. Sie konnte nicht hören, wer rangegangen war. Sie wartete noch einen Augenblick, doch niemand rief sie.

Stille. Dann ein Pochen, ein leises Kratzen. Wieder Stille.

Sie trat in ihr Zimmer. Es war stockdunkel. Als sie sich zur Seite drehte, um nach dem Lichtschalter zu greifen, schaute sie geradewegs in zwei Augen, in denen der Widerschein des Lichtschimmers von draußen glomm.

Ihre rechte Hand fuhr an die Glock-Pistole, die linke zum Lichtschalter. Der Achtender starrte sie aus glänzenden Glasaugen an.

»Tote Tiere«, murmelte sie. »Tolle Idee für ein sicheres Haus...«

Sie zog ihre Bluse aus und legte die sperrige kugelsichere Weste ab. Nicht so sperrig wie Jodies, natürlich. Welch eine Witzfigur er doch war. Das kleine Aas, wie Dellray ihn immer genannt hatte. Magerer kleiner Versager. Ein Trottel.

Sie fuhr mit einer Hand unter ihr Netzunterhemd und kratzte sich heftig. Ihre Brüste, den Rücken unter dem BH, ihre Seiten.

Ooooh, das tat gut.

Sie war erschöpft, aber würde sie schlafen können?

Das Bett sah ziemlich einladend aus.

Sie zog ihre Bluse wieder an, knöpfte sie zu und legte sich auf das Deckbett. Schloß die Augen. Waren das Schritte?

Einer der Wachmänner, der Kaffee machte, vermutete sie.

Schlafen? Tief atmen...

Kein Schlaf.

Sie öffnete die Augen und starrte an die spinnwebenverhangene Decke.

Der Totentänzer, sinnierte sie. Wie würde er sich diesmal an sie heranschleichen? Mit welcher Waffe?

Seine tödlichste Waffe ist die Irreführung.

Durch den Vorhangspalt sah sie die schöne, fischgraue Morgendämmerung. Ein Nebelschleier raubte den Bäumen in der Ferne ihre Farbe.

Irgendwo im Gebäude hörte sie einen Aufschlag. Einen Schritt. Sachs schwang ihre Füße auf den Fußboden und setzte sich auf. *Kann genausogut jetzt aufgeben und einen Kaffee trinken. Ich werde nächste Nacht schlafen.*

Sie verspürte plötzlich den Drang, mit Rhyme zu sprechen, nachzufragen, ob er irgend etwas herausgefunden hatte. Fast konnte sie ihn hören, wie er ungehalten sagte: »*Wenn ich etwas gefunden hätte, hätte ich Sie angerufen, oder etwa nicht? Ich habe doch gesagt, daß ich mich melde.*«

Sie wollte ihn nicht wecken, doch sie bezweifelte, daß er überhaupt schlief. Sie zog ihr Handy aus der Tasche und schaltete es ein. Im selben Augenblick fiel ihr die Mahnung von Marshal Frank ein, unter allen Umständen nur das abhörsichere Telefon im Wohnzimmer zu benutzen.

Sie wollte ihr Telefon gerade wieder ausschalten, als es laut klingelte.

Sie schrak zusammen – nicht wegen des schrillen Geräuschs, sondern weil ihr der Gedanke kam, daß der Tänzer irgendwie ihre Nummer herausgefunden hatte und jetzt sichergehen wollte, daß sie sich in dem Gebäude aufhielt. Einen Augenblick lang fragte sie sich, ob es ihm gelungen sein könnte, auch in ihr Telefon Sprengstoff zu schmuggeln.

Verdammt, Rhyme, jetzt sehe ich auch schon überall Gespenster! Geh nicht ran, sagte sie sich.

Doch ihr Instinkt befahl ihr, es doch zu tun, und im Gegensatz zu Kriminalisten, die den Instinkt verachten, hören Polizisten, Streifenpolizisten, immer auf ihre innere Stimme. Sie zog die Antenne aus dem Telefon.

»Hallo?«

»Gott sei Dank...« Die Panik in Rhymes Stimme jagte ihr einen eisigen Schauder den Rücken herunter.

»Hey, Rhyme, was...«

»Hören Sie gut zu. Sind Sie allein?«

»Yeah. Was ist denn los?«

»Jodie ist der Tänzer.«

»Was?«

»Stephen Kall war eine Ablenkung. Jodie hat ihn getötet. Die Leiche, die wir gefunden haben, das war Kall. Wo ist Percey?«

»In ihrem Zimmer. Den Flur runter. Aber wie...«

»Keine Zeit. Vermutlich mordet er genau in diesem Augenblick. Wenn die Marshals noch am Leben sind, sagen Sie ihnen, sie sollen sich in einem der Zimmer verschanzen. Wenn sie tot sind, holen Sie Percey und fliehen Sie. Dellray hat die Einsatztruppe alarmiert, aber es kann zwanzig oder dreißig Minuten dauern, bis sie bei Ihnen sind.«

»Aber hier sind acht Wachleute. Er kann sie doch nicht alle umgebracht haben...«

»Sachs«, wies er sie streng zurecht, »bedenken Sie, wer er ist. Los, machen Sie! Rufen Sie mich an, sobald Sie in Sicherheit sind.«

Bell! dachte sie plötzlich, als ihr die starre Haltung des Detective einfiel und die Art, wie sein Kopf auf seine Brust gesunken war.

Sie rannte zu ihrer Zimmertür, stieß sie auf und zog ihre Pistole. Schwarz klafften Wohnzimmer und Flur vor ihr. Dunkel. Nur fahles Morgenlicht drang in die Räume. Sie lauschte. Ein Schlurfen. Das Klirren von Metall. Doch woher kamen die Geräusche?

Sachs schlich so leise sie konnte auf Bells Zimmer zu.

Er erwischte sie, unmittelbar bevor sie das Zimmer erreichte.

Als sich seine Gestalt vom Türrahmen löste, warf sie sich in die Hocke und richtete ihre Glock auf ihn. Er grunzte und schlug ihr die Waffe aus der Hand. Ohne nachzudenken, stieß sie ihn nach vorn und rammte ihn mit dem Rücken gegen die Wand.

Tastete nach ihrem Messer.

Roland Bell japste: »Genug. Hey...«

Sachs ließ sein Hemd los.

»Sie sind es!«

»Haben Sie mir eine Angst eingejagt! Was...«

»Sie leben!« sagte sie.

»Bin nur für eine Minute eingenickt. Was ist denn los?«

»Jodie ist der Tänzer. Rhyme hat gerade angerufen.«

»Was? Wie ist das möglich?«

»Ich weiß es nicht.« Vor Panik zitternd, sah sie sich um. »Wo sind die Wachen?«

Der Flur war leer.

Dann erkannte sie den Geruch, über den sie zuvor gerätselt hatte – wie heißes Kupfer. Es war Blut! Und im selben Augenblick wußte sie, daß alle Wachen tot waren. Sachs bückte sich nach ihrer Waffe, die auf dem Fußboden lag. Sie runzelte die Stirn und starrte auf den Griff. Wo das Magazin sein sollte, klaffte ein leeres Loch. Sie hob die Pistole hoch.

»Nein!«

»Was ist los?« fragte Bell.

»Mein Magazin ist weg.« Sie befühlte ihren Gürtel. Die beiden Ersatzmagazine waren ebenfalls aus dem Halfter verschwunden.

Bell zog seine Waffen – eine Glock und eine Browning. Auch sie enthielten keine Magazine. Die Kammern der beiden Waffen waren leer.

»Im Auto!« stammelte sie. »Ich wette, er hat sie uns im Auto rausgezogen, als er zwischen uns gesessen hatte. Zappelte die ganze Zeit herum. Rempelte uns an.«

Bell sagte: »Ich habe im Wohnzimmer einen Waffenschrank mit zwei Jagdgewehren gesehen.«

Sachs erinnerte sich daran. »Dort ist er.« Der Schrank war im schwachen Morgenlicht gerade so zu erkennen. Bell sah sich um und lief geduckt hin, während Sachs zu Perceys Zimmer rannte und hineinsah. Sie lag schlafend auf dem Bett.

Sachs trat wieder in den Flur zurück, ließ ihr Messer aufschnappen und ging in die Hocke, spähte mit zusammengekniffenen Augen in die Dunkelheit. Bell war einen Augenblick später wieder bei ihr. »Der Schrank ist aufgebrochen. Alle Gewehre sind weg. Und auch die Munition.«

»Wir müssen Percey wecken und von hier verschwinden.«

Plötzlich Schritte ganz in der Nähe. Ein Klicken, als der Sicherungshebel eines Jagdgewehrs umgelegt wurde.

Sie packte Bell am Kragen und riß ihn hinunter auf den Fußboden.

Der Schuß war ohrenbetäubend, und die Kugel durchbrach genau über ihnen die Schallgrenze. Der Geruch ihrer versengten Haare stieg ihr in die Nase. Jodie mußte inzwischen ein beachtliches Arsenal haben – alle Pistolen der Marshals –, trotzdem benutzte er das Jagdgewehr.

Sie hechteten zu Perceys Tür. Im selben Augenblick wurde sie aufgerissen, und Percey trat heraus. »Mein Gott, was...«

Roland Bell rammte Percey mit seinem vollen Körpergewicht und schleuderte sie in ihr Zimmmer zurück. Sachs stolperte hinterher. Sie schlug die Tür zu, drehte den Schlüssel um und rannte zum Fenster, riß es auf: »Raus, raus, raus...«

Bell zog die völlig überrumpelte Percey Clay vom Fußboden und zerrte sie zum Fenster, während mehrere Hochgeschwindigkeitsgeschosse die Tür rund um das Schloß durchsiebten.

Keiner von ihnen blickte zurück, um festzustellen, wie erfolgreich der Totentänzer gewesen war. Sie ließen sich durch das Fenster nach draußen in die Morgendämmerung fallen und rannten, rannten, rannten durch das taufeuchte Gras.

38

44. Stunde von 45

Am See blieb Sachs stehen. Rötliche Nebelschwaden hingen in gespenstischen Fetzen über dem spiegelglatten grauen Wasser.

»Los, weiter«, rief sie Bell und Percey zu. »Zu den Bäumen da.«

Sie zeigte auf den nächstgelegenen Schutz – eine breite Baumreihe hinter einem Feld auf der gegenüberliegenden Seite des Sees. Es waren noch etwa hundert Meter bis dorthin, aber es war die einzige Deckung weit und breit.

Sachs warf einen Blick zurück auf die Hütte. Von Jodie war nichts zu sehen. Sie beugte sich über den Leichnam eines Marshals. Seine Halfter waren natürlich leer, sein Munitionsgurt ebenfalls. Ihr war klar gewesen, daß Jodie die Waffen an sich genommen hatte, aber sie hoffte, daß er an eines nicht gedacht hatte.

Er ist schließlich auch nur ein Mensch, Rhyme...

Und als sie den erkalteten Körper filzte, wurde sie fündig. Sie krempelte die Hosenbeine des Marshals hoch und zog die Reservepistole aus dem Knöchelhalfter. Eine lächerliche Waffe. Ein winziger fünfschüssiger Colt-Revolver mit einem fünf Zentimeter langen Lauf.

Sie sah zu der Hütte hinüber, und im selben Augenblick tauchte Jodies Gesicht am Fenster auf. Er hob das Jagdgewehr. Sachs wirbelte herum und feuerte. Nur Zentimeter von seinem Gesicht entfernt zersplitterte das Glas, und er taumelte rückwärts in den Raum.

Sachs rannte hinter Bell und Percey um den See. So schnell sie konnten, liefen sie in Schlangenlinien durch das taufeuchte Gras.

Fast hundert Meter hatten sie zwischen sich und die Hütte gebracht, als der erste Schuß fiel. Es war ein dröhnender Knall, dessen Echo von den Bäumen widerhallte. Die Kugel schlug neben Perceys Füßen ein und spritzte den Dreck auf.

»Runter! Dort«, schrie Sachs und deutete auf eine kleine Mulde.

Im selben Augenblick, als sie sich zu Boden warfen, schoß er wieder. Hätte Bell noch gestanden, hätte ihn die Kugel genau zwischen den Schulterblättern erwischt.

Noch immer trennten sie über fünfzehn Meter von der nächsten Baumgruppe, die ihnen Deckung bieten würde. Aber es wäre glatter Selbstmord, jetzt zu versuchen, dorthin zu gelangen. Jodie war offenbar ein mindestens ebenso guter Schütze, wie Stephen Kall es gewesen war.

Sachs hob kurz den Kopf.

Sie sah nichts, aber eine Kugel pfiff direkt an ihrer Wange vorbei. Sie verspürte dieselbe lähmende Angst wie auf dem Flughafen. Sie preßte ihr Gesicht in das kühle Frühlingsgras, das vom Tau und von ihrem Schweiß feucht glitzerte. Ihre Hände zitterten.

Bell blickte kurz auf und zog sofort wieder den Kopf ein.

Ein weiterer Schuß. Nur Zentimeter von seinem Kopf entfernt wurde Erde aufgewirbelt.

»Ich glaube, ich hab ihn gesehen«, flüsterte der Detective. »Da sind rechts vom Haus ein paar Büsche. Auf diesem Hügel.«

Sachs atmete dreimal tief durch. Dann rollte sie sich anderthalb Meter nach rechts, hob kurz den Kopf und duckte sich wieder.

Diesmal schoß Jodie nicht, und es gelang ihr, sich einen guten Überblick zu verschaffen. Bell hatte recht. Der Killer befand sich am Hang eines Hügels und nahm sie mit dem Jagdgewehr ins Visier; sie hatte das schwache Glitzern des Teleskops gesehen. Von seiner Position aus konnte er sie nicht treffen, solange sie sich nicht von der Stelle rührten. Aber er brauchte nur ein wenig höher zu steigen. Vom Kamm aus würde er mühelos in ihre Mulde schießen können – sie befänden sich in einer regelrechten Todeszone.

Fünf Minuten vergingen, ohne daß ein Schuß fiel. Er kroch vermutlich mit äußerster Vorsicht den Hügel hinauf; schließlich wußte er, daß Sachs eine gute Schützin war. Konnten sie solange warten, bis Hilfe eintraf? Wann würden die Hubschrauber endlich kommen?

Sachs kniff die Augen zusammen, roch die Erde, roch das Gras. Sie dachte an Lincoln Rhyme.

Sie kennen ihn besser als jeder andere, Sachs...

Einen Verbrecher kennt man erst dann richtig, wenn man dort gewesen ist, wo er war, wenn man die Überreste seiner teuflischen Tat beseitigt hat...

Aber, Rhyme, dachte sie. Das ist nicht Stephen Kall. Jodie *ist* nicht der Killer, den ich kenne. Es waren nicht *seine* Tatorte, die ich abgesucht habe. Es war nicht er, in den ich mich hineinversetzt habe...

Sie hielt nach einer Senke oder einem Graben Ausschau, in dem sie sicher zu den Bäumen gelangen könnten. Aber es gab nichts. Sobald sie sich auch nur einen Meter in irgendeine Richtung bewegen würden, wären sie direkt im Visier des Tänzers.

Nun ja, jeden Augenblick würde er ohnehin den Kamm des Hügels erreicht haben, und dann hätte er freie Bahn.

Doch dann fiel ihr etwas ein. Die Tatorte, die sie untersucht hatte, *waren* die Tatorte des Tänzers. Er war vielleicht nicht derjenige gewesen, der die tödliche Kugel auf Brit Hale abgefeuert oder die Bombe gelegt hatte, die Ed Carneys Flugzeug in Stücke gerissen hatte, und auch nicht derjenige, der John Innelman im Keller des Bürohauses erstochen hatte.

Aber Jodie *war* ein Mörder.
Versetzen Sie sich in ihn hinein, Sachs, hörte sie Rhyme sagen.
Seine tödlichste – *meine* tödlichste Waffe ist die Irreführung.
»Achtung, ihr beiden«, rief Sachs und blickte sich um. »Dorthin.« Sie deutete auf eine kleine Kuhle.

Bell starrte sie wütend an. Sie sah ihm an, wie sehr auch er sich wünschte, den Tänzer zu erledigen. Aber ihr Blick ließ keinen Zweifel daran, daß der Tänzer ihr gehörte, ihr allein. Keine Diskussion, keine Argumente. Rhyme hatte ihr diese Chance gegeben, und nichts in der Welt konnte sie daran hindern, sie zu nutzen.

Der Detective nickte ernst und zog Percey mit sich in die Senke. Sachs prüfte die Pistole. Sie hatte noch vier Kugeln übrig.
Genug.
Mehr als genug...
Wenn ich mich nicht täusche...
Täusche ich mich? fragte sie sich, während sie ihr Gesicht in die feuchte, duftende Erde drückte. Sie entschied, daß sie sich nicht täuschte. *Irreführung*... Ein direkter Angriff war nicht seine Art.

Und das ist genau das, was ich tun werde.
»Bleibt unten. Was auch immer geschieht, bleibt unten.« Sie kniete sich hin und blickte über den Rand. Machte sich bereit. Atmete langsam.

»Das sind mindestens hundert Meter, Amelia«, flüsterte Bell. »Da wollen Sie mit so einem Stupsnasenrevolver treffen?«
Sie ignorierte ihn.
»Amelia«, rief Percey. Die Fliegerin blickte ihr einen Moment in die Augen, und die beiden Frauen tauschten ein Lächeln aus.
»Kopf runter«, befahl Sachs, und Percey gehorchte, drückte sich wieder tief ins Gras.

Amelia Sachs richtete sich auf.
Sie ging nicht in die Hocke, drehte sich nicht seitlich, um eine kleinere Zielfläche zu bieten. Sie stand einfach in der Standardschußstellung da – beide Hände um die Waffe gelegt. Stand in Richtung des Hauses, des Sees und des Hügels, von wo ein Zielfernrohr direkt auf sie gerichtet war. Die kleine Pistole fühlte sich in ihrer Hand so leicht wie ein Whiskyglas an.

Sie zielte auf das Glitzern des Teleskops – das so weit entfernt war wie das andere Ende eines Footballfeldes.

Auf ihrer Stirn standen Schweiß- und Tautropfen.

Atmen, atmen.

Nimm dir Zeit.

Warte...

Ein Zittern lief durch ihren Rücken, ihre Arme und ihre Hände. Sie unterdrückte die aufkommende Panik.

Atmen.

Hinhören. Hinhören.

Atmen...

Jetzt!

Sie wirbelte herum und warf sich auf die Knie. Im selben Augenblick wurde das Gewehr abgefeuert, das keine zwanzig Meter hinter ihr zwischen den Bäumen herausragte. Die Kugel pfiff genau über ihrem Kopf durch die Luft.

Sachs starrte in Jodies verblüfftes Gesicht, das Jagdgewehr hatte er noch immer an die Wange gepreßt. Ihm wurde gerade klar, daß er sie doch nicht hatte täuschen können. Daß sie seine Taktik erraten hatte. Daß er ein paar Schüsse vom See aus abgefeuert und dann einen der toten Marshals den Hügel hinaufgeschleppt hatte, ihn dort in Scharfschützenposition gelegt und ihm eines der Jagdgewehre in den Arm gedrückt hatte. Auf diese Weise hatte er dafür gesorgt, daß sie sich nicht aus ihrer Kuhle trauten, während er die Straße entlanggerannt war und sich dann von hinten an sie herangeschlichen hatte.

Irreführung...

Für einen kurzen Augenblick rührte sich keiner von beiden.

Die Luft war vollkommen still. Keine Nebelschwaden zogen vorbei, kein Lufthauch bewegte die Bäume und das Gras.

Ein leichtes Lächeln breitete sich auf ihrem Gesicht aus, während sie die Pistole mit beiden Händen anhob.

Hektisch warf er die Hülse aus dem Jagdgewehr und lud nach. Als er das Gewehr wieder an seine Wange hob, feuerte Sachs. Zwei Schüsse.

Beides klare Treffer. Sie sah, wie er zurückgeworfen wurde und das Gewehr wie der Stock einer Majorette durch die Luft wirbelte.

»Bleiben Sie bei ihr, Detective!« rief Sachs zu Bell herüber und rannte zu Jodie. Er lag auf dem Rücken im Gras.

Die eine Kugel hatte seine linke Schulter zertrümmert. Die andere hatte das Zielfernrohr getroffen und Metall- und Glassplitter in das rechte Auge des Killers getrieben. Sein Gesicht war eine einzige blutige Masse.

Sie umklammerte ihre winzige Waffe, hielt den Finger fest am Abzug und preßte den Lauf an seine Schläfe. Dann filzte sie ihn. Zog eine Glock und ein langes Carbidmesser aus seinen Taschen. Weitere Waffen fand sie nicht.

»Alles in Ordnung!« rief sie.

Als sie sich wieder aufrichtete und ihre Handschellen herauszog, hustete und spuckte der Tänzer. Er wischte sich das Blut aus seinem unversehrten Auge. Dann hob er den Kopf und blickte über das offene Feld. Er entdeckte Percey Clay, die sich langsam aus dem Gras erhob und den Killer anstarrte.

Jodie schien bei ihrem Anblick zu erzittern. Er hustete erneut und stöhnte auf. Dann überraschte er Sachs, als er mit seinem unverletzten Arm versuchte, ihr Bein zur Seite zu schieben. Jodie war schwer – vielleicht sogar tödlich – verletzt und hatte kaum noch Kraft. Es war eine eigenartige Bewegung, vielleicht so, wie man einen störenden Pekinesen verscheucht.

Sie trat einen Schritt zurück, hielt dabei aber die Pistole weiter auf seine Brust gerichtet.

Doch der Totentänzer hatte jegliches Interesse an Amelia Sachs verloren. Auch seine Wunden und die schrecklichen Schmerzen, die sie ihm verursachen mußten, hatten für ihn keinerlei Bedeutung. Er hatte nur noch eines im Sinn. Mit übermenschlicher Anstrengung drehte er sich auf den Bauch und kroch stöhnend voran, indem er sich mit den Fingern durch den Dreck zog. Zentimeter um Zentimeter kämpfte er sich an Percey Clay heran, die Frau, mit deren Ermordung er beauftragt worden war.

Bell stellte sich neben Sachs. Sie reichte ihm die Glock, und gemeinsam richteten sie ihre Waffen auf den Tänzer. Sie hätten ihn mühelos stoppen – oder töten – können. Aber sie harrten wie versteinert aus und beobachteten diesen armseligen Mann, der so von seinem Auftrag besessen war, daß er noch nicht einmal zu bemerken schien, daß sein Gesicht und seine Schulter zerschmettert waren.

Er kroch ein, zwei Meter weiter und hielt kurz inne, um einen scharfkantigen Stein von der Größe einer Grapefruit aufzuheben. Dann setzte er den Weg zu seiner Beute fort, sein Gesicht schmerzverzerrt, sein Körper blut- und schweißgetränkt. Selbst Percey, die allen Grund hatte, den Killer zu hassen und Amelia die Pistole zu entreißen, um ihn hier und jetzt zu töten, selbst sie schaute fasziniert zu, wie er versuchte, das zu vollenden, was er begonnen hatte.

»Okay, das reicht«, sagte Sachs schließlich. Sie bückte sich und nahm ihm den Stein weg.

»Nein«, stöhnte er. »Nein...«

Sie legte ihm die Handschellen an.

Der Totentänzer gab einen entsetzlichen Laut von sich – der vielleicht von seinen Schmerzen, aber vermutlich eher von seinem unerträglichen Verlust und seinem Versagen herrührte. Er ließ den Kopf in den Dreck fallen.

Bewegungslos blieb er liegen. Die drei standen um ihn herum und sahen zu, wie sein Blut das Gras und die unschuldigen Krokusse tränkte.

Kurz darauf ging das herzzerreißende Rufen der Seetaucher in dem Röhren eines Hubschraubers über den Bäumen unter. Sachs bemerkte, daß sich Percey Clays Aufmerksamkeit sofort von dem Mann abwandte, der ihr so viel Leid zugefügt hatte, und daß sie interessiert die plumpe Flugmaschine beobachtete, die aus dem Nebel auftauchte und geschmeidig auf dem taufeuchten Gras niederging.

39

»Das ist nicht koscher, Lincoln. Kann ich nicht machen.«

Lon Sellitto war unnachgiebig.

Aber auch Lincoln Rhyme blieb stur. »Gib mir nur eine halbe Stunde mit ihm.«

»Die haben kein gutes Gefühl dabei.« Und dann erläuterte der Detective, was dies in Wirklichkeit bedeutete: »Sie haben sich fast in die Hose gemacht, als ich es vorgeschlagen habe. Du bist schließlich Zivilist.«

Es war kurz vor zehn Uhr am Montag morgen. Perceys Aussage vor der Grand Jury war auf den folgenden Tag verschoben worden. Die Navy-Taucher hatten die Sportsäcke gefunden, die Phillip Hansen tief im Long Island Sund versenkt hatte. Sie wurden gerade in aller Eile nach Manhattan zur FBI-Spurensicherung gebracht. Eliopolos hatte die Grand Jury verschoben, um so viele Beweise wie möglich gegen Hansen präsentieren zu können.

»Warum sind sie denn so besorgt?« fragte Rhyme gereizt. »Es ist ja nicht so, als könnte ich ihn zusammenschlagen.«

Er dachte darüber nach, ihnen als Kompromiß zwanzig Minuten vorzuschlagen. Aber das wäre ein Eingeständnis von Schwäche gewesen. Und Lincoln Rhyme hielt nichts davon, Schwäche zu zeigen.

Also sagte er: »*Ich* habe ihn gefaßt, und deshalb steht es mir auch zu, mit ihm zu reden.«

Er schwieg.

Seine Ex-Frau Blaine hatte ihm einmal in einem Augenblick uncharakteristischer Einsicht gesagt, daß seine nachtdunklen Augen überzeugender als seine Worte argumentierten. Und deshalb starrte er Sellitto so lange an, bis der Detective seufzte und zu Dellray hinüberblickte.

»Oh, Mann, gib ihm doch das bißchen Zeit«, sagte der Agent. »Was kann das schon schaden? Bring den Billy-Boy hier hoch. Und wenn er versucht, die Flatter zu machen, verdammt, dann gibt er mir nur 'ne gute Entschuldigung für ein paar Schießübungen.«

Sellitto willigte ein. »Okay. Ich rufe an. Baut aber keinen Scheiß.«

Der Kriminalist hörte die Worte schon nicht mehr. Seine Augen richteten sich auf die Tür, als würde sich der Tänzer dort auf magische Weise plötzlich materialisieren.

Es hätte ihn nicht überrascht, wenn genau das geschehen wäre.

»Wie lautet dein richtiger Name? Ist es wirklich Joe oder Jodie?«

»Was soll's? Sie haben mich gefaßt. Sie können mich nennen, wie Sie wollen.«

»Wie wäre es mit einem Vornamen?« fragte Rhyme.

»Wie wär's mit dem Namen, den Sie mir gegeben haben? Der Totentänzer. Das gefällt mir.«

Der kleine Mann musterte Rhyme mit seinem gesunden Auge. Er ließ sich nicht anmerken, ob seine Wunden schmerzten oder ob er von seinen Medikamenten erschöpft war. Er trug seinen linken Arm in einem Schulterverband, trotzdem war er mit schweren Handschellen gefesselt, die an einem dicken Bauchgürtel befestigt waren. Auch seine Füße waren zusammengekettet.

»Wie du willst«, sagte Rhyme gefällig. Er betrachtete den Mann, als wäre er ein ungewöhnlicher Pollen, der an einem Tatort entdeckt worden war.

Der Tänzer lächelte. Wegen seiner geschädigten Gesichtsnerven und dem Verband wirkte sein Gesicht grotesk. Von Zeit zu Zeit durchlief ein Zittern seinen Körper, seine Finger zuckten, und die zerschmetterte Schulter hob und senkte sich unwillkürlich. Rhyme überkam das seltsame Gefühl, daß er selbst gesund und sein Gefangener der Krüppel sei.

Unter den Blinden ist der Einäugige König.

Der Tänzer lächelte ihn wieder an. »Sie sterben vor Neugier, stimmt's?« fragte er Rhyme.

»Was meinst du?«

»Alles zu erfahren... Deshalb haben Sie mich hierherbringen lassen. Sie hatten Glück, daß Sie mich gefaßt haben. Aber Sie haben nicht die geringste Ahnung, wie ich es gemacht habe.«

Rhyme schnalzte mit der Zunge. »O doch, ich weiß genau, wie du es gemacht hast.«

»Das wissen Sie?«

»Ich habe dich nur herbringen lassen, um mit dir zu plaudern«, antwortete Rhyme. »Das ist alles. Um mit dem Mann zu reden, der mich fast überlistet hätte.«

»*Fast.*« Der Tänzer verzog sein Gesicht erneut zu einer grinsenden Grimasse. Es war gespenstisch. »Okay, dann erzählen Sie es mir.«

Rhyme zog an seinem Strohhalm. Es war Fruchtsaft. Der gute Thom war fassungslos gewesen, als er ihn gebeten hatte, den Scotch auszuschütten und ihm statt dessen einen Saft zu geben. Jetzt antwortete Rhyme in bester Laune: »Okay, du wurdest angeheuert, um Ed Carney, Brit Hale und Percey Clay zu töten. Du hast dafür sehr viel Geld bekommen. Ich schätze mal, einen sechsstelligen Betrag.«

»Siebenstellig«, korrigierte ihn der Tänzer stolz.

Rhyme zog anerkennend eine Augenbraue hoch. »Ganz schön lukrativer Beruf.«

»Ja, wenn man gut ist.«

»Du hast das Geld auf den Bahamas deponiert. Du hast Stephen Kalls Namen irgendwoher bekommen – ich weiß nicht genau, woher. Wahrscheinlich durch ein Söldnernetzwerk…« Der Tänzer nickte. »…und dann hast du ihn engagiert. Anonym, vielleicht über E-Mail, vielleicht per Fax, und dabei Referenzen benutzt, denen er vertraute. Du hast ihm natürlich nie von Angesicht zu Angesicht gegenübergestanden. Und ich vermute, daß du ihn einmal getestet hast.«

»Ja, natürlich. Ein Auftrag außerhalb von Washington. Ich sollte einen Kongreßmitarbeiter töten, der Geheimakten des Militärausschusses weitergab. Es war ein einfacher Job, also habe ich ihn Stephen überlassen. Gab mir eine gute Gelegenheit, ihn unter die Lupe zu nehmen. Ich habe ihn die ganze Zeit beobachtet. Selbst die Eintrittswunde am Körper habe ich überprüft. Sehr professionell. Ich glaube, er merkte, daß ich ihn beobachtete, und versuchte, mich zu töten, um mich als Zeugen auszuschalten. Das war ebenfalls sehr gut.«

Rhyme fuhr fort: »Dann hast du ihm das Geld in bar übermittelt und zugleich den Schlüssel zu Phillip Hansens Hangar – wo er wartete, um die Bombe an Carneys Flugzeug anzubringen. Du wußtest, daß er gut war. Aber du warst nicht sicher, ob er gut genug sein würde, alle drei umzubringen. Vermutlich dachtest du, er würde höchstens einen töten können, aber damit genügend Verwirrung stiften, um dir Gelegenheit zu geben, nah genug an die beiden anderen heranzukommen.«

Der Tänzer nickte. Er war gegen seinen Willen beeindruckt. »Ich war überrascht, daß er Brit Hale tötete. Und ja, es hat mich noch mehr überrascht, daß es ihm gelang, danach zu entkommen und sogar noch die zweite Bombe in Percey Clays Maschine anzubringen.«

»Du hast vermutet, daß du zumindest ein Opfer selbst würdest töten müssen. Also bist du letzte Woche zu Jodie geworden und hast damit begonnen, überall Drogen anzubieten, damit die Leute auf der Straße dich kennenlernten. Du hast den Agenten vor dem FBI-Gebäude gekidnappt und herausgefunden, in welches sichere Haus die Zeugen gebracht werden würden. Dann hast du an der Stelle gewartet, von der aus Stephen mit größter Wahrscheinlichkeit seinen Angriff starten würde, und hast dich von ihm kidnappen lassen. Du hast genügend Spuren hinterlassen, um uns zu deinem Versteck in der U-Bahn zu leiten, damit wir dich auch ganz sicher finden. Wir haben dir alle getraut. Klar haben wir das. Stephen hatte nicht die geringste Ahnung, daß *du* es warst, der ihn angeheuert hatte. Er wußte nur, daß du ihn verraten hast, und dafür wollte er dich töten. Eine perfekte Tarnung für dich. Allerdings vielleicht ein wenig riskant.«

»Aber was wäre das Leben ohne Risiko?« fragte der Tänzer schelmisch. »Das macht das Leben doch erst lebenswert, finden Sie nicht auch? Außerdem habe ich, als wir zusammen waren, ein paar... nennen wir es mal ›Hemmschwellen‹ eingebaut, damit er zögern würde, auf mich zu schießen. Latente Homosexualität ist bei so etwas immer sehr hilfreich.«

»Dann«, sagte Rhyme, der irritiert wirkte, weil seine Erzählung unterbrochen worden war, »als Kall im Park war, hast du dich aus der Gasse, in der du dich versteckt hattest, rausgeschlichen, hast ihn aufgespürt und getötet... Du hast Hände, Zähne, Kleidungsstücke – und seine Waffen – in das Abwasserauffangbecken geworfen. Und dann haben wir dich eingeladen, mit nach Long Island zu kommen... Als so eine Art Fuchs im Hühnerstall«, fügte Rhyme ironisch hinzu. »Das ist das Schema, nach dem es ablief... Ist zwar nur das Gerüst, aber ich glaube, es erzählt die Geschichte ganz gut.«

Das gesunde Auge des Mannes schloß sich kurz und öffnete sich dann wieder. Blutunterlaufen und feucht starrte es Rhyme an. Der Tänzer nickte zustimmend oder vielleicht auch bewundernd. »Was war es?« fragte er schließlich. »Was hat mich verraten?«

»Sand«, antwortete Rhyme. »Von den Bahamas.«

Er nickte und stöhnte dabei vor Schmerz. »Ich habe meine Taschen ausgeleert und umgestülpt. Sie sogar ausgesaugt.«

»Im Saum der Hose. Die Drogen und das Babymilchpulver waren auch Hinweise.«

»Ja, verstehe.« Nach einer kurzen Pause fügte der Tänzer hinzu: »Stephen hatte zu Recht Angst vor Ihnen.« Das Auge musterte Rhyme noch immer. Wie ein Arzt, der nach einem Tumor sucht. Der Tänzer sprach weiter: »Armer Kerl. Welch eine traurige Kreatur. Wer hat ihn wohl gebumst? Sein Stiefvater oder die Jungs im Jugendknast? Oder alle?«

»Ich weiß es nicht«, meinte Rhyme. Auf dem Fensterbrett landete der männliche Falke und legte seine Flügel an.

»Stephen hat Angst bekommen«, sinnierte der Tänzer. »Und wenn du Angst hast, dann ist alles vorbei. Er dachte, der Wurm würde nach ihm suchen. Lincoln, der Wurm. Hab ein paarmal gehört, wie er das vor sich hinflüsterte. Er hatte wirklich Schiß vor Ihnen.«

»Aber du hattest keine Angst.«

»Nein«, antwortete der Tänzer. »Ich kriege nie Angst.« Plötzlich nickte er, als hätte er endlich etwas verstanden, worüber er sich schon lange Gedanken gemacht hatte. »Aah, Sie hören sehr aufmerksam hin. Versuchen wohl herauszufinden, welchen Akzent ich habe?«

Das hatte Rhyme tatsächlich getan.

»Aber hören Sie gut zu, wie er wechselt. Rocky Mountains... Connecticut... die Südstaatenprärien... und dann wieder die Sumpfgebiete... oder komme ich etwa aus Keyntuckeh...? Warum befragen Sie mich? Sie sind bei der Spurensicherung. Ich bin verhaftet. Zeit, sich zu verabschieden und ins Bett zu gehen. Ende der Geschichte. Sagen Sie, ich mag Schach. Ich liebe es sogar. Haben Sie jemals Schach gespielt, Rhyme?«

Früher hatte er es gemocht. Mit Claire Trilling hatte er häufig gespielt. Thom hatte ihn immer wieder gedrängt, gegen den Computer zu spielen, und ihm ein gutes Schachprogramm installiert. Rhyme hatte es nicht ein einziges Mal aufgerufen. »Ich habe schon sehr lange nicht mehr gespielt.«

»Wir sollten einmal eine Partie miteinander spielen. Sie sind bestimmt ein guter Gegner... Wollen Sie wissen, welchen Fehler viele Spieler machen?«

»Welchen?« Rhyme spürte, wie intensiv ihn der Mann anstarrte. Er fühlte sich plötzlich unwohl.

»Sie sind neugierig. Wollen zuviel über ihre Gegner erfahren. Sie versuchen, Dinge über ihr Privatleben herauszufinden. Dinge, die nicht wichtig sind. Wo sie herkommen, wo sie geboren wurden, ob sie Geschwister haben.«

»Ist das wirklich so?«

»Das mag vielleicht die Neugier befriedigen. Aber es verwirrt auch. Es kann sogar gefährlich sein. Denn das Spiel findet nur auf dem Brett statt, Lincoln. Nur auf dem Brett.« Ein schiefes Grinsen. »Sie können nicht akzeptieren, daß Sie nichts über mich wissen, stimmt's?«

Stimmt, dachte Rhyme. Das kann ich nicht.

Der Tänzer fuhr fort. »Okay, was genau wollen Sie? Eine Adresse? Ein Jahrbuch meiner Schule? Wie wäre es mit einem Hinweis? So was wie ›Rosebud‹ in dem Film Citizen Kane? Sie erstaunen mich, Lincoln. Sie sind ein Kriminalist – der beste, den ich je gesehen habe. Und da begeben Sie sich auf eine solche pathetische, sentimentale Reise. Nun, wer bin ich? Der kopflose Reiter? Der Beelzebub? Ich bin ›die‹, vor denen gewarnt wird, wenn es heißt, ›laß dich nicht mit denen ein, die sind gefährlich‹. Ich bin nicht Ihr sprichwörtlich schlimmster Alptraum, denn Alpträume sind nicht real, und ich bin realer, als es die meisten gerne wahrhaben würden. Ich bin ein Könner, ein Künstler. Ich bin ein Geschäftsmann. Sie werden nie meinen Namen, Rang oder meine Sozialversicherungsnummer bekommen. Ich spiele nicht nach den Regeln der Genfer Konvention.«

Rhyme wußte nichts mehr zu sagen.

Es klopfte an der Tür. Der Gefangenentransport war eingetroffen.

»Können Sie mir nicht wenigstens die Fußfesseln abnehmen?« flehte der Tänzer die beiden Beamten mit weinerlicher Stimme an, wobei sich in seinem gesunden Auge Tränen bildeten. »Oh, bitte. Es schmerzt so sehr. Und es ist so schwer, damit zu laufen.«

Einer der Wärter sah ihn mitleidig an und blickte dann zu Rhyme herüber. Rhyme warnte ihn im ruhigsten Ton: »Wenn Sie auch nur eine einzige Fessel lösen, dann sind Sie Ihren Job los und werden in dieser Stadt nie wieder einen anderen finden.«

Der Beamte starrte Rhyme für einen Moment an und nickte dann seinem Partner zu. Der Tänzer lachte auf. »Kein Problem«, sagte er und blickte dabei Rhyme in die Augen. »Nur ein Faktor.«

Die Wärter packten ihn an seinem gesunden Arm und zogen ihn auf die Füße. Neben den beiden Männern, die ihn zur Tür führten, wirkte er wie ein Zwerg. Er sah sich noch einmal um.

»Lincoln?«

»Ja.«

»Sie werden mich vermissen. Ohne mich langweilen Sie sich.« Sein gesundes Auge bohrte sich in Rhymes Augen. »Ohne mich werden Sie sterben.«

Eine Stunde später kündigten schwere Schritte die Ankunft von Lon Sellitto an. Er kam in Begleitung von Sachs und Dellray.

Rhyme wußte sofort, daß es Ärger gab. Für einen kurzen Augenblick fragte er sich, ob der Tänzer entkommen war.

Aber das war nicht das Problem.

Sachs seufzte.

Sellitto blickte zu Dellray. Das schmale Gesicht des Agenten verzog sich zu einer Grimasse.

»Okay, sagt mir schon, was los ist«, raunzte Rhyme.

Sachs war es, die ihm die schlechte Nachricht beibrachte. »Die Sportsäcke. Die Spurensicherung ist damit fertig.«

»Rate mal, was drin war«, sagte Sellitto.

Rhyme seufzte. Er war erschöpft und nicht zu Ratespielen aufgelegt.

»Ein Zünder, Plutonium und der Leichnam von Jimmy Hoffa.«
Sachs sagte: »Ein paar Ausgaben der Gelben Seiten von Westchester County und zweieinhalb Kilo Steine.«
»Was?«
»Da war gar nichts, Lincoln. Überhaupt nichts.«
»Seid ihr sicher, daß es Telefonbücher sind und keine verschlüsselten Geschäftsbücher?«
»Die Kryptologen des FBI haben sie sich genau angesehen«, antwortete Dellray. »Das sind stinknormale gottverdammte Gelbe Seiten. Und die Steine sind ganz normale Steine. Er hat sie nur dazugetan, damit die Säcke untergehen.«
»Sie werden das fette Arschloch freilassen«, fluchte Sellitto. »Sind gerade dabei, die Papiere auszustellen. Der Fall kommt nicht einmal vor die Grand Jury. Und all diese Leute sind völlig umsonst gestorben.«
»Sag ihm den Rest auch noch«, murmelte Sachs.
»Eliopolos ist in diesem Augenblick auf dem Weg hierher«, erklärte Sellitto. »Er hat Papiere dabei.«
»Was für Papiere?« fragte Rhyme.
»Och, wie er gesagt hat. Einen Haftbefehl. Er will dich festnehmen.«

40

Reginald Eliopolos baute sich mit zwei Agenten als Verstärkung im Türrahmen auf.

Rhyme hatte den Staatsanwalt immer für einen Mann in mittleren Jahren gehalten. Doch jetzt bei Tageslicht sah er aus wie Anfang Dreißig. Auch seine Agenten waren jung und ebenso gut gekleidet wie er, trotzdem erinnerten sie Rhyme eher an übellaunige Hafenarbeiter.

Wofür genau brauchte Eliopolos sie überhaupt? Gegen einen Mann, der flach auf dem Rücken lag?

»Nun, Lincoln, ich vermute, Sie haben mir nicht geglaubt, als ich

Ihnen sagte, daß das Ganze ein Nachspiel haben würde. Mhm. Das haben Sie mir nicht geglaubt.«

»Worüber zum Teufel regen Sie sich eigentlich auf, Reggie?« fragte Sellitto. »Wir haben ihn schließlich gekriegt.«

»Mhm... mhm. Ich werde Ihnen sagen, worüber ich mich aufrege. Der Fall gegen Hansen hat sich zerschlagen. Kein Beweismaterial in den Säcken.«

»Das ist doch nicht unsere Schuld«, stellte Sachs fest. »Wir haben Ihre Zeugin am Leben erhalten. Und Hansens Auftragskiller gefaßt.«

»Ah«, sagte Rhyme, »aber an der Sache ist mehr dran, stimmt's, Reggie?«

Der stellvertretende Staatsanwalt starrte ihn kalt an.

Rhyme fuhr fort: »Schaut mal, Jodie – ich meine, der Tänzer – ist jetzt die einzige Chance, eine Anklage gegen Hansen zusammenzubekommen. Jedenfalls glaubt man das. Aber der Tänzer würde nie einen Auftraggeber verraten.«

»Ach, ist das wahr? Nun, dann kennen Sie ihn doch nicht so gut, wie Sie glauben. Ich hatte eine lange Unterredung mit ihm. Er war mehr als bereit, Hansen zu belasten. Aber jetzt mauert er plötzlich. Ihretwegen.«

»Meinetwegen?« fragte Rhyme.

»Er sagt, Sie hätten ihn bedroht. Während dieses kleinen, nicht genehmigten Treffens, das Sie vor ein paar Stunden mit ihm hatten. Mhm. *Dafür* werden Köpfe rollen, da können Sie sicher sein.«

»Ach, um Himmels willen!« Rhyme lachte bitter. »Sehen Sie denn nicht, was er tut? Lassen Sie mich raten... Sie haben ihm gesagt, daß Sie mich verhaften würden, stimmt's? Und er hat eingewilligt auszusagen, wenn Sie das wirklich tun.«

Eliopolos' unruhiger Blick bestätigte Rhyme, daß es genau so gewesen war.

»Verstehen Sie denn nicht?«

Aber Eliopolos verstand überhaupt nichts.

Rhyme sagte: »Es ist doch offensichtlich, daß er mich nur zu gerne ganz in seiner Nähe im Gefängnis hätte, am liebsten fünfzehn, zwanzig Meter von seiner Zelle entfernt.«

»Rhyme!« Sachs runzelte besorgt die Stirn.
»Wovon reden Sie eigentlich?« fragte der Staatsanwalt.
»Er will mich *umbringen*, Reggie. Darum geht es. Ich bin der einzige, der ihn je gefaßt hat. Er kann ja wohl schlecht wieder an die Arbeit gehen, solange er weiß, daß ich da bin.«
»Aber er wird nirgendwo hingehen. Niemals.«
Mhm.
Rhyme sagte: »Wenn ich erst einmal tot bin, wird er seine Aussage widerrufen. Er wird niemals gegen Hansen aussagen. Und womit wollen Sie ihn dann unter Druck setzen? Wollen Sie ihm mit der Todesstrafe drohen? Das wird ihn nicht beeindrucken. Er hat vor nichts Angst. Vor gar nichts.«
Er beschloß, daß es die Telefonbücher waren...
Die Telefonbücher und die Steine.
Rhyme versank in Gedanken, starrte auf die Beweistafeln an der Wand. Er vernahm ein Klirren und sah auf. Einer von Eliopolos' Agenten hatte tatsächlich seine Handschellen gezückt und näherte sich dem Clinitron. Rhyme lachte innerlich. Legt die alten Füße lieber in Ketten. Sonst läuft er noch weg.
»Kommen Sie schon, Reggie«, versuchte Sellitto zu beschwichtigen.
Die grüne Faser, die Telefonbücher, die Steine.
Ihm fiel etwas ein, das der Tänzer ihm erzählt hatte. Als er in ebenjenem Stuhl gesessen hatte, neben dem jetzt Eliopolos stand.
Eine Million Dollar...
Rhyme war sich vage bewußt, daß der Agent herauszufinden versuchte, wie man einen Krüppel am besten in Ketten legte. Und er war sich vage bewußt, daß Sachs nach vorn getreten war und überlegte, wie sie am besten den Agenten überwältigte. »Wartet«, bellte er plötzlich mit gebieterischer Stimme, so daß alle im Zimmer erstarrten.
Die grüne Faser...
Er starrte auf die Tafel.
Alle redeten auf ihn ein. Der Agent beäugte noch immer Rhymes Hände und klimperte dabei mit den Handschellen. Doch Rhyme ignorierte ihn. Er bat Eliopolos: »Geben Sie mir eine halbe Stunde.«

»Warum sollte ich?«

»Kommen Sie, was schadet das schon? Es ist schließlich nicht so, als könnte ich irgendwohin verschwinden.« Und bevor der Anwalt zustimmen oder ablehnen konnte, rief Rhyme: »Thom! Thom, ich muß telefonieren. Hilfst du mir oder nicht? Ich weiß nicht, wohin er manchmal verschwindet. Lon, ruf ihn bitte für mich.«

Percey Clay war gerade vom Begräbnis ihres Mannes zurückgekommen, als Lon Sellitto sie aufspürte. Jetzt saß sie schwarz gekleidet in dem abgewetzten Korbstuhl an Lincoln Rhymes Bett. Dicht neben ihr stand Roland Bell in einem dunklen Anzug, der von seinen beiden großen Pistolen ausgebeult wurde. Er strich sein dünnes, braunes Haar zurück.

Eliopolos war gegangen, doch seine beiden Muskelmänner hielten draußen im Flur Wache. Offenbar glaubten sie tatsächlich, daß Thom bei der ersten Gelegenheit versuchen würde, Rhyme im Storm Arrow aus der Tür zu fahren, und daß Rhyme dann mit einer Höchstgeschwindigkeit von zwölf Stundenkilometern einen Fluchtversuch unternehmen würde.

Perceys Kleid – ihr einziges, da hätte Rhyme wetten können – scheuerte am Kragen und an der Taille. Sie lehnte sich zurück und wollte ihren Fuß über dem Knie verschränken, doch dann fiel ihr wohl auf, daß ein Rock sich für diese Haltung nicht eignete, und sie setzte sich mit ordentlich nebeneinander gestellten Knien gerade hin.

Sie betrachtete ihn mit ungeduldiger Neugier, und Rhyme wurde klar, daß Sellitto und Sachs ihr die Neuigkeit nicht mitgeteilt hatten, als sie sie abgeholt hatten.

Feiglinge, dachte er verstimmt.

»Percey... Sie werden den Fall gegen Hansen nicht vor die Grand Jury bringen.«

Ihre erste Reaktion war Erleichterung. Dann erst begriff sie. »Nein!« keuchte sie.

»Dieser Flug mit den Säcken, das war ein Täuschungsmanöver. Es war nichts drin.«

Ihr Gesicht wurde aschfahl. »Sie lassen ihn laufen?«

»Sie können keine Verbindung zwischen dem Tänzer und Hansen herstellen. Wenn auch wir jetzt keine finden, ist er ein freier Mann.«

Ihre Hände wanderten zu ihrem Gesicht. »Das heißt, es wäre alles umsonst gewesen? Ed... und Brit? Sie wären für nichts und wieder nichts gestorben.«

Er fragte sie: »Was geschieht jetzt mit Ihrer Firma?«

Mit dieser Frage hatte Percey nicht gerechnet. Sie war sich nicht sicher, ob sie ihn richtig verstanden hatte. »Wie bitte?«

»Ihre Firma. Was wird jetzt aus der Hudson Air?«

»Wir werden sie vermutlich verkaufen. Es gab da ein Angebot von einer anderen Firma. Sie können die Schulden verkraften. Wir nicht. Vielleicht lösen wir aber auch alles auf.« Es war das erste Mal, daß er in ihrer Stimme Resignation hörte. Die kämpferische Zigeunerin war besiegt.

»Welche andere Firma?«

»Ehrlich gesagt, kann ich mich nicht erinnern. Ron hat mit ihnen verhandelt.«

»Ron Talbot, richtig? «

»Ja.«

»Und er weiß über die finanzielle Lage der Firma Bescheid?«

»Sicher. So gut wie die Anwälte und Buchhalter. Besser als ich.«

»Könnten Sie ihn anrufen und bitten, so schnell wie möglich hierherzukommen?«

»Ich denke schon. Er war auch bei der Beerdigung. Jetzt ist er wahrscheinlich wieder zu Hause. Ich rufe ihn an.«

»Und Sachs?« sagte er und wandte sich zu ihr um. »Wir haben noch einen Tatort. Ich möchte, daß Sie ihn untersuchen. Jetzt sofort.«

Rhyme taxierte den großen Mann im dunkelblauen Anzug, der durch die Tür trat. Der Anzug war abgewetzt und hatte Farbe und Schnitt einer Uniform. Vermutlich hatte er sie getragen, als er noch geflogen war.

Percey stellte sie einander vor.

»Also haben Sie diesen Hurensohn erwischt«, grummelte Talbot. »Glauben Sie, er kommt auf den elektrischen Stuhl?«

»Ich sammle den Abschaum nur ein«, sagte Rhyme und freute sich wie jedesmal, wenn ihm eine melodramatische Formulierung eingefallen war. »Was die Justiz mit ihm macht, ist ihre Sache. Hat Percey Ihnen erzählt, daß wir Probleme mit dem Beweismaterial gegen Hansen haben?«

»Ja, sie hat so etwas erwähnt. Daß die Säcke, die er abgeworfen hatte, nur ein Täuschungsmanöver waren. Warum sollte er so etwas tun?«

»Ich denke, ich kenne die Antwort auf diese Frage, aber ich brauche noch mehr Informationen. Percey hat mir gesagt, daß Sie über die Verhältnisse der Firma gut Bescheid wissen. Sie sind einer der Partner, nicht wahr?«

Talbot nickte. Er zog ein Päckchen Zigaretten heraus, bemerkte, daß sonst niemand rauchte, und steckte es in seine Tasche zurück. Er sah noch zerknitterter aus als Sellitto, und es war offenbar eine ganze Weile her, seit er zuletzt das Jackett über seinem stattlichen Bauch zuknöpfen konnte.

»Ich will etwas mit Ihnen durchspielen«, sagte Rhyme.

»Was wäre, wenn Hansen Ed und Percey gar nicht umbringen wollte, weil sie Zeugen waren?«

»Warum denn sonst?« platzte Percey heraus.

Talbot fragte: »Sie meinen, er hatte ein anderes Motiv? Welches zum Beispiel?«

Rhyme antwortete nicht direkt. »Percey hat mir erzählt, daß es der Firma schon eine ganze Zeitlang nicht gutging.«

Talbot zuckte die Achseln. »Waren zwei harte Jahre. Die Deregulierung im Luftverkehr, massenhaft kleine Transportgesellschaften. Der Konkurrenzkampf mit UPS und Federal Express. Und auch mit der Post. Die Gewinnspanne ist immer mehr geschrumpft.«

»Aber sie haben immmer noch – wie heißt das, Fred? Du hast doch mal mit Wirtschaftskriminalität zu tun gehabt, oder? Geld, das reinkommmt. Wie lautet der Begriff dafür?«

Dellray prustete: »Ein-nahmen, Lincoln.«

»Sie hatten hohe Einnahmen.«

Talbot nickte. »Oh, die Einnahmen waren nie ein Problem. Es ist nur so, daß mehr rausgeht als reinkommt.«

»Was halten Sie von der Theorie, daß der Tänzer angeheuert wurde, Percey und Ed umzubringen, damit der Auftraggeber die Firma billig aufkaufen kann?«

»Welche Firma? Unsere?« fragte Percey stirnrunzelnd.

»Warum sollte Hansen das tun?« Talbots Atem ging pfeifend. Percey fügte hinzu: »Und warum ist er nicht einfach mit einem dicken Scheck zu uns gekommen? Er hat nie auch nur Kontakt mit uns aufgenommen.«

»Ich habe nicht von Hansen gesprochen«, stellte Rhyme klar. »Die Frage, die ich zuerst gestellt habe, lautet, was wäre, wenn gar nicht *Hansen* Ed und Percey umbringen lassen wollte? Sondern jemand anderer?«

»Wer?« fragte Percey.

»Da bin ich mir nicht sicher. Es ist nur so... da ist diese grüne Faser.«

»Grüne Faser?« Talbot folgte Rhymes Blick zu der Beweistafel an der Wand.

»Alle schienen sie vergessen zu haben. Außer mir.«

»Du vergißt nie auch nur die kleinste Kleinigkeit. Stimmt's, Lincoln?«

»Nicht besonders oft, Fred. Nicht besonders oft. Diese Faser. Sachs – meine Partnerin –«

»Ich erinnere mich an sie.« Talbot nickte ihr zu.

»Sie hat sie in dem Hangar gefunden, den Hansen gemietet hat. Sie befand sich im Spurenmaterial neben dem Fenster, wo Stephen Kall gewartet hatte, bevor er die Bombe an Ed Carneys Flugzeug anbrachte. Sie fand außerdem Messingteilchen, einige weiße Fasern und Klebstoff von einem Briefumschlag. Woraus wir den Schluß zogen, daß jemand irgendwo für Kall einen Schlüssel zu dem Hangar in einem Briefumschlag deponiert hatte. Dann aber fragte ich mich – warum brauchte Kall überhaupt einen Schlüssel, um in einen leeren Hangar zu gelangen? Er war schließlich ein Profi. Er hätte im Schlaf dort einbrechen können. Der einzige Grund für den Schlüssel war, es so aussehen zu lassen, als habe Hansen ihn hinterlegt. Um ihn zu belasten.«

»Aber diese Entführung im vergangenen Jahr«, wandte Talbot

ein, »als er die Soldaten umbrachte und die Waffen raubte. Jeder weiß doch, daß er ein Mörder ist.«

»Oh, vermutlich ist er das«, stimmte Rhyme ihm zu. »Aber er ist nicht mit seinem Flugzeug über den Long Island Sund geflogen und hat mit diesen Telefonbüchern Bomberpilot gespielt. Das war jemand anderes.«

Percey rutschte unbehaglich hin und her.

Rhyme fuhr fort: »Jemand, der nie damit gerechnet hätte, daß wir die Säcke finden würden.«

»Wer?« verlangte Talbot zu wissen.

»Sachs?«

Sie zog drei große Beweismitteltüten aus einer Leinentasche und legte sie auf den Tisch.

In zweien von ihnen befanden sich Abrechnungsbücher. Der dritte enthielt einen Stapel weißer Umschläge.

»Die hier stammen aus Ihrem Büro, Talbot.«

Er lachte schwach. »Ich glaube nicht, daß Sie die einfach ohne Durchsuchungsbefehl mitnehmen durften.«

Percey Clay runzelte die Stirn. »Ich habe ihnen die Erlaubnis dazu gegeben. Noch bin ich die Chefin der Firma, Ron. Was haben sie zu sagen, Lincoln?«

Rhyme bedauerte jetzt, daß er Percey nicht vorher von seinem Verdacht berichtet hatte. Jetzt würde es ein furchtbarer Schock für sie sein. Aber er hatte nicht das Risiko eingehen wollen, daß sie Talbot einen Hinweis gab. Bis jetzt hatte er seine Spuren so gut verwischt.

Rhyme sah Mel Cooper an, der sagte: »Die grüne Faser, die wir bei den Partikeln des Schlüssels fanden, stammt von dem Papier aus dem Hauptbuch der Firmenbuchhaltung. Die weißen Fasern von einem Briefumschlag. Wir können sie ohne jeden Zweifel zuordnen.«

Rhyme erklärte: »Sie stammen alle aus Ihrem Büro, Talbot.«

»Was wollen Sie damit sagen, Lincoln?« keuchte Percey.

Rhyme wandte sich wieder an Talbot: »Jeder am Flugplatz wußte, daß gegen Hansen ermittelt wurde. Sie machten sich diese Tatsache zunutze. Sie warteten, bis Percey, Ed und Brit Hale einmal bis spät in der Nacht zu arbeiten hatten. Sie stahlen Hansens Maschine für den Flug und warfen die Sportsäcke ab. Dann heuerten Sie den Tänzer an. Ich vermute, Sie hatten von ihm gehört, als Sie in Afrika oder im Fernen Osten arbeiteten. Ich habe ein paar Anrufe getätigt. Sie haben für die Luftwaffe von Botswana gearbeitet und die Regierung von Burma beim Kauf von gebrauchten Militärflugzeugen beraten. Der Tänzer hat mir gesagt, daß er eine Million für den Auftrag kassiert hat.« Rhyme schüttelte den Kopf. »Das hätte mich gleich darauf bringen müssen. Hansen hätte alle drei Zeugen für ein paar hunderttausend umlegen lassen können. Auftragsmorde sind heutzutage ein hartumkämpfter Markt. Der Preis von einer Million sagte mir, daß der Mann, der die Morde in Auftrag gab, ein Amateur war. Und daß er eine Menge Geld zur Verfügung hatte.«

Ein Schrei löste sich aus Percey Clays Kehle, und sie stürzte sich auf ihren Teilhaber. Talbot hielt ihr stand. »Wie konntest du nur?« schrie sie. »Und warum?«

Dellray sagte: »Meine Jungs von der Abteilung Wirtschaftskriminalität gehen gerade Ihre Bücher durch. Wir vermuten, daß wir jede Menge Geld finden werden, das nicht dort ist, wo es sein sollte.«

Rhyme fuhr fort: »Hudson Air ist viel erfolgreicher, als Sie dachten, Percey. Nur daß das meiste davon in Talbots Taschen wanderte. Er wußte, daß man ihm eines Tages auf die Schliche kommen würde, und deshalb mußte er Sie und Ed aus dem Weg schaffen und selbst die Firma aufkaufen.«

»Das Aktienvorkaufsrecht«, murmelte sie. »Als Teilhaber hatte er das Recht, die Anteile aus unserem Nachlaß zu einem Vorzugspreis aufzukaufen, falls wir sterben sollten.«

»Das ist doch alles Blödsinn. Dieser Typ hat auch auf mich geschossen, wie ihr euch erinnern werdet.«

»Aber Sie hatten nicht Kall angeheuert«, korrigierte Rhyme. »Sie verpflichteten Jodie – den Totentänzer –, der gab den Auftrag aber seinerseits an Kall weiter, und Kall hatte nicht die geringste Ahnung, wer Sie waren.«

»Wie konntest du nur?« wiederholte Percey mit hohler Stimme. »Warum? *Warum?*«

Talbot fuhr sie an: »Weil ich dich geliebt habe!«
»Was?« keuchte Percey.
Talbot sagte: »Du hast nur gelacht, als ich sagte, daß ich dich heiraten wollte.«
»Ron, nein. Ich...«
»Und du bist zu ihm zurückgekehrt.« Er schnaubte. »Ed Carney, der gutaussehende Kampfpilot. Top Gun... Er hat dich wie ein Stück Scheiße behandelt, und du hast ihn trotzdem gewollt. Dann...« Sein Gesicht glühte vor Zorn. »Dann... dann verlor ich das letzte, was mir noch geblieben war – ich durfte nicht mehr fliegen. Ich saß am Boden fest und mußte zusehen, wie ihr beide jeden Monat Hunderte von Stunden in der Luft wart, während ich nur noch dazu taugte, an einem Schreibtisch zu sitzen und Papiere zu wälzen. Ihr hattet einander, ihr hattet das Fliegen... Du hast ja keine Ahnung, wie es ist, alles zu verlieren, was man liebt. Du hast einfach keine Ahnung!«

Sachs und Sellitto bemerkten, daß er sich anspannte, daß er etwas vorhatte. Aber sie unterschätzten Talbots Kraft. Als Sachs sich mit einem Schritt vor ihn stellte und dabei ihre Waffe aus dem Halfter zog, packte Talbot die großgewachsene Polizistin und schleuderte sie gegen den Labortisch, so daß Mikroskope und andere Geräte umfielen und Mel Cooper gegen die Wand geworfen wurde. Dann entriß er Sachs die Glock und richtete sie auf Bell, Sellitto und Dellray.

»Okay, werfen Sie Ihre Waffen auf den Boden. Los. Wird's bald!«

»Kommen Sie«, sagte Dellray und rollte seine Augen. »Was wollen Sie denn machen? Aus dem Fenster klettern? Sie werden nicht weit kommen.«

Er zielte auf Dellrays Gesicht. »Ich sage es nicht noch einmal.«

In seinen Augen stand nackte Verzweiflung. Er erinnerte Rhyme an einen in die Enge getriebenen Bären. Der Agent und die Polizisten warfen ihre Pistolen auf den Fußboden. Auch Bell ließ seine beiden Waffen fallen.

»Wohin führt diese Tür?« Talbot deutete auf die Tür in der Wand. Er hatte Eliopolos' Leute draußen gesehen und wußte, daß er auf diesem Weg nicht entkommen konnte.

»Das ist ein Schrank«, antwortete Rhyme rasch.

Talbot öffnete die Tür und entdeckte den kleinen Fahrstuhl.
»Mistkerl«, flüsterte Talbot und zielte mit der Pistole auf Rhyme.
»Nein!« schrie Sachs.
Talbot schwang die Waffe in ihre Richtung.
»Ron«, schrie Percey, »komm doch zur Vernunft! Bitte...«
Sachs war wieder auf den Füßen, unverletzt, aber gedemütigt, und sah zu den Pistolen herüber, die etwa drei Meter entfernt auf dem Fußboden lagen.
Nein, Sachs, dachte Rhyme. Tun Sie's nicht!
Sie hatte den abgebrühtesten Killer im ganzen Land überlebt, und nun würde sie von einem in Panik geratenen Amateur erschossen werden.
Talbots Augen flogen zwischen Dellray, Sellitto und dem Fahrstuhl hin und her; er versuchte herauszufinden, wie die Schalttafel funktionierte.
Nein, Sachs, tun Sie es nicht.
Rhyme versuchte, ihre Aufmerksamkeit auf sich zu lenken, doch ihre Augen waren damit beschäftigt, Entfernungen und Schußwinkel zu erfassen. Sie würde es niemals schaffen.
Sellitto sagte beschwichtigend: »Lassen Sie uns reden, Talbot. Kommen Sie, lassen Sie die Waffe fallen.«
Bitte, Sachs, tun Sie es nicht... Er wird es bemerken. Er wird auf Ihren Kopf zielen – das tun Amateure immer –, und Sie werden sterben.
Sie spannte sich an, die Augen auf Dellrays Sig-Sauer gerichtet.
Nein...
Im selben Augenblick, als Talbot wieder zum Fahrstuhl schaute, hechtete Sachs über den Fußboden und packte im Rollen Dellrays Waffe. Doch Talbot sah sie. Bevor sie die große automatische Pistole anheben konnte, richtete er die Glock auf ihren Kopf und zog mit zusammengekniffenen Augen panisch am Abzug.
»Nein!« schrie Rhyme.
Der Schuß war ohrenbetäubend. Die Fensterscheiben klirrten, und die Falken schossen in den Himmel.
Sellitto krabbelte zu seiner Waffe. Die Tür flog auf, und Eliopolos' Officers stürmten mit gezogenen Waffen in das Zimmer.

Ron Talbot blieb mit einem winzigen roten Loch in der Schläfe für einen Augenblick bewegungslos stehen, dann sank er zu Boden.

»O Gott«, seufzte Mel Cooper, der wie erstarrt mit einem Beutel voller Beweismittel in der Hand dastand und auf seine schlanke, kleine 38er Smith & Wesson in Roland Bells ruhiger Hand schaute. Sie ragte noch immer hinter dem Ellbogen des Technikers hervor. »Mein Gott.« Der Detective war hinter Cooper geschlichen und hatte die Waffe aus dem Gürtelhalfter des Technikers gezogen. Bell hatte aus der Hüfte gefeuert – aus Coopers Hüfte.

Sachs stand auf und nahm Talbot ihre Glock aus der Hand. Sie suchte seinen Puls, schüttelte den Kopf.

Lautes Wehklagen erfüllte den Raum, als Percey Clay neben dem Toten auf die Knie sank und schluchzend wieder und wieder die Faust in Talbots Schulter rammte. Eine ganze Weile rührte sich niemand. Dann gingen Amelia Sachs und Roland Bell gleichzeitig auf Percey zu. Beide hielten kurz inne, und es war Sachs, die sich abwandte und es dem schlanken Detective überließ, den Arm um die zierliche Frau zu legen und sie vom Leichnam ihres Freundes und Feindes wegzuführen.

41

Leiser Donner, ein leichter Frühlingsregen spät in der Nacht.

Das Fenster war weit geöffnet – natürlich nicht das Fenster der Falken; Rhyme mochte sie nicht stören –, und kühle Abendluft erfüllte das Zimmer.

Amelia Sachs zog den Korken und goß Cakebread Chardonnay in Rhymes Becher und in ihr eigenes Glas.

Sie sah nach unten und lachte leise.

»Das glaube ich nicht.«

Auf dem Computerschirm neben dem Clinitron war ein Schachprogramm zu sehen.

»Sie spielen keine Spiele«, sagte sie. »Ich meine, ich habe Sie noch *nie* spielen sehen.«

»Augenblick«, bat er.

Auf dem Schirm stand: *Ich habe nicht verstanden, was Sie gesagt haben. Bitte versuchen Sie es noch einmal.*

Mit klarer Stimme befahl er: »Turm schlägt Läufer auf f4. Matt.«

Eine Pause. Dann sagte der Computer *Glückwunsch*, und es folgte die digitalisierte Version von Sousas »Washington Post«-Marsch.

»Ich mache das nicht zu meinem Vergnügen«, erklärte er mürrisch. »Hält den Verstand in Übung. Das ist meine Nautilusmaschine. Vielleicht möchten Sie bei Gelegenheit mal damit spielen, Sachs?«

»Ich spiele kein Schach«, entgegnete sie und nahm einen Schluck von dem edlen Wein. »Wenn irgend so ein blöder Springer es auf meinen König abgesehen hat, knall ich ihn doch lieber ab, als lange rumzugrübeln, wie ich ihn überlisten kann. Wieviel haben sie gefunden?«

»Geld, das Talbot beiseite geschafft hatte? Mehr als fünf Millionen.«

Als die Rechnungsprüfer die zweiten – echten – Bücher durchgingen, stellte sich heraus, daß Hudson Air eine extrem profitable Firma war. Der Verlust des Flugzeugs und des Vertrags mit U.S. Medical war schmerzhaft, doch es war genug Kapital da, um das Unternehmen, wie Percey es ihm gegenüber ausgedrückt hatte, »in der Luft zu halten«.

»Wo ist der Tänzer?«

»Im Sonderblock.«

Der Sonderblock war eine wenig bekannte Einrichtung im Gebäude des Strafgerichts. Rhyme hatte die Anlage nie gesehen – nur ganz wenige Polizisten kannten sie –, doch in den vergangenen fünfunddreißig Jahren war noch kein Insasse von dort ausgebrochen.

»Sie haben ihn gut zurechtgestutzt«, hatte Percey Clay gesagt, als Rhyme ihr davon berichtete. Ihm wie einem Jagdfalken die Krallen abgefeilt, hatte sie gemeint.

Angesichts seines besonderen Interesses an dem Fall hatte Rhyme darauf bestanden, über das Verhalten des Tänzers in der Sonderhaft informiert zu werden. Von den Wachen hatte er erfahren, daß er sich nach Fenstern in dem Gebäude erkundigt hatte, in welchem Stockwerk er sich befinde und in welchem Teil der Stadt die Einrichtung liege.

»Rieche ich nicht eine Tankstelle in der Nähe?« hatte er kryptisch gefragt.

Als er das hörte, rief Rhyme umgehend Lon Sellitto an und bat ihn, den Direktor der Haftanstalt zu benachrichtigen und die Bewachung des Tänzers verdoppeln zu lassen.

Amelia Sachs nahm einen weiteren stärkenden Schluck Wein, dann konnte es losgehen.

Sie holte tief Luft und platzte heraus:»Rhyme, Sie sollten es probieren.« Noch ein Schluck. »Ich war mir nicht sicher, ob ich das wirklich sagen würde.«

»Wie meinen?«

»Sie paßt zu Ihnen. Es könnte wirklich gut werden.« Sie hatten selten ein Problem damit, einander in die Augen zu sehen. Aber angesichts der Stromschnellen, die sie nun umschiffen mußten, sah Sachs zu Boden.

Worum *ging* das alles?

Als sie aufsah und bemerkte, daß ihre Worte nicht angekommen waren, sagte sie: »Ich weiß, was Sie für sie empfinden. Und sie, sie gibt es zwar nicht zu, aber ich weiß, was sie für Sie empfindet.«

»*Wer?*«

»Sie wissen, wen ich meine. Percey Clay. Sie denken, sie ist Witwe und will jetzt niemanden in ihrem Leben. Aber... Sie haben doch gehört, was Talbot gesagt hat – Carney hatte eine Geliebte. Eine Frau aus dem Büro. Und Percey wußte Bescheid. Sie sind zusammengeblieben, weil sie Freunde waren. Und wegen der Firma.«

»Ich habe nie...«

»Tun Sie es, Rhyme. Kommen Sie. Ich meine es ernst. Sie glauben, daß es nicht klappen kann. Aber Ihre Situation macht ihr nichts aus. Zum Teufel, denken Sie an das, was sie gestern gesagt hat. Sie hatte recht – Sie beide sind einander wirklich ähnlich.«

Es gibt Augenblicke, da muß man einfach seine Hände heben und sie frustriert in den Schoß fallen lassen. Rhyme mußte es dabei bewenden lassen, den Kopf in sein luxuriöses Daunenkissen zu graben. »Sachs, wie, um Himmels willen, kommen Sie auf solche Ideen?«

»Ach, bitte. Es ist so offensichtlich. Ich habe gesehen, wie Sie sich verhalten haben, seit sie aufgetaucht ist. Wie Sie sie ansehen. Wie besessen Sie davon waren, sie zu retten. Ich weiß, was los ist.«

»Was *ist* los?«

»Sie ist wie Claire Trilling, die Frau, die Sie vor ein paar Jahren verlassen hat. So jemanden wollen Sie.«

Oh... Er nickte. Also das war es.

Er lächelte. Sagte: »Sicher, Sachs, ich habe in den vergangenen Tagen viel an Claire gedacht. Ich habe gelogen, als ich sagte, daß ich es nicht tat.«

»Jedesmal wenn Sie sie erwähnen, ist es offensichtlich, daß Sie sie noch immer lieben. Ich weiß, daß Claire Sie nach dem Unfall nicht wiedergesehen hat. Mir wurde klar, daß dieses Kapitel für Sie noch nicht abgeschlossen ist. So wie es mir mit Nick ging, nachdem er mich verlassen hatte. Dann trafen Sie Percey, und sie erinnerte Sie wieder an Claire. Ihnen wurde klar, daß Sie wieder mit jemandem zusammensein könnten. Mit ihr, meine ich. Nicht... nicht mit mir. Hey, so ist das Leben.«

»Sachs«, begann er, »auf Percey hätten Sie nicht eifersüchtig sein müssen. Sie war es nicht, die Sie letzte Nacht aus meinem Bett vertrieben hat.«

»Nicht?«

»Es war der Tänzer.«

Sie goß noch einen Schluck Wein in ihr Glas. Sie schwenkte es und starrte in die helle Flüssigkeit. »Ich verstehe nicht.«

»Letzte Nacht?« Er seufzte. »Ich mußte eine Grenze zwischen uns ziehen, Sachs. Ich bin Ihnen schon für mein eigenes Wohl viel zu nahe. Wenn wir weiter zusammenarbeiten wollen, muß ich diese Grenze aufrechterhalten. Sehen Sie das nicht ein? Ich kann Ihnen nicht nahe sein, nicht so nahe, und Sie dann in gefährliche Situationen schicken. Ich kann das nicht wieder geschehen lassen.«

»*Wieder?*« Sie runzelte die Stirn, dann breitete sich auf ihrem Gesicht Begreifen aus.

Ah, das ist meine Amelia, dachte er. Eine gute Kriminalistin. Eine exzellente Schützin. Und sie ist schnell wie ein Fuchs.

»Oh, nein, Lincoln, Claire war...«

Er nickte. »Sie war die Technikerin, die ich nach dem Anschlag des Tänzers vor fünf Jahren beauftragte, den Tatort in der Wall Street zu untersuchen. Sie war es, die in den Papierkorb griff und dadurch die Bombe zündete.«

Und das war der Grund, warum er von diesem Mann so besessen gewesen war. Warum er – was untypisch für ihn war – unbedingt den Mörder persönlich befragen wollte. Er wollte den Mann fassen, der seine Geliebte getötet hatte. Wollte alles über ihn wissen.

Es war Rache, unverhüllte Rache. Als Lon Sellitto – der über Claire Bescheid wußte – gefragt hatte, ob es nicht besser für Percey und Hale wäre, die Stadt zu verlassen, hatte er eigentlich gefragt, ob nicht Rhymes Gefühle den Fall zu sehr beeinflußten.

Nun ja, das taten sie. Aber Lincoln Rhyme war trotz der umfassenden Stockung in seinem gegenwärtigen Leben ebensosehr ein Jäger wie die Falken auf seinem Fensterbrett. Wie jeder Kriminalist. Und wenn er erst einmal die Witterung seiner Beute aufgenommen hatte, war er nicht mehr aufzuhalten.

»Also, so ist das, Sachs. Es hatte nichts mit Percey zu tun. Und sosehr ich mir auch wünschte, daß Sie die Nacht mit mir verbracht hätten – und jede weitere Nacht –, ich kann es nicht riskieren, Sie noch mehr zu lieben, als ich es schon tue.«

Es war verblüffend – verwirrend – für Lincoln Rhyme, dieses Gespräch zu führen. Nach dem Unfall war er zu der Einstellung gelangt, daß der Eichenbalken, der seine Wirbelsäule zerstört hatte, in Wahrheit sein Herz getroffen und alle Gefühle darin abgetötet hatte. Und daß seine Fähigkeit zu lieben und geliebt zu werden ebenso zerschmettert war wie die dünne Membran seiner Wirbelsäule. Doch letzte Nacht, als Sachs ihm so nahe gewesen war, hatte er gemerkt, wie sehr er sich geirrt hatte.

»Das verstehst du doch, Amelia, nicht wahr?« flüsterte Rhyme.

»Keine Vornamen«, sagte sie lächelnd und trat ganz nah an sein Bett.

Sie beugte sich herab und küßte ihn auf den Mund. Einen Augenblick lang preßte er seinen Kopf nach unten ins Kissen, dann erwiderte er den Kuß.

»Nein, nein«, beharrte er. Doch dann küßte er sie noch einmal fest.

Ihre Tasche fiel auf den Fußboden. Ihre Jacke und ihre Uhr landeten auf dem Nachttisch, gefolgt vom letzten modischen Accessoire, das sie ablegte, ihrer Neunmillimeterglock.

Wieder küßten sie sich.

Doch er machte sich los. »Sachs... Es ist zu gefährlich!«

»Gott gibt dir keine Garantien«, sagte sie, und ihre Blicke verschränkten sich ineinander. Dann stand sie auf und ging zum Lichtschalter.

»Warte«, sagte er.

Sie blieb stehen, sah sich um. Ihr rotes Haar fiel ihr halb übers Gesicht.

In das Mikrofon, das vom Bettrahmen baumelte, diktierte Rhyme: »Lichter aus.«

Und das Zimmer wurde dunkel.

Anmerkung des Autors

Alle Schriftsteller wissen, daß ihre Bücher nur zu einem Teil Produkte ihrer eigenen Anstrengung sind. Romane werden durch die Menschen, die wir lieben, und durch unsere Freunde mit geformt, manchmal ganz direkt, manchmal auf subtilere, aber nicht minder bedeutende Art und Weise. Ich möchte einigen der Menschen danken, die mir bei diesem Buch geholfen haben: Madelyn Warcholik, die dafür gesorgt hat, daß meine Romanfiguren sich selbst treu geblieben sind und daß meine Handlungen sich nicht derart rasant entwickelten, daß sie einen Strafzettel wegen überhöhter Geschwindigkeit hätten kassieren können. Sie war eine nie versiegende Quelle der Inspiration. Den Lektoren David Rosenthal, Marysue Rucci und Carolyn Mays, die brillant und unerschrocken all die unangenehmen Arbeiten erledigt haben. Meiner Agentin Deborah Schneider, weil sie einfach die beste in diesem Geschäft ist. Und meiner Schwester und Schriftstellerkollegin Julie Reece Deaver, weil sie die ganze Zeit über für mich da war.